CLI
TEM
NES
TRA

COSTANZA CASATI

CLI
TEM
NES
TRA

TRADUÇÃO FERNANDA LIZARDO

Copyright © 2023 Costanza Casati
Tradução para Língua Portuguesa © 2025 Fernanda Lizardo
Todos os direitos reservados à Astral Cultural e protegidos pela Lei 9.610, de 19.2.1998. É proibida a reprodução total ou parcial sem a expressa anuência da editora.

Editora
Natália Ortega

Editora de arte
Tâmizi Ribeiro

Coordenação editorial
Brendha Rodrigues

Produção editorial
Manu Lima e Thais Taldivo

Preparação de texto
Letícia Nakamura

Revisão de texto
Wélida Muniz, Dayhara Martins e Carlos César da Silva

Design da capa
Lee Motley (imagens © Shutterstock)

Foto da autora
© Arianna Genghini

Mapa
Adobe stock

Dados Internacionais de Catalogação na Publicação (CIP)
Angélica Ilacqua CRB-8/7057

C879c
    Casati, Costanza
      Clitemnestra / Costanza Casati ; tradução de Fernanda Lizardo. --São Paulo, SP : Astral Cultural, 2025.
      416 p.

    ISBN 978-65-5566-587-1
    Título original: Clytemnestra

    1. Ficção norte-americana 2. Mitologia grega I. Título II. Lizardo, Fernanda

24-5272   CDD 813.6

Índice para catálogo sistemático:
1. Ficção norte-americana

BAURU
Rua Joaquim Anacleto
Bueno 1-42
Jardim Contorno
CEP: 17047-281
Telefone: (14) 3879-3877

SÃO PAULO
Rua Augusta, 101
Sala 1812, 18º andar
Consolação
CEP: 01305-000
Telefone: (11) 3048-2900

E-mail: contato@astralcultural.com.br

Aos meus pais, por tudo.

FAMÍLIA DE TÍNDARO

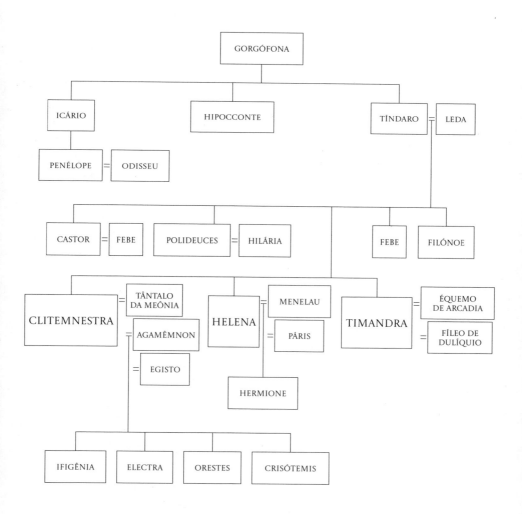

FAMÍLIA DE ATREU

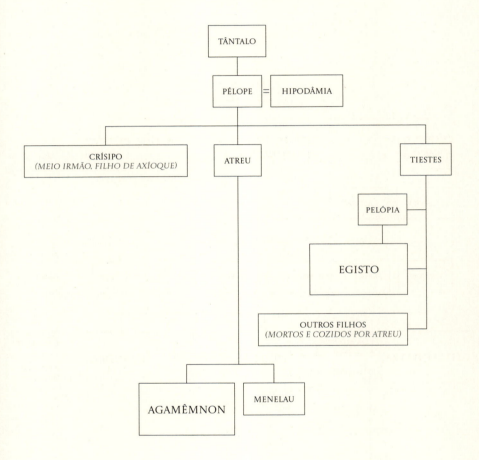

CASAS DOS PERSONAGENS

CASA DE TÍNDARO

Tíndaro: rei de Esparta, filho de Gorgófona, marido de Leda.
Leda: rainha de Esparta, filha de Téstio, rei etólio, mãe de:
Castor e Polideuces: gêmeos, conhecidos como Tindáridas (filhos de Tíndaro) e mais tarde como Dióscuros (na mitologia romana).
Clitemnestra: princesa de Esparta e mais tarde rainha de Micenas.
Helena: princesa e rainha de Esparta. Mais tarde conhecida como Helena de Troia. Segundo o mito, Helena é filha de Leda e Zeus, que estuprou a rainha ao assumir a forma de um cisne.
Timandra: princesa de Esparta e, mais tarde, rainha de Arcádia.
Febe e Filónoe: Personagens menores na mitologia grega, filhas mais novas de Tíndaro e Leda. Diferente de suas irmãs, elas não cometeram adultério contra seus maridos.
Icário: rei de Acarnânia, irmão de Tíndaro, marido de Policasta, pai de:
Penélope: princesa de Acarnânia e, mais tarde, rainha de Ítaca.
Hipocoonte: meio-irmão de Tíndaro e Icário, morto por Héracles.
Afareu: outro meio-irmão de Tíndaro e Icário, pai de:
Idas e Linceu: príncipes da Messênia.
Febe e Hilária: princesas messênias conhecidas como Leucípides (Filhas do Cavalo Branco), prometidas a Linceu e Idas, "raptadas" por Castor e Polideuces.

CASA DE ATREU

Atreu: filho de Pélope e Hipodâmia, rei de Micenas. Irmão mais velho de Tiestes e meio-irmão de Crísipo. A história de sua casa é incomparável no que diz respeito ao mito da crueldade e também da corrupção. Atreu é pai de:

Agamêmnon: rei de Micenas, "senhor dos homens", marido de Clitemnestra, comandante da frota grega durante a Guerra de Troia.

Menelau: rei de Esparta, marido de Helena.

Tiestes: rei de Micenas (após matar e tomar o trono de seu irmão Atreu). Teve três filhos, todos mortos por Atreu. Após um oráculo alertá-lo de que se ele tivesse um filho com a própria filha, este filho viria a matar Atreu, Tiestes estuprou a filha Pelópia, tornando-se então pai de:

Egisto: assassino de seu tio Atreu, primo de Agamêmnon e Menelau, amante de Clitemnestra.

Érope: filha de Catreu, rei de Creta, esposa de Atreu e amante do irmão dele, Tiestes.

OUTROS PERSONAGENS

Teseu: herói grego, primeiro raptor de Helena, rei de Atenas.
Píritoo: príncipe dos Lápitas e amigo de Teseu.
Cinisca: uma das *spartiates*.
Crisante: espartana, amante de Timandra.
Tântalo: rei da Meônia, primeiro marido de Clitemnestra.
Calcas: vidente dos exércitos gregos.
Leon: protetor e conselheiro de Clitemnestra em Micenas.
Aileen: serviçal e confidente de Clitemnestra em Micenas.
Polidamas, Cadmo, Licomedes: anciãos de Micenas.
Érebo: um mercador.
Cassandra: princesa troiana, sacerdotisa de Apolo, filha de Hécuba e Príamo. Após a Guerra de Troia, ela se torna concubina do rei Agamêmnon.
Odisseu: príncipe de Ítaca, filho de Laerte, *polytropos*, marido de Penélope.
Ájax, o Grande: príncipe de Salamina, filho de Télamon, primo do herói Aquiles.
Teucro: meio-irmão de Ájax.
Ájax, o Menor: herói de Lócrida.
Nestor: rei de Pilos.
Filocteto: príncipe da Tessália, famoso arqueiro.
Menesteu: rei de Atenas.
Diomedes: rei de Argos.

Idomeneu: príncipe de Creta.
Elefeno: herói da Eubeia.
Macaão: filho de Asclépio, especialista em artes curativas.

PARTE UM

Não há paz
para uma mulher ambiciosa

Não há amor
para uma mulher coroada

Ela ama em demasia
ela é lasciva

Seu poder é forte demais
ela é implacável

Ela luta por vingança
ela é louca

Reis são geniais,
poderosos,
divindades

Rainhas são fatais,
desavergonhadas,
amaldiçoadas

1

PRESA

Clitemnestra examina a ravina íngreme, mas não vê qualquer vestígio de restos mortais. Está buscando crânios rachados, ossos quebrados, cadáveres devorados por cães selvagens e bicados por abutres, porém não tem nada ali, somente flores bravias crescendo entre as fendas, com as pétalas brancas em contraste com a escuridão do desfiladeiro. Pergunta-se como elas conseguem crescer em local tão inóspito.

Não havia flores lá quando ela era criança. Clitemnestra se lembra de seus dias de infância na floresta, agachada observando os anciãos em sua missão de arrastar criminosos e carregar bebês debilitados por aquela trilha para enfim jogá-los do desfiladeiro que os espartanos intitularam de "caverna de kaiadas". Penhasco abaixo, as rochas são cortantes feito bronze recém-fundido e escorregadias como peixe cru. Ela costumava esconder-se e orar por todos aqueles homens cuja morte seria demorada e dolorosa. Não conseguia orar pelos bebês, a ideia de sacrificá-los por si só já era incômoda. Caso se aproximasse da beira da ravina, sentiria a brisa suave lhe acariciando a pele. Sua mãe dizia que as crianças mortas que jaziam no fundo das kaiadas falavam através do vento. Dizia-se que sussurravam, Clitemnestra, no entanto, era incapaz de discernir suas supostas palavras. Sendo assim, prefere deixar a mente vagar enquanto admirava o sol à espreita entre os galhos frondosos.

Um silêncio estranho paira sobre a floresta. Clitemnestra sabe que está sendo seguida. Desce pelo terreno elevado rapidamente, abandonando o barranco, fazendo o possível para não tropeçar nas pedras escorregadias que formam a trilha de caça. O vento está mais frio agora; o céu, mais escuro. Ao sair do palácio, horas atrás, o sol ainda nascia, cálido na pele, e a grama estava molhada nas solas dos pés. Sua mãe já estava sentada na sala do trono, o rosto reluzente sob a luz alaranjada, e Clitemnestra teve de dar um jeito de passar pelas portas sem ser vista.

Há um movimento repentino detrás das árvores e o esmigalhar de folhas. Clitemnestra escorrega e bate a mão na ponta afiada de uma rocha. Quando se apruma, pronta para se defender, é encarada por dois imensos olhos escuros. Um cervo inofensivo. Ela então cerra o punho e limpa a mão na túnica para evitar que o sangue deixe rastros para seu verdadeiro caçador.

Ouve lobos uivando em algum lugar muito acima, mas se obriga a avançar. Os meninos espartanos de sua faixa etária costumam lutar contra lobos e panteras como parte de seu treinamento. Certa vez, Clitemnestra raspou a cabeça, como um menino, e os acompanhou até o *gymnasium* na esperança de se preparar para uma caçada. Quando a mãe descobriu, a deixou dois dias sem comer. "Parte do treinamento é fazer com que os meninos espartanos passem fome até que sejam obrigados a cometer furtos", disse ela. Clitemnestra tolerou o castigo. Foi merecido, ela estava ciente disso.

O riacho leva a uma nascente e a uma pequena cachoeira. Acima, há uma fenda visível, uma entrada para uma pretensa caverna. Clitemnestra começa a escalar as rochas musgosas nas laterais da fonte. Sua mão ferida lateja e escorrega. Seu arco está pendurado nas costas e a adaga no cinto, com o cabo cutucando sua coxa.

Lá no topo, ela para a fim de recuperar o fôlego. Arranca um pedaço da túnica, mergulha na água límpida da nascente e enrola-o na mão ensanguentada. As copas dos carvalhos misturam-se ao céu escuro e, para seus olhos extenuados, tudo está embaçado. Clitemnestra sabe que se ficar no solo estará muito exposta. *Quanto mais alto você subir, melhor*, o pai sempre aconselhava.

E assim ela sobe atabalhoadamente na árvore mais alta e pousa em um galho, prestando atenção ao ambiente, segurando a adaga com força. A lua está bem alta, seus contornos distintos e frios, como um escudo prateado. Tudo está silencioso, exceto pela água da nascente lá embaixo.

Um galho estala e dois olhos dourados aparecem na escuridão adiante, estudando-a. Clitemnestra permanece imóvel, o sangue pulsando nas têmporas. Na árvore à sua frente, uma forma prateada sai das sombras, revelando uma pelagem densa e orelhas pontudas. Um lince.

A fera salta e pousa na mesma árvore onde Clitemnestra está. O impacto a faz perder o equilíbrio. Ela agarra o galho, mas as unhas quebram e as palmas escorregam. Ela então cai, até parar no chão lamacento. Por um segundo, fica cega e resfolegante. O animal dá um bote, mas ela pega o arco e flechas rapidamente. Dá um tiro e rola para o lado. As garras do lince golpeiam suas costas e Clitemnestra grita.

O animal está a postos, de costas para a fenda estreita que leva à caverna. Por um instante, mulher e lince se encaram. Então, rápida como uma serpente, Clitemnestra atira sua adaga no quarto dianteiro do animal. O lince ruge e ela passa correndo por ele, em direção à escuridão da caverna. Quase não cabe na fenda, raspando a cabeça e os quadris nas paredes, então afunda na escuridão e aguarda, rezando para que a caverna não tenha outra entrada e nenhum outro visitante.

Lentamente, seus olhos se acostumam com a escuridão. O arco e a maioria das flechas estão intactos, e ela os bota de lado. Tira a túnica ensanguentada e apoia as costas na rocha fria. Sua respiração ofegante ecoa no ar úmido como se a caverna propriamente dita estivesse respirando. Será que a deusa Ártemis olharia por ela agora? Ah, quem dera, embora o pai sempre a aconselhasse a não se fiar nos deuses. A mãe, por outro lado, era adepta da crença de que as florestas eram o ninho dos segredos dos deuses. Para ela, as cavernas eram abrigos, mentes pensantes que viviam a vida das criaturas ali hospedadas ao longo do tempo. Mas talvez o pai estivesse certo: aquela caverna ali parecia tão vazia quanto um templo à noite. O único som detectável era o leve rugido do lince ferido à porta, e ele vinha se afastando cada vez mais.

Após a morte do animal, Clitemnestra decide se arrastar para mais perto da fenda e espiar os arredores. Está tudo inerte no solo lamacento. Ela volta a vestir a túnica, estremecendo quando o tecido gruda no ferimento das costas, aí enfim sai da caverna, e os quadris mais uma vez raspam nas rochas lisas da entrada.

O lince jaz perto da nascente, o sangue escorre pelas folhas da laranjeira, como vinho derramado. Clitemnestra manca até perto dele e recupera a adaga. Os olhos do bicho estão abertos, refletindo o formato brilhante da lua. A surpresa ainda gravada neles, bem como a tristeza. Não são muito diferentes dos olhos de um homem morto. Clitemnestra amarra as patas do animal em sua aljava e começa a andar; sua expectativa é chegar em casa pela manhã.

A mãe dela vai ficar muito orgulhosa de sua caça.

2

UMA GAROTA VENCE, OUTRA GAROTA PERDE

—Devagar, Clitemnestra! Ártemis vai me dar uma flechada se eu chegar em segundo lugar de novo!

Clitemnestra ri e o som ecoa pelas planícies como o canto dos pássaros.

— Ela não vai atirar. Mamãe só disse isso para te fazer correr mais rápido!

Elas estão apostando corrida em meio a uma sequência de oliveiras e figueiras, os cabelos prendendo nas folhas, os pés descalços esmagando os frutos caídos. Clitemnestra é mais rápida. Cortes e hematomas lhe cobrem os braços, e seus olhos exibem o propósito de chegar primeiro ao rio. Atrás dela, Helena ofega, chamando pela irmã. Toda vez que a luz do sol atinge seus cabelos, eles brilham tanto quanto as frutas maduras ao redor.

Clitemnestra salta do bosque para a terra queimada pelo sol. O chão chamuscas a sola dos seus pés e ela saltita na grama amarela. Só para quando chega ao rio para examinar sua imagem espelhada na água. Está suja, desgrenhada.

— Espere por mim — chama Helena.

Clitemnestra se vira. A irmã está parada à beira do bosque, e suor escorre por sua túnica. Ostenta uma carranca.

— Por que você tem que fazer tudo com pressa? — questiona Helena.

Clitemnestra sorri. Para o seu povo, Helena de Esparta pode parecer uma deusa, mas a verdade é que ela imita a irmã em tudo o que faz.

— Porque está calor — responde Clitemnestra. Ela joga a túnica de lado e mergulha no rio. Seus longos cabelos dançam ao seu redor como algas marinhas. A brisa fresca do alvorecer cede lugar ao calor estival. Ao longo das margens do rio Eurotas, dentre planícies secas e montanhas acidentadas, anêmonas vermelho-sangue lutam para crescer. Não muito longe das margens, a faixa estreita de solo fértil repleta de oliveiras e figueiras estende-se timidamente como um raio de sol num céu nublado. Helena está parada à margem, com a água até as coxas. Ela sempre entra devagar nos rios, molhando-se com as mãos primeiro.

— Venha. — Clitemnestra nada até Helena e abraça sua cintura.

— Está fria — geme Helena, mas continua a entrar na água mesmo assim. Quando Clitemnestra tenta se desvencilhar, a irmã se agarra ao corpo quente dela, o mais juntinho possível.

— Você não é uma espartana genuína — zomba Clitemnestra, dando um sorriso.

— Igual a você não sou mesmo. Se você fosse homem, estaria entre os lutadores mais fortes de toda a Grécia.

— Já estou entre os mais inteligentes de Esparta — responde Clitemnestra.

Helena franze a testa.

— Você não deveria falar essas coisas. Sabe muito bem o que mamãe diz sobre arrogância.

— *O orgulho que precede a queda* — recita Clitemnestra, entediada. — Mas nosso pai sempre diz que ele é o guerreiro mais corajoso de Esparta e ninguém nunca o puniu por isso.

— Papai é o rei. Nós não somos, então não deveríamos irritar os deuses — insiste Helena.

Clitemnestra gargalha. Sua irmã, que avança pelo mundo como se a vida fosse pura lama e trevas, sempre a diverte.

— Se você é a mulher mais bela de todas as nossas terras e além, eu poderia muito bem ser a mais inteligente. Não vejo por que os deuses deveriam se zangar com isso; de todo modo, eles sempre serão mais inteligentes e mais bonitos.

Helena reflete um pouco. Clitemnestra segue nadando em direção a um raio de sol que brilha na água, e a irmã a acompanha. Ambas ficam boiando no rio, com o rosto como girassóis, sempre em busca da luz.

༄

As irmãs chegam ao *gymnasium* a tempo para os treinos diários. O sol está forte e ambas se apressam à sombra das árvores que circundam o pátio. Na areia, já há meninas treinando, correndo pela praça completamente nuas. Ali, as *spartiates*, filhas dos melhores e mais nobres guerreiros da cidade, treinam junto às plebeias e continuarão a fazê-lo até formarem família. Seus corpos estão cobertos de óleo e de cicatrizes antigas já descoradas na pele bronzeada.

Clitemnestra entra no pátio, com Helena em seu encalço. A areia queima seus pés como uma lâmina aquecida, o ar denso com o cheiro de suor. O mestre, um dos guerreiros de seu pai, lhes dá um disco, depois uma lança e lhes corrige a postura enquanto elas fazem repetidos arremessos. O sol fica mais alto, e as meninas seguem saltando, correndo e disputando, os membros já doloridos e a garganta irritada por causa do ar seco e quente.

Por fim, chega a hora da dança. Clitemnestra avista Helena, que lhe sorri; a dança é o momento favorito da irmã. Os tambores começam a tocar e as meninas iniciam os passos. Os pés descalços pisoteiam a areia, pulsando no ar ensolarado, os cabelos das dançarinas se movimentam como línguas de fogo. Clitemnestra dança de olhos fechados, as pernas fortes seguindo o ritmo. Os movimentos de Helena espelham os da irmã, mas são mais compostos e graciosos, como se ela tivesse medo de se soltar demais. Com pés leves e precisos, braços tais como asas, parece pronta para voar, planando alto, longe dos olhares. Mas como ela não decola, continua a dançar, implacável.

Clitemnestra dança para si; Helena dança para os outros.

A água do banho é fria e gostosa na pele. Apenas Helena, Clitemnestra e as spartiates podem partilhar do pequeno cômodo num canto do pátio. A maioria das outras atletas, plebeias e meninas que não são espartanas natas lavam o suor no rio.

Clitemnestra apoia a cabeça na parede pedregosa, observando Helena sair do tanque, os cabelos dourados grudados nos ombros. Aos dezesseis anos, o corpo delas está mudando, o rosto está mais esbelto e mais vigoroso. Testemunhar essa mudança assusta Clitemnestra, embora se abstenha de comentários. Isso a faz lembrar que, na idade delas, a mãe já havia se casado com seu pai e deixado sua terra natal.

Leda migrara para Esparta a partir da Etólia, a região montanhosa árida ao norte da Grécia, famosa por suas feras, espíritos e divindades da natureza. Assim como todas as princesas etolienses antes dela, Leda era uma caçadora, habilidosa com o machado e o arco, e adoradora de Reia, a deusa da montanha. O rei Tíndaro amou sua impetuosidade e logo casou-se com ela, embora os gregos alegassem que as tribos da Etólia fossem "primitivas" e espalhassem rumores de que eram consumidoras de carne crua, comparando-os a animais. Quando Leda, uma mulher forte de cabelos negros e pele escura, deu à luz Helena, uma menina de pele clara e cabelos cor de mel, todos em Esparta passaram a achar que Zeus era seu amante. O deus era famoso por gostar de mulheres jovens e bonitas, e costumava assumir diferentes formas para arrebatá-las. Ele se transformou em touro para raptar a princesa fenícia Europa, em chuva dourada para tocar a adorável Dânae, e em nuvem negra para seduzir a sacerdotisa Io.

E assim fez com Leda. Disfarçando-se de cisne, encontrou-a sentada sozinha à margem do Eurotas, os cabelos negros e brilhantes feito a plumagem de um corvo, os olhos perdidos e tristes. Ele então voou para os braços dela e, quando a jovem acariciou suas asas, ele a estuprou. Os rumores costumavam ser minuciosos nos pormenores, então os espartanos detalhavam como Leda lutara enquanto era agarrada, sendo bicada e imobilizada por ele. Já outros diziam que a história tinha sido diferente: a união fora tão prazerosa, futricavam, que Leda chegara a ficar corada e sem fôlego.

É claro que ela deve ter gostado, Clitemnestra ouviu um menino dizer no *gymnasium* certa vez. *A rainha é diferente... O povo dela é mais* bárbaro.

Clitemnestra deu uma pedrada na cara dele, no entanto, jamais relatou o episódio à mãe. Ora, tais rumores eram fruto de pura inveja: Leda era linda, e os espartanos não confiavam nela. Mas, claro, nem sempre é fácil ignorar os maldizentes, por isso até o rei passou a acreditar que Helena não era sua filha. Ele não via nada de si na garota, sensação que só fazia aumentar conforme ela demonstrava sua paixão por música e dança, ou quando chorava ao ver um soldado ferido.

Mas Clitemnestra sabe que Helena é sua irmã. Sabe que, embora ela aparentasse ser frágil e delicada quando criança, possui uma força de vontade tão robusta quanto a sua. Quando pequenas, Helena se postava junto a Clitemnestra e ficava comparando cada pedacinho do corpo das duas até encontrar uma semelhança e enfim se dar por satisfeita. Afinal de contas, como Helena costumava dizer, ambas tinham cílios volumosos, dedos magros e pescoço longo. E quando Clitemnestra retrucava que seus cabelos eram mais escuros, da cor da terra, Helena fazia um muxoxo.

— Os rapazes vão chegar logo.

Clitemnestra olha para cima. As outras meninas já foram embora e Helena está olhando para ela, a cabeça inclinada como a de uma corça curiosa. Clitemnestra quer perguntar se ela também tem medo do futuro, mas sabe-se lá por quê, as palavras não vêm, então simplesmente se põe de pé.

— Então vamos.

※

Nesta noite, não há homens no salão de jantar. O local está vívido com as risadas das mulheres e o cheiro de carne assada. Quando Clitemnestra e Helena entram, Leda está sentada à cabeceira da mesa, conversando com criados, enquanto Timandra, Febe e Filónoe, as irmãs mais novas de Clitemnestra, enchem seus pratos com pães e azeitonas. Elas sorriem enquanto mastigam, as mãos e bochechas lustrosas da gordura da carne. Helena e Clitemnestra ocupam os dois lugares vazios de cada lado da mãe.

O salão é grande e tem pouca mobília, suas janelas altas com vista para a planície. Há algumas armas antigas penduradas nas paredes e uma mesa comprida de madeira escura riscada e desbotada, onde homens e mulheres costumam comer juntos.

— Certifiquem-se de que ninguém andou roubando os depósitos de grãos — orienta Leda aos servos — e deixem um pouco de vinho para o rei, que vai voltar de viagem. — Ela os dispensa com um aceno, e os criados saem tão silenciosamente quanto peixes n'água.

Febe limpa as mãos em sua túnica marrom e se inclina para a mãe.

— *Quando* o papai volta? — pergunta. Ela e Filónoe ainda são pequenas, e têm os olhos verdes profundos e a pele mais escura da mãe.

— Seu pai e seus irmãos voltarão dos jogos hoje à noite — responde Leda, saboreando seu queijo. O tio de Clitemnestra tem organizado corridas em Acarnânia, reunindo jovens participantes de todas as cidades gregas.

Vai ser tão *enfadonho quanto uma reunião de anciãos, irmã*, dissera Castor a Clitemnestra antes de partir. *Você vai se divertir mais aqui, caçando e ajudando mamãe na administração do palácio.* Ele roçou os lábios na testa dela e Clitemnestra sorriu ante a mentira. Ele estava ciente do quanto Clitemnestra queria acompanhá-los.

— Acha que Castor e Polideuces venceram alguma coisa? — pergunta Filónoe.

— Obviamente, sim — diz Timandra, cravando os dentes na carne de porco suculenta. Ela tem treze anos, traços mais brutos e nada chamativos, muito parecida com o pai. — Polideuces é mais forte do que qualquer espartano, e Castor é mais veloz do que os deuses.

Filónoe sorri, satisfeita, e Febe boceja, discretamente botando um pedaço de carne debaixo da mesa para os cães.

— Mãe, por que não nos conta uma história? — pede. — Papai sempre conta as mesmas.

Leda sorri.

— Clitemnestra vai lhes contar uma história.

— Querem saber da vez em que Castor e eu matamos aquele lobo? — pergunta Clitemnestra.

Febe aplaude.

— Sim, sim!

E assim Clitemnestra conta suas histórias, e as irmãs escutam com atenção. O sangue e a morte não as assustam porque ainda são jovens, cresceram num mundo de mitos e deusas e ainda não compreendem a diferença entre o real e o fictício.

✻

Para além da janela, o céu está alaranjado. Alguém canta na aldeia e o ar está cálido e adocicado.

— Timandra é tão parecida com você — comenta Helena, já pronta para dormir. — O quarto delas fica bem no final do *gynaeceum*, o alojamento feminino, e tem paredes pintadas com ilustrações simples: flores vermelhas, pássaros azuis, peixes dourados. No cômodo, há dois bancos de madeira, onde seus vestidos estão cuidadosamente dobrados, uma tigela d'água e uma cama de ébano egípcio, presente do ateniense Teseu para Helena quando esta completou catorze anos.

Clitemnestra enche a mão em concha para lavar o rosto.

— Acha que ela se parece com você? Timandra? — repete Helena.

— Hum. Sim.

— Ela é travessa.

Clitemnestra ri, secando a testa.

— Está dizendo que sou travessa?

Helena inclina a cabeça, franzindo a testa.

— Não foi isto o que eu quis dizer.

— Eu sei.

Clitemnestra deita-se na cama, ao lado de sua irmã, mirando o teto. Às vezes gosta de imaginá-lo pintado com estrelas.

— Está cansada? — pergunta ela.

— Não — sussurra Helena. Ela hesita, respirando fundo. — Papai vai voltar hoje à noite e amanhã vai contar para você e para Timandra tudo sobre as corridas. Ele ama vocês demais.

Clitemnestra não responde. Tateia a cicatriz nas costas, tocando suas pontas irregulares.

— Deve ser porque nunca matei nada — conclui Helena.

— Não é isso — intervém Clitemnestra. — Você sabe que é porque ele acha que Leda teve outro homem.

— Bem... teve?

Quantas vezes elas já tiveram aquela conversa? Clitemnestra suspira, pronta para repetir o de sempre:

— Não importa. Você é filha de Leda e minha irmã. Agora, vamos descansar um pouco.

Não importa quantas vezes Clitemnestra repita, Helena sempre escuta como se fosse a primeira vez. Então dá um sorrisinho para a irmã, fecha os olhos, e seu corpo relaxa. Clitemnestra aguarda até ouvir a respiração ritmada de Helena e aí se vira para ela. Admira a pele perfeita, lisa feito uma ânfora pronta para ser pintada, e se pergunta: *Quando foi que começamos a mentir uma para a outra?*

※

Na manhã seguinte, o treino é luta livre. Os criados aram e aplainam a areia do *gymnasium*, depois carregam uma cadeira de espaldar alto para posicioná-la sob a sombra das árvores. As guerreiras *spartiates* reúnem-se num canto do terreno. Algumas estão inquietas, brincando com punhados de areia, outras estão mais sisudas, tateando hematomas antigos. Clitemnestra alonga os braços enquanto Helena prende seus cabelos para que os fios não caiam no rosto. Os dedos são delicados em sua cabeça.

No alto da colina, o palácio está banhado em sol, ao contrário do rio e das montanhas, que estão frios sob as sombras. O centro de treinamento é um local tranquilo, meio escondido por rochedos e grama alta. Muitas vezes, na primavera e no outono, as meninas o frequentam para as aulas de música e poesia, mas agora faz calor demais, o sol em seu auge no céu e o ar quente grudando na pele feito areia molhada.

Um pequeno grupo de homens aparece na trilha empoeirada que vem do palácio. Os criados afastam-se do pátio central, posicionando-se agachados detrás das árvores, e as *spartiates* ficam em silêncio. Clitemnestra observa as guerreiras tomarem seus lugares enquanto seu pai acomoda-se na cadeira de espaldar alto. Tíndaro é baixo, porém forte, com pernas rígidas e musculosas. Seus olhos, reluzentes e penetrantes como os de uma águia, permanecem nas meninas. Então ele pigarreia.

— Vocês vivem para honrar Esparta e seu rei. Vocês lutam para que possam ter filhos fortes e saudáveis e governar suas casas. Lutam para provar sua lealdade à cidade. Lutam para pertencer. Sobrevivência, coragem e força são o seu dever.

— Sobrevivência, coragem e força são o nosso dever — repetem as meninas em uníssono.

— Quem vai começar? — pergunta Tíndaro, lançando um olhar breve para Clitemnestra. Ela o encara de volta, mas permanece em silêncio. Talvez seja tolice desafiar as outras meninas de pronto; foi algo que seu irmão lhe ensinou. Ela tem praticado luta contra as *spartiates* há anos, mas sempre há coisas novas a se aprender, golpes secretos inéditos. É importante que ela observe as oponentes primeiro.

Eupólia dá um passo à frente. Escolhe sua adversária, uma garota magra cujo nome Clitemnestra desconhece, e a luta se inicia.

Eupólia é vagarosa, porém violenta. Ela grita e tenta agarrar a outra pelos cabelos. A garota parece assustada e circunda sua adversária lentamente, como um gato de rua. Quando Eupólia mira a cabeça da oponente mais uma vez, a garota não consegue se esquivar e o punho de Eupólia a atinge em cheio no queixo. A menina cai e não se levanta. Fim da luta.

Tíndaro parece decepcionado. É raro aparecer para vê-las treinar e, quando o faz, espera ao menos uma boa luta.

— Mais uma dupla — ordena ele.

Cinisca se oferece, e as outras garotas abrem espaço, como cachorros assustados. Filha de um companheiro de exército de Tíndaro, ela é alta, tem nariz adunco e pernas fortes. Clitemnestra se lembra de quando Cinisca tentou roubar um brinquedo seu, anos atrás, no mercado: um boneco de guerreiro de argila pintada.

— Contra quem vai lutar, Cinisca? — pergunta Tíndaro.

Algo nos olhos de Cinisca faz borbulhar o sangue de Clitemnestra. Mas antes que ela possa se voluntariar para o combate, Cinisca anuncia:

— Helena.

As meninas arquejam. Ninguém jamais desafiou Helena porque sabem que a luta seria fácil demais e, portanto, nem um pouco honrosa. Temem que Tíndaro intervenha em favor da filha, mas, ora, Tíndaro não favorece ninguém. Todos o observam, à espera de uma reação. O rei apenas assente.

— Não — opõe-se Clitemnestra, e agarra o braço de Helena.

Tíndaro franze a testa.

— Ela sabe lutar como qualquer outro espartano.

— Eu vou lutar — retruca Clitemnestra.

Helena empurra a irmã para o lado.

— Você está me envergonhando. — Ela se volta para Cinisca. — Vou lutar contra você. — Com mãos trêmulas, Helena amarra os cabelos para trás. Clitemnestra morde o interior da bochecha com tanta força que sente gosto de sangue. Não sabe o que fazer.

Helena caminha até o centro da arena e Cinisca a acompanha. Há um instante de quietude em que a areia reluz e um vento suave sopra. Então Cinisca ataca. Helena salta para o lado, graciosa e ágil como uma corça. Cinisca recua um passo e rodeia com lentidão, avaliando. O tipo de lutador mais perigoso, Clitemnestra sabe bem: aquele que avalia. Cinisca se prepara para atacar de novo e, quando o faz, Helena acaba desviando para o lado errado e leva um soco no pescoço. Tomba de lado, mas consegue agarrar a perna de Cinisca e arrastá-la consigo. Cinisca soca o rosto de Helena, repetidas vezes.

Clitemnestra quer fechar os olhos, mas não foi o que lhe ensinaram. Então cede e observa, pensando nas maneiras como vai acabar com Cinisca mais tarde, na floresta ou à beira do rio. Vai nocauteá-la e encher sua cara de hematomas até fazê-la entender que algumas pessoas são intocáveis.

Cinisca enfim para de socar, e Helena se afasta, arrastando-se na areia, o rosto inchado e as mãos ensanguentadas. *Voe, voe para longe*, Clitemnestra tem vontade de gritar para sua irmãzinha, mas as corças não têm asas, e Helena mal consegue ficar de pé. Cinisca não lhe dá tempo para se recompor. Ataca e chuta outra vez, e quando Helena tenta fazê-la recuar, Cinisca avança e dá um puxão no seu braço.

Clitemnestra volta-se para Tíndaro. Ele assiste à luta com o rosto inexpressivo. Não vai fazer nada, a jovem tem certeza disso.

Helena grita e Clitemnestra corre para o centro da arena. Cinisca então se volta para ela, boquiaberta, mas não há tempo para reagir. Clitemnestra a agarra pelos cabelos e a joga para o lado com toda a força. Cinisca levanta a cabeça da terra, mas Clitemnestra firma o joelho em sua coluna, é na terra que a garota tem de ficar. Ela passa um braço em volta da cabeça de Cinisca, num mata-leão, ainda ciente do estado de Helena, que está caída a poucos metros, semiconsciente na areia ensanguentada. *Acabou*, pensa Clitemnestra, mas Cinisca agarra-lhe a perna e torce seu tornozelo com força, fazendo-a tropeçar e parando por um instante para respirar, olhos injetados.

— Esta luta não é sua — fala Cinisca, com a voz rouca.

Está enganada. A perna de Clitemnestra dói, mas a dor não a incomoda. Cinisca ataca de novo. Clitemnestra se esquiva e contra-ataca, derrubando-a. Então pousa nas costas de Cinisca para que ela não se levante mais. Quando sente o corpo da adversária ceder, levanta-se e sai, mancando. Helena mal respira e Clitemnestra a ergue da areia. Apoia seu corpo num abraço e a leva embora, seguida pelo olhar zangado do pai, como o de um cão de caça.

O tornozelo de Clitemnestra incha. A pele está roxa e pouco a pouco, o pé fica dormente. Uma serviçal cuida do ferimento, as mãozinhas ágeis e ao mesmo tempo cuidadosas, os olhos baixos. Hilotas, assim são chamadas as pessoas como ela, ex-habitantes do vale, escravizadas desde que os espartanos tomaram suas terras. Estão por toda a parte no palácio, os rostos sombrios e lúgubres à luz das tochas, as costas encurvadas.

Clitemnestra apoia a cabeça na parede, a raiva cria um turbilhão dentro dela. Às vezes, sua raiva parece tão palpável que ela deseja poder fatiá-la com uma faca. Está com raiva de Cinisca por ter ousado tocar em sua irmã; do pai, por ter deixado Helena apanhar; da mãe, que nunca intervém quando a indiferença do rei fere sua filha.

— Pronto — anuncia a criada, verificando o tornozelo de Clitemnestra. — Recomendo que descanse agora.

Clitemnestra se levanta num pulo. Precisa ver como está Helena.

— Você não pode andar — protesta a criada, franzindo a testa.

— Traga-me a bengala de minha avó — ordena Clitemnestra.

A garota assente e sai correndo em direção aos aposentos do rei, onde Tíndaro guarda os pertences da família. Quando retorna, está segurando uma linda bengala de madeira.

Clitemnestra nunca conheceu seu avô, Ébalo; sabe apenas que ele era genro do herói Perseu. Já a avó, Gorgófona, está bem marcada em sua memória. Alta e forte, casou-se duas vezes, algo inédito em seu país. Quando o primeiro marido morreu — um rei da Messênia de cujo nome Clitemnestra não se recorda —, Gorgófona casou-se com Ébalo. Mesmo sendo mais velha do que ele, veio a tornar-se viúva. Clitemnestra ainda se lembra de quando Gorgófona, envolta em peles de carneiro no leito de morte, dissera a ela e a Helena que sua família era uma dinastia de rainhas.

Vocês, meninas, serão lembradas por mais tempo do que seus irmãos, afirmou Gorgófona, sua voz grave, as rugas do rosto tão densas quanto os fios de uma teia de aranha, *assim como eu com meus queridos irmãos. Alceu, Mestor, Heleu... Homens bons, homens corajosos, mas alguém se lembra deles? Não.*

Tem certeza disso?, perguntou Helena. Tinha apenas doze anos à época, mas carregava a expressão tão séria quanto a de uma mulher feita.

Gorgófona as encarou, os olhos nublados, porém alertas.

Vocês são ferozes e leais, mas também vejo cautela aí dentro. Por tanto tempo vivi entre reis e heróis, e todos eles se tornaram altivos demais. Quando homens se deixam tomar pelo orgulho, excedem na autoconfiança. E, cedo ou tarde, acabam eliminados pelos traidores. Ela já estava balbuciando, mas suas palavras carregavam nitidez e sabedoria. Clitemnestra sentia-se compelida a ouvir com afinco. *Ambição, coragem, desconfiança. Vocês serão rainhas em breve, e é disto que vão precisar caso queiram sobreviver aos homens que desejarem eliminar vocês.* Gorgófona morreu poucas horas depois, e suas palavras ficaram ecoando na cabeça de Clitemnestra, saboreadas feito restos de gotas de mel nos lábios.

Seu tornozelo agora lateja. Apoiada na bengala da avó, Clitemnestra passa pelos saguões e corredores de pedra. As tochas acesas nas paredes lançam sombras que parecem silhuetas pintadas em ânforas. Ela chega ao *gynaeceum*, cerrando os dentes por causa da dor na perna. Ali, as janelas são menores e as paredes são pintadas com ilustrações de cores vivas. Clitemnestra caminha até as casas de banho, onde Helena foi levada para descansar, e para à porta por um instante. Ouve vozes, altas e nítidas.

— Não vou te contar — Helena está dizendo. — Não é justo.

— Não é justo que você tenha sido escolhida. Sabe como as coisas são. Se alguém ousa desafiá-la, outros ficarão à vontade para fazer o mesmo. —

É Polideuces. A voz de seu irmão é afiada como a lâmina de um machado. Helena se cala. Ouve-se então o som da água e dos passos impacientes de Polideuces, para lá e para cá, para lá e para cá.

— Conte-me, Helena, ou perguntarei a Clitemnestra.

— Não há necessidade disso — interrompe Clitemnestra, entrando no cômodo.

Helena está deitada numa banheira de barro pintado. As feridas em seus braços estão cobertas de ervas; seu rosto está deformado e machucado. Os lábios estão inchados e um dos olhos está tão semicerrado que é praticamente impossível distinguir a íris azul-clara, aquele vislumbre de céu límpido em um dia nublado. Polideuces se vira. Ele é esbelto como Clitemnestra, porém mais alto, e tem a pele da cor do mel. Aos vinte anos, ele em breve migrará do treinamento para a guerra.

— Foi Cinisca quem desafiou Helena — começa Clitemnestra. Polideuces está prestes a sair, o rosto franzido. Ela agarra o braço dele. — Mas você não vai fazer nada. Já resolvi.

Polideuces olha para a perna dela. Há uma faísca em seus olhos, a qual Clitemnestra conhece muito bem: seu irmão é como uma chama, sempre pronto para entrar numa briga.

— Você não deveria intervir — declara ele, afastando-a. — Agora nosso pai vai ficar furioso.

— Comigo, não com você — rebate Clitemnestra, sabendo o quanto seu irmão odeia decepcionar Tíndaro.

— Ela me protegeu — intervém Helena. — Aquela garota ia me matar.

Polideuces cerra os punhos. Helena é a favorita dele, sempre foi.

— Ela não teve escolha — continua Helena. Ela fala devagar, com dor. Polideuces assente, abre a boca como se prestes a argumentar, mas limita-se a sair, passos leves no piso de pedra. Helena fecha os olhos e apoia a cabeça na beira da banheira. — Estou envergonhada — confessa. Clitemnestra não sabe identificar se sua irmã está chorando. As luzes estão fracas e o ar cheira a sangue.

— Pelo menos você está viva — diz Clitemnestra. Nem Tíndaro nem qualquer outro espartano concordaria que uma vida humilhante é melhor do que uma morte gloriosa, mas Clitemnestra não se importa. Ela sempre preferiu viver. A glória sempre pode ser conquistada a qualquer tempo.

Ela encontra o pai no *mégaron*, conversando com Castor e Leda. O salão é imenso e lindamente iluminado, Clitemnestra passa mancando junto às paredes com afrescos em direção ao trono. Ao lado dela, as figuras pintadas correm, caçam e lutam, as cores tão intensas quanto o sol matinal, há javalis assustados, cães raivosos e heróis de longos cabelos feito ondas do mar empunhando suas lanças. Bandos de gansos e cisnes voam sobre as planícies cintilantes, com cavalos galopando logo abaixo.

Tíndaro está sentado em seu trono perto da lareira, segurando um cálice de vinho, com Leda ao seu lado, ocupando uma cadeira menor forrada com pele de carneiro. Castor está encostado em uma das colunas, a postura relaxada como sempre. Ao ver Clitemnestra, ele sorri.

— Você está sempre caçando problemas, minha irmã — diz ele. Assim como Polideuces, a virilidade já marca seu rosto.

— Cinisca vai se recuperar logo — comenta Tíndaro.

— Que bom — responde Clitemnestra. Ela está ciente do olhar zombeteiro do irmão às suas costas; não há nada de que Castor goste mais do que problemas e assistir outras pessoas sendo repreendidas.

— Tivemos sorte por ter sido uma garota — continua Tíndaro. Clitemnestra conhece as leis. Os filhos de um rei podem incendiar casas, violar, roubar e matar como quiserem. Mas é proibido machucar o filho de outro nobre.

— Cinisca ofendeu sua filha — pontua Clitemnestra.

Tíndaro franze a testa, aborrecido.

— E você ofendeu Cinisca. Não deu a ela a oportunidade de uma luta justa.

— Você conhece as regras — acrescenta Leda. — Quando duas meninas lutam, uma vence e a outra perde.

Ela tem razão. Clitemnestra tem ciência disso, mas as lutas nem sempre são simples assim. Leda sempre lhes ensinou que em todas as disputas existem vencedores e perdedores, e nada pode ser feito para mudar isso. Mas e se o perdedor for seu ente querido e você tiver de vê-lo cair? E se ela não merecer ser espancada até virar pó? Na infância, quando Clitemnestra fazia tais questionamentos, a mãe sempre balançava a cabeça. *Você não é um deus*, dizia ela. *Somente os deuses podem intervir em tais competências.*

— Cinisca ia matar Helena — Clitemnestra repete as palavras da própria Helena, mesmo sabendo que não são verdade. A verdade é que ela não faria mais do que ferir Helena com gravidade.

— Ela não ia matar ninguém — rebate Tíndaro.

— Eu conheço Cinisca — intervém Castor. — É uma garota violenta. Certa vez, ela socou um hilota até a morte.

— Como você a conheceria? — Leda zomba dele, mas Castor sequer pestaneja. Afinal de contas, todos estão bem familiarizados com seus gostos.

De uns anos para cá, Clitemnestra começou a ouvir gemidos e sussurros detrás de portas fechadas. Servas e filhas de nobres guerreiros já haviam passado pela cama de seus irmãos, e assim seria até que Castor e Polideuces decidissem se casar. Quando passeia pelo palácio, Clitemnestra sempre observa as criadas servindo vinho, cortando carne e esfregando o chão, e se pergunta quais delas já teriam se deitado com Castor. A maioria, provavelmente. Já no caso de Polideuces, é mais fácil identificar aquelas que caíram em suas graças. São as mais parecidas com Helena: cabelos e pele claros, olhos como nascentes d'água. Poucas são assim.

— Pai — diz Clitemnestra —, fiz apenas o que os soldados fazem na guerra. Se virem um amigo morrendo ao lado deles, vão intervir para socorrê-lo e se embrenhar na luta.

Tíndaro aperta ainda mais seu cálice.

— O que você sabe sobre guerra? — Ele deixa as palavras pairarem. — O que você sabe sobre o que quer que seja?

— Enfim alguém deu a Cinisca o que ela merecia — comenta Castor alegremente quando eles saem do *mégaron*. Ele carrega Clitemnestra nos ombros, e ela encara os cabelos do irmão, que balançam durante a caminhada. Ela se lembra de quando faziam a mesma coisa quando crianças, Clitemnestra nas costas de Castor e Helena nas costas de Polideuces. Os dois garotos apostavam corrida, carregando as irmãs, aí caíam e todos gargalhavam até o maxilar doer.

— Eu queria matá-la — replica ela.

Castor ri.

— Bem, você sempre teve um temperamento forte. E sempre se importou mais com os outros do que consigo.

— Isso não é verdade.

— Você sabe que é. Não que você se importe com todos, claro. Somente com sua família.

Eles chegam aos estábulos, perto da parte mais baixa do palácio, onde o terreno é mais plano e menos rochoso. Alguns jovens estão treinando; outros alimentam os cavalos.

— Venha — convida Castor —, vamos cavalgar um pouco. — Eles compartilham um garanhão robusto, batizado em homenagem a Ares, o deus da guerra, e cavalgam pelas planícies, em direção ao Eurotas. Passam pelas figueiras, pela terra queimada salpicada de flores amarelas e vermelhas, cada vez mais perto do rio. Os cascos de Ares levantam uma nuvem de poeira e areia, e por fim encontram as águas. Castor incita uma cavalgada veloz, assobiando e rindo, e Clitemnestra se agarra a ele, o tornozelo ainda dolorido e o rosto aquecido pelo sol. Quando param, Castor a ajuda a descer e eles se sentam à margem do rio. Há grama e flores crescendo ali, mas às vezes também é possível encontrar cadáveres pútridos e deteriorados.

— Mas você sabe que nosso pai está certo — diz Castor, deitado de costas. — Cinisca tinha todo o direito de vencer Helena.

— Não tinha. Helena é diferente.

— Somos todos diferentes à nossa maneira.

O olhar de Clitemnestra encontra o dele.

— Você entendeu o que eu quis dizer.

Castor sorri.

— Você está se equivocando ao superprotegê-la. Você a subestima. Se Cinisca continuasse a espancá-la, estimularia Helena a se esforçar para lutar melhor da próxima vez.

— E se ela tivesse morrido?

Castor arqueia as sobrancelhas, com ar divertido.

— As pessoas sempre se desafiaram. Os mais fortes chegam ao topo e caem, os mais fracos vêm e vão. Mas alguns sempre continuam de pé. — O rapaz brinca com uma folha de grama antes de arrancá-la. — Você herdou a força do papai e da mamãe, mas Helena tem uma força própria. Ela pode ser doce e frágil, mas é astuta. Eu não me surpreenderia se ela vivesse mais do que todos nós.

A sabedoria dele a aquece como uma pedra ao sol. A vida de Clitemnestra sempre foi assim: prazeres e tristezas, jogos e corridas, Castor sempre ao seu lado, pronto para desvendar os mistérios do mundo e rir de todos eles.

Por um instante, ela se pergunta como será quando o irmão se for.

3

UM REI

Toda vez que um forasteiro chega a Esparta, o palácio torna-se a morada dos cochichos. As notícias viajam tão depressa quanto a brisa do mar, e a criadagem deixa todas as superfícies reluzentes feito ouro. Ao final da tarde, quando a luz esmorece e o ar está tomado pelo perfume da casa de banho, chamam Clitemnestra para seu banho.

— Um homem importante virá para o jantar — fofocam.

— Um guerreiro? — pergunta Clitemnestra enquanto segue pelo corredor escuro em direção aos banhos. Seu tornozelo dói menos a cada dia, e em breve ela vai conseguir correr e se exercitar outra vez.

— Um rei — dizem. — Ou foi isso que ouvimos.

No banho, Helena já está se lavando na banheira de barro pintado, as antigas feridas dos braços ainda sendo tratadas com ervas. Seu rosto está belo e luminoso novamente. Resta apenas um hematoma, na bochecha esquerda, onde um osso foi quebrado. Ao lado dela há mais duas banheiras preparadas, cheias até a borda, e atrás delas uma criada mais velha prepara sabão. É feito de azeitonas e tem cheiro intenso e frutado.

— Já está sabendo? — pergunta Helena.

Clitemnestra tira a túnica e entra na banheira.

— Já faz tempo que não recebemos convidados.

— Já estava na hora — comenta Helena, sorrindo. Ela sempre gosta quando há visitantes no palácio.

A porta se abre. Timandra entra correndo, sem fôlego, e pula na imersão fria. Seus pés e mãos estão sujos; o cabelo, bagunçado. Ela já começou a sangrar, mas seu corpo continua reto, sem nenhum traço de curvas femininas.

— Lave-se, Timandra — diz Clitemnestra. — Parece que andou rolando na terra.

Timandra gargalha.

— Bem, era exatamente isso que eu estava fazendo.

Helena sorri e seu rosto brilha. Está de bom humor.

— Temos que ficar limpinhas — alerta ela, a voz empolgada. — Um rei abonado está vindo.

A criada se põe a pentear seus cabelos, as mãos negras manchadas desembaraçando as madeixas de Helena como se fossem fios de ouro. Timandra tateia os nós em seus cabelos escuros.

— Eu não preciso ficar limpinha — diz ela, olhando para Helena. — Porque com certeza o tal rei está vindo para ver você.

— Tenho certeza de que ele não está vindo para se casar. Deve ser alguma proposta mercantil.

Clitemnestra fica magoada. Por que Helena deveria ser a única pronta para o casamento?

Como se tivesse lido sua mente, Helena pontua:

— Talvez ele esteja vindo para cortejar Clitemnestra. — Suas palavras são tão sedosas, mas pela primeira vez há algo subjacente nelas, algo que Clitemnestra não consegue decifrar.

— Eu odeio reis — diz ela sem hesitação. Ninguém responde, e, quando ela se vira para a irmã, Helena a encara, com suas pupilas dilatadas e ferozes.

— Não, você não odeia — ralha Helena. — Você vai se casar com um rei.

Clitemnestra tem vontade de dizer que não dá tanta importância ao casamento com um rei quanto ao fato de se tornar uma grande rainha. Mas percebe que Helena já está melindrada, a mesma dor que emerge toda vez que Clitemnestra não lhe dá a devida atenção, e sabe se tratar de uma discussão inútil. Bem, deixemos o orgulho e as brigas para os homens. Ela toca o ombro de Helena.

— Todas nós vamos — conclui.

Helena sorri e seu rosto se ilumina como a fruta mais madura.

※

Elas sentam-se juntas em um salão imenso perto do refeitório, prontas para a aula de *mousikê*, com um baú cheio de flautas e liras a postos. Sua tutora, uma nobre idosa que muitas vezes declama poesias no jantar, está lhes ensinando uma nova melodia, dedilhando as cordas da lira.

As sobrancelhas de Helena se franzem de concentração. Timandra está mal-humorada, olhando para os próprios pés, e Clitemnestra a cutuca.

É uma canção sobre a ira de Ártemis, sobre o destino fatídico dos homens que ousam desafiar os deuses. A professora canta sobre o caçador Actéon, que viu a deusa tomar banho em uma fonte nas montanhas e chamou o restante do seu grupo para testemunhar a cena. Mas nenhum homem tem permissão para admirar Ártemis sem se deparar com sua fúria divina. *Assim, o caçador se tornou a caça*, conclui a professora, *e quando Actéon tentou fugir se embrenhando na floresta, Ártemis o transformou em um cervo.*

Quando chega a vez de as meninas tocarem a canção, Timandra se esquece de metade da letra. As vozes de Helena e Clitemnestra se misturam como o céu e o mar : uma, leve e adocicada; a outra, sombria e feroz. Elas param de cantar e a professora sorri para ambas, ignorando Timandra.

— Estão prontas para impressionar o estrangeiro no jantar?

Elas se viram e Castor está parado à porta, com um sorriso divertido. Helena cora e Clitemnestra larga sua lira.

— Controle seus ciúmes — diz ela ao irmão. — Tenho certeza de que ele também terá olhos para você.

Castor ri.

— Duvido muito. De qualquer forma, sua aula acabou, Clitemnestra. Leda está esperando por você no *gynaeceum*.

※

Do lado de fora do quarto da mãe, o corredor está uma algazarra só: sussurros femininos, passos apressados, o tilintar de panelas e frigideiras, e o cheiro de carne temperada vindo da cozinha. Clitemnestra abre a porta do aposento, entra e a fecha rapidamente. Lá dentro, o silêncio paira como em uma tumba. Leda está sentada num banco de madeira, olhando o teto como se rezasse aos deuses. Lascas de luz das pequenas janelas tocam as paredes em intervalos, iluminando as flores brancas pintadas contra um fundo vermelho intenso.

— Queria me ver? — pergunta Clitemnestra.

Leda se levanta e alisa os cabelos da filha.

— Lembra-se de quando levei você para o mar?

Clitemnestra assente, mas na verdade só se lembra de vislumbres: a pele de Leda molhada pela água cristalina, as gotas trilhando pelos braços e pela barriga, e as conchas espalhadas entre os seixos. Todas vazias. Quando a filha perguntou o motivo, Leda explicou que o bichinho que ali vivia já tinha morrido e que seu corpo havia sido devorado por algum outro animal.

— Naquele mesmo dia eu, contei a você sobre a consumação do matrimônio com seu pai, mas você era muito pequena para entender.

— Quer me contar de novo?

— Contarei. Sabe por que o matrimônio é chamado assim pelos espartanos? — *Harpazéin* é a palavra que ela usa, que também significa *tomar à força*.

— O homem sequestra sua esposa e ela precisa resistir — completa Clitemnestra.

Leda assente. Ela começa a trançar os cabelos de Clitemnestra e suas mãos são ásperas na nuca da filha.

— O marido precisa demonstrar sua força — explica ela, e a esposa deve se provar um par digno.

— Ela deve se submeter a ele.

— Sim.

— Acho que não vou conseguir fazer isso, mãe.

— Quando seu pai veio me levar para o quarto dele, eu lutei, mas ele era mais forte. Chorei e berrei, mas ele não me deu ouvidos. Então fingi ceder e, quando ele relaxou, passei os braços em volta do pescoço dele até sufocá-lo. — Ela finaliza o penteado da filha e Clitemnestra se vira. O verde nos olhos de Leda é escuro, como as sempre-vivas das montanhas mais altas. — Falei a ele que jamais ia ser submissa. Quando o soltei, ele disse que eu era mais digna do que ele imaginava e fizemos amor.

— Está dizendo que eu deveria fazer o mesmo?

— Estou dizendo que é difícil encontrar um homem realmente forte. Forte o bastante para não desejar ser mais forte do que você.

Há uma batida à porta e Helena entra, com um vestido branco e um espartilho que mal tapa os seios. Ela para ao ver a mãe, com medo de estar interrompendo.

— Entre, Helena — comanda Leda.

— Estou pronta. Vamos? — pergunta Helena. Leda assente e pega a mão dela, guiando-a para fora do quarto. Clitemnestra as acompanha, se perguntando se Leda já teria contado a Helena aquilo que acabou de lhe confidenciar.

O salão de banquetes está diferente esta noite. Bancos de madeira foram forrados com pele de carneiro e há tapeçarias penduradas no lugar das armas de bronze. Agora as paredes estão cobertas por caçadas régias e cenas de batalha com homens sangrando e divindades heroicas. Os criados circulam veloz e silenciosamente, como ninfas ao redor dos riachos. Tíndaro ordenou que fossem penduradas mais lamparinas a óleo, as quais lançam luzes bruxuleantes sobre a mesa enorme onde nobres espartanos e o rei estrangeiro já fazem sua refeição.

Clitemnestra não consegue tirar os olhos do desconhecido. Ele é jovem e diferente de todos os outros hóspedes. Seus cabelos são pretos como obsidiana, e seus olhos tão turquesa, como as pedras mais preciosas. Tíndaro o apresenta como o rei da Meônia, território que fica no leste, do outro lado do mar. Na Grécia, homens como ele são chamados *bárbaroi*, povos governados por déspotas, desprovidos de liberdade e de razão. Clitemnestra se pergunta se na Meônia os reis costumam participar ativamente das batalhas, assim como fazem em Esparta. Não lhe parece, pois os braços do forasteiro são lisos, bem diferentes do corpo repleto de cicatrizes dos espartanos ao seu redor.

A mesa está posta com iguarias raras: carne de cabra e ovelha, cebolas, peras e figos, pães com mel, mas Clitemnestra não sente fome. O rei da Meônia está conversando com Helena, que sentou-se ao lado dele. Quando o homem a faz rir, vira-se e olha diretamente para Clitemnestra.

Ela desvia o olhar quando o pai começa a falar, dirigindo-se ao desconhecido em meio à conversa ruidosa:

— Diga-me, Tântalo, as mulheres de sua terra natal são tão bonitas quanto dizem?

Tíndaro está tentando arranjar um casamento? É raro Esparta receber convidados de terras tão distantes, e o rei da Meônia deve ser muito rico. Tântalo sequer pisca. Ele sorri, fazendo duas ruguinhas surgirem nos cantos dos olhos.

— São, mas nada comparável à beleza encontrada aqui em Esparta. — Ele olha para Clitemnestra mais uma vez. Desta vez ela retribui, o coração acelerado como se tivesse acabado de correr. Ela praticamente sente o sorriso malicioso de Castor do outro lado da mesa.

— Suas mulheres possuem a beleza mais preciosa de todas: força física e caráter.

Tíndaro ergue seu cálice.

— Às mulheres de Esparta — brinda.

Todos ecoam suas palavras, e os cálices de ouro brilham à luz das lamparinas.

※

É verão, e o sol se põe mais tarde. De pé no terraço em frente ao salão principal, Clitemnestra admira as montanhas a leste e oeste. Seus picos contrastam perfeitamente com o céu alaranjado, depois, conforme a hora avança, perdem definição, fundindo-se à escuridão paulatina. Quando ouve a aproximação de passos às suas costas, ela não se vira. Tântalo de repente se posta ao seu lado, como ela esperava que fosse acontecer. Clitemnestra queria muito que ele viesse acompanhá-la, mas agora ela não sabe o que dizer. Então fica à espera. Quando enfim se volta para ele, nota que ele está admirando os brincos de ouro que roçam seu pescoço e ombros ao balançarem. Eles têm o formato de grandes anêmonas.

— Você conhece a origem das actínias? — pergunta ele, quebrando o silêncio. Sua voz é cálida; sua pele, escura como carvalho.

— Aqui chamamos de anêmonas — responde Clitemnestra.

— Anêmonas — repete ele. — Elas foram criadas pela deusa Afrodite a partir do sangue de Adônis, o rapaz por quem ela era apaixonada.

— Sei como foi. Adônis foi morto por um javali.

Tântalo franze a testa.

— O rapaz morre, mas o amor da deusa por ele permanece. É um lembrete sobre a beleza e resistência em tempos de adversidade.

— De fato, mas Adônis está morto, e nenhuma flor pode substituí-lo.

Tântalo sorri.

— Você é uma mulher bem estranha.

Não sou estranha, Clitemnestra tem vontade de retrucar, mas fica em silêncio, prende a respiração.

— Seu pai diz que você é tão sábia quanto é possível para uma mulher madura, e quando perguntei de você para sua irmã, ela disse que você sempre sabe o que quer.

Clitemnestra inclina a cabeça.

— Isso seria invejável, mesmo para um homem.

O sorriso de Tântalo desaparece, e ela teme seu afastamento. Mas então ele toca os cabelos dela. Acaricia suas tranças, passeia até o pescoço. A mão na pele dela é como uma chama, e ainda assim ela quer mais. Clitemnestra dá um passo à frente, perto o suficiente para sentir o calor dele. O desejo a percorre, mas ela evita se aproximar mais. Afinal de contas, ele é um desconhecido. Então ambos ficam ali, imóveis, o mundo girando ao redor.

    As sombras crescem no terraço. Tudo no entorno é volátil, e desaparece à medida que os céus se fundem à terra, o rosto deles se liquefaz, como uma respiração fugaz.

4

OS RELATOS DE TÂNTALO

É de manhã bem cedo e Clitemnestra está sentada ao lado do trono de seu pai no *mégaron*. O salão está calorento e os afrescos parecem derreter. Ela sente o cheiro de suor de Tíndaro enquanto seus irmãos discutem sobre um guerreiro espartano que reivindicou a esposa de um camarada. Logo, logo as pessoas irão inundar o *mégaron* com suas solicitações diárias e ela terá de lhes dar atenção; no entanto, sua mente só consegue focar na sensação da mão de Tântalo em seu pescoço. Foi como ser tocada por uma estrela.

— O guerreiro precisa pagar — declara Polideuces, com a voz alterada.

Clitemnestra esfrega os olhos e tenta se concentrar.

— Você é sempre muito vingativo, meu filho — intervém Tíndaro. Ele está comendo uvas de uma tigela, o suco manchando sua barba. — O terror não governa sozinho.

— Estamos falando de um homem que roubou a mulher de outro! — responde Polideuces com rispidez.

— Talvez ela tenha ido com ele de bom grado. — Castor dá um sorriso malicioso. — Basta que ele recompense seu camarada com ouro. E então que cada um siga em paz.

— Se o castigo se resumir a dinheiro, o que vai impedir o sujeito de copular com a mulher de outro novamente? — questiona Polideuces. — Mas se você pegar o filho dele, a esposa, mostrar a ele que ele também pode perder aqueles que ama, então ele vai obedecer. Ele não vai *pedir* perdão, ele vai *implorar*.

— O homem não tem esposa — ressalta Castor. — Ele é viúvo.

Tíndaro suspira.

— O que você sugere, Clitemnestra?

Ela se senta.

— Chame a mulher. Pergunte o que ela fez e por quê.

Seus irmãos se voltam para ela rapidamente.

— E depois?

— Então aja de acordo. — Quando ninguém retruca, ela continua: — Estamos em Esparta ou em Atenas? Por acaso nos orgulhamos de nossas mulheres fortes e obstinadas ou nós as trancamos em casa para que se tornem frágeis e inúteis?

Castor franze a testa.

— E se a mulher alegar que foi com outro homem voluntariamente?

— Então ela deve chamar o homem para que juntos peçam perdão ao marido. Se ele a estuprou, deve pedir perdão a ela, não ao marido.

Tíndaro assente e o rosto de Clitemnestra cora de orgulho. Seu pai raras vezes dá ouvidos a quem quer que seja.

— Vão ver a mulher, então — ordena Tíndaro a Castor e Polideuces. Clitemnestra faz menção de se levantar, mas seu pai a impede. — Fique aí.

Quando os irmãos desaparecem, Tíndaro oferece-lhe algumas uvas. Suas mãos são grandes e calejadas.

— Quero perguntar a você sobre o rei da Meônia, Clitemnestra.

A filha pega as uvas mais maduras e as engole, mantendo o rosto o mais inexpressivo possível.

— O que tem ele?

— O acordo que o trouxe até aqui foi discutido. Ele pode voltar para casa. Mas ele me disse que gostaria de passar mais tempo com você. — Tíndaro para um instante, daí continua: — O que você deseja?

Clitemnestra olha para as próprias mãos, dedos longos cobertos por pequenos cortes, palmas mais macias do que as do pai. *O que eu desejo?*

— Muitos homens de Esparta em breve vão se manifestar para pedir sua mão — alerta Tíndaro. — Você é amada e respeitada.

— Eu sei.

Como ela não mais se pronuncia, Tíndaro pergunta:

— E ainda assim você deseja que Tântalo fique? — Ele espera pacientemente pela resposta, metendo uvas na boca até esvaziar a tigela.

— Sim, pai — responde ela enfim. — Desejo que ele fique mais um pouco.

Clitemnestra fica obcecada por Tântalo. Anseia por contato quando ele está por perto; e quando não está, ela devaneia, e se flagra pensando nos olhos e no corpo esbelto do rei, de um jeito que nunca fez com mais ninguém.

Helena não entende, mas como poderia? Clitemnestra sabe muito bem que ela mesma é a maior obsessão da irmã. Para Helena, todos os homens são iguais: fortes, violentos, empolgados com a beleza dela, porém nada além disso. Não se sentem desafiados a conquistar seu coração; a veem apenas como um prêmio, o mais precioso de todos, mas, ainda assim, um prêmio, tal como uma vaca ou uma espada. Tântalo, porém, viu algo em Clitemnestra que ele foi capaz de amar e desejar, e parece disposto a fazer qualquer coisa para conquistar seu intento.

— Ele não é diferente de todos os outros — diz Helena enquanto as duas descem, apressadas, pela rua estreita de lojas e oficinas de artesãos nos arredores do palácio. A rua é um atalho para a praça onde os fabricantes têxteis e tintureiros fazem negociações.

— Acredito que ele seja diferente, mas veremos — responde Clitemnestra, tropicando um pouco pela rua de paralelepípedos.

— Devagar! Por que está correndo? — Helena ofega.

Clitemnestra sabe que Tântalo está nos estábulos e tem esperança de que ainda esteja lá quando as irmãs retornarem ao palácio.

— Precisamos buscar a túnica de mamãe antes do pôr do sol. Depressa! — incita ela, tropeçando da escuridão da rua estreita rumo à luz da praça. O fim do verão está próximo, mas o sol ainda castiga, ofuscante. De repente, Clitemnestra para de supetão e Helena tromba nela.

— Admita — diz ela. — Você quer voltar para ver Tântalo.

Clitemnestra agarra o braço da irmã e a guia praça afora. De súbito, ela se detém diante da galeria dos perfumistas para observar as árvores frutíferas e as ervas plantadas em um pátio lá dentro. Clitemnestra então empurra Helena para que entrem, passando pelas lojas de tinturaria, com peles de animais penduradas nas portas, e então em direção a uma loja menor em um cantinho. Vende basicamente têxteis, um domínio de fiandeiros e tecelões. No interior, o espaço é amplo e bem organizado, com várias mulheres tecendo lã crua e linho.

— Estamos aqui para buscar o novo quitão de Leda — diz Clitemnestra em alto e bom som.

Uma mulher de cabelos negros e pele alva se aproxima, deixando de lado a lã da qual se ocupava.

— Bem-vindas, princesas — saúda ela. Então as guia até os fundos da loja, onde mulheres mais velhas trabalham em teares altos. — Esperem aqui. — Ela desaparece atrás de uma cortina.

— Quando Tântalo partirá? — pergunta Helena. — Os hóspedes nunca ficam tanto tempo assim.

— Talvez ele jamais se vá — responde Clitemnestra.

Atrás delas, as mulheres cochicham. Clitemnestra se vira, na tentativa de decifrar as palavras, daí elas param de imediato, voltando-se a seus teares. Helena enrubesce, baixa o olhar.

— O que elas estavam falando? — pergunta Clitemnestra.

— Não importa — sussurra Helena. Antes que a irmã insista, a mulher retorna, trazendo uma túnica carmesim.

Clitemnestra pega a peça e se vira para a irmã.

— Vamos. Precisamos voltar.

Helena murmura algo, e na sequência as mulheres voltam a cochichar. As duas saem correndo da loja, acompanhadas pelos olhares das tecelãs.

Lá fora, na praça, Helena caminha à frente. Parece incomodada, então Clitemnestra não a perturba. Mal pode esperar para largar a túnica na porta do palácio e correr para os estábulos.

— Você realmente não ouviu aquela palavra, ouviu? — pergunta Helena de repente. Ainda está andando na vanguarda, então Clitemnestra não consegue enxergar seu rosto.

— Não.

— Aquelas mulheres estavam me chamando de *téras*. — A palavra é incisiva em seus lábios. *Augúrio*, é isso que significa, como um arco-íris que aparece sobre as nuvens, mas também *bizarra*, tal qual uma górgona, o monstro com serpentes no lugar dos cabelos. — Também andam falando isso no *gymnasium*.

Clitemnestra fica raivosa.

— Por quê? Por que diriam tal coisa?

Helena enfim se vira para trás. Suas bochechas estão rubras; seus olhos, marejados. É doloroso observar o rosto dela, a tristeza evidente.

— Acham que Tíndaro não é meu pai. Que nasci depois que Zeus estuprou Leda. Acreditam piamente nisso, mas não têm coragem de dizer na minha cara.

Clitemnestra respira fundo.

— Vamos voltar à loja. — Seu irmão tem razão: às vezes, é necessário dar uma lição em certas pessoas.

— Achei que você estivesse com pressa para ver Tântalo — retruca Helena, com voz amarga.

E então ela se põe a caminhar, quase correndo pela rua de paralelepípedos que leva de volta ao palácio. Clitemnestra permanece sob a luz ofuscante da praça, a túnica da mãe amarrotada nas mãos. Adoraria que a luz a chamuscasse, para que Helena visse sua dor.

De volta aos estábulos meio desertos, Tântalo alimenta um garanhão castanho. Clitemnestra caminha até ele devagar, como se não tivesse vindo correndo da praça. Ao notar a presença da jovem, ele dá ao cavalo um último punhado de feno e então se volta para ela.

— Acabei de saber que você se feriu recentemente em uma briga — diz Tântalo.

— Não foi nada. Apenas um entorse no tornozelo.

Os olhos dele são de um azul intenso, como uma pedra preciosa capturando a luz, sempre de um jeito diferente, mas seguro, como a água cristalina da costa, nem tão profunda, nem tão assustadora.

— Vocês também lutam? — pergunta ela.

— Sim, mas não como vocês. Lutamos com armas.

— O que acontece quando alguém ataca e você está desarmado?

Tântalo ri.

— Há guardas ao nosso redor.

— Não estou vendo guarda nenhum agora.

O rei sorri e abre os braços.

— Lute contra mim, se assim quiser. Então veremos se nós, *bárbaroi*, fazemos jus a este nome que vocês nos deram. — Tântalo não fala com raiva ou desprezo. — Mas aviso: temo não ser páreo para você.

Clitemnestra está surpresa. Não conhece nenhum homem que fale daquele jeito.

— Talvez devêssemos lutar com armas, então.

Tântalo avança um, dois, três passos.

— Tenho certeza de que você ainda assim seria a mais forte. Ouvi dizer que você sempre luta para vencer.

— E você não?

Tântalo está mais perto agora: dá até para ver as ruguinhas ao redor de seus olhos.

— Nunca tive de lutar para vencer nada na vida. Eis meu tormento, a minha fraqueza.

Que surpresa, de novo. Os homens que Clitemnestra conhecia não costumavam discorrer sobre as próprias fraquezas. A jovem refletiu sobre as palavras dele. Que custoso imaginar tal vida.

— Vejo que com você deve ser diferente — acrescenta Tântalo —, sendo assim, insistirei de novo e de novo caso aceite.

— E se eu não quiser aceitar?

— Então voltarei para Meônia. E terei aprendido como é doloroso não poder ter o que se deseja.

— Isto lhe serviria bem.

— Não creio.

Clitemnestra se recosta, muito embora queira muito tocar o rosto de Tântalo. Deseja sentir a pele macia dele sob sua mão, colar o corpo ao dele. Mas todas as coisas boas devem esperar. Então ela o deixa de mãos vazias.

Dia após dia, Clitemnestra e Tântalo começam a fazer passeios habituais até o rio. Caminham sob o sol poente ao final da tarde, quando a terra ainda está morna sob os pés.

Enquanto estão sentados com as pernas penduradas n'água e os juncos fazendo cócegas em suas costas, Tântalo conta-lhe histórias sobre as pessoas que conheceu e as terras que visitou, sobre os deuses por ele venerados e os mitos que aprecia. Conta também sobre os hititas, com suas carruagens bélicas e seus deuses tempestuosos. Descreve Creta, seu palácio imponente, cada muralha coberta com cores intensas e desenhos cálidos de sol. Também fala sobre o primeiro governante da Meônia e sua orgulhosa filha Níobe, cujos sete filhos e filhas foram mortos por Ártemis.

— Níobe não parava de chorar — diz Tântalo —, então os deuses a transformaram em pedra. Mas, mesmo assim, a água continuou a escorrer ao longo da rocha.

Ele conta sobre Cólquida, a maravilhosa terra de Eetes, filho do sol, e sobre os feitiços que ele conjura para aterrorizar seu povo.

— Guerreiros de poeira lutam por ele, dragões também. E agora ele tem uma filha, Medeia. Que é perigosa. Dizem que é uma bruxa, como o pai.

— Talvez ela não seja perigosa — ressalta Clitemnestra.

— Talvez — sugere Tântalo —, mas as crianças geralmente crescem e ficam iguais a seus pais.

— E quanto aos seus pais?

Tântalo fala dos governantes da Meônia, os criadores das moedas de ouro e prata. Clitemnestra percebe que ele gosta de narrar tais histórias. Ela não liga muito para mitos, cresceu com o pai e os irmãos, admiradores de um mundo sem encantamento ou ilusão. Mas Tântalo é um talentoso contador de histórias, então ela escuta.

Enquanto o rei fala, ela fica impressionada com o encanto e as agruras de se apegar a cada palavra dele, e deseja poder ouvi-lo para sempre. É como pular da beira de um penhasco e cair, o coração acelerado, mas sempre ávido por mais.

✦

Nos dias subsequentes, Clitemnestra observa seus pais de um jeito inédito.

Quando os plebeus entram no *mégaron* com seus apelos, Leda fala e dá ordens, mas somente quando Tíndaro pede sua opinião. No jantar, quando ele dá olhadelas para as criadas, indiscreto o suficiente para ser flagrado pela esposa, Leda beberica o vinho em silêncio, embora haja faíscas em seus olhos, como se a rainha estivesse prestes a se incinerar. Clitemnestra nota que a mãe frequentemente desafia seu pai, e que ele gosta quando ela faz isso, mas apenas até certo ponto. Provoque demais o lobo e ele arrancará seu braço.

À medida que Clitemnestra observa, sente-se uma tecelã, fiando cada meada, ansiosa para ver a tapeçaria concluída. Percebe que a mãe sabe ser duas pessoas diferentes, e que a melhor versão sempre surge quando o pai não está por perto.

Então é assim quando alguém se apaixona e se casa?, pergunta-se. É dessas coisas que a mulher abre mão? Durante a vida inteira, ela aprendeu a ter coragem, força e resiliência, mas será que tais qualidades deveriam esmorecer sob a tutela de um marido? Mas também é fato que seu pai a escuta quando fala, e Tântalo a olha como se fosse uma deusa.

Os pensamentos queimam e tremeluzem, e ela tenta suprimi-los.

Não importa o que Leda ou Tíndaro façam. Sua avó lhe disse que ela se tornaria rainha, e assim será.

Clitemnestra não se curvará a ninguém. Seu destino será como ela quiser que seja.

※

Seus irmãos devem partir Uma expedição heroica à opulenta região da Cólquida. Um mensageiro chega ao amanhecer para dar a notícia, o suor escorre pela túnica após a longa jornada. Clitemnestra o observa do terraço quando ele desce do cavalo e encontra Castor e Polideuces à entrada do palácio. Não tinham recebido visita alguma desde a chegada de Tântalo, e ela fica surpresa ao ver que o homem permanece à porta para falar com seus irmãos em vez de entrar correndo para ver o rei.

Mais tarde, Castor leva Clitemnestra até a margem do rio. Parece perdido nos pensamentos e seus olhos estão escuros à luz matinal.

— O recado era para você e Polideuces — diz Clitemnestra.

O irmão assente.

— Estamos indo à Cólquida. Fomos convocados para que nos juntemos a uma tripulação de jovens gregos.

— Tântalo me contou sobre a Cólquida — diz Clitemnestra. — É governada por um rei perverso.

— Eetes, sim — confirma Castor.

— Ele é habilidoso no preparo de poções. Usa ervas que crescem na mata para provocar mudanças no mundo.

— Como sabe dessas coisas?

— Tântalo diz que no Oriente todo mundo está ciente disso.

— E o que essas ervas fazem?

— Curam animais e pessoas, coisas assim, trazem todos de volta à vida. Mas também causam dor.

Castor não responde. Está observando um grupo de rapazes que aposta corrida ao longe.

— Quando você partirá? — pergunta Clitemnestra, mergulhando os pés n'água.

— Em breve. Dez dias.

— E por quanto tempo?

Castor senta-se ao lado da irmã.

— Ainda não sei. Será uma das maiores expedições de todos os tempos. Será assunto por muitos anos.

— Então você vai passar muito tempo longe — conclui Clitemnestra.

Castor a ignora.

— Jasão da Tessália vai nos liderar. A tripulação será de quarenta homens ou mais.

— Jasão? — A jovem se lembra das mulheres do palácio falando do rapaz, filho do rei legítimo de Iolcos. Era uma daquelas histórias que as pessoas adoravam repetir: um governante sedento de poder, ávido por eliminar todas as ameaças ao trono, e uma mãe desesperada para salvar o próprio filho. Quando Jasão nasceu, seu tio Pélias ordenou que o menino fosse morto, então sua mãe e suas doulas se reuniram em torno do bebê e choraram como se ele fosse natimorto. À noite, ela saiu do palácio e escondeu o filho na mata, rezando para que alguém o resgatasse. Ninguém ouvira falar dele desde então.

— Ele está vivo — revela Castor —, e virá reivindicar seu reino. Mas primeiro precisa ir à Cólquida.

— E o que ele busca?

— Um velocino de ouro. — Clitemnestra arqueia as sobrancelhas, cética, e Castor explica: — Contam que o rei Eetes guarda a lã de um carneiro de pelagem dourada. Muitos tentaram furtá-la, porém sem sucesso. O tio quer que Jasão encontre a tal lã e a leve para ele. Se nós conseguirmos, o tio lhe dará o trono de Iolcos.

— E por que você está do lado dele? — questiona Clitemnestra. — Não é uma luta que lhe diz respeito.

— Todo homem de valor estará lá. Todo indivíduo que deseja ser lembrado.

E quanto a mim? Serei esquecida? Mas as palavras da avó lhe reverberaram na mente. *Vocês, meninas, serão lembradas por mais tempo do que seus irmãos.* Ela entra na água, sentindo nas solas as pedras cobertas de musgo.

— Você gosta desse rei, esse tal de Tântalo? — Clitemnestra ouve Castor perguntar. Ela ri, mas não responde. — Ele deseja você, creio — acrescenta.

— Acredito que sim.

— Você vai se casar?

— Meônia fica longe — argumenta Clitemnestra.

Castor inclina a cabeça e a fita com seriedade.

— Cólquida também fica. E daí? Permaneceremos apodrecendo em Esparta até nossos dias se findarem?

Clitemnestra sente Helena ofegante às suas costas. Então vira-se e pega sua mão para ajudá-la a subir pela trilha da floresta. As folhas estalam sob os pés e o sol se infiltra por entre as folhagens das árvores. Ao longo de riachos e troncos caídos, morangos silvestres reluzem às sombras em seu tom vermelho-sangue.

A atmosfera no *gymnasium* estava insuportável, com grupelhos de *spartiates* sussurrando às costas de Helena enquanto treinavam. Assim que o treinamento terminou, Clitemnestra tomou a irmã pelo braço e a trouxe à trilha, rumo ao topo do monte Taígeto. Clitemnestra sabia que não ia conseguir se controlar caso permanecesse na arena por muito tempo mais.

Elas decidiram subir até o pico, onde o ar é frio e úmido e as árvores perfuram o céu feito lanças. Clitemnestra faz uma breve pausa para sentar-se em uma rocha imensa, e Helena se ajoelha ao seu lado, os cabelos dourados suados e cheios de gravetos. Lá de cima, o vale é marrom e liso, e os traçados de terra amarela e seca lembram cicatrizes nas costas de um guerreiro.

— Soube de Castor e Polideuces? — pergunta Helena. Polideuces provavelmente contara a ela. Clitemnestra assente.

— Está preocupada? — pergunta Helena.

— Não — retruca Clitemnestra. Uma águia voa bem acima das irmãs, com um rato morto no bico. Clitemnestra observa o animal, até que ele enfim desaparece, mergulhando nas profundezas da mata.

— Eu também gostaria de poder ir embora — admite Helena. — Queria poder ir com eles.

— Para a Cólquida?

— Por que não?

Clitemnestra dá de ombros.

— Quero ver Cnossos, ou as colônias fenícias. Ou Meônia.

— Meônia — repete Helena.

Clitemnestra se agacha na rocha, ciente de que Helena a fita.

— Quer se casar com Tântalo? — pergunta Helena. Não há ciúme nem raiva na voz, apenas surpresa.

Por que surpresa?, pensa Clitemnestra. *Ela achou que eu fosse me casar com algum rei comum ou com um espartano? Não... Quero estar com alguém diferente, que me faça olhar o mundo com prazer, que me mostre as maravilhas e os segredos disponíveis.*

— Dá para perceber como você muda perto dele — comenta Helena.

— É uma mudança boa ou ruim? — pergunta Clitemnestra.

Helena desvia o olhar, alisando a túnica. Clitemnestra sabe que, sob aquela postura, Helena é capaz de esconder a tristeza e o medo. Mas a irmã também aprendeu a ocultar a escuridão, como algas escondidas no fundo do mar.

Quando Helena se volta para Clitemnestra de novo, ela sorri.

— Acho que boa.

※

No jantar, Castor e Polideuces anunciam sua partida iminente. Tíndaro e Leda os beijam.

Os nobres espartanos os aplaudem.

— Partiremos tão logo chegar a notícia de que Jasão está pronto em Iolcos — declara Castor, e todos batem cálices na mesa, comemorando. Os criados trazem vinho em jarras de ouro e travessas com pão, carne, figos e queijo.

— Sirvam-se, familiares e membros do clã de Esparta — ordena Tíndaro. — Hoje à noite vamos celebrar a expedição de meus filhos! — Uma nova salva de palmas e saudações alegres. Helena bebe seu vinho em silêncio, e Polideuces sussurra algo ao seu ouvido. Clitemnestra observa ambos.

— Você está triste? — pergunta-lhe Tântalo.

Clitemnestra se volta para ele.

— Vejo sua tristeza devido à partida de seus irmãos — diz ele, que a observa fixamente, à espera, como se estivesse pronto para tomar seus sentimentos e segredos nas mãos.

— Estarão felizes lá — responde Clitemnestra. — Nasceram para isso.

— Para quê?

— Para serem grandes guerreiros. Heróis.

— E você?

— Não nasci para fazer parte da expedição de outro homem.

— Nasceu para quê, então?

A moça faz uma pausa antes de responder.

— Certa vez, minha avó disse que nasci para governar.

Tântalo sorri.

— Todos os governantes devem aprender a seguir antes de liderar.

— Você passou muito tempo seguindo? Antes de tornar-se rei?

Tântalo ri e pega sua mão. A pele de Clitemnestra inflama sob o toque. Então ele a solta e se põe a comer, e nesse ínterim o salão é tomado por conversas embriagadas.

Quando o sol se põe na terra seca, o salão já está ficando mais silencioso. Os cães domésticos comem as sobras no chão. Pratos e tigelas sujos e cálices com vinho até a metade emporcalham a mesa. Leda e Tíndaro já se recolheram a seus aposentos, e agora os últimos nobres bêbados se retiram aos tropeços, arrastando as esposas consigo.

Está escuro lá fora, mas o salão de pé-direito alto permanece iluminado. Castor entrega a Tântalo uma jarra de ouro, e ostenta um sorriso travesso.

— Beba um pouco mais.

Ele aceita.

— Se está tentando me embebedar, vai ser difícil.

— Você bebe muito em Meônia? — pergunta Helena. Ela está deitada no banco de madeira, com a cabeça no colo de Polideuces.

— Bebemos até morrer — responde Tântalo. Castor e Clitemnestra riem. Ela está andando pelo salão, entrando e saindo do fulgor das tochas. Tântalo a acompanha com o olhar.

— Então não podemos deixar que nossa irmã vá com você — pontua Castor. — Não queremos que ela morra de tanto beber vinho.

As bochechas de Clitemnestra ardem, mas ela sorri.

— Você não deveria se preocupar, Castor. Sabe muito bem que dou conta de lutar contra você mesmo depois de beber duas jarras.

Castor salta para mais perto dela e tenta carregá-la, brincando, mas Clitemnestra agarra o braço dele e o dobra às costas. O irmão a empurra.

Helena boceja e Polideuces se levanta.

— Vou para a cama — anuncia ele. Uma criada de cabelos escuros adentra o salão, fitando-o, esperançosa, como se na expectativa de lhe fazer companhia. Ele a ignora, estendendo a mão para Helena.

— Bem, também vou — diz Castor, caminhando até a criada. — Pelo visto terei companhia hoje à noite, afinal de contas.

Helena se demora junto à porta, olhando Clitemnestra e Tântalo. Aí abre a boca como se fosse dizer alguma coisa, mas desiste e enfim pega a mão de Polideuces. Eles saem juntos, Helena virando a cabeça mais uma vez antes de desaparecerem porta afora.

Clitemnestra se recosta na parede, os olhos de Tântalo fixados nela. Agora são só os dois, frente a frente. A jovem aguarda, ainda sob a luz de uma tocha, e ele se aproxima dela. Quando Tântalo chega perto o suficiente para tocá-la, fala com tanta suavidade que as palavras são um sopro.

— Diga-me o que quer, Clitemnestra. — Ela morde o lábio, calada, então ele acrescenta: — Também posso ir embora, se é isto que deseja.

Tântalo entende que ela gosta do poder, então ele o concede. A moça se pergunta se aquilo seria algum tipo de truque, um jogo. Mas mesmo que seja, ela não se importa. Clitemnestra é boa em disputas e sabe perfeitamente como jogar naquela.

— Fique — pede ela.

Ela já havia estado com um homem antes, um rapaz não muito mais velho do que ela. Foi durante um banquete no povoado, numa noite de verão. As estrelas cobriam a abóbada celeste e iluminavam os aldeões que dançavam e saltitavam na grama amarelada. Helena, Clitemnestra, Castor e Polideuces observavam a cena, cativados pelo ribombar dos pés, pela pintura nos rostos dos aldeões. Então Helena se viu batendo palmas e cantando no ritmo, e logo os quatro se juntaram a ela, dando as mãos, gargalhando.

Depois, beberam até as estrelas redemoinharem e a pintura dos aldeões ganhar tons oníricos. Helena e Polideuces continuaram a dançar juntos, ao passo que Castor sumiu com a beldade da região, uma mocinha mais velha de olhos imensos, uma reprodução da deusa Hera. Um rapazote de cachos escuros pegou a mão de Clitemnestra e eles correram e se esconderam entre a grama alta, os corpos leves de empolgação.

Depois, ao serem tomados pelos últimos tremores sob a lua silenciosa, o prazer esmorecendo com lentidão, o rapaz perguntou se poderia vê-la novamente. Ela balançou a cabeça. Sentia o cheiro de figueiras e da lama, de jasmim e suor. O menino adormeceu logo e ela então o largou ali, sonhando sob as árvores.

Resolveu dar uma volta pelo terreno, ansiosa para encontrar seus irmãos. Helena e Polideuces tinham ido embora, mas então ela encontrou Castor sentado sozinho no pomar, exibindo um sorriso discreto. Ela se deitou ao seu lado, botou-lhe a cabeça no colo, as frutas reluzentes penduradas acima dos dois eram como pequenos sóis. A sensação familiar da mão de Castor em sua cabeça a acalmou. E ali Clitemnestra adormeceu, encolhida ao lado do irmão, até o amanhecer chegar e eles serem acordados pelos aldeões.

Clitemnestra acorda na escuridão de um quarto que não reconhece de pronto. Não há círios acesos, e as cortinas diáfanas dançam com as rajadas de vento. Ela se apoia num braço e uma mecha de seus cabelos cai sobre o rosto de Tântalo, que sorri sem abrir os olhos. Mesmo assim, Clitemnestra tem a sensação de que ele consegue vê-la.

— Você não é grande adepta do sono — comenta ele.

— Gosto de ficar pensando.

— Você gosta de ficar analisando.

Clitemnestra se pergunta como responder. Em geral, ela sabe dar respostas certeiras, mas ele parece ser ainda melhor nisso. *Deve ser porque ele fala de mim e não de si mesmo.* Ela admira os cílios escuros dele, ainda mais grossos do que os dela. Ele enfim abre os olhos, que brilham como o oceano sob o luar.

— Então diga-me — começa ele, sorrindo —, o que você vê?

Ela se deita novamente e olha para o teto nu.

— Um forasteiro que não se sente como tal, e uma espartana que se sente uma forasteira no próprio palácio.

Tântalo ri e lhe dá um beijo no pescoço, que depois desce pela bochecha, pela clavícula.

Um rei é sempre um rei, mesmo longe de casa, pensa Clitemnestra. E uma rainha? O que faz de uma garota uma rainha? Certamente ela é uma mulher que sabe se proteger e que sabe proteger seu povo, que reserva justiça a quem a merece e punição a quem trai.

Ela sente a cabeça pesada de sono. Tântalo tem cheiro de vinho condimentado e gosto de menta, o tempero utilizado na cozinha para dar sabor à comida insípida. Com a cabeça apoiada no ombro dele, Clitemnestra sente como se estivesse voando, um pássaro mergulhando no céu azul-escuro.

Por um instante, pensa em Helena, sozinha no quarto. Em todas as noites que ficaram juntas acordadas, imaginando como seria quando estivessem com um rei.

Clitemnestra afasta aquele pensamento e se aninha mais a Tântalo.

5

A PRIMA ASTUTA

O casamento deve ser celebrado rapidamente, antes da partida de Castor e Polideuces. Tíndaro concede sua permissão sem obstáculos. Leda é a única relutante.

— Tântalo não é forte — argumenta ela enquanto saboreia damascos maduros no *mégaron*. Febe e Filónoe correm em volta dela, brincando com gravetos. Os pés de ambas estão cobertos de lama e seus cabelos estão bagunçados. Os raios de sol acariciam os afrescos, fazendo as cores reluzirem, como gotas de chuva na grama.

— Ele tem uma força diferente — responde Clitemnestra. — É inteligente e curioso. — Leda ergue as sobrancelhas e Clitemnestra sabe que a mãe pondera sobre como a curiosidade poderia equivaler à força.

— Acha que ele seria um bom pai? — questiona.

— Muito melhor do que qualquer espartano.

Leda franze a testa, mas permanece em silêncio. Aí chama Febe e Filónoe, que vêm rapidamente, as túnicas manchadas de sumo de damasco.

— Vão tomar um banho. Amanhã é um dia importante — ordena Leda. — Sua irmã vai se casar. — Febe aplaude, encantada, mas Filónoe não ficou impressionada. O casamento ainda é algo muito longe da realidade dela. — Vão, depressa — repete Leda.

As meninas correm. Mas antes de desaparecer pela porta, Febe se vira, taciturna, e então Filónoe lhe puxa os cabelos. Clitemnestra dá uma piscadinha para ela.

— Não teremos muitos convidados amanhã — diz Leda —, mas seu pai disse que o irmão dele e sua prima Penélope vão chegar esta noite.

— Acho bom que não tenha muita gente.

— Sei disso. Eu também achava o mesmo quando tinha a sua idade.

Clitemnestra se ajoelha junto ao trono e apoia a cabeça no colo da mãe.

— Você não tem certeza acerca desta união — diz ela —, mas confie em mim, mãe.

Leda suspira.

— Sendo você dotada de tanta teimosia, sei que é inútil contradizê-la.

※

Depois do jantar, seu tio, o rei Icário, e sua filha Penélope, chegam de Acarnânia, terra ao norte repleta de colinas verdejantes e rios límpidos perto da Etólia. Clitemnestra e Helena ouvem quando Tíndaro lhes dá as boas-vindas no salão, estimulando que descansem após a viagem. Ambas foram instruídas a aguardar pela prima Penélope no *gynaeceum*, onde também há pães e mel para ela.

Penélope tem mais ou menos a idade de Clitemnestra, e tem um jeitinho meigo e afável, porém é inteligente e obstinada, como a roseira trepadeira que cresce nas paredes do palácio. As duas conviveram bastante durante a infância. Penélope sempre foi mais parecida com Helena, uma criança bem-comportada, caladinha, no entanto, ambas sempre davam um jeito de manifestar o que pensavam, de reivindicar seu espaço. Clitemnestra respeitava isso.

— Bem-vinda, prima — saúda Helena quando Penélope chega envolta em uma capa marrom-escura e um véu claro em volta do rosto.

— Estou muito feliz em ver vocês. — Penélope senta-se no banquinho de madeira que Clitemnestra lhe oferece, então tira o véu, revelando cabelos com mechas castanhas, como a pelagem de um lince. Ela mudou desde a última vez que a viram. Ainda é baixinha, tem o mesmo rosto amendoado e olhos gentis, mas seu corpo desenvolveu curvas adolescentes delicadas.

Helena empurra a tigela de pães para Penélope, que pega um lentamente, como se não estivesse com fome. Ao morder um pedaço, ela fixa os olhos ternos em Clitemnestra.

— Parabéns. Eu soube que você vai se casar com um estrangeiro.

— Sim, vou. O rei Tântalo da Meônia.

Algo tremeluz nos olhos de Penélope, um súbito brilho prateado como se refletisse a chama de uma tocha.

— Então você vai embora.

— Sim, mas não em breve.

Penélope assente, o rosto impassível. Clitemnestra conhece bem aquela expressão. Quando eram crianças, Penélope sempre a seguia, na tentativa de desestimular suas escolhas impulsivas. Quando não conseguia fazê-lo, inventava pretextos para os anciãos a fim de salvar a pele da prima. Era uma mentirosa muito hábil.

— Você reprova? — pergunta Clitemnestra.

Penélope sorri.

— Nunca pensei que você seria a primeira a se casar, só isso. Mas estou feliz por você.

— Você deve estar cansada — diz Helena a Penélope.

— Um pouco — responde. — Mas faz tempo que não vejo vocês. Temos uma noite cheia de histórias pela frente. — A prima olha para ambas, o rosto pensativo. Então pega a mão de Clitemnestra. — Bom, conte-me sobre Tântalo. Quero saber tudo.

※

No dia da cerimônia de casamento, o amanhecer reluz forte e dourado. Lá fora, as árvores estão amarelas e alaranjadas, e as margens do Eurotas estão lamacentas. No *mégaron*, as mesas estão postas: travessas com gansos e patos, codornas e javalis, figos e bolos, cebolas, uvas e maçãs doces. Há vasos com flores frescas para todos os lados, e as portas e janelas estão arreganhadas para garantir que a luz faça jus aos afrescos.

O salão logo se enche de famílias espartanas abonadas. Tíndaro e Leda recebem os convidados lhes ofertando vinho. A maioria dos indivíduos ali questiona o que Esparta ganha com aquele novo casamento, quais propostas econômicas o rei da Meônia lhes oferece. Clitemnestra não dá atenção a nada daquilo. Está parada junto à maior janela do salão, com Helena e Penélope ao seu lado. Penélope está bonita em seu vestido lápis-lazúli, enquanto Helena usa uma túnica branca simples, os longos cabelos brilhando sobre os ombros; nota-se que ela buscou esforçar-se para não ofuscar a irmã. Clitemnestra usa os mesmos brincos que usava na noite em que conheceu Tântalo, e seu vestido branco está ornado com um cinto dourado fino.

— Nossa prima Penélope cresceu — comenta Castor ao se aproximar delas, com Polideuces e outros jovens espartanos. Sorrindo, Penélope recebe de bom grado o beijo do primo. Então põe-se a admirar os outros rapazes, seu olhar tão reluzente quanto a lua numa noite desprovida de estrelas.

— Em breve você também se casará, presumo — pontua Castor.

— Só depois que eu encontrar um homem que me respeite de verdade — responde Penélope. Castor faz menção de retrucar, mas Penélope é mais rápida. — E você, primo? O casamento ainda está longe? — Sua voz é sábia e suave. Ela não parece estar caçando discussão, isto é algo mais do feitio de Clitemnestra.

Castor ri.

— Por que me aquietar quando há tantas mulheres espartanas? Veja só este salão. Está cheio delas.

— Você já não dormiu com todas elas? — Polideuces bufa.

Castor semicerra os olhos.

— Ainda não, acho. — Os rapazes ao seu redor riem e Penélope sorri. — Agora, se nos derem licença... — Ele se volta para um grupo de *spartiates* por ali, e os outros mancebos o acompanham.

Clitemnestra se vira para a janela.

— Estou me sentindo esquisita — comenta. É como se sua vida, tal como ela a conhecia, estivesse chegando ao fim.

Penélope segura com gentileza o pulso dela.

— Não faça isso. — Então, como se tivesse lido sua mente, acrescenta: — Aprendemos que o casamento é o fim da diversão e da infância, mas a verdade é que continua tudo igual. Nada vai mudar bruscamente na sua vida.

— Como você sabe?

— Tenho certeza disso. É uma daquelas coisas que os homens dizem só para assegurar que nós seremos a parte *responsável* da relação, enquanto eles poderão continuar a ser crianças para sempre.

Helena ri.

— Eu gostaria de sempre me lembrar de tudo o que você diz, Penélope. Foi o tio Icário quem lhe ensinou essas coisas?

Penélope balança a cabeça em uma negativa.

— Meu pai não se incumbiu de me ensinar muita coisa. Já minha falecida mãe, sim. Ela gostava de conversar, principalmente comigo, e menos com meu pai.

Clitemnestra busca no rosto de Penélope algum sinal de tristeza, mas ela lhe parece tranquila. Sua mãe, Policasta, era uma mulher frágil e gentil que fora vitimada por uma forte febre muitos anos antes, quando Penélope ainda era pequena. Desde então, esta passou a se encarregar de tudo em seu palácio. Penélope, como Clitemnestra bem sabe, é dotada de muito talento para conquistar a atenção das pessoas, e ao mesmo tempo é ótima ouvinte. Um dia, ela será uma rainha justa.

Cinco rapazes pegam flautas e tambores. Assim que a música começa, meninas e mulheres saltam para o centro do *mégaron*. Rodopiam e balançam a cabeça, os cabelos sacolejando feito galhos sob vendavais. Os janelões derramam luz solar sobre o grupo. Helena incita Clitemnestra até o centro do salão, ela obedece prontamente, remexendo os pulsos e tornozelos no ritmo, as joias brilhando. Logo os homens se juntam a elas. Clitemnestra vê Castor saltitando e batendo palmas, e Polideuces, de olhos fechados, sacudindo a cabeça enquanto várias meninas o observam, dando risadinhas.

Eles param somente quando já estão com o suor escorrendo pelas costas. Todos agora se sentem mais bêbados, mais felizes. Clitemnestra pega um punhado de frutas secas e beberica mais vinho; sente-se quase febril. Alguém começa a cantar, e os músicos seguem acompanhando. Uma cantiga sobre cidades conquistadas, caçadas e ataques bem-sucedidos. Sobre mulheres guerreiras e lutas monumentais.

— Sou só eu ou os homens parecem estúpidos quando cantam?

Clitemnestra se vira para o irmão. Castor parece mais bêbado do que ela, sua pele escura está com nuances avermelhadas nas bochechas. Aquilo a faz rir.

— Parecemos um bando de animais — repete ele. De fato, quando olha ao redor, o que ela vê é um monte de homens corados de tanto rir, as mãos apertando os cálices de vinho. Cada verso cantado é mais obsceno do que o anterior, o que não a choca, afinal de contas as canções sempre foram assim, mas agora eles soam quase grotescos.

Ela caminha pelo salão, de repente necessitando de um pouco de silêncio. Ao se aproximar da porta, esbarra em uma garota alta. Cinisca. Clitemnestra dá um passo para trás enquanto a outra a encara, carrancuda.

— Parabéns — congratula ela. Seu nariz adunco está estranhamente torto e há hematomas já desbotados em seus braços.

Clitemnestra se pergunta se ainda seriam vestígios da luta entre elas.

— Obrigada — responde a noiva. Aí tenta contornar a outra e pegar um cálice de vinho, mas Cinisca se desloca deliberadamente para atrapalhá-la.

— Amada, honrada, corajosa — insiste. — Que rainha você será.

Clitemnestra fica em silêncio, sem saber o que responder. Como sempre, a expressão de Cinisca a incomoda.

— Se eu fosse você, teria cuidado. A queda dos bem-aventurados é inevitável.

— Muitos homens são bem-aventurados e amados, e ainda assim continuam felizes. — Mesmo ao dizer aquilo, Clitemnestra sabe que não é inteiramente verdade.

Cinisca sorri.

— Ah, eis o seu erro. Você se considera um homem, mas não o é. As mulheres bem-aventuradas nunca sobrepujam a inveja dos deuses.

Clitemnestra poderia mandar Cinisca para o castigo das chibatas bem ali de imediato, caso quisesse. Mas Cinisca sequer valeria tal rancor, então limitou-se a encará-la com frieza. Quando enfim se afastou em direção ao seu amoroso Tântalo, abriu um sorriso. *Melhor ser invejada do que não ser ninguém.*

※

À noite, enquanto Tântalo dorme tranquilamente ao seu lado, Clitemnestra está inquieta. Eles fizeram amor, bêbados e excitados, e agora os lençóis cheiram ao corpos deles. Ela se vira para o lado esquerdo, encarando a parede nua. Do outro lado do palácio, protegida pelos afrescos brilhantes do *gynaeceum*, Helena deve estar dormindo ao lado de Penélope na cama. Clitemnestra sente uma pontada de inveja.

Não vai conseguir pegar no sono esta noite. Afasta os lençóis o mais silenciosamente possível e sai do quarto. Andando na ponta dos pés, sentindo o calor das tochas acesas ao passar por elas, chega ao *mégaron*. O cômodo deveria estar em repouso, vazio e silencioso, mas Penélope está lá, parada, admirando os afrescos com uma tocha na mão.

— O que está fazendo aqui? — pergunta Clitemnestra. Sua voz ecoa nas paredes, fraca, como o bater de asas de morcegos.

Penélope se vira com rapidez, segurando a tocha à frente do corpo.

— Ah — exclama —, é você.

— Perdeu o sono também?

Penélope assente.

— Estes aqui são maravilhosos. Não temos tantos assim em Acarnânia. — A prima anda de um lado a outro, maravilhada com a revoada de pássaros pintados. — São tão lindos que eu mesma gostaria de tê-los pintado.

Clitemnestra nunca pensou nas pinturas sob esse ponto de vista. Põe-se a admirar uma obra de mulheres belicosas com cabelos esvoaçantes que atacam um javali, e se lembra de quando passava horas vendo desenhos semelhantes quando criança, desejando ser como aquelas guerreiras.

Como sempre, Penélope parece ter lido sua mente.

— Mas você provavelmente só pensava em caçar e lutar como elas, não é?

— De fato.

— Somos tão diferentes, você e eu. Gosto de ver o mundo como espectadora, enquanto você deseja estar no centro, participando da ação.

— Por que você quer ficar como espectadora?

— Simplesmente gosto mais assim. Talvez eu sinta medo.

A chuva cai lá fora. Dá para ouvir as gotas martelando o telhado, e os relinchos agitados dos cavalos, nos estábulos. Penélope ajeita a capa clara sobre a camisola.

— Ouvi algo hoje, no casamento — recomeça ela. Seus olhos escuros têm nuances douradas, como a tocha acesa que ela segura. — Um boato.

— Um boato — repete Clitemnestra.

— Sim, sobre o nascimento de Helena — Penélope fala sem vacilar.

Clitemnestra encara sua prima astuta.

— O que diziam? — indaga. — Que Zeus seduziu Leda tomando a forma de um cisne de pescoço comprido...?

— Não. Dizem que ela foi estuprada.

Clitemnestra range os dentes, mordendo a língua.

— Sabe como as pessoas são — rebate —, sempre ávidas por fofocas cruéis.

Penélope a fita, a cabeça inclinada.

— Então? Quem é o pai de Helena?

Clitemnestra se aproxima. Por um instante, cogita mentir, mas Penélope não é facilmente ludibriável.

— Quando Leda engravidou de Helena, havia um homem na corte — conta ela. — Um estrangeiro. Meus irmãos me contaram. Castor, na verdade, porque Polideuces alega não se lembrar.

— Entendo.

— Não sei de onde veio esse tal homem, se era rei ou não. Só sei os detalhes recordados pelo próprio Castor... que Leda desaparecia frequentemente pelo palácio com esse homem, e que ele partiu antes de ela dar à luz.

— Ah — diz Penélope. Então, inesperadamente, sorri. — Vejo que você herdou o interesse de sua mãe por estrangeiros.

Clitemnestra não retribui o sorriso. O ar está sombrio, como se a neblina penetrasse o salão, borrando tudo.

— Estou cansada — declara ela enfim, virando-se para sair. Ao chegar à porta, de costas para Penélope, acrescenta: — Você não vai comentar sobre isto com ninguém, nem mesmo com Helena.

Clitemnestra percebe a ameaça na própria voz, e fica na expectativa de que Penélope também tenha percebido.

※

Chega a notícia de que Jasão está pronto para partir, e que aguarda seus homens em Iolcos. A chuva continua, inundando as margens do Eurotas e encharcando os hilotas que labutam nos campos. Clitemnestra corre ao encontro de Castor nos estábulos, as sandálias chapinhando nas poças e as mãos doloridas de frio.

— Eu estava mesmo pensando em você, irmã — diz ele, com um sorriso.

— Quero ir com você — pontua Clitemnestra. Castor franze a testa.

— À Cólquida?

— Não. Iolcos, para me despedir.

Castor enxuga as mãos na túnica.

— É muito longe. Vamos levar dias para chegar até lá. — Ele a espia, e a irmã sabe que Castor pressente a mesma coisa: que eles não ficarão juntos por muito tempo mais. — Voltarei, prometo — acrescenta.

— Como pode ter tanta certeza?

— Jasão é forte. Estaremos seguros com ele.

Clitemnestra bufa.

— Você está cética — comenta Castor.

— Claro que estou. Jasão foi estúpido o suficiente para acreditar em seu tio Pélias. Mesmo que volte, Pélias não lhe dará trono algum. Ele só quer ver Jasão morrer durante seu intento. Por acaso Pélias lhe parece um governante que cumpre as próprias promessas? Ele usurpou o trono de seu governante legítimo! E Eetes lhe parece o tipo de rei que deixa seus tesouros desprotegidos? O tipo de rei que um bando de guerreiros seria capaz de derrotar?

Castor não responde.

— Já parti em jornadas centenas de vezes — diz ele. — Você sabe que eu sempre volto.

— Agora é diferente. Cólquida fica longe e é perigosa.

— E você está casada e em breve estará em Meônia. — Castor se aproxima dela. — Nossas vidas estão prestes a mudar — diz —, e devemos permitir a mudança.

A chuva golpeia o telhado do estábulo e os cavalos relincham, incomodados. Tão logo atingiu a idade para andar, Clitemnestra criou o hábito de ir aos estábulos antes de cada viagem dos irmãos para se despedir. E Castor sempre procurou tranquilizá-la.

— Algumas coisas nunca mudam — observa ela.

O irmão sorri e pega as mãos de Clitemnestra.

— Você está certa — concorda ele. — Não mudam.

A pele dela é morna nas palmas de Castor. Ela respira fundo e se afasta, retornando ao palácio o mais rápido possível.

※

Ao anoitecer, todos partem: tio Icário e Penélope cavalgam para oeste; Castor e Polideuces, para leste. O terreno está escuro devido à chuva pesada e, do terraço em frente à saída principal, Helena e Clitemnestra observam o grupo galopar para além da cidade, passando pelas casas, pelos jardins e pomares dos *spartiates*, pelas aldeias hilotas. Tornam-se cada vez menores, diminutos pelas montanhas escuras e pela escuridão crescente, até que a chuva e a neblina os engolem e eles enfim desaparecem.

Clitemnestra esconde as mãos nas mangas da túnica a fim aquecê-las. Por um instante, a partida de seus irmãos a atinge como um golpe e ela sente uma dor interior, como se duas árvores tivessem sido arrancadas dali de repente, largando grandes buracos no solo de seu coração.

Quando se vira para Helena, os olhos da irmã estão cravados bem no ponto onde Penélope desapareceu de vista.

Você não vai comentar sobre isto com ninguém, nem mesmo com Helena, advertira ela à prima, e Clitemnestra tem certeza de que Penélope não trairá sua confiança. E, no entanto, ao vislumbrar as sombras no rosto de Helena, não consegue evitar a sensação de segurar uma concha muito, muito delicada, e que a qualquer momento vai deixá-la cair.

PARTE DOIS

O destino de qualquer homem, mesmo se mantido no rumo certo, pode chegar a um precipício oculto.

Ésquilo, *Agamêmnon*, ll. 1006–7

6

AOS OLHOS DOS DEUSES

Folhas caídas cobrem a areia molhada do *gymnasium*. Alguns hilotas as catam e as colocam em grandes cestos. Nas mãos cheias de cicatrizes, as folhas brilham em rubro e dourado, feito pedras preciosas. As *spartiates* aguardam à sombra das árvores, os corpos já besuntados de óleo. Vão lutar com lanças hoje, e Clitemnestra está polindo a dela num canto, em busca de manter a concentração.

Na noite anterior, com ambos nus em meio às mantas, Tântalo lhe perguntou por que as mulheres espartanas treinavam.

— Para ter filhos saudáveis — respondeu ela. — E para serem livres. — A resposta o deixou confuso, mas o marido não insistiu que lhe desse mais explicações. Ela então se aproximou, os longos cabelos tocando os ombros dele, e aí Tântalo a beijou, os lábios um toque delicado nas pálpebras dela.

Agora ela abaixa a lança e olha para cima. De um canto do pátio, uma mulher as observa, olhos negros e penetrantes como rochas marinhas. Ela usa uma túnica branca que deixa os seios expostos, ao estilo das sacerdotisas de Ártemis, e ouve enquanto uma garota chamada Ligeia conta às outras sobre um motim dos hilotas.

— Vieram durante a noite e mataram dois espartanos — conta Ligeia para as garotas boquiabertas ao seu redor. — Ouvi os gritos... Todos nós ouvimos.

— Eles foram capturados? — pergunta uma garota alta.

— Sim — responde Ligeia. — Meu pai e alguns outros os levaram embora.

— A caverna de kaiadas os aguarda! — gritam as meninas.

A sacerdotisa intervém:

— Não sem antes serem açoitados no altar de Ártemis. O assassinato é o pior dos crimes para alguém escravizado. — A voz dela é rouca e desagradável, e as meninas olham para baixo, com medo de contradizê-la. Clitemnestra sente náuseas. Recorda-se das vezes em que a sacerdotisa ordenou que ela e os irmãos fossem açoitados. Timandra foi a última da prole de Tíndaro a ser punida dessa forma, flagelada no altar por ordem da sacerdotisa após ter desobedecido o pai. Assim como Clitemnestra antes dela, Timandra permaneceu em silêncio enquanto o sangue escorria pelas suas costas e molhava a pedra.

Mais tarde, Tíndaro lhe disse para jamais confiar em pessoas devotas, embora Clitemnestra tivesse noção de que nem mesmo ele poderia contrariar os desejos de uma sacerdotisa. Sacerdotes e sacerdotisas não podiam ser maculados — seus deuses não permitem tal coisa —, mas os outros, sim. Portanto, logo depois de Timandra ter sido açoitada, Clitemnestra e Castor deram um jeito de ir atrás do carrasco que agiu sob as ordens da sacerdotisa. Quando a noite ficou escura e tranquila, caçaram-no, sombras à espreita, até que ele parou para urinar num beco enluarado próximo aos barracos dos hilotas. O sujeito tinha uma adaga amarrada ao cinto, e Clitemnestra desconfiava de que ele estivesse ali para matar alguns hilotas por mero esporte, tal como ela já vira espartanos fazerem com frequência. Sentiu um prazer doentio ao saber que estava prestes a ferir alguém que gostava de machucar os outros, era uma sensação de consertar algo torto. Castor postou-se em silêncio atrás do homem ao passo que Clitemnestra vigiava as cercanias. Certificar-se de não ser visto é uma das primeiras regras que os espartanos aprendem quando crianças. Você pode roubar, pode matar, mas se for pego, será punido. Sendo assim, Clitemnestra ficou de guarda enquanto Castor fazia um corte na panturrilha do homem. Em seguida irmão e irmã correram juntos noite adentro, largando o sujeito aos berros de dor.

— Está se sentindo bem, Clitemnestra?

A sacerdotisa a encara. Os cabelos dela são bastos sobre a face, as mãos brancas feito osso. Por um instante, Clitemnestra teme que a outra esteja lendo sua mente.

— Sim — responde ela.

— Você parece fraca — insiste a sacerdotisa.

Como ela ousa?

— Eu não sou fraca.

A sacerdotisa semicerra os olhos. Quando fala, sua voz sibila, tal qual uma lâmina aquecida imersa em água:

— Todos são fracos aos olhos dos deuses.

Clitemnestra morde o lábio para não retrucar. Sente o toque da irmã em seu braço e se vira.

— Estamos prontas — avisa Helena. A sacerdotisa lhes lança um último olhar e aí vai embora. Helena espera que ela saia e então diz: — Talvez você não devesse treinar hoje. — A irmã franze a testa enquanto observa Clitemnestra. — Você está suando.

— Estou bem — mente Clitemnestra.

As meninas se agrupam na areia, algumas carregando escudos de bronze ou de madeira, outras, somente a lança. Leda e um homem de ombros largos caminham para a sombra das árvores: Lisímaco, um dos guerreiros de maior confiança de Tíndaro. Clitemnestra os fita e depois desvia o olhar. Toda vez que Leda vem assistir ao treinamento, ela faz o possível para impressionar a mãe; no entanto, hoje está indisposta, com o estômago embrulhado e as mãos trêmulas. Cerra os punhos para sossegá-las. Todos recebem um *xiphos* de Lisímaco, uma espada curta com a lâmina ligeiramente curva. Clitemnestra amarra o seu no cinto que segura a túnica.

— Dividam-se em grupos agora — ordena Leda. — E comecem o treinamento pelas lanças. Aquelas que estiverem com o escudo, lembrem-se de que ele também pode ser uma arma.

Lisímaco se põe a caminhar em meio às meninas, que se reúnem em grupos de três ou quatro para lutar. Clitemnestra junta-se a Eupoleia, Ligeia e uma baixinha que lembra um gato de rua. Fica aliviada ao perceber que Cinisca a evita com cautela, tal como as pessoas evitariam uma lâmina envenenada.

Elas iniciam fazendo tiro ao alvo. De um lado da arena, desenham pequenos círculos na areia, e aí se agrupam do outro lado a fim de jogar as lanças em direção ao alvo. Correm e saltam, o braço direito dobrado acima do ombro, e aí atiram a lança em direção ao solo com toda a força. Todas do grupo de Clitemnestra, exceto Ligeia, atingem o centro do alvo. Mas os espartanos são solidários, então as garotas continuam a treinar até que Ligeia também seja capaz de conseguir uma boa marca.

Depois vem o treinamento de combate. Revezando-se, cada grupo deve empurrar uma de suas colegas ao chão e depois atacá-la. Eupoleia é a primeira na linha de defesa. Ela segura o escudo de modo que a protege do queixo aos joelhos enquanto as outras avançam. Ligeia manuseia sua lança com precisão, e a baixinha saltita rapidamente ao redor de Eupoleia, à procura de um ponto fraco. Quando Clitemnestra investe contra o escudo, a baixinha rouba com agilidade a lança de Eupoleia e golpeia sua lateral. Juntas, elas derrubam Eupoleia e começam a rolar e a lutar na areia.

— Usem seu *xiphos* — lembra Lisímaco. — Mirem nos olhos e na garganta.

Clitemnestra pega sua lâmina e aponta para a garganta de Eupoleia, que ao mesmo tempo é atingida por Ligeia com um chute forte no rosto.

— Muito bem — elogia Leda.

Elas param. Então se ajudam, dando tapinhas nas costas de Eupoleia. Ligeia não dura muito quando chega sua vez de combater as outras. A baixinha, por outro lado, consegue permanecer de pé por um tempo surpreendentemente longo, manuseando a lança com tamanha habilidade que as outras precisam se esforçar para prever seus movimentos. Por fim, Eupoleia agarra a ponta da lança da baixinha com as mãos nuas, o sangue escorre pelos dedos, e Clitemnestra quebra a haste de madeira em dois.

— Muito bom — observa Lisímaco. — Mas você precisa durar mais. Precisa encontrar táticas melhores para repelir as oponentes. Use as pernas para se equilibrar. Se perder o equilíbrio, é o seu fim. — O homem aponta para a lança quebrada na areia. — E se alguém tira a arma de você? Você não vacila. Você encontra um novo ponto de equilíbrio.

É a vez de Clitemnestra. Eupoleia limpa as palmas ensanguentadas na túnica e pega sua lança. A baixinha pega uma lança nova. Ligeia afasta os cabelos pretos do rosto e pega um escudo. Elas atacam juntas, dando um bote como uma serpente de três cabeças. Clitemnestra se desvencilha e contra-ataca com a lança. Eupoleia não recua, mas Clitemnestra se esquiva. Ligeia geme sob o peso do escudo. Clitemnestra ataca outra vez, e o bronze tine no metal quando a ponta da lança arranha o escudo arredondado.

Esta luta dura mais tempo do que qualquer outra. Elas se deslocam pela arena formando espirais, saltando para a frente e para trás, ao mesmo tempo que as lanças das meninas avançam e recuam, visando a cabeça, a garganta e as mãos de Clitemnestra.

— Derrubem-na! — grita Lisímaco. — Levem-na ao chão!

Mas Clitemnestra continua a se esquivar das pontas de lança das outras. Chuta o escudo de Ligeia com tanta força que a faz perder o equilíbrio e tropeçar. Então Clitemnestra aproveita e joga o escudo dela de lado. A baixinha se apressa para ajudar Ligeia a se levantar, ao mesmo tempo que Eupoleia agarra a haste da lança de Clitemnestra. Por um instante, ambas permanecem só puxando a lança de cada lado. Então de repente Clitemnestra movimenta uma das mãos e desembainha a espada curta, cortando a bochecha de Eupoleia, que dá um passo súbito para trás, largando impressões digitais ensanguentadas onde elas seguravam a lança. Clitemnestra se prepara para atacar novamente. Segura o cabo da espada com mais força, quando, tão repentino quanto um trovão, é tomada por um enjoo imediato. Tropeça, sentindo-se sufocada, como se deitada sob uma laje de pedra. O *xiphos* de Eupoleia reluz no ar e Clitemnestra sente uma dor na bochecha. Para revidar, dá um tapa forte no rosto de Eupoleia e tenta recuperar o terreno, mas agora está trêmula, a cabeça girando. As três garotas se aproximam quando ela vomita na areia.

— Parem! — ordena Leda.

— O que aconteceu? — pergunta Lisímaco, e Leda já está ajoelhada ao lado da filha.

— De pé. Vamos voltar ao palácio — ordena a rainha. Tenta ajudá-la a se levantar, mas Clitemnestra sente as entranhas ferverem e o estômago embrulhar. Só sentiu isso uma vez até então, quando viu cadáveres de cavalos apodrecidos às margens do rio logo depois de uma batalha entre os espartanos e alguns hilotas rebeldes. Vomita de novo, o bolçado se espalhando pela areia. Ligeia recua, enojada. As meninas estão todas olhando para ela, curiosas. Por um instante, tudo é silêncio, como a quietude ao redor da pedra do altar depois que um animal é sacrificado, aqueles instantes quando o sangue escorre e os pássaros partem em revoada.

— Mandei ficar *de pé*, Clitemnestra — repete Leda.

Clitemnestra abre os olhos. Agarra o braço da mãe e se ergue.

— Será que fui envenenada? — pergunta ela.

Sua mãe balança a cabeça.

— Venha comigo.

Leda guia Clitemnestra para a cozinha do palácio. Seu enjoo parece cada vez pior, mas a mãe a arrasta pelos corredores sem permitir que parem.

Helena vem logo atrás delas.

— Quer que eu chame Tíndaro, mãe? — pergunta, mas Leda a ignora.

Na cozinha, duas mulheres picam junco e frutas. Há amêndoas, avelãs e pequenos marmelos empilhados sobre uma grande mesa de madeira. Num canto do cômodo, sob a luz dourada das tochas, um hilota de não mais de treze anos macera azeitoninhas pretas num pilão. O ambiente cheira a azeite e damascos maduros, embora não haja nenhum à vista.

Leda empurra Clitemnestra.

— Examinem minha filha — ordena ela às mulheres, que imediatamente param de cortar os juncos e se aproximam de Clitemnestra. Ambas têm cabelos escuros, mas o de uma delas está ressecado e sujo, e o da outra, brilhante e vigoroso, cheio de ondas como o mar noturno. Elas pegam a bainha da túnica de Clitemnestra e retiram a peça pela cabeça. A jovem vacila e senta-se no chão, tomada por uma dor de cabeça tão intensa que fica incapaz de enxergar por um momento. As mulheres apertam seus seios com força. Quando ela abre os olhos, Helena a encara, a mão delicada tocando seu braço.

— Quantas vezes você dormiu com Tântalo? — perguntam as mulheres.

Clitemnestra tenta pensar.

— Você se referem a...

— Quantas vezes ele esteve dentro de você?

— Eu não...

— Quando foi a última vez que você sangrou?

— Já faz um tempo. — Clitemnestra vomita de novo, ao lado das sacas de trigo empilhadas no chão. As mulheres fazem cara feia.

— Chame Tântalo, Helena — pede Leda. — E avise ao seu pai que sua irmã está grávida.

Os pezinhos de Helena desaparecem da vista de Clitemnestra. É possível ouvir a celeridade da irmã pelos corredores, fraca como um bater de asas. Leda acaricia seus cabelos tal qual faria com um cachorro assustado, ao mesmo tempo que sussurra para as mulheres. Clitemnestra tenta captar as palavras, mas as vozes são muito baixas e seu enjoo está forte demais. Ao lado dela, uma hilota limpa o vômito.

— Beba isto — orienta Leda, levando um copinho aos seus lábios. O cheiro é nojento, e Clitemnestra tenta afastar a cabeça, mas a mãe a segura. Ela então bebe e de repente sente-se muito cansada, as pálpebras se fecham contra sua vontade. Apoia a cabeça nas sacas de trigo, os membros dormentes. *Estou grávida*, pensa. *É o fim dos meus treinos no* gymnasium.

Sentada na cama, Clitemnestra está mais indisposta do que nunca. Leda lhe deu ervas para triturar e misturar ao vinho, mas a sensação de entorpecimento é péssima.

Após o casamento, a criadagem levou seus pertences para o quarto de Tântalo, então agora resta-lhe apenas uma parede nua como fonte de distração, e seu desejo é que o mundo pare de girar.

— Terei de voltar brevemente a Meônia — informa Tântalo. Ele continua a passear pelo quarto, uma capa enrolada em seu corpo esbelto. Correu até Clitemnestra na cozinha tão logo recebeu a notícia, seus olhos brilhando como neve sob o sol. Ela nunca o tinha visto tão feliz.

— Por quê? — sussurra a jovem. Sua voz parece o grasnar de um corvo.

— Para anunciar a chegada do herdeiro. Além disso, há meses não volto lá. Preciso ter certeza de que está tudo em ordem e seguro para retornarmos. Deixei meus conselheiros de maior confiança governando em meu lugar, mas sou cauteloso sempre que volto. Não é sensato deixar que um não monarca passe muito tempo sentado no trono.

Clitemnestra fecha os olhos em uma tentativa inútil de aliviar a dor de cabeça.

— O inverno ainda não chegou — acrescenta ele, caminhando até ela e acariciando seu rosto —, então o clima não deve nos atrasar. Estarei de volta na primavera, antes de o bebê nascer.

— Leve-me com você — suplica ela.

— Iremos juntos após o nascimento dele. Assim que partirmos, você ficará anos sem voltar aqui. Seus irmãos acabaram de sair em jornada. Não creio que sua família esteja preparada para ver mais um de vocês partindo tão cedo.

Ele está certo, pensa a jovem. *Só mais alguns meses aqui*. Além disso, os pais dela precisam ver o neto. Precisam verificar se ele está forte e saudável... Clitemnestra não pode lhes tirar esse privilégio.

— O povo da Meônia — diz ela, a voz ainda fraca — vai pensar que sou diferente de você.

— Você é diferente. — Tântalo ri. — E vão amar você por causa disso, assim como eu amo.

O rei descansa a cabeça no coração dela, e ela se permite ser abraçada.

Na última noite juntos, antes de Tântalo partir, os dois estão deitados nus sob as mantas, prestando atenção ao silêncio do palácio. O quarto parece uma caverna, a brisa está fria, porém agradável na pele.

Tântalo diz a Clitemnestra que em Meônia nunca há silêncio. À noite, há pássaros cantando, as tochas estão sempre acesas em todas as ruas e corredores, e há criados e guardas diante de cada porta. Mas existe serenidade quando se caminha pelos jardins e pelas colunatas sombreadas, o ar tem cheiro de rosas, e as paredes do palácio são pintadas com grifos e outras criaturas lendárias.

O corpo dela acompanha o contorno do braço dele, e seu hálito adocicado lhe faz cócegas na cabeça.

— E nosso bebê? — pergunta ela. — Ele treinará para se tornar um guerreiro forte?

Pelo menos, se estiver grávida de um menino, não terá de entregá-lo para os campos de treinamento de guerra, tal como toda mulher espartana é obrigada a fazer.

— Você mesma vai treiná-lo — pontua Tântalo. — Você será rainha e livre para fazer o que quiser.

Clitemnestra beija o peito do marido, saboreando as especiarias dos óleos que ele usa na pele. Ele toma o rosto da jovem nas mãos e a puxa para si. O coração de Tântalo bate de encontro à pele da esposa, que então abre as comportas para que o desejo lhe inunde as veias, e seu coração pesa de saudade. Para além das janelas a lua brilha lívida e luminosa, banhando os corpos em luz como se fossem deuses.

Quando Clitemnestra acorda, a cama está fria devido à ausência de Tântalo, e o quarto está silencioso demais. Ela sente o enjoo erigir. Para tentar contê-lo, pensa em momentos felizes.

Lembra-se das brincadeiras de esconde-esconde com os irmãos e a irmã. Certa vez, ao tentarem se esconder de Polideuces, ela e Helena adentraram sorrateiramente em uma vila de hilotas afastada do palácio. Os casebres onde eles moravam eram de pau a pique; as ruas eram estreitas e cheias de sujeira. Gatos vadios e cães famintos vasculhavam o lixo, ao passo que porcos e cabras descansavam atrás de cercas. Helena ficou bem apreensiva, mas continuou o caminho, a mão segurando a de Clitemnestra. Algumas crianças, pequenas e ossudas como os cães, estavam sentadas na lama, brincando com os porcos. Fitaram as duas, os olhos grandes e brilhantes, os corpos frágeis feito crânios de bebês.

Vamos encontrar um lugar para nos esconder, propôs Helena, com compaixão em seu rosto. Clitemnestra continuou andando até encontrar um celeiro fedorento. Correu lá para dentro e arrastou a irmã consigo. O piso estava coberto de terra e excrementos de animais, e o calor era insuportável.

Ele nunca vai achar a gente aqui, disse Clitemnestra, satisfeita. A luz se infiltrava pelas vigas de madeira, listrando o rosto das meninas. Para passar o tempo, as duas começaram a procurar pedrinhas brancas.

Não gosto deste lugar, admitiu Helena depois de um tempo.

Quem não arrisca, não petisca, recitou Clitemnestra. Era algo que seu pai costumava dizer.

Mas este lugar é horroroso, retrucou Helena. *E se a sacerdotisa pegar a gente aqui...*

Clitemnestra estava prestes a responder quando viu: a cabeça de uma serpente, emergindo da escuridão. Era cinza com listras nas costas.

Fique quietinha, ordenou Clitemnestra.

Por quê?, perguntou Helena, virando-se. Então congelou. *Esse bicho é venenoso?* Quando Clitemnestra não respondeu, Helena insistiu: *Acho que é. Não é marrom e amarelo...*

Várias coisas aconteceram de uma só vez. Clitemnestra recuou em direção à entrada do celeiro. Helena gritou. A cobra deu um bote tão brusco quanto o ataque de uma espada, mas antes que suas presas alcançassem o braço de Clitemnestra, uma lança perfurou sua cabeça. Então Polideuces entrou no campo de visão delas, ofegante. Puxou a lança de volta, verificando a ponta coberta com o veneno da serpente. Voltou-se para as irmãs e chutou o réptil morto.

Achei vocês. Ele sorriu. *Vocês perderam.*

Helena riu e Clitemnestra balançou a cabeça, admirada com a sagacidade do irmão. *Matador de lagartos*, é assim que os espartanos chamam a ponta de suas lanças.

Mais tarde, quando voltavam para o *gynaeceum*, Clitemnestra pegou a mão de Helena. Estava quente e macia.

Desculpe. Você ficou com medo e eu não quis ir embora.

Helena balançou a cabeça.

Não tive medo, disse ela. *Eu estava com você.*

A lembrança lhe deixa um gosto estranho na boca. Naquela época, Clitemnestra e Helena eram o mundo uma da outra. Mas tudo sempre muda. Pode-se entrar no mesmo rio duas vezes, mas ele nunca será igual.

A barriga de Clitemnestra cresce; a pele dos seios parece retesada. Os enjoos se abrandam pouco a pouco. Às vezes retornam em ondas, como a maré alta, mas depois somem de novo, com tanta agilidade quanto vieram.

A ausência de Tântalo é como um vulto: Clitemnestra pode senti-lo, mas toda vez que se vira para olhá-lo, ele desaparece. Ela decide parar de olhar para se poupar de dores inúteis. Daqui a alguns meses ele estará de volta, e o bebê nascerá, será apresentado aos anciãos e à família. Então ela se mudará para o Oriente e se tornará a rainha de um povo cujos costumes lhe serão estranhos.

Os criados da cozinha vêm para cortar seus cabelos. Colocam-na num banquinho, penteiam sua longa cabeleira castanha e depois a cortam com uma faca afiada. Clitemnestra se lembra de ter visto outras mulheres do palácio passando por esse ritual em que deixam de ser meninas para virarem mulheres, em que deixam de ser filhas para se tornarem mães. Depois de cortados, os cabelos cobriam o chão como um tapete, e ela e Helena pisoteavam os fios, deixando que fizessem cócegas nas solas de seus pés.

Quando os criados lhe mostram seu reflexo na tigela d'água, ela toca as pontas dos cabelos curtos e acha este novo corte bem melhor: ele realça seus olhos e as maçãs do rosto.

A sacerdotisa também aparece, suas mãos pálidas e frias tocando a barriga de Clitemnestra.

— Os deuses nos observam — anuncia ela, a voz estridente como o crocitar de uma gaivota. — Abençoam aqueles que são leais e punem os que não são. — Ela não especifica se Clitemnestra será abençoada ou punida, mas não importa. A criança que ela carrega será a herdeira do trono de Meônia, e não há nada que a sacerdotisa possa fazer quanto a isso. Sendo assim, Clitemnestra permite que ela profira suas palavras agourentas até chegar a hora de retornar ao templo.

— Está com medo de ir embora? — pergunta Helena. As duas estão juntas em frente à banheira, olhando para a água fervente enquanto ela brilha sob as tochas. A luz do pôr do sol entra pela janelinha, conferindo nuances rosadas e alaranjadas à pele das duas. De lá do alto, Esparta parece só mais um aglomerado de pequenas aldeias espalhadas ao longo do Eurotas como um rebanho de cabras marrons. Tântalo já dissera muitas vezes a Clitemnestra que aquele vale ali é um espetáculo paupérrimo em comparação à sua terra natal. Mesmo assim, ela vai sentir saudade da vista das montanhas, com seus picos envoltos em nuvens brancas.

— Você também irá embora em breve — pontua Clitemnestra ao tirar a túnica e entrar na banheira. A água quente atinge a pele. Helena começa a esfregar o corpo da irmã, o sabonete perfumado e oleoso nos dedos.

— Por que as mulheres sempre têm de ir embora? — questiona. Helena ainda acha que Clitemnestra tem a resposta para todas as suas perguntas, do jeito que acontecia quando eram crianças.

Por que as mulheres sempre têm de ir embora?, Clitemnestra repete as palavras em sua cabeça até que percam o sentido. Ela não sabe a resposta. Sabe apenas que a obrigação de ir embora não lhe soa como castigo, e sim como bênção. A vida neste momento é como estar em mar aberto, somente água ao redor e sem litoral à vista, o mundo fervilha de possibilidades.

Helena fica em silêncio por um tempo. Há um brilho estranho em seus olhos enquanto encara o corpo da irmã. Já se viram nuas milhares de vezes, mas agora é diferente. Braços, pernas, quadris, pescoço: cada pedacinho que Helena toca já foi tocado por Tântalo, e não dá para ignorar o fato. A marca dele está profundamente arraigada dentro dela, ainda invisível, mas está lá, e logo o corpo de Clitemnestra vai se transformar em função disso: vai amadurecer, intumescer. Os olhos de Helena brilham de admiração, embora ela também manifeste ansiedade no modo como se agarra aos ombros de Clitemnestra ao esfregá-los, uma avidez também evidente quando torce os cabelos da irmã.

Clitemnestra não questiona, fica só ouvindo o som dos pingos da água. Entende a dor da irmã. Helena será obrigada a testemunhar, impassível, seu maior medo: a mudança no corpo de Clitemnestra, que lentamente vai se diferenciar do dela, até não haver mais semelhanças às quais se agarrar.

Quando a água esfria, Helena se levanta e se afasta da banheira. Seus olhos estão brilhando, ávidos por atenção.

— Nossa mãe me disse que em breve dois irmãos chegarão aqui — informa ela. — Os filhos de Atreu, vindos de Micenas. Eles foram exilados e pediram ajuda a Tíndaro. — Quando Clitemnestra não responde, Helena acrescenta: — Atreu, o homem que assassinou os filhos de seu irmão e que os fez comê-los! Castor nos contava essa história, lembra-se?

Clitemnestra encara Helena.

— Você não precisa ir embora daqui se não quiser. Seu futuro pode ser como você deseja. — Ela oferece as palavras como uma espécie de garantia, pronunciando-as nítida e cuidadosamente, embora pareçam desaparecer na penumbra do ambiente.

Helena olha para baixo, com um sorriso triste.

— Talvez seja simples assim para você. Mas não para mim. — Então ela sai, de volta ao quarto que as duas compartilharam durante a vida inteira.

À medida que o sol se põe atrás das montanhas e o céu azul-claro assume um tom prateado, duas pequenas silhuetas cavalgam pelo vale, acompanhando a forma serpentina do rio. Agamêmnon e Menelau cavalgam a sós, suas montarias galopando como se estivessem sendo perseguidas. A noite é silenciosa, e o vale parece uma concha vazia, mas que logo, logo será preenchida pelo eco da violência.

7

OS FILHOS DE ATREU

Clitemnestra está parada às portas do *mégaron*, escondida atrás de uma das colunas. Suas mãos estão entrelaçadas, a respiração travada enquanto ouve os filhos de Atreu conversarem com seus pais.

Agamêmnon tem braços fortes e cheios de cicatrizes, olhos gananciosos e astutos. Seu rosto é assimétrico, cheio de ângulos e contornos proeminentes, e há algo perturbador na maneira como ele olha para as pessoas ao seu redor, como se procurasse fraqueza nelas. As feições de Menelau lembram, remotamente, as de seu irmão, tal como um lince se assemelha a um leão. É mais esguio, mais bonito e sua expressão carece da astúcia evidente no rosto de Agamêmnon.

Os dois chegaram tarde da noite, seus cavalos cansados a ponto da exaustão. Os servos logo se agruparam em torno das colunas à entrada do palácio, ansiosos para ver os irmãos exilados, descendentes condenados do rei de Micenas. Tíndaro os acolheu sem hesitação, embora ainda houvesse sangue na espada de Agamêmnon e cortes recentes no rosto de Menelau. Os irmãos cavalgaram por suas vidas, e era dever de Tíndaro deixá-los permanecer no palácio. Em suas terras, um hóspede é sempre sagrado, não importando seus atos e crimes.

— Micenas foi tomada à força e com dolo — conta Agamêmnon a Tíndaro. — Nosso primo Egisto assassinou nosso pai e agora governa com nosso tio Tiestes.

— Mas o povo despreza pai e filho — acrescenta Menelau.

— O logro é hereditário em sua família — observa Leda friamente.

— A casa de Atreu está condenada.

Agamêmnon dá um passo adiante, como se fosse atacá-la, e Clitemnestra quase avança em defesa da mãe. Quando Leda olha em sua direção, e ela volta a se ocultar atrás da coluna. Tíndaro ordenou que ninguém viesse ao *mégaron*, o que só fez deixar Clitemnestra ainda mais ávida por bisbilhotar.

Menelau segura o braço do irmão, como se quisesse contê-lo. Agamêmnon fica imóvel.

— Vamos reivindicar Micenas de volta — diz Menelau. — E vamos governá-la.

Segue-se um breve silêncio. Tíndaro os encara analiticamente, depois pede mais vinho. Uma criada surge do sopé do trono e depois sai às pressas. Quando ela passa por Clitemnestra, as duas se encaram por um segundo. Duas garotas nas sombras, despercebidas por todos, com os olhos brilhando. Clitemnestra leva o dedo indicador aos lábios e a criada se vai, sem demora.

— Seu avô não planejou o assassinato de seu anfitrião e sogro em uma corrida de bigas? — pergunta Tíndaro.

— De fato — confirma Menelau. Agamêmnon permanece em silêncio, tenso ao lado dele.

— E seu pai, Atreu... Ele não assassinou seu meio-irmão, Crísipo?

— De fato. E foi exilado por isso. Banido para Micenas.

— Portanto Micenas nem sempre pertenceu aos Atridas — conclui Tíndaro, usando o nome da linhagem de Atreu. — Quem governou a cidade quando seu pai esteve exilado?

— O rei Euristeu — responde Menelau. — Mas ele esteve ausente, em batalha, então nosso pai ascendeu ao trono, incontestado.

Tíndaro faz menção de falar de novo, mas Agamêmnon foi mais rápido:

— O povo de Micenas nos respeita. E Micenas é uma cidade poderosa, destinada à grandeza. O rei Euristeu morreu longe, lutando, e nunca proclamou herdeiro. Nosso pai apenas reivindicou o que lhe era de direito. Nossa família está condenada pelo logro dos antecessores, mas não pela nossa ambição. — Ele pronuncia cada palavra lenta e nitidamente, com a voz firme e ousada.

Algo muda no rosto de Tíndaro. É uma expressão que Clitemnestra desconhece, e mesmo assim não gosta dela. Leda avança para falar, mas Tíndaro a impede.

— Filhos de Atreu — declara ele, e sua voz sai diferente, de certa forma mais calorosa —, nosso país honra o vínculo entre anfitrião e convidado, e não serei eu quem o romperá.

Agamêmnon se ajoelha e Menelau o imita. Apenas por um segundo, Clitemnestra vê a mãe lançar um olhar de total surpresa para o pai. Então, antes que os convidados se levantem e tomem ciência de sua presença, ela sai do salão o mais silenciosamente possível. A cólera erige dentro de si, queimando seu peito, mas ela sequer compreende bem a dimensão de tal sentimento.

※

O palácio muda na presença de Agamêmnon. As criadas rapidamente ficam desconfiadas em sua presença, calando-se quando ele se aproxima, acelerando pelos corredores quando precisam ultrapassá-lo. Evitam-no ao máximo, porém, algumas, aquelas que preparam seu banho e cuidam de seus aposentos, apresentam pequenos hematomas nos braços e no rosto. No jantar, enquanto lhe servem o vinho e ele encara seus seios e rostos, elas baixam o olhar.

Os homens, porém, parecem respeitá-lo. Agamêmnon e Menelau passam a visitar o *gymnasium* durante os treinos dos guerreiros espartanos. Logo o assunto predominante é a coragem dos filhos de Atreu, que não hesitam ao desafiar os jovens ali e vencem todas as lutas. É algo inédito em Esparta, onde convidados e visitantes costumam evitar o campo de treinamento.

É uma mudança esquisita de se testemunhar. Os saguões e corredores permanecem iguais, com paredes nuas e recônditos escuros, mas há uma nova luz cintilando sob a superfície, uma nova promessa de violência. Faz Clitemnestra pensar no céu quando está cinzento e taciturno, nas nuvens intermináveis que nunca se transformam em chuva. Só uma ameaça extenuante cuja espreita parece infindável.

※

— Enquanto você não parar de achar que vencerá todas as lutas, sua sina sempre será a derrota, Timandra.

Elas estão no terraço, Clitemnestra parada ao lado da irmã caçula, imobilizando-a no chão com o pé. Agora que está grávida, ela não tem permissão para treinar no *gymnasium*, então tem tentado achar outras maneiras de manter a forma enquanto sua barriga só aumenta: pequenas batalhas de luta livre com a irmã, cavalgadas, treinos com flechas e lanças à noite, quando o centro de treinamento está fechado. Tudo isso a ajuda a não ficar pensando na ausência de Tântalo.

Apesar da brisa fria invernal, o sol brilha forte e o solo está quente sob seus pés. Helena está sentada num canto, rindo dos esforços de Timandra para derrotar a irmã. Quando Clitemnestra a liberta, Timandra faz uma careta e tenta lhe dar um soco.

— Não deixe que percebam sua raiva quando perde — aconselha Clitemnestra. Então lhe dá uma rasteira e Timandra cai de novo, esforçando-se ao máximo para manter o rosto inexpressivo. Mesmo assim, suas bochechas estão coradas, e Helena ri outra vez.

Ouve-se o som de pés apressados, e uma criada adentra no terraço para trazer-lhes pão e mel. Ajoelha-se ao lado de Helena para lhe entregar a tigela, tomando cuidado para evitar Clitemnestra e Timandra enquanto as duas lutam.

— Espere — pede Helena, agarrando o braço da serviçal. A garota então se detém, suas mãos pousando a tigela com cuidado. Há um imenso hematoma em sua bochecha, do tipo feito pelo contato com o cabo de uma adaga. Atrás delas, Clitemnestra pega o braço de Timandra e finge torcê-lo.

— Está vendo? — diz. — Você tem que virar para o lado de cá.

— Quem fez isto com você? — Helena quer saber. A menina não fala. — Responda — ordena.

A hilota sussurra a um volume inaudível, os olhos colados no chão. Clitemnestra cessa a luta contra Timandra, seu corpo se retesa de repente.

— O que está havendo? — pergunta.

— Mostre a ela sua bochecha — ordena Helena. A hilota obedece, a pele suada e escurecida sob a luz, como se estivesse podre. Timandra, entediada, puxa os braços de Clitemnestra.

— Foi Agamêmnon, não foi? — insiste Clitemnestra. A criada assente. O hematoma está ficando verde nas bordas.

— Ele obrigou você? — persiste Clitemnestra, a voz embargada de raiva. Timandra para de puxá-la, alerta, examinando a expressão de suas irmãs.

A hilota balança a cabeça.

— Ele não está interessado nas empregadas — murmura ela.

— Por que ele bateu em você, então?

A menina dá de ombros.

— Pode ir agora — avisa Helena com suavidade. A hilota dá uma olhadela para trás, assustada, uma tentativa de verificar se mais alguém a ouviu, e por fim se afasta, os cabelos escuros em volta da cabeça como um trapo oleoso. — Devíamos contar à nossa mãe — continua. — Não é a primeira vez que isso acontece. Você viu aquelas pobres mulheres que preparam o banho dele?

— Por que acha que ele não dorme com a criadagem? — pergunta Clitemnestra. Ela tem visto Agamêmnon apalpar algumas garotas e sabe que Menelau costuma levar criadas, as mais bonitas, para seu quarto.

— Não tenho certeza — responde Helena —, mas acho que ele só quer o poder, acima de qualquer coisa.

No céu, as nuvens se amontoam feito ovelhas em um descampado. Clitemnestra começa a ficar enjoada.

— Talvez devêssemos voltar lá para dentro — sugere Helena, soando preocupada.

Clitemnestra toca a barriga e sente o estômago revirar. Então empurra Timandra com força.

— Ainda não terminamos aqui.

Timandra recua, os punhos em riste. Avança, uma fagulha dentro de si, e Clitemnestra se esquiva para evitar um golpe. Enquanto batalham e trocam socos, elas demonstram certa rispidez. Estão com raiva e com medo, a violência rastejando sob a pele feito larvas.

Acima delas, as nuvens escurecem, hematomas espalhados pelo céu.

Mais tarde, as três encontram Leda no *mégaron*, sentada no trono de Tíndaro. Ela beberica vinho em um cálice grande e usa uma tiara dourada reluzente nos cabelos. Filónoe está encolhida no colo dela, os cabelos escuros caindo na testa em mechas delicadas.

— O que foi? — pergunta Leda. Sua voz soa rouca, como se ela estivesse sonolenta. Helena e Clitemnestra se aproximam e o aroma de vinho fica mais intenso. — O pai de vocês saiu para caçar. — Filónoe se ajeita nos joelhos da mãe, em busca de uma posição mais confortável.

Helena pigarreia.

— Estávamos procurando você, mãe.

— Hum — murmura Leda.

— Agamêmnon bateu em outra criada — relata Clitemnestra, com a voz mais límpida possível.

Silêncio. Então, para espanto das irmãs, Leda ri. A voz dela ecoa no salão, como um tambor de guerra, e depois esmorece. Filónoe se assusta.

— Não estou nem um pouco surpresa — diz Leda, enfim. — Vocês estão?

Helena e Clitemnestra trocam um olhar breve.

— Devíamos mandá-lo de volta para... — começa Helena, mas Leda a interrompe.

— Seu pai não vai mandá-lo embora. — A voz dela é fria e cortante. Leda bebe mais vinho, tingindo seus lábios de roxo.

— Não vai? — pergunta Helena.

Leda balança a cabeça em um sinal negativo, acariciando os cabelos de Filónoe.

— Qual deus é mais habilidoso com o arco: Ártemis ou Apolo? — pergunta Filónoe, perdida em sua própria linha de raciocínio.

— Ambos — responde Leda preguiçosamente.

— Quero ser arqueira, assim como Ártemis — declara Filónoe.

— Então vá treinar.

— Estou cansada agora — reclama a criança.

— Você acha que Ártemis se cansa? Acha que ela reclama? — Leda ergue a voz, as bochechas coradas. Está bastante bêbada. Filónoe bufa zombeteiramente e pula dos joelhos da mãe, saindo apressada do *mégaron*. Leda serve mais vinho. — Seu pai não vai mandar os Atridas embora porque são um lembrete de como ele era quando mais jovem.

Clitemnestra abre a boca, pronta para protestar, mas Helena é mais rápida:

— Tíndaro é muito diferente deles.

— Já foi parecido com eles. Ele e Icário foram exilados pelo seu meio-irmão, Hipocoonte, tal como está acontecendo com Agamêmnon e Menelau agora.

— Eu não sabia de nada disso — comenta Clitemnestra.

— Você ainda não era nascida. Quando seu avô Ébalo morreu, Tíndaro tornou-se rei de Esparta. Mas Hipocoonte era ciumento e cruel. Costumava desafiar os homens no *gymnasium* só para matá-los a socos. Seu pai sempre contava que ele era assim porque não era amado como Icário ou até como ele mesmo. Hipocoonte não era filho de Gorgófona, sabe. Ébalo o teve com outra mulher.

Clitemnestra olha de esguelha para Helena, que encara os próprios pés.

— Assim que Tíndaro se tornou rei, Hipocoonte o derrubou.

— Mas como? — pergunta Clitemnestra. — Certamente nosso pai era amado pelos espartanos.

— Hipocoonte já tinha muitos filhos de várias mulheres, a maioria delas escravas. Ele os teve bem jovem, quando não contava mais do que quinze anos. Quando seu pai assumiu o trono, os filhos de Hipocoonte eram maiores de idade e estavam prontos para lutar pelo próprio pai, pela própria herança. Assim, Icário e Tíndaro foram exilados e Hipocoonte reivindicou o trono, massacrou todos os que tentaram rebelar-se e sacrificou alguns hilotas aos deuses para ganhar sua graça.

Helena parece chocada. Clitemnestra morde o lábio. Há muitas histórias que ela não sabe sobre seu pai, sobre sua terra. Às vezes, viver em Esparta é como afundar em um pântano, com o charco travando seus pés e somente os olhos livres para observar os perigos iminentes ao redor. Basta uma tentativa de se libertar, e você termina engolfado pelo pântano.

— Então seu pai pediu ajuda a Héracles — continua Leda.

— O maior dos heróis gregos — sussurra Helena, e Leda assente.

— Por que Héracles lutaria por Tíndaro? Por que ele se importaria? — perguntou Clitemnestra.

— Quando Héracles precisou de abrigo em Esparta, Hipocoonte não o acolheu. Então Héracles matou Hipocoonte e seus filhos, e assim seu pai recuperou o trono.

Agora Clitemnestra entende. Tíndaro não quis repetir o erro de Hipocoonte, recusando dois guerreiros necessitados. Ainda assim, como ele não percebia que Agamêmnon e Menelau eram cruéis? Que lhes faltava honra? Seu pai sempre foi um bom juiz de caráter.

— Enfim, seu pai está mal-humorado hoje — continua Leda, interrompendo os pensamentos de ambas. — É por isso que ele foi caçar.

Há um tom de nervosismo na voz de Leda que faz Clitemnestra se preparar, como se estivesse prestes a levar um tapa.

— Por quê?

— A sacerdotisa acabou de trazer uma nova profecia.

— Nosso pai não acredita em profecias.

— Bem, desta vez ele ficou irritado.

— Porque ele sabe que é a verdade — anuncia uma voz rouca atrás delas. Clitemnestra se vira tão rapidamente que quase desloca o pescoço.

A sacerdotisa caminha em direção ao trono, os cabelos negros repartidos ao meio, os pés se movimentando tão silenciosamente quanto folhas carregadas por um riacho. Leda está sentada empertigada em sua cadeira, a repulsa estampada no rosto. Não é segredo que ela odeia a sacerdotisa.

Uma mulher vil, que suga as forças alheias, foi assim que Leda se referiu a ela quando um dia Clitemnestra lhe perguntou por que ela sempre saía quando a sacerdotisa entrava no palácio a fim de falar com o rei.

— Alguém convocou você ao *mégaron*? — pergunta Leda.

A sacerdotisa para a alguns metros delas, as mãos pálidas espiando das mangas da túnica, feito um par de garras.

— Vim aqui para entregar a profecia às suas filhas.

— Então ninguém a convocou — pontua Leda.

A sacerdotisa a ignora.

— Afrodite está com raiva — diz ela a Helena e a Clitemnestra. — Seu pai nunca faz sacrifícios por sua graça.

— A deusa a ser venerada em nosso reino não é Ártemis? — pergunta Clitemnestra.

A sacerdotisa olha feio para a jovem. Quando volta a falar, sua voz chia como lâmina contra rocha.

— *As filhas de Leda vão se casar duas e três vezes. E serão todas desertoras de seus legítimos maridos.* — Ela fixa os olhos nas duas, com o mesmo olhar que lança aos seus animais antes de um sacrifício. — Eis a profecia.

Clitemnestra encara a sacerdotisa. Desertora de seu marido? Como pode a sacerdotisa pensar uma coisa dessas?

— É a vontade dos deuses — insiste a sacerdotisa. — Vocês serão desprezadas por muitos, odiadas por outros e punidas. Mas no final, serão livres.

Helena se vira para a mãe. Parece confusa. A sacerdotisa nunca havia lhes dado profecias, muito menos que dissessem respeito a elas mesmas. Leda pousa a mão no ombro de Helena, como se quisesse protegê-la da sacerdotisa.

— Você já declamou sua profecia — declara ela. — Agora saia.

— Você não pode me dar ordens, Leda, como bem sabe — retruca a sacerdotisa. Seus olhos miram no cálice de vinho vazio ao lado do trono, e o desgosto invade seu rosto.

Leda enrijece.

— Você não é bem-vinda no palácio. Volte para o seu templo. — A raiva contorce as feições de Leda e sua mão corre para a adaga cravejada de joias em seu cinto, mas ela não saca a arma.

A sacerdotisa não se deixa intimidar. Empina o queixo e diz:

— Você é a forasteira aqui. Lembre-se: eu já estava na cama de seu marido muito antes de você se apaixonar por aquele estrangeiro... — Seus olhos pousam em Helena.

— SAIA! — berra Leda, perdendo todo o autocontrole. — FORA! OU EU MESMA VOU MATAR VOCÊ. ENTENDEU?

A sacerdotisa sorri com malícia. Leda fecha os dedos em torno do cabo da adaga e mesmo assim a sacerdotisa permanece ali, disposta a desafiá-la. Por fim, decide ir embora, os pés descalços e pálidos como a lua, a longa túnica esvoaçando em seu encalço. Leda desce do trono e a acompanha até a porta, os olhos injetados.

— NÃO ME IMPORTO SE SUA DEUSA ESTÁ IRRITADA. ELA NÃO É MINHA DEUSA NEM NUNCA FOI! — berra ela às costas da outra.

A sacerdotisa desaparece e Leda se vira para as filhas, arquejante. Clitemnestra e Helena permanecem ao lado do trono, congeladas.

— Vocês duas, saiam também — ordena Leda. — Agora.

— Você sempre disse que a raiva deveria ser controlada — pontua Helena, um tom de desafio no olhar. Ainda está absorvendo as palavras da sacerdotisa.

— Não dou a mínima para o que eu já disse. *Saiam.*

Clitemnestra pega a irmã pelo braço e a arrasta para fora. Quando se vira para olhar para trás, a mãe está de joelhos, a cabeça entre as mãos, como se estivesse com medo de entrar em colapso a qualquer momento.

Leda não aparece para o jantar, e Helena e Clitemnestra não questionam. Helena come devagar, perdida nos pensamentos. Clitemnestra observa a carne espalhada em seu prato, muito embora a comida lhe cause enjoos.

O entardecer está esplendoroso e frio. Os últimos raios do sol invernal clareiam o salão, e através da janela as montanhas estão nitidamente delineadas, seus picos cobertos de neve. Timandra passou boa parte do dia no *gymnasium* e conta a Febe e Filónoe tudo sobre o combate corpo a corpo.

— Menelau é tão feroz que quase quebrou a cabeça de Licomedes! Sem armas, só os punhos! Eu vi. — Ela enfia comida na boca enquanto fala, o rosto tomado pela empolgação. — Agamêmnon esperou até o fim, e então desafiou o mais forte. Acho que ele queria ver todos lutarem primeiro para poder escolher seu adversário.

— Ele é tão forte quanto um espartano, porém mais inteligente — diz Tíndaro. Ele fatia a carne suína em seu prato em formatos grandes e irregulares, depois crava a faca em um naco.

— Por quê, pai? — pergunta Clitemnestra.

Tíndaro mastiga lentamente, pensando.

— Ele tem medo da morte — responde, e mete mais carne na boca.

— Como isso o torna um homem mais inteligente? Os deuses nos invejam porque somos mortais — diz Helena. Tíndaro a ignora, e Helena olha para baixo, constrangida.

Clitemnestra toca a mão de Helena sobre a mesa.

— Agamêmnon não lutou contra seu primo Egisto quando teve oportunidade, embora Egisto tivesse matado seu pai e usurpado o trono de Micenas. Preferiu ir embora e se refugiou aqui. Foi uma jogada inteligente... Um convidado é sempre sagrado na Grécia.

Tíndaro assente.

— Ele tem paciência, uma virtude de poucos homens. Tenho certeza de que ele terá sua vingança.

O respeito na voz do pai irrita Clitemnestra, mas ela tenta ignorá-lo.

— E Menelau? — pergunta Helena.

Desta vez, Tíndaro dá o devido reconhecimento à pergunta.

— Menelau é um homem poderoso, apenas eclipsado pelo irmão. Em breve, eles se erguerão como heróis e ganharão seus tronos.

Clitemnestra se recosta na cadeira. Se Agamêmnon eclipsa Menelau, então Helena a eclipsa? A mulher mais bonita da região: assim é chamada Helena em toda a Grécia, ao passo que ninguém conhece Clitemnestra. Mas em Esparta, Clitemnestra é a mais amada e respeitada. E quando lhe foi dada a oportunidade, Tântalo a escolheu, preterindo Helena. "Sua irmã é bonita, é verdade", dissera-lhe Tântalo certa vez, "mas algo nela está domesticado. Vocês duas têm fogo no coração, mas ela derrama água sobre o dela, enquanto você bota mais lenha. *Isto é beleza*".

Quando Clitemnestra levanta a cabeça, Helena a encara, seu rosto mudando à luz do fogo. Ela sente a culpa se infiltrar. E conjectura se a irmã consegue ouvir seus pensamentos, pois de repente Helena está de pé, arrastando a cadeira com brusquidão no piso.

— Estou cansada — anuncia ela. — Vou me recolher.

Na manhã seguinte, Clitemnestra decide assistir à luta dos Atridas. Fora do palácio o ar é frio como uma lâmina de bronze na pele, e as árvores nuas parecem braços estendidos para o céu. Quando chega ao *gymnasium*,

Leda já está lá, acomodada no canto numa cadeira de respaldo alto. Ao lado dela, Timandra está polindo uma lança, os joelhos e cotovelos enlameados. Assim que vê a irmã, levanta num pulo.

— Veja — pontua. — Eles vão começar a luta.

Na arena, Agamêmnon e um jovem espartano se movimentam em círculo. Parecem um leão e um lobo, Agamêmnon com seus cabelos longos e ondulados sobre os ombros largos, e o outro rapaz com seu corpo magro e peludo. Um leão é sempre mais forte do que um lobo, Clitemnestra sabe bem disso: ele consegue brigar sozinho, enquanto um lobo necessita de sua matilha.

— Aquele ali é esperto e veloz — comenta Timandra, animada, apontando para o rapaz. — Eu já o vi lutar.

— Quando se luta contra um animal muito mais forte, a inteligência não basta — retruca Leda.

O rapaz espartano espera que Agamêmnon o ataque, rodeando-o para pegá-lo num momento de desequilíbrio. Ele tem o rosto emaciado, pele escura e olhos aguçados. Agamêmnon tenta agarrá-lo, mas o rapaz salta para a direita. Porém, num segundo, antes que os olhos de Clitemnestra consigam rastrear os movimentos, Agamêmnon derruba o menino. O espartano cai de bruços, emite um som estrangulado e a engatinhar, mas Agamêmnon salta em suas costas e lhe agarra o pescoço, as mãos grandalhonas e cheias de cicatrizes apertando-o sem trégua. O rosto do rapaz afunda na areia; sangue jorra de seu nariz. Ele se contorce, desesperado para respirar, mas está sufocando no próprio sangue. Ouve-se o som de costelas se quebrando, e Clitemnestra não consegue evitar pensar no som dos corpos de criminosos se chocando contra as rochas das cavernas de kaiadas. Ela se vira para a irmã, mas Timandra sequer pestaneja. Também conhece bem aquele som.

Leda corre para o centro da arena; seus pés afundam na areia molhada. Agarra o braço de Agamêmnon e o empurra, protegendo o espartano com o próprio corpo. Por um instante, Clitemnestra pensa que Agamêmnon vai bater em sua mãe, mas ele apenas a encara, surpreso. Atrás dela, o garoto espartano emite um som fraco e doloroso. Está vivo.

— Levante-se — ordena Leda.

Agamêmnon espana a areia vermelha das mãos e as apoia nas coxas. Então, sem dizer uma palavra a Leda, caminha em direção a Clitemnestra. Acomoda-se sob a sombra das árvores e aí segura o braço dela gentilmente, surpreendendo-a. De soslaio, ela nota que Timandra aperta sua lança ainda mais.

— Espero que tenha gostado da luta, minha rainha — anuncia Agamêmnon. É a primeira vez que fala com ela. Sua expressão está dura feito rocha, e suas feições, um tanto pronunciadas, como se tivessem sido esculpidas por um escultor lambarão.

— Leda é sua rainha — diz Clitemnestra. Agamêmnon a ignora. Aí solta seu braço e Clitemnestra sente sua pele queimando onde as pontas dos dedos dele a tocaram.

— Ouvi dizer que você é boa na luta livre — diz ele. — No lugar de onde venho, as mulheres não são treinadas como os homens.

— Lamento muito por elas — responde Clitemnestra.

O guerreiro cerra a mandíbula e não responde. Seu silêncio é frustrante. Clitemnestra adoraria poder lhe dar uma coça ou fugir daquele escrutínio repugnante, os olhos dele praticamente a despem. Mas ela permanece no lugar. Quando ele enfim se vira para deixar a arena, ela se junta à mãe no pátio de luta livre. Timandra larga a lança e corre atrás dela. Juntas, examinam o corpo quebrado do garoto espartano.

— Timandra — diz Leda —, encontre o médico. E traga um pouco de ópio.

A garota sai, rápida como um gato. Leda olha para Clitemnestra, depois para o pórtico onde Agamêmnon estivera segundos antes.

— Ele gosta de você — conclui ela por fim. Seus olhos verdes estão insípidos, como cobre envelhecido.

— Ele não vê que estou grávida?

Leda balança a cabeça.

— Alguns homens querem apenas aquilo que não podem ter.

Clitemnestra volta sozinha para o palácio. A água do Eurotas está prateada e a terra ao seu redor é bronze líquido. Ela pensa em Leda e na sacerdotisa, frente a frente no *mégaron*. Sua mãe estava certa, porém perdeu a razão. Foi ela quem lhe ensinou que sempre há maneiras melhores de tratar os oponentes, maneiras melhores de humilhá-los. Mas a única coisa que ela fez foi humilhar-se. Por que não mandou a sacerdotisa embora apenas? Talvez ela tenha tentado fazê-lo antes, mas Tíndaro não lhe permitira. Tal pensamento é doloroso, como um corte na garganta.

A chuva cai. Ela segue correndo pela trilha, as sandálias já enlameadas. Ao chegar aos estábulos, para, recuperando o fôlego, e se abriga ao lado de uma égua e seu potro. Dá um tapinha carinhoso neles, ouvindo as gotas de chuva batendo no solo.

Então ouve outro som, em algum lugar à sua esquerda. Presta atenção, escondendo-se atrás dos fardos de feno. É um choramingo baixinho: dá para ouvi-lo com nitidez agora. Ela se aproxima e, atrás de uma grande pilha de feno, vê as costas de Agamêmnon. Sua túnica — ainda manchada com o sangue do rapaz da arena, Clitemnestra percebe — está arregaçada acima da cintura, as mãos estão nos quadris de uma jovem. A garota geme e choraminga, mas Clitemnestra não consegue vislumbrar seu rosto. Ela avança mais um pouco e imediatamente pensa na hilota machucada.

— Deixe-a em paz — ordena ela, a voz crescendo para suplantar a chuva.

Agamêmnon se vira com agilidade, a mão voando para a faca pendurada em sua túnica. A garota se levanta, sem se preocupar em cobrir o corpo nu, e sorri ao ver Clitemnestra. É Cinisca.

— O que você quer? — pergunta ela. Há cicatrizes contornando suas pernas fortes, como serpentes. Seus seios são pequenos, seus mamilos são grandes e marrons. Há uma imensa marca de nascença em um dos seios, a qual Clitemnestra nunca notara na arena. Ela se vira para Agamêmnon, cuja mão ainda segura o cabo da faca com força. É diferente das adagas espartanas, mais parecida com o tipo de lâmina que os homens usam para eviscerar porcos.

— Guarde isto — ordena ela.

O homem não obedece.

— Foi você quem nos interrompeu.

— Este é o meu palácio.

— E eu sou seu convidado.

Cinisca veste seu quitão, e depois o cobre com um manto mais longo.

— Volte para o palácio, meu senhor — diz ela. — Eu irei em breve.

Ele se vira para ela com seu olhar gélido, mas não parece irritado. Aí sai, sem olhar para Clitemnestra, sua silhueta rapidamente engolida pela escuridão e pela chuva. Cinisca se abaixa para amarrar as sandálias.

— Você nem sempre pode ter tudo, sabe — zomba ela.

Clitemnestra franze a testa.

— Você de fato acha que eu iria querer alguém como ele?

Cinisca a encara. De repente desata a rir.

— Você achou que ele estivesse me *estuprando*.

— Eu não sabia que era você.

— Ou não o teria impedido?

Clitemnestra hesita.

— Não importa — continua Cinisca. — Agora você sabe que ele não me obrigou a nada. Qualquer uma teria sorte de estar com um homem como ele.

— Não creio.

Cinisca ri, desdenhosa.

— Isso porque você não enxerga o poder nem mesmo se o esfregarem na sua cara.

A garota termina de amarrar as sandálias. Ela lança um último olhar triunfante para Clitemnestra, como se tivesse acabado de vencer uma rodada de luta livre, e aí vai embora.

Quando Clitemnestra por fim chega ao palácio, está encharcada e trêmula. Os corredores cheiram a umidade e mofo, e as tochas estão apagadas. Ela corre até o *gynaeceum* e bate à porta do quarto que dividia com Helena, que abre imediatamente. Está recostada no batente, uma túnica grossa de lã enrolada em volta do corpo.

— O que é?

— Posso dormir aqui esta noite? — pergunta Clitemnestra.

— Claro. — Helena lhe dá um sorriso débil. — De todo modo, não durmo bem quando estou sozinha.

— Nem eu. — Clitemnestra senta-se no banco ao lado da cama e Helena lhe dá uma túnica de lã para se aquecer.

— Cinisca estava nos estábulos com Agamêmnon — conta Clitemnestra assim que seus dentes param de bater. — Ele estava dentro dela.

— Como você sabe?

— Eu os vi. Agora há pouco.

Helena dá de ombros.

— Pessoas cruéis sempre dão um jeito de se mancomunar.

Clitemnestra envolve os pés na túnica, apalpando cada dedo.

— Tem algo diferente nele — observa Clitemnestra.

— Sim — concorda Helena.

— Não gosto de ficar perto dele.

Helena lhe dá um sorrisinho.

— Talvez porque ele a assuste. As únicas pessoas capazes de assustar você são aquelas cujas motivações você não consegue enxergar.

Ela se senta em seu banquinho e se serve de um pouco de vinho diluído. Sobre a mesa, ao lado da jarra de vinho, está um colar dourado na forma de rosetas. Clitemnestra nunca viu nada tão bonito.

— Onde conseguiu isto?

Helena olha o colar distraidamente, os cabelos dourados soltos sobre os ombros. As duas estão tão diferentes entre si agora que mal parecem ter parentesco consanguíneo.

— Não importa — responde.

Clitemnestra está pronta para discutir, mas Helena é mais rápida:

— O que você acha que significa? — pergunta ela. — A profecia. — Ela levanta a cabeça, os olhos faiscando como sempre acontece quando deseja respostas da irmã.

Clitemnestra respira fundo. Seu rosto fica subitamente entorpecido.

— Não creio que signifique nada.

Helena a encara.

— Você não acredita nela?

— Quando é que começamos a acreditar em profecias?

Helena não responde. Seu rosto está tão nu quanto na época da infância, antes de ela aprender a esconder as suas fraquezas. A moça toca o colar, sente cada flor dourada sob os dedos. Por um instante, Clitemnestra pensa que ela vai ignorar o assunto, mas então Helena pergunta:

— Sabia sobre Tíndaro e Leda?

— O que você quer dizer?

Helena levanta os olhos e há uma frieza ali naquele azul-claro, um rio congelado.

— Sabe o que quero dizer.

— Eu não sabia sobre nosso pai — responde Clitemnestra. Ela vê a expressão da irmã mudar, os traços meigos endurecendo. Não há o que fazer para impedi-la.

— Você sabia sobre Leda, então. Sabia que ela se deitava com outro.

Clitemnestra não se mexe. Sente a raiva formando bolhas sob a pele, e sente algo mais também, algo frio e escorregadiço. Medo.

— Você sabia e não me contou — insiste Helena.

— Só sei o que Castor me contou, mas nem ele mesmo tinha certeza dos fatos.

— Então quem é meu pai? — pergunta Helena, cerrando o punho em volta do colar.

— Não sei. Eu também só soube que Leda se apaixonou por um estrangeiro, e que ele deixou o palácio antes de você nascer.

Helena se afasta. Clitemnestra sente como se tivesse levado um tapa.

— Por que mentiu para mim?

— Não menti.

Helena balança a cabeça. O espaço entre as duas cresce como um redemoinho, sugando-as para sua escuridão.

— E Polideuces? — pergunta Helena.

— O que tem ele?

— Ele sabe de alguma coisa?

— Ele sempre alega que não se lembra, e se recusa a dizer qualquer coisa.

Helena ri, um som frio que Clitemnestra não reconhece.

— Porque ele me ama.

— Eu te amo — diz Clitemnestra.

Helena se volta para ela outra vez. Seus olhos parecem estranhos.

— Não, não ama. Você mentiu para mim. Agora, por favor, vá embora.

É pior do que ser chutada, pior do que ser esfaqueada. A dor física pode ser curada, isso Clitemnestra já aprendeu, mas aquilo? Ninguém lhe ensinou a lidar com aquilo. Ela se levanta com agilidade, sai e fecha a porta. Está zonza, o vazio a suga de dentro para fora. Ela leva as mãos ao rosto e sente a umidade nas bochechas, fato que só a deixa mais irritada. Do outro lado da porta, ouve Helena socando o banquinho ou a mesa. Quer voltar, porém, de algum modo, a porta agora parece impossivelmente intransponível.

8

A MULHER MAIS LINDA DE TODAS

Quando Helena tinha catorze anos, o herói Teseu veio a Esparta só por causa dela. Há anos as notícias de seus grandes feitos vinham se espalhando: as lutas contra bandoleiros nas perigosas estradas para Atenas, o assassinato de um rei no sítio sagrado de Elêusis. Não havia honraria maior do que chamar a atenção de um homem de tal porte, dizia Tíndaro.

— O que ele quer de mim? — perguntou Helena a Leda. — Sou muito jovem para me casar.

— Ele quer ver você, só isso.

— Ele se considera filho de um deus — Polideuces bufou. — Então ele quer uma esposa *divina*.

Helena franziu a testa.

— Não sou divina — queixou-se. Então repetiu: — E sou jovem demais para me casar.

Teseu chegou a Esparta acompanhado por seu amigo Pirítoo, um príncipe dos Lápitas, uma tribo das montanhas do norte. Teseu era bonito como um deus, ainda mais bonito do que Polideuces, enquanto Pirítoo tinha barba densa e pele castigada pelo sol. Juntos, eles gostavam de relatar suas aventuras, de contar como sua amizade se formara após terem furtado gado juntos, de falar sobre todas as moças que seduziram. Riam das lembranças e as pessoas no palácio riam junto, como se tais mulheres fossem apenas criaturas insossas e inúteis. Teseu de fato acreditava que todas as mulheres queriam lhe dar prazer, percebeu Clitemnestra. Quanto ao restante do mundo, ou o entediava ou o irritava. Só Pirítoo o fazia rir, só Pirítoo fazia seus olhos brilharem de empolgação.

— Os homens que só encontram consolo em outros homens não são dignos de confiança — declarou Castor a Clitemnestra e Helena certa manhã enquanto todos observavam Teseu e Pirítoo lutando na arena. — Não respeitam mais ninguém, muito menos uma mulher.

Teseu encheu os salões do palácio espartano de presentes, entre eles, a cama feita de ébano egípcio onde Clitemnestra e Helena dormiam, todavia jamais solicitou matrimônio. Logo todos se esqueceram do porquê de ele ter ido ao palácio. Então, num dia de verão, Teseu afirmou que estava pronto para voltar a Atenas e suceder seu pai no trono.

Na noite anterior à sua partida, enquanto os criados dormiam e Pirítoo preparava os cavalos, Teseu invadiu o quarto de Helena e a raptou, silencioso como o ar. Clitemnestra acordou de manhã cedo na cama egípcia vazia. Então danou a berrar e correu para o pai, o coração tão acelerado que chegava a doer. Castor e Polideuces saíram às pressas, reunindo servos até que, enfim, encontraram um hilota que testemunhara quando Teseu cavalgou para leste.

— Estão levando Helena para a pequena cidade de Afidna, meus senhores — contou o hilota tão logo foi arrastado para o *mégaron*. Clitemnestra não sabia onde ficava Afidna ou sequer o significado daquilo tudo. Polideuces deu um soco na parede pintada e saiu, furioso. Castor e Clitemnestra o seguiram. Nos estábulos, Castor a deteve.

— Você fica aqui — disse ele.

Quando Clitemnestra o ignorou e montou um cavalo, Polideuces gritou:

— Você não ouviu seu irmão? *Você fica!* — Eles esporearam os cavalos e desapareceram em uma nuvem de poeira.

Obrigada a esperar e sem notícias da pessoa que mais amava, Clitemnestra refugiou-se no templo de Ártemis. Lá, perto de uma fonte no sopé das montanhas, acomodou-se entre duas colunas de madeira e orou. Ela não era muito boa em orações, sua impaciência era um impeditivo razoável. Logo desistiu e começou a vagar ao longo das muralhas de tijolo de barro, até, por fim, flagrar uma conversa de Tíndaro com a sacerdotisa.

— Não entendo por que seus filhos foram buscá-la, Tíndaro — dizia a sacerdotisa. — Seria uma honra para qualquer moça deitar-se com Teseu. Helena está madura para o casamento, e ainda é virgem. — A sacerdotisa usava flores nos cabelos e um vestido longo e diáfano que mostrava seu corpo curvilíneo.

— Quero Helena de volta — exigiu Tíndaro. Então deu meia-volta, sentindo-se observado, e notou Clitemnestra. Foi até a filha, deixando a sacerdotisa, e disse: — Oremos juntos pelo retorno de sua irmã.

Seus irmãos regressaram ao anoitecer. Helena estava tombada sobre o cavalo de Polideuces, a cabeça apoiada nas costas do irmão, os braços arranhados. Clitemnestra ainda estava no templo com o pai quando os viu chegando. Jamais orara tanto em sua existência. Levantou-se e foi correndo para o palácio.

Dois criados acomodaram Helena no *gynaeceum*, enquanto Castor e Polideuces conversavam com Tíndaro e Leda.

— Teseu já tinha ido embora quando chegamos — disse Castor —, mas a encontramos. Dois agricultores nos contaram onde ela estava escondida.

— O que ele fez com ela? — Leda quis saber.

— Ela precisa descansar. Vou pedir às mulheres da cozinha que levem gordura de ganso para o quarto.

Leda cobriu o rosto com as mãos. À época, Clitemnestra não tinha entendido o significado daquilo, mas a mistura de gordura de ganso e ervas maceradas era muito usada em mulheres que sentiam dor depois de se deitarem com um homem.

— Voltaremos amanhã — disse Polideuces. — Agora que Helena está a salvo. Vou levar dez de nossos melhores homens e pilharemos Afidna. — Ele parecia enlouquecido, perturbado.

Tíndaro balançou a cabeça, negando.

— Teseu é agora rei de Atenas. Atenas é poderosa, não podemos entrar em guerra contra ela, não por pouca coisa.

Pouca coisa. Clitemnestra teve vontade de arrancar os cabelos, mas Polideuces a precedeu:

— Sua filha foi *estuprada* por aquele homem, por mero entretenimento. Ele sequer pediu a mão dela em casamento!

— Isso é bom para Helena — interveio Castor. — Algo me diz que ela não gostaria de se casar com ele.

Tíndaro acenou, desprezando o comentário.

— Teseu é um herói e faz o que os heróis fazem. Sabe quantas outras meninas como Helena existem? Acha mesmo que os irmãos delas entraram em guerra por causa disso? Não, porque não são tolos.

E ali foi o fim da conversa.

De volta ao quarto, o ar era pungente, sufocante, mas Clitemnestra aguentou firme. Helena tinha sido levada por culpa dela: se ela tivesse acordado, se tivesse visto Teseu...

Quando sentou-se na cama, Helena já parecia dormir, então Clitemnestra deitou-se em meio à escuridão e puxou as cobertas.

— Eles tiraram a sorte — disse Helena de repente, a voz tão baixa que Clitemnestra mal a ouviu. — Eles rolaram dados e Teseu venceu. Então me reivindicou para si.

Clitemnestra permaneceu em silêncio. Rolou para o lado de Helena e passou um braço em volta dela. Obrigou-se a ficar acordada a noite toda. Quando amanheceu, ela enfim desmaiou, o braço dormente, mas ainda enrolado na irmã.

※

No dia subsequente à briga com Helena, Clitemnestra não sabe para onde ir. Caminha pelo quarto, ansiosa para extravasar berrando ou quebrando alguma coisa. Mas a única coisa que consegue fazer é andar, os pés inquietos indo e vindo, indo e vindo. Há um zumbido em sua cabeça e ela não consegue pensar direito. Joga um pouco d'água fria no rosto e por fim sai para encontrar a irmã.

Ao passar pelos criados atarefados e pelos garotos suados vindos do treino na arena, sua mente dá uma reviravolta. Talvez Helena não esteja com raiva mais. Talvez tenha entendido que Clitemnestra não tem culpa nessa história. Talvez tenha conversado com Leda, que enfim explicou por que precisou guardar segredo sobre sua paternidade. As possibilidades são como jangadas quebradas: mal conseguem se aguentar em um mar revolto.

Sob as árvores que circundam a arena de luta livre, há um rapaz ferido sentado aos pés do médico. O homem está limpando a têmpora dele, onde a pele está inchada, com um calombo escuro e duro, como uma rocha marinha. Ao lado deles, Helena macera ervas, a testa franzida de concentração.

Ao avistar a irmã, ela para a moagem, porém não se afasta do médico.

— Helena — chama Clitemnestra, incapaz de encontrar outra palavra.

A irmã balança a cabeça. Ela a encara, porém sem enxergá-la de fato. Seus olhos estão vazios. Clitemnestra estremece, sentindo-se rejeitada. Helena nunca a fitou daquele jeito, nem uma vez. Em geral, ela sempre a olha com atenção, com propósito, como um caçador observando as árvores em busca do mais sutil movimento.

— Podemos...? — começa ela, mas Helena a interrompe.

— Você deveria ter me contado a verdade — retruca com frieza.

Ela está certa, e Clitemnestra não tem o que dizer para contestar. Cogita responder "Eu só fiz aquilo para proteger você", mas soaria como tolice.

De repente, sente toda a sua felicidade se esvair, como a água escorrendo no piso ao se torcer uma túnica encharcada. Ela dá as costas para Helena e vai embora.

Os dias passam. O inverno fica mais frio e dominado pela ventania. A água do Eurotas congela e as crianças brincam em sua superfície. Os dias são escuros e as árvores estão desnudas.

Clitemnestra nunca se sentiu tão sozinha. Anseia pelo marido. Ele já deve ter chegado a Meônia, e agora está sentado em seu trono dourado, anunciando o matrimônio e a chegada do herdeiro. Clitemnestra imagina o rosto dos homens ao redor dele, suas reações. Ela consegue até visualizar as roupas e joias brilhantes, os tecidos belíssimos e os frascos de óleos perfumados. Então pensa nas mãos de Tântalo em sua nuca, nos braços dele envolvendo sua barriga, e sente o estômago se apertar de saudade.

Timandra é a única ali que a consola. Agora, frequentemente, acompanha Clitemnestra ao *mégaron*, senta-se com ela e Tíndaro enquanto os plebeus fazem seus pedidos. No salão de pé-direito alto, ela ouve, aprende e muitas vezes sussurra ao ouvido de Clitemnestra, ávida para expressar pensamentos e fazer as próprias sugestões.

— Você ainda é jovem demais — ralha Clitemnestra.

— Sou apenas três anos mais nova que você — lembra Timandra. Embora seu corpo permaneça esbelto e atlético como o de uma criança, seu rosto está mais envelhecido, mais maduro. Seus olhos são escuros como uma noite desprovida de estrelas; seus cabelos, castanhos como casca de avelã.

— Limite-se a escutar por enquanto — ordena Clitemnestra.

— Mas você nunca escuta quando os outros lhe dizem para se calar — ressalta Timandra. Clitemnestra ri, e até Tíndaro sorri, divertindo-se com o comentário da filha.

Já é fim de tarde, e eles estão ouvindo os pedidos da população há horas. O fogo da lareira solta nuvens densas de fumaça, e o salão está quente demais.

É então que Menelau chega, sozinho. A luz do pôr do sol incide sobre ele, nos cabelos ruivos flamejantes, a cor de fogo faiscando na escuridão. Ele pousa sua espada de bronze no chão, em sinal de respeito, e se aproxima do trono. Clitemnestra morde o lábio. Desconfia de tal gentileza, da maneira como ele sempre se curva para Tíndaro. Ele a faz lembrar de Teseu em sua chegada a Esparta: bonito e violento; arrogante, porém respeitoso.

— Eu não esperava sua vinda, Menelau — admite Tíndaro sem estardalhaço. — Achei que estaria na arena.

Menelau sorri. Seus olhos são castanho-dourados, como os de Agamêmnon; no entanto, sem a mesma severidade.

— Vim pedir sua ajuda.

— E seu irmão? — pergunta Tíndaro.

— Chegará em breve. Tenho dois pedidos, mas é melhor que um deles seja feito em particular.

Tíndaro assente e chama um criado.

— Traga-nos água e comida — solicita. Depois, para Menelau: — Ouvirei o que tem a dizer, filho de Atreu, mas comamos alguma coisa. O dia foi longo. — O criado desaparece do salão e volta correndo pouco depois, trazendo uma bacia de prata para que higienizem as mãos e uma travessa com carne e queijo. Timandra, que se ocupava desembaraçando os cabelos, inquieta, senta-se calmamente no banquinho ao lado de Clitemnestra.

Tíndaro pega um pedaço de lombo e começa:

— Diga-me, Menelau, o que deseja?

Ele não pestaneja:

— Sua filha.

Timandra engasga, e Clitemnestra por instinto leva a mão à barriga. Tíndaro vira-se para ela, ainda mastigando, e depois se volta para Menelau.

— Qual filha? — pergunta ele.

Menelau franze a testa. Olha para Clitemnestra e Timandra como se tivesse acabado de perceber a presença delas. Depois, num tom que sugere obviedade, responde:

— Helena.

— Compreendo. — Tíndaro cospe o osso na travessa.

— Ouvi dizer que ela está pronta para se casar, e eu faria dela rainha de Micenas, que, como é de seu conhecimento, é uma das cidades mais ricas.

— Compreendo — repete Tíndaro. Ele leva a mão à têmpora, como se aliviasse uma dor de cabeça, gesto que evidencia a cicatriz enrugada nas costas de sua mão, marca da juventude, de quando treinava lutando contra lobos na floresta.

— O que me diz, Tíndaro? — pergunta Menelau.

— Em Esparta, são as mulheres que escolhem seus maridos, na maioria das vezes — salienta Tíndaro.

Menelau parece surpreso, mas rapidamente se recompõe.

— Eu soube de tal condição. Mas não creio que seria um problema.

— Ela jamais escolheria você — intervém Clitemnestra antes que consiga se conter.

Menelau fixa o olhar nela. Timandra então inclina-se para a irmã, como se quisesse sussurrar algo ao seu ouvido, mas é impedida com um gesto da própria Clitemnestra. Ela quer ouvir os homens.

— Mesmo que Helena aquiescesse — diz Tíndaro —, a beleza dela é conhecida em toda a região. Muitos pretendentes por toda a Grécia aguardam o momento em que ela estará pronta para o casamento.

— Então convoque todos eles — desafia Menelau — e deixe Helena escolher.

Faz-se silêncio. Suas palavras ecoam na nuca de Clitemnestra. Ali está ele, acreditando-se superior a qualquer um, acreditando que pode ter Helena. Ela quase ri. Mais uma vez, Timandra se inclina em sua direção, ansiosa para falar, mas Clitemnestra se limita a apertar a mão da irmã, um sinal para lembrá-la de seu lugar.

— Assim o farei — admite Tíndaro. — Mandarei avisar que Helena está madura para o casamento e convocarei todos os pretendentes a Esparta. Mas, de todo modo, você não teria terras nem riquezas para oferecer. Quando veio aqui pela primeira vez, você me contou que tinha um plano para recuperar Micenas. Vocês foram meus hóspedes durante toda uma temporada, e Micenas ainda não é sua.

— Tem razão — concorda Menelau. — Isso me leva ao meu segundo pedido.

Antes que ele possa falar mais, Agamêmnon adentra o salão. Olha para a espada que o irmão pousou no chão, mas mesmo assim mantém a própria lâmina de caça atada à cintura. Ele estava espionando, percebe Clitemnestra. Quando ele toma seu lugar ao lado de Menelau, a jovem se obriga a olhar para cima, para o olhar gélido de Agamêmnon. Ele ignora a presença dela.

— Ah, Agamêmnon — diz Tíndaro, extenuado. — Sirva-se de um pouco de comida.

O servo sai das sombras mais uma vez, estendendo o prato de carne para Agamêmnon, que pega o osso cuspido por Tíndaro, joga-o de lado na bandeja e come um naco de queijo.

— É hora de recuperar Micenas — declara ele. — Não podemos esperar mais.

— Concordo — estimula Tíndaro. — Isto deve ocorrer antes que o povo se acostume ao seu novo rei.

— Tiestes não é rei — salienta Menelau, mas Agamêmnon silencia o irmão com um olhar.

— Você tem sido um anfitrião generoso, Tíndaro — elogia Agamêmnon. — Por isso nos dói ter de pedir mais um favor, mas garanto que lhe pagaremos dez vezes mais.

Tíndaro levanta as sobrancelhas, à espera. Quando Agamêmnon não fala, o rei então se adianta:

— Não posso lhe ceder meu exército.

Agamêmnon balança a cabeça em uma negativa, dá um sorriso frio.

— Carecemos somente de sua bênção e dez dos seus melhores homens.

※

O plano é engenhoso, até Clitemnestra sente-se compelida a admitir. Agamêmnon escolhe dez guerreiros, os melhores e mais velozes escaladores. Com os Atridas, eles cavalgarão até Micenas, esconderão os cavalos longe o suficiente da cidadela e escalarão as muralhas da cidade. A entrada de Micenas, o Portal do Leão, é impenetrável sem que seja dado o alarme, conforme explica Menelau, mas uma vez dentro das muralhas, eles percorrerão as ruas estreitas da parte baixa da cidade, onde mora a população. Ali vão massacrar os guardas que se escondem nos becos, e depois avançarão para a parte mais alta da cidadela, até ao palácio. Quando Clitemnestra menciona que o povo pode alertar sobre a presença deles, Agamêmnon balança a cabeça.

— O povo odeia Tiestes — explica. — Eles nos serão fieis.

— E se não forem? — pergunta Tíndaro.

— Então vamos matá-los antes que possam fugir.

Clitemnestra pensa naquelas palavras. E fica chocada ao saber que, para os Atridas, toda vida tem igual desimportância. Em Esparta, ela cresceu sabendo que a igualdade faz parte da natureza, e que alguns homens e mulheres são *homoioi*, iguais, enquanto outros, não. Sempre foi doloroso para ela ver os espartanos matarem hilotas por infrações tolas como atravessar na frente deles, mas ao mesmo tempo ela sempre fez o possível para fazer vista grossa a tais atos, convicta de que era o único modelo possível. Mas Agamêmnon e Menelau falam em matar quaisquer homens, sem levar em conta seu status e origem. Nenhuma vida lhes importa senão a própria.

Ela caminha pelos corredores tortuosos do palácio, as mãos na barriga e as pernas inchadas. *Estão indo embora*, ela diz para si e para o bebê. *Irão embora e nunca mais voltarão.* Um sorrisinho irrompe. Ela sente o pequeno volume rotundo sob a mão: logo começará a transparecer em suas túnicas também. E quanto mais seu bebê crescer, mais próxima ela ficará de Tântalo.

Clitemnestra entra no refeitório, ávida por uma bebida. O salão está vazio, exceto por Timandra, que está sentada com os pés sobre a mesa, devorando pão e bacalhau.

— Se Leda vir você assim, vai ordenar algumas chibatadas — diz Clitemnestra.

Timandra engole um bocado de peixe, arrancando uma espinha dos dentes.

— Duvido — zomba ela. — Além do mais, ela faz o mesmo quando está sozinha aqui.

Clitemnestra pega um cálice e serve-se de vinho diluído.

— Posso lhe contar agora? — pergunta Timandra.

— Contar-me o quê?

— Tentei falar com você no *mégaron*, mas você não deixou.

— Era importante ouvir o que Menelau tinha a dizer.

— Sim — responde Timandra. — Mas vi uma coisa outro dia. — Ela pega um figo e morde, a polpa escura se abre sob seus dentes. Enquanto o faz, ela encara Clitemnestra, um olhar que sugere seu apreço por ser uma detentora de segredos, por ter uma informação que outros também desejariam saber.

— O que você viu? — pergunta Clitemnestra.

— Helena com Menelau.

Clitemnestra se engasga com o vinho. Timandra ri, mas então, percebendo a expressão da outra, fica séria rapidamente.

— Eles estavam juntos nos pomares nas imediações do palácio — acrescenta.

— Você ouviu sobre o que eles conversavam?

— Menelau estava dizendo que, assim que recuperasse Micenas, ele a presentearia com um tecido púrpura suntuoso, algo fabricado em Creta, acho.

Clitemnestra fica de pé, embora seu corpo esteja dolorido.

— E o que Helena respondeu?

Timandra dá de ombros.

— Não me lembro. Estava frio e eu estava com pressa... Precisava encontrar... outra pessoa. — Clitemnestra vê a decepção nos olhos da irmã quando ela não pergunta sobre o tal encontro. Vira-se para ir embora, mas Timandra a intercepta: — Estou lhe contando isso porque acho que Menelau está certo. Helena pode vir a escolhê-lo.

Clitemnestra assente, embora não entenda ou não acredite em nada disso. Ela precisa conversar com Helena.

Muito tempo depois de ter sido raptada por Teseu, Helena continuava a acordar aos gritos. Por instantes, antes de compreender que estava a salvo na cama com a irmã, ela se contorcia e lutava como se estivesse sendo torturada. Clitemnestra jamais a abandonava nesses momentos: segurava os punhos de Helena, sentindo sua pulsação acelerar, e então tomava o rosto da irmã entre as mãos.

— Ele voltou — Helena sempre dizia. Clitemnestra percebia que a mente de Helena estava em outro lugar, ainda aprisionada em seu sonho. — Eu luto, mas ele dá um jeito de me derrubar.

Para evitar algo pior, Clitemnestra sonhava em derrubar Teseu. De que servia tanta beleza, de que servia tanto talento? Heróis como ele eram feitos de ganância e crueldade: pilhavam e saqueavam até despojar toda a beleza do mundo ao seu redor.

— Algo ruim vai acontecer amanhã — dizia Helena quando voltava à realidade. — Toda vez que sonho com ele, algo ruim acontece.

E então Clitemnestra só balançava a cabeça.

— Sonhos não são nada além de sonhos. Não se tornam reais, a menos que você lhes dê poder. — E assim Helena voltava a adormecer.

Mas certa noite, o sonho pareceu tão palpável que Helena acordou e saiu correndo, abandonando o palácio. Clitemnestra a seguiu, descalça, a relva molhada maculando as solas de seus pés, a lua pálida e tímida no céu tristonho. Helena disparou pela planície até chegar ao templo de Ártemis, soluçando e resfolegando. Ali, perto da nascente que jorrava água como uma cascata de lágrimas, sentou-se e abraçou os joelhos. Clitemnestra ficou admirando-a, pensando nas palavras da sacerdotisa: "Seria uma honra para qualquer moça deitar-se com Teseu". Tudo mentira.

— O que houve? Alguém machucou você?

Clitemnestra virou-se e lá estava Polideuces, o medo dançando em seus olhos, uma lança na mão. Provavelmente ele ouvira sua fuga.

— É Teseu — explicou Clitemnestra. — Ele tem invadido os sonhos dela.

Ele suspirou de alívio e largou a lança.

— Você não deve chorar, Helena. Teseu se foi. — Ele nunca adotava aquele tom paciente com mais ninguém.

— Ainda dói — sussurrou Helena, e Clitemnestra sabia que ela não estava falando da lembrança nem do sonho. Era o corpo dela que ainda doía.

Polideuces ajoelhou-se ao lado da irmã.

— Compreendo...

— Não, Polideuces — rebateu Helena, um lampejo de fúria nos olhos brilhantes. — Você não compreende. E como compreenderia? *Você é homem.*

Ela não verbalizou esta última frase, mas Clitemnestra ouviu. Às vezes, a irmã sentia a dor de Helena no próprio corpo, a tristeza da irmã a extenuava. Era como se os corações delas batessem em uníssono, como se tivessem aprendido a sincronizar o ritmo após tantos anos lado a lado.

Polideuces cerrou os punhos e depois levou as mãos ao rosto, como se tentasse apagar da mente o sofrimento de Helena. Clitemnestra se abaixou ao lado dele. Os dois então trocaram um olhar e aí estenderam as mãos para a irmã. A pele de Helena era delicada e preciosa ao tato, como a asa de uma borboleta. Ela os fitou, o rosto manchado de lágrimas.

— Helena — chamou Clitemnestra. — Você está a salvo agora, pois estamos com você. — *E amamos você.* Ela não precisou dizer aquilo, porque sabia que a irmã também conseguia ouvi-la.

※

Clitemnestra sabe onde Helena está agora. Vai caminhando até o templo de Ártemis e lá está a irmã, parada perto da fonte, no sopé das montanhas, de olhos fechados. Ela está orando? Assim que ouve os passos de Clitemnestra, Helena olha para cima. Em seu pescoço, brilha o colar de ouro, aquele mesmo que estava em seu quarto, cada roseta contrastando perfeitamente contra a pele alva e perolada.

— Quem lhe deu este colar? — indaga Clitemnestra. Por um instante, com os cabelos recém-encurtados e o corpo intumescido ao lado de sua irmã luminosa, sente-se feia. E se lembra de que sentia-se desse mesmo jeito quando criança. Certa vez, um guerreiro de Argos dissera a Tíndaro que Helena era a menina mais bela de todas as suas terras. *Seus cabelos são como mel*, dissera o guerreiro, *e seu pescoço é como o de um cisne. Ela se casará com um rei agraciado pelos deuses.* Ele não fizera absolutamente nenhum comentário sobre Clitemnestra.

Helena ignora a pergunta. Fixa os olhos na outra, desafiadora.

— Foi Menelau, não foi? — pergunta Clitemnestra.

— E se fosse?

— Ele não é um bom homem, Helena.

— Você não sabe nada a respeito dele.

— E você sabe?

Helena dá de ombros. O ar está frio e o vento sopra gotas d'água da nascente, borrifando-as.

— Nosso pai vai anunciar que você está pronta para o casamento — declara Clitemnestra, tentando manter a voz serena. — Muitos homens logo virão reivindicar sua mão, e você será livre para escolher.

— Ele não é meu pai — protesta Helena.

— Ele tem sido um pai para você. Você cresceu aqui, neste palácio, com seus irmãos e irmãs.

Com um meneio de cabeça, Helena parece espantar uma mosca irritante.

— Você não entende — diz. — Sou capaz de tomar decisões sozinha. Não quero mais viver à sua sombra.

Clitemnestra sente o rosto arder.

— Como pode dizer tal coisa, se sempre foi a mais bonita, desde criança? — Agora fala com ressentimento, e não faz questão de escondê-lo. — O povo espartano entoa sua beleza nos festejos, e todos pensam que você é filha de Zeus só por causa de sua aparência.

— Eu não ligo para aparência! — Helena chora. — Que utilidade tem? Você sabe o que minha *beleza* me trouxe. Você se lembra de Teseu, não é?

— O que é importante para você, então? — pergunta Clitemnestra, mas Helena continua, a voz cada vez mais baixa, no entanto cada palavra sai mais nítida, e mais dolorosa.

— *Você* sempre foi o centro das atenções. "Helena é linda, mas Clitemnestra é inteligente e charmosa, forte e sábia", e tantas outras coisas... *Você* sempre teve o amor de Tíndaro e, mais do que qualquer um, *você* sempre deteve o respeito do povo espartano. Não importa o que eu faça, você sempre se destaca. Tudo o que se propõe a fazer, faz com sucesso. — A inveja, um sentimento que Clitemnestra sempre achou que seria alienígena para sua irmã, se espalha pelas feições perfeitas. — E então cá estou, ao seu lado, sua irmã linda, fraca e entediante, que não tem nada de interessante a dizer. Sou interessante apenas para se admirar.

Clitemnestra permanece travada em sua compreensão plangente. Obriga sua voz a sair tão baixa quanto a da irmã, tão insípida quanto o céu cinzento acima.

— Você só vê o que quer ver. E não entende como é para mim.

Helena revira os olhos.

— E como é para você?

Ela conjectura sobre o que seria capaz de causar a maior mágoa a Helena. Algo lhe diz que gritar e suplicar de nada adiantaria.

— Não importa — responde. — Você só se preocupa com seu sofrimento. — Ela enxuga uma lágrima na bochecha. — Faça o que quiser com Menelau. Contraia matrimônio com ele se o seu desejo é cercar-se de joias e roupas suntuosas. — Ela vê o choque no rosto de Helena, mas não cessa: — Porém, não se engane. Ele não a vê nem a ama pelo que você é. Ele faz parte daqueles que consideram você apenas um bibelô para se admirar.

Ela cerra os punhos ao se afastar, pisoteando a trilha geada, o céu segue impiedoso em suas ameaças.

※

No dia seguinte, Agamêmnon e Menelau partem. Lisímaco e o pai de Cinisca são selecionados para a missão. Cinisca fica no portão para se despedir. Abraça o pai e beija a mão de Agamêmnon, que sequer olha para ela. Ele prefere encarar Clitemnestra, o rosto sombrio, os olhos sorvendo-a. Helena permanece ao lado da mãe, os cabelos trançados ao redor da cabeça feito uma guirlanda dourada. Ela ainda está usando o colar, as rosetas frias contra a clavícula.

A sacerdotisa fica à espera diante do portão de pedra, com uma cabra manca a seus pés. Quando os guerreiros estão prontos, Tíndaro lhe dá uma imensa tigela dourada. Ela então saca uma faca de bronze de seu manto e corta a garganta da cabra. O corpo do bicho estremece enquanto o sangue jorra e escorre para a bacia. Clitemnestra observa a mancha vermelha se espalhar pelo manto da sacerdotisa.

A sacerdotisa então volta-se para os soldados. Em sua severidade, parece mais alta e mais perigosa.

— Podem ir — avisa. — Micenas estará em vossa posse dentro de cinco dias, antes do cair da noite.

Menelau monta seu cavalo. Ao redor, os outros homens o imitam, espadas e machados brilhando e tilintando junto ao corpo.

Agamêmnon se vira para Tíndaro, o rosto severo e frio.

— Obrigado pela hospitalidade, rei de Esparta. Em breve enviaremos ouro de Micenas.

Sem mais uma palavra, ele sai a galope, seguido por seu irmão e soldados. A escuridão os engole e resta apenas o som de cascos ribombando no chão coberto de cristais de gelo.

Todos os remanescentes se reúnem no salão do refeitório, as mãos rachadas pelo vento. Não há nobres nem guerreiros esta noite, somente a família de Clitemnestra, e os criados servem tigelas com peras e maçãs, queijo e oleaginosas. O ambiente está frio, e um hilota acende a lareira; as chamas lançam sombras nas armas penduradas nas paredes.

— Nesta manhã, mandei emissários às cidades mais poderosas da Grécia — informa Tíndaro. — Os reis e príncipes dispostos a cortejar Helena foram convocados para vir a Esparta. — Ele pronuncia o nome de Helena como se ela não estivesse presente. Febe olha para a irmã, chateada com o comportamento do pai.

— Obrigada, pai — diz Helena, sem olhar para ele. Seu tom é levemente zombeteiro, mas não o suficiente para Tíndaro se dar conta disso.

— Os guerreiros virão de lugares longínquos, como Creta — pontua Leda. Ela para por um instante quando Febe sussurra com entusiasmo "Creta!", daí continua: — Será uma honra tê-los aqui. — Por um momento, Clitemnestra não consegue evitar pensar no modo como a sacerdotisa considerava "honroso" deitar-se com Teseu.

— Sabe quem virá? — pergunta Timandra.

— Ájax, primo do grande Aquiles — diz Tíndaro. — Ele não tem mais do que uns trinta anos e decerto busca uma esposa.

— Ele não é um bruto? — pergunta Clitemnestra. — O senhor disse isso certa vez.

Helena a encara e seus olhares se cruzam. Clitemnestra se lembra de como elas riram quando sua mãe descrevera Ájax, e de como passaram a noite inteira fazendo imitações dele. A lembrança faz seu estômago queimar.

— Quíron o treinou, e ele é filho do herói Télamo — explica Leda. Helena desvia o olhar, concentrando-se no queijo em seu prato. — Embora fosse um bruto quando seu pai o conheceu, tenho certeza de que ele está mais maduro agora e que seria um bom partido.

— Se foi treinado por Quíron — conclui Helena —, então imagino que seja bom nas artes curativas.

— De fato, é — responde Leda. Voltando-se para Timandra, ela continua: — Pode ser que o rei de Argos também venha, além de Diomedes, e até mesmo o arqueiro Filoctetes.

Febe dá uma risadinha, encantada. Ela tem ficado mais bonita a cada dia. Embora não seja tão habilidosa quanto Timandra e Filónoe na luta livre e nos treinos, é uma arqueira talentosa.

— Já que virão tantos homens — diz ela —, talvez um deles possa se casar comigo.

Tíndaro ergue as sobrancelhas grossas, cético.

— Você ainda tem muito tempo para ser cortejada e se decidir, Febe — diz ele. — Mas Timandra pode começar a pensar no assunto.

— O casamento me enoja — desdenha Timandra, entediada. — Às vezes, eu gostaria de ser um menino.

Tíndaro dá risada. Febe olha a irmã, achando a intenção de Timandra um tanto ofensiva.

— Era por isso que você estava com aquela garota outro dia? — indaga ela.

Timandra cora, os punhos cerrados de repente. Clitemnestra lembra-se das palavras de Timandra: *Estava frio e eu estava com pressa. Precisava encontrar... outra pessoa.*

— O que é isso? — pergunta Leda, franzindo a testa. — Que garota?

Timandra chuta Febe com tanta força por baixo da mesa que todos ouvem o barulho.

Febe empina o queixo, desafiadora.

— Eu a vi com uma garota da arena, uma de suas oponentes de luta. Estavam perto do pomar.

Timandra espeta a mesa de madeira com sua faca. Todo mundo está olhando para ela agora.

— O que elas estavam fazendo? — diz Tíndaro, encarando Timandra.

— Estavam muito próximas — diz ela. — Estavam conversando e...

— E o que *você* estava fazendo lá, Febe? — interrompe Clitemnestra. — Não tem vergonha de espionar sua irmã assim?

Febe olha para baixo, os olhos marejados de vergonha. Timandra também parece à beira das lágrimas, mas seus olhos permanecem secos. As garotas espartanas nunca choram, muito menos por pouca coisa.

— O jantar acabou — anuncia Leda antes que Tíndaro possa falar. — Saiam, todas vocês.

Timandra derruba a cadeira e sai correndo. Leda grita às suas costas:

— E comportem-se! Vocês são mulheres agora, é esperado que saibam se portar, sem desvarios ao seu bel-prazer!

※

Cerca de dez dias depois, um emissário chega ao palácio. Ele é rapidamente levado para dentro e encontra Tíndaro, Leda e Clitemnestra no *mégaron*. Sua túnica está esfarrapada e a pele coberta de suor e sujeira.

— Meu rei — inicia, ofegante —, trago notícias de Micenas. — Sua voz está embargada: ele provavelmente veio cavalgando direto e muito rápido.

— Tragam-lhe água — ordena Tíndaro. O emissário o fita com gratidão e, quando uma criada lhe entrega uma taça de vinho diluído, ele bebe de uma só vez.

Tíndaro se inclina para a frente.

— Fale.

— A cidade voltou a cair nas mãos dos Atridas. Lorde Tiestes foi executado. Seu filho, Egisto, fugiu.

Clitemnestra observa o pai, mas o rosto dele é impenetrável.

— Muito bem — responde Tíndaro, por fim. Volta-se para os criados, que aguardam obedientemente à porta. — Levem este homem para a banheira, lavem-no e lhe deem uma túnica quente.

— Muito grato — diz o emissário, curvando-se.

Assim que o sujeito sai, Tíndaro relaxa no encosto da cadeira.

— Eu sabia que eles recuperariam a cidade.

— Você disse que assim seria — concorda Leda.

— Eles são grandes guerreiros.

Leda volta-se para Clitemnestra, então para o marido:

— Você sabe que neste assunto discordamos.

Clitemnestra sente o bebê chutar e leva a mão à barriga a fim de acalmá-lo. *Acabou*, diz ela a si. *Você nunca mais os verá*. Mas quanto mais ela repete a frase, mais sente que não é verdadeira.

9
OS CABELOS FLAMEJANTES E O MULTIFACETADO

Uma mulher cavalga sozinha ao longo das margens sinuosas do Eurotas. De dentro do palácio, dois guardas espartanos acompanham seu progresso, os olhos atentos ao rosto escondido atrás de um véu, ao manto agitado ao vento. Ela passa pelas manchas amarelas de grama queimada, pelo solo seco que cerca os campos e pelo terreno rochoso aos pés do palácio. Ali, perto do portão, Clitemnestra a aguarda. A mulher a vê e desce do cavalo cinza. Aproxima-se, passos lentos e firmes. Por fim, tira o véu, revelando cabelos com mechas castanhas e olhos escuros e astutos.

— Bem-vinda de volta, Penélope.

Penélope sorri, o olhar pousando na barriga grávida da prima.

— Tio Tíndaro mandou você me receber? Ele sabia que eu estava vindo.

— Vim espontaneamente — declara Clitemnestra, estendendo a mão para ela. — Venha, você deve estar cansada.

Clitemnestra conduz Penélope ao *gynaeceum*, para que se lave e descanse antes do jantar. Ambas caminham pelos corredores escuros, desertos àquela hora da tarde, até chegarem às casas de banho. Duas tinas de barro já foram devidamente preparadas pelos criados. As duas mulheres então começam a se despir, a iluminação das tochas acariciando seus corpos, um de pele mais escura e formas mais rotundas, outro de tez mais clara e curvas delicadas. Penélope deixa a capa e a túnica caírem no piso frio, e depois estende a mão para tocar a barriga de Clitemnestra. A pele ondula quando o bebê dá um chute.

— Não falta muito para ele nascer — observa Penélope.

— Uns dois meses.

Penélope se olha, como se procurasse por mudanças. Mas sua pele ainda está alva, suas curvas são tênues. Sente a temperatura da água com as pontas dos dedos.

— Algum dos reis já chegou? — pergunta ela.

Clitemnestra não consegue evitar pensar em Helena, sempre avessa à água fria.

— Não. A maioria deles chegará amanhã.

— Sabe por que Icário me enviou aqui?

— Para encontrar um marido, presumo.

— Sim. — Penélope sorri. — Ele quer que eu me case com um dos homens que virão a Esparta para cortejar outra mulher. Não é patético?

— De fato, é — concorda Clitemnestra. Ela afunda na água, as pontas dos cabelos fazem cócegas em seus ombros.

— O palácio fica silencioso sem os seus irmãos — diz Penélope, molhando os braços e o rosto. — Suponho que não voltarão tão cedo.

— Muitas coisas mudaram desde que você se foi.

Penélope olha para a prima.

— Como o fato de você e Helena não estarem se falando? — Seu rosto meigo fica mais marcado sob as sombras criadas pela instabilidade das tochas. — Vocês sempre foram inseparáveis — acrescenta.

As duas ficam em silêncio por um tempo, a água da banheira as embala.

— Ela quer se casar com o filho de Atreu, Menelau — diz Clitemnestra, enfim.

— Seria lamentável — comenta Penélope. — A família é amaldiçoada, seus crimes são hediondos e imperdoáveis.

Clitemnestra não se pronuncia. Já está bem ciente disso.

— Acha que Menelau virá cortejá-la? — pergunta Penélope.

— Receio que sim.

— Deixe-me falar com ela — sugere Penélope, confiante. — Vou persuadi-la.

Clitemnestra reflete a respeito. Odeia admitir que sua irmã preferiria dar ouvidos a Penélope em vez de escutá-la. Mas é por uma boa causa. Ela então assente, e Penélope sorri.

Na tarde seguinte, os reis começam a chegar. Uma fina camada de neve cobre a planície; é um dos dias mais frios já vividos pelo vale. Do terraço em frente ao salão principal, Clitemnestra e Penélope observam mulas e cavalos adentrando o palácio, com seus alforjes carregados de presentes.

Nestor e seu filho Antíloco estão entre os primeiros a chegar. O homem é imediatamente reconhecido devido à sua barba branca e rala, ele é um tanto velho e sua sabedoria é considerada lendária. Seu filho não parece ter mais do que uns vinte anos, e sua pele tem a cor do cobre. A cidade deles, a arenosa Pilos, é banhada pelo mar, caracterizada pela grama amarela queimada e pela água tão azul quanto um céu desprovido de nuvens.

— Ali está Diomedes — comenta Penélope, apontando para um grupinho de homens quase invisível do outro lado do vale. São dez soldados com armaduras reluzentes, todos reunidos em torno de um homem montado num garanhão preto.

— Como você sabe? — pergunta Clitemnestra. Ela força a vista, mas não consegue distinguir o sujeito em questão.

Penélope dá de ombros.

— Imaginei. Argos fica naquela direção.

Ambas passam a tarde inteira no terraço, olhando para a esquerda e para a direita, saltitando de empolgação toda vez que avistam um novo comboio. Elas veem Menoécio e seu filho, que não é mais do que uma criança; Ájax, o Menor, da Lócrida; Menesteu, o rei de Atenas, com uma longa fileira de soldados em seu encalço.

E então, vindo do ancoradouro, Ájax, o Grande, e seu primo Teucro, da ilha de Salamina; soldados escoltando um príncipe cretense, seus escudos com o símbolo de um lábris; Elefenor, da grande ilha de Eubeia, importante produtora de grãos e gado, entroncamento crucial entre a Grécia e o Oriente; um homem viajando com apenas dois guardas, oriundo da região que Penélope reconhece como Ítaca, uma ilhota a oeste, pedregosa e repleta de cabras.

— Quem é o rei de Ítaca? — pergunta Clitemnestra.

— Acho que nunca ouvi falar dele. Laerte, talvez? Mas ele está muito velho agora, certamente. Pode ser que o filho o tenha sucedido.

Clitemnestra pensa em Ítaca, tão pequena que sequer é lembrada. Deve ser terrível viver numa ilha esquecida até o ponto de se ficar velho e enrugado. O filho de Laerte deve estar ávido pela honra do casamento com a filha de Tíndaro.

Os últimos a chegar são os homens da Tessália, uma terra muito ao norte, mais longe até mesmo do que Delfos. Dentre eles estão Macaão, especialista nas artes curativas, e o arqueiro Filoctetes, um velho de cabelos grisalhos e densos como lã de ovelha. Eles sacolejam em seus burros cansados, os alforjes de comida quase vazios depois da longa viagem.

Ao pôr do sol, os empregados convocam Penélope e Clitemnestra. Quando as duas enfim saem do terraço para se arrumarem para o jantar, suas mãos estão rachadas e os olhos lacrimejam de frio.

O salão de refeições nunca esteve tão barulhento e cheio. Os criados arrastaram mais duas mesas para dentro e acenderam apenas metade das tochas. O fogo já está intenso e o salão fica mais quente a cada segundo.

Tíndaro está sentado a uma das cabeceiras da mesa principal, e o velho Nestor no lado oposto a ele. A maioria dos reis e príncipes se reúne em torno deles, seus respectivos soldados e guardas ocupam as mesas adjacentes, sentados em bancos forrados com peles de cordeiro. Clitemnestra está entre Helena e Penélope. Helena brilha como o sol do verão em seu vestido branco bordado com ouro, seus cabelos cheirosos arrumados em longas tranças; já os trajes de Penélope e Clitemnestra são azul-escuros, como o mar à noite. Em frente a elas estão Filoctetes, com seus longos cabelos escovados e o rosto enrugado devidamente barbeado, além do rei de Argos, Diomedes, e o tal sujeito de Ítaca, cujo nome Penélope não sabia. Eles comem com avidez, cravando suas facas no ganso assado, no queijo e nas cebolas, seus cálices cheios até a borda com o melhor vinho da cozinha.

— São todas suas? — pergunta Diomedes a Tíndaro depois de engolir um pedaço de carne. Está se referindo às mulheres. Ele tem uma barba densa e uma cicatriz feia no braço.

— Helena e Clitemnestra são minhas filhas mais velhas — responde Tíndaro, num tom caloroso e educado. — Timandra, Febe e Filónoe são as mais jovens. — Ele gesticula para as três meninas, que estão ao seu lado. — Penélope é minha sobrinha, filha do príncipe Icário.

— Fica muito longe da Acarnânia — diz Diomedes, para ninguém em particular. Ele está com medo dirigir-se diretamente a Penélope? Clitemnestra ouviu dizer que, em alguns palácios gregos, as mulheres não jantam com os homens.

— Veio até Esparta sozinha? — pergunta o sujeito de Ítaca. Ele não parece compartilhar o constrangimento de Diomedes e encara Penélope sem pudores. Ergue seu cálice e bebe.

Penélope se agita.

— Sim. Vim sozinha.

O homem sorri. Há um interesse nítido em seus olhos cinzentos.

— Não teme andar sozinha?

Clitemnestra franze a testa, mas Penélope continua em tom amigável:

— Será que alguém lhe faria a mesma pergunta se você zarpasse de Ítaca sozinho?

Um soldado na outra mesa termina de contar uma piada de duplo sentido e todos ao seu redor caem na gargalhada, batendo os cálices na mesa. O sujeito de Ítaca bufa, como se estivesse irritado com a interrupção, então volta a encher seu cálice antes mesmo que um serviçal possa fazê-lo. Talvez não esteja acostumado a ter empregados em seu pobre palácio entre os rochedos.

— Receio não ter me apresentado adequadamente — diz ele, sorrindo assim que esvazia novamente o cálice num gole só. Seu sorriso é bonito e seus olhos são sagazes, conspiratórios. — Que tolice da minha parte. Cá estamos, cortejando a moça mais linda de todas as nossas terras — ele meneia a cabeça para Helena —, na presença de outras mulheres maravilhosas — aí sorri para Penélope e Clitemnestra —, e eu nem sequer disse meu nome. Sou Odisseu, príncipe de Ítaca, mas vocês jamais terão ouvido falar de mim. — Penélope se vira rapidamente para Clitemnestra com um sorrisinho. Algo nos trejeitos dele a faz lembrar-se de Tântalo, muito embora Clitemnestra não consiga especificar exatamente o que seja.

— Ah, filho de Laerte, você é muito humilde — pontua o velho Nestor, do outro lado da mesa. — Podem não conhecer seu nome, mas sua astúcia é famosa. Eles certamente não o chamam de *polytropos* à toa. — Ele recorre à palavra para designar um homem que não apenas é engenhoso, como também inteligente e intrigante. Clitemnestra de repente reconhece o nome. *O multifacetado*, foi assim que seu irmão se referira ao príncipe. Ela avalia Odisseu com mais cuidado, mas, assim que o faz, é recebida pelo olhar direto dele, tal como uma criança desobediente pega no flagra. Clitemnestra então disfarça.

Diomedes ri com desdém.

— Para que serve o cérebro? Os deuses agraciam os fortes.

O sorriso de Odisseu permanece.

— Os deuses agraciam aqueles que lhes entretêm. E posso assegurar-lhe de que homens, e mulheres, inteligentes — acrescenta, com um breve meneio de cabeça para Penélope, Helena e Clitemnestra — são mais atraentes do que os brutos.

Clitemnestra ri abertamente. Diomedes cora e crava a faca no ganso como se perfurasse o peito de um guerreiro.

— Você está insultando os fortes, filho de Laerte? — questiona um homem alto sentado perto de Nestor, a voz grave como um eco numa caverna. Clitemnestra reconhece Ájax, o Grande, o herói de Salamina. Seu primo Teucro enrijece ao lado dele.

— Eu não ousaria fazer tal coisa, Ájax, mas os deuses concedem diferentes dons a cada um de nós, e então fazemos o que é possível com eles.

— Sábias palavras de um homem sábio — observa Tíndaro. Odisseu sorri para ele, do jeito que um gato faria.

— Falando em fortes — intervém Diomedes, o rosto ainda corado. — Pensei que os filhos de Atreu fossem estar aqui.

Clitemnestra se volta para Helena, que espalha mel num pedaço de queijo com muito cuidado, e está nitidamente enrubescida.

— Virão amanhã — explica Tíndaro. — Retomaram Micenas há pouco, como você provavelmente deve saber, e têm estado ocupados remontando a rotina da cidade.

— E o tio deles, Tiestes? — pergunta Filoctetes. As notícias demoram a chegar à Tessália, já que fica no extremo norte.

— Foi executado — responde Tíndaro, o rosto inexpressivo igual a uma placa de pedra lisa. — Mas o primo deles, Egisto, vive.

Odisseu ri. A maioria dos reis se volta rapidamente para ele.

— Algo lhe diverte? — pergunta Diomedes. Ele parece pronto para estrangular Odisseu.

— Perdoe-me, rei de Esparta — começa Odisseu —, mas pela maneira como você fala, quase faz parecer que Egisto vive por misericórdia dos Atridas. — Ele dá uma piscadela para Tíndaro, e Leda quase se engasga com o vinho. — E, no entanto — prossegue —, pelo que ouvi, Tiestes foi queimado vivo, e Egisto fugiu com a ajuda de um servo, que mais tarde também foi queimado, suponho, e agora vaga pela floresta, sem abrigo, planejando sua vingança após ter sido forçado a ouvir os gritos do pai ecoando por todo o vale.

Clitemnestra vê o pavor no rosto de Helena e sente uma espécie de satisfação. É como vencer um jogo, só que o filho de Laerte jogou e venceu por ela.

— Tais histórias não são dignas de um jantar como o nosso, Odisseu — ralha Nestor. — Não queremos perturbar as mulheres.

— Pouca coisa perturba as mulheres de Esparta, meu amigo — rebate Tíndaro, com calma.

Clitemnestra se inclina para a frente.

— Além disso, o príncipe de Ítaca não está dizendo nada que já não saibamos.

— Ah — sorri Odisseu —, a princesa de Esparta não gosta dos filhos de Atreu.

Clitemnestra sorri.

— Certamente partilhamos do mesmo sentimento.

Diomedes termina a comida em seu prato como um leão raspando a carne dos ossos de sua presa. Então se volta para Clitemnestra.

— Você é famosa por suas habilidades na luta livre, isto é sabido até mesmo em Argos. — A frase é uma afirmação, e Clitemnestra não sabe como reagir.

Tíndaro intervém:

— Ela puxou a mãe. Na juventude, Leda caçava linces e leões nas florestas da Etólia.

Leda sorri, mas parece indisposta a se manifestar.

Clitemnestra desconfia que ela tenha voltado a beber em demasia, e então nota Helena retirando o cálice da mãe tão logo esta tenta reabastecê-lo de novo.

— Em Salamina, as mulheres só sabem resmungar e dar risadinhas — comenta Ájax, o Grande. Talvez seja algo do agrado de seus camaradas, pois Teucro estoura de rir ao lado dele, e alguns outros também o fazem, exceto Menoécio, Elefenor e Diomedes.

— Elas não lutam? — pergunta Clitemnestra.

— Lutar? — Ájax ri, batendo o punho na mesa. — As mulheres não foram feitas para lutar.

— Elas tecem e dançam — Teucro ainda está rindo —, e fodem de vez em quando. — Isto faz os homens rirem ainda mais.

O rosto de Diomedes fica vermelho outra vez, mas desta vez de divertimento.

— Meu pai só viu sua noiva no dia do casamento — diz ele. — Ela nunca tinha saído de casa. — Novamente, um rompante de gargalhadas.

Clitemnestra não entende a piada. Embora tenha crescido entre guerreiros vulgares, nunca ouviu homens falarem daquela forma. Eles geralmente brincam sobre foder cabras e porcos, ou se desafiam do nada.

Tíndaro não participa da risadaria, mas também nada faz para impedi-la.

— Quantos anos tinha a moça? — pergunta Penélope com educação.

— Doze. — Diomedes dá de ombros. Timandra se ajeita ao lado de Tíndaro, subitamente consciente de sua idade.

Depois de um tempo, o fogo esmorece e as tochas vacilam, como estrelas em um céu nublado. Leda parece cochilar em sua cadeira, e Helena tem de ajudá-la a se levantar quando o jantar termina. Helena não retorna do quarto da mãe, por isso, quando os soldados começam a deixar do salão, com testas oleosas e olhos sonolentos, Clitemnestra e Penélope saem juntas do banquete. Quando chegam à entrada do *gynaeceum*, Penélope resmunga que esqueceu a capa e retorna pelo corredor. Clitemnestra fica à espera da prima no quarto, e nesse meio-tempo abre as janelas para deixar entrar um pouco de ar. O vento está mais frio do que uma lâmina, corta a pele, mas ela gosta da sensação depois de ter passado horas no salão lotado. Então tira o vestido azul e se enrosca sob mantas grossas.

Penélope retorna, ofegante. Está segurando a barra da túnica para evitar tropeçar, o tecido amontoado em volta da cintura.

— O que foi? — Clitemnestra senta-se na cama.

— O príncipe Odisseu estava conversando com seu pai, eu ouvi — diz ela, sem fôlego.

— Sobre?

— Falavam de mim, mas não consegui ouvir direito. — Ela franze a testa. — Acho que estavam fazendo algum tipo de acordo.

— Acordo?

Penélope faz que sim com a cabeça. Aí passeia brevemente pelo quarto e depois pula na cama ao lado de Clitemnestra.

— Eu gostei daquele príncipe — admite Clitemnestra.

Penélope ri.

— Eu também. Ele se parece com seu marido.

— Você acha? Ele me passou a mesma impressão.

— Sim, os dois são diferentes dos outros. Eles têm um estilo obscuro, embora eu não consiga descrevê-lo de modo fiel. — Ela pensa por um momento, depois acrescenta, dando um sorriso: — Falar com eles é como adentrar uma caverna.

Clitemnestra conhece a sensação: deslocar-se na escuridão e sentir cada pedra, tateando cada segredo, passo a passo.

— Eles sabem seduzir com as perguntas, nos incita a falarmos de nós mesmas — continua Penélope.

Clitemnestra ri.

— Eis aí a especialidade de Tântalo.

Penélope se aproxima dela, aquecendo os pés sob as cobertas. Está com os braços eriçados.

— E o que achou daquele outro homem, Diomedes?

— Nojento — responde Clitemnestra. — Pior ainda que Menelau.

— Também achei.

— E Ájax, o Grande. Ele parece um javali gigante, com pelos e tudo.

Penélope ri.

— Parece! E quando ele falou das mulheres resmungando...

— Se eu não estivesse grávida, eu o teria desafiado para uma luta ali mesmo no saguão.

— Ah, eu adoraria que você tivesse feito algo assim. Você o espancaria até arrancar toda aquela arrogância dele.

As duas continuam a rir ao avaliar todos os pretendentes de Helena, amontoadas na cama, e o bebê de Clitemnestra se põe a chutar, rindo com elas.

※

A manhã está ainda mais fria do que no dia anterior. No *gynaeceum*, as criadas correm para lá e para cá, sussurrando entre si conforme ajudam as mulheres a se vestir. Penélope já saiu para encontrar Helena e convencê-la a escolher o pretendente certo. Clitemnestra fica perto da janela enquanto uma criada arruma seus cabelos. Ela sente as mãos da menina trançando duas mechas curtas para trás, afastando os fios de sua testa. Há uma coroa de murtas-comuns banhada a ouro no banco ao lado delas, as folhas douradas pontiagudas.

Na noite anterior, Clitemnestra sonhou com Tântalo novamente. Ele sempre aparece para ela em seus sonhos, com sua pele cálida e seus olhos azuis intensos. *O povo está pronto.* Ele sorriu. *Sabem que uma mulher espartana logo se tornará sua rainha. Eu lhes disse que você é impetuosa e que não tem medo de lutar pelo que é certo.* Quando ela abriu os olhos, a lua estava tão pequena quanto uma unha, e a cama, vazia.

— Princesa Clitemnestra? — chama a criada.

Clitemnestra olha pela janela. Menelau e Agamêmnon surgem no vale geado, vêm cavalgando em direção ao palácio. Bem na hora.

— Aqueles ali são... — começa a hilota.

— Os Atridas, sim — confirma Clitemnestra rispidamente.

A menina fica em silêncio e dá os últimos retoques. Dois brincos pequenos para combinar com o diadema. Uma túnica branca, macia e diáfana. Pele de lince para cobrir os ombros. A criada traz uma bacia com água fria e Clitemnestra mergulha o rosto nela.

Está pronta.

Quando os criados abrem as portas de madeira do *mégaron*, os pretendentes se amontoam no salão como gafanhotos. Todos vestem suas melhores túnicas, douradas, prateadas e carmesim, o emblema da ilha e cidade de cada um visível nos broches e adagas. Tíndaro está sentado no trono perto da lareira, a barba aparada, usando uma coroa dourada fina nos cabelos grisalhos. Ao lado dele, Leda está linda com brincos de anêmona que tocam o pescoço e peles de cordeiro nos ombros. Clitemnestra sorri. É como olhar um riacho límpido e se ver daqui a vinte anos.

Helena já está sentada em uma cadeira forrada com couro bovino marrom sobre um pequeno estrado posicionado em frente à parede decorada com pinturas. Um véu cobre seus cabelos dourados. Ela fica bem quietinha, de modo que os afrescos coloridos das dançarinas a enquadram perfeitamente. Helena poderia fazer parte da pintura e, de fato, exposta ali no estrado, parece mais um afresco desbotado do que uma pessoa de carne e osso. Sentindo o olhar da irmã em si, ela se vira, e os olhares de ambas se encontram. Clitemnestra quer correr até ela, agarrá-la e levá-la para longe dali, escondê-la em meio aos juncos perto do rio, ou entre as árvores que crescem nas montanhas. Mas então Helena desvia o olhar.

— Deviam tê-la colocado ao lado do seu pai — sussurra Penélope ao ouvido de Clitemnestra, que se sobressalta, pois não a ouviu chegar.

— Você conversou com ela? — pergunta ela baixinho.

— Sim — confirma Penélope. Ela também trançou os cabelos, e o penteado realça seus belos lábios e traços delicados.

— E?

— Ela pareceu convencida. Eu elogiei Idomeneu, que é muito bonito. — Penélope se vira rapidamente para a esquerda, onde está o príncipe cretense. — E também Macaão, porque Helena tem interesse nas artes curativas, não é?

— Sim, tem — concorda Clitemnestra, impressionada com o senso de observação da prima. Ela estica o pescoço para ver Macaão. Suas mãos são calejadas, porém carregam delicadeza, e seus cabelos são longos e cacheados. Clitemnestra tenta imaginar Helena ao lado do sujeito, sua beleza deslumbrante contrastando com o visual rústico dele.

Enquanto os homens estão postados no centro do salão, com serviçais particulares segurando preciosos presentes, Clitemnestra percebe o filho de Laerte recostado de maneira casual em uma das colunas, de mãos vazias e sem criados à vista. Como ele acha que vai cortejar Helena sem um dote?

Leda acena para Clitemnestra, que se aproxima do trono. Febe e Filónoe estão ao lado da mãe, cada uma vestindo uma capa grossa adornada com um broche dourado. Tíndaro parece irritado.

— O que foi? — pergunta Clitemnestra.

— Encontre sua irmã Timandra — pede Leda. — Ela não está aqui.

— Seja rápida — ordena Tíndaro. — Os Atridas estão chegando, então iniciaremos em breve.

Clitemnestra assente e segue corredor afora. Alguns criados estão à baia, enfileirados junto às paredes, às sombras, prontos para atender às solicitações de Tíndaro.

— Vocês viram Timandra? — pergunta Clitemnestra.

Um menino cora, mas o hilota mais velho ao lado dele responde:

— Ela estava aqui agora há pouco...

— Sua irmã está no terraço.

Clitemnestra dá meia-volta. No lado oposto do corredor, vestindo uma túnica carmesim, Agamêmnon vem em sua direção, com o irmão em seu encalço. Já se passaram dois meses desde a última vez que se viram, e agora ele encara a barriga dela, a gestação avançada, desgosto se espalha pelas feições duras. Clitemnestra resiste à vontade de cobrir o ventre com as mãos.

— É melhor você ir buscá-la antes que ela faça algo estúpido — sugere.

— As ações de minha irmã não lhe dizem respeito — responde Clitemnestra.

Menelau bufa. Ele traz outra túnica enrolada na mão, o tecido intrincado com desenhos maravilhosos, embora Clitemnestra não consiga distinguir direito a estampa. Ela se volta para Agamêmnon.

— Você não trouxe nenhum dote.

— Não estou aqui para reivindicar sua irmã.

— Venha, irmão — chama Menelau, pousando a mão no ombro do outro. Juntos, caminham em direção ao *mégaron*, os passos pesados no chão de pedra.

Clitemnestra corre para o terraço, o coração acelerado e as palmas úmidas. Ela desacelera perto da porta que dá para fora.

Vestida com uma longa túnica lilás que esconde sua silhueta esguia, Timandra está sussurrando ao ouvido de alguém. Clitemnestra se aproxima. É uma menina de cabelos pretos cacheados que cascateiam pelas costas, e sobrancelhas em formato de asas de gaivota. A garota ri do que quer que Timandra tenha dito e beija seus lábios. Timandra retribui, a boca se abrindo de prazer, as mãos envolvendo suavemente o pescoço da garota.

— Timandra — chama Clitemnestra. — A garota recua num pulo e Timandra se vira. Começa a se explicar, as mãos trêmulas. Clitemnestra tenta manter a compostura. — Estamos atrasadas — avisa.

Timandra assente, entrelaçando as mãos para cessar os tremores.

— Deixe-nos a sós — diz Clitemnestra à garota, que foge apavorada.

Como suas mãos não sossegam, Timandra morde uma delas. Clitemnestra pega a mão inquieta de sua irmã antes de escoltá-la de volta para dentro.

— As pessoas podem ver você aqui — alerta ela.

Timandra arregala os olhos escuros.

— Alguém por acaso...

— Os filhos de Atreu acabaram de passar por aqui.

Timandra engasga de pavor.

— Por favor!

Clitemnestra aperta a mão da irmã com mais força.

— Não se desculpe. Se disserem qualquer coisa, negue. Vou protegê-la. — As duas estão à entrada do *mégaron* agora, as vozes oriundas do salão são altas e nítidas. — Mas tenha cuidado, Timandra. Você não é criança mais.

Antes que Timandra possa concordar, Clitemnestra a arrasta para dentro. Os criados fecham as portas atrás delas e Clitemnestra leva Timandra para o canto onde Penélope está, sozinha, parcialmente escondida por uma coluna.

— Ah, eis as minhas filhas — comenta Tíndaro, a voz marcante no salão de teto alto. — Vamos começar. — O cômodo fica em silêncio de repente, e os homens se voltam para ele, aguardando.

— Vocês devem oferecer seus dotes para Helena — começa Tíndaro. Muitos reis cochicham, confusos. Provavelmente esperavam apresentar seus presentes ao próprio Tíndaro, que afinal de contas é o rei, e não à sua bela filha. — Mas antes que o façam — continua Tíndaro —, fui informado de que esta reunião poderá causar alguns infortúnios.

Diomedes zomba. Ájax e Teucro franzem a testa, flexionando os braços de modo ameaçador. Menoécio resmunga um "fomos enganados" um pouco alto demais. Agamêmnon encara o trono, o rosto indecifrável, enquanto Menelau sussurra ao seu ouvido.

Tíndaro só faz ignorá-los.

— É justo que, antes de cada um de vocês entregar seus preciosos tesouros para cortejar minha filha, aceitem que ela escolherá apenas um homem.

Alguns príncipes olham para Tíndaro como se afirmasse o óbvio, mas daí um leve traço de compreensão espalha-se pelo rosto de Agamêmnon. Clitemnestra também entende. Seu pai está tentando evitar uma guerra contra os pretendentes rejeitados.

— Mas é lógico, rei de Esparta — começa o velho Nestor, olhando em volta —, que sua excelência confia nestes heróis, não é?

— Sim — responde Tíndaro calmamente. — Mas disseram-me que ontem à noite houve uma contenda depois de alguém se vangloriar de que desposaria Helena. Nada sério — acrescenta, enquanto todos erguem o pescoço para tentar descobrir quem teria sido o incauto —, então isto sugere que muitos de vocês podem não aceitar a rejeição.

O rosto de Ájax está vermelho de fúria. Ao lado dele, Menesteu, rei de Atenas, um homem baixo e de olhos redondos, olha para Tíndaro como se prestes a lhe cortar a garganta.

— Não desejo criar terreno para conflitos, então lhes ofereço uma opção. Aqueles que quiserem ficar aqui e entregar seu presente à minha filha, também farão um juramento.

— Um juramento? — questiona Idomeneu, franzindo a testa.

— Sim. Um juramento de que a escolha de Helena será aceita de bom grado, e que o marido dela será merecedor de seu apoio e defesa caso necessite de ajuda no futuro.

Ninguém se mexe. De repente, o ar parece sufocante e o salão vibra com violência subjacente. Então Menelau dá um passo à frente. Seus cabelos ruivos e flamejantes brilham quando se curva para Tíndaro. Assim que ele volta a se aprumar, Tíndaro assente, dando-lhe permissão para caminhar até o estrado onde Helena está sentada.

— Farei o juramento — declara ele, encarando-a com seus olhos dourados. — Respeitarei sua escolha. — Helena cora, mas consegue manter o rosto impassível. — Este é o meu presente para você, princesa de Esparta. — Quando Menelau exibe uma túnica, Clitemnestra não consegue deixar de admirar as figuras nela tecidas: o rei Minos e a rainha Pasífae de Creta, em seu palácio, com dançarinos e comerciantes, e sua filha Ariadne ajoelhada ao lado deles. Penélope lança um olhar preocupado para Clitemnestra.

Os outros pretendentes avançam.

Um a um, vão até o estrado e se curvam, prestando juramento e apresentando seu dote: cálices de ouro, um escudo decorado com folhas e flores de cobre, um pelequis cretense.

— Foi uma tática inteligente — sussurra Clitemnestra ao ouvido de Penélope enquanto os pretendentes continuam a jurar lealdade.

— A incitação ao juramento?

— Sim. Eu adoraria saber quem sugeriu isso ao meu pai.

— Eu.

As duas se viram. Odisseu está bem atrás delas, ostentando um meio-sorriso.

— Você? — indaga Clitemnestra, com mais raiva do que gostaria.

— Sim — reafirma Odisseu, a voz baixa para garantir que os outros não o ouçam.

— Por que sugeriria tal coisa se você mesmo teria de fazer um juramento? — pergunta Penélope.

— Ah — exclama Odisseu. — Não farei um juramento como pretendente. Vejam só, Agamêmnon não é o único homem astuto aqui. — Ele faz uma pausa quando Clitemnestra bufa. — Ele é inteligente, por mais que você o odeie. — Quando a jovem dá de ombros, Odisseu continua:

— Não desejo arriscar tudo só para cortejar uma mulher, especialmente quando o mundo está cheio delas.

— Então? — Clitemnestra franze a testa.

— Então?

— Onde está a vantagem? O que você ganha ao sugerir algo assim a Tíndaro?

Odisseu sorri, juntando as mãos. Elas estão bem machucadas, condizentes com as mãos de um camponês, mas não com as mãos de um príncipe.

— Pedi algo em troca a Tíndaro, mas ele me disse que a decisão estava nas mãos de outra pessoa.

— Bem, o que seria então? — pergunta Clitemnestra. Está ficando impaciente, pois a fileira de heróis que cortejam sua irmã está prestes a terminar. Neste momento Idomeneu está ajoelhado diante de Helena, e o rosto pintado quase toca o chão.

Odisseu se aproxima, posicionando-se entre Clitemnestra e Penélope.

— É você, Penélope — responde ele. E quando pronuncia o nome dela, por um segundo sua voz fica mais calorosa, suave. — Desejo me casar com você.

Penélope fica em silêncio. Exibe uma expressão resoluta, a qual Clitemnestra conhece muito bem.

— Você deseja se casar comigo, mas veio aqui para cortejar outra mulher?

Odisseu acena de maneira casual.

— Nunca foi minha intenção me casar com Helena. Eu sequer trouxe um dote, nem mesmo achei que tivesse chance. Minha terra é estéril e minha propriedade é menor do que a de qualquer um destes reis aqui.

— Por que veio, então?

Odisseu dá de ombros.

— Eu queria ver do que todo mundo tanto falava. Mas, como você deve ter notado, não estou interessado em beleza caso esta venha desacompanhada. Desejo me casar com você porque me parece uma mulher astuta.

Penélope olha para a frente.

— Vou pensar no assunto, filho de Laerte. Mas este não é o momento nem o lugar correto. Os pretendentes terminaram suas ofertas.

Ela tem razão. O salão recai de novo no silêncio. Leda parece cansada, Tíndaro, agitado. Ao lado de Helena há uma pilha considerável de dotes: bronze, ouro e ânforas pintadas brilhando sob as tochas.

— Todos vocês juraram — afirma Tíndaro, levantando-se. — Agora, Helena, escolha o homem que deseja desposar.

Clitemnestra sente um revoar de pânico no peito, mas o olhar inabalável de Penélope a tranquiliza. Ela respira fundo e se acalma, e então Helena anuncia:

— Eu escolho Menelau, filho de Atreu.

Em seguida, tudo fica muito silencioso. Menelau avança mais um pouco, até os pés do trono de Tíndaro, um sorriso triunfante alargando-se no belo rosto. Tíndaro se levanta do trono de espaldar alto e dá uma palmadinha no ombro do novo genro, ao passo que os outros pretendentes ficam a olhá-los fixamente, a raiva latente. Clitemnestra observa todos eles, criaturas furiosas exalando brutalidade. Ela é tomada por uma sensação de repulsa ao se deparar com os homens cerrando os punhos e os dentes. Parecem predadores assistindo a um concorrente roubar descaradamente sua caçada.

— Garota tola. — Clitemnestra ouve Odisseu sussurrar. Pela primeira vez, ele não parece alegrinho. Penélope olha para Helena, boquiaberta, incrédula. Clitemnestra jamais a viu tão chocada.

— Obrigado pelos vossos muitos presentes, reis e príncipes — agradece Tíndaro. — Esparta não vos esquecerá.

Os reis sabem reconhecer uma dispensa. Um a um, saem, esvaziando o salão de sua violência, até restar somente o medo. Clitemnestra se vira a fim de observar Helena, muito embora a visão lhe cause uma dor insuportável. Está pálida, como se tivesse acabado de tomar veneno e aguardasse a morte.

Menelau caminha até ela, passando pelos caçadores dos afrescos com suas presas moribundas, e pega a mão delicada. Sentindo o reavivar de um antigo instinto, Clitemnestra quase avança até eles, mas seu pai e Agamêmnon a vigiam, então ela anula qualquer expressão facial e se afasta, passando pela lareira e pelas colunas, pelos cisnes e cervos que decoram as paredes. Já no corredor, dá uma olhadela para trás, no entanto Agamêmnon já fechou as portas. Qualquer possibilidade de ajudar Helena agora está muito além de seu alcance.

10

SUOR E SANGUE

As semanas passam, e o gelo invernal derrete. Quando os reis e príncipes deixam o palácio de Esparta, o ar cheira a terra, e o sol castiga. Filoctetes e Macaão são os últimos a partir, seus burricos chacoalhando sob o peso do pão, das peças de queijo e de outros mantimentos.

Os pretendentes vão embora, mas Odisseu e os Atridas permanecem. O filho de Laerte passa bastante tempo com Penélope e Clitemnestra, perambulando pelo palácio, rindo e contando histórias. Não pressiona Penélope a respeito do matrimônio, tampouco ela lhe dá uma resposta. Mas nem por isso a garota deixa de avaliá-lo, seus olhos gentis sempre fixados nele, acompanhando cada movimento.

Quando eles passeiam até a orla da floresta, Odisseu explica quais plantas têm raízes úmidas e quais frutos são venenosos. Quando visitam as oficinas e lojas dos artesãos nas cercanias do palácio, ele lhes ensina carpintaria, algo um tanto apreciado em seu lar, em Ítaca. Também conta tudo sobre leite de cabra, queijo e manteiga, ensina a prepará-los e armazená-los. Penélope escuta com avidez e Clitemnestra relaxa, pensando no marido e em seus mitos maravilhosos. Odisseu e Tântalo são homens de histórias diferentes, mas ambos as relatam com clareza e paixão e ambos detêm o dom da retórica.

Durante semanas, os três acabam se tornando inseparáveis. Coletam lenha para as lareiras quando o sol se põe além das montanhas e os quartos do palácio esfriam. Acariciam a barriga de Clitemnestra e conversam com o bebê ali, contando histórias, e ela o sente chutar suavemente, ávido para se manifestar.

A barriga cresceu tanto que já está difícil dormir. Ela passa as noites encarando a lua fria, pensando no seu bebezinho. Imagina cabelos escuros e olhos oceânicos como os do pai, e uma voz tão doce que faz seu coração derreter. Tântalo já deve estar em seu navio pintado de cores vivas, a caminho para buscá-la. Todas as noites ela espera, e todas as manhãs vai ao *mégaron* para verificar se os mensageiros trouxeram notícias.

Também tem noção de que Helena está sempre de olho nela. Quando a irmã não está cuidando de Febe e Filónoe, está acompanhando Menelau pelo palácio, a expressão melancólica. Às vezes, vai ao terraço e, de longe, vigia Clitemnestra, Penélope e Odisseu quando vão caminhar à beira do rio, de mãos dadas, tentando não escorregar nas margens lamacentas. Clitemnestra questiona se Helena fica ponderando se eles estão felizes.

※

Clitemnestra fatia carne seca no refeitório quando Timandra entra. Penélope está descansando e Odisseu foi caçar com Tíndaro, Agamêmnon e Menelau. Com exceção de um serviçal que limpa o pó das armas penduradas nas paredes, não há mais ninguém ali. Ao ouvir a irmã, Clitemnestra se vira, de repente. Os traços de Timandra estão mudando. Seu peito ainda está reto, e seus quadris, estreitos, mas seu rosto está mais emaciado, e os olhos escuros, maiores.

— Você está diferente — observa Clitemnestra, sorrindo.

Timandra franze a testa.

— Como?

— Mais velha. Mais bonita.

Timandra enrubesce. Aí ajeita a pele de animal que cobre seus ombros.

— Venci uma luta hoje — informa a garota, a voz estranhamente inexpressiva.

— Que bom — responde Clitemnestra, então percebe que Timandra não sorri. — O que foi?

— Tive de lutar contra minha amiga. Nosso pai me obrigou. — A voz dela falha. Clitemnestra se lembra da garota de cabelos pretos cacheados, aquela que beijava os lábios da irmã. — Sempre fomos da mesma equipe — acrescenta Timandra.

Clitemnestra lança um olhar para o serviçal. Ele parece profundamente imerso na limpeza das armas e, portanto, desinteressado na conversa das meninas.

— Sua amiga se feriu? — pergunta ela baixinho.

Timandra olha para baixo e seus cabelos castanhos caem sobre o rosto, encobrindo a vergonha.

— Sim. Precisei feri-la.

— Compreendo. Você a machucou para fazer nosso pai achar que você não gosta dela?

Timandra assente. Quando levanta a cabeça outra vez, seus olhos estão tão escuros quanto um poço.

— Você deveria ir lá vê-la — sugere Clitemnestra. — Vá agora. Eu te dou cobertura.

Timandra vacila um pouco.

— Mas você sabe que é errado.

— Não sei o que é errado e o que é certo. Como eu saberia? Nós somos jovens. Mas se quiser visitá-la, então vá. Faça enquanto ainda pode. Sabe que um dia terá de se casar.

Timandra assente de novo, melancólica.

— Se nosso pai souber, ele vai me punir.

— De fato, vai. Então pergunte a si mesma: vai valer a pena?

— Sim — Timandra responde sem hesitação, a voz impetuosa e os olhos arregalados.

Clitemnestra sorri.

— Qual é o nome dela? Da sua amiga.

— Crisante — diz Timandra, e seu olhar de repente fica adocicado, como um pêssego sob o sol. *Flor dourada*, é esse o significado do nome.

— É lindo — comenta Clitemnestra. — Agora se apresse.

Timandra sai do salão num piscar de olhos, silenciosa e veloz como uma lufada de vento. Clitemnestra volta a comer, pensando na garota de cabelos cacheados, imaginando Timandra socando-a na arena. É capaz de visualizar a ferocidade da irmã, que afinal de contas está entre as guerreiras mais fortes de sua faixa etária, e também o desamparo de Crisante; bem como a dor desta e a raiva daquela. É uma cena com gosto de tristeza. Eis aí a vida que Clitemnestra conhece desde sempre: uma cadeia interminável de brutalidade, sendo que a força, orgulho e beleza só são protagonistas quando brotam do sangue derramado de alguém. Nada de valoroso floresce numa terra árida. Talvez por isso ela tenha escolhido Tântalo. O mundo dele lhe parece muito mais auspicioso do que ela fora forçada a acreditar. E se tudo o que ele lhe contou sobre

Meônia for verdade, seu bebê não precisará apanhar para aprender, nem ser açoitado caso desobedeça.

O criado conclui a limpeza do armamento nas paredes e faz uma reverência para Clitemnestra antes de sair. Ela se levanta para segui-lo, mas se depara com Odisseu perto da porta, encostado no batente. Há cortes recentes no rosto dele, e a lâmina de caça está em riste.

— Imaginei que a encontraria aqui — pontua ele.

— A caça já terminou?

Odisseu dá de ombros.

— Matamos um javali pequeno. Eu o trouxe para cá. Os outros quiseram continuar caçando, porém há uma tempestade iminente. Logo ficarão ensopados e a floresta virará um charco. — Ele se aproxima da mesa e senta-se. Clitemnestra olha lá para fora e, de fato, o céu está cinzento e o ar já cheira a chuva.

— Quer acordar Penélope? — pergunta ela.

— Não. Quero falar com você, a sós. — O homem dá um lindo sorriso, e seus olhos cinzentos brilham.

— Pois então fale.

— Sua irmã Timandra tem gostos peculiares — comenta Odisseu.

Clitemnestra serve-se de vinho.

— Assim como todo mundo.

— Não creio, não mesmo.

Clitemnestra o fita. É inútil deixar algo tácito em suas palavras na presença de Odisseu: melhor ir direto ao ponto. Isto sempre o incomoda e o diverte.

— Você está certo. Ela tem gostos peculiares. E por que seria da sua conta?

— Não é, mesmo. Só acho que ela deveria ter mais cuidado. Outros homens não aprovariam.

— E você aprova?

Ele se recosta na cadeira, apoiando-se no braço esculpido.

— Os homens jovens muitas vezes se deitam com seus companheiros — diz ele. — Por que as mulheres não fariam o mesmo?

— Concordo. Mas certamente você não veio aqui para falar sobre Timandra...

— Não. — Ele suspira. Aí a observa bebericar um pouco de vinho e continua: — Tenho que voltar para Ítaca antes que se iniciem as chuvas de primavera. Não estou feliz por ter de ir embora. Gostei do período que passei aqui. — Odisseu pega um cálice de vinho e olha para Clitemnestra com uma expressão estranha. — Acha que Penélope virá comigo?

— Sim — responde ela. — Tenho certeza de que sim.

Ele relaxa e sua expressão volta ao tom bem-humorado habitual.

— Ótimo... Talvez em outra vida eu teria me casado com você — acrescenta ele sem decoro algum.

Clitemnestra o encara com reprovação, mas o sorriso dele é impenetrável.

— Você não teria sido capaz de lidar comigo — rebate ela. — Sou impetuosa demais para você.

Odisseu gargalha.

— E seu marido?

— Ele gosta desse fogo. Não tem medo de se queimar. — Clitemnestra fala de modo casual, sorrindo, mas sabe que é verdade. Para ela, Odisseu parece achar a ferocidade algo fascinante, mas também repulsivo. Coloca-se num pedestal, por isso jamais se aproximaria de algo capaz de feri-lo.

Ele passa a mão pelos cabelos.

— Eu gostaria de tê-lo conhecido.

— Você iria gostar dele.

— Sei que sim. — O homem se levanta, apalpando os cortes no próprio rosto. — Vou acordar Penélope antes que aqueles brutamontes voltem da caçada.

Clitemnestra sorri. Odisseu tem noção de como são engraçadas suas histórias sobre seus camaradas. Ele se aproxima para ajeitar uma mecha de cabelo atrás da orelha dela, aí vai embora.

O sol está nascendo no leste e, em questão de dias, os ventos vão maturar para chuvas primaveris. Clitemnestra e Penélope estão sentadas numa imensa rocha às margens da floresta, admirando o rio adiante e as montanhas nos arredores. Os hilotas já labutam nos campos, com as mãos sujas de terra e as costas arqueadas sob o peso de cestos imensos.

— Odisseu veio conversar comigo ontem — revela Clitemnestra.

— Mesmo? — indaga Penélope. Seus cabelos castanhos e macios estão trançados, e ela exibe olheiras profundas. Na noite anterior, elas dividiram a cama e Clitemnestra percebeu a inquietude da prima, insone.

— Ele vai embora em breve — comenta ela. — Você irá para Ítaca?

Penélope fica em silêncio por um instante, as mãos no peito, como se quisesse segurar o coração. Depois do que parece uma eternidade, responde:

— Sim, eu vou.

— Mas tem algo prendendo você — nota Clitemnestra.

Penélope abraça os joelhos, ajeitando a capa para cobrir as próprias pernas do mesmo jeito que os pássaros fazem com as asas quando repousam.

— Lembra-se de quando eu lhe disse que Odisseu me faz lembrar seu marido? Bem, ainda acho isso, só que tem algo mais sombrio nele, algo traiçoeiro... — Penélope encara as pedras no chão, perdida nos pensamentos.

— Entendo o que quer dizer — retruca Clitemnestra. — É como tentar capturar folhas que dançam ao vento. Num momento você as pega, e no outro elas lhe escapam.

Penélope ri.

— Costumávamos fazer isso anos atrás, lembra-se? Correndo pela planície, montes de folhas voando ao nosso redor. — Clitemnestra assente com um sorriso. Ela sempre conseguia pegar o maior número de folhas, mas Penélope sempre pegava as mais lindas, aquelas em vermelho-vivo e em tom claro de laranja. — Mas, sim — continua Penélope — Odisseu é desse jeito. Um homem cheio de segredos.

— E ainda assim você gosta dele.

— Muito. — O rosto de Penélope se ilumina. — Meu pai costumava zombar de mim e dizer que eu me casaria com algum rei esquecido de uma ilha esquecida.

Clitemnestra a cutuca.

— Bem, e é exatamente isso que você vai fazer.

Penélope dá uma gargalhada.

— Quem é que já ouviu falar de Ítaca? Quem se lembrará de Odisseu?

— Provavelmente ninguém. Os espertos são sempre esquecidos.

— É por isso que não haverá canções sobre nós duas, e um monte sobre Diomedes, o bruto.

Elas se põem a rir, e o vento começa a trazer os cheiros da primavera, e a vida segue ao redor, imperturbável.

Clitemnestra está sentada sozinha na sala de *mousikê*, olhando as flautas e as liras nos cestos enfileirados junto à parede. O espaço é pequeno, com teto baixo e paredes cobertas com desenhos a giz; cenas que as garotas costumavam desenhar na infância: as liras de Helena e os linces de Clitemnestra; as lanças de Castor e os cães de Timandra. Em um canto, alguma menina ousada rabiscou: *Polideuces é lindo como Apolo.*

— Pelo visto, seu irmão é um conquistador.

Odisseu surge à porta. Ele se movimenta como um gato, de modo que mesmo Clitemnestra, treinada para ouvir o menor som, nunca consegue ouvi-lo chegar.

Ela pega um *aulós*, a flauta de palheta dupla, a favorita de Polideuces.

— Você toca? — pergunta-lhe Clitemnestra.

— Sim — responde Odisseu. — Embora eu não possa dizer que seja talentoso. — Ele pega a flauta das mãos dela. — Ah, que linda. Lótus da Líbia? É tão leve — contempla o rapaz, sorrindo. — Suponho que Helena seja a mais talentosa dos discentes aqui.

Clitemnestra retribui o sorriso.

— Também sou talentosa.

Odisseu levanta as mãos num gesto defensivo.

— Claro.

Há um instante de silêncio constrangedor, e Odisseu pousa o *aulós* na cesta e se recosta na parede. De repente comenta:

— Devo dizer que Helena não tem muita sorte com os homens. Eu soube como ela sofreu com Teseu... pobrezinha. — Ele balança a cabeça.

— Aquilo foi diferente. Menelau foi escolhido por ela — responde Clitemnestra.

Ele inclina a cabeça.

— Ela de fato teve escolha? Na minha experiência, alguns homens, como reis e heróis, homens amados pelos deuses, sempre conseguem o que querem. Pode chamar de poder, obstinação ou simplesmente indisposição para aceitar o fracasso.

— Você também conseguiu o que queria — provoca a jovem. — Vai se casar com Penélope.

Ele a encara, como se estivesse confuso por estar sendo comparado a homens poderosos. Mas daí disfarça sua reação rapidamente e se inclina para a frente, até seu rosto ficar a um mero sopro de distância da orelha dela.

— Não sou o único que fez um acordo com Tíndaro.

Ela dá um passo para trás.

— Quem mais?

— Não tenho certeza de nada, mas fique de olho em Menelau.

— Menelau já tem Micenas e Helena. O que mais ele quer?

— Como eu disse, não tenho certeza de nada, mas você cresceu em Esparta. Sabe o que significa estar constantemente atenta ao perigo, como se estivesse cercada por lobos. — Odisseu dá uma piscadela, como sempre faz, antes de se retirar. — Nisto, você e eu somos iguais.

※

O aviso de Odisseu acompanha Clitemnestra feito uma serpente, rastejando atrás dela, mostrando as presas toda vez que ela se vira. É impossível fingir que não está ali.

Certa tarde, quando Penélope está descansando, Clitemnestra se aventura até o outro lado do castelo, perto dos aposentos dos hóspedes, onde sabe que Menelau divide um quarto com Helena. Não há ninguém nos arredores, e ela segue lentamente, a barriga grande e pesada. As paredes ali são nuas; as janelas pequenas ficam pertinho do teto e derramam pequenas sementes de luz diurna e sombras muito alongadas. Em outros tempos, aquele lugar já lhe remeteu a uma masmorra. Tântalo deve ter pensado o mesmo ao chegar aqui, pois seu quarto ficava no extremo oposto da ala, perto do *mégaron* e de seus corredores lindamente iluminados.

Duas vozes flutuam ao final do corredor, e Clitemnestra se aproxima, os pés descalços cuidadosos, como se estivessem em uma estrada de seixos. Ela para diante da porta e prende a respiração.

— Ouvi dizer que sua prima vai se casar com o filho de Laerte.

— Também ouvi a mesma coisa. — A voz de Helena é suave e tímida em comparação à de Menelau, como o trinado de um abelharuco após o grito de um falcão. — Acho que serão felizes. Os dois são muito parecidos.

— Você conversou com ela?

Um breve e delicado momento de silêncio. Clitemnestra quase consegue sentir a tristeza de Helena.

— Não — responde a jovem.

Ouve-se um tilintar, como se Menelau estivesse brincando com uma faca.

— Ela não é bonita — diz ele —, mas é gentil, embora meu irmão a considere astuta além da conta.

— Ele está correto — concorda Helena. — Penélope é de fato inteligente.

Menelau zomba, e há mais um instantinho de silêncio. Clitemnestra imagina os lábios dele nos da irmã, as mãos nos ombros dela. Fica enojada.

— O que você andou discutindo com Tíndaro? — Helena quer saber. Ela parece assustada, e Clitemnestra nota seu esforço para tentar estabilizar a voz. — Você passou um bom tempo no *mégaron*.

Helena arqueja e Clitemnestra se ajeita ligeiramente, espiando. Vê Menelau dar um passo à frente ao mesmo tempo que Helena recua um passo. O movimento é elegante, como uma onda, mas há perigo nele. Foi como se Menelau fosse bater nela, mas nada aconteceu. Ele se limita a pegar a pequena mão dela e dizer:

— Você está sempre perguntando sobre coisas que não lhe dizem respeito, Helena.

Ela morde o lábio e não retruca. Menelau a fita e acrescenta:

— Só estávamos conversando sobre Micenas e o ouro que devemos a Esparta. Fizemos um pacto com Tíndaro, e os pactos devem ser respeitados.

Clitemnestra sente seu corpo relaxar, seu medo esvanecendo. As palavras de Odisseu perdem importância e só lhe resta um zunido na cabeça, um agudo de advertência.

Ela sente o bebê chutar e dá um passo para trás. Em outros tempos, teria entrado no quarto e protegido a irmã. Teria protegido Helena de qualquer pessoa e qualquer coisa. Mas agora não há como fazê-lo.

Ela buscou isso, pensa Clitemnestra amargamente. *Ela escolheu este homem por teimosia, e agora deve acatá-lo.*

A partida de Penélope e Odisseu, dias depois, deixa Clitemnestra sozinha mais uma vez. Naquela noite, na hora do jantar, foram acompanhados por Cinisca, seu pai, Lisímaco, e alguns outros nobres espartanos. Para evitar o lugar vazio ao lado de Agamêmnon, Clitemnestra senta-se ao lado de Helena, que a olha, um tanto surpresa pela audácia. O perfume de Helena é marcante: mel, açafrão e amêndoa das árvores que crescem perto dos estábulos. Ambas se encaram por um breve momento. Então Menelau segura a mãozinha branca de Helena, que por fim desvia o olhar. Clitemnestra sente um arrepio nos lugares de seu corpo onde os olhos da irmã a tocaram. E conjectura por que os Atridas ainda não voltaram para Micenas.

Os criados trazem travessas com cebola e queijo, deixando um rastro perfumado, ao passo que Tíndaro discorre sobre sua última caçada. Cinisca intervém com frequência, gabando-se das próprias façanhas na caça e fitando Agamêmnon com uma cobiça que deixa Clitemnestra nauseada. Helena mal toca na comida.

— Então o filho de Laerte vai desposar sua sobrinha? — pergunta Lisímaco a Tíndaro.

— Sim — responde Tíndaro.

— Parece-me uma boa combinação — comenta Agamêmnon.

— Você gosta de Odisseu? — pergunta Cinisca, tomando um gole de vinho.

Agamêmnon sequer pestaneja.

— Não gosto dele. Eu o respeito. Ele é inteligente.

— Alguns dizem que ele é o homem mais inteligente do mundo, um homem de truques infindáveis — contribui Leda.

— Truques não fazem heróis — desdenha Menelau.

Clitemnestra bufa e se concentra em seu queijo. Está com a língua pronta caso alguém se disponha a insultar Odisseu novamente, mas seu pai muda de assunto.

— Notícia do leste?

— Não muitas — diz Agamêmnon. — A cidade de Troia ainda desafia os gregos no mar, mas ninguém se dispõe a combatê-la.

— Muitos dizem que a cidade é impenetrável — comenta Leda.

— Onde fica Troia, mãe? — pergunta Filónoe, a voz estridente ecoando no salão.

É Agamêmnon quem responde:

— Do outro lado do mar Egeu. Mais ao norte da Meônia. — Ele se vira rapidamente para Clitemnestra. — Onde mora o marido de sua irmã.

— Mais longe ainda do que Lesbos — acrescenta Leda, e Filónoe assente, voltando às suas cebolas, as quais seleciona uma a uma e saboreia como doces.

— Nenhuma cidade é impenetrável — declara Agamêmnon. — Se os gregos unissem seus exércitos e lutassem juntos, Troia cairia.

Lisímaco zomba. Os espartanos não lutam guerras alheias.

— Isso parece improvável.

Algo brilha nos olhos de Agamêmnon, mas ele não tece comentários.

Quando a lua surge no céu, Tíndaro clama por diversão. Blocos de madeira são posicionados em um lado do salão para os convidados atirarem facas. Tântalo havia relatado a Clitemnestra que, em Meônia, tais distrações eram comuns. Toda vez que havia uma festa em seus salões, também havia músicos com liras, além de malabaristas e dançarinos. Acrobatas e animais exóticos eram seus artistas prediletos. Certa vez, uma hiena listrada — Clitemnestra nunca tinha ouvido falar de uma — escapou de seu treinador e ficou vagando pelo palácio antes de ser capturada. Tântalo imitou o grito da hiena, muito semelhante a uma gargalhada, e os dois se puseram a rir juntos.

Ciniska fica de pé, uma faca na mão, ainda manchada de gordura de carne. Ela atira a lâmina no bloco, que crava bem perto da mosca, e todos aplaudem. Leda incentiva Febe e Filónoe a tentarem, e Agamêmnon dá sugestões. Clitemnestra desvia o olhar. Prefere se concentrar em um cãozinho que come sobras aos pés de seu pai. Ele engole rápida e avidamente e, quando termina, olha para a mesa, pedindo mais.

Ele não é muito diferente dos homens, pensa ela. Eles também têm expressões ávidas e famintas sob a luz das tochas, suas sombras nítidas. Continuam a lançar suas facas, a brigar por comida e vinho, à medida que os criados se atabalhoam de um lado a outro pelo piso do salão, agora pegajoso de vinho e gordura derramados.

Clitemnestra então se levanta e pede licença. Segue pelo corredor, ansiosa para fugir, bem quando Agamêmnon joga sua adaga, a qual atinge o bloco de madeira bem no alvo.

Em seu quarto, Clitemnestra admira o teto, lembrando-se de quando ela e Helena conversaram sobre as estrelas cintilantes no céu e os deuses que delas cuidavam.

— Você acha que estão vendo a gente? — Helena sempre perguntava.

— Não — dizia Clitemnestra. — Estão muito ocupados observando outras pessoas. Como poderiam assistir a todos ao mesmo tempo?

Pela primeira vez em semanas, ela adormece embalada por tais pensamentos.

Começa com a dor, como se alguém a cortasse com uma lâmina bem afiada. Clitemnestra acorda e cai da cama, ofegante. Não há lâmina alguma. Fora dos cobertores de pele, ela sente frio. Uma luz tímida desperta a leste; provavelmente é hora do alvorecer. Ela tenta se levantar, mas a dor volta, mais contundente ainda. O bebê está pronto para nascer. Clitemnestra tenta pedir ajuda, mas não emite som. Cerra as mãos; a respiração parece ausente. Ajoelha-se e depois se levanta, trincando os dentes, tentando pensar em outras ocasiões nas quais sentiu uma dor tão forte: quando caiu em uma ravina, rasgando o ombro; quando Castor acordou um urso durante uma caçada e ela se enfiou em um arbusto espinhoso para se esconder; quando uma garota lhe cravou uma lança acima do quadril na arena; quando as garras daquele lince arranharam suas costas.

Consegue sair do quarto, cambaleando, e então tomar o corredor principal do *gynaeceum*. Recupera o fôlego bem quando vem a próxima pontada de dor e corre para o quarto da mãe. Está frio, e ela veste só uma túnica fina; mesmo assim, o suor escorre por sua testa. *Respire*. Ela tromba em alguém a caminho dos aposentos de Leda e ergue os olhos. É Helena.

— O que foi? — pergunta Helena, preocupada. Está pálida e seus olhos estão vermelhos, como se ela tivesse chorado.

— O bebê está chegando — sussurra Clitemnestra, a voz estrangulada. Recosta-se na parede porque a dor está pior. Helena arregala os olhos.

— Vou chamar nossa mãe...

Clitemnestra balança a cabeça em sinal negativo.

— Leve-me às parteiras. Está vindo. — Ela emite um som rouco quando um novo golpe de dor a faz curvar-se. Helena então apoia o corpo da irmã e a arrasta até a cozinha. Clitemnestra sente a pele fria contra a sua, seu perfume de frutas e óleo.

— Dói muito? — pergunta Helena. Elas estão quase numa corrida agora, Clitemnestra muito ofegante e agarrando o braço de Helena com toda a força.

— Já senti piores — responde Clitemnestra, e Helena lhe dá um sorriso fraco. No andar de baixo, perto dos aposentos dos empregados, não há iluminação. Helena pega uma tocha e invade a cozinha vazia.

— Onde estão as mulheres? Onde estão as parteiras? — choraminga. Ninguém em vista. — Espere aqui — diz ela a Clitemnestra, e sai correndo do cômodo.

Clitemnestra desaba numa cadeira, aos berros. Colocando a mão entre as coxas, sente umidade.

Uma mulher entra apressada, os cabelos pretos presos para trás.

— Está tudo bem — conforta ela. — Sua irmã foi chamar sua mãe e os anciãos. Seu marido também está vindo.

— Tântalo — grasna Clitemnestra.

— O navio dele aportou ontem à noite. Ele está a caminho do palácio agora. — A mulher se agacha e a manda respirar. Inspire, expire, inspire, expire. *Tântalo está chegando*, pensa Clitemnestra. *Ele está quase aqui.* Ela mira o teto, as sacas de trigo empilhadas no canto, o rosto pálido da parteira. A dor atinge seu pico. Clitemnestra grita e derruba uma mesa. Bagas e juncos rolam no chão.

— Estou sentindo a cabeça dele — avisa a mulher, e de repente há mais pessoas no cômodo: Helena, Timandra e sua mãe.

Leda se agacha ao lado de Clitemnestra e segura sua mão.

— Está quase terminando, Clitemnestra, empurre com força agora, *empurre*!

A jovem empurra e grita, suando cântaros. A parteira ora para Ilítia, a deusa dos partos, mas Leda grita com raiva:

— Ajude-a! Você pode orar mais tarde.

A respiração de Clitemnestra fica presa na garganta. Ela emite um som sufocado e então vê. Seu filho.

— É um menino! — A parteira segura nas mãos brancas um pedaço frágil de muco e sangue.

— Deixe-me pegá-lo — ordena Clitemnestra, estremecendo, exausta. A mulher busca uma faca de cozinha limpa e corta o cordão umbilical. Aí entrega o bebê à mãe. Clitemnestra sente a umidade, a delicadeza. Admira as mãozinhas minúsculas, cada uma delas perfeita como uma pétala, a cabeça que cabe na palma. Encara o filho e, ao sentir a presença dela, ele abre os olhos, claros e azuis como o céu da manhã.

11

ROUXINOL

Seu filho e Tântalo: nada mais existe.
Lá fora, a primavera desperta. A planície se torna mais viçosa e as árvores oferecem os primeiros botões, macios e frágeis. Os dias ficam mais longos; o sol, mais fulgurante. Serpentes e lagartos saem de suas tocas, descansando ao sol na terra marrom-escura. As parteiras evisceram os peixes e os penduram nos quintais para secar, enquanto as empregadas lavam peles e túnicas no rio.

Lá dentro, o bebê chora e berra, e berra, e chora. Ele nunca dorme. Clitemnestra se queixa e Tântalo ri.

— O que você esperava? — Ele sorri. — *Você* nunca dorme. — Ele está fazendo um quitengue para carregar o bebê, seus dedos longos e cálidos amarrando habilmente os pedaços de couro. Como seu marido é lindo. Clitemnestra apoia a cabeça no ombro dele, o bebê em seu colo.

Ela tem notado que a criança dorme melhor com o pai. Ela cantarola para ele, lhe dá as ervas calmantes de Leda, mas o bebê geralmente apenas a olha, encantado e um pouco desafiador, as mãozinhas tentando tocar seu rosto. E quando fica exausto, chora. Mas quando Tântalo o embala, quando o beija, o filho enfim relaxa.

Os anciãos o saudaram logo após o parto. Levaram-no nu ao monte Taígeto. O bebê esperneou e chorou, mas estava a salvo. Mas só porque era saudável. Os anciãos o examinaram e viram que era perfeito, forte.

Clitemnestra passeia por horas, carregando-o nos braços. É uma criança curiosa. Ela lhe mostra flores, pega cada pétala e passa no rostinho dele. Açafrões, louro, lírios, anêmonas. Conta histórias sobre cada planta. A princesa fenícia Europa foi atraída para os braços de Zeus quando ele lhe soprou açafrão; a ninfa Dafne se transformou em um loureiro para se esconder de Apolo, que a desejava; a deusa Perséfone foi raptada por Hades, o rei do submundo, enquanto colhia lírios num prado. O bebê gosta mais das anêmonas, então Clitemnestra lhe conta sobre Adônis, morto por um javali, e Afrodite, que tanto o amava, lembrando-se de quando ela e Tântalo conversaram sobre o mito em sua primeira noite juntos.

Leda ama demais o bebê. Ela o pega nos braços quando Clitemnestra está muito cansada e o deixa brincar com seus brincos, os acessórios são maravilhas brilhantes aos olhinhos dele. Volta a ser a mesma mulher da época em que Febe e Filónoe nasceram, quando passava os dias cantando e conversando com elas, aninhando as cabecinhas nas mãos. É uma alegria para Clitemnestra ver a mãe assim, capturar a suavidade por trás da força, os olhos brilhando cheios de propósito.

Quando Timandra toca os pés do bebê, Leda sussurra:

— Cuidado. Bebês são frágeis.

Depois que Clitemnestra o amamenta, Leda o enrola na manta e trilha o dedo pelos traços minúsculos: olhos, nariz, lábios, orelhas.

Tântalo começa a planejar a viagem à Meônia. Envia um mensageiro ao porto, para levar a notícia à margem oposta do mar Egeu. O herdeiro nasceu e o rei está pronto para retornar, com a rainha ao seu lado.

Clitemnestra está sentada em um canto da praça da cidade, ninando o bebê à sombra de um carvalho. Escapuliu do salão de banquetes numa tentativa de evitar Agamêmnon e Menelau: não gosta do jeito como eles olham o bebê, com um misto de frieza e desgosto. Às vezes chega a parecer dó.

— Vamos partir em breve — informa ela ao pequenino, que arregala os olhos, sorrindo. — Vamos para a terra do seu pai.

A praça está tranquila. Duas jovens passam, com jarras cheias d'água nos ombros e um cachorro as seguindo, lambendo seus tornozelos. Diante da porta de casa, um homem junta cestos de azeitonas e cebolas. Os aromas dançam no ar, invadindo os arredores, e uma criança espia por uma janela com uma expressão faminta.

Clitemnestra olha para cima. Helena segue em direção à praça, caminhando lentamente até ela, como se estivesse tensa. Quando chega perto o suficiente, puxa a capa para trás e se acomoda debaixo da árvore. O silêncio se prolonga entre elas, até que o bebê arrulha e Helena sorri.

— Ele se parece com você — comenta ela.

— Ele me lembra o pai dele.

— Ele tem os olhos e os cabelos de Tântalo — admite Helena —, mas o jeito como olha em volta é igual ao seu.

Clitemnestra saboreia o acolhimento nas palavras da irmã, como uma mordida numa maçã docinha. Do outro lado da praça, o homem conta as azeitonas no cesto e um rapaz senta-se no chão ao lado dele, sob o sol abrasante. No telhado da casa, duas meninas cantam e brincam com lama.

— Conversei com Leda — revela Helena, observando as meninas. — Ela me disse que não quis me contar sobre meu pai para que Tíndaro não me mandasse embora.

— Fico feliz que você tenha falado com ela — responde Clitemnestra. Ela se lembra das palavras de Castor, quando eram pequenos. *Quando a maré baixa e deixa algo na areia, não se preocupe. Cedo ou tarde, a água subirá novamente e levará a oferenda de volta.*

— Você só estava me protegendo — diz Helena.

— E o que mais tenho feito desde que você nasceu? — brinca Clitemnestra. Helena ri, e as meninas no telhado param de cantar e as observam, curiosas. Clitemnestra quer conversar com a irmã sobre a vida que a aguarda em Meônia, porém percebe algo levemente sombrio em seu rosto.

— Só fiquei... — Helena se cala, em busca das palavras certas. — Nós nunca guardamos segredos uma da outra.

Clitemnestra sorri.

— Todo mundo tem segredos.

Helena cora e olha para baixo.

— Nunca guardei segredos de você.

Por um instante, Clitemnestra vê a Helena criança, os cabelos loiros sobre os ombros, uma cascata dourada, mãozinhas manchadas de sumo de damasco. "Somos como duas metades de um damasco", dizia Helena, estendendo-lhe a fruta. "Viu só? Compartilhamos o miolo, onde escondemos nossos segredos."

Clitemnestra apoia a cabeça no carvalho, a pele do bebê macia sob o tato. Quando criança, ela se recusava a admitir, mas agora está tão límpido quanto um córrego nas montanhas: elas nunca mais serão as mesmas. E talvez isso não seja tão ruim assim.

— Como vamos chamá-lo? — pergunta Tântalo. Ambos estão sentados no terraço, o bebê apoiado nas coxas de Clitemnestra, o sol suave sobre a pele. Os pássaros se espalham pelo céu e o bebê os acompanha com seus olhos imensos.

— Vamos esperar chegar à Meônia — diz ela. — Vamos esperar até ele chegar ao seu lar.

Um pequeno rouxinol marrom voa até o terraço e se põe a cantar. O bebê ri. Está admirando o passarinho.

— É um rouxinol — sussurra a mãe para o filho. — Ele canta por todos aqueles que não têm voz.

O bebê sorri e estende a mão para a ave; no entanto, o rouxinol levanta voo.

À noite ocorre uma tempestade. Eles ouvem os trovões e as gotas tamborilando no telhado. Clitemnestra aninha o bebê perto do coração, embora ele não esteja chorando. Está atento, na verdade, olhos bem abertos, mirando a escuridão do céu.

— Tem algo incomodando você? — pergunta Tântalo a ela, que por sua vez se volta para o marido, balançando o bebê de modo suave.

— Sim.

— Quer me contar?

Clitemnestra espera a leva de trovões se calar e diz:

— Gostaria de poder ver meus irmãos mais uma vez antes de partirmos.

— Eles virão nos visitar. E você poderá voltar aqui.

Ouve-se uma batida à porta, tão discreta que, por um segundo, Clitemnestra pensa tê-la imaginado.

— Ouviu isso? — pergunta Tântalo.

A jovem assente. Os dois aguardam até que ouçam outra batida, tão baixinha quanto a primeira. Tântalo fica de pé, franzindo a testa.

— Quem poderia ser? Ainda nem amanheceu.

Ele abre a porta. Uma mulher. Na escuridão do corredor, levam um momento para reconhecer Helena, de camisola, tremendo, os cabelos dourados soltos nos ombros. Ela não carrega nenhuma tocha.

— Helena? — indaga Tântalo, mas ela avança e cobre a boca dele com a mão. Aí corre para dentro e fecha a porta com rapidez.

Clitemnestra senta-se na cama.

— O que houve?

Helena se aproxima da irmã. Seu vestido tem só uma alça e seu seio esquerdo está exposto, muito alvo sob a penumbra.

— Eu precisava falar com você. — Sua voz está encharcada de medo. Clitemnestra entrega o bebê a Tântalo, que se põe a niná-lo.

— Por favor, não deixe que ele chore — diz Helena.

Tântalo assente.

— Onde está Menelau? Ele sabe que você está aqui?

— Meu marido está dormindo — responde Helena. Suas palavras são apressadas, um sussurro atropelando o outro. — Ele não deve acordar.

Clitemnestra segura o queixo da irmã e a obriga a encará-la, bem nos olhos.

— O que ele fez? — pergunta ela.

Helena se vira, revelando um pequeno hematoma no pescoço.

— Não é nada — diz ela quando Clitemnestra abre a boca para falar. — Não é por isso que estou aqui.

— Então por quê? — questiona Clitemnestra. A raiva a invade e, como sempre, ela não pode fazer nada para impedi-la. — Por que ele fez isso?

— Ele faz isso sempre que está bravo, para ameaçar os outros. — Seu tom é prosaico. — Mas desta vez o ouvi. Era para eu estar dormindo, e ele estava à porta do nosso quarto, conversando com Agamêmnon. Eles disseram: "Chegou a hora. Devemos fazê-lo agora, antes que seja tarde demais".

— Como assim, a que eles se referiam? — pergunta Tântalo.

— Por favor, temos de falar baixo. Eu não sei. Mas esta não é a primeira vez que falam algo do tipo. Tíndaro deve estar envolvido também. Os dois têm conversado com ele frequentemente no *mégaron*, em particular.

— Bem, eles tomaram Micenas com a ajuda de Tíndaro. Estão vinculados por um pacto — observa Tântalo, mas Helena balança a cabeça em um sinal negativo.

— Isto é outra coisa. Tentei espioná-los... Mas eles mencionaram você, Tântalo, e depois disseram: "Temos que tomar cuidado, mesmo tendo a aprovação de Tíndaro nisto".

— O que está havendo? — Clitemnestra fica de pé, agitada. Caminha de um lado a outro algumas vezes enquanto é observada por Helena. — Esta foi a primeira vez que ele bateu em você?

— Não tenho medo dele. Desta vez ele me machucou só porque me flagrou ouvindo. Eu... — Ela para e seus olhos se enchem de lágrimas. —

cometi um erro ao me casar com ele. Eu estava enganada. — Lágrimas escorrem pelas bochechas de Helena, como rios inundando uma planície. Ela cobre o rosto com as mãos, tremendo em silêncio.

— Ele não vai tocar em você — dispara Clitemnestra. — Compreendeu? Vou me certificar de que ele não bote as mãos em você de novo.

Helena vai ao chão, soluçando aos pés de Clitemnestra.

— E agora você está indo embora, e eu mereço tudo isto. Tudo. Casei-me com ele só porque fui tola... Eu estava com ciúmes de você... E Tíndaro ordenou que eu fizesse. Quando Penélope veio falar comigo para me convencer, Tíndaro me disse que ela só estava com inveja...

O bebê choraminga um pouco. Tântalo o acalma.

— Não adianta se lamentar — diz ele. — O que está feito está feito.

— Vou proteger você — jura Clitemnestra. — Vou falar com eles. Vou dar um fim a isto. — Puxa a irmã para si e Helena se enrosca no abraço. Chora copiosamente e, ao se exaurir, enxuga o rosto e se levanta.

— Agora preciso ir, ou ele vai notar.

Clitemnestra se coloca entre ela e a porta.

— Você não pode ir.

— Preciso ir. — A irmã lhe dá um sorriso triste, o rosto brilhando por causa das lágrimas. — Ele não vai me machucar. Está dormindo.

Helena sai correndo do quarto e desaparece na escuridão do corredor.

Quando Tântalo adormece, com o bebê ainda em seus braços, Clitemnestra vai até a janela. As gotas de chuva atingem a terra como mãos de músicos batucando o tímpano, o ritmo uma canção para os deuses.

Ninguém jamais machucara sua irmã Helena sem sofrer as consequências. É estranho que ela, Clitemnestra, esteja tão acostumada à dor que ignora quando é ferida, mas não suporta quando é Helena quem padece. Por que ela tolera tão bem a própria dor, mas não consegue aceitar quando a vítima é sua irmã? Deve ser porque crê que Helena não aguenta. Ela imagina Menelau levantando a mão para Helena, e a pobrezinha se encolhendo feito um pássaro se escondendo sob as asas. O pensamento se expande e inflama, de modo que ela não consegue mais respirar e seu corpo se retesa inteiro.

Helena está perdida em um jogo poderoso demais para ela. Mas tais mentiras e segredos, tais ameaças e jogos devem cessar. E vou providenciar para que cessem.

12

O PÁSSARO DE ASAS DESTROÇADAS

Clitemnestra acorda quando o sol já está alto, um senso de propósito tensionando seu corpo. Depois da tempestade, o ar refresca e o dia clareia. Ela usa uma túnica marrom-clara e amarra os cabelos para trás. Tântalo e o bebê dormem juntos do outro lado da cama. Sua família. Ela cutuca de levinho o marido e, assim que ele abre os olhos turquesa, ela sussurra:

— Fique com o bebê hoje.

— Aonde você vai? — Tântalo franze a testa, subitamente alerta. — Não faça nada estúpido, Clitemnestra.

Ela sorri e se vira para lhe dar um último beijo.

— Não se preocupe comigo. Cuide do nosso bebê.

Então a jovem sai pelos corredores semidesertos, os pés descalços e silenciosos no piso de pedra. Passa por dois criados mais velhos que carregam galinhas mortas, e também por Cinisca, que corre na direção oposta e não lhe dirige a palavra.

Ela ouve a conversa ruidosa das mulheres que vêm da aldeia, os apelos de uma família que tenta entrar no *mégaron* a fim de falar com o rei. Ignora absolutamente tudo e não para de andar, passando pelas casas de banho e pelas despensas estreitas e também por um grande corredor que leva ao salão de refeições.

Pensou num plano na noite anterior, enquanto encarava o teto, desperta e agitada. A princípio, pretendia conversar com Menelau, mas depois entendeu que seria um equívoco. De nada vale limpar a superfície de uma ferida se houver uma farpa em seu interior, infeccionando. O certo é cortar a pele e remover o corpo estranho antes que tudo mais seja contaminado. E Menelau não é uma farpa: é só um fantoche do irmão. Por isso, a pessoa com quem ela precisa falar é Agamêmnon.

Ela o encontra no salão de refeições, sozinho, a luz derramando-se suavemente das janelas sobre suas formas grandalhonas. O homem está sentado à cabeceira, o lugar oficial de Tíndaro, bebendo vinho tinto em uma jarra pintada. Enquanto Clitemnestra segue até ele, Agamêmnon levanta o olhar para ela. Se fica surpreso ao vê-la, não demonstra. Já ela permanece de pé, calada, e por um instante é invadida por um sentimento, pela necessidade de correr de volta para seu bebê e mantê-lo em segurança. No entanto, Clitemnestra jamais fugiu de um confronto.

— Você tem algo a me dizer — pontua Agamêmnon, com um meio-sorriso. Os sorrisos não combinam com seu rosto duro. — O que é?

— Seu irmão machucou minha irmã. — Suas palavras saem inexpressivas, no mesmo tom que ela já vira seu pai usar tantas vezes ao enfrentar um oponente. — Ele não vai fazer de novo, ou pagará por isso.

Ele parece achar tudo muito engraçado, e pega algumas uvas que ficaram na mesa.

— O que meu irmão faz com sua irmã não deveria ser da sua conta. Ela pertence a ele agora. — Agamêmnon enfia uvas na boca.

Ela olha para a lâmina que ele mantém na cintura.

— Não, não pertence.

— Seu pai diz que você pode ser geniosa às vezes. Que não sabe se colocar no seu lugar. — As palavras a abalam. Por que seu pai diria tal coisa justamente a Agamêmnon? Ele a fita, os olhos exalando frieza. — Imagino que seu marido estrangeiro goste disso. Mas não é assim que as mulheres falam com os reis aqui.

Clitemnestra arranca as uvas das mãos dele e as joga no chão. Elas estouram, o sumo roxo mancha as paredes. *Isso é para ele aprender que eu falo do jeito que quero.*

— Se eu vir outro hematoma no corpo da minha irmã — ameaça Clitemnestra, a voz trêmula de raiva —, vou matar e estripar você feito um peixe.

Agamêmnon encara o sumo de uva no chão. Num segundo, ele pega a lâmina com uma das mãos, e com a outra agarra Clitemnestra, empurrando-a sobre a mesa. Ela sente a lâmina fria em seu pescoço, a jarra virada perto dos ombros, o vinho derramando sobre o tampo, molhando seus cabelos.

Ela então morde a mão dele. Sangue quente escorre pelos seus dentes. Agamêmnon não a solta, então ela o chuta na virilha. Ele recua um passo e ela se ergue, empurrando-o. O homem não chega a ir ao chão, porém vacila, a faca ainda firme na mão. Clitemnestra pega a jarra virada e a joga nele, que se esquiva. Daí os dois se encararam. Ele olha a mão ensanguentada, como se o braço não lhe pertencesse. A visão o faz rir. Ela então ataca de novo, mas ele é mais rápido e a agarra pelo pescoço, sufocando-a.

— Você precisa aprender qual é o seu lugar entre os homens, Clitemnestra — declara ele. Suas palavras são chicotes, cortando sua garganta dolorida. — Você é muito altiva, muito arrogante.

Ela sente seu rosto arroxear, o ar abandonando seus pulmões.

— O mesmo vale para você — coaxa ela. — Se me matar.

Agamêmnon a solta com um tranco. Ela cai, como um animal sacrificado.

— Matar você? — repete Agamêmnon. — Nunca foi minha intenção matar você. — Ele se aproxima e se ajoelha ao lado dela. Clitemnestra emite um som inarticulado, tateando a garganta. Ela tenta se levantar, mas o homem a empurra de volta. — Fique aí, Clitemnestra. Aprenda o seu lugar.

E então ele a larga lá sozinha no piso do salão de teto alto... mas pelo menos a deixa viva.

Talvez eu devesse me cortar e fingir que apanhei, pensa Timandra. *Assim meu pai não vai desconfiar quando eu voltar ao palácio.*

Ela está deitada na terra molhada do jardim da cidade. As formigas passeiam ao seu redor em fileiras intermináveis e ela sente o cheiro das figueiras e das amendoeiras, com seus galhos grossos lá no alto. O silêncio é delicado, perturbado somente pelo eventual bater de asas das aves e pela respiração ritmada de Crisante ao seu lado. Ela se vira. Crisante está admirando o céu. Há uma cicatriz em seu ombro, bem onde Timandra a cortou durante o treino, e alguns de seus dedos continuam quebrados. Ela se remexe, e seus cachos pretos fazem cócegas no ombro de Timandra, cujo coração está inundado de desejo, tão forte quanto um rio caudaloso.

— Sua irmã está nos dando cobertura de novo? — pergunta Crisante.

— Hoje, não — responde Timandra. — Ela tem que cuidar do bebê.

— Os serviçais não podem fazer isso por ela?

Timandra ri.

— Minha irmã não é assim. Ela jamais colocaria o filho nos braços de outra pessoa, muito menos nos braços de um empregado.

— Então ninguém está nos dando cobertura — conclui Crisante.

Timandra acaricia o rosto dela. Crisante tem olhos muito claros, como córregos de neve derretida.

— Não se preocupe. Clitemnestra sempre vai nos proteger. Enquanto ela estiver aqui, estaremos seguras. — Crisante tenta protestar, mas Timandra a beija. As duas não se beijaram muitas vezes. Seus lábios são desajeitados, ávidos demais para se provar mutuamente. Crisante se inclina para a frente, e Timandra para trás.

— Preciso ir — avisa Timandra. O prazer ainda a assusta porque ela não está acostumada a isso.

— Vou primeiro — anuncia Crisante. — É melhor. — Ela se levanta e sai correndo por entre as plantas e flores do jardim, em direção à praça. Timandra aproveita para descansar mais um pouco à sombra. *Estimados deuses*, pensa, *deixem-me ficar com Crisante para sempre*. Se Clitemnestra aprova, por que todos os outros não podem fazer o mesmo? Às vezes, parece-lhe que todas as regras espartanas foram criadas com intuito de mantê-la infeliz. Por que ela tem de se casar com um homem? Por que tem de ser possuída à força depois do casamento? Por que tem de ser açoitada em caso de desobediência? Por que só consegue se fazer ouvir depois de ameaçar os outros? Ela avista uma pequena serpente escondida em uma fenda na terra. É hora de voltar. Seus joelhos estão enlameados, como sempre, e seus cabelos estão cheios de gravetos. Ela vai saltitando pelo jardim e toma a trilha estreita e íngreme de volta ao palácio.

Ao virar a primeira esquina, tromba em Cinisca. A mulher usa uma túnica escura colada ao corpo forte, um véu lhe cobre a cabeça. Há algo de ameaçador nela. O sangue congela nas veias de Timandra. Se Cinisca a viu...

— Timandra — diz Cinisca. A voz dela é como a de Tíndaro durante uma reprimenda.

— Cinisca.

— Você não pode voltar para o palácio. — Seu tom é contundente, mas suas ordens são inúteis para uma princesa.

— Deixe-me em paz — rebela-se Timandra, passando por ela. Um grande erro. Ela sente a movimentação de Cinisca às suas costas, mas quando se vira já é tarde demais. Cinisca a golpeia no crânio, e Timandra desaba. Sua visão está turva; a cabeça, latejante. Ela tenta movimentar os braços, mas um peso a mantém no chão, esmagando seus dedos.

— É para o seu próprio bem — acrescenta Cinisca, batendo a cabeça de Timandra numa pedra. Tudo escurece de vez.

Helena abre os olhos e mal consegue respirar. Estava sonhando que não conseguia acordar. Alguém a prendia ao chão; dava para sentir as rochas frias sob suas costas e ouvir uma voz masculina rindo. "Pare de resistir", dizia, havia desprezo em seu tom, como se ela fosse um lagarto encalhado na lama, contorcendo-se inutilmente.

Era Teseu. Há muito ela não sonhava com ele. Algo ruim vai acontecer, ela sabe. Helena se levanta, trêmula, tocando a cabeça, bem onde Teseu a atingiu no sonho.

Menelau se veste num canto do quarto. Um empregado está sentado num banco a seus pés, lustrando suas sandálias. Helena fica quieta e o marido a olha como se estivesse irritado por ela estar acordada.

— Vou passar o dia todo fora — declara ele. Está usando armadura, Helena percebe. Ela sente um formigamento na pele que a incita a correr para Clitemnestra. Precisa contar à irmã sobre o sonho.

— Vai me aguardar aqui? — pergunta Menelau. Ela não esperava por aquela pergunta. Ele nunca se interessava pelos hábitos da esposa. Helena hesita por um instante um pouco longo demais.

— Não foi uma pergunta, Helena — avisa.

Ela pega a mão do marido, o pânico esvoaçando em seu organismo.

— Eu queria tomar um pouco de ar. Não estou me sentindo bem.

Menelau balança a cabeça

— Não pode. Você tem de esperar aqui. Alguém vai trazer ervas para você melhorar. — Ele vai até a porta, e ela corre atrás dele, quase derrubando o empregado.

— Por que não posso sair? — questiona ela, a voz cheia de medo. Menelau se vira e lhe dá um empurrão.

— Você precisa ficar em um lugar seguro — diz ele. — O serviçal lhe fará companhia. — Ele sai e fecha a porta rapidamente. Helena avança, mas a porta não abre. Foi trancada por fora. Ela bate na parede, aos berros.

— Abra! Deixe-me sair, Menelau!

Ela ouve os resmungos dele do outro lado:

— Fique quieta, Helena, ou o empregado vai calar você à força. — Ela se vira bem a tempo de ver o rapaz avançando em sua direção. Então esquiva-se e pega a faca que Menelau costumava deixar debaixo do travesseiro.

— Fique longe de mim — ordena. — Você não recebe ordens dele.

O hilota recua.

— Preciso assegurar que a senhora vai ficar aqui — murmura ele. — Preciso garantir que fique em segurança, princesa.

Helena cospe nele e aí joga a mesa contra a porta.

— DEIXE-ME SAIR!

— Você está sendo requisitado no *mégaron*, meu senhor.

Tântalo se vira e vê dois jovens criados à sua espera à porta dos aposentos. Ambos têm pele escura, braços cobertos de cortes e hematomas, e nos olhos, uma centelha de medo. Atrás dele, o bebê choraminga. Ainda não teve a oportunidade de mamar esta manhã. Tântalo o envolve em um tecido leve e o coloca no quitengue

— Quem me convoca? — pergunta ele ao se certificar de que o bebê está confortável.

— O rei. — É impressão dele ou a voz do servo estava ligeiramente trêmula? Desde que o bebê nasceu, Tântalo tem visto perigos em toda a parte: nas abelhas voando ao seu redor, nos cães perambulando pelo palácio, nas armas penduradas nas paredes. É a mesma impressão que o palácio de Esparta lhe causara desde o início: um lugar de violento e perigoso.

Os servos o encaram, inquietos. Há desespero em seus olhos, Tântalo sente dó deles.

— Comparecerei — responde ele.

Ele os acompanha pelos corredores sinuosos enquanto o bebê continua a choramingar. Tântalo o acalenta. No meio do caminho, percebe que não trouxe nenhuma arma, nem mesmo a pequena lâmina cravejada com rubis brilhantes, presente de seu falecido avô... Novamente, está se deixando levar pela apreensão. À frente, os criados aceleram o passo. Mas, em vez de virarem à direita, em direção ao *mégaron*, viram à esquerda, num corredor desprovido de janelas, onde arde uma única tocha. Ele para e dá alguns passos para trás. Na ponta oposta do corredor está Agamêmnon.

— Achei que estivessem me levando ao rei? — pergunta Tântalo.

— Eu sou rei — responde Agamêmnon. — Rei de Micenas.

O bebê agora está calado. Agarra-se ao quitengue os olhinhos arregalados examinando as coisas que o cercam.

— O que quer que deseje discutir, Agamêmnon — diz Tântalo —, pode ser feito em outro lugar.

— Entregue seu bebê ao servo, estrangeiro — ordena Agamêmnon.

Tem algo de errado acontecendo, pensa Tântalo. Não há guardas por perto, ninguém que ele possa chamar.

— Por que eu deveria fazer isso?

Agamêmnon toca o cabo de sua espada. Diferentemente de Tântalo, ele carrega duas facas e uma longa lâmina de bronze. Dizem que é mais bem treinado do que a maioria dos espartanos, e que derrotou homens muito mais jovens e mais fortes do que ele. Dizem que esmagou o crânio de alguém usando apenas uma das mãos.

— Entregue o bebê para os empregados — ordena Agamêmnon de novo. — Quero fazer isso rápido.

Os servos avançam. Tântalo os repele, afinal é mais forte do que eles. Segurando o bebê de encontro ao coração, ele corre em direção ao *mégaron*. Os passos de Agamêmnon às suas costas são pancadas violentas contra as pedras. Há uma senhora mais velha perto da entrada do salão, a criada que sempre traz a comida. Em desespero, Tântalo bota o bebê nas mãos dela.

— Pegue o bebê e saia daqui! Corra!

A mulher fica atônita, mas obedece. O bebê começa a se esgoelar. Tântalo se volta para Agamêmnon, que agora caminha lentamente até ele, um leão provocando a presa encurralada.

— Mate-me — diz Tântalo. — Não machuque o bebê. — Ele percebe a mulher escapulindo com o filho à sua direita. Tem esperança de que ela encontre Clitemnestra logo.

Agamêmnon lhe dá um sorriso fraco.

— Não posso.

— Você não tem piedade?

Agamêmnon dá mais um passo à frente, a lâmina longa na mão grande.

— ASSASSINATO — grita Tântalo. — TRAIÇÃO... — A lâmina voa, reluzente e afiada, e o corta. Quando Tântalo cai de joelhos, as mãos encharcadas do próprio sangue, pensa: *Onde está Clitemnestra?*

⚜

Leda bebe vinho no *mégaron* quando ouve um pedido de socorro. As portas do salão principal são grossas e abafam até os sons mais altos; no entanto, o grito é forte o suficiente para trespassá-las. O sangue lateja em seus ouvidos. Ela se levanta, deixando cair seu cálice. O vinho derrama no chão. Antes que ela consiga dar um passo que seja, Tíndaro agarra-lhe o braço.

— Alguém está pedindo socorro — diz ela.

— Fique aqui — ordena. Ele parece agitado, mas seu aperto é firme. Ela o repele e sai correndo.

Leda é a primeira a ver. Não muito longe da porta, Tântalo sangra no chão, um longo corte ao longo do corpo. A rainha dá um grito e se aproxima. Os olhos dele estão vazios, da cor de um céu matinal limpo. Há um quitengue no torso, mas onde está o bebê? Leda olha em volta. Há algo semelhante a um pacotinho manchado de sangue por ali, não muito longe de Tântalo. É Marpessa, a velha hilota que sempre traz comida da cozinha; está morta, a túnica esfarrapada em volta dela como uma casca. E em seus braços, seu neto. Leda desaba ao lado deles. *Não. Não, não, não, não*. Ela pega o bebê e o sacode, mas já está morto. Um pensamento repentino lhe ocorre, e Leda quase desmaia ali mesmo.

— Clitemnestra? — A voz dela é um sussurro. — Onde ela está?

— Ela está viva — diz uma voz.

Leda se vira. Tíndaro está ao lado de Agamêmnon. Eles trocam um olhar cúmplice, como cães de caça antes de atacar um bando de cervos. Ela corre até o marido e grita com todas as suas forças:

— ONDE ESTÁ MINHA FILHA? O QUE VOCÊ FEZ?

Quando Timandra abre os olhos, seu rosto está cheio de sangue e lama. Ela mal consegue respirar. Dá um gemido e rola para se deitar de costas. O beco fede. Há cebolas e cascas de pão velho apodrecendo em algum lugar à sua direita. Ela limpa a lama da boca e do nariz. O sangue que suja seu rosto na verdade vem de uma ferida na cabeça. Timandra toca o local e geme de dor. Encontra então a pedra que Cinisca usou para nocauteá-la, e se lembra. Precisa voltar correndo ao palácio. Suas mãos chafurdam na lama e no lixo, seus joelhos estão bambos, mas ela consegue ficar de pé. Cinisca não está à vista. Há vozes ao longe, perto da praça. Tem mais alguém ferido? Ela acelera aos tropeços até a rua principal, pisoteando pêssegos podres. A luz é ofuscante, mas Timandra se guia pelas vozes. Tem um monte de pessoas reunidas na praça, esticando o pescoço. Algumas cochicham, agitadas; outras incitam um empurra-empurra. Timandra detém uma idosa que carrega um cesto de pão.

— O que houve? Alguém morreu?

A mulher lança a ela um olhar amedrontado.

— Dizem que foi o filho da princesa. Os Atridas o assassinaram.

Timandra começa a correr de novo. Mal consegue ficar de pé e sai trombando nas construções em volta, o sangue escorre pelo pescoço, mas não para. As lágrimas nublam sua visão. É a primeira vez que teme por alguém que não seja ela mesma. A sensação a sufoca.

※

Helena ouviu o primeiro grito, depois o segundo, e o terceiro. Mesmo assim, não se levantou, mesmo quando teve certeza de que a voz que gritava era a de sua mãe. Os sons ecoam pelos corredores do palácio, como o bater de asas de um morcego em uma caverna. O criado continua a encará-la, na expectativa de uma reação. O que ele não sabe é que, há tempos, ela aprendeu a transparecer apatia. Só os deuses sabem como ela chora por dentro.

Ela solta os cabelos, alonga o pescoço como se tentasse aliviar uma dor nas costas. Toca o broche do vestido e deixa cair uma alça. O serviçal cora, as bochechas vermelhas como maçãs. Ele quer admirá-la, mas ao mesmo tempo tenta resistir.

— Venha — ordena Helena. — Ela mantém sua voz doce e calma. Ao servo, só resta obedecer. Ele se aproxima, fitando o pescoço comprido de Helena, o pedacinho à mostra de seus seios. — Mais perto. — Ela gesticula para o hilota. — Eu não mordo.

De repente ela crava a faca de Menelau no joelho do pobre rapaz. Ele grita, mas ela o silencia botando a mão em sua boca.

— O que está havendo lá fora? — sussurra ela. — O que Menelau está fazendo? — O rapaz balança a cabeça e Helena lhe mostra a lâmina. — Fale agora.

— Eles procuravam o rei de Meônia e o bebê.

Helena o solta, e ele desaba no chão, agarrando a perna ferida. Ela esconde a faca na roupa e sai pela janela, para a varanda adjacente. Ajeita a alça do vestido enquanto dispara, corredor após corredor. Por fim, chega ao *mégaron*.

Presencia um desastre. Leda com o bebê morto nos braços. As mãos ensanguentadas de Tântalo. Timandra, com o rosto coberto de lama, tentando conter a irmã: Clitemnestra está enlouquecida, rasgando a própria túnica. Está tentando pegar uma lâmina para cortar a própria garganta. Helena avança e se junta a Timandra. Clitemnestra berra e tenta abocanhá-la tal como uma pantera, mas, juntas, conseguem fazê-la sentar, e ali, as batidas dos coração de Helena e Timandra são o único consolo que resta a Clitemnestra.

13

AS ESPOSAS DOS ATRIDAS

Seus pés estão encharcados no sangue de Tântalo. Clitemnestra sente o cheiro dele, da dor que sobrecarrega o palácio, permeando as paredes. Sabe que o cheiro jamais vai se dissipar: penetrou muito fundo. Sob todo aquele odor de sangue, o perfume do marido fica cada vez mais fraco. Ela o está perdendo, ainda que o abrace com força, e o sangue que escorre do peito dele manche sua túnica. Ela chora. A única coisa que consegue ver é o corte escarlate no corpo de Tântalo. Uma voz doce fala com ela, ao longe. Deve ser de Helena. Mal consegue ouvir enquanto o cadáver dele é levado, como uma marionete, quebrado e inútil. Clitemnestra então desmaia, sobrepujada pela dor, e viaja até um mundo de pesadelos enquanto a voz de Helena a guia, como uma canção de ninar.

Por muito tempo, é só escuridão. Helena não abandona Clitemnestra nem por um segundo, nem mesmo quando é enxotada. Helena continua a discorrer sobre o vento que não consegue vergar as árvores mais fortes, sobre os heróis jamais esquecidos, sobre o canto dos pássaros que carregam a palavra dos mortos. Ela nunca para de conversar com Clitemnestra a fim de lembrá-la de permanecer no mundo dos vivos.

— Pense em todas as máscaras douradas feitas para nossos heróis. Os ourives prepararão uma para Tântalo, tão linda quanto o rosto dele, e sob a máscara ele mergulhará no sono mais tranquilo — diz Helena.

Mas Clitemnestra só consegue pensar no corpo de Tântalo sendo arrastado em meio ao próprio sangue, na sensação das mãos inertes, demasiado frias, nas suas. No olhar de Agamêmnon ao limpar o sangue do marido da espada. Ele sabia o tamanho da avaria que causava a ela, porém não havia o menor arrependimento em seu rosto.

Seu filho, morto nos braços de Leda. O corpinho imóvel, os olhos turquesa fechados. Clitemnestra queria tocá-lo, sacudi-lo, enredar-se nele. Mas braços a seguravam, os de suas irmãs, contendo-a, ninando-a.

Através das janelas a vida continua, seus sons arranhando o céu, feito garras. As nuvens se formam e depois se dissipam. À noite, as estrelas brilham e nadam no céu tristonho. Quando Clitemnestra adormece, Helena acende tochas e cobre a irmã com mantas grossas.

Clitemnestra sonha com um evento de muito tempo atrás: aos sete anos, ela testemunhou uma briga no *gymnasium*, um menino espartano quebrou o pescoço de outro; um acidente, na verdade. O menino morto ficou à mercê na areia escaldante, como um pássaro com as asas dilaceradas, até que sua mãe veio e clamou aos deuses. Ele morreu lutando, Tíndaro limitara-se a dizer.

Clitemnestra acorda do sonho, suor e lágrimas por todo o rosto.

— Meu menino não morreu lutando — sussurra ela.

※

Timandra traz comida para Clitemnestra, que sequer toca no prato. Está sentada perto da janela, ouvindo as vozes ora altas, ora baixas provindas da aldeia. As lágrimas em seu rosto já secaram e há uma frieza nela, o luto se transformando em raiva.

— Você deveria comer — aconselha Timandra. A voz vem tão suave que nem parece a dela.

— Ela não vai comer — intervém Helena de seu cantinho no quarto.

— Já tentei. — Clitemnestra afunda a cabeça nas mãos. Não vê sentido em comer. Não vê sentido em nada. Nada que possa fazer vai trazer de volta aqueles que perdeu.

Timandra se aproxima um pouco, cautelosa.

— Os corpos foram lavados e incinerados — diz ela. — As cinzas estão a salvo na tumba real. Juntas.

E lá apodrecerão e serão esquecidos. O pior destino de todos, desvanecer e mirrar na obscuridade. Clitemnestra quis limpar o corpo de Tântalo, vesti-lo com sua melhor túnica, mas Tíndaro não permitiu que ela saísse do quarto. Ela sente algo se rasgar sob sua pele só de imaginar outra mulher acomodando o corpo de seu marido, tocando-o e pranteando por ele. Teria sido Leda? Alguma serviçal?

— Agamêmnon não foi o único envolvido no plano — observa Timandra após longa pausa.

Clitemnestra levanta a cabeça de repente. Encara a irmã.

— Meu próprio pai me traiu — declara Clitemnestra. Helena se remexe um pouco, surpresa ao ouvir aquilo.

— De fato — concorda Timandra. — Mas outros apoiaram Agamêmnon. Alguns criados e Cinisca.

— Cinisca — repete Helena, franzindo a testa.

— Sim. — Timandra olha com cautela para Clitemnestra antes de continuar. — Ela me seguiu na rua. Bateu na minha cabeça e me largou inconsciente para que eu não viesse em seu socorro.

Clitemnestra fica de pé, suas mãos suam. Pega a tigela e se põe a comer o pão, devagar. Timandra e Helena se entreolham, divididas entre o medo e o alívio.

— Por que Cinisca faria uma coisa dessas? — pergunta Helena.

— Ela deseja Agamêmnon — responde Clitemnestra antes que Timandra possa se manifestar.

— Sim — concorda Timandra. — Acho que ele prometeu levá-la para Micenas.

— Ele nunca faria isso — ressalta Helena, franzindo a testa. — Agamêmnon não se contentará com ninguém que seja menos do que uma princesa.

— Cinisca é parte das *spartiates* — diz Timandra. — A família dela é rica, o pai dela é um guerreiro renomado.

Helena dá de ombros.

— Fora de Esparta, ninguém se importa com quem ela é. Agamêmnon jamais se casará com ela.

— Espero que se case — diz Clitemnestra calmamente. — Os monstros se merecem. — O pão é azedo na língua. Ela faz uma pausa e acrescenta: — Você conhece os servos que foram chamar Tântalo e o levaram para Agamêmnon?

Timandra assente.

— Ótimo. Traga-os para mim.

Na manhã seguinte, Clitemnestra veste um capuz e segue Timandra até a cozinha. Ainda é cedo, e o sol tateia fria e timidamente. O palácio está estranhamente silencioso, os corredores vazios. Seus passos ecoam baixinho, o som flutuando na penumbra.

— Volte — implora Helena, apressando-se para acompanhar o ritmo de Clitemnestra. — Deixe que outra pessoa faça isso. — Ela já vinha correndo atrás das irmãs desde o *gynaeceum*, tentando agarrar o braço de Clitemnestra, os olhos úmidos de lágrimas.

Clitemnestra se desvencilha.

— Fique de guarda lá fora — ordena. — Não deixe Tíndaro entrar. — *Ou os Atridas.*

Na cozinha, sob a luz tímida de uma única lamparina, dois criados estão ajoelhados junto às sacas de cevada, mãos e os pés amarrados. Estão de cara no chão de pedra, peitos desnudos e trêmulos. Timandra vai até eles e os chuta. Ambos olham para cima, os olhos escuros brilhantes, a pele dos malares retesada. Seus rostos já parecem caveiras.

— Onde estão as mulheres? — pergunta Clitemnestra. Há amêndoas e nozes espalhadas sobre a mesa de madeira, como se tivessem sido abandonadas por alguém com muita pressa. Numa tigela, damascos passados conferem um cheiro podre e adocicado ao ambiente.

— Saíram — responde Timandra. Ela segura com força o cabo da espada de bronze. — Providenciei para que não ficassem aqui.

Os servos a fitam, a súplica e o medo estampados na cara. Ela nota as marcas e crostas de sangue em seus braços, e pondera se Timandra os teria espancado antes de chamá-la, ou se teria sido outra pessoa.

— Contem à minha irmã o que vocês me contaram — ordena Timandra, a voz esvaziada de qualquer acolhimento. — Que vocês estavam junto ao rei da Meônia quando ele foi morto. — Às sombras, ela é uma figura singular, enervante.

Clitemnestra permanece no lugar. O ódio dentro de si cria raízes. Ela vê algo fervilhar no rosto da irmã, e mais alguma coisa subjacente. Se Castor estivesse aqui, Timandra não precisaria fazer isso, mas ele está do outro lado do mar, acompanhando a missão de algum herói.

— O rei nos deu a ordem — sussurra um servo. Sua voz falha, um som rouco. — Não tivemos escolha.

Ela deveria ter pena deles, sabe disso. Uma existência moldada à base de ordens e sofrimento, a vida como jangadas à mercê das ondas. Mas é fácil recorrer aos mais fracos quando se está atormentado pela dor, ferir os indefesos quando não se consegue ferir seus algozes. É assim que o mundo funciona: deuses furiosos humilham ninfas e humanos à submissão; heróis tiram vantagem de homens e mulheres menos favorecidos; reis e príncipes exploram pessoas escravizadas.

Clitemnestra não quer ser desse jeito. Está consumida pelo ódio, mas não é uma pessoa cruel. De que adiantaria chutar e ferir ainda mais os hilotas, para tornar insuportáveis seus últimos momentos? Que a morte lhes seja rápida.

Ela fita os olhos zangados da irmã e assente. Timandra se posta atrás dos servos, a lâmina a postos. Agora os homens fazem preces, suas palavras aceleradas, como o movimento de sombras na água.

— Os deuses não vão achar vocês aqui — declara Clitemnestra.

Eles têm um segundo para olhá-la, a boca pronta para implorar, as mãos entrelaçadas. Então Timandra corta-lhes a garganta.

※

Ao cair da noite, quando a escuridão parece envolver o vale como uma onda do oceano escuro, Tíndaro manda buscar Clitemnestra. A chuva cai forte, o vento sopra brava e ruidosamente. Em breve, o Eurotas vai transbordar e as margens ficarão lamacentas durante semanas.

— Vou com você — oferece-se Helena, fechando a túnica roxa nas costas de Clitemnestra com um broche dourado. Ela passou o dia todo andando pelo quarto, inquieta, limpando cada manchinha do vestido de Timandra. Também havia crostas de sangue sob as unhas de sua irmã, e Helena as esfregou com tanta força que parecia disposta a esfolá-las.

— Vou sozinha — anuncia Clitemnestra.

— Nosso pai já deve saber que fui eu — diz Timandra, franzindo a testa. — Por que ele está convocando você?

— Talvez ele queira pedir perdão — sugere Helena baixinho.

Clitemnestra balança a cabeça, negando. Seu povo não conhece o perdão. Conhece o respeito, a grandeza, a beleza, as forças que brilham fulgurantes, iluminando a terra. E juntamente a tudo isto, como sombras ameaçadoras, também conhece a vergonha, a desonra, a vingança e a *moira*, a veia indestrutível entre a culpa e o castigo.

Clitemnestra pega as mãos de cada uma de suas irmãs e sente o calor na pele delas.

— Esperem por mim aqui.

Clitemnestra encontra o pai no salão de teto alto, seus passos ecoando no piso, os punhos cerrados. É doloroso ver o rosto dele depois de tanto tempo enfurnada no quarto. A filha sente como se estivesse encarando uma vida perdida. O homem sentado no trono à sua frente poderia muito bem ser um desconhecido, e não o pai que a ensinou a andar, a lutar, a governar. Ao lado dele está Leda, a túnica preta muito larga em sua silhueta esquálida. Ânforas, pão de trigo e carne de porco no espeto estão dispostos em uma grande mesa diante deles. Clitemnestra sente cheiro de vinho, azeitonas e medo.

Leda é a primeira a falar:

— Os hilotas mortos na cozinha. — Ela pausa para respirar fundo, como se estivesse sem palavras. — Sua irmã os matou.

Clitemnestra a ignora, encarando Tíndaro. O rosto dele é frio, inescrutável. Ela procura algum sinal de carinho, algum calor, mas as feições dele são estéreis como o solo invernal.

— Você fez de Timandra uma assassina — continua Leda. Seus olhos estão vermelhos, provavelmente estivera chorando. — Ela tem apenas catorze anos.

Ela é espartana. Se eu fiz dela uma assassina, o que dizer do pai que ordenou que ela quebrasse a cara de Crisante? E da sacerdotisa, que talhava suas costas com uma chibata?

Como se lesse sua mente, Tíndaro se remexe no trono.

— Timandra é forte o suficiente para suportar o fardo. Mas aqueles escravos estavam cumprindo ordens, Clitemnestra. Não era sua função tirar a vida deles.

Há um grito em sua cabeça desesperado para sair. Ela cospe cada palavra como se fosse veneno:

— O senhor fica aí sentado, falando de vidas tiradas indevidamente, depois de ter ajudado um monstro a *assassinar* o seu neto.

— Agamêmnon e Menelau são nossos convidados. — A voz de Tíndaro segue impassível. — Devem ser tratados com o devido respeito.

— Eles não demonstraram respeito algum por nós — retruca Leda. Ela ergue a cabeça e encontra os olhos da filha. Clitemnestra tenta compreender a quem Leda está se aliando.

— Agamêmnon desrespeitou um estrangeiro, não nós — retruca Tíndaro. — Ele é grego, e isso faz dele um aliado.

— Ele estripou seu neto! — grita Clitemnestra.

Tíndaro fita as próprias mãos. Quando volta a falar, sua voz treme ligeiramente.

— Eu não queria que o bebê morresse.

Aquilo, para Clitemnestra, é ainda pior do que a frieza. Ele espera ser perdoado agora? Será que ele esperava que os Atridas fossem manter sua palavra?

— Você é rei — rebate ela com brusquidão. — Se quiser alguma coisa, basta exigi-la.

— Você ainda é jovem — retruca Tíndaro —, e não entende que às vezes é preciso fazer concessões. A culpa é minha; falhei em lhe ensinar isso. Sempre lhe dei muita liberdade.

— Não preciso que me dê minha liberdade — refuta Clitemnestra. — Eu sou livre. Mas você não é. Agora o senhor é o fantoche de Agamêmnon, porque é um fraco.

— Seu marido era fraco — responde Tíndaro com frieza.

— Tântalo era um homem bom, um homem gentil. Mas o senhor não consegue ver isso, pois em seu mundo só os brutos têm direito à vida; a qual é vivida, aliás, destruindo tudo o mais que existe.

— Assim é a vida. Os fracos têm de morrer para que os demais sobrevivam.

— Você me enoja — diz Clitemnestra.

Tíndaro se levanta e lhe dá um tapa na cara antes que a jovem possa recuar. Clitemnestra sente na bochecha a aspereza da cicatriz que o pai tem no dorso da mão.

Então o encara, bem no fundo dos olhos, e zomba:

— Que tipo de pai é você? — Volta-se para Leda, que agora está de cabeça abaixada. — E *a senhora* é incapaz de contradizê-lo. Sempre o perdoa. Não é muito melhor do que ele.

— Existem leis a serem respeitadas — responde Leda sobriamente.

— A senhora não busca vingança porque se tornou uma covarde — declara Clitemnestra. Suas mãos tremem e ela as aperta com força. — Mas saiba: eu terei minha justiça. Juro aqui e agora. Juro pelas Erínias e por todas as outras deusas afeitas à vingança. Vou perseguir os Atridas e destruir tudo o que eles amam, até que restem somente cinzas.

— Você não vingará nada — opõe-se Tíndaro.

— O que quer que eu faça, então? — zomba ela. — Quer que eu esqueça? Que eu deseje a Agamêmnon uma vida feliz com aquela meretriz da Cinisca?

Leda se remexe desconfortavelmente na cadeira. Faz um gesto como se fosse falar, mas por fim solta apenas um arquejo. Tíndaro a olha de soslaio, irritado.

— Não vai acontecer — diz ele lentamente. — Não vai acontecer — repete —, pois você vai se casar com ele.

A voz de seu pai de repente parece muito longe. Clitemnestra tenta capturar o olhar da mãe, mas Leda encara o chão com afinco. Involuntariamente, ela pensa em todas as ocasiões em que esteve ali sentada no salão e, enquanto o pai falava, ela olhava para Helena ou Castor e mordia a língua, esforçando-se para não rir. Sempre pensavam a mesma coisa ao mesmo tempo — *Como é engraçada a voz desse mensageiro! Como nosso pai é sisudo! Como esse desconhecido está assustado! Como a sacerdotisa é chata!* —, e mais tarde, durante o jantar, comentavam tudo com Tíndaro, rindo, e ele dizia: "Vocês não virão mais ao *mégaron*." Mas ele sempre descumpria a própria ordem.

Helena estava certa. Agamêmnon jamais se casaria com alguém como Ciniska. Clitemnestra não está surpresa. Está furiosa. Sente-se tola. Agamêmnon sempre a quis para si.

— Não me casarei — determina ela, a voz tão baixa que mal consegue se ouvir.

— Você vive para honrar Esparta e seu rei. — Tíndaro recita as mesmas palavras que lhe ensinara ainda na infância, quando visava que ela se tornasse uma guerreira forte, uma mulher livre. — Ou já se esqueceu? Sua lealdade é para comigo, não para com um estrangeiro. Se está pensando em si e não no bem da cidade... isso é traição.

As palavras a atingiram como chicotes. Mais frases vêm a seguir, palavras que ela ouviu durante a vida inteira, esfolando sua pele, uma camada por vez. *Nenhum homem ou mulher tem permissão para viver como quer, nem mesmo em Esparta. Nada jamais lhes pertence inteiramente.*

Ela o encara e empina o queixo.

— O que vai fazer? Arrastar-me para as kaiadas? Mandar me decapitar?

Há um longo silêncio. Por fim, Tíndaro diz:

— Você é minha filha. Não vou matar você.

A raiva e a tristeza ondulam sob a pele de Clitemnestra, a ponto de ficar com a sensação de que vai rasgar-se de dentro para fora.

— Não vou me casar com ele — repete.

— Sim, vai — insiste Tíndaro. — Daqui a dois dias, irei ao seu quarto e você estará pronta para o casamento. E, se não estiver, farei com que seja arrastada, se preciso.

Clitemnestra agarra a túnica em volta da cintura e a aperta. Quando a solta, o tecido amassado se assemelha a uma flor prensada.

— Pensei que me amasse, pai — diz ela, e aí vai embora, retornando aos seus pesadelos.

※

Ao nascer do sol, Agamêmnon aparece para buscar Clitemnestra, com uma lâmina cortante na cintura e um sorriso torto emplastrado na cara. Ela adoraria arrancar aquele sorrisinho de seu rosto. Ela o encara, não se esforça nem um pouco para esconder seu desprezo, embora isso não pareça incomodá-lo. É difícil enfrentar um homem que não se emociona com nada.

Helena se levanta rapidamente e se posta na frente da irmã, o vestido longo esvoaçando nos tornozelos. Agamêmnon a olha do mesmo jeito que uma águia olha para um rato.

— Deixe-nos — ordena ele.

— Como você ousa... — começa Helena, mas Clitemnestra agarra o pulso dela.

— Vá, Helena, deixe que falo com ele. — A jovem não quer ficar a sós com o homem, não quer que Helena se vá, mas sua irmã não é forte o bastante para enfrentar um monstro, e Agamêmnon já tirou coisas demais dela.

Helena hesita, as mãos se embolando no vestido. Ela é como um passarinho com medo de sair da gaiola, temeroso de tomar uma flechada na asa. Dá passos hesitantes em direção à saída. Mal se retira e Agamêmnon fecha a porta, trancando-a lá fora. Clitemnestra ouve o protesto da irmã e depois seus passos apressados. Decerto foi atrás de Timandra em busca de auxílio.

Agamêmnon fixa o olhar em Clitemnestra.

— Seu pai lhe informou sobre o casamento.

— Sim.

Agamêmnon parece incomodado com a serenidade dela.

— Então ele também lhe contou sobre o pacto que fez comigo, sobre como traiu o rei estrangeiro.

É assim que ele *age*, pensa ela. É assim que ele faz uma filha se virar contra o pai, espartano contra espartano. Traição e crueldade são seus atalhos para o poder.

— Meu marido, você quer dizer.

O rosto dele endurece.

— Agora eu serei seu marido.

Ela o encara, calada, algo que perturba Agamêmnon. Clitemnestra percebe que ele esperava um acesso de raiva, talvez até mesmo desejasse uma reação abrasadora. Mas frieza o confunde, ele não sabe como reagir.

— Desejei você desde o momento em que a vi — admite ele, inclinando a cabeça, fitando-a como quem admira um afresco.

— Deve ser fácil ter uma vida como a sua — escarnece ela —, acreditar que pode pegar tudo o que deseja.

Há uma chama nos olhos de Agamêmnon, embora ele tente escondê-la.

— Ninguém nunca me deu nada, então aprendi a pegar.

Ela ri com amargura.

— Você pode tomar pessoas, cidades, exércitos. Mas amor, respeito... Estes não podem ser tomados à força.

Ele a observa, os olhos brilhando.

— Não tocarei em você até chegarmos a Micenas. Mérito seu.

Agamêmnon acredita mesmo que vai ganhar o respeito dela assim? Clitemnestra chega a ficar cega de tanto ódio.

— Você pode prantear pelo estrangeiro agora. Mas logo o esquecerá e aprenderá a amar outra pessoa.

Por um instante, Clitemnestra enxerga Tântalo no terraço, o corpo tão próximo do dela que é possível sentir seu coração. Fitando-a, o calor de seu olhar como o cobertor mais quente no inverno, e as lembranças da história de Adônis, o jovem amado por Afrodite. *O rapaz morre, mas o amor da deusa por ele permanece. É um lembrete sobre a beleza e resistência em tempos de adversidade.*

Ela encara Agamêmnon e anuncia:

— Não esquecerei.

⁂

Já é tarde da noite quando Clitemnestra é chamada para sua higiene pessoal. Duas serviçais chegam e a encontram com Helena, que por sua vez é ordenada a voltar para o marido enquanto Clitemnestra é guiada à casa de banho. O ódio nos olhos de Helena ao caminhar em direção aos aposentos dos hóspedes é causticante, e Clitemnestra se agarra àquele sentimento, seguindo ardente para o banho.

A sacerdotisa está de pé junto à banheira de barro pintada, a silhueta esbelta refletida na água. Seus longos cabelos caem em cascata pelas costas, como uma capa pesada, e suas pálpebras estão pintadas de preto. Ao vê-la, as hilotas recuam e fogem. Um lampejo de satisfação arde nos olhos da sacerdotisa e, por um momento, Clitemnestra se pergunta como deve ser viver assim, com todos se esquivando e evitando sua presença como se você fosse uma lâmina venenosa.

Uma única tocha espalha luzes fracas pelo piso, e Clitemnestra desfere um passo à frente, tirando a túnica e entrando em uma banheira. Mechas de seus cabelos curtos grudam no rosto e ela as ajeita para trás. O cômodo tem cheiro frutado, o que a deixa enjoada, ou talvez seja só efeito colateral do olhar da sacerdotisa, que a encara como se dissecasse um animal morto.

— Você arde de raiva por seu pai.

Clitemnestra morde a língua. Não é raiva o que ela sente. É ódio, cru e implacável, arraigado ao coração.

A sacerdotisa inclina a cabeça, como se tivesse ouvido seus pensamentos.

— Ele estava cego pelo poder, tal como acontece com todos os homens. E formou uma aliança em prol dos interesses de Esparta.

E assim destruiu sua família.

A sacerdotisa avança e agarra o braço dela. Seus seios são alvos e pontiagudos, como conchas, e sua mão na pele de Clitemnestra tem a textura de escamas de peixe.

— Agora você é uma mulher. Os deuses lhe deram uma degustação da verdadeira tristeza. Ensinaram-lhe sobre a perda. Isso faz parte da providência divina; do contrário, você esquecerá que é mortal.

— Seus deuses são cruéis — responde Clitemnestra, engasgada.

A sacerdotisa solta o braço de Clitemnestra e balança a cabeça. Seus cabelos sacodem suavemente, como algas marinhas debaixo d'água.

— A morte chega para todos nós, cedo ou tarde. Quando esquecemos isso, tornamo-nos tolos. — Ela olha para além das janelas, para a abóbada negra do céu, com as estrelas brilhando.

— Ainda me lembro da primeira vez que a castiguei com chibatadas. Você desobedeceu às ordens do rei e se escondeu no templo.

Clitemnestra também se lembra. A frieza do piso, a vermelhidão das colunas sob suas mãos. A sacerdotisa a encontrou e arrastou-a pelos cabelos até o altar, botando-a diante de seus irmãos.

— Você sentiu medo, como acontece com todos, mas não o demonstrou. Você queria me enervar, provar seu valor para sua mãe, deixar seu pai orgulhoso.

É verdade. Na ocasião, Clitemnestra mordeu a língua com tanta força que teve medo de decepá-la, então, para se distrair, pôs-se a admirar uma folha amassada no chão, que rodopiava ao vento.

— Você é uma mulher forte. O que quer que se contraponha a você, será devidamente combatido — conclui a sacerdotisa. — A morte é a única coisa que você não tem como derrotar, e quanto mais cedo entender, melhor.

Clitemnestra se recosta e a sacerdotisa se apruma, a luz fraca obscurecendo suas feições. Aí se afasta e seus passos enfim silenciam. Clitemnestra permanece na banheira por um bom tempo, a água esfriando, as palavras da sacerdotisa redemoinhando na mente.

※

Naquela noite, já limpa e perfumada, Clitemnestra caminha pela escuridão dos corredores, afastando-se do *gynaeceum*, em direção à entrada principal do palácio. Sai para aproveitar a brisa, pés descalços, e aí corre pela trilha estreita da colina que dá no rio. Há tochas acesas no aposento dos hóspedes, dá para vê-las de lá de fora, a luz fraca tremeluzindo pelas janelas. Sentindo cada pedra e flor sob os pés, ela continua a correr em direção ao Eurotas, com cuidado para não perturbar os cavalos nos estábulos e os cães na aldeia. Sob as sombras noturnas, o vale apresenta-se coberto de flores silvestres, cintilando sob as estrelas como pedras preciosas.

Na margem direita do Eurotas, entre as rochas e as ervas daninhas, há um corredor escavado ladeado por grandes pedras quadradas. No final, uma porta aberta, como uma órbita ocular vazia, ladeada por duas colunas pintadas de verde. O *thólos*, o túmulo onde são depositadas as cinzas da realeza, com as lápides empilhadas formando um domo. Clitemnestra dá passos hesitantes em direção à entrada. Então, agarra sua túnica e sai da penumbra para a escuridão total da tumba. Faz muito tempo que não põe os pés ali, desde que sua avó se foi. O lugar é apertado e escuro, o ar é lúgubre e pesado. Cálices e joias de ouro preenchem os espaços entre as cinzas, os túmulos estão dispostos como uma colmeia. O marido e o filho estão ali — ela sente a presença deles.

Ajoelha-se. No silêncio absoluto, quase consegue ouvir uma brisa, como se os mortos respirassem. Toca a testa no chão, os braços debaixo do peito, e então chora.

※

Clitemnestra não se lembra de muita coisa da cerimônia de casamento. Seu mundo está opaco, disforme, como se ela fosse um espírito insepulto, condenado a vagar pelo mundo dos vivos, muda e invisível. A única coisa que lhe parece concreta é o contato de suas irmãs em seus braços. Antes de sair do quarto com ela, Helena disse: "Você é tão forte". Clitemnestra não soube distinguir se Helena estaria tentando convencê-la ou simplesmente convencer a si mesma.

Findada a cerimônia, já no salão para o banquete, ela comeu em silêncio enquanto todos ao redor conversavam e bebiam. Clitemnestra desprezava todos eles.

Tíndaro ergueu seu cálice e brindou:

— Aos Atridas e às esposas dos Atridas!

Clitemnestra atirou seu cálice contra a parede. Ficou parada quando um criado apareceu rapidamente para limpar o vinho espalhado pelo chão. Todos se calaram e ficaram a encará-la.

Ela então fitou o pai e disse:

— Mais cedo ou mais tarde, o senhor morrerá. E não vou prantear sua morte. Simplesmente observarei a pira consumir seu corpo e me regozijarei.

Então abandonou o salão, rumo aos corredores frios. Mas antes de sair, notou uma coisa: o rosto de Agamêmnon enquanto ela falava, os lábios deliberadamente entregues a um sorriso.

14

MICENAS

Em sua última manhã em Esparta, Clitemnestra acorda sozinha. Os picos das montanhas estão envoltos em uma névoa ensolarada conforme o vale clareia ao amanhecer. A maioria dos hilotas já está arando a terra, aparando o gramado, as costas arqueadas de modo que, de longe, são todos uma meia-lua, mimetizando as foices que empunham. As vinhas florescem nas paredes das casas da aldeia e, para além dos campos, os prados aos pés das montanhas estão tingidos de amarelo e lilás.

Uma batida repentina à porta faz Clitemnestra se sobressaltar e por um instante teme que seja Agamêmnon. Ela se retesa. A mão voa para a adaga no instante em que Helena entra, o primeiro raio de sol do dia brilhando em seus cabelos bagunçados. O hematoma em seu pescoço está desbotando, como um afresco antigo. A irmã se acomoda na cama sem dizer uma palavra, e Clitemnestra se lembra de quando costumavam se deitar juntas na infância, as mãozinhas lado a lado para comparar o comprimento dos dedos.

— Sempre pensei em ir embora deste lugar — confessa Helena —, mas ao que parece estou condenada a viver em Esparta para sempre.

— Você deveria ir para Micenas, não eu — diz Clitemnestra.

— Já está decidido. Ouvi Tíndaro dizendo que, com a presença de Agamêmnon em Micenas, e a de Menelau aqui em Esparta, será forjada a aliança mais forte de todas entre cidades gregas.

Clitemnestra quase gargalha.

— Esparta sempre desprezou alianças.

Helena assente.

— Alianças são para os fracos.

— Não mais, pelo visto.

— Sabe quando os pastores levam suas ovelhas e vacas ao mercado, para que sejam inspecionadas por possíveis compradores? — pergunta Helena. — Eles verificam a lã, os cascos, os dentes.

— Sim. — Clitemnestra entende o raciocínio da irmã de imediato, mas permite que o conclua mesmo assim.

— Fomos vendidas como gado por essa aliança estúpida dos Atridas.

— Não somos gado.

Helena bufa, algo entre uma risada e um choro. Clitemnestra se aproxima e toca seu rosto. Deseja falar, mas está receosa de chorar, e já chorou o suficiente.

Nós nos veremos em breve. Nossa vida está sendo destruída agora, mas daremos um jeito de voltar uma para a outra, assim como a água sempre dá um jeito de criar um desvio entre as rochas.

※

Clitemnestra deixa seu lar horas depois. Com as irmãs ao lado, caminha até o portão do palácio, onde Agamêmnon e seus homens já estão à espera, prontos para escoltá-la. Um sopro de vento faz dançar as árvores, e ela sente o aroma das azeitonas e dos figos.

Tíndaro e Menelau estão parados lado a lado, o palácio assomando atrás deles. A alguns passos de distância, a sacerdotisa encara Clitemnestra, as mãos agarrando o vestido leve. Clitemnestra a olha de volta, tentando decifrar sua expressão. A profecia ecoa em sua mente, como se tivesse sido dita nas profundezas de uma imensa caverna escura. *As filhas de Leda vão se casar duas e três vezes. E serão todas desertoras de seus legítimos maridos.* A lembrança lhe dá alívio, como água fria em uma queimadura. *Duas e três vezes.* Ela olha para Agamêmnon enquanto ele prepara a montaria, e se imagina perfurando-lhe o crânio, esmagando o cérebro. *Ah, sim. Nenhum homem pode tocar o que não lhe cabe sem punição. Você continuará a subir, atropelando tudo e todos, porém, cedo ou tarde cometerá um erro. E cairá.*

Ela sente as mãos de Febe e Filónoe em seu braço. Vieram se despedir, as bochechas manchadas de lágrimas.

— Poderemos visitá-la em breve para vermos a grande cidade de Micenas? — perguntam com seus rostinhos puros como gotas d'água.

Clitemnestra beija-lhes a testa.

— Você vão quando a mamãe permitir. — Filónoe sorri e Febe meneia a cabeça, solene. Leda as puxa de volta para que ocupem seus lugares ao lado do pai. Clitemnestra aguarda serenamente pelo adeus da mãe.

— Você está destruída agora — diz Leda, afastando uma mecha de cabelo do rosto de Clitemnestra. — Mas a dor irá embora. Prometo. Os deuses são misericordiosos para com os merecedores. — O rosto dela está pesaroso, os olhos verdes tristonhos fixados em algum lugar atrás da filha.

Clitemnestra não menciona que a dor a penetrou tão profundamente que agora reside em cada membro e músculo, em cada respiração dentro de si. Volta-se para as irmãs, Helena e Timandra avançam, de braços dados, os corações em uníssono. Agarram-se umas às outras até que Agamêmnon puxa o braço de Clitemnestra e a afasta.

— Hora de ir embora — anuncia. — Não queremos viajar à noite.

— Leve isto — diz Leda, braços estendidos e olhos brilhantes como estrelas cadentes. Ela segura uma pequena faca incrustada de joias. — Era de sua avó. — Clitemnestra toca a ponta da lâmina com o indicador e uma gota de sangue erige.

— É bastante afiada, embora ninguém suspeite disso. Todos ficam distraídos por sua beleza. — Ela dá um último olhar expressivo para a filha e depois se afasta. Clitemnestra observa seus cabelos negros esvoaçantes sobre os ombros. Os soldados incitam os cavalos. A última coisa que vê é Helena, seus olhos azul-claros vertendo lágrimas tal como chuva de verão.

À medida que se afastam do palácio rumo à planície, o sol se revela através da névoa e ofusca seus olhos. *Cá estou*, pensa Clitemnestra. *Fui princesa de Esparta e rainha da Meônia... Agora estou casada com o homem que assassinou minha família.*

※

Chegam a Micenas sob o sol tardio, os topos das colinas tingidos de violeta e roxo. Há muitos arbustos e pedras espalhados por quilômetros e quilômetros no terreno ao redor e, adiante, está a cidadela, acomodada em um afloramento rochoso, gigantesca. Os blocos de calcário das construções são maiores do que touros, um contraste pálido contra as montanhas escuras ao fundo. A estrada para a cidadela é íngreme e desprotegida, e cada visitante que se aproxima fica à mercê dos guardas nas muralhas. Clitemnestra se pergunta como Agamêmnon e Menelau conseguiram retomar aquela cidade. Parece impenetrável.

Os burgos estendem-se como teias de aranha, comerciantes e afins finalizam as tarefas do dia. Quando Agamêmnon e Clitemnestra passam, as pessoas param e se ajoelham. Todos estão imundos e peculiarmente magros, como os hilotas. Não são soldados, Clitemnestra percebe. Seu cavalo pisoteia cascas de pão nos seixos, e há guardas cercando seus flancos, como se quisessem protegê-la do povo.

Dois soldados aguardam por eles junto ao portão, segurando um belo estandarte: um leão dourado sobre fundo roxo. A bandeira tremula ao vento e Clitemnestra acompanha sua dança. Por detrás do estandarte, o portão é diferente de tudo o que ela já viu. Empoleirados nos postes e padieiras, há dois leões esculpidos numa pose de pé, apoiados nas patas traseiras e com as patas dianteiras abraçando uma coluna. As cabeças estão voltadas diretamente para a frente. Eles se banham na luz, imóveis e vigilantes.

Os guardas abrem passagem. Já depois das muralhas, seguem por ruas cada vez mais estreitas à medida que se aproximam do palácio. No topo da cidadela, Clitemnestra avista um pequeno templo. Um dos guardas fala com ela em voz baixa:

— Aqui à direita há um conjunto de sepulturas — sussurra ele quando passam por uma enorme construção rochosa guardada por dois soldados. — Aquelas ali são casas de guerreiros. — Construções altas ao longo de um caminho pavimentado. Então um celeiro. A forja de um ferreiro. Padeiros circulando com pães. Escravizados transportando frutas e carne para seus senhores. O cheiro de mel e especiarias oriundo de uma loja de paredes alaranjadas. Meninos e meninas nus brincando com pedaços de pau. Os degraus de pedra desgastados ao sol poente. Sobem até chegar ao topo e ao palácio; grande e reluzente, o terraço todo cercado por colunas vermelho-fogo.

Uma vez lá dentro, Agamêmnon desaparece com seus conselheiros e Clitemnestra é escoltada ao longo de colunatas surreais e corredores perfeitamente iluminados. As janelas foram cobertas e a luz vem só das tochas douradas intervaladas nas paredes. Eles passam por saguão após saguão, e cada ambiente dá num corredor ladeado por câmaras pintadas. Ela vislumbra tetos azul-escuros e colunas cercadas por leões rugientes, grifos e cervos assustados. Quando chegam aos aposentos dela, o ar parece estagnado, porém mais fresco.

Duas escravas estão à espera dentro do quarto. A mais jovem tem cabelos ruivo-escuros e olhos arregalados; a mais velha, nariz torto e uma grande cicatriz na bochecha. Estão paradas com os braços pendurados junto ao corpo, olhando Clitemnestra com certa hesitação. Sentem-se ameaçadas, percebe ela. Clitemnestra as ignora enquanto guarda seus pertences e examina o ambiente.

A cama é entalhada e coberta com pele de leão. Ao lado, há um cabideiro pintado, uma cadeira e um tamborete. A pintura dos afrescos nas paredes ainda está molhada. Provavelmente foram imagens encomendadas para lembrá-la de Esparta. Há anêmonas pintadas ao redor dos janelões e, diante do leito, o desenho de um rio ladeado por altos juncos. Clitemnestra cheira as paredes e ouve as criadas cochicharem.

— Quantos anos vocês têm? — pergunta Clitemnestra de maneira abrupta, fixando os olhos nas moças.

— Vinte e cinco, minha rainha — diz a mais velha. — Comecei a servir os Atridas aos dez anos. — Ela fala com uma pitada de orgulho, mas Clitemnestra sente pena dela.

— E você? — pergunta à ruiva. Os olhos dela são cinzentos, tristes como nuvens prestes a chover suas lágrimas.

A mais velha responde por ela:

— Aileen tem catorze anos.

— Minha irmã Timandra tem a mesma idade — revela Clitemnestra, embora não saiba por que deveria mencionar a irmã. Quando nenhuma das escravas responde, ela ordena: — Deixem-me só.

Elas não se mexem.

— Lorde Agamêmnon ordenou que ficássemos aqui até ele voltar — explica a mais velha.

— Não me interessa o que ele disse. Agora que estou aqui, vocês acatarão as minhas ordens.

As escravas trocam um olhar assustado, um brilho de incerteza em suas íris.

— Ele vai nos açoitar — sussurra a ruiva, a voz pouco mais de um suspiro.

— Não permitirei tal coisa — responde Clitemnestra, se assegurando de que sua voz saia firme. As escravas então correm para fora.

Quando seus passos silenciam ao longe, Clitemnestra enfim se senta na cama. Está cercada por pinturas de árvores. Em meio aos juncos do desenho, peixes nadam e saltitam. Acima, estrelas brilham num céu noturno pincelado, de uma cor tão profunda quanto o mar aberto. Os afrescos do *mégaron* espartano são sem graça quando comparados a estes aqui. Mas Micenas é a cidade mais rica de toda a região. Há lindos baús esculpidos para suas roupas, além de tigelas e cavaletes. Há também um machado pendurado perto da janela, e ao redor dele, pinturas de pombas brancas e borboletas em revoada.

Clitemnestra contempla cada imagem de cor intensa, e as mentiras escondidas ali. *Esta é a minha vida agora. Tudo o que amo se foi.* Ela jamais verá Tântalo de novo. Jamais ninará seu filho para que ele consiga dormir. O luto é um arroio em seu interior e ela se encolhe, as mãos no coração. Fecha os olhos, os membros doloridos de tristeza e exaustão, e então adormece.

Clitemnestra acorda com um cheiro forte de carne. Agamêmnon está parado em frente à cama, um cálice de vinho na mão. Parece bêbado: suas bochechas estão coradas e os olhos ligeiramente desfocados. Lá fora, é tarde da noite, as estrelas veladas por nuvens débeis.

— Coma — ordena Agamêmnon, sentando-se numa cadeira ao lado da cama. Clitemnestra se levanta devagar e caminha até a janela. Num banquinho, há um prato cheio de pão e carne de cabra. Ela cogita atirá-lo na cabeça de Agamêmnon.

Enquanto Clitemnestra come, ele a observa, bebericando seu vinho. Ela se pega olhando as mãos dele. São grandes, com dedos grossos, e Clitemnestra pensa nas mãos marrons de Tântalo, nos dedos longos e elegantes roçando seu corpo como a delicadeza das plumas.

Quando ela engole o último pedaço de pão, Agamêmnon se levanta. Clitemnestra não se mexe, nem mesmo quando ele se aproxima o suficiente para ela sentir seu hálito. Ele desabotoa o vestido dela, que cai a seus pés.

— As escravas disseram que você cismou de dar ordens a elas de agora em diante — declara ele.

— Sim.

— Não lhe dei permissão para tal. — Ele parece achar engraçado, embora Clitemnestra não saiba determinar o motivo.

— Não careço de sua permissão. Não aceitarei ordens suas.

Um átimo de sombra passa pelo rosto dele, que agarra os cabelos dela e puxa. Clitemnestra dá um passo para trás e ele acompanha o movimento.

— Sei o que pensa de mim, e está correta. Sou um homem mau. Mas não me lastimo por isso. E sabe por quê? Porque o único jeito de conseguirmos o que desejamos é assumindo o que somos.

E o que você quer? Já tirou tudo de mim.

Ele agarra a cintura delgada dela com as duas mãos e investe dentro dela. Clitemnestra sente seu corpo resistir, na tentativa de recuar, então se concentra nas tochas que iluminam os afrescos nas paredes, nos peixes e pássaros pintados. Quando sente dor, tenta se imaginar como o rouxinol que decora o contorno da porta. Lembra-se da história da menina Filomela, transformada em rouxinol após ser estuprada e mutilada pelo marido da irmã. *Mas primeiro ela se vingou.* Filomela matou o filho do sujeito, aí o cozinhou e o serviu numa refeição.

Clitemnestra gruda as costas na parede e permite que Agamêmnon a beije e a morda. Enquanto ele a penetra, ela lambe o sangue do próprio lábio e mira além do ombro dele, para a parede oposta.

Por fim, ele solta um gemido e se afasta, sem fôlego. Ela sente a parte interna das coxas molhada e deseja poder se limpar. Prepara-se para sair, embora não saiba para onde.

Agamêmnon agarra seu braço.

— Escolhi você porque é forte, Clitemnestra. Não me venha com fraquezas agora.

Ela o empurra e sai andando pelos corredores iluminados, a camisola flutuando em seu encalço, deixando o quarto para trás. Chega a uma janela. O corredor está calorento e claustrofóbico, então ela pula a janela, pousando em uma escadaria que parece levar a um jardim. Segue por ali, quase correndo, tropeçando no escuro, parando só quando chega a um local de onde consegue ver todo o vale que se estende abaixo, inerte na noite tranquila. Mais ao alto, reconhece o templo que vislumbrou quando entraram na cidade, com colunas brancas feito dentes de criança. Talhado na pedra, há o nome HERA. A deusa mais vingativa de todas, dizia sua mãe.

Ela tateia os pés descalços em busca de flores, manchas coloridas na escuridão. *Não me venha com fraquezas agora*, dissera ele. Ela pensa no significado daquilo e, de repente, compreende, as palavras dele tão claras quanto as águas de uma poça de águas gélidas.

Agamêmnon sentiu desejo por sua força porque lhe soou como um desafio. Ele queria dobrá-la à própria vontade, quebrá-la. Queria mostrar que era mais forte ao subjugá-la. Alguns homens são assim.

Clitemnestra sente as flores balançando ao vento, então se põe a colhê-las.

Ele não vai quebrá-la. Ela o quebrará.

PARTE TRÊS

Então as filhas de Leda,
duas noivas letais,
vão se casar duas e três vezes.

Lançarão a Grécia em mil navios,
sua beleza a ruína de sua terra,
e os homens enviados para resgatá-la
voltarão cinzas e ossos.

A outra, a rainha inclinada à vingança,
emergirá na casa de Micenas,
leal àqueles que a reverenciam,
selvagem para com aqueles que a desafiam.

15

A RAINHA DE ARCÁDIA

QUINZE ANOS DEPOIS

As costas de Clitemnestra doem, mas nem assim ela para de cavalgar. Micenas está muito atrás, e à sua frente as intermináveis colinas de Arcádia, exuberantes e lindas como peras maduras. Ela segue colina após colina pontilhada de flores amarelas, em direção a uma planície com aglomerados de árvores verde-escuras. Já está cavalgando há dias e seu plano era chegar ao palácio do rei Équemo no intervalo de uma quinzena, antes que venha a chuva. Uma brisa já se faz presente e as nuvens se formam no céu.

Quando o sol se põe, coroando as colinas douradas, ela para perto de rochas que poderiam muito bem ter sido um templo. Os blocos estão escurecidos e ervas daninhas invadem cada fenda. Ela amarra o cavalo a uma árvore e caminha na escuridão crescente, seguindo o som fraco da água. Encontra um riacho escondido pelo gramado alto com algumas flores, e se curva para encher até a boca o seu odre vazio.

Uma lebre passa saltitando a poucos passos dela. Clitemnestra levanta a cabeça e seus olhares se cruzam. *Como é pequenina*, pensa ela, mas mesmo assim o bicho não parece temê-la. Ela pega o cabo de sua adaga e a atira. A lâmina afunda na pelagem macia do pescoço do animal. Clitemnestra então o pega, desfalecido e molenga, e vai até o antigo templo para limpá-lo. Seu cavalo descansa enquanto ela prepara uma pequena fogueira e saboreia a carne. Está suculenta, a melhor que já comeu desde que deixou Micenas.

Faíscas brilham ao seu redor como vaga-lumes. O vento fica mais intenso e ela enrola a pele de cabra nos ombros. Embora seja verão, as noites nas colinas são sempre frias. Ela se deita perto da fogueira e fecha os olhos, e então os pesadelos tomam forma detrás de suas pálpebras, silhuetas dançando nas chamas. Elas têm sido sua companhia há anos. Clitemnestra se imagina lutando contra elas, metendo a mão nas labaredas até chamuscar a pele e fazer sumir aquelas figuras. Mas ninguém é capaz de lutar contra o fogo. É o elemento das Erínias, deusas da vingança, antigas criaturas do tormento.

Então ela pensa em seus filhos: Ifigênia, Electra, Orestes, Crisótemis. Cada um deles uma raiz que lhe dá firmeza. Ifigênia com seu pescoço de cisne e cabelos dourados; Electra dos olhos solenes e sábias palavras; Crisótemis com seu sorriso meigo. Até mesmo Orestes, tão semelhante ao pai, é uma alegria. Agamêmnon jamais poderá tirar isso dela. Clitemnestra os carregou no ventre, cuidou deles, os acalentou à noite, sentiu a respiração deles em seu ouvido, as mãozinhas encaixadas nas dela. Gerou os filhos um por um, protegeu todos até que crescessem e, em troca, eles lhe devolveram a vida.

As estrelas dançam no céu abobadado e Clitemnestra pega no sono.

Na noite seguinte, ela enfim chega ao palácio de Eleia. É muito menor do que Micenas: fachadas simples de madeira sobre uma fundação de pedra bruta, cercada por ovelhas e cabras. À entrada, junto a duas colunas altas pintadas de vermelho, Timandra a aguarda. Suas feições parecem diferentes, mais refinadas sob a tiara majestosa, ou talvez porque, pela primeira vez, ela não esteja com os cabelos cobrindo a cara. Veste uma túnica azul-clara com amarração no ombro esquerdo, e Clitemnestra não consegue evitar notar uma cicatriz feia na base do pescoço, escura e irregular.

— Obra de nosso pai — informa Timandra, notando o olhar de Clitemnestra. — Uma de suas muitas cortesias antes de partir desta vida.

— Não maldiga os mortos. — Ela percebe o menosprezo na própria voz e espera que Timandra não o note.

— Uma vez você disse que os mortos não podem nos ouvir — responde Timandra. Seu corpo ainda é esbelto, seus olhos são um céu noturno. Com os cabelos recém-cortados, está muito parecida com Clitemnestra. Timandra a recebe num abraço. Ela cheira a menta e madeira, aos sabores marcantes da cozinha e aos aromas intensos da floresta.

— Bem-vinda à Arcádia — saúda Timandra.

Clitemnestra e Timandra entram juntas, caminhando por corredores revestidos com grandes jarras pintadas e paredes que parecem nuas e sem graça sem afrescos.

— O palácio é pequeno — nota Clitemnestra.

— Não diga isso na frente do meu marido. Foi construído pelo seu avô, Aleu, e Équemo adora falar dele sempre que tem oportunidade. Na verdade — ela se vira para a irmã —, ele certamente vai mencionar o assunto no jantar. Gosta de se vangloriar.

Timandra casou-se apenas meses antes de Tíndaro morrer. Quando um mensageiro foi a Micenas para dar a notícia a Clitemnestra, Agamêmnon a proibiu de comparecer à cerimônia. Havia muitas embaixadas no palácio com as quais lidar, muitos hóspedes e impasses para se administrar. Então, enquanto sua irmã se casava com o rei da Arcádia, Clitemnestra se dedicava às audiências e discutia disputas por territórios e treinamento militar.

— Você não gosta dele — comenta Clitemnestra.

Timandra ri.

— Claro que gosto. Ele é meu marido.

— Isso não significa nada.

— Ele me entedia imensamente — admite ela, sem se preocupar em baixar a voz. — Mas, pelo menos, me deixa fazer o que quero.

As duas chegam a um pequeno cômodo cujo piso está coberto com tapetes de pele de carneiro. Há uma única cama de solteiro encostada na parede, na qual há um afresco de ninfa um tanto desbotado. Clitemnestra se senta, as articulações doloridas. Timandra a observa.

— Tem certeza de que quer fazer isso? — pergunta. — Voltar a Esparta? — Seus cabelos são de um castanho opaco, não tão chamativo quanto o da irmã, mas os olhos são tão vivos que fazem todo o seu rosto brilhar. Clitemnestra sabe no que Timandra está pensando: no dia em que ela desejou a morte do pai, após seu casamento com Agamêmnon. *Não vou prantear sua morte*, dissera ela.

— Preciso voltar — anuncia Clitemnestra de modo calmo.

Timandra assente.

— Vou deixar você descansar, então. Esteja pronta para o jantar em breve.

Depois que o sol se põe, os criados aparecem para levar Clitemnestra ao salão de refeições. Timandra está sentada à cabeceira da mesa, com homens de idades variadas ao seu redor, conversando. Há poucas mulheres nos bancos adjacentes, com tiaras douradas cintilantes nos cabelos.

Um jovem com braços musculosos e pele escura está sentado ao lado de Timandra. Ele se levanta ao ver Clitemnestra, e abre os braços em um gesto teatral.

— Bem-vinda, rainha de Micenas — cumprimenta ele. — Ouvi coisas maravilhosas a seu respeito. — Sua voz é doce, mas com um toque pegajoso, como mel derramado sobre a mesa. Équemo aponta para os bancos, e Clitemnestra acomoda-se ao lado da irmã, junto também de uma mulher de cabelos pretos e cacheados. Os serviçais circulam sob a luz das lamparinas, trazendo carne e vinho, queijo com ervas e frutas secas.

— Lamentei quando soube da morte de seu pai — pontua Équemo à medida que o salão fica mais animado com a conversa. — Minha esposa me disse que você era a favorita dele. — *Minha esposa* é uma expressão que soa estranha nos lábios dele, como se houvesse a necessidade de esclarecer a posição de Timandra.

— Já fui, outrora — responde Clitemnestra com sinceridade.

— Meus emissários informaram que o rei Menelau organizou um dos maiores funerais que nossa região já presenciou.

— Tão típico de Menelau — comenta Timandra.

Équemo a ignora.

— E você, vai cavalgar para lá amanhã? — pergunta ele. — Não está cansada?

— Vamos partir amanhã bem cedo — anuncia Clitemnestra, olhando para Timandra. — Ele faleceu já faz quatro dias. A cerimônia não pode esperar mais.

Équemo assente, sua expressão de súbito severa, e Timandra se vira para a direita, sorrindo para a mulher de cabelos encaracolados. Clitemnestra acompanha o olhar dela e congela no banco. Olhos claros como nascentes d'água, cabelos escuros como obsidiana... Antes que Clitemnestra diga qualquer coisa, o rosto de Timandra se contrai num sorriso e ela se adianta:

— Lembra-se de Crisante, irmã?

Crisante sorri, e suas bochechas coram. Clitemnestra se lembra de como a garota enrubesceu quando flagrou as duas se beijando, anos atrás, no terraço em Esparta.

— Como eu poderia me esquecer? — responde ela.

Équemo pigarreia. Aí se endireita na cadeira e toca a mão de Timandra, que olha para baixo como se o dedo dele fosse um verme, porém não se desvencilha.

— Minha esposa trouxe Crisante de Esparta como dama de companhia — esclarece Équemo. — Como cresceu em uma família numerosa, muitas vezes sente-se solitária aqui. — O marido fala como se Clitemnestra não conhecesse a irmã, como se não tivessem passado todos os dias brincando e lutando juntas em Esparta.

— Que sorte você tem por Crisante lhe fazer companhia — comenta Clitemnestra.

— A sortuda aqui sou eu — intervém Crisante —, pois posso servir à minha rainha todos os dias.

Timandra sorri e arranca um naco de carne do osso. Não se pronuncia, mas nem precisa. Fica evidente para Clitemnestra que sua irmã é quem controla as rédeas deste palácio. Ela bebe um gole de vinho do cálice e deposita toda a sinceridade possível em seu sorriso.

— Embora eu tenha certeza de que você saiba administrar bem a solidão, Timandra.

Timandra levanta as sobrancelhas, mas é Équemo quem volta a falar:

— Minha esposa é muito vivaz, sempre em busca de novas atividades. Não é fácil domá-la. — Ele soa como se estivesse falando de um cavalo.

— Impossível domá-la, devo dizer — acrescenta Clitemnestra.

Timandra dá uma risada, sua voz ecoando nas paredes.

— Puxei a você.

Alguns jovens entram com flautas e liras. Quando Équemo assente para o grupo, eles começam a tocar, uma melodia doce como fruta madura. Mais um recipiente de vinho é colocado na frente de Clitemnestra, e ela encara a imagem refletida na ânfora: dois guerreiros lutando com lanças, suas armaduras lindamente refinadas.

— Agora Micenas é intitulada como nosso reino mais poderoso — pontua Équemo, ávido para puxar conversa. — Mais poderoso ainda que Troia.

— A Cidade do Ouro, é assim que a chamam — intervém Crisante.

— Exatamente — concorda Clitemnestra. — Embora Babilônia e Creta também sejam detentoras de grande poder.

— Creta já não é tão rica como antes — comenta Équemo com desdém. — O rei Minos se foi, sua esposa louca desapareceu. Não sobrou nada digno de atenção.

— Creta continua a ser crucial para o comércio — argumenta Clitemnestra. — Eles têm navios e ouro. E negociam com os fenícios, os egípcios e os etíopes.

Équemo parece um moleque sendo repreendido por não ter estudado a lição. Ele morde o lábio e recomeça, ansioso para agradá-la.

— Você sabia que meu avô, o rei Aleu, construiu este palácio?

Clitemnestra olha Timandra de esguelha, que continua impassível, saboreando seu vinho. Depois nota o joelho de Timandra roçando o de Crisante.

— Claro — responde ela. — Todo mundo conhece seu avô. Ele deve ter sido um grande homem. — Clitemnestra não menciona que ele é famoso por ter mandado matar sua filha quando Héracles a engravidou.

Équemo sorri.

— De fato. Adoramos a deusa Eleia graças a ele. — Ele começa a discorrer sobre Eleia e os muitos sacrifícios necessários em sua homenagem, mas Clitemnestra não o escuta mais. Sente o olhar de Crisante em si, tão frio e penetrante quanto um sincelo. Por algum motivo, tem a sensação de que a mulher busca sua aprovação. Clitemnestra olha de volta, seus membros como os de um lutador antes de uma disputa. Não pode afirmar que reprova. Não pode lhe dizer para ter cuidado, para evitar ser muito feliz, do contrário acabará por sentir a ira dos deuses. Cedo ou tarde, até os mais afortunados são acometidos pela queda.

Elas voltam juntas para o quarto de hóspedes, Timandra assobiando uma canção, Clitemnestra observando os passos leves e bêbedos da irmã. Ao passarem pelas grandes janelas, veem a lua brilhando e sentem a brisa da noite de verão. Pouco antes de entrarem no corredor da ala de hóspedes, Timandra pega a irmã pelo braço e a guia na direção oposta, até um depósito cheio de ânforas de azeite e vinho. Há apenas uma janela estreita ali, e Clitemnestra leva um instante para se adaptar à penumbra. Aos poucos, os contornos de Timandra aparecem — ela parece tonta.

— Crisante irá conosco para Esparta — informa ela num sussurro.

— Conforme imaginei — responde Clitemnestra, muito embora não tenha imaginado. Ela não esperava que Timandra fosse tão imprudente assim.

Timandra examina o rosto dela.

— O que é?

Clitemnestra olha pela janela e depois de volta para a irmã.

— Ela não deveria ir.

Timandra franze a testa.

— Por quê?

— Você sabe por quê.

— Foi você quem me ajudou a ficar com ela. Você me deu cobertura em Esparta. Afirmou que não era errado. — Seu tom é quase acusatório.

Clitemnestra respira fundo.

— Eu disse aquelas coisas quando você era criança. Agora você é uma mulher casada.

— Então está me dizendo que é fiel ao seu amado marido? O mesmo que assassinou seu primogênito?

Clitemnestra lhe dá um tapa. A cabeça de Timandra dá um tranco para trás e, quando volta a encarar a irmã, sua bochecha está vermelha e seu nariz sangra. Ela o limpa na manga.

— Minha vida não lhe diz respeito — declara Clitemnestra.

— E ainda assim quer se preocupar com a minha?

— A partir do momento que resolve desfilar por aí com Crisante, sim.

— Está me dizendo que não sou livre para fazer o que bem entender, para ficar com a mulher que amo?

A palavra "amor" é como um balde d'água gelada na cara de Clitemnestra.

— Escute. — ela não sabe como explicar, como fazer a irmã entender. — Pode fazer o que quiser, mas faça escondido. Não deixe que os outros percebam o quanto está feliz.

Timandra fica em silêncio. Lá fora, uma coruja pia e as folhas farfalham.

— Sabe quem é Aquiles? — Timandra enfim diz.

Clitemnestra assente. Aquiles, filho de Peleu, rei da pequena Fítia e abençoado pelos deuses. É considerado o maior herói de sua geração. Agamêmnon muitas vezes fala do sujeito com desconforto, embora jamais o tenha conhecido.

— Dizem que ele mora com seu companheiro, Pátroclo — explica Timandra. — Comem juntos, treinam juntos, dormem juntos. Todo mundo sabe do relacionamento deles. Mas isso não prejudica a reputação de Aquiles. Ele ainda é *aristos achaión*. — Ela usa a expressão que significa "o melhor dos gregos".

Mas você não é aristos achaion, pensa Clitemnestra. Mas em vez disso, simplesmente diz:

— Eles são homens e você é mulher.
— Que diferença faz? Isso não alterava nada em Esparta.
— Não estamos mais em Esparta.

Timandra passeia pelo cômodo, e agora levanta a voz.

— Quer que eu seja uma *serviçal* do meu marido só porque é o socialmente esperado?

Clitemnestra pensa um pouco, em busca das palavras certas, como se as colhesse numa escuridão profunda.

— Você nasceu livre e sempre será livre, não importa o que os outros lhe digam. Mas veja o que está ao seu redor e aprenda a fazer com que se dobre à sua vontade, senão é você quem acaba se dobrando.

Timandra para de andar. Seus olhos escuros são inescrutáveis, mas então Clitemnestra nota um clarão neles, como uma tocha se acendendo de repente no meio do breu.

— Então não levarei Crisante — conclui Timandra.

⁂

Clitemnestra dorme sem sonhar. Quando acorda de madrugada, o ar está tomado pelo aroma do verão, e sua mente, repleta de lembranças.

O pai conversando com emissários no *mégaron*, a todo tempo oferecendo-lhe frutas e verificando se ela estava prestando atenção. Depois, quando os homens saíam, ele lhe perguntava: "Clitemnestra, o que *você* teria feito?"

Seu pai assistindo à sua primeira luta no *gymnasium*. Clitemnestra tinha apenas seis anos e era um tanto tímida, mas a presença dele lhe dava forças. "As pessoas nem sempre são tão fortes quanto parecem", dizia ele. "A força vem de lugares diferentes, e um deles é o propósito." Ela vencera sua luta inaugural e ele a recompensara com um breve sorriso.

Tíndaro comendo ao lado de seus irmãos, rindo das piadas deles, repreendendo Timandra ocasionalmente por dar comida em excesso aos cães. Mesmo absorto na história de alguém, ele sempre reconhecia a presença de Clitemnestra, ao menos por um instante.

A tristeza recai sobre ela, pesada, como neve. Ela o amara, o odiara, e um dia também desejara sua morte. E agora que ele estava morto de fato, Clitemnestra precisava retornar a Esparta a fim de rezar por ele.

Mas os deuses não dão ouvidos às mulheres que amaldiçoam o próprio pai, que o abominam e o desonram. Para uma filha como ela, não há deuses a quem direcionar orações.

16

A QUEIMA DOS MORTOS

Eles estão parados diante da pira, todos os filhos de Tíndaro, juntos depois de muitos anos. Atrás deles, o palácio se ergue contra o céu. Ao redor, está o povo de Esparta. Menelau exibe uma tocha e a leva até a pira, que acende como um relâmpago repentino e ofuscante contra o céu escuro. A madeira queima e as chamas consumem o corpo de Tíndaro, até transformá-lo em cinzas e ossos. Um sacerdote entoa um cântico, e as palavras voam junto às faíscas, colorindo o ar.

São poucos os que choram. O belo rosto de Febe está manchado de lágrimas, mas a jovem permanece em silêncio. Não é certo chorar durante a queima funerária. As mulheres já gritaram, arrancaram os cabelos e arranharam o próprio rosto. Os homens já uivaram e se lamentaram.

O rosto de Leda está rijo, as mãos entrelaçadas com força. Ela observa o fogo como se ele guardasse seus maiores medos e pesadelos. Ao chegar, Clitemnestra notara que os olhos dela já estavam vermelhos e seu hálito cheirava a vinho condimentado. Quando Leda tentou ficar de pé e tropeçou na cadeira, Febe a conteve e a endireitou.

Timandra está ao lado de Clitemnestra, o fogo aquecendo seu rosto e dançando no reflexo de seus olhos. A caminho de Esparta, ela contara à irmã o que Tíndaro fizera ao descobrir que ela ainda estava vendo Crisante mesmo estando prometida a Équemo. A sacerdotisa acabou por flagrá-las nos estábulos e, apesar dos apelos desesperados de Crisante, revelou tudo a Tíndaro. Mas Crisante não foi punida. O rei obrigou Timandra a lutar contra três outras *spartiates* no *gymnasium* até que lhe dessem a devida lição. Uma delas cravou uma lança na junção entre o pescoço e o ombro de Timandra que quase sangrou até a morte diante dos olhos de Crisante e

Tíndaro. Mas então, antes de falecer, ele declarou que seus filhos eram seu maior orgulho e que nunca soubera como demonstrar amor sem violência. Naquele momento, Timandra teve pena dele.

Você me feriu, pai, pensa Clitemnestra. *E não sei como perdo*á-lo. Ela olha para a direita, onde os irmãos estão, e Castor a olha de volta. O encantador de cavalos, é assim que o chamam agora. Seus cachos castanhos ficaram mais longos; seu rosto, mais encovado. A viagem à Cólquida o mudou, o desgastou.

Helena tem as costas eretas, seus cabelos dourados dançam ao vento, e ela carrega a filha, Hermione, muito embora a menina já tenha idade suficiente para ficar de pé. Ela observa a pira até todas as brasas se apagarem. Quando o sacerdote recolhe as cinzas para colocá-las em uma urna dourada, as pessoas começam a sair, os rostos ainda cálidos por causa do fogo e os cabelos cheirando a cinzas. As tochas que seguravam são largadas no chão e a terra parece lambida por cem pinceladas de fogo.

Ao ver seu pai retornando ao palácio, a pequena Hermione larga a mãe e corre para alcançá-lo. Helena então se movimenta. Quando se vira para a direita, percebe que todos foram embora, exceto Clitemnestra. Elas se entreolham. A tristeza está estampada no rosto de ambas, mas elas sabem que não devem mencionar o assunto. Então se dão as mãos e vão embora, deixando o pai para trás.

Clitemnestra e Helena seguem pela trilha que leva à montanha, seguidas por Castor e Polideuces. Em breve haverá um banquete no salão, mas nenhum deles dá a mínima. Menelau que fique a cargo de entreter o povo: é o que ele faz de melhor.

Todos caminham na escuridão sombria por um tempo, os pés agarrando nas raízes, frutas vermelhas e azuis crescendo ao longo do caminho. Acima, o céu está repleto de estrelas. A mão de Polideuces segura o braço de Helena, guiando-a como se ela não conhecesse o caminho, embora ela e Clitemnestra sempre andassem por ali quando crianças. Mesmo assim, Helena não se desvencilha dele. Quando Clitemnestra chegou ao palácio, na noite anterior, flagrou o irmão no quarto da irmã, os lábios quase roçando o pescoço dela enquanto ela trançava o cabelo. Clitemnestra não perguntou nem quis saber. Para ela, Helena e Polideuces sempre foram tão próximos quanto gêmeos, tão íntimos quanto amantes. Certa vez, quando eram pequenas, Helena contou a Clitemnestra que seu irmão tentou beijá-la.

184

— Eu me neguei — dissera ela, a confusão em seus olhos. — Porque é errado, não é?

— Acho que é — replicara Clitemnestra. Elas nunca mais tocaram no assunto.

À medida que sobem cada vez mais pela trilha, o ar esfria e a escuridão se torna mais densa. Castor para numa pequena clareira com solo coberto de musgo, e começa a pegar madeira. Helena está sentada em um monte de folhas. Sua respiração é visível no ar gélido e suas mãos ardem de frio.

— Ele queria ver você antes de morrer — conta Helena, os olhos brilhantes voltados para Clitemnestra. — Ele dizia: "Eu gostaria que minha filha estivesse aqui".

— Você não sabe se ele se referia a mim.

— Todas as outras filhas estavam presentes.

Castor acende a fogueira e as chamas crescem. O calor no rosto deles é bem-vindo e todos se aproximam do fogo.

— O que ele fez com você foi imperdoável — pontua Polideuces —, mas ele ainda é seu pai. A lealdade é uma coisa árdua.

— Não deveria ser — responde Clitemnestra.

— Devíamos ter estado aqui para proteger você — complementa Castor.

A dor no rosto dele a atinge e Clitemnestra deseja poder dissipá-la. Tem pensado nisso com frequência, em todas as vezes é um flagelo que lhe causa um nó na garganta: se seus irmãos tivessem estado lá quinze anos antes, será que teriam podido protegê-la? E se tivessem optado pelo lado de Tíndaro e considerado uma aliança com os Atridas mais frutífera?

— Vocês fizeram fama em Cólquida. Valeu a pena — conclui ela.

— Cólquida foi um banho de sangue — conta Polideuces. É o que ele tem repetido desde que voltaram para casa, as palavras contundentes e sucintas em seus lábios.

— Mas vocês sobreviveram — sussurra Helena.

— Os deuses nos protegeram — responde Polideuces. Castor zomba, mas é devidamente ignorado pelo irmão. Clitemnestra acha que agora ele vai se calar, como sempre faz depois de mencionar Cólquida, mas Polideuces continua. Talvez seja efeito da escuridão: faz com que se sintam abrigados de tudo o mais. — Eetes é um monstro. Governa Cólquida sob terror. Escraviza todos os tripulantes de navios que ousam ir ao seu reino e os tortura com fogo e correntes. Escravos, guerreiros, mulheres... Não se importa com ninguém. Simplesmente sente prazer em atormentá-los.

— E o velocino? — pergunta Clitemnestra. Ela já ouviu as melodias que cantam a coragem de Jasão, de como ele conseguiu realizar um feito inédito entre os homens: matar a fera que guardava o velocino de ouro e furtá-lo antes que Eetes interviesse.

— Foi Medeia quem pegou — diz Castor. — A filha bruxa de Eetes. Ela revelou a Jasão todos os truques para sobreviver às tarefas de seu pai, depois ela mesma pegou o velocino. Usou ervas para adormecer soldados e animais, e fugiu conosco quando saímos de Cólquida.

— Como ela é? — Helena quer saber. — Dizem que é linda.

Polideuces balança a cabeça.

— Não da mesma forma que você. Ela tem cabelos dourados e pele tão branca quanto a de uma deusa. Mas suas feições são como as de um leão faminto.

— Nosso povo a chama de louca — conta Helena. — Dizem que ela assassinou a nova mulher de Jasão com um vestido embebido em veneno.

— Ela cresceu em um lugar sombrio, sem mãe e com um pai tirano — explica Castor. — Quando estávamos partindo de Cólquida, ela implorou a Jasão que a levasse conosco. Quem sabe o que o próprio pai foi capaz de fazer com ela?

— Ela salvou a vida de todos vocês — diz Clitemnestra.

— De fato. — Polideuces assente. — Ela abriu mão de tudo por Jasão. E, em retribuição, ele a trocou por outra mulher. — Agora ele está polindo sua lâmina de caça perto da fogueira, os cabelos loiros caídos charmosamente em volta da cabeça.

Eles então se põem a jorrar histórias de sua grande aventura, como arroios de neve derretida. As mulheres que conheceram na ilha de Lemnos, cujos maridos estavam todos mortos. A montanha do urso, onde massacraram todos os habitantes quando sofreram uma tentativa de ataque. A terra onde Polideuces derrotou um rei selvagem em uma competição de boxe. A ilha de Dia, onde encontraram homens naufragados, nus e famintos, os ossos praticamente despontando na pele. E por fim Cólquida, onde Medeia se apaixonou por Jasão e os ajudou a escapar de Eetes.

Faíscas voam ao redor deles, assim como as palavras de Castor, enchendo o ar de lembranças. Quando o silêncio retorna, deitam-se, admirando o céu e pensando nas cicatrizes um do outro.

— Às vezes enxergo tudo — observa Castor. — Todas as lembranças ficam enfileiradas na minha cabeça quando fecho os olhos.

Eu também, pensa Clitemnestra. *Toda noite.*

— E o que você faz quando começa a enxergá-las? — pergunta Helena. — Como faz para dormir?

Castor vira o rosto para a irmã.

— Todos os dias você tenta esquecer, mas à noite você sonha com o passado. É para isso que servem os sonhos. Para nos fazer lembrar o que éramos, para nos atar às lembranças, gostemos disso ou não.

O fogo crepita. Clitemnestra pega a mão de Castor e encara o fulgor do céu escuro. Selena é a deusa da lua, e diz-se deter o poder de impedir pesadelos. Os espartanos a chamam de "benevolente". Mas Castor está certo quando zomba da menção aos deuses. Eles estão sozinhos.

※

Não vão conseguir evitar os banquetes para sempre, sendo assim, no dia seguinte se reúnem no salão de refeições, a pedido do rei. O lugar mudou depois de tantos anos sob a regência de Menelau. Há mais tochas, mais armas nas paredes, mais couro de vaca nos pisos, mais cães roendo ossos e mais mulheres. Serviçais trazem carne temperada e queijo à mesa sem transparecer aquele olhar abatido e submisso dos hilotas; todas são sorridentes e usam túnicas limpas e novas. Menelau senta-se à cabeceira da mesa e, de cada lado seu, Helena e o melhor dos seus guerreiros. Perto deles há um homem feio, de barba grossa e nariz quebrado.

— É o marido de Cinisca — explica Castor quando Clitemnestra fica curiosa e lhe pergunta quem é. — Tenho certeza de que você se lembra dela.

Ela assente.

— O que aconteceu com ela?

Castor observa enquanto o feioso ri e brinda com Menelau.

— A família dela está cada vez mais poderosa. Estão entre os poucos espartanos de confiança de Menelau. Cinisca está frequentemente no *mégaron*, sussurrando ao ouvido do rei.

— E onde ela está agora?

— Descansando, creio eu. Ela não aceitou bem a morte de Tíndaro.

— Sabe onde ela mora?

Castor franze a testa.

— Perto das oficinas dos tintureiros, ouvi dizer. Por quê?

Clitemnestra dá de ombros.

— Só estou surpresa por ela não estar aqui.

Uma criada serve um pouco de vinho para Castor, sorrindo e roçando o corpo no dele ao passar, mas Castor a ignora. Clitemnestra lembra todas as vezes em que viu seu irmão escapulindo dos aposentos dos empregados após passar a noite com alguma garota.

— Você costumava passar muito tempo na cama com as serviçais — comenta ela.

— Aproveitei o que pude, sim. — Castor sorri e, por um segundo, seu rosto parece o mesmo de antes. Então ele abaixa a voz: — Mas estas meninas já cumprem a função de entreter Menelau.

Clitemnestra acompanha a criada com o olhar enquanto ela enche cálices de vinho ao longo da mesa. Ela se reclina toda vez que passa por um dos guerreiros de Menelau e, quando a chamam, ela se sobressalta. É verdade o que Tíndaro dizia, pondera Clitemnestra. Não importa quanta bondade você demonstre para com ela, uma mulher escravizada jamais aprenderá a amar você, pois já foi apresentada a dores em demasia.

Helena se levanta e se afasta do marido em busca de se acomodar ao lado da filha. A pequena Hermione come figos junto a Polideuces, e sempre que suja as mãozinhas, ele as limpa com cuidado com um trapo, como se fosse sua filha. Menelau parece não notar. Hermione tem os cabelos do pai, como bronze forjado a fogo, e os olhos de Helena, claros como a água do mar. Mas ao passo que o rosto de sua mãe é delicado como uma pérola, o de Hermione é anguloso como uma adaga. Ela tem uma beleza exótica.

Carne, queijo e azeitonas são servidos enquanto a conversa ruidosa ecoa nas paredes. Febe e Filónoe discutem sobre o homem com quem Febe se casará, enquanto Timandra e Castor se entopem de comida e vinho. Leda mastiga um pedaço de cordeiro apimentado sem conversar com ninguém, e Clitemnestra se aproxima dela no banco.

— Mãe — chama. — Onde está a sacerdotisa?

Os olhos de Leda estão arregalados e nebulosos.

— Por quê?

— Quero falar com ela sobre a profecia que ela fez quinze anos atrás.

Os cabelos negros de Leda estão presos em lindas tranças, e ela os toca de maneira distraída.

— Ela se foi — diz ela por fim.

— Como?

— Eu a mandei embora.

Clitemnestra se lembra de quando ainda era criança e seu pai levava uma mulher, uma hilota para seus aposentos. Um dia Leda descobriu e, durante o jantar, anunciou a todos que tinha "mandado a criada embora". Não muito depois, quando Clitemnestra caminhava até a aldeia, encontrou o cadáver da hilota, apodrecendo na lama.

— Quando? — pergunta ela.

O rosto de Leda permanece impassível.

— Logo após sua partida para Micenas.

— O que Tíndaro disse na época?

— Não ficou satisfeito. Mas depois do que fez a você, depois de toda a dor que nos causou, ele já não podia me dar ordens.

— E qual foi a sensação?

Leda franze a testa.

— O quê?

— Qual foi a sensação de mandar a sacerdotisa embora?

Leda pousa o vinho e agarra a mão de Clitemnestra. Suas pupilas estão dilatadas e escuras de tristeza.

— Escute-me. Por muito tempo deixei a vingança guiar meus pensamentos e ações. Não cometa o mesmo erro.

— A vingança é o nosso estilo de vida — responde Clitemnestra.

— Não precisa ser. Todo aquele tempo odiando a sacerdotisa poderia ter sido gasto amando minha Helena. Todo o tempo odiando seu pai poderia ter sido gasto amando os filhos dele.

— Você nos ama.

— Sim, mas o ódio é uma raiz apodrecida. Que invade seu coração e vai crescendo, crescendo, deteriorando tudo.

À direita delas, Menelau ri de algumas piadas de seus camaradas. O marido de Cinisca apalpa a criada quando esta lhe traz uma travessa de carne, e as mãos dela vacilam por um breve momento.

— Prometa-me que não será tão vingativa quanto eu fui — sussurra Leda.

Clitemnestra para de olhar a serviçal e encara os olhos da mãe.

— Prometo.

À noite, quando os guerreiros e nobres se retiram para dormir, Clitemnestra caminha pelas ruas estreitas que circundam o palácio. O ar está quente e úmido; mesmo assim, ela usa uma capa, pois precisa esconder o rosto. Na cintura, carrega a pequena faca com pedras preciosas que a mãe lhe deu no dia da partida para Micenas.

As ruas estão silenciosas. Os únicos sons são latidos e uivos aqui e ali, gemidos suaves e choro de bebês. Ela passa por carroças cheias de feno e por um jovem que beija uma serviçal sob um curtume perto de uma janela. Ao se aproximar da praça, ela vira à esquerda, tomando uma via secundária que leva às oficinas dos tintureiros. Diminui o ritmo. Ouve sons baixinhos vindos das portas e janelas: uma mulher cantarolando para o filho, um velho roncando. Então fita a parede oposta do outro lado da rua e para. Uma janela está aberta, e ela espia lá dentro: há um grande escudo brilhante perto da porta, uma mesa de madeira e um banco com um cálice dourado em cima, cheio até a metade. E então, à luz bruxuleante de uma lamparina, há uma mulher de olhos fechados, vestida somente com uma túnica leve que mal esconde os seios minúsculos, mas o calor é tão intenso que ela está suando. A lamparina ilumina os cabelos curtos, o nariz adunco e o queixo proeminente.

Com cautela, Clitemnestra contorna a parte externa da casa, espiando seu interior pela única outra janela. A mulher parece estar sozinha. Ela tenta abrir a porta, mas está trancada, então sobe no parapeito da janela dos fundos e entra no quarto com o máximo cuidado.

Cinisca abre os olhos, de súbito alerta, e por um segundo ambas se encaram. Então Clitemnestra apaga a lamparina. A luz pisca e morre, deixando-as na escuridão total.

— Já faz muito tempo que não nos vemos — anuncia ela. Sente o hálito azedo de Cinisca em algum lugar à sua frente, a mesa de madeira entre ambas.

— Eu sabia que você estava aqui — diz Cinisca. — O que você quer?

Clitemnestra contorna a mesa, um passo de cada vez. Tira a capa e a coloca de lado, o tecido escorrega entre os dedos. Sente a quietude de Cinisca no escuro e sabe que deve agir antes que elas consigam se enxergar naquele breu.

— Quando meu marido foi assassinado, no meu lar, há quinze anos — diz ela —, por onde você estava?

Cinisca arqueja, alto o suficiente para se fazer ouvir. Começa a falar, mas Clitemnestra a interrompe.

— Não importa. Sei a resposta. Você seguiu minha irmã pelas ruas, nocauteou-a com uma pedra e a deixou para sangrar. — Ela sente o cálice dourado sob o dedo, a borda irregular, muito diferente dos cálices lisos do palácio. — Você fez aquilo para ajudar Agamêmnon. Você o ajudou a conseguir o que queria, mas ele não recompensou você.

Cinisca se levanta.

— Ele me recompensou. Protegeu minha família e me deu poder em Esparta. — A voz dela é profunda e carrega algo semelhante a orgulho.

— Que generoso da parte dele.

— Ele sabe ser um homem generoso.

— É o que você diz. Embora eu tenha certeza de que a melhor recompensa para você tenha sido me ver cair. Saber que perdi tudo o que eu amava e estimava.

Cinisca não se pronuncia. Continua a se movimentar nas sombras, e Clitemnestra sabe que ela tentará alcançar o escudo.

— Consegue imaginar como é perder seu filho? Vê-lo ser assassinado? — Sua mão aperta a faca e ela tenta relaxar.

— Não tenho filhos para você tirá-los de mim.

Clitemnestra a ignora.

— É como se afogar. É como se alguém a segurasse debaixo d'água, e então você desiste e se prepara para morrer. Aí seu algoz a puxa para a superfície, obriga você a respirar e depois a afunda outra vez.

Cinisca para de andar. Clitemnestra sabe que a outra está se perguntando por que ela lhe conta essas coisas, mas não ousa verbalizar suas dúvidas.

— Durante toda essa tortura, você esteve na minha mente — continua ela. — Sempre desprezei pessoas como você, que não têm nada de bom, então tentam roubar a felicidade alheia.

— Eu nunca quis roubar nada — rebate Cinisca.

— Mas roubou.

Antes que Cinisca possa responder, Clitemnestra lança a faca em sua direção. Ela sente quando Cinisca salta e pega o escudo, e ouve o barulho da faca tinindo no metal. Então salta para a lateral quando Cinisca tenta correr, colidindo contra a mesa. O cálice rola no chão e Cinisca se levanta. Clitemnestra se abaixa e recupera a faca. No escuro, sente o escudo voando em sua direção, um segundo tarde demais. Consegue poupar o rosto, mas o metal atinge seu ombro e ela ofega de dor. Cinisca tenta correr de novo, mas Clitemnestra atira a faca numa nova tentativa e, desta vez, acerta o alvo. Cinisca cai de joelhos diante dela e Clitemnestra arranca a faca de seu flanco antes que Cinisca consiga pegá-la. O metal está tão frio quanto gelo. Clitemnestra então rasga um pedaço da túnica e mete o trapo na boca de Cinisca.

— Eu queria ter matado você antes de ir embora, mas Agamêmnon provavelmente me delataria — diz ela. — Agora ele sequer se lembra de você. Ninguém se importa se você morrer.

Cinisca geme e balança a cabeça. Clitemnestra a esfaqueia de novo; a adaga afunda no peito. Cinisca emite algo semelhante a um suspiro.

— Seus planos e suas conspirações deram errado. Eu tenho poder, e você só tem intrigas para despejar nos ouvidos de um rei. Eu sou a rainha de Micenas, e você não é ninguém.

Ela arranca a faca cravejada do peito de Cinisca e dá um passo para trás enquanto Cinisca tomba para o lado, o sangue escorrendo de seus ferimentos. Aí encontra sua capa nas sombras, enrola-se nela e vai embora.

Logo, logo as pessoas vão acordar e encher de vida as ruas estreitas. Em breve, o marido de Cinisca vai voltar para casa e encontrará a esposa morta. Mas ninguém vai suspeitar de Clitemnestra porque ninguém sabe o que Cinisca fez com ela.

Clitemnestra corre pelo labirinto de ruelas até as mãos estarem trêmulas e o rosto molhado de lágrimas. Nas sombras de um beco sem saída, faz uma pausa para recuperar o fôlego e limpar a faca da mãe em sua capa. A lua brilha fraca no céu, pingando luz como um balde de leite quase transbordando. O ar está denso e doce, com odor de figos maduros, mas também há algo podre, como se o lugar estivesse contaminado.

Prometa-me que não será tão vingativa quanto eu fui, pedira Leda. E Clitemnestra ficou ali sentada e prometeu, sabendo que era mentira, que suas palavras tinham tantas rachaduras quanto lama seca.

Na juventude, Clitemnestra tinha medo das Erínias, as deusas que se vingam de todos os homens que fazem falsos juramentos. Leda lhe contara inúmeras histórias de como as Erínias encontravam suas vítimas e as perseguiam como cães de caça, com flagelos tão dolorosos quanto mil chicotes em chamas. Agora ela está ali, uma assassina que acabou de violar um juramento, e ainda assim ninguém veio atrás dela.

Uma sensação de solidão se abre dentro de seu ser, tão grande quanto um barranco. Clitemnestra encosta a cabeça numa parede enquanto nuvens e estrelas flutuam lá no alto, e pranteia pelo que sua vida poderia ter sido. Teria havido chance para ela? O sangue humano é fértil. Uma vez derramado, só faz gerar mais violência, mas deuses não podem ressuscitar uma vida. Só podem tomar outra em troca. Leda deve entender isso. Afinal de contas, ela guardou muitos segredos; mentiu e matou aqueles que a desafiaram. E se omitiu enquanto o marido traía sua filha.

Não, pensa Clitemnestra. Leda não tem o direito de pedir que ela cumpra uma promessa.

17

O MAIS FORTE GOVERNA

Micenas entra em seu campo de visão à luz do fim da tarde, e Clitemnestra incita seu cavalo. Nos arredores do Portal do Leão, a rua está cheia de gente. Crianças magricelas afastam-se quando a rainha passa, e os escravizados pelos nobres curvam-se e ajoelham-se. Clitemnestra levanta o braço em saudação enquanto seu cavalo sobe a trilha, o portão ficando para trás. Já nos limites das muralhas, mulheres moem e pesam trigo em frente ao celeiro, com a cabeça coberta para proteger os olhos do sol. As meninas carregam na cabeça cestos de azeitonas e um grupo de meninos conta os porcos no terreiro. À medida que Clitemnestra passa, a multidão se abre em sua vanguarda e se fecha em sua retaguarda, como uma onda.

Já diante do palácio, no topo da cidadela, num imenso terraço aquecido pelo sol, uma mulher de cabelos ruivos corre ao seu encontro.

— É bom tê-la de volta, minha rainha — saúda Aileen. Ela mudou desde que se conheceram, há quinze anos. Se antes ela estava sempre com os olhos baixos e as mãos trêmulas, agora se desloca pelo mundo com segurança. Clitemnestra determinou que as coisas fossem assim. Muitos servos chegaram e partiram, mas Aileen tem sido a mais fiel.

— E minhas filhas?

Aileen a leva até o jardim, onde Crisótemis brinca com pedras coloridas. Seus pés descalços se refrescam na grama, longe do calor do terraço. Atrás dela, um grupo de dançarinas entra e sai da sombra das oliveiras. De olhos fechados, um jovem toca lira a poucos passos dali.

Ao avistar a mãe, Crisótemis se levanta num salto, um sorriso meigo aquece seu rosto.

— Escolhi esta para você enquanto esteve fora, mãe — diz ela, estendendo-lhe uma pedra azul.

Clitemnestra dá um beijo na cabeça da filha.

— Você também escolheu algumas para suas irmãs?

Crisótemis mostra a Clitemnestra uma pedra avermelhada e outra branca, lisa como um ovo.

— Esta é para Electra — explica, segurando a pedra branca contra a luz. Sua superfície capta nuances de violeta e amarelo, tal como as nuvens quando se passa muito tempo a observá-las. — Porque ela sempre se veste de branco. E porque é tão severa e chata quanto a deusa Atena.

Clitemnestra fica com vontade de rir, mas, em vez disso, a repreende:

— Não fale assim de sua irmã. — Atrás delas, Aileen abafa um risinho.

Crisótemis se vira a fim de contemplar o grupo de dançarinas.

— Ifigênia aprendeu novos passos, veja!

As mulheres estão bamboleando e rodopiando. Os passos são intrincados e por isso algumas vacilam, e acompanham a garota de cabelos claros na frente. Ifigênia se movimenta com a graça de uma deusa, seu lindo rosto enrugado de concentração. Clitemnestra conhece aquela expressão. É o fogo, a determinação feroz que acompanha cada ação de sua filha. Ela usa uma pequena tiara adornada com ametistas e várias tornozeleiras de ouro, como fazem as mulheres ricas de Micenas. As joias sacolejam e brilham ao capturar a luz do sol.

Crisótemis fica admirando-a, as pedrinhas nas mãos, balançando a cabeça no ritmo. Não é de hoje que ela tem se inspirado na irmã.

Quando o menino para de tocar e a dança termina, Ifigênia olha em volta como se acordasse de um transe. Então percebe a presença da mãe e avança para ela.

— Mãe! — grita ela, jogando os braços em volta de Clitemnestra. — Eu não sabia que voltaria tão cedo! Como foi em Esparta? Como está tia Helena?

Clitemnestra toma as bochechas da filha nas mãos, procurando em seu rosto qualquer vestígio de hematoma ou tristeza. Mas Ifigênia brilha como um afresco recém-pintado. Atrás delas, as dançarinas descansam sob as árvores, jogando água nos braços suados.

— Estão todos bem — comenta Clitemnestra. — Vi sua prima Hermione, que está tão grande quanto sua irmã.

— E seus irmãos? Contaram sobre Cólquida? Contaram alguma coisa sobre Jasão e Medeia?

— Sim — responde Clitemnestra, e os olhos de Ifigênia reluzem. — Mas agora não é hora disso. Preciso ver seu pai primeiro.

Crisótemis encara os próprios pés, subitamente triste.

— Meu pai passou o tempo todo no grande salão com aqueles soldados de Creta e Argos. Nós o víamos apenas no jantar. Agora os soldados se foram, mas nosso pai está sempre com os anciãos.

— Ele está discutindo a guerra — explica Ifigênia. — Todas as cidades temem Troia, ao que parece, mas ninguém deseja lutar.

Clitemnestra conduz as filhas escadaria acima, até a entrada do palácio. Atrás delas está Aileen, os braços abarrotados de túnicas e sandálias. Quando ultrapassam a soleira, o ar fica subitamente mais fresco.

— Vou ver o pai de vocês agora — declara Clitemnestra. — Encontrem Electra e se arrumem para o jantar.

❦

O pátio que leva ao *mégaron* é fresco e tranquilo. Clitemnestra meio que espera se deparar com Electra ali, espiando as conversas do pai, mas não há ninguém sob as colunatas sombrias, exceto os grifos pintados dos afrescos, sentados com altivez ao lado de cada coluna.

Ela ouve sussurros vindos do saguão da antessala, a qual tem paredes nuas e piso de pedra. O ar ali é úmido; a luz, escassa. Uma serviçal mais velha se aproxima para lavar-lhe os pés. Clitemnestra fica parada enquanto a mulher desamarra suas sandálias e põe seus pés no pedilúvio e depois os seca com um pano. À conclusão, ela avança em direção à luz intensa do *mégaron*.

O salão é fartamente adornado. As paredes são decoradas com afrescos de guerreiros e leões em disputa, as lanças voando, perseguindo as feras em fuga. Na primeira vez que viu aqueles leões assustados, Clitemnestra riu; qualquer um que já tivesse caçado leões sabia que os animais não se acuavam daquele jeito. *Isto remete ao poder de nossa cidade*, explicou Agamêmnon. *Mas é uma mentira*, retrucou ela. *É uma história. Histórias unem as pessoas, lideram exércitos e formam alianças.* Por mais que odiasse admitir, Clitemnestra sabia que Agamêmnon estava certo.

Há quatro guardas de costas para as paredes, com lanças e escudos a postos. Ela aguarda à entrada cercada de colunas enquanto alguém avança para anunciar sua presença ao rei. Para além da lareira que ocupa o centro do cômodo, ela vê Agamêmnon sentado em seu trono elevado, ao final de um conjunto de belos degraus dourados. Há um menino sentado aos seus pés, e um grupo de homens mais velhos sussurra, as vozes sibilantes.

— A rainha está aqui — anuncia o guarda, e o rei e os anciãos se viram. Clitemnestra passa pelos afrescos das batalhas dos micênicos contra os *bárbaroi*, pelos leões e cervos, em direção ao trono. Orestes fica de pé subitamente, prestes a correr até ela, mas cessa, controlando-se. Ele tem pele escura, assim como a mãe, e os cachos de cabelo preto caem em volta do rosto. Os anciãos se ajoelham, o rosto deles toca o chão aos pés de Clitemnestra.

— Por favor, levantem-se — anuncia ela. — Isto é desnecessário. — Ela fica incomodada ao vê-los tão prestativos, sendo que na ausência de seu marido tudo o que fazem é desafiá-la e contradizê-la.

— Minha rainha — cumprimenta alguém, endireitando-se. É um homem vil chamado Polidamas, a quem Agamêmnon respeita acima de todos. — Espero que a viagem até Esparta não tenha sido muito cansativa. — Seu hálito cheira a flores frescas, mas Clitemnestra sabe que há algo obscuro nele, como a lama que se esconde sob os juncos após uma estação chuvosa.

— Foi agradável — diz ela.

— E como está sua irmã?

— Bem. Helena tem tido muito tempo livre para gastar com a pequena Hermione, especialmente agora que o rei Menelau tem se interessado pelas hilotas espalhadas pelo palácio.

Orestes baixa o olhar. *Seu pai lhe ensinou a nunca baixar o olhar diante de seus conselheiros*, Clitemnestra tem vontade de dizer. Ela vai contar tudo a ele mais tarde. Os anciãos se calam, constrangidos.

— Deixe-nos — ordena Agamêmnon, e eles assentem, aliviados. Em seguida, afastam-se com lentidão, seus membros velhos e nodosos como carvalhos. Quando desaparecem na antessala, Clitemnestra acaricia os cachos do filho. Orestes não se desvencilha, e sim relaxa sob o toque dela. Agamêmnon desce do trono, seus olhos cautelosos.

— Os mercadores, aqueles cujas negociações pedi a você que intermediasse, estão se queixando de novo — declara ele. Nenhuma saudação ou perguntas, mas ela não esperava outro comportamento de Agamêmnon.

— Querem aumentar os preços para compensar as perdas com Troia — informa ela. Antes de partir para Esparta, Clitemnestra teve várias reuniões com um grupo de mercadores furiosos. Eles exigem que Micenas continuasse seu escambo de mercadorias com Troia, ao passo que Agamêmnon tentava boicotar a cidade.

— Sim. Mas há outra questão — continua Agamêmnon.

— Fale.

— Eles não querem mais negociar diretamente com você.

Orestes olha para a mãe, preocupado.

Clitemnestra neutraliza sua expressão facial.

— O que eles disseram exatamente? — pergunta ela.

— Que você não está apta para lhes dar ordens. Mas isso não importa. Você falará com eles amanhã e os ensinará a ouvir.

— Ótimo — diz ela. Um dos poucos motivos que a faz não desprezá-lo: Agamêmnon gosta quando ela está no comando, quando toma o problema nas mãos. A princípio, ele ficara um tanto desconfiado, mas quando viu como tudo na cidade funcionava bem sob o comando dela, foi inteligente o suficiente para deixá-la assumir as funções.

— E quanto a Troia? — pergunta Clitemnestra. — Haverá guerra?

Agamêmnon balança a cabeça.

— Nenhum rei grego deseja lutar. Precisam de um motivo. Troia é rica e representa um perigo para nós, mas tal motivação não lhes basta.

Clitemnestra franze a testa.

— Você vai para a guerra porque é para isso que foi treinado.

— Concordo. Mesmo assim, vão esperar até que os troianos estejam à nossa porta.

— Os troianos não virão. Eles têm ouro, monopolizam grande parte do mar, têm as minas no sopé do monte Ida. Não têm motivo para vir até nós.

Os olhos de Agamêmnon brilham por um instante. Ele se aproxima e beija a testa de Clitemnestra.

— Então iremos até eles — conclui. Ele dá meia-volta para sair, mas para brevemente à porta. — Não perguntei sobre sua família. Como estão todos?

Clitemnestra fica quase surpresa com a pergunta, e se prepara para a serpente escondida entre as flores.

— Estão todos bem.

— E a sua estadia em Eleia foi boa?

Ela não gosta da expressão nos olhos do marido.

— Sim.

— Imagino que agora Timandra esteja trepando com as mulheres de Arcádia. — Orestes arfa ao lado de Clitemnestra, mas a mãe não vacila. — Sempre gostei mais dela, de Timandra — continua Agamêmnon. — Ela é vigorosa, como você. Eu só queria que ela nos visitasse mais vezes. — Ele lança um olhar malicioso para Clitemnestra.

Ela se aproxima dele, diminuindo a distância entre ambos em poucos passos. Aí fica na ponta dos pés e lhe dá um beijo na bochecha. Então sussurra ao seu ouvido, baixo o suficiente para que Orestes não capte as palavras:

— Se falar da minha irmã de novo, vou estrangulá-lo enquanto dorme.

※

Clitemnestra vai até as despensas para encontrar a filha. O jantar está pronto, o cheiro de sopa de legumes e molho de peixe preenche o palácio. Aileen a alertara de que ninguém estava conseguindo encontrar Electra, então, em vez de seguir para um banho frio, Clitemnestra preferiu utilizar o tempo para procurar a filha, portanto decidiu ir às despensas. Saindo dos corredores com afrescos, desce pelos degraus de pedra que conduzem às abóbadas subterrâneas do palácio. Há um cheiro sutil de terra, de especiarias e de azeite oriundo das ânforas de barro que revestem os corredores escuros. Ela chega a uma saleta onde uma única lamparina brilha fracamente. Numa prateleira, há antigas tigelas de oferendas e facas de sacrifício ainda manchadas de sangue seco. As sombras projetadas nas paredes lembram garras e dedos.

Electra está escondida em um canto, a cabeça apoiada nos joelhos. Sua respiração está ritmada e discreta, como se estivesse dormindo. Clitemnestra dá um passo à frente, a cabeça de Electra se levanta e o brilho da lamparina toca sua bochecha.

— Você sempre consegue me achar — declara ela.

Clitemnestra senta-se no chão frio, em frente à filha.

— É hora do jantar. Você não deveria estar aqui.

Electra examina as unhas e não responde. Por fim, se manifesta:

— Hoje, vi um cão morto.

— Onde?

— Nos becos perto do Portal do Leão.

Clitemnestra não ressalta que Electra não deveria estar naquela região sozinha. A filha do meio é a mais irascível; às vezes Clitemnestra tem vontade de desbobinar seu pequeno cérebro para vasculhar sua mente, um pensamento de cada vez.

— E como ele estava? — ela quer saber.

Electra pensa por um instante.

— Um trapo — responde a filha. — Estava largado na porta do oleiro. Deve ter morrido na rua e alguém o chutou para tirá-lo do caminho.

— E o que você fez? — pergunta Clitemnestra, embora, no fundo, já saiba a resposta.

— Eu o lavei, depois o queimei e enterrei suas cinzas no portão dos fundos.

— Mas mesmo assim você veio para cá — comenta Clitemnestra. — Então o que ainda a está incomodando?

— Eu nunca tinha visto uma criatura morta antes — diz Electra simplesmente.

Aquilo surpreende Clitemnestra. De repente lhe vem à memória um lampejo de Helena sentada na cama delas, quando ambas contavam dezesseis anos.

— Nunca matei nada — dissera Helena. Mas ainda assim, por mais inocente que sua irmã fosse, já tinha visto muitos homens, mulheres e animais mortos. Cavalos apodrecendo à beira do rio, crianças vitimadas por doenças nas aldeias dos hilotas, ladrões atirados nas kaiadas, rapazes mortos em combate. Mas assim era Esparta. Em Micenas, Electra é uma menina de doze anos que vive numa redoma. Ainda não sangrou. Não foi tocada por menino algum. Nunca foi espancada. Nunca viu um cadáver.

Como se lesse sua mente, Electra pergunta:

— Quando tinha a mesma idade que tenho hoje, já tinha visto bebês mortos, não tinha?

Clitemnestra desvia o olhar, a imagem do filho morto nos braços de Leda parece uma lâmina quente tocando seu cérebro. Às vezes, Electra diz coisas dolorosas, e Clitemnestra se pergunta se aquilo seria intencional. Parece improvável, mas um pensamento surge, deixando-a inquieta: *E se Electra for tão cruel quanto o pai? E se ela não for somente uma menina introspectiva, e sim maliciosa?*

— A primeira coisa morta que vi foi um menino — revela Clitemnestra. — Na arena. Ele morreu devido a um acidente.

Os olhos de Electra se esvaziam.

— E como foi?

Clitemnestra tenta pensar. Não havia sangue, mas a cabeça estava virada num ângulo anormal, como se o menino tivesse adormecido em uma posição desconfortável.

— Não houve derramamento de sangue.

— Como um peixe recém-pescado. — Eis mais uma característica de sua filha: em vez de fazer muitas perguntas, suas frases sempre vêm como afirmações. As outras crianças acham isso irritante.

— Sim — concorda Clitemnestra. — Mas os peixes arquejam antes de morrer. O menino não sofreu.

Electra pensa um pouco.

— A morte não a assusta.

— Sim, me assusta, mas menos do que assusta aos outros. Estou acostumada. Ela assusta você?

— Sim. Só um tolo não temeria a morte.

Clitemnestra sorri.

— Certa vez, seu avô disse algo parecido.

Electra se levanta, desamassando o vestido.

— Não quero comer no salão essa noite. Estou triste e os anciãos são como aranhas, falando ao ouvido de meu pai, elaborando suas teias.

Clitemnestra espera, vendo a luz mudar nos olhos da filha enquanto esta pensa no melhor jeito de fazer seu pedido. Por fim, Electra diz:

— Posso ficar no *gynaeceum* e comer sozinha?

Clitemnestra também se levanta.

— Você não pode comer sozinha. E sabe bem disso. — Electra abre a boca para protestar, mas Clitemnestra continua: — Vou falar com seu pai para que você e eu possamos comer juntas no seu quarto.

Electra fica muito quieta e, por um instante, Clitemnestra acha que ela vai negar a proposta. Então, de repente, a menina sorri, e seu rosto sério se ilumina, como um primeiro raio de sol na superfície de um rio.

꩜

Mais tarde, depois de comerem peixe e lentilhas, Clitemnestra e Electra se deitam no quarto da menina, os afrescos no teto acima são como um céu de verão. Clitemnestra mandou repintar o *gynaeceum* quando descobriu que estava grávida de Ifigênia, e assim todos os vestígios de seu lar foram devidamente apagados. Agora, as paredes estão cobertas por afrescos de mulheres guerreiras e deusas, com lanças afiadas e cravejadas de joias, a pele delas é alva e polida como marfim. E no teto dos quartos das filhas há pequenos sóis e estrelas, como lágrimas douradas.

Clitemnestra fecha os olhos. A imagem do corpo de Cinisca ajoelhado no chão, com o sangue escorrendo pelas mãos, retorna à mente, é como um bálsamo na pele. *Ela achou que eu fosse esquecer? Que eu a deixaria viver depois do que fez comigo?* O tempo passou e Cinisca achou que estivesse a salvo. Mas a vingança funciona melhor quando é amparada pela paciência. E a paciência é como uma criança, deve ser zelada para que cresça dia após dia, alimentada pela tristeza até ficar tão zangada quanto um touro e tão letal quanto um colmilho envenenado.

Acreditando que a mãe caiu no sono, Electra se aninha debaixo de seu braço, grudadinha, embora esteja calor no quarto. Clitemnestra sente o ombro dormente, mas não se mexe, com medo de que a filha se afaste. Então finge dormir até ouvir a respiração constante de Electra em seu pescoço. Quando abre os olhos, a menina dorme pesadamente, a boca semiaberta, os membros relaxados como jamais ficam quando está desperta. Em breve, Electra vai acordar, e sua impetuosidade e estado de alerta retornarão. Mas, por ora, enquanto dorme com um meio-sorriso nos lábios, parece feliz e vulnerável, como uma deusa que equivocamente foi descansar dentre os humanos.

Clitemnestra acorda ao som de uma discussão entre as filhas. As paredes ao redor estão banhadas de luz. Electra está sentada na beira da cama enquanto Aileen ajeita seu *péplos*, prendendo o tecido no ombro com broches. Ifigênia anda de um lado a outro no quarto, tagarelando sobre uma competição de lira da qual Electra se recusa a participar.

Aileen e Clitemnestra trocam olhares divertidos. Todo dia é a mesma coisa. Crisótemis brinca com os filhos de outros nobres, Orestes treina com os rapazes, ao passo que Ifigênia e Electra discutem e se desafiam. Eles são tão diferentes entre si que às vezes Clitemnestra pondera como é possível que tenham vindo todos do mesmo útero. Ifigênia é linda, mas teimosa, como uma flor crescendo no deserto. Limites e restrições desmoronam quando confrontados com seu propósito e sua inteligência, o brilho que embute em tudo o que se dispõe a fazer frequentemente deixa os outros emudecidos e admirados. Já Electra não encara o mundo com a mesma confiança, nunca está plenamente feliz ou satisfeita, como se um verme a consumisse por dentro, deixando-a constantemente amedrontada e frustrada. Em geral, tenta encontrar paz trancando-se nos quartos e recantos mais remotos do palácio, mas no final sempre volta para Ifigênia. É como se necessitasse do fervor da irmã para iluminar o mundo em seu entorno, ao mesmo tempo é um lembrete constante de que, sem esse auxílio, sua vida seria cinza e bolorenta.

※

Os mercadores não vão até ela, então Clitemnestra vai até eles. A rainha sai ao final da tarde, acompanhada de seu guarda mais fiel, um jovem de densos cabelos escuros e olhos castanhos. Leon já está a seu serviço há anos, após ter vencido um embate de luta livre organizado por Agamêmnon. Ele jogou seu oponente na terra, caminhou até o estrado onde o rei e a rainha estavam posicionados e ajoelhou-se diante de Clitemnestra. *Tudo o que desejo é servi-la, minha rainha*, disse a ela. Agamêmnon riu, mas Clitemnestra permitiu que Leon lhe beijasse a mão e respondeu que ficaria feliz em tê-lo como guarda. É o tipo de homem que agradaria a Castor: esperto e leal. Ela praticamente conseguia ouvir o comentário de seu irmão: *Eis uma combinação rara. Esperto e dedicado como um cão. Todo mundo precisa de um desses de vez em quando.*

Àquela hora do dia, as ruas estão movimentadas, e o calor quase insuportável. As crianças correm, pulam, brincam de pega-pega. Os vendedores berram no ar infestado de moscas. Clitemnestra e Leon tomam um beco lateral que leva ao portão dos fundos, onde as casas são tão altas que impedem que o sol as penetre. O cheiro é de urina e peixe.

— Tem certeza de que estão aqui? — pergunta Clitemnestra assim que os dois se desviam de um velho escravizado que guia dois porcos pela rua.

— Sim, minha rainha — responde Leon. — Eu mesmo vim aqui uma vez. Artistas e mercadores bebem aqui toda noite.

Clitemnestra permite que ele lhe mostre o caminho. Leon vira à esquerda, em um beco ladeado por barris de vinho, onde o cheiro de peixe está um pouco mais brando, depois entra em um cômodo sombrio iluminado por três tochas. O local está praticamente vazio, só tem uma mulher com longos cabelos ondulados que cobre seus seios nus e um homem lustrando um cálice reluzente com um trapo. Clitemnestra tira a capa e ambos arquejam de surpresa.

— Minha rainha... — começam, mas Clitemnestra os interrompe. Na ponta da sala, vê uma porta coberta por um pedaço de pano comprido e ouve vozes vindas do lado de lá.

— Não há necessidade de anunciar minha presença. — Ela se vira para Leon e lhe entrega a capa. — Aguarde-me aqui.

— Não pode entrar lá sozinha — protesta ele. A rainha o ignora e afasta o pano, entrando na saleta dos fundos. O calor é intenso o suficiente para afogar os homens no próprio suor. Seis mercadores estão sentados ao redor de uma grande mesa de madeira, cálices de vinho nas mãos e um pouco de carne assada no meio. Não olham para cima quando ela entra. Mas ao ouvir seus passos, um homem diz:

— Achei que estivéssemos combinados, moça. Aqui tá calor demais para foder.

Clitemnestra fica muito imóvel, imaginando Leon do outro lado da cortina, furioso, cerrando os punhos.

— O rei me disse que vocês não desejam negociar comigo — anuncia ela, em voz alta e nítida. Os homens se viram, vermelhos. Quando veem com quem estão lidando, congelam nas cadeiras.

— Vossa Majestade — cumprimenta um homenzinho de olhos redondos. — Não sabíamos que estava aqui.

Clitemnestra vai até a mesa, pega a jarra e serve um pouco de vinho em um cálice vazio. Os homens a encaram, sem saber o que fazer. Parecem um bando de cervos virando a cabeça em sincronia quando se depara com um leopardo.

— Eu lhes paguei em ouro como compensação por suas perdas comerciais — argumenta Clitemnestra —, mas vocês traíram o rei e tentaram tirar vantagem da situação ao vender ouro e joias para Troia. Eu poderia ter executado vocês, tal como meu marido sugeriu, mas lhes paguei ainda mais e os fiz prometer que Troia estaria fora de suas rotas comerciais.

— A senhora foi gentil, majestade — responde o homenzinho. Os outros assentem ativamente, fitando-o como se esperassem instruções.

— De fato. Mas, ainda assim, resistem em receber ordens minhas. Por que? — questiona, embora saiba bem o porquê. Ela quer que digam em voz alta. Os homens trocam um olhar, e ela observa enquanto se demoram para responder. Suas túnicas são de tecido nobre bordado, porém já estão amareladas de suor, e seus rostos têm manchas de sol, os olhos e pescoço são emoldurados por uma grande quantidade de rugas. Não são homens fortes, e sim ardilosos. *Você foi ensinada a lutar contra guerreiros, mas tome cuidado com os mercadores*, aconselhara-lhe Agamêmnon certa vez. *São os tipos mais perigosos.*

Como eles permanecem em silêncio, Clitemnestra incita:

— Falem.

O homenzinho fala pelos outros mais uma vez:

— Não recebemos ordens de mulher.

— Por quê?

Desta vez, ele não hesita.

— O mais forte governa — declara o mercador.

Ela sorri.

— E quem seria este entre vocês? — Clitemnestra aguarda à medida que o olhar deles passeia demoradamente entre o grupo, pousa na barriga flácida de um, nos anéis de ouro de outro.

— Os comerciantes não têm líder — declara o homenzinho.

— E ainda assim você fala por todos eles.

Um sujeito mais velho, com braços finos como os de uma mulher, pigarreia.

— Ele é nosso líder, Vossa Majestade.

O homenzinho sorri. Era seu desejo que os outros o apontassem, Clitemnestra tem certeza. E agora é tarde demais para ele.

— Ótimo. Então o desafio a lutar comigo, aqui e agora. Se você vencer, poderá continuar tomando decisões pelos mercadores. Se eu vencer, você receberá as ordens de sua rainha.

O mercador franze a testa.

— Certamente Vossa Majestade não vai querer lutar contra um homem tão baixote como eu.

— O mais forte governa, você mesmo disse. Então vamos descobrir quem é o mais forte. — Clitemnestra bebe o vinho de uma só vez e coloca o cálice vazio sobre a mesa. Os outros comerciantes recuam em direção à parede.

O homenzinho parece em pânico, como um camundongo das lavouras. Um pensamento passa pela sua cabeça e ele fala:

— E o rei?

— O rei jamais tomará conhecimento disto — rebate ela. — Será poupado de seu comportamento abjeto.

A rainha mal conclui a frase e o baixote avança, punhos cerrados. Ela se desvencilha para o lado sem esforço. Ele é lento, desequilibrado, fraco, ou seja, um homem que jamais lutou na vida. Ainda assim, deseja comandá-la. Quando ele avança de novo, Clitemnestra agarra-lhe o braço e o dobra atrás das costas. O mercador tomba de joelhos, ofegante. Ela lhe dá um soco na cabeça, e ele cai no chão, como um saco de trigo. Então ela se volta para os outros homens. Estão todos de olhos esbugalhados, boquiabertos.

— Ele desmaiou — observa Clitemnestra. — Mas vai reganhar consciência em um momento. Ele não comanda vocês mais. Eu comando. De agora em diante, toda vez que ouvirem alguém se queixar por ter de receber ordens de uma rainha, lembrem-no do que aconteceu com este pequeno mercador.

Todos assentem. É difícil determinar se estão assustados ou apenas atônitos. Mas que diferença faz, afinal? Castor costumava dizer que era tudo a mesma coisa.

18

A FILHA PREDILETA

É outono e o terreno está tingido de tons amarelos e alaranjados. Emissários entram e saem do palácio, trazendo boas-novas sobre o comércio, casamentos e alianças políticas. Guerreiros e aldeões solicitam uma audiência no *mégaron*, cada um com sua reivindicação: *Meu rei, meu filho nasceu deficiente, minha esposa se deitou com outro homem, os mercadores não querem me vender seu vinho.*

Minha rainha, a vizinha roubou meu pão, insultou os deuses, falou em traição.

O redemoinho de palavras preenche o salão, parecem canções, e Clitemnestra encara as paredes pintadas ao ouvir tudo. Ao seu lado, Aileen senta num banco baixo e organiza pilhas de tábuas de argila cheias de inventários: ovelhas e carneiros, machados e lanças, trigo e cevada, cavalos e prisioneiros de guerra. Muitos plebeus vêm falar com a rainha. Adentram à luz intensa do salão, ajoelham-se ante o rei e se voltam para Clitemnestra com pedidos sobre disputas de terras e divisões matrimoniais. Sabem que a rainha ouve calmamente a todos os apelos, e que ajuda quem a respeita.

Também sabem que é melhor tê-la como aliada do que como inimiga. Todos na cidadela se lembram de quando a filha de um aldeão foi estuprada e morta pelo filho de um nobre após ter denunciado sua corrupção. O pai da moça morta veio até o *mégaron*, um sujeito alquebrado, pedindo o impossível: que o filho do nobre pagasse por seu crime. Os anciãos ficaram horrorizados. Pais não costumavam buscar vingança por suas filhas. Reis não puniam rapazes lascivos, era algo que Clitemnestra já havia aprendido há muito tempo.

Mas ela não era um rei. Então fez com que o filho do nobre fosse arrastado para fora, sob o sol escaldante e diante dos olhos do povo. Ele foi açoitado até ficar com as costas encharcadas.

Quando levaram o rapaz embora, arrastando-o pelo chão quase inconsciente, Clitemnestra permaneceu na rua, observando o rastro de sangue deixar sua marca diante de todas as portas. Agamêmnon permaneceu junto dela. Dedicou-se a observá-la com a mesma alegria de um comerciante que tinha feito um bom investimento e que agora lograva os frutos de seu trabalho. O sorriso dele deixou Clitemnestra enjoada.

No pátio de treinamento, Clitemnestra e o mestre do exército mostram aos meninos diferentes espadas, escudos e lanças. Há também fundas, machados, arcos e flechas. É Leon quem ensina os meninos a atirar, pois certa vez Clitemnestra o viu caçando pássaros e esquilos, e ele jamais errava o alvo.

Orestes estava em seu primeiro ano de treinamento, e Aileen trouxera as irmãs dele para assistir. Clitemnestra queria que as filhas também treinassem, mas Agamêmnon as proibiu.

— Se elas começarem a treinar, outras mulheres vão querer treinar também — alegara ele.

— E daí? Você teria um exército maior — replicara Clitemnestra.

— Um exército mais fraco.

— Sou mais forte do que a maioria de seus homens.

Ele gargalhou, como se ela estivesse brincando, e então lhe deu as costas e saiu.

O dia está agradável e não parece haver sinal de chuva, há somente uma brisa fria trazendo o canto dos pássaros para a arena. Clitemnestra faz os meninos lutarem corpo a corpo. Entrega uma espada curta a um e deixa o outro desarmado a fim de ensinar agilidade a ele, e também destreza para tirar a arma do oponente. É uma tarefa árdua, mas os meninos estão ávidos para aprendê-la. Orestes é menor do que a maioria deles, mas é veloz como uma lebre e consegue desarmar um garoto muito maior ao lhe dar uma rasteira. Quando o mestre lhe entrega a espada, porém, ele se revela lento, e seu oponente sai ileso.

— Por que fez aquilo? — pergunta Clitemnestra.

Ele dá a ela um olhar culpado.

— Não é uma luta justa.

— E por acaso foi justa quando era você a parte desarmada?

Orestes dá de ombros. Desenha um círculo na areia com a ponta da espada.

— Então você acha que a guerra é justa?

Orestes balança a cabeça. Clitemnestra sabe que seu menino é fraco; já o viu chorando depois de uma das surras do pai, já o viu se encolher quando as irmãs berraram com ele. De soslaio, ela nota que é observada por Electra. Pergunta-se o que a filha estaria pensando.

— Por acaso nosso povo luta apenas para se defender? — indaga Clitemnestra. — Ferimos apenas aqueles que nos feriram?

Consegue, praticamente, sentir o zumbido dos pensamentos de Electra agora. Quase consegue ouvir a filha pensando: *E isto seria* tão ruim *assim? Ora, haveria menos guerras.*

Mas Orestes limita-se a responder:

— Não.

— Vamos de novo, então — ordena Clitemnestra, afastando-se para abrir espaço. O menino contra quem Orestes lutava retorna para o centro da arena, seus pés vacilantes. Todo mundo assiste à luta agora, e o silêncio se expande.

Orestes lança um último olhar na direção da mãe. Então corta o rosto do menino, cujo sangue suja a túnica de Orestes, e o mestre do exército assente, satisfeito. Quando o menino avança novamente, de punhos cerrados, Orestes faz um corte numa perna dele, que cai de joelhos, as palmas das mãos encharcadas de vermelho.

Leon intervém e ajuda o menino a se levantar para limpar as feridas. Os outros cochicham, os comentários voando como morcegos em meio a galhos. Clitemnestra volta-se para as filhas. Os olhos de Ifigênia estão arregalados, divididos entre o pavor e o alívio; ela segura a mão de Crisótemis, embora a irmã não pareça assustada. O rosto de Electra está tão misterioso quanto o mar.

— Ele me odeia? — Orestes retorna até ela, sangue pingando da espada. Está olhando para o menino ao mesmo tempo que Leon limpa seu rosto com água; o corte vai da têmpora até o queixo. É um talho profundo e raivoso, e logo inchará.

— Não importa — pontua Clitemnestra. — Da próxima vez, ele lutará com mais afinco e se defenderá melhor.

Orestes assente. Clitemnestra não toca nele; não pode tocá-lo agora, não na frente dos outros meninos, mas o abraçará mais tarde e lhe dirá que foi corajoso. Consolada por tal pensamento, ela se volta mais uma vez para as filhas, mas apenas Crisótemis continua ao lado de Ifigênia, franzindo a testa conforme fita o menino ferido. Electra desapareceu.

※

As aulas de *mousikê* acontecem em uma sala espaçosa com abertura para o pátio interno. O piso é do mais puro mármore branco de Paros, e o teto é pintado de vermelho-vivo. Quando Clitemnestra entra, uma mulher com longos cabelos negros e volumosos, usando brincos de ouro, arruma os instrumentos na frente de Ifigênia e Electra. De soslaio, Clitemnestra nota que Electra franze a testa; a filha ainda está com raiva depois do que aconteceu na arena.

— Saia — ordena Clitemnestra à professora de música, levantando a tampa do baú de liras. — Hoje eu vou lhes ensinar uma canção.

Ifigênia inclina a cabeça, curiosa, e Electra zomba. À medida que os dedos de Clitemnestra acariciam os acordes, um som cintilante preenche a sala.

— Nosso tutor em Esparta ensinou esta música para mim e para minhas irmãs — explica ela. — Conhecem a história da deusa Ártemis e do caçador Actéon?

Electra observa a mãe com afinco e olhos semicerrados.

— Aquele que a espiou enquanto ela tomava banho? — arrisca Ifigênia. — E que chamou o restante do seu grupo de caça para vê-la também?

— Ele era movido pela luxúria, tal como costuma acontecer com os homens. Mas Ártemis o puniu e o transformou em cervo. — Ela fixa os olhos nas filhas e começa a cantar.

Tolo Actéon!
Pensou que pudesse
vexar os incólumes.

Veja-se agora!
O caçador é devorado
pelos próprios cães.

Ifigênia se mexe desconfortavelmente no assento. Os olhos de Electra estão tão frios e sérios quanto os de um corvo. *Adoro as canções sobre Ártemis*, dissera Helena ao ouvir a história pela primeira vez. *Ela é implacável, mas pelo menos assim nunca se machuca.*

— Talvez aqueles homens não tivessem feito nada a ela — explica Clitemnestra às filhas. — Talvez só quisessem ver o corpo dela. E vocês já ouviram falar de algum homem que se depara com uma deusa nua e simplesmente vai embora?

Ifigênia balança a cabeça.

— É nobre ser gentil, poupar os outros da dor. Mas também é perigoso. Às vezes, é preciso dificultar a vida alheia antes que dificultem a sua a ponto de impossibilitá-la.

Nos dias subsequentes, sempre que os meninos sofrem um corte na arena, Clitemnestra os ensina a limpar as feridas e quais ervas utilizar para estancar a infecção.

Leon a ajuda, e Ifigênia e Electra se juntam aos meninos naquela lição. Ifigênia é especialmente talentosa: seus dedos são firmes, mas também gentis, e sua capacidade de decorar qual erva serve para que é infalível. Ela é irrefreável, não hesita nem mesmo diante dos ferimentos mais horríveis na cabeça.

Certa manhã, Clitemnestra e Leon vão ao pátio de treinamento e encontram Ifigênia limpando o joelho de um menino. Ele está desgrenhado, tem cicatrizes nos joelhos e os cabelos sujos, deve ter vindo da aldeia para além dos portões da cidade. Ifigênia se abaixa, passando um pouco de unguento no ferimento e assobiando uma cantiga para acalmá-lo. Seu perfil é delicado à luz da manhã e Clitemnestra fica sem sequer saber o que dizer, não quer incomodar sua filha perfeita.

Antes que ela possa detê-lo, Leon avança. Ajoelha-se ao lado de Ifigênia e oferece as ervas das quais ela necessita. Ela o fita com um sorriso grato e seu rosto reluz como uma flor ao sol.

— Mãe, venha! — convoca Ifigênia ao vê-la parada a alguns passos. — Eu o encontrei na aldeia. Foi mordido por um cão.

Clitemnestra se aproxima. Avalia o olhar de adoração da filha e de Leon enquanto estão ajoelhados juntos no chão empoeirado. Certa vez, Agamêmnon dissera a ela que Leon a desejava, mas ele estava errado. É

Ifigênia quem ele deseja. A raiva cresce dentro dela, como acontece toda vez que percebe que alguém quer lhe tirar sua filha.

Mas então ela vê a concentração com que Leon entrega as ervas a Ifigênia, a cautela para não tocá-la de maneira inapropriada, seus olhos gentis. Ele não a machucará. Só quer ficar perto dela e sentir sua luz, seu calor. Quem mais além de Clitemnestra seria capaz de entender isso?

※

Um dos espiões de Agamêmnon está relatando as recentes negociações de Troia, quando de repente as portas do *mégaron* se abrem. Clitemnestra observa quando um guerreiro barbudo entra, arrastando o filho, ignorando os guardas que o convidam a aguardar na antessala. O rapaz é alto, tem cara de cachorro raivoso e, na testa, um corte de onde escorre sangue, que mancha a bochecha e pinga no piso polido. O espião para de falar e observa Agamêmnon, aguardando instruções.

— Suponho, Euríbates, que este seja seu filho — diz Agamêmnon. Euríbates faz uma reverência. Tem ombros largos e pele da cor da nogueira.

— Sim, meu rei. Kiros. Tem catorze anos e é o corredor mais rápido de sua faixa etária. — Quando ele se aproxima do trono, o espião de Agamêmnon se afasta, misturando-se às sombras das colunas da lareira.

— E você me interrompe esta manhã porque seu filho foi ferido — conclui Agamêmnon, com divertimento, fitando o corte no rosto de Kiros como se fosse uma picada de pulga.

Euríbates cerra a mandíbula.

— Sim, majestade, ele se machucou, mas não durante um treinamento ou em uma luta masculina. — Ele vacila. — Duas garotas fizeram isto.

O rosto de Kiros fica vermelho de vergonha. Agamêmnon reprime uma risada e depois balança a cabeça, o aborrecimento crescendo em sua expressão.

— Não me incomode com isto. Pegue as meninas e açoite-as. — Ele mal termina de falar quando dois homens, os irmãos de Kiros, ostentando a mesma expressão furiosa, chegam ao salão arrastando Electra e Ifigênia. A mão de Clitemnestra voa para a adaga e os homens dão um passo para trás, empurrando as meninas para a frente. Ifigênia encara o chão, às lágrimas; Electra, porém, tem um olhar de puro ódio, focada em Kiros.

— É isso que você ganha quando se casa com uma mulher espartana. Filhas indisciplinadas. — O sorriso de Agamêmnon não chega aos olhos. — Você exige punição, Euríbates?

— Ele queria rasgar nossas roupas — sibila Electra, com fogo no olhar. — Ele nos perseguiu pelas ruas, gritando que seríamos obrigadas a nos casar com ele depois que ele terminasse conosco.

Agamêmnon fala sem nem mesmo olhar para ela.

— Não interrompa, Electra.

— Como disse, elas deveriam ser açoitadas, meu senhor — responde Euríbates. Ele evita o olhar de Clitemnestra.

Agamêmnon suspira.

— Faça como quiser. Porém, se seu filho pode ser nocauteado por duas garotas, ele jamais será um homem.

— Elas o empurraram. — As palavras de Euríbates estão repletas de rancor. — Uma o ameaçou enquanto a outra o feriu com uma pedra.

Agamêmnon abre a boca, mas Clitemnestra é mais rápida:

— É seu filho quem deveria ser punido, Euríbates. Ele tentou envergonhar as filhas do rei, e elas se defenderam. O corpo delas não pertence a ele. Agora vá embora, e não volte mais.

Euríbates sai, furioso, os filhos em seu encalço. Ifigênia e Electra ficam lado a lado, sem saber o que fazer.

— A culpa é sua — declara Agamêmnon a Clitemnestra. — Você as trata como se fossem iguais aos homens.

Ela o ignora e encara Ifigênia.

— Por que Leon não estava com vocês?

— Ele estava treinando os meninos mais velhos.

— Vão e contem a ele o que aconteceu. — *Assim ele nunca mais vai perder vocês de vista.*

Ifigênia sai correndo, mas Electra não se mexe. Espera até que os passos da irmã desapareçam e diz:

— Foi ideia *dela*. Eu não queria fazer aquilo.

— Não me importa de quem foi a ideia. — Clitemnestra já sabe que deve ter sido obra da filha mais velha. Quando Electra era pequena, Clitemnestra muitas vezes a deixava de lado, pois as outras crianças eram bagunceiras e precisavam ser supervisionadas. Enquanto Orestes subia em árvores e Crisótemis atirava pedras, Electra ficava sentada quieta, só observando. Era raro pedir ajuda e, quando o fazia, não abordava a situação como uma criança faria, e sim com a vergonha de um adulto que luta para admitir a própria fraqueza.

— Então você não vai nos punir — diz Electra.

— Não.

Os olhos de Electra reluzem, ameaçadores.

— Você teria nos absolvido se Ifigênia não tivesse estado lá? — pergunta ela. — Se tivesse sido só eu?

— Mas é claro.

A expressão de Electra evidencia que ela não acredita nem um pouco nas palavras da mãe.

— Pelo menos o pai nos trata a todos da mesma forma — diz ela, e vai embora.

※

Certa vez, anos antes, um emissário cretense elogiou a beleza de Ifigênia. Estavam jantando no salão, tigelas de carne temperada e queijo com mel fartos sobre a mesa.

— Eis uma mulher que deixaria uma deusa com inveja — comentou ele. O rosto de Ifigênia abriu-se num sorriso, e o cretense voltou-se para Clitemnestra. — Imagino que seja sua favorita.

— Não tenho favoritos — retrucou Clitemnestra enquanto ninava Crisótemis. Orestes escondia a cabeça sob o braço da mãe, e Electra, ainda bem pequena, com seus cabelinhos escuros e olhos já muito sérios, só fez sentar-se rigidamente, franzindo a testa.

O homem sorriu como se não tivesse levado a resposta a sério, e as pedras preciosas nos brincos dele brilharam.

— Todo mundo tem.

※

Clitemnestra apoia a testa nos grifos pintados no pátio. A seus pés, as lâminas de grama dos afrescos brilham como a pele de um réptil. Os dedos da luz pálida envolvem seu corpo. A poeira flutua ao redor, sufocante.

Você se apega demais às coisas. Ouve Castor em sua cabeça. *Então, quando as perde, perde também o controle.*

Teria preferido que as filhas dela fossem açoitadas como plebeias?, interveio Polideuces.

Clitemnestra faz isso com frequência. Apenas fica ali no pátio e discute mentalmente com os irmãos. As vozes deles são sombras, frias e fracas, irreais exceto pelo conforto que lhe trazem.

Todos nós já fomos açoitados várias vezes, ressalta Castor.

E que bem isto nos fez?, pensa Clitemnestra. *Veja só o meu caso. Estou me afogando em ódio.*

Seu ódio a consome, diz Castor gentilmente. *Mas também é o que a mantém viva.*

Tais palavras a fazem se lembrar do quarto de seu marido, iluminado por lamparinas e tochas, apesar da escuridão noturna. Da maneira como ela entrou em silêncio um dia, sem ser notada pelos guardas e cães, sua sombra nítida nas paredes. Sua lâmina brilhou à luz da lamparina e Agamêmnon abriu os olhos, sentindo o metal contra a pele. Ele poderia tê-la empurrado se quisesse, afinal de contas era mais forte, mas em vez disso apenas falou:

Cá está você, consumida pelo seu ódio sempre ardente. A garganta dele macia sob a lâmina. *Mas você não vai fazer isso. Se eu cair, o povo de Micenas vai exigir sua execução.* Ele estava certo, e então ela se elevou, as mãos trêmulas. O homem inclinou a cabeça, calculou um ângulo para acertá-la — Clitemnestra não teve tempo nem de pensar —, e em seguida agarrou seus cabelos e bateu-lhe a cabeça contra a parede. Quando ela voltou a enxergar, o leão nos afrescos estava vermelho com seu sangue.

Sua vida comigo só está começando, disse ele, e limpou o nariz dela. No dia seguinte, ela acordou enjoada e soube que estava grávida de Ifigênia.

Essas crianças às quais tanto me apego são as únicas razões pelas quais não arranquei a cabeça do meu marido quinze anos atrás.

19

MARIDO VIOLENTO, ESPOSA VINGATIVA

À s vezes, por mais que tente não fazê-lo, Clitemnestra se flagra pensando em Tântalo e em seu bebê. A maneira como Tântalo falava, os segredos do mundo em suas palavras e a maneira como seu menininho a contemplava à noite, na hora de dormir. O jeito como o marido ria quando o bebê chorava, como o aroma das especiarias que chegava até eles carregado pelo ar. Seu coração aperta, a dor inunda a mente. Existe tormento maior do que o amor diante da perda?

A lembrança é uma coisa estranha e perversa. Quanto mais se quer esquecer, mais é compelido a lembrar. É como um rato mastigando a pele lenta e dolorosamente: impossível de se ignorar.

Ore aos deuses, era o que todos lhe diziam depois que Tântalo e seu filho foram assassinados. Mas não dá para se livrar de um rato por meio da oração aos deuses. O ideal é matá-lo, envenená-lo. E isso está fora da competência divina.

※

— Em que está pensando?

Uma voz arranca Clitemnestra de suas lembranças. Ela se vira e percebe que está sendo observada por Ifigênia. Está no mesmo jardim onde se refugiou durante sua primeira noite em Micenas. O vale se estende lá embaixo e, acima, o templo de Hera reluz, silencioso e alvo. É raro Clitemnestra ir lá. Ela não quer saber de sacerdotes e sacerdotisas.

— Eu estava só pensando nos requerentes do dia — responde Clitemnestra.

Ifigênia se aproxima.

— É o bebê que você perdeu, não é? Você sempre vem aqui quando pensa nele.

Clitemnestra quer olhar para baixo, mas não o faz. Não adianta mentir para a filha. Ela começa a se perguntar se deveria pedir a Ifigênia para se cobrir, afinal de contas está esfriando e elas estão no ponto mais alto da cidadela, quando Orestes chega correndo ao jardim. Parece empolgado, seus cachos escuros balançando à medida que saltita em direção a elas.

— Mãe, preciso lhe contar! — exclama ele, sem fôlego. Porém cessa ao se deparar com Ifigênia, dando-lhe um olhar expressivo. Ela semicerra os olhos, desconfiada.

— O que houve? — pergunta Clitemnestra.

Orestes baixa a voz num tom conspiratório.

— Eu vi Ifigênia com *aquele* homem.

As bochechas de Ifigênia ardem.

— Não era nada.

— A boca dele estava na sua! — diz Orestes, dividido entre a raiva e a frivolidade.

— Orestes! — ralha Ifigênia.

Clitemnestra quer rir, mas permanece séria.

— Leon beijou você? — pergunta ela.

— Como é que você... — começa Ifigênia, olhos arregalados.

— Sim, beijou! — interrompe Orestes. — As mãos dele estavam nos cabelos dela, e ele disse que Ifigênia era a garota mais linda a andar por nossas terras! — Ele fala como se as palavras de Leon fossem um crime digno de açoitamento.

Ifigênia se levanta e começa a andar de um lado a outro, agitada. Parece dividida entre atacar o irmão e se explicar à mãe.

— O que você fez, Ifigênia? — pergunta Clitemnestra. — O que disse a Leon?

Orestes se senta em uma rocha coberta de musgo, parecendo confuso.

— Não vai repreendê-la? Ela estava *beijando* um homem! — O garoto enfatiza a palavra "beijando" para ter certeza de que a mãe entendeu.

— Foi errado espionar sua irmã, Orestes.

O triunfo de Orestes desaparece, como as cores dos afrescos quando as tochas se apagam. Ifigênia para de andar.

— Não vai acontecer de novo, mãe — garante ela.

— Você quer que aconteça de novo?

Ifigênia morde o lábio. De esguelha, Clitemnestra vê Electra espionando de trás de uma árvore nos limites do jardim. Está atenta, tentando captar suas palavras. Há quanto tempo estaria ali?

— Leon é bom para mim — responde Ifigênia. — E ele é um grande guerreiro, não é?

— De fato — concorda Clitemnestra. — Mas você não vai se casar com ele.

O rosto de Orestes reluz, cheio de malícia. Acha que a discussão voltou a favorecê-lo.

— Por quê? — pergunta Ifigênia. A jovem parece triste, embora não muito, já que raramente fica de mau humor.

— Porque você é uma princesa da cidade mais poderosa da grécia, e ele é só um guarda.

Ouve-se um farfalhar e Electra sai do esconderijo.

— Com quem vamos nos casar, então? — questiona ela, incapaz de se conter. Clitemnestra sente o calor se embrenhar em seu corpo. Adora quando a filha perde a seriedade e a compostura, quando não consegue controlar a curiosidade e se apega a cada palavra sua.

— Com um rei — explica Clitemnestra.

Ifigênia vai até a irmã, entrelaça o braço ao dela e dá um sorriso. Já se esqueceu de Leon e da vergonha de ter sido flagrada. Clitemnestra observa enquanto as filhas se sentam juntas, Ifigênia falando com animação sobre maridos, como se houvesse milhares deles à disposição, e Electra ouve com a testa franzida. *Suas filhas podem não saber lutar*, pensa Clitemnestra, *mas não são tolas*. São audaciosas e inteligentes, cada uma à sua maneira, e não terão problemas para administrar homens e cidades. Muitos reis vão implorar por uma oportunidade de se casar com Ifigênia, ela já faz meninos e homens virarem a cabeça quando passa por eles. Quanto a Electra, ela certamente vai encontrar alguém que não se deixe intimidar por seus olhos taciturnos.

Elas podem não saber manejar uma arma, mas não importa. As palavras podem ser mais cortantes do que espadas.

Leon está no arsenal, contabilizando as flechas em uma aljava de bronze, de costas para a porta. Os meninos que ele treinava já foram para casa, e o pátio está silencioso. Quando Clitemnestra entra, Leon se vira e faz uma reverência.

— Minha rainha.

Ela apoia as costas contra a parede de madeira, espadas polidas ao seu redor. Como ela não fala, o guarda franze a testa.

— As crianças estão bem?

— Sim. — Clitemnestra vê a confusão nos olhos do homem e tenta encontrar as palavras certas para verbalizar o que precisa. Nesse ínterim, ele aguarda, o desconforto crescente em seu rosto.

— Algumas empregadas da cozinha perguntaram por você — anuncia ela. — Sabe aquela garota de cabelos escuros da qual meu marido tanto gosta? Ela fica olhando para você durante o jantar.

Leon parece irritado, mas não diz nada.

A rainha levanta as sobrancelhas.

— Você deveria cortejá-la.

— Eu não gosto dela — declara ele, categórico.

Não cabe a você decidir de quem gosta.

— Entendo. — Ela toca o metal frio de uma espada. — Muito embora às vezes nos equivoquemos ao ir atrás das pessoas de quem gostamos. Entende o que quero dizer?

Leon inclina a cabeça. Percebe que ela sabe sobre Ifigênia, mas não parece arrependido. O silêncio se estende entre os dois, demorado e constrangedor.

— Sinto muito pelo que ele fez a você — diz o guarda, enfim. Sua voz é calorosa e há tristeza nela. — Sei sobre seu outro marido, e o que o rei Agamêmnon fez.

Por um momento, Clitemnestra fica sem palavras. Não consegue acreditar que ele esteja se referindo a Tântalo com tal liberdade. Ninguém nunca fala de seu falecido marido; ninguém ousa falar. Certa vez, anos atrás, uma mulher, esposa de um dos guerreiros de Agamêmnon, ousou mencioná-lo. *É verdade que você foi casada com um* barbaros?, perguntou ela, o desgosto óbvio em suas feições.

Clitemnestra botou a faca sob a garganta da mulher e falou baixinho: *Eu cortaria você agora, mas algo me diz que não valeria a contenda. Então por que não morde a língua e nunca mais ousa abrir a boca na minha frente?*

A rainha olha para Leon. É isso que ele pensa? Que ela não quer que os outros sejam felizes porque a felicidade lhe foi roubada um dia?

— Você não sabe de nada.

— Deve tê-lo amado muito — conclui o guarda. Clitemnestra se imagina pegando vigorosamente sua lâmina para lhe mostrar o tamanho de sua dor. Que atrevimento falar com ela desse jeito. Que atrevimento presumir que entende os sentimentos dela.

— Você não sabe de nada — repete Clitemnestra, e se vai.

※

Depois do jantar, ela manda Aileen lhe preparar um banho quente. A casa de banho de Micenas é muito maior que a de Esparta, e tem janelões. Enquanto Aileen enche a banheira com água quente trazida da cozinha, Clitemnestra observa o pôr do sol afogueando o palácio, espalhando listras alaranjadas pelo céu. Ali do alto, ela não consegue ouvir o canto das mulheres nem a conversa das crianças e dos mercadores que ecoam pela cidadela. A casa de banho é silenciosa e abafa o som de todos em seu interior.

A água está pronta e Clitemnestra entra na banheira. O calor a faz estremecer. Aileen lava seus cabelos, desembaraçando cada nó, e Clitemnestra relaxa. Lembra-se de como Aileen era retraída quando ela chegou ao palácio, um camundongo ruivo sempre escondido em algum canto. Certa vez, Clitemnestra a encontrou no corredor escuro em frente ao seu quarto, sozinha, com uma travessa de carne na mão. Tinha sido incumbida de lhe levar a comida, mas era tão tímida que teve vergonha de bater à porta.

Você não deveria ter medo de mim, dissera ela à garota.

Por quê?, replicou Aileen.

Porque não vou machucar você. Guarde seu medo para os guerreiros, para os anciãos ou para o rei.

Aileen olhou para cima, então.

E a senhora? Não os teme?

Temo, respondeu Clitemnestra, *mas sou esperta o suficiente para não demonstrar.*

Ela está pensando naquele dia, mirando o reflexo da tocha na água, quando de repente Aileen fala:

— O rei Agamêmnon solicitou minha presença hoje à noite.

Clitemnestra enrijece. Aileen se desloca a fim de esfregar seus pés e Clitemnestra vê o rosto dela sob a luz fraca; suas feições são serenas, tal como Clitemnestra lhe ensinou, mas a hesitação em sua voz é inconfundível.

— Você não vai — determina Clitemnestra. — Ele que encontre outra empregada para entretê-lo.

Aileen parece aliviada, mas se controla e tenta manter o rosto inexpressivo.

— Mas quem?

— Há muitas mulheres nesta cidadela que adorariam foder com meu marido.

Aileen assente, e por um momento ambas ficam em silêncio.

— O que devo fazer, então? — pergunta a serviçal, incapaz de segurar-se.

Todos esses anos, e ela ainda tem medo dele. Clitemnestra não pode julgá-la por isso. Aileen lhe contou que Atreu, o pai de Agamêmnon, costumava dormir com a mãe dela, e descreveu como o irmão dele, Tiestes, aterrorizava os servos com queimaduras e açoites, e também lhe contou que, no dia em que retornou à cidadela, Agamêmnon executou todas as pessoas que não tinham sido fiéis ao reinado. Durante muitas noites, depois de colocarem as crianças na cama, Aileen contava a Clitemnestra sobre a violência da linhagem de Atreu. Demonstrava medo ao citar todos os homens, exceto um: Egisto, o primo distante de Agamêmnon.

Quando morou neste palácio, Egisto demonstrou não gostar de violência. Ele matava e feria apenas quando necessário. Na descrição de Aileen, Egisto era uma criança tímida, ávida para ser amada, e depois veio a se tornar um jovem vigilante, silencioso e lúbrico. Enquanto outros homens de sua idade levavam meninas para seus quartos, ele jamais mexia com as serviçais, e quando seu pai açoitava os inimigos e fazia a todos assistirem, mais tarde Egisto entrava furtivamente nas celas dos prisioneiros e lhes dava comida e unguento para prevenir infecções.

Ele me parece um homem interessante, dissera Clitemnestra certa vez, *ainda que inofensivo.*

Uma sombra passou pelo rosto de Aileen.

Ele nem sempre era inofensivo. Também sabia ser cruel e perigoso.

E agora Egisto está por aí, em algum lugar, o último inimigo dos Atridas. Os guardas o procuram há quinze anos, mas jamais o encontraram. Como os anciãos apontaram na última reunião, provavelmente está morto.

— Minha rainha? — chama Aileen.

Clitemnestra fica de pé e a água pinga no piso de pedra. Aileen se apressa em trazer sua túnica e colocá-la em seus ombros.

— Você não fará nada — diz Clitemnestra. — Eu mesma vou resolver o assunto.

Clitemnestra encontra Agamêmnon no quarto dele, sentado em uma cadeira, perdido em pensamentos. As árvores e os peixes alegres que saltam no rio dos afrescos nas paredes contrastam com sua figura austera. Ele levanta a cabeça quando a esposa entra. Seu olhar é duro; Agamêmnon está com raiva, embora Clitemnestra não saiba dizer exatamente por quê. Não que ela se importe.

— Sua empregada ruiva não virá esta noite — conclui ele por fim.

— Não.

— Você mandou que ela não viesse.

— Você vai encontrar outra pessoa com quem trepar — declara ela calmamente.

O comentário arranca dele uma risada; o som arranha as paredes. Ele se serve de um pouco de vinho da jarra. Clitemnestra faz o mesmo, ocupando a outra cadeira.

— E quem seria? — pergunta ele, olhando enquanto ela leva o cálice aos lábios. — Você?

— Espero que não.

Ele ri de novo e relaxa no assento. Ela nota a flexão nos músculos dos braços nus dele, as cicatrizes enrugando-se na pele.

— Para alguém que me odeia tanto — diz ele —, você até que tolerou este casamento por um tempo surpreendentemente longo.

Ela sorri, o vinho ácido na língua.

— Você achava que eu o mataria durante o sono?

— Você bem que tentou, lembra? Se fosse hoje, seria mais esperta e jamais tentaria algo assim. — Agamêmnon faz uma pausa e põe-se a avaliá-la. — Mas você não pode me odiar para sempre. Não é possível viver somente à base de rancor.

Nisso discordamos. Os dois ficam em silêncio por um momento, cada um encarando o próprio cálice.

— Ainda quero aquela garota — declara ele por fim. — Eu sou o rei.

Ela pousa o cálice.

— Você nunca vai tocar nela.

— Por quê?

— Porque, se você fizer isso, vou estripar você, assim como fiz com aquela meretriz da Cinisca.

O choque faísca nos olhos dele, que planta os pés no chão e se levanta.

— O que você fez?

Clitemnestra joga a cabeça para trás.

— Eu a encontrei e a esfaqueei, e ela sangrou até a morte.

Agamêmnon se aproxima dela, empurrando os baús entalhados de seu caminho.

— Você sabe que Cinisca era de uma família poderosa. Meu irmão necessita do apoio deles, assim como seu pai antes dele.

— Menelau ainda terá o apoio deles. O marido de Cinisca continua vivo e continuará aconselhando seu irmão. Ninguém sabe que fui eu.

Ele agarra o pescoço da esposa. Clitemnestra sorri, desafiadora, muito embora ele a esteja machucando.

— Você é uma mulher vingativa — cospe ele —, desobediente. — Sua mão se fecha cada vez mais, e ela pensa na facilidade com que os ossos do pescoço podem ser quebrados, na fragilidade da carne, fácil de ferir, difícil de curar. Ainda assim, não se mexe nem resiste. Quer que Agamêmnon a ataque, para que ela possa revidar. Mas ele não o faz.

— Todos os dias pergunto aos deuses por que você se recusa a submeter-se. — A voz dele soa rouca, muito embora seja Clitemnestra que está sendo estrangulada. E quando Agamêmnon enfim a solta, é ele quem está ofegante.

Clitemnestra leva a mão à nuca, dolorida onde ele a tocou. Engole em seco e diz:

— Prefiro morrer a me submeter a você.

Ela não sabe dizer se o marido a ouviu, pois Agamêmnon já lhe virou as costas e saiu do quarto.

20

A PROFECIA

Clitemnestra está no *mégaron* quando o mensageiro entra, ofegante, alegando notícias urgentes. É de manhã cedo, e os afrescos brilham à luz avermelhada do alvorecer. Ela conversa com Orestes sobre o comércio local; seu filho apontara para algumas espadas e machados nas paredes e então Clitemnestra se pôs a lhe explicar de onde vinham o ouro, o cristal de rocha e o lápis-lazúli que ornavam as armas.

— Devo chamar meu pai? — pergunta Orestes enquanto o mensageiro recupera o fôlego. Suas mãos estão roxas de frio, e ele as enfia nas mangas opostas da túnica, numa vã tentativa de aquecê-las.

— Tenho um recado para a rainha — pontua ele. — Do palácio de Eleia.

Clitemnestra se retesa na cadeira. De todas as notícias possíveis, esta é a mais inesperada.

— A rainha Timandra está bem? — Provavelmente soa intimidadora, pois o homem parece ter medo de falar.

Ele engole em seco.

— Timandra abandonou o rei Équemo, majestade. — A voz do mensageiro sai baixa, e por um momento Clitemnestra pensa ter ouvido errado. Ele olha para cima e, ao perceber que não houve reação, continua: — Ela foi vista cavalgando noite adentro. Dizem que casou-se secretamente com o rei Fileu e que agora está grávida dele.

Aquele nome não lhe diz nada. Clitemnestra franze a testa, tentando entender.

— Esta mensagem não é de Timandra, então.

O mensageiro balança a cabeça, negando.

— É do rei Équemo. Ele afirma que Timandra enlouqueceu depois que ele mandou sua dama de companhia embora do palácio. — *Crisante*. — Ele diz que a quer de volta.

— Onde está a amiga de Timandra agora?

— Ninguém sabe.

— Équemo está procurando por ela?

O mensageiro franze a testa, como se as perguntas de Clitemnestra não fizessem sentido algum.

— Équemo só quer Timandra de volta, minha rainha.

Orestes encara o sujeito. De trás das colunas perto da lareira, Leon aguarda instruções de Clitemnestra.

— Você pode descansar aqui esta noite — convida ela ao mensageiro. — Leon o levará à casa de banho. Amanhã você voltará ao seu rei.

— O que devo dizer a ele?

— Que lamento por sua perda, mas não posso trazer sua esposa de volta. Timandra é esposa de outra pessoa agora.

O mensageiro faz uma careta, dividido entre o riso e a sobriedade do momento.

— Sim, minha rainha — replica ele e depois sai da sala, seguindo Leon.

Mais uma vez a sós com a mãe, Orestes vai até a parede e passa os dedos nos contornos dos leões pintados. Ele costumava fazer a mesma coisa quando criança, acariciando os afrescos como janelas para outro mundo.

— Por que tia Timandra enlouqueceu? — ele quer saber. Há cortes recentes em seu rosto; o garoto tem lutado mais arduamente na arena, como um cão de briga que aprendeu que o único jeito de sair dali é derrotando os outros.

Clitemnestra respira fundo.

— Ela se importava com a amiga. E o rei Équemo a mandou embora.

— Então ela o abandonou.

— Sim.

— Por que ela não disse que iria embora?

— Ela não podia contar a ninguém. Você ouviu o mensageiro: ela fugiu em segredo.

— Você nunca mais vai vê-la então.

Clitemnestra perde-se no azul do céu dos afrescos. É a mesma tonalidade de céu estival sob o qual ela e Timandra brincavam e lutavam. De todos os seus irmãos e irmãs, Timandra sempre foi a mais parecida com ela.

— Eu sabia que isso iria acontecer — comenta ela. — Uma sacerdotisa em Esparta fez uma profecia à minha mãe anos atrás. Disse que as filhas de Leda iriam se casar duas vezes. — *E três vezes. E seriam todas desertoras de seus legítimos maridos.* Mas Orestes não precisa saber disso. A mãe olha para cima, e ele está carrancudo.

— Você sempre me diz que não acreditamos em profecias.

Ela sorri e se aproxima, beijando-lhe a testa.

— Você está certo — diz Clitemnestra. — Não acreditamos mesmo.

༶

Do topo da muralha adjacente ao Portal do Leão, a terra brilha em contraste à escuridão das florestas e montanhas. Ifigênia conversa com o pai, e, a poucos metros, dois guardas os vigiam pela retaguarda. Ainda naquela manhã, Aileen levou as mulheres até o rio para lavar as roupas da corte, e agora Ifigênia usa um de seus melhores vestidos: azul-claro, bordado com gotas e pingentes dourados. Sentindo a presença da mãe, ela para de falar e se vira.

— Você vai nos deixar de novo, mãe — queixa-se. Agamêmnon também se vira. Seu rosto está cansado; pelo visto, não dormiu muito. Clitemnestra o ouviu discutindo possíveis alianças com seus homens até tarde da noite. Quando enfim pararam de tagarelice e ela adormeceu, sonhou com guerra e morte.

— Você ficou sabendo de Timandra — nota ela.

O rei assente.

— Você vai para Esparta. E desta vez Leon vai acompanhá-la. Para o caso de você querer *assassinar* mais alguém... — Ele se demora na palavra, um escárnio, mas Clitemnestra o ignora.

— Timandra não está em Esparta — declara ela.

Agamêmnon a encara sem vacilar.

— Sua irmã não é a única a causar problemas. Seus irmãos estão dando início a uma briga familiar.

Ávida para participar, Ifigênia intervém:

— Os tios Castor e Polideuces sequestraram duas mulheres que já estavam prometidas aos seus primos.

— Quais primos?

— Linceu e Idas da Messênia.

— Sequer os conheço. — Clitemnestra já tinha ouvido aqueles nomes, eram filhos de um dos meio-irmãos de seu pai, mas não chegara a conhecê-los.

— Ainda são sua família — argumenta Agamêmnon —, e estão com raiva. Seu pai era próximo de Afareu, o pai de Linceu e Idas.

— Era?

— Tíndaro me contou.

Clitemnestra inspira, cerrando os punhos. Foi ali que ela começou a perder o pai, assim que Agamêmnon entrou em sua casa e, aos poucos, se enfiou no coração de Tíndaro.

— Você tem de ir a Esparta e resolver isso — diz ele. — Castor vai lhe dar ouvidos.

— E se ele se recusar?

— Então pode obrigá-lo.

Clitemnestra olha para as casas agrupadas ao redor das muralhas da cidade.

As pessoas nas ruas fazem tanta algazarra que ela consegue ouvir risadas e gritos, os sons dos ferreiros fundindo bronze e dos pés chapinhando nas poças.

— E Helena? — pergunta ela. — Sem dúvida pode convencer Polideuces.

Agamêmnon espera um instante antes de falar.

— Sua irmã não tem estado bem ultimamente. Tem se isolado no quarto e sequer fala com a filha.

— O que houve com ela?

— Menelau diz que está infeliz.

— O que ele fez para ela?

Agamêmnon ri.

— Você sempre acha que somos culpados por essas tolices. Meu irmão não fez nada. Sua irmã é mimada, sempre foi.

— Menelau não a respeita — dispara Clitemnestra.

— Mãe — intervém Ifigênia, tocando a mão de Clitemnestra, carinhosa. — Acho que deveria ir. Tio Castor fará tudo o que a senhora mandar, e tia Helena ficará mais feliz assim que a vir.

Clitemnestra respira fundo, inalando o ar frio. É evidente que a filha não sabe nada sobre Castor: as pessoas podem chorar, implorar, suplicar, e ele sempre vai dar um jeito de fazer o que lhe convém. Mas então pensa na irmã, trancada como prisioneira no lar de sua infância. O pior tipo de solidão: cercada de pessoas, porém todas incapazes de intervir em seu auxílio. É o tipo de situação que nutre a desesperança.

Clitemnestra precisa ir a Esparta.

※

Ao nascer do sol, quando a cidadela ainda está acordando, ela se despede dos filhos e passa pelo Portal do Leão junto ao seu fiel escudeiro Leon. Na aldeia, porcos imundos farejam pelas ruas enquanto dois cachorros lambem um pouco de leite derramado.

Pouco antes de partir, ela acordou Orestes e Ifigênia, que a beijaram em meio a bocejos.

— Conte ao tio Castor sobre meu progresso com a espada — sussurrou Orestes.

— Viaje com segurança, mãe — desejou Ifigênia. — Tenho certeza de que tia Helena ficará muito feliz em vê-la. — Seus cabelos tinham a cor de grãos maduros naquela penumbra, e Clitemnestra acariciou os fios, ajeitando mechinhas. E então seguiu para a cama de Electra.

— É verdade que Helena está doente? — perguntou Electra baixinho, sentando-se ereta.

— Só está infeliz.

— Ouvi dizer que algumas mulheres podem morrer de tristeza.

— *Isto* não é verdade.

Electra ficou sentada em meio a um silêncio insatisfeito. Quando Clitemnestra avançou para lhe dar um beijo na cabeça, ela se aninhou no colo da mãe.

— Volte logo, mãe — pediu ela, a voz discreta como uma folha caindo de uma árvore. Clitemnestra desejou que tivesse sido mais alto, para poder capturar o som e guardá-lo dentro de si.

※

Eles cavalgam por três dias e três noites. A região está silenciosa e fria. As árvores perdem as folhas e parecem inflexíveis, como ossos. Toda vez que o céu fica pesado com a chuva, buscam abrigo em uma caverna ou entre rochas tombadas. Leon é boa companhia: só fala quando necessário, e suas flechas sempre miram boas refeições. Às vezes, quando chega a noite e ambos se aquecem junto à fogueira, Clitemnestra tem vontade de conversar com ele sobre Ifigênia. *Você beijou minha filha*, ela deseja dizer. *Sei que você a ama, mas não pode ficar com ela.* Mas então pensa: *Que sentido faria abordar o assunto? De que adiantaria dizer a um homem que ele não pode ter o que deseja?* Então permanece em silêncio e o observa enquanto Leon esfola uma lebre, com os cabelos caindo no rosto. *Talvez para ele seja melhor assim*, reflete. *Talvez seja bom para ele jamais ter o que deseja, desse modo, nunca existirá algo que um dia lhe poderá ser tirado.*

❦

Chegam ao Eurotas por volta da metade do terceiro dia. A água está congelada, refletindo as montanhas escuras e o céu incolor. Os hilotas estão na lavoura, com panos enrolados nas mãos na tentativa de afastar o frio. Clitemnestra tem o cuidado de cavalgar pelas margens para não amassar os campos durante a passagem, e quando o faz, os hilotas olham para cima, os rostos tomados por rugas e cicatrizes.

Junto ao terreno rochoso ao sopé do palácio, um homem barbudo os aguarda. O vento está tão forte que ele cobriu os ouvidos com sua capa. Mesmo assim, suas mãos estão rachadas, e os olhos, lacrimejantes. Assim que Clitemnestra e Leon desmontam dos cavalos, o homem dá um passo à frente.

— O rei Menelau vos aguarda. Devem vir agora mesmo. — A voz dele é como pregos arranhando uma rocha.

— Minha irmã está bem?

— A rainha Helena está recebendo um convidado. Vocês devem ver o rei Menelau antes de qualquer coisa. Assim ele ordenou.

— Leve-nos até ele, então.

Os dois sobem as escadarias, apressando-se para acompanhar o ritmo do homem. Assim que cruzam a soleira da entrada, o calor os acolhe como um abraço. O sujeito os guia até o *mégaron*, virando-se de vez em quando para confirmar se conseguem acompanhá-lo, como se Clitemnestra não conhecesse o caminho. Quando chegam ao corredor, o homem faz sinal para que aguardem do lado de fora. Parados junto à porta fechada, ouvem-no anunciá-los: "A Rainha Clitemnestra, majestade."

— O que está esperando? Deixe-a entrar — ordena Menelau, fazendo troça do sujeito. — Tragam comida e vinho.

A porta é aberta de novo e uma serviçal passa correndo com uma bandeja vazia nas mãos. Assente rapidamente para Clitemnestra e desaparece em direção à cozinha.

Menelau está sentado naquele que um dia foi o trono de Tíndaro, perto da lareira. Aos seus pés, dois cães domésticos roem um osso comprido. A cadeira da rainha ao lado dele, forrada com pele de carneiro, está vazia. Graças às muitas tochas acesas que iluminam os afrescos, a sala está ainda mais quente do que o restante do palácio. Clitemnestra caminha em direção à lareira, com Leon em seu encalço. Ela para diante das imagens de homens correndo, seus corpos da cor das avelãs, e espera até que o cunhado fale.

Durante o que parece uma eternidade, Menelau mantém-se em silêncio. Apenas a encara, pensativo. Seus cabelos, da cor do bronze, ficaram mais grisalhos com o passar dos anos, mas seu rosto ainda é bonito. Por fim, a serviçal retorna ao salão, ofegante e com a travessa cheia, e Menelau parece acordar do transe.

— Por favor, comam — diz, sorrindo. — Estou feliz por recebê-los aqui.

Clitemnestra pega um pedaço de queijo de cabra e aceita o cálice de vinho que a mocinha lhe oferece.

— E estou feliz por estar de volta.

Menelau abre um sorriso torto, como se a resposta dela tivesse sido uma piada.

— Você tem uma família muito estranha, Clitemnestra — pontua ele.

Ela beberica o vinho. Não sabe aonde ele deseja chegar com tal comentário. Menelau se espreguiça no trono, e ela percebe os anéis ostentosos em seus dedos, muito diferentes do tipo de joia que um verdadeiro espartano usaria.

— Uma irmã que trepa com mulheres, e depois abandona o marido, por outro homem. Dois irmãos que sequestram meninas prometidas aos seus primos. Minha esposa, que se recusa a conversar com o próprio marido. — Ele não fala com raiva, pelo contrário, parece confuso com a situação em que se encontra, como uma criança que pergunta à mãe por que o mundo funciona de determinada maneira.

— Febe e Filónoe parecem ser as únicas membras ajuizadas de sua família. Casadas com reis inúteis, mas pelo menos ouvi dizer que os fazem felizes. — Menelau pisca, engolindo o vinho.

— E a sua família? — pergunta Clitemnestra. — E o seu pai e o seu tio? Um filho morto e cozido, uma filha violada pelo pai. Sua linhagem está amaldiçoada.

Menelau a repele tal como faria com uma mosca incômoda.

— Ficamos cientes de que os deuses tinham amaldiçoado nosso avô desde o momento em que nascemos. Mas nossa sorte mudou. Os dias de contendas familiares acabaram. Micenas e Esparta prosperam e não temos mais inimigos.

Clitemnestra ri.

— Isso é porque vocês mataram todos eles.

— Nem todos — corrige Menelau. — Egisto ainda vive. Mas será encontrado.

Clitemnestra pensa nos cochichos dos anciãos em Micenas: *Egisto deve estar morto. Nenhum homem consegue viver sozinho na floresta por tanto tempo*, mas prefere não se pronunciar.

— E devo lembrá-la — acrescenta Menelau —, de que agora você também faz parte da nossa família. — Para evitar responder, Clitemnestra pega mais queijo e mergulha-o num copinho de mel que a criada lhe oferece. — Na primeira vez que viemos a Esparta — recomeça Menelau —, queríamos ver apenas sua irmã. Ela era de fato tudo o que falavam. *Helena, a bela. Helena, que brilha como uma deusa. Helena, filha de Zeus.* Aí meu irmão viu você e se esqueceu de Helena. Afirmou-me que teria você, não importavam as consequências. Disse que você era diferente das outras, forte e esperta o suficiente para suportar qualquer coisa. Ele nunca tolerou pessoas que têm o hábito de demonstrar sofrimento.

— Eis o problema de seu irmão — comenta Clitemnestra. — Ele só pensa no que quer. Esquece-se de que existe um mundo ao seu redor, repleto de pessoas cujos desejos ele não leva em consideração.

— Ah, ele não esquece, só não se importa. E de todo modo, conseguiu ter você, e me casei com a mulher mais linda de todas as nossas terras. — Menelau sorri, como se tentasse se convencer de sua boa sorte. Então um pensamento cruza seu rosto e ele fica sério novamente. — Mas isso não faz diferença. Ela não me ama e jamais vai me amar. Helena perde o interesse pelas coisas com facilidade e, ao que parece, nunca fica completamente feliz, a menos que seja o alvo da atenção de alguém. É estranho: ela, que é pura luz, está sempre à procura de alguém para lhe apontar seu rumo.

— Ela era feliz antes de você aparecer — afirma Clitemnestra.

Menelau ri.

— Você sabe muito bem que não era. Foi por isso que ela veio até mim, para início de conversa.

Clitemnestra inclina a cabeça.

— Você me convocou aqui para discutir seu casamento?

— Não — responde ele, e sua expressão muda. Agora está mais parecido com o irmão: mais astuto e ganancioso. — Tenho que ir ao funeral de meu avô. Um navio aguarda a fim de me levar a Creta, mas eu queria ter certeza de que você estaria aqui antes da minha partida. Você deve manter as coisas em ordem.

— Que *coisas*?

— Recebemos aqui um hóspede importante de Troia, em missão diplomática. — Clitemnestra ergue as sobrancelhas, mas o rei continua: — O acordo que ele veio negociar está concluído, mas vai ficar mais tempo. Ajude minha esposa a entretê-lo. E certifique-se de que seus irmãos devolvam as meninas aos seus prometidos por direito.

Clitemnestra quer perguntar se Agamêmnon está ciente de tudo. Mas é claro que está. É por isso que ela foi enviada para cá, em primeiro lugar.

— Você fala dessas mulheres como se fossem vacas — observa ela.

Menelau gargalha.

— Vacas, mulheres, cabras, princesas, chame-as como quiser. Para mim, são iguais.

E depois ele se pergunta por que não recebe o devido amor da esposa.

Ela sorri friamente e pede licença. Ao caminhar pelos corredores ornados com muitas das armas de antigos governantes espartanos, flagra-se pensando na avó.

Este já foi um palácio de rainhas poderosas. De guerreiras e filhas de Ártemis. Agora pertence a um homem que trata sua esposa como um troféu dourado.

※

Após um banho rápido, Clitemnestra coloca um vestido persa verde e uma capa de lã escura e sai do *gynaeceum*. Os empregados lhe informaram que Helena não está no palácio, então ela segue a trilha que leva ao templo de Ártemis. Deixou ordens para que Leon procurasse seus irmãos e avisasse de sua chegada a Esparta, assim conseguiria falar a sós com a irmã antes.

Helena está sentada junto às colunas do templo, as mãos alisam o vestido branco. Na cabeça, há um diadema de ouro, fino porém muito valioso, e nos ombros uma pele de leopardo. Parece tranquila. Atrás dela, a fonte no sopé das montanhas jorra, a água corre livremente. Acima, o céu está azul e límpido.

— Helena — chama Clitemnestra, e a irmã se vira. Suas bochechas estão vermelhas de frio, mas os olhos brilham como os mares no verão. Helena avança num salto e a abraça. Clitemnestra sente o calor da pele de leopardo e acalenta a cintura da irmã.

— Eu sabia que você viria, só não sabia quando — confessa Helena.
— Você estava entretendo aquele príncipe troiano?
Helena cora, embora Clitemnestra não entenda o porquê.
— Sim.
Clitemnestra esquadrinha o rosto de Helena em busca de qualquer traço de tristeza ou vazio. Mas, na verdade, seus olhos estão vívidos, e os lábios, sorridentes.
— Eles me disseram que você estava infeliz. Para mim, você parece bem feliz.
A risada de Helena é cristalina.
— Não estou triste mais.
— Que bom. Hermione está bem?
— Claro que está. Só está irritada porque os tios não têm brincado muito com ela ultimamente. — Helena ri. — Então ela brinca sozinha. Você precisa vê-la. Ela desenha as coisas mais maravilhosas na areia, e às vezes faz adornos com plumagem.
— Crisótemis também — revela Clitemnestra. — E nossa mãe? Como está?
Helena dá de ombros.
— Não aceitou bem a partida de Febe e Filónoe. Febe era boa com ela, principalmente quando mamãe bebia demais.
— Devíamos esconder o vinho, então.
— Já tentei. Só serve para deixá-la com raiva. Ela passa a maior parte do tempo em seus aposentos agora, então, para vê-la, precisamos ir até lá. — Ela se senta novamente no chão de rochas à entrada do templo. Seus cabelos estão trançados e realçam o tamanho de seus olhos.
— Precisamos falar com Castor e Polideuces — continua Clitemnestra. — Precisam devolver as mulheres aos homens a quem foram prometidas.
A expressão de Helena é de divertimento.
— Você não muda mesmo. Acabou de chegar e já planeja resolver tudo.
— Se eu não resolver, quem mais o fará?
— Com tudo o que aconteceu conosco, deveríamos ter aprendido a deixar as coisas como estão. Não queremos acabar como Tíndaro.
Também não queremos acabar como Leda, pensa Clitemnestra. A mãe delas sempre foi adepta da crença de que os deuses decidiam pela maioria dos homens, mas Clitemnestra nunca aceitou isto. Imagine só existir sob a noção vacilante de que os deuses podiam fazer e desfazer as coisas a seu

bel-prazer... Como alguém conseguiria viver dessa maneira? Não. Os deuses costumam ser cruéis e têm pouco tempo para dispensar aos mortais.

Helena pega sua mão.

— Além disso, nossos irmãos não estão prendendo ninguém contra a vontade.

— O que você quer dizer?

— Febe e Hilária vieram por conta própria. Elas de fato amam Castor e Polideuces. — Helena olha para baixo, aí acrescenta: — E quem não amaria?

Clitemnestra recua.

— Não podemos forçar Esparta a entrar numa guerra civil. Essas mulheres foram prometidas aos filhos do rei da Messênia. — Helena a encara, franzindo a testa. — Não posso permanecer aqui e travar uma batalha durante a ausência de Menelau. Tenho uma família, filhos dos quais cuidar.

— Nós também somos sua família — lembra Helena com um sorriso melancólico.

— Não vou arriscar uma guerra civil contra a Messênia — repete Clitemnestra —, só para Castor poder dormir com mais uma mulher.

Helena se levanta, balançando a cabeça.

— Agora é diferente. Vou levá-la para vê-lo agora, caso queira. Ele vai fazer você entender.

༶

No regresso ao palácio, Clitemnestra e Helena passam pelos hilotas nas lavouras e pelos estábulos onde as éguas descansam. Junto aos palheiros, ao lado de um garanhão preto, uma mocinha vomita, as mãos afastando os cabelos do rosto. Ela levanta a cabeça a fim de observá-las, o rosto está molhado de suor e dominado pelo enjoo.

— Grávida — conclui Helena.

— Todas nós já passamos por isso — responde Clitemnestra. — Ela vai ficar feliz depois que a criança nascer.

— Vai?

Clitemnestra se vira para olhar para a irmã, mas o rosto de Helena está ilegível.

Dentro do palácio, Helena para diante da porta de madeira do quarto de Castor.

— Entre e fale com ele primeiro — ela se adianta. — Menelau vai partir em breve e devo me despedir dele. — Clitemnestra assente, e Helena volta correndo pelo mesmo caminho por onde vieram, sua sombra no encalço, longa e inclinada no piso de pedra.

Há um burburinho e Castor abre a porta antes que Clitemnestra possa bater. O rosto dele está mais animado do que da última vez que o viu, e seus cachos oleosos caem de maneira fluida ao redor da cabeça.

— Você está sempre caçando problemas, meu irmão — declara ela.

Castor ri. Incapaz de falar séria, Clitemnestra também ri. Depois de o irmão ter lhe dito a mesma coisa tantas vezes quando eram pequenos, ele enfim estava tendo sua desforra.

— Você esperou a vida inteira para me dizer isso — diz Castor. Aí se afasta a fim de deixá-la entrar. O quarto está vazio; é de pedra simples e com móveis simples. Em uma cama esculpida em madeira escura, está sentada uma jovem de cabelos ruivos.

— Esta é Febe — apresenta Castor.

Febe observa Clitemnestra. Há algo de inquietante em sua expressão, como se seus olhos fossem lâminas tentando esfolá-la.

— Castor me contou tudo a seu respeito — comenta ela. — Ele falou que você também ama sua liberdade, mas que está casada com um rei tirano.

— Seu pai prometeu você ao nosso primo? — pergunta Clitemnestra.

— Sim. Você o conhece?

— Não fui apresentada a ele.

Febe se levanta e vai até a janela. Seus cabelos caem pelas costas como uma cascata de fogo. *Ela não seria bonita sem aquele cabelo*, pensa Clitemnestra.

— Na minha terra — relata Febe —, chamam a mim e à minha irmã de Filhas do Cavalo Branco. Amamos cavalgar e nossos cavalos são mais brancos do que as vacas sagradas. Vocês não têm cavalos semelhantes aqui. — Ela para, respirando fundo. — Quando fui prometida ao seu primo Idas, ele disse que mataria meu cavalo favorito. Não queria que eu amasse outra criatura com mais fervor do que amaria meu marido.

— Sinto muito — diz Clitemnestra.

— E mesmo assim você foi mandada para cá a fim de convencer Febe a ir embora, não foi, minha irmã? — As duas últimas palavras de Castor são quase um escárnio. Clitemnestra o encara. Seu irmão nunca ficou com a mesma mulher por muito tempo. As pessoas sempre o divertiam, tal como uma dançarina faria, ou o entediavam.

— Linceu e Idas estão zangados — adverte ela. — Virão atrás de vocês dois.

— É claro que estão zangados — responde Febe. — São homens. Estão acostumados a conseguir o que querem.
— Tarde demais — pontua Castor. Clitemnestra vê o fervor em seus olhos, a selvageria. — Febe e a irmã não podem voltar à Messênia. — Ele se aproxima de Febe e toca sua barriga com a gentileza de um guerreiro tocando a pétala de uma flor. — Elas estão grávidas. As duas.

21

PÁSSAROS E URSAS

No salão de refeições, Clitemnestra observa os cabos intrincados das espadas de bronze que enfeitam as paredes — osso, marfim, ouro, todos com decorações incrustadas de leões caçando corças, gansos voando, cães correndo. Enquanto os criados preparam o salão para o jantar, chegam seus irmãos, Febe e uma mulher de cabelos longos e vestido azul-escuro. Hilária tem o mesmo olhar ardente de sua irmã, porém seus traços são mais delicados. Todos se sentam, e os criados trazem as jarras de vinho. Hermione chega correndo no salão e sobe no colo de Polideuces.

— Onde está sua mãe? — pergunta ele, acariciando seus cabelos.

— Está acompanhando o príncipe troiano — responde Hermione.

Polideuces fica tenso, com os olhos fixos na porta. Os punhos estão cerrados, como se em posição de combate. Clitemnestra segue o olhar dele, e de repente Helena chega, mais luminosa do que nunca. Os cabelos dourados estão soltos em ondas sobre os ombros. Uma túnica lindamente bordada, repleta de gotas douradas, emite um farfalhar agradável enquanto ela se movimenta. Clitemnestra capta a travessura escondida com cuidado em sua expressão. Mesmo depois de todos esses anos, conhece a irmã tão bem quanto a si mesma.

Atrás dela, há um homem diferente de todos que Clitemnestra já viu. Seus olhos brilham como pedras preciosas e seus cabelos são sedosos como a pelagem de uma raposa. Quando ele adentra o salão, a luz de uma das tochas tinge sua pele num belo tom, como o ouro líquido derramado no molde de um ourives. É uma beleza chocante, quase intimidante, pois não há qualquer tipo de esforço nela. *Seria esta a aparência dos deuses?*, pergunta-se Clitemnestra. Helena gesticula para ele, que a acompanha, todo o tempo sem desviar o olhar dela. Uma criada babona salta das sombras e tenta oferecer vinho ao príncipe, mas ele pega a jarra e serve Helena.

— Páris — diz Helena quando eles estão sentados —, esta é a irmã de quem tanto lhe falei.

Os olhos de Páris pousam em Clitemnestra como se ele tivesse acabado de notar sua presença.

— Você é a rainha de Micenas.

— E você é o príncipe troiano que conseguiu selar a paz com os gregos.

— Ah, isso já não sei — responde Páris, sorrindo. É um sorriso atrevido. Helena bate palmas, e jovens entram com flautas e liras. Põem-se a tocar, cada nota se desenredando em silêncio como asas que se abrem na escuridão.

— Em Troia, nunca se faz as refeições sem música — explica Helena. Páris lhe sorri, ela retribui. Ela não toca na comida; o mel do prato se espalha e encharca o queijo.

— Sua estadia em Esparta tem sido agradável? — pergunta Clitemnestra a Páris, na tentativa de dissipar o desconforto causado pelo modo como ele olha para sua irmã.

— A mais prazerosa possível — diz Páris. — Sempre ouvi dizer que Esparta não passava de um pequeno palácio num monte rochoso. É muito mais suntuosa, e seu povo é muito mais acolhedor do que eu poderia imaginar.

— Decerto deve ser muito diferente da sua cidade natal — responde Clitemnestra. Pelo que soube, Troia é maior do que qualquer cidade grega, uma enorme e inexpugnável cidadela construída numa colina em frente ao mar. *Um palácio com paredes da cor do trigo*, dissera-lhe um emissário certa vez, *com construções tão altas que as pessoas ficam mais próximas dos deuses*.

Páris dá de ombros.

— Sim, é bem diferente de Troia. Nossa cidade tem muralhas e torres mais altas do que montanhas. É possível ver todo o terreno ao redor da cidade do alto dos baluartes. É como ouro derretido. — Ele faz uma pausa, bebendo o vinho, e uma mecha de cabelo cai em seu rosto. — Mas, na verdade, não cresci em Troia. Quando nasci, minha mãe sonhou que deu à luz uma tocha flamejante. Um aviso, disse o vidente da corte, um sinal que previa a queda de Troia. — Ele sorri, como em zombaria ao vidente. — Ele então alegou que a única maneira de poupar o reino seria me matando, e meu pai acreditou nele. Nosso povo é profundamente religioso... Seriam capazes de decepar os próprios braços só para não frustrar os deuses.

A música está mais baixa agora, e a voz de Páris flui como se cantasse.

— Minha mãe não foi capaz de me matar. Não podia ignorar o vidente, mas também não conseguiria assassinar um filho. Então me deixou no monte Ida, certa de que eu morreria lá. — Uma sombra lhe perpassa o rosto, e ele logo a disfarça com seu belo sorriso. — Mas quem pode saber quais planos os deuses traçaram para nós? Um pastor de rebanhos me encontrou no afloramento rochoso onde minha mãe me deixou. Poderia ter me matado, ter me jogado no rio, mas me acolheu como se eu fosse um filho.

Clitemnestra encara o rosto deslumbrante. Páris não parece um homem que viveu entre ovelhas e cabras. Qualquer outro príncipe teria vergonha de se abrir sobre suas origens, mas ele não. Páris parece mais orgulhoso de sua criação do que de seu berço. Mas talvez seja este o caminho para o coração das pessoas: não a beleza, não a riqueza, e sim a história.

— Se não cresceu em Troia — pergunta Clitemnestra —, por que foi para lá?

— Eu não queria envelhecer pastoreando campos — explica ele como se afirmasse o óbvio. — O pastor me contou a verdade quando atingi a maioridade. Então viajei para a cidade, deixando minha vida para trás. Eu queria que o rei me reconhecesse como seu filho legítimo.

Clitemnestra não tem dificuldade para imaginá-lo com uma túnica suja, caminhando em meio às poderosas muralhas de Troia, ajoelhado diante do velho. O rei Príamo deve ter sido rápido em reivindicá-lo desta vez, afinal de contas, os deuses estavam lhe dando a oportunidade de consertar um erro passado.

— Dizem que seu pai tem cinquenta filhos e cinquenta filhas — comenta Clitemnestra. — Por que escolheu mandar justamente você para cá?

Helena toca a mão da irmã, uma tentativa de pedir-lhe que pare de questionar o príncipe. Mas Páris não parece irritado nem ofendido. As respostas são dadas sem hesitação.

— Pedi para vir. Queria mostrar ao meu pai que sou tão digno quanto os outros filhos dele.

A música cessa. À direita de Clitemnestra, Febe e Hilária contam uma história à pequena Hermione. A menina ri, e Polideuces acaricia os cabelos dela, ouvindo o conto com um meio-sorriso. Castor parece perdido em pensamentos, devorando a comida e contemplando as armas reluzentes na parede. Todavia, assim que Páris para de falar, ele olha para cima.

— Você, um nobre príncipe, todos aqueles anos no monte Ida entre pastores e ovelhas... Imagino que deva ter sido imensamente desejado por todas as mulheres de lá.

Helena pigarreia. Como se quisesse se livrar da conversa, ela chama Hermione, que então abandona seu lugar ao lado de Polideuces e trota alegremente até a mãe.

— Eu era casado — responde Páris, sorrindo —, mas, quando voltei à corte, não pude levá-la. Ela era uma garota das montanhas, não iria se adaptar à vida no palácio.

Castor ri e continua a fazer perguntas ao príncipe: as mulheres do palácio se adaptavam bem à corte? Os guerreiros de Troia são tão fortes quanto dizem? Clitemnestra não está surpresa. Mesmo depois de tantos anos, seu irmão não resiste ao hábito de intimidar os outros com interrogatórios, fisgando-os com seus truques. Ela se concentra na comida e deixa Castor dominar a conversa.

— Então a sacerdotisa estava certa mais uma vez — conclui Helena baixinho. Ela está trançando os cabelos de Hermione. A música fica mais alta de novo e Páris ri das perguntas de Castor.

— Pelo visto a subestimamos.

— Primeiro você, depois Timandra — calcula Helena. — Em breve será a minha vez.

Clitemnestra ri.

— E então seremos todas *desertoras de nossos legítimos maridos*. Embora eu não tenha certeza se minha experiência conta como deserção.

Helena sorri, esperançosa.

— Talvez você venha a ter mais um marido. Lembre-se: a sacerdotisa disse que nos casaremos *duas e três vezes*.

— Isso não seria maravilhoso?

É a vez de Helena rir. Ela termina de arrumar os cabelos de Hermione, que por sua vez apoia a cabeça em seu peito.

— Sabe, uma vez Leda disse que nossas vidas são curtas e tristes, mas às vezes pode ser que tenhamos a sorte de encontrar alguém que cure nossa solidão.

Clitemnestra não tem certeza se a solidão da mãe algum dia foi curada, mas prefere não estender a discussão. Helena pega a mão dela.

— Não importa quantos maridos venhamos a ter, já tivemos a sorte de ter uma à outra.

Por um instante, as tochas brilham com mais intensidade e nada mais importa para Clitemnestra senão o amor de sua irmã.

※

Antes de dormir, ela vai até o quarto da mãe, no extremo do *gynaeceum*. A maioria das tochas já foram apagadas e ela tateia a parede para evitar tropeçar.

No quarto de Leda, o calor é mais incômodo e o ar cheira a vinho condimentado. Ela vê a silhueta da mãe deitada de lado na cama, o rosto voltado para a única janela.

— Clitemnestra — diz Leda, a voz nítida no silêncio absoluto. — Acenda uma tocha para mim.

— Sim, mãe.

Ela pega a última tocha moribunda e a leva até as outras ao longo do quarto. Elas acendem e tremeluzem, lançando longas sombras sobre os tapetes de couro no piso. Leda senta-se e a estuda.

— Você está mais linda do que nunca — elogia. — Micenas lhe cai bem.

— Eu não diria isso.

Leda sorri.

— Venha, sente-se comigo.

Clitemnestra cobre o espaço entre elas e senta-se nas peles de ovelha. De perto, sente o calor da mãe e detecta seu leve perfume, como o odor de terra depois da chuva.

— O que achou das moças que seus irmãos tanto amam?

Ela perscruta o rosto da mãe em busca da resposta certa, mas Leda só parece curiosa mesmo.

— Gostei delas.

— Eu sabia que iria gostar. Febe é forte. Só que veio em momento inoportuno. — Leda se abaixa para pegar um cálice de quartzo cinzelado no chão. Bebe um pouco de vinho e depois se vira a fim de encarar a filha. — Sei que você matou Cinisca.

Clitemnestra permanece calada. Leda não parece zangada, apenas triste. O momento de silêncio se estende entre as duas, até enfim arrebentar-se.

— Você sempre foi uma criança inteligente — diz Leda —, mais sagaz do que as outras. E acho que você tinha ciência disso. Isto lhe deu forças para ser ousada e para falar livremente sempre que queria. — Ela suspira, apoiando a cabeça no travesseiro. As folhas douradas gravadas na cabeceira emolduram sua cabeça como uma coroa. — Mas não lhe ensinou a aceitar a derrota e que, para conseguir o que deseja dos homens ao seu redor, é preciso fazer com que creiam estar no comando.

— Se é isso que uma mulher deve fazer, então não quero ser uma.

Leda afunda ainda mais na cama. Suas mãos estão mais enrugadas, as veias saltam da pele como uma bacia hidrográfica.

— Você é uma. Quem mais tem uma alma como a sua? Desde que nasceu, você foi a favorita de seu pai. Que rei costuma preferir uma menina a seus filhos?

— Um rei justo.

Leda segura a mão de Clitemnestra, que está cálida, quase febril.

— Tínhamos expectativas para você, ambições. Seu pai colocou muita pressão em você, ávido por um casamento poderoso. E, por causa disso, arruinou-a.

As palavras doem.

— Não estou arruinada.

— Mas está infeliz. — Leda deixa o cálice de lado e tomba a cabeça no ombro. Está exausta. — Agora preciso dormir — avisa, com os olhos já fechados. Rapidamente, sua respiração fica mais ruidosa e sua mão cai, flácida.

Clitemnestra permanece por um bom tempo ali, na cama da mãe. Leda tem razão. Durante toda a infância, ela tentou ser perfeita, superar todos os desafios e consertar todas as coisas quebradas que encontrava ao longo do caminho. Assim o fez porque assim seus pais lhe ensinaram. Mas aquela menina selvagem e corajosa, que sempre botava a própria coragem à prova, constantemente protegendo os seus, já não existia há muito tempo.

Como é que Leda não conseguia enxergar isso?

Os corredores fedem a lembranças.

Outra pessoa talvez precisasse se concentrar para captar o cheiro — enterrado sob os aromas oleosos dos banhos e as notas de especiarias do salão de banquetes. Mas Clitemnestra, não. Seu desejo agora é ir ao seu antigo quarto, enterrar o rosto nas peles de ovelha e desaparecer, porém os mortos estão aqui, em algum lugar, desesperados para alcançá-la.

As paredes são frias sob o tato, mortas. Pedras velhas e escurecidas que carregam o sangue seco de seu Tântalo, suas últimas palavras e seus últimos suspiros. Os últimos berros e lágrimas de seu filho. O pequenino foi morto nas mãos de uma hilota; Marpessa era o nome dela. Sendo que ele deveria estar nos braços da própria mãe.

Na verdade, ela deveria prantear o luto pelo marido e pelo filho lá fora, nos túmulos da realeza, onde cinzas e restos mortais repousam em urnas. Mas lá, somente o frio e o silêncio a aguardam, nada mais. É aqui que as lembranças podem ser encontradas, neste lugar onde sua dor se infiltrou: em cada fenda da parede, em cada brasa das tochas moribundas. Foi aqui que Tântalo e o seu bebê morreram, e aqui ficarão trancados para sempre à medida que a vida em Esparta prossegue sem eles, despreocupada e impiedosa.

— Você o perdoou antes de ele morrer? — pergunta Clitemnestra. Ela passou a noite toda perambulando pelos corredores, com o estômago ardendo e as lembranças cravando suas garras. Agora está de volta ao quarto da mãe, ávida para desabafar sua dor.

— Quem? — pergunta Leda. Seus olhos estão nebulosos.

— Meu pai.

Leda suspira.

— Não é nossa função perdoar. O perdão está nas mãos dos deuses.

Clitemnestra se afasta.

— Você não fez nada. Sabia do plano dele e não fez nada para me proteger. Passou todos esses anos mentindo por Helena, poupando-a, mas não conseguiu encontrar um jeito de me proteger.

Leda balança a cabeça.

— Só descobri quando já era tarde demais. Você sabe disso. Encontrei os corpos quando nada mais poderia ser feito.

— Não estou falando da morte deles — diz Clitemnestra. — E sim do meu casamento. — Leda fecha os olhos e seu rosto parece prestes a desmoronar, mas Clitemnestra insiste: as palavras ficaram entaladas tempo demais. — Poderia ter me alertado, me ajudado. Em vez disso, calou-se enquanto ele me vendia para um homem cruel.

— Assim é Esparta. O desejo do rei é lei. A honra de cada homem e a vida de cada mulher pertencem a ele. Sim, eu detinha poder. Sim, governei com seu pai, mas eu não era livre. Nenhum de nós é.

— E a minha honra? — rosna Clitemnestra. — Você não faz a mínima ideia das coisas que tolerei por causa dos *desejos do rei*. Não há honra em ser estuprada, nem honra em ser espancada. Se você acha que há, então é uma tola.

Leda respira fundo. O ar frio penetra seus ossos e Clitemnestra fica esperando que a mãe lhe peça perdão, mesmo ciente de que não bastaria.

Mas Leda se limita a responder:

— Nunca lhe contei como vim a me casar com seu pai. — *Não me importo*, Clitemnestra tem vontade de dizer. É tarde demais para suas histórias. Mas a língua parece pesada na boca, como uma pedra. — Lembra-se de quando lhe contei sobre Hipocoonte, e de como ele derrubou seu pai? Antes de Héracles ajudá-lo a retomar o trono, Tíndaro fugiu com Icário. Eles imploraram hospitalidade a muitos reis, até enfim serem recebidos pelo seu avô Téstio, meu pai. Téstio alimentou e cuidou de Tíndaro como se fosse um filho, no entanto ele pediu algo em troca.

— Um casamento — conclui Clitemnestra.

— Sim, um casamento. Eu era jovem, desobediente e também a favorita de meu pai. Eu me considerava pouco afável, mas Téstio gostava da minha rebeldia. Quando ele me procurou para propor casamento, aceitei. Considerei aquela minha grande oportunidade de deixá-lo orgulhoso e feliz.

"Chegou o nosso festival de inverno, quando as meninas dançavam para a deusa Reia. Era minha época favorita do ano... Usávamos belos vestidos e máscaras com penachos e corríamos pela floresta onde os espíritos se escondiam. Cantávamos para as estrelas, pedindo calor no inverno e chuva no verão. Seu pai ficou me observando. Sua pele era escura e cálida, e encarei aquela característica como uma degustação da terra ensolarada da qual ele viera. Deixei que tocasse as plumas do meu vestido, e ele disse que eu era o pássaro mais lindo que já tinha visto. A floresta o ouviu, pois logo os rouxinóis se puseram a cantar. Então segui o som, puxando Tíndaro da claridade das tochas para a parte densa da floresta, onde galhos compridos são o disfarce perfeito para todas as coisas. Na manhã seguinte, ele me pediu em casamento."

Leda não olha para a filha ao falar. Seus olhos estão fixados para além da janela, na floresta ao longe, nas árvores que balançam ao vento.

Clitemnestra encara as próprias mãos.

— Seu casamento foi resultado de uma aliança política, mas isso não significa que você entenda como me senti.

— De fato. — Leda então agarra o pulso de Clitemnestra, que sente toda a força e ousadia que a mãe um dia já teve. — Se eu pudesse voltar, mudaria tudo. Teria permanecido ao seu lado e desafiado seu pai. — Seus olhos brilham de tristeza. — Mas, se você realmente for como eu, e ache difícil perdoar meus atos, espero que ao menos compreenda que também tem sido difícil para mim.

O céu escurece, pronto para derramar suas lágrimas. Clitemnestra observa os pássaros voarem, afastando-se das árvores, dançando como Leda, em busca de abrigo antes da tempestade.

Ártemis Orthía,
nós a veneramos!

Clitemnestra posta-se ao lado do templo enquanto as mulheres ao seu redor dançam e cantam. É o festival de inverno para Ártemis, quando meninos e meninas trazem presentes para a deusa, cantando até o amanhecer.

Há tochas fincadas no chão que sacolejam com a algazarra dos pés, e os dançarinos vêm e vão em meio às sombras, vestindo apenas peles de animais. Um lobo. Um lince. Um leopardo. Um leão. As mais novas estão vestidas de ursas e oram mais ruidosamente à deusa.

— Sempre me esqueço: uma garota matou um urso ou foi o contrário? — Castor lambe os lábios, uma jarra de vinho na mão. À luz, o líquido é escuro, como sangue.

— *Era uma vez uma menina que provocou um urso domesticado nesta terra, e a fera arrancou-lhe os olhos* — recita Clitemnestra. — *Então os irmãos da garota mataram o urso, desencadeando a fúria de Ártemis. Por isso agora pagamos a morte do urso.*

— Ártemis sabe ser cruel — ressalta Castor, bebendo um gole de vinho. Clitemnestra pega a jarra antes que ele termine.

Caçadora, arqueira,
nós a veneramos!

Deusa vinculada ao salgueiro,
nós a veneramos!

Helena está parada não muito longe deles, uma pele de leopardo amarrada nos ombros, os cabelos loiros em uma cascata de tranças. Clitemnestra olha em volta, mas Páris não está à vista. Os olhos da irmã estão concentrados nos dançarinos. De repente Polideuces pousa a mão no braço dela, como se ali fosse seu lugar de direito.

— Sabia que uma vez vi Timandra beijando outra garota durante a Procissão das Ursas? — comenta Castor. — Ela me encarou como se me desafiasse a revelar seu segredo, depois fugiu e se escondeu.

— E aí? O que você disse a ela? — pergunta Clitemnestra.

— Nada. Mais cedo ou mais tarde, nosso pai teria descoberto e ordenado uma surra de chibata para ela. Não que Timandra se importasse. Sempre foi insubordinada.

Uma brisa fria sopra e Clitemnestra ajeita a pele de leão em volta do pescoço.

— Sinto falta dela — admite. — Ela não foi feita para se casar. Essa não era a vida que ela queria.

Castor abre um meio-sorriso.

— E por acaso *você* conseguiu a vida que queria? Por acaso *eu* consegui?

*Mãe da floresta,
nós a veneramos!*

Agora a canção das meninas se assemelha ao trinado de um pássaro. A dança fica mais selvagem. Braços, seios, cabelos, pernas aparecem e desaparecem enquanto se movimentam ao redor das tochas, com a estátua pintada de Ártemis a observá-las. Os meninos emergem de repente das sombras do templo. Corpos nus e esguios, com máscaras e chifres na cabeça, juntam-se à música antes de correrem em direção à floresta. Vão voltar ao amanhecer com oferendas à deusa, os corpos manchados de sangue.

— Eu queria governar — comenta Clitemnestra —, e você queria partir nas suas aventuras.

— Você não queria se casar com um bruto — Castor fala calmamente, sem a diversão presente em seu rosto há instantes.

Atrás deles, as árvores estão tão escuras que se fundem ao céu. Clitemnestra se afasta das meninas-ursas e toma as bochechas de Castor nas mãos.

— Não importa — conclui ela. — Não vou ficar casada com ele para sempre.

22

O SEGREDO DE HELENA

Entre o período com a irmã e os jantares com os irmãos, a estadia de Clitemnestra em Esparta torna-se mais doce. Cavalga pelas colinas gélidas com Castor e passeia pela cidade com Febe e Hilária. Elas vagueiam pelos jardins e pelas casas da aldeia, caminhando sobre os rastros de luz e sombra que se alternam entre as construções, partilhando histórias.

As meninas podem até não serem ensinadas a lutar em Messênia, diz Febe a Clitemnestra, mas têm outros aprendizados. Conhecem os segredos da mata, onde cresce cada cogumelo e onde as corças se escondem. Sabem os nomes das plantas e das árvores, das bagas e dos frutos. E há os cavalos. Meninos e meninas cavalgam antes mesmo de aprenderem a andar, e valorizam suas montarias acima de qualquer outra coisa.

— Sente saudade de casa? — pergunta Clitemnestra enquanto elas caminham entre as roseiras floridas de um jardim. Geralmente Febe é a mais faladeira, com seu olhar fervoroso e jeito desafiador, mas desta vez é Hilária quem responde.

— Não há mais nada em Messênia para nós. — Suas palavras são duras e bem articuladas. O rosto é como uma rocha, perfeitamente esculpido, mas seus olhos são ternos e transbordam segredos.

À noite, depois do jantar, um grupo se reúne em torno da lareira do palácio: Clitemnestra e Helena, Castor e Polideuces, Febe e Hilária. Leon junta-se a eles, sempre próximo de sua rainha; e também se faz presente o príncipe troiano. Ao redor, há as cabeças concordantes dos criados, que escutam furtivamente, curiosos.

Páris conta muitas histórias: sobre a beleza da cidade de Troia, sobre crescer no monte Ida, sobre a primeira esposa e como ela adorava tocar lira. Toda noite, conforme o fogo morre, Hermione adormece no colo da mãe, e Helena acaricia sua cabecinha enquanto continua a ouvir as histórias do príncipe. As reuniões trazem uma sensação de paz, é como repousar sob cobertas quentinhas quando chove lá fora.

Certa noite, Leda junta-se a eles, Febe conta uma história engraçada sobre deuses lascivos e deusas ciumentas. Todos riem, e os cães aparecem para roçar em suas pernas, pedindo comida e carinho. Clitemnestra sorri para a mãe e os olhos de Leda se iluminam. *Veja só, mãe*, pensa ela, *vê como estou feliz?*

Ainda assim, em meio a toda aquela paz e leveza, Clitemnestra consegue ouvir um estrondo ao longe. É como estar na praia quando a maré baixa. Tudo está calmo e tranquilo, mas todos sabem que, em algum momento iminente, a maré vai subir.

※

Então, no décimo dia da estadia de Clitemnestra, a maré sobe tão rapidamente quanto uma tempestade de inverno.

Estão todos juntos no *mégaron*, Castor e Polideuces de pé num canto, Helena na cadeira drapeada da rainha e Clitemnestra no trono de Menelau. Depois de tentar convencer a irmã de que o trono era seu lugar, Helena balança a cabeça.

— Você foi convocada aqui por um motivo: cuidar da família. Faça o que tem de fazer. — Seus olhos carregam uma urgência que Clitemnestra nunca tinha visto até então. — Além do mais — acrescenta Helena —, só o que o povo diz sobre esses nossos primos é o suficiente para me assustar. — Clitemnestra não tem tempo de lhe perguntar o que o povo vinha dizendo sobre os príncipes da Messênia, pois Leon anuncia a chegada de Linceu e Idas ao salão.

Agora que os primos estão ali diante de seus olhos, Clitemnestra entende o que Helena queria dizer. Linceu não parece um príncipe: está mais para um fazendeiro que sabe manejar um machado. Ele tem uma barba densa e usa pele de lobo no ombro. O rosto de Idas está barbeado e revela um corte limpo na bochecha esquerda, além de um sorriso assustador. Há três adagas atadas ao seu cinto, as lâminas curtas e finas, do tipo que um assassino sanguinário usaria. Embora seja o mais jovem dos dois, ele assume a comunicação:

— Queridos primos — começa —, como é bom vê-los. — Ele olha em volta, para os afrescos nas paredes, e abre bem os braços. Seus olhos são vazios e frios, de um cinza sujo. Fazem Clitemnestra pensar em uma poça congelada. — E que palácio este se tornou! Antigamente, o seu povo não se importava com riquezas, mas agora parece que vocês têm mais ouro e armas do que a poderosa Creta.

Clitemnestra sente Helena se remexer na cadeira, mas ela não move sequer um músculo. Só olha para Idas, séria. Lembra-se de seu pai ter dito uma vez que, quanto mais inquieto um rei se mostra ao receber um convidado no *mégaron*, mais aterrorizado está.

— Bem-vindos a Esparta — saúda ela, com a voz firme.

O sorriso não desaparece do rosto de Idas. É como o sorriso de uma serpente peçonhenta.

— Devo admitir que estou um pouco confuso. Viemos aqui prontos para que nossas mulheres nos recebessem de braços abertos e, em vez disso, nos encontramos diante da rainha de Micenas.

O primo caminha em direção ao trono, até que Leon bloqueia seu caminho. Idas o encara e ri. Leon dá um passo para trás.

— Todos sabemos por que estamos aqui — continua ele de modo alegre. — Devolvam-nas a mim e a Linceu, e perdoaremos seus irmãos por sequestrá-las. Em vez de tratá-los como traidores e ladrões, esqueceremos o assunto. — Seu sorriso se alastra, ainda mais assustador.

— Febe e Hilária não foram sequestradas — intervém Castor. — Vieram conosco de boa vontade.

Idas se vira para ele.

— Você fala, primo, mas nem sequer está sentado num trono. Por acaso perdeu seu pau?

Helena arqueja. Castor ri. O som ecoa nas paredes e, quando morre, deixa um eco fraco e maligno.

— Fale assim de novo do meu irmão e cortarei sua garganta — avisa Polideuces.

Os olhos de Idas encontram os de Polideuces, e ele dá um sorriso malicioso.

— Espero que não o faça, *Matador de lagartos*. É assim que o chamam, não é? Tenho certeza de que você não ganhou esse apelido por ser misericordioso. — Seu tom é zombeteiro. — Mas me parece um homem honrado, alguém que não mataria um primo dentro do próprio lar, não depois de ter tomado a noiva dele.

— Sua noiva não foi sequestrada — repete Castor.

— Você está certo, Idas — intervém Clitemnestra. — Jamais mataríamos hóspedes em nosso lar. Podemos lhes dar hospitalidade, comida, vinho... mas não Febe e Hilária.

Idas sorri de novo. O incisivo superior está lascado.

— Bem, parece-me que temos um impasse aqui. Não iremos embora sem elas.

Clitemnestra respira fundo. Nota Leon parado, tenso, ao lado do trono, segurando rigidamente o cabo da espada. Não é uma boa tática. Idas não parece um homem forte, mas deve ser veloz. Ele tem a postura traiçoeira de um animal que ataca antes que se consiga prever seus movimentos.

— Ainda iria querer uma mulher grávida de outro homem? — pergunta ela após uma longa pausa.

O sorriso de Idas desaparece. Linceu coloca a mão no braço do irmão, como se quisesse acalmá-lo, mas Idas não se mexe.

— Vocês treparam com elas, então — murmura ele. Seus olhos brilham, é difícil dizer se de satisfação ou de raiva. — Linceu mencionou que aconteceria. Não foi, irmão?

Linceu assente. Parece um touro, com seus olhinhos malvados.

— Ele me disse: "Não confie nesses desgraçados, irmão. Eles irão para a cama com nossas mulheres antes mesmo que você se dê conta". E estava certo.

Não há nada a dizer, então Clitemnestra fica em silêncio. Já conheceu homens cruéis, até se casou com um, mas Idas lhe parece alguém que tortura pessoas só porque sim.

— Imagino que tenha gostado — continua ele, arregalando os olhos. — Febe, especialmente, é uma garota espirituosa. Ela já lhe contou sobre nosso período juntos na cama? — pergunta ele a Castor.

O rosto de Castor está frio como uma lâmina.

— Já.

— Só isso? Ela não fez mais comentários? Não mencionou como chorou quando a possuí?

— Você nunca mais vai botar as mãos nela.

O sorriso de Idas azeda.

— Bem, viemos pedir com educação. Se não as devolverem, tomaremos à força, e aí será pior para todos os presentes.

— Esparta é mais poderosa do que o reino de seu pai — argumenta Clitemnestra. — Perturbar Menelau seria desvantajoso. Metade das cidades gregas são leais a ele e ao meu marido.

— Tenho certeza de que o rei de Esparta ficaria feliz em devolver o que nos pertence.

— Ele não está aqui — retruca Clitemnestra —, então a decisão fica em nossas mãos.

Um lampejo de raiva perpassa o rosto de Idas.

— Se você fosse minha esposa, eu cortaria sua língua.

Leon, Castor e Polideuces dão um passo à frente, mas Clitemnestra os detém com um gesto.

— Isso não seria necessário — rebate ela. — Se eu fosse sua esposa, mataria você durante o sono.

Idas sorri.

— Mesmo? Então por que não assassinou seu marido, pois ouvi dizer que ele matou seu primogênito. Então talvez... — ele lambe os lábios — você não seja tão forte quanto pensa.

— Vá embora — ordena Clitemnestra — ou vou mandar fatiá-lo aqui e agora.

Idas olha ao redor e, por um instante, Clitemnestra pensa que será louco o suficiente para incitar uma briga. Mas então seu irmão lhe agarra o braço e eles se fitam brevemente.

— Obrigado por sua hospitalidade — agradece Idas. — Tenho certeza de que nos reencontraremos muito em breve, e então nos divertiremos um pouco.

Ele dá meia-volta e sai, com o irmão no encalço. As adagas no cinto de Idas brilham ao longo do corredor.

— Devo atirar neles do terraço, minha rainha? — pergunta Leon quando os passos de ambos desaparecem nos corredores. Sua voz é firme, embora Clitemnestra saiba que está tão assustado quanto todos ali.

— Não — orienta ela. Aí se vira para Castor, e dói ver quanto está magoado, a tristeza e a raiva tomando-o de assalto.

— Você sabia deles? — pergunta ela.

— Sim — responde Castor.

— Por que não me contou?

— Eu não queria que você os expulsasse porque eles são monstros. Queria que você o fizesse porque amo Febe, e porque Polideuces ama Hilária.

Ela vai até o irmão e o abraça. Castor retribui, embora seu corpo permaneça rígido, alerta. E agora Clitemnestra entende por que seu irmão ama Febe. Cólquida o endureceu, deixando-o vazio por dentro. Mas com Febe, ele tem a oportunidade de acalentar algo avariado, de estar com alguém que merece seu amor. Enfim tem um propósito.

— E se retornarem? — indaga ela.

Castor endurece em seus braços.

— Aí vamos matá-los.

※

Mais tarde, Febe encontra Clitemnestra nos jardins, entre montes de folhas caídas.

— Você foi corajosa hoje, enfrentando Idas daquele jeito — elogia Febe. Ela se aproximou tão de mansinho que Clitemnestra não ouviu sua chegada.

— Fiz o que tinha de fazer. Não havia alternativa.

— Você poderia ter nos mandado de volta, tal como Menelau pediu.

Clitemnestra sente a ponta do nariz corar de frio.

— Você disse que Idas ameaçou matar seu cavalo caso vocês se casassem — diz ela. — Ele matou?

— Matou. E me obrigou a assistir enquanto o animal morria.

— O que mais ele fez?

Febe empina o queixo. Há algo desafiador em seu rosto.

— Idas fez coisas horríveis comigo e com minha irmã. Ninguém o denunciou porque todos o temem. Ele é cruel e pervertido. A morte o diverte. — Febe ajeita uma das mangas do vestido cinza. A cor não lhe favorece, mas ela não parece o tipo de mulher que se importa em parecer bonita.

— Mas não quero falar sobre isso — acrescenta ela. — Cada um de nós tem suas cicatrizes e é nosso dever carregá-las. Só vim dizer que estou grata pelo que você fez.

Clitemnestra toma o braço dela no seu.

— E estou grata por meu irmão ter tido a sorte de encontrar você.

Febe assente e seus cabelos ruivos caem sobre o rosto. Seus olhos fixam-se nos de Clitemnestra, as pupilas dilatadas e firmes.

— Aconteça o que acontecer, independentemente do que Idas e Linceu façam, prefiro morrer a voltar para a Messênia. — Cada palavra retumba como uma pedra, pesada. — Seu irmão sabe disso.

Então ela retorna ao palácio.

— Sempre pensei que nossos irmãos se casariam com mulheres vaidosas — comenta Helena.

Estão na casa de banho, só as duas. Helena apoia a cabeça na borda de barro da banheira, e mantém os olhos fechados. Clitemnestra observa seu rosto, voltado para cima para capturar a luz da tocha.

— Por que achava isso? — pergunta.

— Os homens geralmente são muito egoístas, ainda mais quando são especiais. E Castor e Polideuces são especiais. Achei que fossem querer alguém mais comum ao lado deles.

— Você nunca foi comum, e mesmo assim Polideuces amava você.

Helena senta-se.

— Éramos crianças. Ele não sabia que era errado amar uma irmã daquele jeito.

Clitemnestra sente a água lamber seu pescoço.

— Você acha que ele mudou de ideia, então?

— As pessoas podem mudar de ideia, mas não podem mudar os sentimentos. Só acho que agora ele entende o certo e o errado, e age de acordo. — Suas bochechas estão vermelhas por causa do calor no ambiente e o vapor embaça suas feições.

Clitemnestra tateia uma cicatriz nas próprias costas, alisando as pontas irregulares. Quando busca o rosto da irmã, Helena está apreensiva, de olhos arregalados.

— O que foi? — pergunta.

— Tenho de lhe contar um segredo — diz Helena, de uma só vez.

Clitemnestra quase gargalha. Quando crianças, toda vez que Helena dizia que tinha algo a confessar, era sempre um segredo bobo, como o furto de um figo, uma esquiva das reprimendas de Tíndaro ou o fato de ter se escondido em algum lugar. Clitemnestra costumava zombar dela por isso.

Mas então Helena fala:

— Eu dormi com o príncipe troiano.

A luz que emana da tocha parece subitamente tênue e fria. Os cabelos de Helena formam cachos em volta do rosto, úmido por causa do banho.

— Você não tem nada a dizer? — insiste ela, a voz trêmula.

Clitemnestra afunda ainda mais na banheira, embora a água esteja esfriando.

— Não.

— Isso não faz sentido. Você sempre tem algo a dizer.

— Está feliz? — indaga Clitemnestra. A pergunta soa estranha em seus lábios, e ela percebe que não é algo que costuma inquirir com frequência. Talvez a mãe estivesse certa, afinal de contas.

— Sim.

— Sabe que ele irá embora em breve.

— Sim. — Helena parece preocupada e fala rapidamente, ansiosa. Clitemnestra pondera se mais alguém sabe.

— E se Menelau descobrir?

— E daí se ele descobrir?

Decerto seu marido ficaria furioso, mas o fato de Helena não estar com medo era novidade.

— Fiquei perdida quando você foi embora — conta Helena. — Fiquei infeliz até o retorno de Polideuces, mas aí veio Hermione. Ela chorava o tempo todo... Não me deixava dormir. E eu não poderia deixá-la nas mãos de terceiros, não depois do que aconteceu com você. — Ela faz uma pausa e Clitemnestra assente, o coração em frangalhos. — E então, quando ela finalmente passou a dormir direito, eu tinha o desprazer de ouvir Menelau com outras mulheres o tempo todo. Ele as exibia e todas me odiavam. Eu sabia o que elas estavam pensando: "Veja só você, a mulher mais linda da região, e não consegue nem segurar seu marido. Você não é melhor do que a gente".

— Mas você é melhor do que elas — afirma Clitemnestra.

Helena dá de ombros.

— Não sei se sou. Aí Páris chegou e todos o adoraram. Quase um deus, divino, é assim que se referiam a ele.

Páris é como ela, pensa Clitemnestra de repente. Como é que Helena não se deu conta disso? Rejeitado pelo pai, desesperado para agradar, o mais bonito de todos os homens. Então Clitemnestra se lembra do que Menelau disse: *Helena nunca fica completamente feliz, a menos que seja o alvo da atenção de alguém. É estranho: ela, que é pura luz, está sempre à procura de alguém para lhe apontar seu rumo.*

— Ele me entende — confessa Helena. Ela tortura suas unhas por um momento e depois pergunta, com hesitação: — Você acha que errei?

Clitemnestra a encara com intento.

— Você não errou. Mas não vamos tocar neste assunto mais, nem aqui nem com mais ninguém.

Ela quase espera que Helena reclame, implore, que continue a falar de Páris. Mas a irmã não o faz. Só fica de pé, seu corpo brilhando fracamente à iluminação concentrada. Torce os cabelos e diz:

— É melhor sairmos. Está esfriando.

Clitemnestra pousa o olhar nos seios pequenos e redondos, nas pernas longilíneas, na curva dos quadris da irmã. Um dia, chegou a pensar que Helena era delicada como uma lamparina, algo que precisa ser manipulado com cautela ou poderia se apagar. Mas Helena não é assim mais e, talvez, nunca tenha sido.

Naquela noite, Clitemnestra e Helena dormem juntas, encolhidas, uma de frente para a outra, do jeito que faziam quando pequenas. A respiração de Helena é lenta e tranquila, seu corpo leve desde que ela se libertou de seu segredo. Clitemnestra permanece acordada, ouvindo o farfalhar dos galhos ao vento.

Daremos um jeito de voltar uma para a outra, prometera ela tantos anos antes. E deram um jeito, de fato, mas não são mais as meninas de outrora. Como poderiam ser? Aquelas meninas eram ingênuas e esperançosas, como duas árvores compartilhando uma raiz, os troncos e galhos tão entrelaçados que pareciam uma única planta.

Mas agora estão tão habituadas à solidão que sequer se lembram de como era quando estavam juntas. Até existem vislumbres desse amor e harmonia, como agora, quando seus peitos se movimentam numa respiração serena ao avançar da madrugada; mas não há esperança de voltarem à vida anterior e, no fundo, Clitemnestra sabe por quê.

O pensamento lhe escapa pelo cômodo, fugidio e malemolente. A tragédia que se abateu sobre ambas começou no dia em que Helena escolheu Menelau dentre todos os reis e pretendentes. Sua escolha foi o ponto de partida de tudo, cada evento uma engrenagem sob uma corrente pesada. Foi essa corrente e a dor ocasionada pelas escolhas dela que destruíram a raiz que as mantinha unidas. E agora só lhes resta continuar amando uma à outra, tolerando a tristeza e a raiva por escolhas irreversíveis.

Castor é a última pessoa que Clitemnestra vê antes de retornar a Micenas. Ao amanhecer, ela entra furtivamente no *mégaron* para olhar mais uma vez os afrescos de caçadores, e então o flagra parado junto à parede, a cabeça apoiada em uma coluna. Clitemnestra caminha até ele e pega sua mão. Castor abre os olhos, exaurido, mas ao mesmo tempo alerta.

— Estou indo embora — avisa Clitemnestra. — Não sei quando voltarei.

Castor sorri.

— Antes, era sempre eu quem vivia me despedindo. — Ele caminha até a cadeira forrada de couro, a cadeira de Helena, e esfrega as mãos na pele do forro.

— Lembra-se de quando ficávamos aqui depois que Tíndaro recebia todos os mensageiros? — pergunta Clitemnestra.

O cansaço desaparece do rosto de Castor. Por baixo dele há saudade e bom humor.

— A gente fazia perguntas para ele, e ele respondia. Embora não fosse muito paciente.

— Às vezes ele era.

— Só com você.

Ela sente uma ponta de prazer, como beber água fresca depois de uma escalada. Então aquele medo, tão familiar, retorna.

— Tem uma coisa que preciso lhe contar — diz Clitemnestra.

Castor inclina a cabeça.

— É sobre Helena, não é?

— Você sabe, então.

— Sim. Eu vi.

Clitemnestra balança a cabeça.

— Ela foi tão negligente assim?

— Foi cuidadosa o bastante. Mas você me conhece, sempre caçando problemas e segredos.

— Achei que tivesse mudado.

— Algumas coisas nunca mudam.

Clitemnestra o observa, em silêncio. Castor brinca com o couro da cadeira, e depois olha para ela.

— Bem, suponhamos que Menelau chegue em casa e descubra que a esposa o traiu com um príncipe troiano — diz ele. — Está furioso e quer acabar com Páris. Mas, *ao contrário de Páris,* Menelau é um homem de razão e sabe que a aliança com Troia não deve ser maculada. Também sabe que, se matar o príncipe, um exército troiano estará batendo à nossa porta em um piscar de olhos. Então ele o manda embora.

— Mas pune Helena — conclui Clitemnestra.

Castor ri.

— Acha mesmo que Polideuces deixaria Menelau machucar nossa irmã? Certa vez, eu o vi aleijar um homem que fez um comentário sobre violá-la.

Alguém bate à porta e Clitemnestra se vira. É Leon, o rosto ainda sonolento.

— Hora de ir, minha rainha — anuncia. — Os cavalos estão prontos.

Ela olha para fora e o céu está manchado pelo rubor do alvorecer. Só de olhar, ela sente o frio se arraigando à pele e aos ossos.

Castor se aproxima.

— E lá se vai você, embora de novo — comenta ele. Clitemnestra sabe que o irmão espera que ela tome a iniciativa de sair, mas ela permanece, incapaz de se movimentar. — Não se preocupe, minha irmã — diz Castor, percebendo sua batalha interior. — Nós sobreviveremos sem você.

Ele sorri, mas Clitemnestra consegue enxergar os pensamentos sombrios no rosto dele, crescendo como ervas daninhas. *E se Idas e Linceu voltarem e nos matarem? E se Menelau não perdoar o caso extraconjugal de nossa irmã? O que será de nós?*

Ela então o puxa para um último abraço.

— Tenho certeza de que sim.

23

A GUERRA IMINENTE

O *mégaron* está escuro e silencioso, o fogo crepita na lareira. Clitemnestra observa as faíscas voarem pelo salão vazio, como borboletas. Quando ela e Leon chegaram a Micenas, o palácio já estava adormecido, os salões taciturnos iluminados pela lua, praticamente desertos, não fosse pela presença dos guardas.

A porta range e um fio tênue de luz divide o piso.

— O rei não está aqui. — A voz é cálida e agradável, como o sol invernal.

— Eu não estava procurando pelo rei — diz Clitemnestra. Um homem caminha em sua direção, os pés descalços no chão pintado. Quando ele chega perto da lareira, o fogo ilumina seu rosto. Clitemnestra congela. Ela esperava um homem gentil e piedoso, não a figura encapuzada à sua frente: a pele pálida e enrugada com cicatrizes, olhos fundos, lábios finos e vermelho-sangue. Clitemnestra sente seu corpo esfriar em cada ponto que os olhos dele tocam.

— Você sabe quem mandou pintar este salão? — pergunta ele. Há um arrepio subjacente ao calor de sua voz, uma dose de maldade.

Ela se obriga a soar indiferente.

— O rei que governou esta cidade antes de Atreu tomá-la, suponho.

Os lábios dele se expandem num sorriso, revelando dentes velhos.

— O salão era nu quando Euristeu governava. Sem afrescos, sem ouro, sem armas. Micenas poderia ser só mais uma cidade grega. Depois Atreu fez do palácio seu lar e cobriu todas as paredes com *isto*. — Ele aponta para as imagens nas sombras. — Às vezes, as pessoas mais cruéis são capazes das coisas mais maravilhosas.

O homem a encara de tal jeito que faz Clitemnestra pensar em serpentes.

— Você não é daqui — observa ela com cautela.

— Vim de Mégara, a pedido do rei. Ele me convocou como seu novo conselheiro.

— Meu marido já tem muitos conselheiros.

— Mas nenhum deles é capaz de traduzir a vontade dos deuses.

Um vidente: é isto que ele é. Um especialista em profecias, que adivinha o futuro a partir do voo dos pássaros e das tripas de animais. Seu povo os chama de *oinonopoloi*. Pássaro-sábio. Tíndaro costumava zombar dos líderes que confiavam neles.

O que os videntes poderiam me dizer que eu ainda não saiba?, argumentava seu pai. *Que os deuses às vezes são cruéis? Que vou morrer em breve? Que vai haver uma guerra? Não há necessidade de analisar o fígado de uma ovelha para saber essas coisas.*

Clitemnestra ergue uma sobrancelha.

— Agamêmnon nunca deu muita atenção a divinações.

— A linhagem dos Atridas é amaldiçoada, mas o rei de Micenas reverencia os deuses, e os deuses, por sua vez, o respeitam.

— Meu marido é um sujeito ambicioso. Quer o poder acima de qualquer coisa, só pelo prazer de tê-lo, não para impressionar nenhum deus. — Ela zomba.

— Ele diz o mesmo de você.

Clitemnestra o avalia.

— Qual é o seu nome, vidente?

— Calcas. — Soa desagradável, como uma fruta madura demais. Ela deixa o nome apodrecer no ar, até sentir náuseas.

— Bem, deve ser um homem muito convincente para fazer um rei que despreza profecias ouvi-lo. — *E muito perigoso*. — Durma bem, vidente.

O ar está afável com os primeiros aromas da primavera. Alguém canta nas ruas da cidadela e os gritos dos vendedores diminuem à medida que são feitas as negociações derradeiras do dia.

— Estou com fome, mãe — diz Crisótemis. Ela circula pelo quarto, com uma sacerdotisa de madeira na mãozinha. Os cabelos da boneca são pintados de preto; o vestido, vermelho e dourado, e há uma serpente em cada mão, símbolos das deusas cretenses. — Podemos comer logo?

Elas estão no quarto de Ifigênia, e a luz entra pelos janelões. O afresco da caçadora na parede desbota, e a seus pés jazem flores e abelhas que Ifigênia desenhou quando criança. É quase hora do jantar, e é possível ouvir a agitação dos criados do outro lado da porta.

— Tenha paciência — fala Electra antes que Clitemnestra possa responder. — Precisamos terminar isto primeiro. — Ela está sentada no chão com Ifigênia, pintando de vermelho alguns brinquedos de madeira para a irmã caçula: um cavalo, uma carroça e piões. Leon esculpiu todos durante a viagem de volta a Micenas.

— Iremos ao salão quando seu pai nos chamar — determina Clitemnestra. — A menos que queira passar mais tempo com o vidente?

— Não, por favor! — grita Crisótemis, e vai sentar-se num canto da sala, junto à mesa onde estão as joias de Ifigênia. Aileen se ajoelha atrás dela, tentando prender seus cabelos numa trança.

Clitemnestra ri. É claro que a filha tem medo do vidente. Quem não teria?

— Você não gosta do vidente — percebe Electra. O cavalo que ela está pintando é preto e tem crina dourada.

— É difícil gostar dele — responde Clitemnestra.

— Também não gosto dele. Ele diz que fala pelos deuses, mas os deuses não têm sido generosos com ele.

— Essa será sua nova ameaça, mãe? — pergunta Ifigênia. Ela ergue o cavalo de madeira para a luz, certificando-se de que a tinta está seca. — "Não faça tal coisa, *senão* vou colocá-la de castigo com o vidente..."?

Aileen morde o lábio, tentando não rir. Já Clitemnestra e Electra riem. É um prazer ouvir a própria voz misturada à da filha.

— Se funciona, então é uma boa ameaça — conclui ela. — Você não vai pintar a carrocinha?

— Deixa que eu pinto! — exclama Crisótemis, saltando de seu canto, mas aí bate o quadril na mesa e tropeça, e os brincos de Ifigênia caem no chão. Aileen se apressa para capturá-los.

— Mas você vai estragá-lo — intervém Ifigênia. — É difícil pintar as rodas.

— Ela consegue — diz Aileen. — Apenas tome cuidado com o pincel, para não sujar a túnica.

Clitemnestra está prestes a se juntar às filhas no chão quando Leon entra, ofegante. Mãos estão trêmulas e rosto, vermelho.

— Minha rainha — chama, a voz vacilante. Ifigênia olha para ele, o rosto reluzente de alegria, mas Leon sequer a nota. Está perturbado demais.

— O que houve? — pergunta Clitemnestra.

— Seu irmão.

Clitemnestra salta e as mantas da cama caem no chão.

O quê?

Leon respira fundo e, por um instante, Clitemnestra tem vontade de arrancar as palavras dos lábios dele. Então o guarda fala, e ela deseja que não tivesse falado.

— Castor foi assassinado, minha rainha. Idas o matou numa emboscada.

✤

Foi um ferimento de lança, explica Leon. Acertou no pescoço e o abriu tal qual um trovão rasgando o céu. Castor estava escondido em uma árvore, e quando Idas o atingiu, ele caiu e sangrou até a morte em meio às raízes e arbustos. Teve sorte, pois foi uma morte relativamente rápida, afinal de contas Idas é conhecido por torturar suas vítimas antes do golpe final.

Seus irmãos receberam uma ameaça de morte dos primos exatamente no dia em que Clitemnestra deixara Esparta — duas cabeças de lobo num saco, com os olhos arrancados. Febe fez Castor jurar que não sairia do palácio em busca de vingança. Mas Castor nunca foi bom em cumprir promessas. Assim, partiu com Polideuces para abater a horda de Idas e Linceu durante a madrugada. Já tinham ouvido falar que Linceu amava seus animais como se fossem sagrados, e jamais permitia que fossem tocados. Castor subiu numa árvore para fazer a vigília enquanto Polideuces pôs-se a cortar a garganta das ovelhas.

Acontece que Idas e Linceu já os aguardavam, como raposas à espreita das presas. Idas então avistou Castor escondido entre os galhos das árvores e jogou sua lança para derrubá-lo. Ao cair, Castor gritou o nome do irmão. Polideuces virou-se e de repente Linceu começou a persegui-lo, empunhando um machado. Ele conseguiu contra-atacar: sua adaga afundou no pescoço de Linceu, que desabou, pesado como um touro.

A partir daí, Idas passou a atacá-lo. O homem mais veloz da Messênia, era assim que seus homens se referiam a ele, mas felizmente Polideuces conseguia ser ainda mais veloz. Ele o matou enquanto Idas o provocava com a morte de Castor. Quando o corpo do homem por fim caiu no chão, Polideuces o golpeou até o rosto virar uma maçaroca. Seus homens o encontraram na manhã seguinte, um saco de ossos ensanguentado entre as ovelhas decapitadas.

Polideuces não chorou ao retornar a Esparta com o corpo do irmão nos braços. Também não chorou quando Febe correu até ele, desesperada, tocando as mãos inertes de seu amado. "Castor. Castor. Castor", murmurava ela. As mulheres acolheram o corpo, deitaram-se no chão com ele, socaram seu peito. Nesse meio-tempo, Polideuces ficou lá, como uma estátua, até que Hermione apareceu. Ela botou as mãozinhas em volta da cintura ensanguentada dele; a cintura do homem que era seu tio, mas que tinha sido um pai para ela, do homem que amava sua mãe mais do que a si mesmo. Os braços de Hermione eram como pétalas de um lírio, e só então Polideuces se permitiu desabar. Ajoelhou-se, tremeu e soluçou como nunca, sua voz ecoando no vale vazio. A dor quase o destruiu ali mesmo, e ele externou sua raiva aos berros nos braços de uma criança.

Leon está quieto. Aileen pousa as mãos nos ombros de Crisótemis, como se quisesse impedi-la de fazer algo impulsivo. Clitemnestra sente o olhar das filhas, três pares de olhos enormes à espera de uma reação. Por que as pessoas sempre esperam uma reação à perda? Por que a perda não pode ser um lamento em particular, longe de todos? Quer dizer que não é um luto se não houver o arrancar de cabelos e o flagelo ao próprio rosto?

— Vamos nos aprontar a fim de encontrarmos o pai de vocês — chama ela. Sua voz é fria e distante, e ela a ouve como se pertencesse a outra pessoa. — Ele deve estar imaginando por que estamos atrasadas para o jantar.

Crisótemis afasta Aileen. Aí dá alguns passos tímidos e abraça a perna da mãe. Clitemnestra se concentra na boneca de sacerdotisa cretense nas mãos da filha. Ifigênia usa seu vestido azul e sandálias, se empenhando para ficar o mais silenciosa possível. Ao lado dela, o rosto de Electra parece uma chama. Clitemnestra espera que a filha não se manifeste, pois consegue sentir a raiva que cresce ali, pronta para atacar.

— Mãe — diz Electra —, deveríamos orar pelo seu irmão primeiro.

O tapa de Clitemnestra a faz cair violentamente para o lado. Electra bate na parede e tropeça. Quando se volta para a mãe, sua bochecha está mais vermelha do que sangue, e seus olhos ardem.

Vá em frente, pensa Clitemnestra. *Provoque-me outra vez.*

Electra segura a bochecha dolorida, semicerra os olhos, como já viu sua irmã fazer mil vezes, e grita:

— Por que faz os outros sofrerem quando você mesma sofre? Por que não pode chorar e lamentar como todo mundo? Por que você é assim?

Electra deixa o quarto antes que sua mãe a instrua a sair. Mas a raiva fica para trás, afiada como uma navalha.

※

Clitemnestra adentra a sala de jantar, os punhos cerrados, saboreando o cravar de unhas nas palmas. Ifigênia caminha ao seu lado e, logo atrás, vem Aileen de mãos dadas com Crisótemis. Os criados sussurram quando ela passa ou seria só imaginação?

Agamêmnon já está sentado, bebendo vinho de um cálice de bronze. Ao lado dele está Calcas, retorcido e cheio de cicatrizes, como uma árvore velha. Do outro lado da mesa estão Orestes e Electra. Clitemnestra fica o mais longe possível do vidente, e jamais desgruda de Ifigênia. Pela forma como todos estão sentados, rígidos e desconfortáveis, parece que estavam aguardando sua chegada em completo silêncio.

— Lamento saber da morte de Castor, mãe — pronuncia-se Orestes. Ele a olha timidamente e ganha um sorriso fraco. Ela só faz remexer e bagunçar a comida no prato. Deixa de lado o peixe assado e o pão, e se concentra no vinho. Todos se põem a comer; o único som vem dos talheres raspando nos pratos.

— A morte de Castor não foi a única notícia de Esparta — pontua Agamêmnon.

Clitemnestra levanta a cabeça. A tocha atrás dele se apagou e seu rosto está nas sombras.

— O que mais? — pergunta ela.

— Agora vai fingir que não sabe? — O marido está com raiva: a voz está baixa e rouca, cada palavra incisiva. Clitemnestra endireita a faca ao lado do prato, admirando a firmeza da própria mão, a segurança com que aperta o cabo.

— Acabei de saber da morte do meu irmão — diz ela. — Sobre o que eu mentiria?

Agamêmnon se inclina para a frente e bate a mão na mesa. Agora Clitemnestra vê o rosto dele com mais nitidez, afogueado e cheio de sulcos.

— Eu lhe disse para domar sua família! — berra ele. — E o que você fez? Deixou sua irmã foder o inimigo!

Clitemnestra estremece. Como ele sabe? Mantendo o rosto inexpressivo, volta-se para Calcas. Ele a encara, o vazio no rosto dele parece tragá-la.

— Deve estar ponderando como o rei soube da traição de sua irmã — diz ele.

Agamêmnon pega seu cálice com tanta força que os dedos ficam esbranquiçados.

— Diga a ela — ordena. — Conte à minha esposa como mais uma de suas irmãs se tornou uma meretriz.

Clitemnestra sente Ifigênia prendendo a respiração. Do outro lado da mesa, Crisótemis ainda abraça a boneca cretense, o rosto pálido e apavorado. Seu desejo é que a filha saia, que termine o jantar no *gynaeceum*, mas está concentrada demais no vidente. Os olhos pequeninos dele são frios e brilhantes como ônix.

— Helena deixou Esparta com o príncipe Páris — informa ele. — Estão a caminho de Troia neste exato momento.

A voz dele soa muito alta. Os olhos de todos se voltam para Clitemnestra, que está em vias de chorar, embora não esteja triste. O que sente agora está mais para satisfação ou orgulho. Lembra-se de quando estava à mesa ao lado da irmã em Esparta, as duas rindo juntas enquanto Páris respondia às perguntas de Castor. *Em breve será a minha vez*, dissera Helena. *E então seremos todas desertoras de nossos legítimos maridos.*

— Isso é verdade? — indaga ela.

— Troia nos enganou — diz Agamêmnon —, e sua irmã estúpida caiu na armadilha.

Ifigênia intervém:

— Pensei que Esparta finalmente estivesse em paz com Troia, pai.

É a coisa errada a se dizer. Agamêmnon joga o cálice em cima dela. Ifigênia se esquiva e o bronze troveja contra a pedra. O vinho entorna, espalhando-se com rapidez aos pés da mesa.

— Tire minhas filhas daqui, Aileen — ordena Clitemnestra com calma —, antes que o rei faça algo de que se arrependa

Aileen se apressa, mas Agamêmnon cospe no chão.

— As crianças ficam. Precisam saber que sua irmã é uma meretriz. Agora estamos em guerra por causa de uma prostituta incapaz de sossegar na cama do marido.

— Seu irmão pode muito bem encontrar uma nova esposa — rebate Clitemnestra. — Certa vez o ouvi dizendo que as mulheres ficam melhores quando frescas e suculentas, como as frutas.

— Tínhamos feito uma trégua com Troia — sibila ele.

— A trégua pode permanecer.

— Um príncipe entrou no palácio do meu irmão e levou a sua rainha!

— Meu rei — intervém Calcas. — Esta guerra estava destinada a acontecer.

— Ótimo — comenta Clitemnestra, olhando diretamente para Agamêmnon. — Você passou os últimos cinco anos procurando um motivo para travar uma guerra. Agora conseguiu e quer culpar outra pessoa.

Agamêmnon caminha até a rainha. Rápido como um ofídio, e levanta a mão para golpeá-la, mas Clitemnestra recua, pegando uma faca de cozinha. O tapa só atinge o ar e seus olhos pousam na faca, incrédulos.

— Vai me matar na frente de nossos filhos? — questiona ele. — Vai assassinar um rei? — Com um movimento brusco, ele varre as travessas da mesa. — Volte para o seu quarto antes que eu ordene aos guardas que levem você! E pense no erro da sua irmã!

Clitemnestra pega Electra e Ifigênia pelos braços e as puxa do banco. Em algum lugar às suas costas, Aileen pega Crisótemis e a acompanha, com a criança chorando baixinho.

Ela ofega enquanto sai às pressas para o corredor, as tochas tremeluzindo ao redor, o cheiro de peixe a deixando nauseada. Uma vez a salvo nos recônditos escuros, deixa as filhas para que retornem aos seus aposentos e continua a correr em direção ao *gynaeceum* e além, fora dos domínios do palácio.

᚜

O sol invernal há muito já se escondeu atrás das montanhas e agora o céu apresenta a cor do mar noturno. Clitemnestra caminha pelas ruas da cidadela, a escuridão a acalma. Cachorros descansam em todos os cantos, levantando a cabeça quando ela passa, e alguns homens bebem no bairro dos artistas, reunidos em torno de uma pequena fogueira. Se morasse em um palácio à beira-mar, sairia para nadar e se esbaldar na água salgada até ficar com a pele em carne viva. Mas aqui, nas ruas estreitas de Micenas, só deseja incendiar alguma coisa. Uma árvore, uma das ruas principais, ou um celeiro: as chamas cresceriam sem controle até o fogo atingir o céu. Só de pensar nisso, Clitemnestra fica embriagada de poder.

Você tem tanta raiva dentro de si, dissera Helena certa vez. *É como uma daquelas piras para os mortos, que parecem que nunca vão se apagar.*

E você não tem?, questionou Clitemnestra. *Você nunca sente raiva?*

Helena deu de ombros. Tinha apenas dez anos e uma hilota cuidava de ferimentos nos ombros de ambas, cortesia do chicote da sacerdotisa. Helena estremecia quando a criada tocava-lhe as feridas, mas não dava um pio. Nunca versava sobre a própria raiva, embora Clitemnestra soubesse estar ali, escondida sob as camadas de bondade. Ela às vezes via isso durante o jantar, quando as mãos dos homens enfiavam-se sob as túnicas das serviçais que passavam para servir o vinho. Quando pediam mais carneiro, obrigando que as meninas retornassem, Helena os encarava, e Clitemnestra via um lampejo de raiva nos olhos da irmã. Eram sempre as pequenas coisas que irritavam Helena. Um comentário torto, um beliscão, um pensamento guardado. Clitemnestra, por outro lado, nutria sua raiva pelas chicotadas e pelas lutas, pelos espancamentos e pelas execuções. Se a raiva de Clitemnestra era fogo, a de Helena era lamparina, morna e tênue na escuridão, mas totalmente capaz de queimar caso alguém se aproximasse demais.

E agora Menelau conseguia enfurecê-la de vez, resultando em sua partida. Teria Helena ido embora antes de Castor ser morto? Como fora capaz de deixar Polideuces sozinho e de abandonar a pequena Hermione? Clitemnestra tenta imaginar a irmã com Páris num navio para Troia, mas o pensamento lhe escapa, como a brisa do mar.

Alguns homens bêbados tropicam pela rua, voltando para casa. As árvores e o céu se fundem, e os últimos sons da noite estão esmorecendo.

As deusas dormem?, perguntara Castor a ela certa vez.

Clitemnestra riu.

Acho que não. Por quê?

Quero pegar uma. Quero ver como elas são.

E aí você vai fazer o quê com ela?

Seduzi-la, obviamente, respondera ele, e ambos riram. Então, na mesma noite, quando todos já tinham ido dormir, saíram furtivamente e caminharam até o rio. Lá, ficaram esperando que Ártemis aparecesse, até que por fim Clitemnestra adormeceu no ombro de Castor. Ártemis jamais apareceu, e anos depois Castor zombaria daquela noite que passaram juntos tremendo de frio, desejando ver uma deusa que jamais lhes daria atenção.

Clitemnestra sente o coração apertar.

Ele se foi. Está morto, e agora você tem de conviver com isso.

Em frente à porta que dá acesso ao *gynaeceum*, Calcas aguarda Clitemnestra. Sua cabeça parece uma folha amassada e nojenta à luz das tochas. A vontade dela é passar por cima dele, em vez disso, pergunta:

— Veio me dar a notícia da morte de outra pessoa?

— Não — responde ele. — Seus irmãos e irmãs restantes viverão por muito tempo.

— Bom saber.

O vidente inclina a cabeça, como se quisesse avaliá-la melhor.

— Eu irrito você?

— Não me irrito facilmente.

— Imaginei. No entanto, você não me respeita. Recomendo cuidado com isso. Desrespeitar-me significa desrespeitar os deuses.

Ela nunca ouvira uma voz tão doce proferir palavras tão ameaçadoras. Era como beber vinho quente, saboreá-lo na língua antes de perceber que está envenenado.

— Cada um de nós serve os deuses à sua maneira. Você mata uma ovelha e abre sua barriga para ver seu fígado. Eu governo uma cidade e seu povo.

— Seu marido governa.

— Nós dois governamos. Tenho certeza de que ele concordaria comigo.

Calcas suspira. O som é um assobio.

— O poder é uma coisa estranha. Todos os homens o querem, mas poucos conseguem.

— Tenho certeza de que você tem algum comentário sobre os deuses em relação a isso.

— Os deuses não têm nada a ver com isso.

— Então como funciona? — pergunta Clitemnestra. — Quem consegue o poder e quem não consegue?

A luz lança sombras desgarradas em seu rosto tomado de cicatrizes. Num momento, parece um homem comum; no outro, parece monstruoso.

— Se perguntar ao povo de Micenas quem governa sua cidade — questiona ele —, o que eles responderão?

— O rei Agamêmnon — responde ela.

— E ainda assim você diz que governa a cidade com seu marido.

— Existe a verdade, e existe a mentira que mantém um reino íntegro.

Calcas contorce a boca num sorriso.

— Sim. E assim é o poder. Alguns homens o seguram abertamente, como uma espada, outros o escondem nas sombras, como uma pequena adaga. Mas o importante é que as pessoas acreditem que tenha alguém a cargo dele, exercendo-o.

Suas sombras no chão se alongam, dois rios de escuridão se fundindo à parede.

— Você ainda não disse quem, entre todas as pessoas, consegue o poder — insiste Clitemnestra.

— Ah, isso depende. Algumas pessoas nascem nas famílias certas. Outras entendem que o medo pode ser uma chave capaz de abrir muitas portas.

— Então há aqueles como você, que veem a sede das pessoas por respostas, o medo que nutrem pelos deuses, e encontra maneiras de aplacar isso.

— Às vezes, a verdade dos deuses é difícil de aceitar. Mas a vontade deles sempre prevalecerá. Há poder em reconhecer isto.

As primeiras luzes do amanhecer brilham nas janelas e Clitemnestra é tomada por um calafrio. Não há momento mais gélido do que o início de uma manhã de inverno.

— Vou dormir agora, vidente.

Ela tenta passar por Calcas, mas ele segura seu braço, a palma suada contra sua pele.

— Você tem um papel a desempenhar na guerra que se aproxima — anuncia ele.

Clitemnestra se desvencilha do homem, resistindo à vontade de limpar o braço que ele a tocou. Quando o vidente se vira para sair, sua sombra o segue, como um cão.

※

Nas semanas subsequentes, o palácio entoa os sons da guerra. Bigas são consertadas e preparadas, homens berram ordens, os cavalos são couraçados nos estábulos.

Clitemnestra sai, passando por emissários e homens construindo escudos com pele de touro e placas de bronze. A geada derrete; a primavera se aproxima. O céu é de um branco morno, como nata de leite. No arsenal, Leon ensina alguns meninos a atirar. Mais cedo, Clitemnestra lhe indagou se ele também teria de ir à guerra, e ele balançou a cabeça em sinal negativo. *Sou seu guarda e protetor*, respondera ele. *Fico onde você e seus filhos estiverem.* As palavras a encheram de tranquilidade, muito embora ela tenha preferido não demonstrar.

Agamêmnon está sob um grande carvalho à entrada do palácio, conversando com Calcas e dois soldados. Ele usa armadura de bronze, com o capacete de presa de javali na mão, e parece cansado. Quando Clitemnestra caminha até eles, os soldados se retiram. Ela olha para Calcas como se o convidasse a fazer o mesmo, mas o vidente não sai do lugar.

— Estamos reunindo o maior exército que o mundo já viu — conta Agamêmnon.

— Quantos? — pergunta Clitemnestra.

— Cem navios para os micênicos e sessenta para os espartanos. Mais oitenta de Lócrida e Eubeia. Cinquenta de Atenas. Os homens de Idomeneu me disseram que mais oitenta virão de Creta.

— Todos os que juraram proteger Helena de Esparta terão de vir — completa Calcas.

Clitemnestra congela. Quase tinha se esquecido do juramento. Trinta príncipes e reis, ou mais — ela sequer consegue se lembrar, parece que foi há tanto tempo —, jurando lealdade a Esparta em caso de guerra. Como alguém poderia prever que o casamento de Helena causaria tal evento? Odisseu previu.

— Então você enviou mensageiros para todos que lá estiveram — conclui ela.

— Sim. E despachei Odisseu e Diomedes para convencer... qualquer um que precise ser convencido.

— Quantos navios tem Diomedes?

— Oitenta. E ele afirma que os homens de Argos são tão bem treinados, que lutam duas vezes mais do que qualquer soldado grego.

— E Odisseu?

— Somente doze. Mas não preciso de seus homens. Preciso de sua mente.

— Uma vez você disse que não gostava dele.

— E ainda não gosto. Mas o respeito. Sabe o que ele fez quando meus homens chegaram a Ítaca para convocá-lo?

A rainha balança a cabeça, indicando que não.

— Ele pôs-se a arar um campo, em pleno inverno, nu e aos berros. Queria que acreditássemos que estava louco. Mas eu disse aos meus homens para trazê-lo a qualquer custo e ameaçá-lo usando seu filho. Sabe que sua prima Penélope deu à luz, presumo?

Clitemnestra sabe muito bem. Um ano atrás, um mensageiro lhe trouxe a notícia. A rainha de Ítaca tinha dado à luz um menino — Telêmaco, como ela o chamou.

— Você não matou o filho dele... — diz Clitemnestra, enrijecendo-se.

— Não. Mas meus homens colocaram o bebê na frente da lâmina do arado. Então Odisseu parou e seu truque foi revelado. Ameace um homem com o próprio filho, e ele perderá a cabeça, mesmo um gênio multifacetado como ele.

Que belo da parte de seus homens colocar uma criança na frente de um arado.

— Então ele está vindo — comenta. Penélope deve estar furiosa. Seu maior medo era perder Odisseu. *Enquanto isso, tudo o que eu mais quero é me livrar do meu marido.*

— Ele servirá bem ao exército — intervém Calcas. — Diferentemente de muitos outros, Odisseu vê as coisas como elas são. Conhece a verdadeira natureza dos homens e não a teme. Na verdade, brinca com ela.

Clitemnestra gostaria que o vidente não interrompesse a conversa. É difícil dialogar com o marido tendo Calcas ao lado, fitando-os com seus olhinhos brilhantes.

— Vamos reunir todos em Aulis — continua Agamêmnon.

— Quando você vai partir?

— Assim que eu souber que Aquiles, filho de Peleu, está vindo.

Clitemnestra franze a testa.

— Por quê?

— A guerra não pode ser vencida sem ele — diz Calcas.

— A qual bicho pertence o fígado que lhe contou isso? — zomba Clitemnestra, mas o vidente a ignora. — Por que Aquiles precisa ser convencido? — insiste ela. — Os heróis são feitos através das guerras.

— Foi profetizado que ele morreria na guerra — responde Agamêmnon. — Mas ele virá. Mandei Odisseu buscá-lo. Dizem que está escondido em alguma ilha rochosa, fingindo-se de mulher.

— Se é tão necessário para a sua vitória — diz ela —, então esperemos que o grande Aquiles não o ofusque. — Antes de pedir licença e sair, Clitemnestra aprecia o leve brilho de aborrecimento nos olhos de Agamêmnon. Ela não aguenta passar nem mais um instante ao lado de Calcas.

※

Clitemnestra fica parada enquanto Aileen remenda suas sandálias à luz do sol. O ar carrega um aroma adocicado, e elas desfrutam de um raro momento de silêncio; os soldados parecem estar descansando.

— Você teme por sua irmã? — pergunta Aileen depois de um tempo.

Clitemnestra sorri.

— Você sempre sabe o que perguntar, Aileen. Alguém já lhe disse isso?

Aileen dá uma risadinha.

— Eu também queria perguntar se sua irmã é tão bonita quanto todos dizem, mas temi que fosse incomodá-la.

— Helena é luz — conta Clitemnestra, repetindo as palavras de Menelau, apesar de tudo. — Os cabelos dela são como ouro líquido, e o rosto carrega os segredos de seu coração. Ela é gentil, porém forte.

— Como Ifigênia — conclui Aileen.

— Sim.

Clitemnestra observa as mãos rachadas de Aileen.

— Não temo por Helena. Estou feliz que ela tenha ido embora. Agora o rei também partirá, e eu governarei Micenas.

Aileen cora e Clitemnestra sorri.

— Sei que você também quer se livrar dele.

Aileen dá mais uma risadinha e logo elas estão gargalhando juntas, a voz de ambas flutua pela cidadela como uma infinidade de sóis em miniatura.

※

Mais dias se passam e outras notícias chegam ao palácio.

O grande Ájax, filho de Télamon, virá para a guerra, e junto a ele doze navios de Salamina. Não são muitos, mas seus homens foram treinados pelo herói, portanto são tão resistentes quanto carvalho e tão beligerantes quanto os espartanos.

O velho Nestor, da arenosa Pilos, também se comprometeu a vir, trazendo consigo seus muitos filhos e noventa navios. No *mégaron*, seu mensageiro fala de quanto será honroso para Nestor ser um dos conselheiros mais próximos de Agamêmnon. Ele, com sua sabedoria lendária, estará ao lado do maior comandante de seu tempo. Clitemnestra nota o franzir de lábios de Agamêmnon conforme o mensageiro entoa seus louvores.

E depois chegam Tlepólemo, filho do herói Héracles, com suas forças rodianas, e o arqueiro Filoctetes com mais sete navios. Todos os reis e príncipes juram lealdade a Agamêmnon, concordando individualmente em tê-lo como general. É algo sem precedentes, todos aqueles heróis orgulhosos lutando de maneira voluntária sob a liderança de um único homem.

Por fim, chega a notícia de que Odisseu e Diomedes convenceram Aquiles a aderir à causa. Orestes ouve a notícia no *mégaron* e corre até sua mãe para contar as boas-novas. Clitemnestra está treinando no arsenal e, quando ele surge de repente, ela quase o acerta com a lança.

— Quantas vezes já falei? — ralha ela. — Não pode entrar aqui quando eu estiver treinando.

Orestes a ignora.

— Eles vão partir em breve! Aquiles disse que virá!

— Isso é ótimo — comenta a mãe. Aí guarda a lança entre os machados e clavas.

— Posso ir também? — pergunta Orestes, sem fôlego.

Clitemnestra se vira, franzindo a testa.

— Você tem dez anos. É jovem demais.

— Mas será uma expedição curta. Estaremos em casa no inverno!

— Quem disse isso?

— Meu pai. Ouvi enquanto falava com os homens de Filoctetes hoje.

Clitemnestra suspira. Amarra os cabelos para trás, enxugando um pouco de suor da testa.

— Ele mentiu, Orestes. Vai ser uma guerra longa. Troia nunca foi conquistada e seus soldados são hábeis em batalha. Não importa a grandiosidade do nosso exército, não será uma campanha fácil.

Orestes bufa. Aí pensa um pouco e pergunta:

— E tia Helena estará lá, em Troia?

— Sim.

— Acha que ela vai voltar quando a guerra for vencida?

O medo se agita dentro de Clitemnestra como uma nuvem de poeira. Todos sabem o que acontece quando uma cidade é tomada: seus bens são pilhados, a população é morta e massacrada, as mulheres são violentadas ou, pior, escravizadas. Mesmo que Helena não seja uma troiana comum, o que Menelau fará quando Troia cair? Vai perdoá-la? Mas, da mesma forma, se os gregos perderem, o que isso significará para eles? Os troianos virão para tomar suas mulheres, arrasar suas terras, destruir seus palácios?

— Espero que sim — responde Clitemnestra.

Naquela noite, depois do jantar, Agamêmnon vai ao quarto de Clitemnestra. Ela está sentada em um banquinho, olhando pela janela, para as nuvens que pairam por ali.

— Você vai embora amanhã — diz ela.

— Chegou a hora. Vamos ao sabor dos ventos primaveris.

— E o que está achando desses homens, os generais que você vai comandar?

— Posso confiar em alguns deles. — Ele se posta ao lado da esposa, perto da janela. — Como Idomeneu e Diomedes.

— Só um tolo confiaria em Diomedes. Ele é como um cão, sempre farejando em busca de poder.

— O que é uma sorte, porque enquanto eu tiver poder, ele lamberá meus pés.

— E Odisseu?

Agamêmnon bufa.

— Só um tolo confiaria em Odisseu.

Clitemnestra assente.

— Nisto nós concordamos.

Lá fora, ouve-se os primeiros pingos de chuva. Agamêmnon toca a nuca de Clitemnestra e ela fica muito consciente do formato do próprio crânio, pequenino na palma imensa.

— Passarei muito tempo ausente — diz ele. — Imagino que você se incumbirá de encontrar um amante.

— E você vai encontrar algumas escravas bonitas.

O rei baixa a mão. A cama ainda está feita, coberta pela pele de carneiro, e Agamêmnon deita-se. Clitemnestra se afasta da janela, mas não se junta a ele.

— Espera que esses homens adorem você? — pergunta a rainha.

— Não. O melhor que um comandante de um exército tão grande consegue atrair são o medo e a obediência.

— Alguns homens são adorados por muitos.

— Como Aquiles — completa ele. — Mas ele é só um menino. Talentoso, mas ainda infantil em sua busca pela glória. Os outros logo verão isso.

— E se não virem?

— Então vou lhes mostrar.

Ambos ficam calados por um momento, ouvindo as gotas de chuva se intensificarem.

— Se vocês vencerem — recomeça Clitemnestra —, o que será de Helena?

Agamêmnon abafa uma risada.

— Oh, tenho certeza de que meu irmão a perdoará assim que a vir. Ele é do tipo que perdoa, e sua irmã sabe ser convincente.

Sim, sabe mesmo.

— Venha cá, Clitemnestra — chama ele. Não é um pedido. Ele a encara com olhos duros, e ela imediatamente pensa em uma rocha sendo lascada por um cinzel até dar fim a toda a sua rigidez.

Mas ela o obedece, por fim, e tateia as cobertas. O marido passa os braços ao redor dela, arrancando sua túnica. Só uma última vez, ela diz a si mesma.

Conforme ele se movimenta em cima dela, Clitemnestra pensa em Helena na cama com Páris, neste exato momento, seus corpos perfeitos se entrelaçam sincronizados como se numa dança.

※

O exército parte ao raiar do dia. Clitemnestra veste uma capa e vai até o Portal do Leão para acompanhar a concentração. Orestes já está lá, acenando para o pai, os cachos um amarfanhado na cabeça. Fora da cidadela, a estrada está repleta de soldados polindo as armaduras e acalmando os cavalos. O céu clareou depois da tempestade, e agora os escudos brilham sob a luz morna.

Ao portão, Agamêmnon olha para cima e seu olhar se cruza com o de Clitemnestra. Então ele esporeia o cavalo, e seus homens o seguem, os estandartes de Micenas voando como cisnes dourados ao redor do grupo.

Na noite anterior, antes de adormecer, Agamêmnon dissera a Clitemnestra que voltaria para buscá-la.

Sabe que não pode fugir de mim. Eu sempre volto. Portanto, seja uma boa esposa, para variar, e espere por mim.

Agora, enquanto o observa em contraste ao céu claro, Clitemnestra só espera que Agamêmnon morra no campo de batalha.

24

A CIDADE DE AULIS

Fazia apenas duas semanas que o exército partiu, quando de repente um emissário não muito mais velho do que um garoto chega a Micenas. Seus cabelos são escuros e lustrosos como azeitonas pretas, e sua túnica está coberta de poeira e sujeira. Clitemnestra o recebe no *mégaron*, sentada no trono do marido. Leon está ao lado dela, polindo a espada, aos bocejos. Até o momento, tem sido um dia entediante, cheio de pedidos de comerciantes e fofocas das mulheres da nobreza.

— De onde você vem? — pergunta a rainha enquanto os serviçais dão pão e água ao menino. Ele aceita com muita avidez, e tosse quando quase se engasga. Nitidamente não está acostumado a falar com a realeza.

— Da cidade de Aulis, minha rainha — diz o jovem.

Clitemnestra franze a testa.

— Quem mandou você?

— O rei e senhor dos homens, Agamêmnon, minha rainha.

Senhor dos homens. Então seu marido já arranjou um título bonito para pavonear. O menino ofega, bebendo mais água.

— Ele quer que você vá a Aulis com sua filha mais velha e o encontre lá.

— Por que ele enviaria você, e não um general?

O menino parece pedir desculpas de maneira implícita. Ele coça uma sarna no cotovelo.

— Todos os homens estão se preparando para a guerra, minha rainha. Os generais devem ficar com o senhor dos homens, Agamêmnon. Então me encontraram na aldeia e me enviaram.

— E o que meu marido deseja?

O menino fica ereto, orgulhoso por dar a notícia.

— Um casamento, minha rainha.

— Um casamento?

O menino assente, os olhos brilhando de empolgação.

— Dentre os generais está o maior guerreiro que já existiu, Aquiles Pelida. — *O filho de Peleu.* — O rei Agamêmnon quer que sua filha mais velha se case com ele antes que as tropas partam para Troia.

Leon levanta a cabeça de repente. Encara o menino com desprezo.

— Por que Ifigênia se casaria com um homem que está prestes a partir para a guerra? — intervém ele.

O mensageiro lhe lança um olhar perplexo, e depois volta-se para Clitemnestra.

— O exército estará pronto para partir em breve, mas o senhor Agamêmnon alega que os homens precisam de incentivo antes da longa guerra. Ele diz que um casamento é a ocasião perfeita, e melhor ainda se puder ser um casamento entre o melhor dos gregos e a linda filha do comandante.

— E se eu me recusar a ir? — pergunta Clitemnestra.

— O rei Agamêmnon afirma que não vai recusar. Ele diz que seria uma aliança política importante que tornaria Micenas ainda mais poderosa. — Ele fala como se recitasse um poema.

— Muito bem — responde Clitemnestra. — Vá descansar antes de voltar para Aulis.

O menino parece confuso.

— Você virá, minha rainha?

— Sua missão está cumprida, menino — rebate ela. — Descanse e volte para sua aldeia. Você não tem mais notícias para dar.

Ele assente, enchendo a túnica com mais uma fatia de pão, como um larápio. Quando sai do *mégaron*, seus passos são leves e rápidos como os de um pássaro.

Leon se vira para ela.

— Você vai? — ele quer saber.

Ela percebe, pelo olhar do guarda, que a intenção é dar um tom acusatório às palavras, só que sua voz sai fraca, não mais do que um sussurro.

— Preciso ir — diz ela —, não posso virar as costas para uma aliança política.

— Mas ela vai se casar com um homem que sequer conhece.

— E não é assim para todas nós?

— E se ele não amá-la?

Dizem que ele mora com seu companheiro, Pátroclo, revelara Timandra. *Comem juntos, treinam juntos, dormem juntos.*

A hesitação dela estimula Leon ainda mais.

— Não quer alguém capaz de amá-la?

— Aquiles é jovem, bonito e o maior guerreiro de sua geração.

Leon empalidece, os olhos ainda mais brilhantes.

— Ifigênia deveria escolher.

Clitemnestra fica de pé, sente um peso no peito.

— É por isso que vou perguntar a ela agora. Ninguém jamais obrigou Ifigênia a fazer algo que ela não quisesse.

Leon balança a cabeça. Não lhe cabe dizer mais nada. E Clitemnestra não precisa lhe informar o óbvio, Leon compreende muitas coisas: que nunca vai poder ficar com sua bela Ifigênia, que Clitemnestra ama a filha acima de tudo. Mas tem coisas que ele não consegue enxergar. Que, para Clitemnestra, ninguém jamais seria bom o suficiente para a filha. Que não importa quem seja o alvo do afeto de Aquiles, ele jamais fará mal a Ifigênia, caso contrário Clitemnestra o matará. Que às vezes é melhor estar com um homem que não lhe dá o devido respeito do que com um que a deseja ferir deliberadamente.

Ela toca o braço de Leon, lenta, terna, como se quisesse mostrar o quanto lamenta. Ele não a encara e não fala. Limita-se a fitar a parede, contemplando o que está prestes a perder. Seu silêncio atinge o salão como uma onda, espalhando a dor a ponto de Clitemnestra sentir como se estivesse se afogando.

Ifigênia está sentada em um banco do *gynaeceum*, dedilhando as cordas de uma lira. Está aprendendo a canção sobre Ártemis e Actéon e suas sobrancelhas estão franzidas de concentração. Ao lado dela, Electra observa vasos novos trazidos do bairro dos artistas da cidadela. Aileen aguarda com paciência ao seu lado enquanto ela passa o dedo em cada desenho: polvos com tentáculos como anêmonas-do-mar, cães de caça e mulheres guerreiras. Clitemnestra chega de repente.

— Tenho novidades para você, Ifigênia — anuncia.

A filha larga a lira e parece cautelosa.

— O que é?

— Estamos indo para Aulis. — Clitemnestra faz uma breve pausa. — Você vai se casar com o príncipe Aquiles.

Ifigênia fica boquiaberta.

— Aquiles Pelida?

— Sim, o melhor dos gregos. Ou assim todos dizem.

— Ele não vai para a guerra? — pergunta Electra, a mão ainda no ar, os dedos estendidos.

— Seu pai acha que esse casamento pode ser uma grande aliança política. Micenas é o reino mais poderoso da Grécia, e Aquiles é o soldado mais forte de seu exército. No entanto — acrescenta Clitemnestra, voltando-se para Ifigênia —, você não precisa se casar com ele se não quiser.

Ifigênia fica em silêncio, observando pela janela como se não houvesse ninguém à espera de sua resposta, como se não houvesse três mulheres olhando para ela. Então, por fim, diz:

— Se eu me casar com ele, terei de morar em Fítia.

— Só após o fim da guerra. Você pode ficar aqui conosco até lá — declara Clitemnestra. — Então, quando Aquiles voltar como herói, você irá com ele.

Ifigênia não responde. Fica só sentada ali, refletindo, avaliando.

— Fítia é pequena, mas linda — acrescenta Clitemnestra. — É uma terra entre as montanhas e o mar.

Ifigênia sorri.

— Eu amo o mar. — Então se levanta e determina, muito séria: — Eu me casarei com ele.

Aileen parece radiante, as mãos entrelaçadas de alegria. Clitemnestra se obriga a sorrir. A voz de Ifigênia está serena, segura, e ela tem ciência de que a filha fez sua escolha. *Eu me casarei com ele.* Certa vez, Clitemnestra dissera as mesmas palavras à própria mãe. Estava tão confiante do próprio futuro.

— Ótimo — responde ela. — Partiremos amanhã. Agora vá com Aileen e vista sua melhor túnica.

Ifigênia agarra a mão de Aileen e sai correndo da sala, o corpo leve de animação e os olhos brilhando. Seus longos cabelos da cor do ouro e do bronze dançam pelo ar.

— Pensei que Aquiles não gostasse de meninas — comenta Electra assim que sua irmã está fora de vista.

— Quem lhe contou isso? — pergunta Clitemnestra.

Electra simplesmente dá de ombros.

— Ele vai gostar da sua irmã. Ela tem o melhor coração de todos, e ele verá isso. — Depois que fala, Clitemnestra percebe ter soado quase ameaçadora. — Você vai permanecer aqui — acrescenta. — Meus homens virão para aconselhá-la, então trate de ouvi-los.

— Eles não deveriam estar aconselhando Orestes?

— Você é a mais velha. E confio mais em você.

Um sorrisinho irrompe nos lábios de Electra.

— E Leon? — pergunta ela.

— Leon virá conosco.

Elas partem de madrugada. Assim que se acomodam na biga, os alforjes são colocados a seus pés. Um pedaço de tecido bordado transborda de uma das sacolas e Ifigênia o alisa com a ponta do dedo. Leon assume as rédeas, os cavalos bufam e iniciam o trote. Logo, o Portal do Leão e os altos muros de pedra de Micenas banhados pelo sol nascente ficam para trás.

O trio cavalga ao longo das colinas salpicadas pelas primeiras cores da primavera, a terra verde e amarela, o céu matinal no tom de pêssegos. A biga sacoleja na trilha pedregosa, e Leon canta a fim de passar o tempo. Sua voz é reconfortante e adorável. Os pássaros cantam nas árvores e a manhã vai dando lugar à tarde. Eles param apenas para se refrescar à beira de um riacho e para comer os bolos que Aileen colocou na bagagem. Leon faz o possível para evitar o olhar de Ifigênia. Quando Clitemnestra lhe disse que deveria acompanhá-las, o guarda pareceu um tanto chateado.

Por que eu?, questionou.

Porque você jurou nos proteger.

Você sempre diz que não precisa de proteção.

Clitemnestra quase riu.

Bem, agora preciso.

No fim, a necessidade de ficar perto de Ifigênia acabou provando-se mais forte do que a dor de perdê-la. Não que Leon pudesse desobedecer às ordens da rainha. Então agora ele só se manifesta quando é estritamente necessário e sempre que Ifigênia lhe pergunta alguma coisa, responde sem olhá-la, como se temesse que a luz que dela emana pudesse ofuscar seus olhos. Mas Ifigênia não percebe, está animada demais para se preocupar com qualquer outra coisa senão o casamento. Ela saltita sentada à medida que a biga avança, conversando de modo empolgado com a mãe.

— Aileen me disse que Aquiles é o homem mais rápido que já existiu. Sabia disso?

— Desde quando Aileen ouve as fofocas das mulheres? — pergunta Clitemnestra.

— E que a mãe dele é uma deusa — acrescenta Ifigênia —, e que seus homens o adoram. Mirmidões, é assim que são chamados, e todos cresceram com ele em Fítia.

Clitemnestra observa a paisagem ao redor, rochas e campos forrados com ovelhas pastando.

— Sabia que quando éramos crianças, todos em Esparta acreditavam que o pai de Helena era um deus?

Ifigênia balança a cabeça.

— É isso que as pessoas dizem quando ninguém sabe quem é o pai. "Ela se deitou com Zeus", "ele amava uma deusa do mar". Mas Aquiles é tão deus quanto você.

Por fim, o mar aparece no horizonte, a luz do sol brilha em sua superfície, e, mais além, está a costa da Eubeia.

Assim que todos descem da biga numa ponta do acampamento, algo muda no ar. O calor se agarra ao corpo deles e as túnicas colam às costas. É o vento, percebe Clitemnestra: é inexistente. Leon enxuga a testa com a mão e lança um olhar confuso, mas Ifigênia não percebe. Ela salta, boquiaberta.

— Veja, mãe!

A costa está repleta de navios, e, atrás deles, há um mar de tendas que se estende até o horizonte, milhares de homens agrupados em volta delas. Lá estão as embarcações de Creta, Ítaca, Argos e, no centro do acampamento, Micenas, cujo roxo e dourado são um deleite para os olhos. Para além do aglomerado de navios, o mar está plano como uma chapa de prata.

Ifigênia solta os cabelos, deixando-os balançar pelas costas, e sobe novamente na biga.

— Vamos! — chama.

Com relutância, Leon retoma as rédeas e Clitemnestra se acomoda ao lado da filha. A luz do sol os banha, ofuscando-os enquanto entram no acampamento.

Lá dentro, é um caos total. Os soldados movimentam postes e lonas, flâmulas e armas. Algumas serviçais, provavelmente tiradas das aldeias pelas quais eles passaram no trajeto até aqui, penduram túnicas lavadas nos varais e enchem tigelas com comida. Há uma latrina que cheira à morte, com moscas zumbindo em volta. Alguns cachorros magros perambulam no local, farejando e latindo.

À medida que a biga avança, os soldados abrem espaço, criando uma trilha que os leva à tenda do rei. Fica entre a flâmula de Agamêmnon e um espaço aberto que parece um posto de provisões, com um altar de pedra negra.

O sol brilha em cima da pedra, impiedoso, e Clitemnestra imagina como seria tocá-la e queimar-se.

Elas descem da biga. Diante da tenda, há uma fileira de guardas, o suor escorre pelas armaduras grossas. Eles fazem uma reverência e gesticulam para que entrem. Clitemnestra hesita, mas a filha sai correndo, então ela e Leon simplesmente vão atrás.

Por dentro, a tenda é espaçosa e suntuosa. Para onde quer que Clitemnestra olhe, vê ouro: tripés, machados, xícaras, broches. Até os postes que sustentam a lona em torno do trono de Agamêmnon são dourados. Ele parece satisfeito em vê-la, quase aliviado. *Por que aliviado? Você disse que sabia que eu viria.*

Ao seu redor, há outras cadeiras e outros reis, embora não muitos. Este deve ser o pequeno concílio da tropa, apenas os generais de maior confiança de Agamêmnon. Menelau está à direita do rei, Diomedes, à esquerda. O próximo da fileira é Idomeneu, com seus olhos pintados e cabelos brilhantes, e Odisseu, que lhe oferece seu sorriso felino. Ele está sentado em sua cadeira como se fosse um trono, apoiado no braço, um cálice de vinho na mão. Clitemnestra reconhece outros homens sentados à sua volta: o velho Nestor, o gigante Ájax, o arqueiro Filoctetes. E também Calcas, parado às sombras, com alguns pássaros mortos sobre uma mesa ao lado dele. Aquiles não está à vista.

Agamêmnon se levanta e abre os braços, sorrindo de um jeito caloroso, que não combina com ele. Ifigênia corre para o pai e ambos se abraçam.

— Bem-vinda — saúda ele. — Estou feliz que tenham chegado a Aulis.

— E estou feliz por poder ajudar, pai — replica Ifigênia. Ela fala devagar e com nitidez, como se tivesse ensaiado durante toda a viagem. — Tenho certeza de que uma festa de casamento vai alegrar todos os seus soldados.

Ele então a liberta do abraço. Diomedes e Menelau trocam um olhar, embora Clitemnestra não entenda o gesto.

— Meus homens vão acompanhá-las até seus aposentos — acrescenta Agamêmnon. — Assim podem se preparar para amanhã.

— E onde está o príncipe Aquiles? — pergunta Clitemnestra.

O silêncio que se segue é doloroso. Por algum motivo, nenhum dos generais parece disposto a falar. Então Odisseu sorri.

— Nosso príncipe está descansando. Em Fítia, é costume não ver a noiva antes do casamento.

Ifigênia quase pula de alegria. Clitemnestra encara Odisseu, mas seus olhos não revelam mais nada. Então ela assente e segue os homens de Agamêmnon para fora da tenda.

※

Ao cair da tarde, Agamêmnon aparece para vê-las. Ifigênia vem acariciando o tecido de seu vestido de noiva, alisando-o à perfeição. Ela leva um susto ao vê-lo, e coloca o vestido de lado com muito cuidado, mas Agamêmnon permanece à entrada, analisando ao redor da tenda como se nunca tivesse visto uma.

— Vim para dizer que você precisa descansar. Vai acordar cedo amanhã. — O rei evita o olhar de Clitemnestra, sorrindo debilmente para a filha. — É muito bom isso que você está fazendo, nos ajudando dessa forma.

— Fico muito feliz em fazê-lo, pai — responde Ifigênia. — Pode me contar um pouco mais sobre Aquiles?

— Você o verá amanhã — diz Agamêmnon rapidamente. — Agora descanse.

O rei sai tão rápido quanto veio. Ifigênia permanece parada por um tempo, meio que esperando seu retorno. Quando enfim percebe que está a sós com a mãe, senta-se no chão com as pernas cruzadas.

— Às vezes não entendo meu pai — confessa a jovem.

Clitemnestra termina de comer sua carne, olhando para Leon à entrada da tenda. Ele tem estado inquieto desde a chegada, fitando cada soldado com desconfiança. A rainha sabe que ele gostaria de dar uma olhada em Aquiles, mas ordenou que ele não saísse de perto de Ifigênia. Há muitos soldados no acampamento, muitos homens solitários.

— Ele age como se nada importasse — acrescenta Ifigênia. — Nem mesmo eu.

Clitemnestra pousa a tigela.

— Você é filha dele. É claro que é importante. — Clitemnestra sente uma pontada de cólera pelo marido, que consegue fazer até mesmo sua linda e generosa filha sentir-se desprezada. — Não há ninguém no mundo mais especial do que você.

Ifigênia sorri e depois boceja. Toda a empolgação do dia está diminuindo, e agora ela é só cansaço. A moça se deita no catre, alongando os membros compridos.

— Pode apagar a lamparina quando estiver pronta, mãe? — pede ela.

— Claro. — Clitemnestra acaricia os cabelos da filha, que relaxa. Então ela vai passando pelas lamparinas e apaga cada uma delas. A tenda cai na escuridão, e Clitemnestra sai para pensar à beira-mar, sob as estrelas.

※

A praia parece uma fornalha, mesmo à noite. Pois não há ondas, não há som. Clitemnestra chuta as dunas, o capim faz cócegas nas solas de seus pés. O luar faz com que as folhagens pareçam braços desesperados se esticando na escuridão. E há os navios, com suas formas pairando na água como aves marinhas, à espera.

— Veio aqui na esperança de tomar uma brisa?

Clitemnestra se vira. Odisseu é só uma silhueta, embora ela fosse capaz de reconhecê-lo em qualquer lugar: a postura relaxada, a voz divertida. Ele segura um lindo cálice de vinho, as pedrarias nele incrustadas brilham de modo vago.

— Há quanto tempo está assim? — ela quer saber. — Sem vento?

— Desde a manhã seguinte à nossa chegada. Acordamos e o ar estava tão denso que parecia que eu estava sendo esganado pelos dedos de um cadáver.

— Vocês não vão conseguir navegar sem vento.

— Então fiquemos na expectativa de que Bóreas nos agracie com sua presença em breve. — Bóreas, o deus do vento e portador das brisas. Lado a lado, ambos permanecem de pé por um tempo, admirando o mar. É até difícil pensar sob aquele calor opressivo.

— Como está Penélope? — pergunta Clitemnestra.

— Sua prima está bem, tão inteligente e linda como sempre. Ainda não consigo entender como ela aceitou se casar comigo.

Clitemnestra pega o cálice da mão dele e bebe um pouco de vinho.

— Ela provavelmente dirá o mesmo agora que você não está presente lá.

Odisseu dá de ombros.

— Ítaca não poderia estar em melhores mãos, com ela governando em meu lugar. Você devia vê-la... E conhece mais segredos do que todos os meus espiões juntos. — O homem sorri para si. — E não os compartilha, é claro. Lábios tão selados quanto uma tumba. Embora eu desconfie de que as pessoas, na verdade, acatam suas ordens porque sabem que ela poderia revelar suas particularidades a qualquer momento, se quisesse.

O vinho é azedo na boca de Clitemnestra, mas ela bebe mais um gole. Odisseu pega o cálice de volta.

— Se acabar com meu vinho, temo que deixarei de ser *polytropos*.

— Bem, Agamêmnon agora tem outros homens em cujas mentes confia — brinca ela. — Em breve você será descartado.

— E quem vai tomar o meu lugar? Diomedes? Ele não sabe a diferença entre uma serpente e um lagarto.

— Calcas.

— Claro. — Odisseu ri. — Mas seu marido logo vai se cansar do pessimismo do sujeito. Ontem, após examinar ossos de ovelha, ele nos disse que a guerra seria muito mais longa do que o esperado.

— O que os outros disseram?

— A maioria dos homens acredita nele. Veem-no como o porta-voz dos deuses. Outros, como Idomeneu ou Aquiles, são espertos o bastante e ficam só concordando com a cabeça enquanto ele fala. Sabem que de algum modo ele controla a todos. E se, por acaso, um dia Calcas acordar e anunciar que os deuses estão zangados com eles?

— Acha que Aquiles é digno de minha filha? — pergunta Clitemnestra.

Odisseu passa a mão pelos cabelos, alisando-os.

— Eu diria que sim. Ele é jovem, bonito e, infelizmente para nós, também tem um coração mole.

— Isso não é bom na guerra.

— Mas perfeito em um casamento.

Suas palavras rolam no ar denso, rumo ao mar. Clitemnestra sente algo implícito nelas, como uma raiz podre que se recusa a ser vista. Quer incitar Odisseu a falar mais, mas ele dá meia-volta para ir embora.

— Se me der licença, tenho planejamentos a fazer para seu marido. Você verá por si só, amanhã.

Sua figura robusta retorna às tendas e desaparece, deixando apenas o odor de vinho.

Clitemnestra entra no mar. A água atinge as panturrilhas e os dedos dos pés afundam na areia. Com a maré na altura dos joelhos, ela pensa em Helena e Castor. Uma foi embora, o outro está morto. Uma na cidade do inimigo, o outro incinerado na pira. A mãe sempre lhe dizia que os mortos nunca iam embora de fato. Às vezes, ficam nos assistindo; outras vezes, falam conosco. Sendo assim, Leda foi ensinada a observar e a ouvir. *Eles podem estar nas árvores, escondidos atrás da casca, ou na água, assobiando a cada onda que se quebra.*

Clitemnestra fica parada na água morna, na esperança de que alguém a esteja observando. Mas não há ondas, nem sussurros. Ela volta para sua tenda.

Clitemnestra é acordada de manhã cedo. Leon a sacode suavemente e ela pisca na escuridão. O amanhecer ainda não chegou e ela não dormiu mais do que três horas.

— Odisseu está te convocando à tenda dele — sussurra Leon.

Ela enxuga a testa com a manga. O ar ainda está úmido, nauseante. O vento não veio. Ao seu lado, Ifigênia dorme, ofegante de calor. Remexeu-se a noite toda.

— Fique aqui com ela — ordena Clitemnestra, levantando-se e alisando a túnica.

— Vou com você, minha rainha — avisa Leon. — Há outros guardas lá fora.

— Não há necessidade.

— Eu sei, mas não confio naquele homem.

Clitemnestra sorri.

— Odisseu é um velho amigo. Tudo bem, venha então. Leve-me até ele.

Na praia, as fogueiras já foram apagadas. Alguns soldados dormem ao ar livre, na tentativa de se refrescar à beira-mar. Ninguém presta atenção neles, seus passos abafados na areia fresca. Há três guardas diante da tenda de Odisseu, meio sonolentos. Eles sequer piscam quando Clitemnestra passa pela entrada.

Lá dentro, há outros dois homens com punhais na cintura. Odisseu está bem desperto; sentado próximo de uma mesa, consulta alguns mapas. Provavelmente discutem táticas de guerra.

— Aí está você — diz ele quando vê Clitemnestra. — Espero que tenha conseguido dormir. — Ela dá de ombros. Ele meneia a cabeça para Leon. — Por que ele está aqui?

— Faz diferença? — pergunta ela. — A menos que vá me matar, o que espero que não seja o caso.

Há um brilho nos olhos de Odisseu, breve e cintilante como um relâmpago.

E some tão rápido quanto surgiu.

— Isso estaria longe do meu feitio — pontua Odisseu.

— E você não teria a menor chance — acrescenta ela, sorrindo.

Ele retribui o sorriso.

— Deve estar se perguntando por que a acordei tão cedo. — Ele aponta para outra cadeira, e Clitemnestra a ocupa, com Leon postado às suas costas, rígido.

— Como bem sabe, há certo descontentamento entre os homens. O calor, a inquietação, as brigas... — Ele gesticula.

— Fui convocada aqui por esse motivo, lembra-se? Para apaziguar o exército com um casamento.

— Sim, sim — confirma Odisseu. — Mas Agamêmnon também está tendo dificuldades com decisões complicadas. Como você disse ontem à noite: sem vento, não podemos navegar.

Clitemnestra bufa.

— Por que não consulta Calcas? Ele certamente tem alguma visão dos deuses para apresentar.

Odisseu dá um meio-sorriso.

— Você está correta, ele de fato tem.

— E?

— Calcas diz que os deuses exigem um sacrifício. Você sabe, os videntes gostam de sangue.

Clitemnestra ri, embora não perceba o que isso tem a ver com ela. Lá fora, o amanhecer vem chegando de mansinho. A tenda já está ficando mais quente.

Odisseu coça o pescoço.

— Sabe o que seu marido fez para me convencer a lutar nesta guerra? Você provavelmente se lembra de que não declamei aquele juramento em Esparta.

— Sei o que ele fez — replica Clitemnestra, mas Odisseu a ignora.

— Quando enviou seus homens a Ítaca, fingi estar louco. Eu não queria ir à guerra. Meu filho tinha acabado de nascer, e Penélope, como você bem sabe, teme que eu a abandone. — Ele ri ao se relembrar da cena. — "Vou enlouquecer", disse minha astuta esposa. A partir disso, tive uma ideia e decidi fingir que estava louco para expulsar os homens de Agamêmnon. Tirei a roupa, fiquei nu em pleno frio e comecei a arar o campo pedregoso do inverno.

"No primeiro dia, os homens riram de mim. Quase acreditaram. Sei ser bastante convincente. Mas, no segundo dia, entraram no palácio. Tiraram Telêmaco dos braços de Penélope e jogaram-no no campo, bem na frente do arado. A lâmina quase cortou a carne dele, bem aqui." Ele toca a própria barriga.

"Então parei, aninhei Telêmaco nos braços e disse que iria à guerra. Você deve imaginar o desespero de Penélope, embora ela tenha sido discreta quanto às suas emoções, como sempre. Minha esposa não gosta de incomodar os outros com os próprios sentimentos."

— Lamento saber disso — responde Clitemnestra. Ela sente o cansaço dentro dos ossos, tal qual um enjoo. Sua cabeça gira: deve ser o calor e a privação de sono. O suor brilha no pescoço e nos braços dos homens postados de cada lado de Odisseu.

Odisseu dá de ombros.

— Todos temos que sacrificar alguma coisa. Sacrifiquei o tempo com minha esposa e filho. A oportunidade de vê-lo crescer.

— Tenho certeza de que voltará a vê-lo. — Ela se levanta para pegar um pouco d'água, pois o calor é sufocante. Um dos homens de Odisseu faz menção de se levantar também, mas Odisseu o detém colocando a mão em seu ombro. É um gesto estranho.

Clitemnestra bebe e esfria a testa. Precisa verificar Ifigênia: o casamento vai acontecer em questão de horas.

— Preciso voltar agora — avisa ela, sorrindo para Odisseu. — Ajudar minha filha a se preparar.

Ela espera que o rosto dele irrompa em mais de seus sorrisos travessos, com os pés de galinha ao redor dos olhos. Mas o rosto de Odisseu permanece inexpressivo. Abre a boca para falar, então algo se altera em seu olhar.

— Chegou a hora — diz ele friamente.

Antes que Clitemnestra consiga entender o que acontece, os homens saltam e desembainham suas espadas. Instintivamente, ela se prontifica a pegar sua faca, mas não a encontra: sua arma ficou na tenda. Leon então a puxa, protegendo-a com o próprio corpo, e segura sua adaga curta em riste.

— Volte para a tenda, minha rainha — pede ele. Ela se vira devagar para fazer o que ele diz, antes que os homens consigam avançar.

Mas a entrada está bloqueada. Os três guardas que cochilavam lá fora agora estão bem despertos e impedem a saída. Provavelmente fingiam a sonolência. Ela se vira para Odisseu, chocada. Ele a encara.

— Há duas maneiras de fazer isso — declara ele, e sua voz fica repentinamente desprovida de qualquer calor. — Entregue sua arma e fique aqui...

— Onde está Ifigênia? — pergunta Clitemnestra.

— Ou temo que terei de nocautear você.

— Onde ela está? — repete ela. — Diga-me ou juro que vou cortar você.

— Você está sem facas — replica Odisseu muito casualmente.

Leon então atira sua adaga. Ela afunda no joelho de um homem, e então o outro voa para cima de Leon, jogando-o sobre a mesa. Há um estrondo e a madeira se espatifa, Leon cai no chão junto a ela. Clitemnestra dá um bote e arranca a espada empunhada pelo homem ferido. Agora guardas estão às suas costas e Odisseu à sua frente, desarmado. À sua direita, um dos soldados e Leon lutam no chão. Leon está sendo esganado, ele sufoca e esperneia.

— Solte-o — ordena Clitemnestra.

Os homens atrás dela atacam. Suas espadas quase a cortam. Clitemnestra consegue mantê-los à distância, agitando a espada, mas são muitos. Ela sente uma lâmina cortando sua perna e tropeça. Derrubam-na e ela grita feito louca, ainda brandindo a espada. Sente o sangue de alguém em seu rosto. Por fim, amarram suas mãos e pés com uma corda grossa. Quando tentam amordaçá-la, ela distribui mordidas nas mãos deles, que berram de dor. Mas logo está amordaçada o nó tão apertado que a cabeça lateja. Ela não consegue ver Leon. À sua frente, as figuras dos homens de Odisseu tremeluzem antes de enfim saírem da tenda. Clitemnestra vê o rosto sério de Odisseu quando ele se ajoelha ao seu lado e fica na expectativa de que ele fale alguma coisa, mas ele não se pronuncia. Apenas pousa a mão no joelho dela como se acalmasse um cão, aí vai embora também.

Clitemnestra está sozinha.

※

A corda machuca seus pulsos, e os braços já estão dormentes. Ela tem a impressão de que a amarraram junto à cadeira, pois, ao tentar fazer qualquer movimento, sente algo pesado às suas costas. Tenta pensar, ignorar a dor, mas o calor impossibilita qualquer coisa. A mordaça está tão apertada que ela não consegue sentir nenhum líquido na língua. Precisa de água. Precisa de algo afiado.

Quando Clitemnestra era jovem e desobediente, Leda a deixava sozinha de castigo no quarto, sem comida nem água. Quando a garganta começava a queimar, ela se convencia de que a mente a enganava, de que o corpo não necessitava de água e, assim, aturava o castigo.

Agora, se estimula a fazer igualzinho àquela época. Primeiro precisa pensar, para só então agir.

Seu erro foi confiar. É sempre o pior erro possível. Confiou em um homem ardiloso e ele a enganou. *O multifacetado*, assim Odisseu é chamado, mas na verdade não passa de um traidor. A menos que sua intenção seja mantê-la ali para protegê-la... Mas isso soa improvável. Onde está Ifigênia? Alguém provavelmente estava machucando sua filha, ou não a teriam trazido para cá, para a tenda de Odisseu. Ifigênia precisa ser protegida e, enquanto estiver a salvo, Clitemnestra também estará. Então, não. Odisseu de fato a traiu, embora ela ainda não entenda como.

Algo se movimenta atrás dela. Um gemido de dor, depois uma respiração ofegante. Roendo a mordaça, ela se vira, a cadeira raspando no chão. Leon está deitado do lado oposto da tenda. Ao menos está vivo, ou quase. Seu rosto está arroxeado e ele arqueja com dificuldade. Amarraram-no e amordaçaram também. Clitemnestra se arrasta até ele, dando impulso nas pernas. Há uma jarra no chão. Caiu junto à mesa quando Leon foi arremessado contra ela, mas ainda há um pouco d'água ali dentro. E, ao lado, uma faca de cozinha. É provável que tenham se esquecido dela quando limparam o espaço. Clitemnestra observa as silhuetas se movimentando fora da tenda. Ao que parece, há apenas dois homens encarregados de protegê-los agora.

Para além deles, em algum lugar perto do posto de provisões, uma multidão se reúne. Ela ouve gritos e orações, o canto dos soldados invocando os deuses. Calcas provavelmente está presidindo o sacrifício ao qual Odisseu se referia. Mas e Ifigênia?

Clitemnestra dá um impulso para a frente e fica ajoelhada, a cadeira às costas, a areia arranhando a pele. Consegue ficar de joelhos o mais silenciosamente possível até alcançar a faca. Então tomba o corpo para o lado e toca o cabo com as pontas dos dedos. Sente a pele sangrando ao redor dos pulsos. A faca não está afiada e a cadeira a retarda, mas ela consegue cortar as cordas, que enfim se afrouxam, e a cadeira cai. Com as mãos enfim livres, desamarra a mordaça, ofegante, aí derrama o restinho de água no rosto, lambendo a jarra. Os soldados lá fora estão conversando, mas ela não consegue ouvir nada: o som é abafado pelo canto crescente. Ela serra as cordas em volta dos tornozelos o mais rápido possível. Quando estas bambeiam também, Clitemnestra tropeça em sua tentativa de ficar de pé, a dormência nas pernas um obstáculo.

Por um instante, cogita tentar reanimar Leon. Mas isto só serviria para denunciá-la. Além do mais, ele parece muito fraco, mal respira. Então ela segue sozinha para a entrada da tenda, a faca na palma suada. Os guardas riem de alguma coisa, suas vozes altas e desagradáveis.

Ela abre a tenda e esfaqueia o primeiro guarda na nuca. Ele cai como uma saca de trigo, o espectro da risada ainda gravado em seu rosto. Antes que o outro homem possa sacar sua adaga, Clitemnestra quebra seu pescoço com um golpe. Ele cai de joelhos, inconsciente, e ela usa a adaga para garantir que ele morra. A lâmina corta facilmente a pele; o sangue jorra na areia.

O cântico no posto de provisões cresce, cada palavra se prolongando no ar desprovido de vento. É uma canção de sacrifício, embora ela não consiga ouvir nenhum mugido de gado. Ela se desloca com rapidez entre as barracas na praia, ainda que não haja necessidade disso, visto que a maioria dos homens parece estar no posto de provisões. Ela passa pelas valas abertas onde dois homens estão se aliviando e prossegue em direção à sua tenda, o som do cântico se concentra à sua esquerda.

Então há um grito. É a voz de Ifigênia, cheia de medo e desespero, clamando por ajuda. Está vindo do posto de provisões. Clitemnestra se volta para lá, correndo. Tropeça nas sandálias e as chuta; a areia queima suas solas.

Quando irrompe no posto de provisões, vê a seguinte cena:

Uma multidão de homens cantando de olhos fechados, os rostos voltados para o céu, como se os deuses pudessem ouvi-los.

O príncipe Aquiles, deve ser ele, congelado em seu lugar, ao lado do altar, a boca aberta como se fosse chorar, só que ele não emite som algum. Ou talvez esteja chorando e o som esteja enterrado na música.

Calcas ao lado dele, o rosto contorcido, uma máscara de total frieza. Seus pequenos olhos negros estão pousados em um grupo de generais à beira do altar: Agamêmnon, Odisseu, Idomeneu.

E Diomedes, com a mão nos cabelos claros de Ifigênia, arrastando-a para longe de Aquiles e Calcas, em direção à pedra sacrificial. As vestes dela estão cobertas de poeira, suas mãos agarram, arranham Diomedes, tentando se libertar.

— Pai! — berra ela. — Pai, por favor!

Clitemnestra avança tão rápido quanto um leão. Alguns homens recuam, outros investem para cima dela, na tentativa de impedi-la. Ela vai ferindo todos eles com a faca, em sequência. Os corpos se contorcem como insetos no chão, inúteis.

Clitemnestra está quase na pedra do altar quando Odisseu e Agamêmnon se viram. Eles a veem. A lâmina de seu marido brilha ao sol, as pedrarias rreflétem a luz branca. Odisseu balança a cabeça.

Clitemnestra salta para cortar aquelas gargantas traiçoeiras, mas alguém a agarra pelos cabelos e a puxa. Ela cai no chão com um baque. Tenta se ancorar com as mãos, mas seus dedos quebram.

— Ifigênia! — grita ela, e, por um instante, a filha para de chorar e se debater, e se vira para ela. Seus olhares se encontram.

Então Clitemnestra sente um joelho em suas costas e sabe que vai perder a consciência.

Conforme a filha desaparece e tudo o mais vira escuridão, ela se pergunta: *Como?*

Como é que alguém consegue não morrer de tanta tristeza?

PARTE QUATRO

Minha irmã Clitemnestra,

Disseram-me que você queria morrer, mas não acreditei. Quase mandei açoitar os mensageiros no mégaron *quando disseram tal coisa. "Minha irmã nunca faria uma coisa dessas", falei aos tolos. "Vocês não a conhecem." Disseram-me que você se recusava a comer, a beber, que* não *deixava ninguém entrar em seus aposentos. Disseram-me que oscilou entre a vida e a morte.*

Se isso for verdade, então peço que pare. Crescemos pensando entender a morte, mas jamais fomos capazes de compreendê-la. Lutávamos na arena, caçávamos com Tíndaro, presenciávamos os açoites da sacerdotisa. Muitas vezes, nós mesmos éramos o alvo do açoite. Éramos espancados, repreendidos, ficávamos famintos e derrotados. E, no entanto, sempre fomos convictos de que o mais forte jamais morreria, nem o mais astuto. Que equívoco. Nosso irmão Castor foi o homem mais astuto que conheci, e acabou emboscado por outro. Tíndaro era forte, mais forte do que a maioria dos homens. Quando ele lutava na arena, outros espartanos o aplaudiam, e eu lhe assistia, achando que ninguém poderia vencê-lo. Ainda assim, ele pereceu.

Não há o que fazer a respeito da morte nem a respeito da dor. Os deuses sempre perseguem aqueles que se tornaram muito abonados, belos e felizes, para então esmagá-los. Eu disse essas mesmas coisas para Helena anos atrás, quando voltávamos para Esparta, vindo de Afidna, aquela cidade amaldiçoada. Depois que Teseu a levou, ela quis morrer. Disse-me que a dor e a vergonha eram demais para suportar. Eu disse a ela que não havia motivo para se envergonhar e que a morte era inevitável, mas que ela não estava destinada a morrer naquele momento.

Assim é com você. Sua filha se foi, mas você deve voltar à vida.

Não há nada mais poderoso do que uma mulher obstinada. E é isso que você sempre foi e deve ser, não importa o que os outros façam com você. É muito fácil para um homem ser forte, pois somos estimulados a sê-lo. Mas uma mulher ser inflexível, inquebrável? Isso, sim, é admirável.

Febe e Hilária mandam lembranças. O filho de Castor e Febe se tornou um menino habilidoso, assim como minha filha. Ela se parece com Helena, creio, embora tenha os cabelos de Hilária. Hermione sente saudades da mãe, mas não vou permitir que a odeie, não importa o quanto se esforce. E agora que Menelau se foi, vou ensiná-la a governar. Ela pode vir a ser rainha um dia.

Sei que terá voltado a ser você mesma no momento em que eu receber a notícia de que a cidade de Micenas está de volta às mãos de sua "obstinada" rainha.

Polideuces

Minha amada prima,

Se ao menos pudesse ouvir as coisas que as mulheres de Ítaca andam dizendo durante a lavagem de roupas à beira do rio, você ficaria de cabelos em pé. Todas as manhãs elas se reúnem, com os braços abarrotados de túnicas sujas e sentam-se nas pedras, esfregando roupas e conversando. Cabras saltitam ao redor, sem prestar atenção. Não muito longe delas, crianças pequenas brincam, correndo com gravetos, colhendo flores. Seria uma cena adorável, não fosse pelas coisas que elas relatam.

Falam sobre o dia em que as tropas gregas partiram para Troia, sobre o sacrifício cruel de sua filha. Dizem que Agamêmnon e Menelau reuniram seus navios em Aulis para lançar a maior das armadas ao resgate de Helena. Como podem ser cruéis as Moirai — sacrificar uma princesa para resgatar uma rainha? Será que uma vida realmente vale mais do que outra? E, em caso afirmativo, quem é o juiz da questão?

Dizem que os ventos não sopravam em Aulis, por isso os generais aguardavam um sinal. Os homens estavam encalhados, o ar havia se tornado insuportável e o mar estava plano como uma chapa de prata. Então o vidente Calcas viu dois pássaros mergulhando do céu, cravando suas garras em uma lebre e em seus filhotes nascituros. Ficou observando enquanto as águias-reais devoravam a lebre, e então disse que o exército precisava de um sacrifício para apaziguar Ártemis. Não conheci esse tal Calcas, mas me parece um monstro. Sempre me pergunto o que os videntes fariam se alguém lhes dissesse para sacrificar a própria família. Será que abandonariam toda a sua reverência aos deuses?

Então as lavadeiras dizem que você foi lograda a ir a Aulis, e que meu marido ajudou a delinear o plano. Dizem que ele a atraiu para sua tenda e a amarrou para impedir sua resistência. Que a deixou lá no calor escaldante e então seguiu para auxiliar o sacrifício de uma menina inocente. Que Ifigênia foi amordaçada, carregada e levada ao altar por Diomedes, e que Odisseu e todos os outros ficaram apenas observando enquanto Agamêmnon lhe cortava a garganta.

Não acredito em nada disso. Meu marido pode ser astuto, mas também é misericordioso. Vê o que precisa ser feito e sempre pensa na maneira mais adequada e eficaz de fazê-lo. Ele decerto teria pensado em outra solução em vez de sacrificar a filha do general. Passo as noites em claro, pensando nisso. Não pode ser, digo a mim mesma, que o homem que amo tenha traído minha prima e matado a filha dela. Você compreende que não tenho escolha. Não posso viver pensando que me casei com um homem capaz de tal feito. Que vida seria essa? Uma vida de verdades, quase consigo ouvir você dizendo. Mas como minha mãe sempre me dizia: na verdade sofremos; na mentira, prosperamos.

As lavadeiras também falam muitas coisas a seu respeito, coisas que ouviram só os deuses sabem onde. Dizem que governa Micenas, que está se fortalecendo no palácio, que "manipula como um homem". Acho esta última frase fascinante, como se as mulheres não pudessem manipular também. Conheço muito mais mulheres manipuladoras do que homens. Eu me considero uma delas. Além disso, você nasceu para ser governante.

Certa vez Odisseu me disse que a melhor coisa que pode acontecer a um homem, ou a mulher, é tornar-se alvo de comentários. De outro modo, daria na mesma estar morto, é nisso que ele acredita. Não tenho certeza se concordo, mas acho que você concordaria. Você nunca gostou do anonimato.

Eu queria ir vê-la, mas, se eu sair desta casa, os filhos de Ítaca virão para tirar o trono de mim. Já tentaram. Não querem somente um trono, querem também uma esposa. Eu os mandei embora tão graciosamente quanto pude, mas eles vão voltar. Vou pensar em algo para mantê-los afastados. Vou manipulá-los.

Eu a conheço muito bem. Você deve estar com raiva e sede de vingança por todos os envolvidos no assassinato de Ifigênia. Mas não direcione sua raiva a Odisseu. Ele ama e respeita você, e tenho certeza de que fez o possível para evitar tal tragédia. Direcione a cólera para seu marido e para o vidente sanguinário. E tente esquecer.
Você tem outros filhos, cuide deles.
Você está sempre nos meus pensamentos,
Sua prima Penélope

Minha querida irmã,

Assim que soube o que fizeram a você, quase tomei um navio com vinte de meus melhores espadachins e parti para Troia a fim de massacrá-los pessoalmente — aquele homem desalmado com que nosso pai obrigou você se casar, o vidente fedorento e Odisseu, aquele traidor. Eu conseguia facilmente me enxergar cortando todos eles, fatiando-os como se fossem um pernil.
Mas algo me impediu. Você é uma mulher de vingança. Saberá como guiar esse infeliz jogo de desforras. Se tem alguém neste mundo que sabe fazer justiça, é você. E tenho certeza de que o fará.
Você fez tudo por mim, jamais me esquecerei. Escondeu-me quando a sacerdotisa exigiu que eu fosse açoitada, ensinou-me a bater nas outras meninas quando eu era mais fraca, incentivou-me a amar quem eu quisesse. Isto é mais do que qualquer um pode exigir da própria irmã. E agora feriram você, e eu não estava lá para protegê-la. Terei de conviver com isso pelo restante dos meus dias. Existirá sentimento mais doloroso do que o arrependimento? Ele se espalha feito uma febre, invisível, e não há nada que possa ser feito para combatê-lo.
Nossa mãe também faleceu, disseram-me os emissários de Esparta. Deve ter sido o vinho. Para mim, ela já estava morta há tempos. Lembro-me somente de vislumbres dela caçando e lutando quando eu era pequena, mas creio que você, Helena, Castor e Polideuces aproveitaram o melhor dela. Depois de um tempo, ela acabou domesticada.
Já você nunca deve se deixar domesticar. Seus homens não se curvam a você por ser a esposa de outro: fazem-no porque respeitam seu poder. Portanto, governe-os, guarde seu respeito, certifique-se de que sejam leais e fiéis até o último dia. Então terá uma cidade e um exército à sua disposição.

Équemo sempre me dizia que alguns homens estão destinados à grandeza, enquanto outros, não. Ele acreditava que os deuses assim decidiam, e que não tínhamos qualquer poder sobre tal questão. Provavelmente foi por isso que ele não fez nada para conquistar seu reino ou o amor de seu povo, e também porque morrerá e se desintegrará na obscuridade.

Agamêmnon, Calcas e Odisseu, por outro lado, sabem que ninguém se torna poderoso graças aos deuses, por isso encaram o problema de frente e tanto se empenham para escrever o próprio nome na posteridade. Não é de se admirar que tenham sobrevivido tanto tempo, são cruéis e astutos. Embora sejam muito diferentes entre si, têm algo em comum: acreditam serem especiais porque ninguém além deles vê as coisas horríveis que precisam ser feitas. São convictos de que os outros evitam a natureza brutal da vida, porém eles são espertos o suficiente para ver e agir de acordo com ela. E é assim também que se justificam aos seus: não temos escolha, os deuses assim o exigem, a guerra é cruel e não podemos vencê-la a menos que também sejamos cruéis. Tudo mentira. Eles tiveram escolha. Os deuses não precisavam que Ifigênia morresse por causa de um sopro de vento. Guerras não são vencidas através do sacrifício de meninas. São vencidas matando seus oponentes. Você me ensinou isso.

Sua irmã Timandra

Minha querida Clitemnestra,

Estou escrevendo estas palavras, as quais você nunca lerá, sentada junto a uma janela em Troia, olhando o campo de batalha. É uma terra devastada, dominada por rodas quebradas, corvos voando em círculos e corpos putrefatos. Às vezes, há um braço decepado no chão lamacento, separado de todo o restante, como se não se lembrasse a que lugar pertence.

Vejo a batalha daqui todos os dias, mas não consigo ouvi-la. É estranho olhar para os homens que lutam e morrem. As bocas estão abertas, mas é como se não saísse som algum. Às vezes, penso que é assim que devem sentir-se os insepultos, vagando pelo mundo, destinados a não ouvir e a não serem ouvidos. Que estado lastimável.

Os heróis vêm e vão pela planície, mas não vi Castor nem Polideuces. Eu costumava procurar a cabeça deles em meio às lanças e aos cavalos, mas parei de fazê-lo. Agora eu só oro para que não estejam mortos.

Estou escrevendo e tecendo, tecendo e escrevendo. Já faz algum tempo que tenho feito só isso. É o que me mantém sã. E tenho bebido. Será que vou acabar como Leda, lutando para me manter ereta no jantar depois de incontáveis jarras? Não há ninguém para responder a essa pergunta. Antigamente, era você ou nossos irmãos que me mantinham calma. Eu iria até você com minhas dúvidas inquietantes, e acreditaria em tudo que saísse de sua boca. Agora respondo às minhas próprias perguntas, mas não acredito em mim.

Todo mundo aqui me odeia. Lembra-se de como as mulheres espartanas costumavam me chamar de *téras*? Para elas, eu era mau agouro e uma aberração, uma criatura divina e uma mancha para a família. Agora as mulheres troianas me chamam de coisa muito pior. Sou uma ladra de maridos, uma meretriz, uma traidora da minha terra, uma esposa terrível, uma mulher fatal, uma mãe indigna. Culpam-me por tudo o que aconteceu na minha vida e nas delas. De algum modo, até descobriram o evento com Teseu. Você devia ver como distorcem a história. "Que sorte a dela ter estado com tamanho herói... e ainda assim nunca foi grata... voltou para casa para procurar um novo homem... nenhum nunca foi suficiente." Eu adoraria lembrá-las de que Teseu me despiu quando eu ainda era criança, de que me estuprou enquanto eu chorava, e que depois foi embora, rindo, junto a seu amigo Pirítoo. Mas que sentido faria contar-lhes? Não acreditariam em mim. Não demonstrarão compaixão. Querem que eu seja seu bode expiatório. Então que assim seja.

Passei a odiar Páris. Ele não me defende das futricas, dos maldizeres de seus familiares. Tampouco luta. Esta guerra é dele também, mas ele nada faz além de ficar treinando com seu arco. Quando termina, volta aos nossos aposentos para fazer amor comigo. Mas não é mais igual.

Às vezes, à noite, quando ele adormece, fico observando-o e penso em matá-lo, penso em macerar alguma erva em seu cálice. Tenho algumas em meus aposentos, elas vêm do Egito. Servem para eliminar a dor e a tristeza se ingeridas em pequenas quantidades, mas em excesso podem matar. Então coloco no cálice dele, misturo ao vinho, mas sempre me flagro jogando fora a seguir. Páris é a razão pela qual abandonei tudo. Eu o amava com todo o meu coração. Quem enfeitiçou quem?

Penso muito em você. Pelo menos sei que Agamêmnon está longe de você, lutando sob os portões desta cidade. Menelau também. Talvez morram na guerra, talvez não. Passo meus dias olhando os soldados executando uns

aos outros no campo de batalha, o sangue jorrando em forma de anêmonas, e me pergunto: o que você estaria fazendo, minha irmã? Em que estaria pensando? Você está feliz?
   Sua Helena

25

DIFERENTES TIPOS DE GUERRA

NOVE ANOS DEPOIS

Já se passaram nove anos desde que Ifigênia morreu. Exatamente nove anos.

O mundo mudou, as estações passaram. Flores desabrocharam, folhas caíram, estrelas flutuaram. A terra tornou-se escura e fértil, depois queimou e ficou amarela de novo. As nuvens indo e vindo, como ovelhas num prado. As chuvas caíram.

Clitemnestra testemunhou o mundo mudar enquanto seu coração permanecia igual, vertendo ódio. Com frequência, pensa no que a mãe lhe dissera anos atrás. *O ódio é uma raiz apodrecida. Que invade seu coração e vai crescendo, crescendo, deteriorando tudo.*

O pôr do sol tinge o jardim, o céu está alaranjado como se em chamas. O templo de Hera empalidece sob a luz ardente, as colunas parecem ossos. Clitemnestra caminha por entre as árvores e senta-se na grama à beira da cidadela, ouvindo o silêncio ensurdecedor. Ele a engolfa, mantendo-a a salvo do mundo.

Ela vai até lá todas as noites. Quando a luz do sol se vai, ela usa seu luto como uma tipoia no peito e se permite lembrar.

Lembra-se da filha quando chegou ao mundo, um pedacinho frágil de muco e carne. Ifigênia levantou as mãozinhas e lhe sorriu. *Esta é a minha oportunidade*, pensou Clitemnestra, *minha oportunidade de uma vida nova.*

Ifigênia ninando uma Electra recém-nascida. *Por que ela é tão séria, mãe?*, perguntava ela, os olhos arregalados de admiração.

Aileen lavando os pés de Ifigênia e lhe fazendo cócegas, e Ifigênia rindo, cobrindo o rosto com as mãos gordinhas..

Seus pés descalços sapateando durante uma dança. Os cabelos como uma onda e os brincos balançando em volta do longo pescoço. Era tão parecida com Helena que Clitemnestra temia que seu coração não aguentasse a emoção.

E então Aulis.

A verdade é que ela não se lembra direito dos eventos em Aulis. Algumas lembranças simplesmente desapareceram, como água em um escudo prateado, e agora não há como recuperá-las. Tudo o que resta daqueles momentos sombrios são perguntas: como ela voltou para Micenas? Como contou aos filhos?

Mas há outras coisas gravadas em sua mente, e quanto mais Clitemnestra pensa, mais detalhes lhe retornam, como se ela estivesse mostrando uma ferida à luz da lamparina e identificando pouco a pouco cada borda e coloração, a carne rasgada e a purulenta.

Os dois homens que estavam com Odisseu na tenda, com suas armaduras brilhantes e pele suada. Olharam para ela sem piedade, sem clemência. Só mais uma vítima das providências dos deuses, devem ter pensado.

O rosto de Calcas presidindo o sacrifício, os olhos negros vazios de qualquer sentimento. Ainda em Micenas, ele lhe dissera: *Você tem um papel a desempenhar na guerra iminente*. Ah, sim, claro que tem. Mas não tem a ver com a morte de sua filha.

Diomedes arrastando Ifigênia para a pedra do altar. Um homem decente trataria uma cabra com mais carinho. Mesmo assim, ele agarrou os lindos cabelos dela e a arrastou como se fosse uma boneca. A poeira sujava seu vestidinho, o vestido de noiva que ela escolhera com tanto cuidado, e seus joelhos estavam ralados, machucados pela areia dura e granulada.

Odisseu. Clitemnestra quase engasga só de pensar nele. Cada palavra que ele teve coragem de pronunciar, cada sorriso. Todas as mentiras. Durante os anos, por todas as noites, desejou que ele morresse, embora soubesse muito bem que levaria um tempo para acontecer. Homens como ele são difíceis de matar.

A lâmina de Agamêmnon refletindo a luz. A expressão do marido, solene, quase irritada com a interferência dela no sacrifício. Era a mesma expressão que ele exibia antes de machucar alguém no *gymnasium*. Ela se lembra da sede, da dor nas costas quando foi chutada, da areia na língua e nos olhos.

Clitemnestra passou boa parte dos últimos anos pensando. Para cada lembrança dolorosa, um pensamento de vingança. Era como se ficasse se queimando e depois mergulhasse o braço em água gelada para amenizar a dor.

As mãozinhas de Ifigênia.

Odisseu amarrado na própria tenda, ferido e sozinho no calor escaldante.

Os grandes olhos de Ifigênia.

A garganta de Diomedes sob sua lâmina.

Os cabelos de Ifigênia dançando à luz dourada.

Calcas esfaqueado, seus lábios, enfim, selados.

Ifigênia alisando o vestido de noiva.

O corpo estripado de seu marido.

Durante um tempo, foi só isso que ela fez, foi o que a manteve viva. Concentrou-se em cada lembrança com sua filha e maquinou formas de matar todos os envolvidos no sacrifício dela.

Então, lentamente, tais pensamentos foram lhe proporcionando cura, pelo menos até o ponto em que é possível curar alguém tão avariado. Clitemnestra voltou à sociedade. Voltou a governar. Fingiu ter seguido em frente. Os anciãos exigiram tal postura. Caso Clitemnestra tivesse se isolado por mais tempo, eles por certo teriam assumido o controle. Teriam lhe roubado a coroa. Uma mulher não pode se dar ao luxo de passar tanto tempo assim alheia. Agora ela caminha pelo palácio, o coração seco como um deserto, a língua envenenada por mentiras. Ninguém nunca mais voltará e lhe tirará o que ela ama.

Durante muito tempo, Clitemnestra soube haver dois tipos diferentes de guerra. Há as batalhas em que os heróis coreografam e lutam com armaduras brilhantes e espadas preciosas e há aquelas travadas entre paredes, feitas de facadas e sussurros. Não há nada de desonroso nesta última, nada tão diferente do campo de batalha. De um modo ou de outro, é o que ela aprendeu no *gymnasium*: derrubar os inimigos e fazê-los sangrar. Afinal de contas, o que seria um campo pós-batalha senão um lago fedorento de cadáveres?

Clitemnestra lutará a própria batalha quando for chegada a hora. E o palácio será sua arena banhada em sangue.

※

Ela está perdida em pensamentos quando ouve passos às suas costas. É tarde da noite e as estrelas estão espalhadas no céu, brilhando debilmente. O tempo escorregou por entre seus dedos.

— Minha rainha — diz Leon. Sua voz permaneceu baixa e rouca desde que os homens de Odisseu o estrangularam.

Clitemnestra não se vira. O guarda conhecia bem a regra: nunca perturbá-la quando ela estivesse no jardim.

— O que foi? — pergunta a rainha.

Ele dá um passo à frente, mais perto.

— Há um homem no *mégaron*. Ele afirma que deseja sua hospitalidade, mas se recusa a mostrar o rosto.

Clitemnestra se vira. As sombras marcam o rosto de Leon.

— Deixe-o esperando.

— Quer que eu diga a ele para descansar nos aposentos dos hóspedes?

— Sim. Eu o verei amanhã, e então ele mostrará seu rosto.

Leon dá mais um passo à frente e toca o pescoço dela. É áspero, porém agradável. Clitemnestra gostaria de poder fechar os olhos e desfrutar da sensação de ser consolada. Mas não pode.

— Isso é tudo, Leon.

Por um instante, teme que ele a beije, como já fez muitas vezes no passado, mas o guarda apenas assente brevemente e se vai. Sua sombra na grama é escura como uma noite sem estrelas.

Foi um erro que ambos cometeram. Sabe que não pode depositar a culpa exclusivamente em Leon. Quando voltaram a Micenas, machucados e feridos, cortados e quebrados, encontraram consolo um no outro.

Clitemnestra estava no jardim, uma espada na mão. Recusava-se a ser cuidada e higienizada, e ameaçava qualquer um que se aproximasse dela. Seus cabelos ainda estavam cobertos de camadas de lama de Aulis, os joelhos e cotovelos arranhados. As mãos eram uma maçaroca de sangue, algumas unhas ausentes. Leon a encontrou enquanto ela brandia a espada loucamente.

Minha rainha, chamara ele.

E então Clitemnestra olhou para cima. Ele estava parado perto das flores, a garganta esverdeada e inchada, um dos olhos semicerrado. Espancaram-no repetidas vezes em Aulis, até que ele caiu inconsciente e foi deixado para morrer.

Leon deu um passo à frente, o braço machucado estendido. Ela o segurou, mas tropeçou e caiu. Leon então se ajoelhou ao lado dela, botou a espada de lado, temendo que Clitemnestra pudesse se autoflagelar.

Passaram um bom tempo ali na grama. Então Leon saiu rapidamente e, quando voltou, trazia um pano encharcado. Aproximou-se dela, hesitante, assim como se faz com um animal ferido. Ela permaneceu imóvel enquanto o homem lhe limpava o rosto e os braços, depois os cabelos e as pernas, removendo todas as camadas de sangue e sujeira. Aquela ternura a acalmou, e aí encarou aqueles olhos castanhos, fortes e reconfortantes, como uma casca de árvore.

Quando Leon terminou, largou o pano e caiu no choro. Soltava soluços abafados, como um soldado ferido em batalha. Clitemnestra nunca tinha visto um homem chorar até então. Puxou-o para si, a cabeça dele tremelicando em seu ombro.

Ela se foi, sussurrou. *Ela se foi.*

Leon chorou ainda mais ruidosamente, e ela sentiu as mãos dele em seu colo, frias. As estrelas surgiam quando, finalmente, ele se acalmou. Aí olhou para ela, seu rosto uma confusão de hematomas e lágrimas. Leon fitava Clitemnestra como se não a enxergasse, ou como se a visse pela primeira vez — era difícil dizer.

Então ele se inclinou e a beijou. Ela abriu a boca e o recebeu. Leon tremia, e ela tentava mantê-lo imóvel. Então ela agarrou seus braços com a maior força possível, sabendo que a dor incitaria nele mais prazer. Clitemnestra sabia disso porque desejava a mesma coisa — e Leon concedeu a ela. Arrancaram as roupas um do outro, estremecendo ao tocarem suas feridas. Enquanto Leon se movimentava dentro dela, Clitemnestra chorava, pensando no corpo inerte dele na tenda de Odisseu, uma das últimas coisas que viu antes de seu mundo desmoronar.

26

O FORASTEIRO

De manhã cedo, o *mégaron* está vazio e silencioso. Clitemnestra envolve os ombros numa pele de lince e se senta no trono elevado de Agamêmnon, aguardando, a luz fraca da lareira brilha nos afrescos das paredes.

Um homem vem sozinho da antessala. Não é um dos guardas da rainha; não usa nenhuma armadura dourada nem elmo, e sim um longo manto escuro. Parece um fugitivo.

Leon aparece atrás dele, agarra seu braço e o faz desacelerar.

— Minha rainha — anuncia ele —, este é o homem que se recusa a dizer seu nome.

— Deixe-o entrar — ordena Clitemnestra.

Leon fica de lado, e o homem passa pelo pedilúvio e entra no salão. Traz na cintura uma longa espada, as mechas de cabelo castanho espiam sob o capuz.

— Clitemnestra — anuncia ele —, vim solicitar sua hospitalidade.

Ela quase estremece. Há muito tempo não é chamada pelo nome. Seja quem for este homem, recusa-se a reconhecer seu status de rainha. Um ladino ou um traidor.

— Tire o capuz — ordena ela.

O homem hesita, manuseando o cabo da espada, mas então obedece. Seus olhares se encontram. As íris dele são de um azul-esverdeado frio, como folhas cobertas por um gelo perene. Ele a faz lembrar alguém, embora não saiba dizer quem. Então espera que ele fale.

O forasteiro se vira a fim de observar os afrescos. Demora-se nos guerreiros que perseguem os leões assustados. O corpo longo dos animais brilha dourado sob a luz tênue, e os cabelos dos guerreiros são escuros como cinzas.

— Sempre achei esta cena um tanto falsa — comenta ele. — Leões não fogem assim.

Há inquietação na postura do homem, como se estivesse pronto para debandar ou atacar a qualquer momento. Clitemnestra o analisa. *Pensei a mesmíssima coisa quando vi este afresco*, ela tem vontade de dizer, mas em vez disso, pergunta:

— Já esteve aqui?

— Ah, sim — diz ele, voltando-se para ela. — Muitas vezes.

— Então sabe como se dirigir a um governante quando está diante dele.

Ele cerra a mandíbula. Não parece zangado, mas sim um menino em conflito.

— Agamêmnon não é o rei de Micenas agora?

— Sim. E eu sou a rainha.

O homem aponta para o assento da rainha ao lado do trono do marido, vazio, mas não diz nada.

— Você vem aqui para pedir abrigo, mas não se curva diante da rainha.

Ele contrai a mandíbula de novo.

— Presumo que me mandará embora assim que eu revelar meu nome. Qual seria o sentido de me curvar?

— Não o mandei embora até agora. A lei da hospitalidade proíbe isso. — Clitemnestra usa a palavra *xenía*, o respeito dos anfitriões para com os hóspedes, que não pode ser violado nem mesmo pelos deuses.

— Algumas leis são mais fortes do que isso.

Ela franze a testa.

— Tais como?

— A vingança — diz o homem.

Clitemnestra se recosta no trono. Meio que espera que o homem desembainhe a espada, mas ele não se mexe.

— Prejudicou minha família de alguma forma?

O forasteiro a fita com seus olhos estranhos. Em Esparta, as crianças que nascem com olhos naquele tom de azul são consideradas aberrações.

— Prejudiquei seu rei no passado — responde ele. Parece que espera alguma coisa; se desprezo ou punição, é difícil dizer.

— Mesmo que tenha prejudicado meu marido, sabe que devo permitir sua permanência neste palácio.

O homem sorri.

— Não quero ser morto durante o sono, *minha rainha*. — As palavras soam zombeteiras, mas ela gosta.

— Não será. Dou-lhe minha palavra.

Ele inclina a cabeça e cerra os punhos. Não confia nela, Clitemnestra percebe isso.

— Leon — ordena ela —, traga Aileen para que possamos lavar os pés deste homem e recebê-lo de maneira adequada.

Leon desaparece, seus passos ecoando no piso de pedra. Outros guardas tomam seu lugar junto à porta, olhando o forasteiro com desconfiança.

— Vou ordenar para que seja higienizado e acolhido — diz ela —, e então me dirá seu nome.

— Sim, minha rainha. — Aquele tom zombeteiro.

Ambos esperam em silêncio enquanto Leon traz Aileen até o *mégaron*, apenas se olhando. Os cabelos do forasteiro estão irregulares, como se tivessem sido cortados grosseiramente com uma faca de cozinha. As mechas mal escondem as cicatrizes no rosto: uma na ponta do nariz, outra na maçã do rosto, perto do olho. Ele a fita com a cabeça ligeiramente inclinada, como se estivesse com medo. Clitemnestra se questiona que tipo de percepção ele estaria tendo a seu respeito.

— Estamos prontos para a higiene, minha rainha. — Leon se afasta e Aileen entra com um pano nas mãos, os cabelos ruivos amarrados para trás em uma longa trança. Ela avança alguns passos, sorrindo para Clitemnestra, então percebe o forasteiro e congela. *Aileen o conhece.*

— Lave os pés deste homem, Aileen — ordena Clitemnestra.

Aileen se apressa e se ajoelha na frente do forasteiro. Enquanto ela desamarra as sandálias dele e o limpa no pedilúvio, Clitemnestra estuda o rosto do homem em busca de qualquer indício de reconhecimento, mas o sujeito parece não se lembrar de Aileen. Não obstante, Aileen mudou desde que Clitemnestra chegou ao palácio. Quem quer que seja esse forasteiro, sem dúvida não aparece em Micenas há anos, ou Clitemnestra também o reconheceria.

E então ela se dá conta de quem ele a faz lembrar.

Aileen enxuga os pés do homem com um pano seco e amarra suas sandálias. Então corre de volta para as sombras da antessala. O forasteiro se volta para Clitemnestra.

— Vou lhe dizer meu nome agora, já que jurou me oferecer abrigo.

— Não há necessidade — replica ela, sorrindo friamente. — Você é Egisto, filho de Tiestes e primo de meu marido.

Ele se sobressalta. Movimenta a mandíbula, como se mordesse a língua. De trás dele, Aileen assiste à cena, boquiaberta.

— Você é sagaz — comenta ele.

— E você um tolo por vir aqui achando que conseguiria ocultar sua identidade.

— Há anos vivo nas sombras de florestas e palácios. Os homens nunca me reconhecem.

— Bem, não sou um homem — rebate ela, sorrindo novamente.

Egisto imita o gesto dela, incapaz de se conter. A expressão é peculiar em seu rosto, como se não sorrisse há anos. Mostra um lado diferente dele, mais pueril, menos alerta.

— Você é bem-vindo neste palácio, lorde Egisto — diz Clitemnestra. — Ninguém lhe fará mal. Agora vá. Vejo você no jantar.

— Minha rainha — diz ele, inclinando ligeiramente a cabeça. Então vira-se abruptamente e vai embora. Ela fica olhando as costas do homem à medida que passa pelos afrescos e pelas colunas.

Há um sentimento em Clitemnestra que ela não consegue reconhecer, como se uma chama tivesse sido acesa de repente, queimando-a por dentro. Após nove anos de dor e conspiração, isso é um tanto inesperado. Se é bom ou ruim, ela vai descobrir no momento oportuno. Seja qual for o caso, estará com a mão na espada, de prontidão, e sem o menor receio de atacar.

Quando Clitemnestra termina de receber todos os requerentes do dia, o jantar está quase pronto. O cheiro de cebola e temperos emana pelos corredores, fazendo seu estômago revirar. Ela ordena que as portas do *mégaron* sejam fechadas e manda todos saírem, exceto Aileen. Quando o salão está vazio e silencioso, ela se acomoda perto da lareira e convida a criada para se juntar a ela.

— Certa vez, você me disse que Egisto não recorria à violência, como todos os outros membros da família — lembra ela. — Você tinha medo de todos, exceto dele. E ainda assim ele veio sozinho até aqui, com uma espada na cintura, recusando-se a referir-se a mim como sua rainha. Devo confiar nesse homem?

Aileen encara as próprias mãos no colo. São muito alvas, como leite.

— Ele salvou minha vida — comenta ela calmamente.

— Você nunca me contou isso.

Aileen alisa a túnica; está amarrotada nos joelhos.

— Quando Agamêmnon e Menelau voltaram para retomar a cidade, eu estava no quarto de lorde Tiestes, limpando as tochas e dobrando as peles de carneiro. Não sei onde ele estava. Houve um chamado do Portal do Leão, informando que as muralhas haviam sido violadas, e deu para ouvir os soldados se armando. Eu não sabia para onde ir, então continuei lá, à espera.

"Então Lorde Egisto entrou. Acho que ele procurava o pai. Ele me perguntou o que eu estava fazendo ali e me arrastou quarto afora. Ordenou que eu corresse atrás dele e só obedeci. Quando tropecei, ele me ajudou. Levou-me para a cozinha e me mandou ficar lá e fingir que era minha função. *Os servos dos aposentos do rei serão os primeiros executados*, disse-me. Então desapareceu. Tomou o túnel que leva ao portão dos fundos.

"Quando Agamêmnon e Menelau se infiltraram no palácio, a primeira coisa que fizeram foi massacrar todos os criados de lá, tal como Egisto disse que aconteceria. Logo depois lorde Tiestes foi queimado vivo, e todos os outros foram interrogados sobre o paradeiro de Egisto. Durante muito tempo, os gritos de lorde Tiestes ecoaram na mente de todos nós."

— E mesmo assim você não me contou nada — comenta Clitemnestra.

— Não, minha rainha. Espero que possa me perdoar.

— Ele salvou sua vida. Não há nada razão para se falar em perdão aqui.

Aileen assente com um sorriso tímido e grato.

— Ainda assim — continua Clitemnestra —, não posso confiar num homem como ele. Entende por quê?

— Não sou muito boa em política, minha rainha.

— Ninguém é.

Aileen reflete um pouco.

— Ele quer vingança contra Agamêmnon e Menelau.

— Sim, mas nenhum dos dois está aqui. Egisto veio a Micenas justamente hoje, não quando Agamêmnon estava aqui. Por quê?

— Porque você está em Micenas. E os filhos de Agamêmnon.

— Sim. Lembra-se do que Atreu fez com seu irmão Tiestes?

Aileen olha para baixo.

— Ele matou os filhos dele, os cozinhou e o obrigou a comê-los.

Clitemnestra fica de pé e caminha ao redor da lareira.

— Egisto não veio aqui para ser amigo da rainha de Micenas. Ou ele quer o trono que seu pai ocupou ou busca vingança. Seja qual for o caso, devemos ter cautela.

Aileen a olha com timidez.

— Não creio que lorde Egisto queira assassinar as crianças, minha rainha.

— Por que não?

— Ele é um homem reservado. Detesta violência e espetáculo. Se quisesse matar você ou seus filhos, já o teria feito sem chamar atenção, sem sequer se revelar.

Clitemnestra para de andar. Seu sorriso é inevitável.

— Você diz que não entende de política, Aileen, mas entende as pessoas. E ambas são a mesmíssima coisa.

※

Para o jantar, Clitemnestra usa uma túnica roxa pomposa e brincos com pedras preciosas. Seu rosto hoje tem mais rugas, as maçãs do rosto estão mais salientes abaixo dos imensos olhos escuros, mas seu corpo pouco mudou: alto e esguio, os músculos bem marcados sob a pele.

Orestes a aguarda à entrada do *gynaeceum*.

— Vim acompanhá-la, mãe — fala ele, com um sorriso —, afinal de contas, agora um forasteiro e traidor circula livremente pelo palácio.

Ela ri e alisa um dos cachos dele com os dedos. Os olhos de Orestes são brilhantes e atentos; é difícil vislumbrar a timidez e a fraqueza que outrora fizeram morada ali.

— Não o provoque durante o jantar — alerta Clitemnestra enquanto passam pelas câmaras decoradas com afrescos. Cada corredor fica mais claro à medida que se aproximam do salão de banquetes. É possível ouvir as serviçais às suas costas, bem como seus cochichos. Clitemnestra sabe que estão olhando para seu filho. Ele se tornou um homem encantador e as moças do palácio zumbem ao seu redor, como abelhas no mel.

— Nunca provoco ninguém — responde Orestes, embora sorria. — Estou surpreso que o tenha acolhido.

— Eu não poderia mandá-lo embora. Ele é um inimigo, e é melhor manter os inimigos por perto. Assim é mais fácil controlá-los.

— Bem, tenho pena do homem. Provavelmente se considera um hóspede da *inofensiva* esposa do rei de Micenas.

A mãe pega o braço de Orestes.

— Sei ser inofensiva. — Ele a observa com as sobrancelhas levantadas, e os dois trocam um sorriso.

No salão de refeições, as tochas iluminam a gordura da carne e as jarras douradas do vinho. Clitemnestra ordenou que dez guardas ficassem postados junto às paredes. De uns tempos para cá, Leon normalmente janta com eles, mas hoje está parado perto da cabeceira da mesa, a espada na cintura.

Egisto já está acomodado na ponta de um banco, Electra na frente dele. Os cachos castanhos dela estão soltos, caindo pelas costas, e seus olhos de corça observam o forasteiro. Crisótemis conta uma história e, nos arredores, os criados ouvem e dão risadinhas enquanto servem vinho.

— Bem-vindo a Micenas, lorde Egisto — cumprimenta Orestes, com um sorriso deslumbrante, sentando ao lado de Electra. Clitemnestra ocupa seu lugar à cabeceira.

— Obrigado — responde Egisto.

— Deve ser estranho estar de volta após todos esses anos — diz Orestes.

Egisto inclina a cabeça.

— Não imaginei que a rainha me aceitaria.

— Minha mãe é uma mulher de muitas virtudes — responde Orestes, escolhendo um pedaço de carneiro. — Força, sabedoria, bravura, generosidade. Ela tem todas essas.

Egisto o avalia, em busca de entender se está escarnecendo.

— De onde você vem, milorde? — pergunta-lhe Crisótemis.

— Da floresta — responde Egisto.

— Sobreviveu à base de leite de cabra? Caçou?

— Algo assim.

— Certa vez, ouvi falar de um homem que viveu na floresta por tanto tempo que as náiades vieram buscá-lo. Elas saíram dos lagos e pântanos e lhe deram comida e abrigo. Mas quando ele quis partir, mantiveram-no em cativeiro. Tiveram ciúmes, vejam só.

Há entusiasmo na voz de Crisótemis, e assim tem sido desde que o seu pai partiu, uma necessidade constante de contar histórias aprazíveis para evitar o luto ou o conflito, qualquer explosão de violência que seja. Ela é como um ofuscante manto de neve: enterra a feiura sob sua superfície; e, depois que derrete, corre para encontrar outro local.

— Minha filha conhece as histórias mais maravilhosas — anuncia Clitemnestra. — Quer nos contar alguma, Crisótemis? Talvez possa entreter nosso convidado.

— Claro. — Crisótemis sorri. — Tem aquela sobre Bóreas e o garanhão...

A garota fala tão rápido e com tanta empolgação, que se esquece de comer. Egisto escuta, franzindo a testa, e também quase não toca na comida. Às vezes, seu olhar se volta para Clitemnestra, que finge estar absorta na história da filha, dando risadinhas pontuais em cada deixa.

Mas, na verdade, ela quer enchê-lo de perguntas, quer que ele conte suas histórias, e quer saber o que de fato está por trás daquele rosto perturbado. No entanto, duvida que Egisto esteja disposto a falar. Um homem como ele provavelmente passou a vida inteira calado. Clitemnestra imagina os pensamentos dele rastejando na mente como vermes na terra, condenados a permanecer nas sombras.

Helena o teria encantado com sua beleza e inteligência sutil, o amaciando, até que se abrisse como um pêssego.

Castor teria zombado dele, espicaçado-o com palavras como se fossem agulhas, até obrigá-lo a desembuchar.

Timandra e Polideuces sequer teriam tentado. *Ele é perigoso*, teriam dito. É melhor se livrar dele. E estariam certos.

Ele é perigoso, de fato, mas Clitemnestra não pode livrar-se dele, então precisa dar um jeito de quebrar aquela casca. Vai sujar as mãos e cavar a terra até encontrar os vermes que ali se contorcem.

※

Clitemnestra volta pelos corredores sozinha. Os barulhos do palácio esmorecem, indistintos como sons debaixo d'água. Ela ordenou que Egisto fosse escoltado de volta aos aposentos dos hóspedes, e a única coisa em sua mente agora é a dúvida se ele conseguirá dormir. Ela sabe que não; ela mesma deve manter-se cautelosa e desperta.

Quando chega ao próprio quarto, uma figura familiar emerge das sombras. Leon.

— Pedi a você que se assegurasse de que Egisto não saísse de seus aposentos — diz ela.

— Deixei cinco guardas do lado de fora. Ele não vai sair sem você saber.

— Ótimo.

Clitemnestra passa por ele e abre a porta do quarto.

— Não deveria mandá-lo embora, minha rainha? — pergunta o guarda. Ela se vira.

— Essa decisão é minha, não sua.

— Ele é perigoso. Sabe há quanto tempo os anciãos estão procurando por ele. Todos pensavam que estivesse morto. E agora ele chega aqui, depois de tudo o que sofreu neste lugar... — Leon respira fundo. — É como um cão raivoso que foi severamente espancado, mas de algum modo sobreviveu. Conseguiu trespassar estas muralhas, mas pode morder a qualquer momento.

— Egisto não tentou prejudicar a mim nem a meus filhos até agora. A voz de Leon falha.

— Você também confiava em Odisseu quando fomos chamados à tenda dele.

Clitemnestra o golpeia tão rapidamente que ele não tem tempo de reagir. Quando Leon a encara, há tristeza em seus olhos.

Clitemnestra cerra o punho, pronunciando cada palavra como se fossem facas.

— Você decidiu vir comigo em vez de manter minha filha a salvo. Pedi que a protegesse. Em vez disso, escolheu me proteger, sem entender que minha vida não valeria de nada sem ela. Não toque nesse assunto de novo, ou é você quem será mandado embora.

— Sim, minha rainha. — Ele falou tão baixo que Clitemnestra não soube dizer se ouviu ou se imaginou as palavras. De todo modo, ela encerra a conversa ao fechar a porta do quarto, trancando Leon do lado de fora.

Quando Clitemnestra sai do quarto para passear no jardim, o sol já se pôs atrás das montanhas, e o céu está preto e sem nuvens. Ela está sozinha entre as flores, e se flagra pensando em Helena de um jeito que não fazia há alguns anos.

A última vez foi há três invernos, quando um mensageiro veio ao palácio para lhe dar a notícia da morte da mãe. Clitemnestra não derramou nenhuma lágrima.

— Como? — ela quis saber.

— Enquanto dormia — respondeu o enviado, e Clitemnestra quase riu, amargamente. A mãe, que já tinha sido caçadora e guerreira, morreu durante o sono de tanto se embebedar de vinho.

Tal é o destino de uma mulher, não importa o quão brilhante e destacada seja, acabará sempre esmagada como um grão no pilão. E o que resta de Leda agora? Rumores, mitos. A mulher que dormiu com o deus dos céus e dos trovões, a rainha que foi estuprada por um cisne, a mãe da mulher mais linda do mundo. Mas Leda era muito mais que isso.

Na ocasião, Clitemnestra passara a madrugada inteira andando de um lado a outro no palácio, enlutada pela mãe que costumava lhe contar histórias sobre os deuses da floresta, sobre Reia e seus sussurros em cavernas sagradas e bosques de ciprestes. A mulher que governara Esparta com o marido, que ensinara os filhos a lutar no *gymnasium* e que às vezes acordava as filhas durante a noite para um passeio secreto ao luar. Ficava de mãos dadas com elas, e as fazia rir até os olhinhos de Helena brilharem de felicidade.

Mas Clitemnestra não sofreu pela Leda que se mantivera ao lado de Tíndaro enquanto ele conspirava com Agamêmnon. Para ela, esta Leda estava morta há muito tempo.

Agora Clitemnestra tenta imaginar a irmã em Troia, sozinha em uma cidade cheia de pessoas que devem odiá-la. Chegou a mandar dois de seus melhores espiões para o outro lado do continente, para que lhe trouxessem qualquer notícia possível da guerra, mas não lhe trouxeram qualquer informação sobre Helena. Ao menos isso significa que ela ainda está viva. O consolo que Clitemnestra sente é estranho, pois deixa um gosto amargo, como se estivesse com a boca cheia de cinzas.

Helena vive, Ifigênia se foi. Há certa injustiça nisso, ainda que Clitemnestra tenha passado a vida protegendo a irmã.

Você gostaria que Helena tivesse morrido?

Ela fecha os olhos. Lembra-se de quando eram crianças, nadando juntas no Eurotas, os corpos nus chapinhando na água límpida, as duas se abraçando. É sempre difícil decidir se uma vida vale mais do que outra. Também é inútil. Os mortos estão mortos.

Clitemnestra volta para dentro do palácio, deixando os pensamentos para trás. Acima dela, a dor pelo destino de Ifigênia paira no céu, como uma oração perpétua.

27

DENTES DE LOBO

Clitemnestra segue Electra sob o sol abrasador do verão, as barracas do mercado no entorno. As pessoas passam correndo, rostos bronzeados e manchados de sol, as mãos rachadas pela labuta; um homem cortando os jarretes de um porco, o machado e o avental manchados de sangue fresco; uma mulher pendurando galinhas depenadas pelos pés; uma garota de cabelos escuros distribuindo maçãs de um cesto. Clitemnestra para junto a uma barraca com diademas, as pedrarias brilham tanto que a luz do sol parece erigir delas. Joias para a realeza. O comerciante inclina a cabeça, olhando na direção dos pés de Clitemnestra.

— Minha rainha — saúda ele. — Minha princesa.

Electra afaga um ornamento de cabeça fino, os pingentes em formato de folha. *Ficaria bem na pele alva dela*, pensa Clitemnestra, mas Electra apenas segue em frente. As pessoas inundam as ruas como lagartos, cada uma delas procurando um lugar ao sol.

Clitemnestra pensa em sua reunião com os anciãos, no modo como foram arrogantes e ingratos naquela manhã. Insistiam que ela aprisionasse Egisto e o mantivesse como refém até que Agamêmnon retornasse.

Qual seria a utilidade disso?, questionou ela. *Egisto não tem família mais. Ninguém pagará resgate.*

Então mantenha-o na masmorra até que o rei decida o que fazer com ele.

O rei está ausente há nove anos, rebateu ela. *Durante os quais eu tenho governado esta cidade, mantendo-a segura. E, mesmo assim, vocês ainda se recusam a confiar na minha autoridade.*

Eles ficaram em silêncio. E ela gostou da expressão de derrota em seus olhos.

— Você acha o traidor Egisto bonito? — pergunta Electra, distraindo Clitemnestra de seus pensamentos. Suas bochechas estão coradas por causa do sol e ela acaricia um cachorro da rua, como se tivesse acabado de fazer a pergunta mais inócua.

— Nem pensei nisso — responde Clitemnestra. Mentira. Na verdade, ficou ponderando o que raios vira nele que tanto a intrigara, porém ainda não tinha conseguido encontrar uma resposta. — E você?

Electra levanta a bainha do vestido para evitar que arraste em algumas frutas podres no chão.

— Acho que ele já foi belo um dia. Mas agora tem muito medo de si mesmo.

— Você não o acha assustador, então.

— Não. Só me pergunto o que se passa na cabeça de um homem como ele. Seus olhos são como gelo, excluem você. — Clitemnestra sorri por dentro. Deve ser difícil para a filha sentir-se excluída da mente de alguém; ela, que está sempre esquadrinhando o rosto das pessoas para entender cada movimento e motivação.

Chegam ao fim da rua. Empoleirados no Portal, os leões esculpidos são poderosos à luz do sol, mas têm o olhar vazio, indiferente. *Os reis de Micenas são leões*, dissera-lhe Agamêmnon certa vez, *são predadores dos fracos*. Quando ela observou que as esculturas em relevo se assemelhavam mais a leoas, seu marido deu uma gargalhada. Será que ele riria agora que uma leoa está sentada em seu trono?

Clitemnestra começa a caminhar de volta ao palácio, e Electra a acompanha, ainda pensativa.

— Perguntei às mulheres na cozinha — começa ela. — Dizem que Egisto nasceu depois que Tiestes estuprou a própria filha, Pelópia. Ela estava realizando um sacrifício no templo, ele a forçou na escuridão e desapareceu antes que ela pudesse ver seu rosto.

— As mulheres do palácio falam demais — comenta Clitemnestra.

— Pelópia não se deu conta de que o pai era seu estuprador. Ficou com vergonha e tentou se livrar do bebê, então ele foi criado por Atreu, o que significa que Egisto cresceu com Agamêmnon. — Electra havia parado de chamá-lo de "pai" na presença de Clitemnestra desde que sua mãe tentara atingi-la com um cálice anos atrás. Agora, todos os filhos se referem ao pai chamando-o de "Agamêmnon". Clitemnestra não sabe qual termo utilizam quando ela não está presente.

— Quando Pelópia mandou Egisto embora, ela lhe deu uma espada, a espada de Tiestes. Só que ela não sabia que era dele. Pelópia conseguira roubá-la dele no templo. Assim, quando Atreu enviou Egisto para assassinar Tiestes, Tiestes viu a espada, reconheceu Egisto como seu filho e o convenceu a ficar do seu lado.

Clitemnestra sabe que Electra está tagarelando para tentar entender melhor o sujeito. Ela não possui mais nada além de histórias, então as disseca até sentir-se no controle. Após tantos anos, ainda não entendeu que as mulheres raramente estão no controle.

— Pergunto-me se ele sabia que era fruto de um estupro. Devia saber, já que todo mundo sabe. E se sabia, o que acharia disso? Será que perdoou o pai?

Um grupo de mulheres passa por elas, com os braços cheios de figos, uvas e limões sicilianos. As frutas têm cores tão vivas que parecem flores.

— Sabe onde está Pelópia agora? — pergunta Clitemnestra.

— Não.

— Ela se matou.

Uma sombra passa pelo rosto de Electra, que olha para baixo, as bochechas vermelhas. O sol está mais alto no céu limpo, e a jovem se mantém em silêncio durante o restante da caminhada.

Fruto de um estupro incestuoso. Uma criança nascida com o propósito de vingança. Indesejada pela mãe, abandonada na floresta, levada pelo mesmo homem que estava destinada a matar quando crescesse. Quantas coisas Egisto viu? Quanta dor deve ter tolerado? As respostas às perguntas de Clitemnestra parecem talhadas no rosto dele, como cicatrizes; costuradas à pele, como segredos. Basta tocá-las, e ela descobrirá a resposta.

Ela fica sabendo que Egisto passa o final de todas as tardes no centro de treinamento, então segue sozinha para lá tão logo os rapazes finalizam o treino. O pôr do sol tinge o céu com pinceladas vermelho-escuras. No meio do pátio, há uma tocha cravada no chão, sua luz queimando com intensidade.

A princípio, Clitemnestra não consegue ver ninguém; talvez Egisto já tenha ido embora. Então uma sombra passa pelo arsenal e de repente se coloca sob a luz, uma espada em uma das mãos, uma lança na outra. Duas lâminas de caça brilham em sua cintura. Ela nota as cicatrizes ao longo dos braços nus, rosadas como pêssegos e irregulares como rochas.

Ele atira sua lança em uma das árvores. A arma voa mais rápido do que os olhos dela conseguem acompanhar. Afunda na casca, fazendo voar lascas.

À luz marcante da tocha, Egisto empunha sua espada. A lâmina avança, como as garras de um leão, e depois recua. Não há nada de elegante em seus movimentos, nada de gracioso, somente uma espécie de desespero na forma como ele luta. O céu sangra lá no alto, depois fica mais escuro, mais furioso.

Clitemnestra segura com força a faca cravejada. Aguarda-o ficar de costas para ela, fazendo com que ele gire a espada, e então ela atira-lhe a faca. Egisto desvia a cabeça bem a tempo. Aí ergue a espada na altura do rosto e a faca de Clitemnestra ricocheteia ali.

O homem a encara, o rosto vermelho de raiva. Clitemnestra sente como se tivesse acabado de descobrir um segredo dele, algo que não deveria ver. Avança, catando uma lança do chão ao fazê-lo. Ela sorri, parada no meio do centro de treinamento. Um desafio.

— Você é bom.

Egisto dá um passo para trás e seu corpo foge da luz da tocha.

— Não vou lutar contra você.

Ela continua a avançar.

— Por quê? Está com medo?

— Você é minha rainha. E é mãe.

E você é um usurpador. E é filho de alguém.

— Lute contra mim — pede ela.

Ela levanta a lança e o homem instintivamente move a espada. As duas armas colidem, bronze contra bronze.

— Vou abaixar minha espada agora — avisa ele.

— Desse jeito, você vai morrer.

Clitemnestra o ataca de novo, e desta vez Egisto investe também, rasgando o ar, os olhos tomados pela violência. Os dois entram em combate, os pés levantando poeira. Quando ela o desarma, Egisto pega suas lâminas de caça. É ágil com elas, muito mais veloz, e Clitemnestra peleja para contra-atacá-lo. Atira sua lança e, quando ele a repele, pega uma espada mais curta do chão. Os braços de ambos se movimentam com rapidez, golpe após golpe, até ficarem exaustos, o suor escorrendo pelas costas. Eles param juntos.

Egisto faz careta, as adagas largadas na terra. Pega a espada com cuidado, limpando-a na túnica. Clitemnestra pondera se aquela arma teria sido do pai dele, mas não dá voz à dúvida. Em vez disso, pega a própria faca e diz:

— Você fica diferente quando luta.

— Você também. — Ele inclina a cabeça e seu perfil é bonito à luz dourada da tocha. *Diferente como?*, ela quer perguntar, mas ele é mais rápido: — Quem te deu esta faca?

— Minha mãe — responde Clitemnestra. — É a lâmina mais afiada em que já toquei. — Ela a estende para ele ver. Quando Egisto afaga a lâmina com o dedo, ela acrescenta: — Mas você não tem medo de uma laminazinha, tem?

O homem a encara, e ela sustenta seu olhar. Leon estava certo. Egisto é como um animal ferido, pronto para morder à primeira provocação. Mas ele não é um cão raivoso; cães raivosos são fracos porque são loucos. Egisto não está raivoso. Ele é forte e manipulador, a raiva fervilha dentro dele, mas está sempre sob controle. Ele se assemelha mais a um lobo, arreganhando os dentes para quem se aproxima mais do que deveria.

Ele sorri.

— Às vezes, é melhor sangrar do que ser tomado pelo torpor da ausência do sentir.

※

Clitemnestra não janta e vai à casa de banho para se lavar. Sua túnica está suja de terra; o cabelo, bagunçado e embaraçado. As lamparinas já estão acesas, raios de luz na escuridão silenciosa. Ela tira o quitão, passando os dedos na barriga, nos cortes desbotados nos braços. Está um pouco irritadiça. A água do banho está fria, e ela estremece.

— Minha rainha. — Uma voz cantarola na escuridão, como um pássaro ao nascer do sol. Aileen. Seus passos se aproximam, delicados como gotículas de chuva.

— Lorde Egisto foi jantar e a senhora não estava presente — diz ela —, então imaginei que a encontraria aqui.

— Aqueça a água, Aileen — ordena Clitemnestra.

Aileen se apressa para acender o fogo, sua sombra na parede é pequenina e nítida. A água amorna, envolvendo Clitemnestra como pele de carneiro. Aileen começa a esfregá-la com sabão, e ela estica as mãos e os braços para facilitar o acesso, o sabonete passeia pela parte macia na dobra do cotovelo.

— Crisótemis não conseguiu dormir ontem à noite — avisa Aileen. — Ela anda tendo pesadelos de novo.

Clitemnestra olha o rosto dela nas sombras. Aileen não teve filhos, mas talvez devesse. Certa vez, Leon sugeriu que ela era bonita, num tom muito casual, como se quisesse testar como Clitemnestra se sentiria a respeito. Ela desestimulou qualquer relação. Dois serviçais leais juntos não podem ser facilmente controlados. É muito mais útil emparelhar um cão leal a um sujeito complicado, para mantê-lo sob controle.

— Talvez ela devesse dormir com você esta noite — continua Aileen.

— Ela tem catorze anos. Agora é uma mulher, não uma criança, e precisa se comportar como tal.

Aileen não fala, mas seus olhos ficam tristes. Clitemnestra sabe que ela desaprova essas tradições. Certa noite, por volta de um ano depois do assassinato de Ifigênia, Aileen teve a ousadia de lhe dizer que seu comportamento vinha sendo muito frio e muito isolado em relação às filhas. *Electra e Crisótemis precisam de sua presença, minha rainha*, dissera ela. *A senhora não tem conversado com elas, não toca nelas mais*. Clitemnestra teve vontade de bater nela, mas permaneceu em silêncio. Não podia se dar ao luxo de perder Aileen. Não seria capaz de confiar em mais ninguém para cuidar de seus filhos.

— Falarei com ela pela manhã — emenda Clitemnestra, mantendo a voz tão doce quanto possível. — Mas tire esta expressão de reprovação do rosto, Aileen. Você não é a deusa Hera.

Aileen sufoca uma risada e, ao limpar o pescoço de Clitemnestra, seu toque se torna mais delicado. *Pronto*, pensa Clitemnestra. *A lealdade é simples assim para alguns. Qualquer migalha já lhes apetece.*

Devidamente limpa, Clitemnestra vai para o salão de refeições. O cheiro de carne é forte e convidativo, e ela examina as sobras ao passo que os criados se apressam para retirar toda a louça. Os cães ficam por ali, farejando restos no chão. Leon aparece à porta e os enxota com um gesto.

— Tragam um pouco de vinho para a rainha — ordena ele aos serviçais. — Podem terminar a limpeza mais tarde.

Clitemnestra está sentada à cabeceira. Aceita o vinho que uma mulher lhe entrega e o beberica. Leon se acomoda ao seu lado.

— Como foi o jantar? — pergunta ela.

— Os anciãos compareceram — revela ele. — E estavam questionando o porquê de sua ausência.

— Você lhes disse que era porque eu não queria ver aquelas caras enrugadas?

— Não — responde ele, dando um sorrisinho.

— Deveria ter dito. — Clitemnestra praticamente consegue visualizá-los vigiando Egisto, como raposas perto de um filhote. Ela termina o vinho, e Leon lhe serve mais. Não há empregados no salão. A porta está fechada, e as únicas companhias são suas sombras no piso.

— Ouvi os cochichos deles nos corredores hoje — informa Leon. — Falavam de você e Egisto.

— Achei que já tivéssemos mulheres suficientes futricando neste palácio.

Leon brinca com o cabo de sua adaga.

— Alguns diziam que uma mulher não deveria usar a coroa. Outros defendiam você.

— O que exatamente eles falavam?

Leon hesita. Clitemnestra é paciente, e bebe mais um gole de vinho. Esta não é a primeira vez que ela toma ciência do descontentamento dos anciãos.

— Falavam que seu poder é como "a peste entre os soldados".

— Quem disse isso exatamente?

— Polidamas.

— Ah, é claro. — Um dos cães mais fiéis de Agamêmnon. Atire um osso longe, e ele o trará de volta, abanando o rabo. Mas ele não gosta de mulheres. Inclusive costuma manter a própria esposa e as filhas confinadas em casa, de modo que nunca veem a luz do dia. Clitemnestra quis matá-lo muitas vezes, mas sabe que esse tipo de coisa mandaria um recado errado ao mundo. Sendo assim, a rainha sempre fez o possível para tolerá-lo, com a mesma paciência e limitação que se tem no trato com o cão alheio.

— O que acha, Leon? — questiona ela. — Eu sou como a peste?

— Não, minha rainha. — Ele a fita, depois olha as armas brilhando nas paredes. — Mas pode ser intimidante. Você é como o sol. Não pode ser encarado por muito tempo, senão causa cegueira.

Ela sente o amor, a reverência em seu tom. Deveria recompensá-lo por isso. Porque, se afinal de contas ela não for capaz de ser gentil com os próprios servos que lhe são leais, por que alguém mais deveria continuar a segui-la?

— E por que acha que os anciãos dizem tais coisas? — pergunta ela.

Leon se inclina um pouco para trás, como sempre faz ao pensar. Um de seus olhos, o direito, ainda está meio fechado por causa das surras em Áulis.

— Eles se veem no seu lugar. Acham que poderiam fazer melhor do que você. Sonham com reinos próprios, com coroas próprias.

A resposta a agrada. Leon sabe ser astuto quando preciso, quando ela o estimula a pensar. Ele seria um bom governante, não fosse seu sangue plebeu.

— E como acha que eu deveria fazê-los entender que seus sonhados reinos não passam de um delírio?

— Não há um modo. Imagino que seja um fardo que cabe a um governante carregar. — Ele se levanta, e o banco range ruidosamente. — Agora vou deixá-la, minha rainha. Vá descansar.

Ele faz uma reverência e caminha em direção à porta.

— Venha cá, Leon.

Ele para. Quando se vira, o prazer é evidente em seu rosto. Ele então cobre a distância que os separa e ajoelha-se ao lado da cadeira dela. Clitemnestra toca os cabelos dele e o puxa para si. Os lábios dele nos seus têm gosto de lar e tristeza.

— Alguém pode entrar — alerta ele, resfolegado, enquanto ergue a túnica da rainha.

— Que entre — rebate ela. — Eu sou a rainha, faço o que quero.

Isso o excita, o pensamento é como uma erva correndo em suas veias. Ela permite que Leon a penetre, os braços em volta dos ombros dele, a respiração irregular em seu pescoço.

Que grande erro, pensa ela, *que improbidade. Será que ele pensa em Ifigênia quando me olha? Será que ainda se recorda do cheiro dela, da maciez da pele dela na sua?* Leon nunca menciona Ifigênia, mas Clitemnestra sente a dor crescendo dentro dele, em cada rachadura, em cada ferida, em cada vazio.

Mesmo depois de atingir o clímax, Leon fica um tempo agarrado a ela, a pele úmida do peito dele nos seios dela. Clitemnestra permite, olhando para a luz diminuta das tochas prestes a se apagarem. Quando o cômodo escurece, ela busca um sentimento dentro de si. Luto, segurança, raiva, prazer, qualquer coisa.

Às vezes, é melhor sangrar do que ser tomado pelo torpor da ausência do sentir.

— É mesmo?

28

PESSOAS AVARIADAS

Lá fora, o outono se aproxima. Nas árvores, as folhas brilham rubras e intensas, e as noites frias congelam a grama. Fazem Clitemnestra pensar nos olhos de Egisto. Os pássaros estão em silêncio, nenhuma criatura em movimento. Parece que a terra parou para descansar.

— Minha rainha, deveríamos discutir assuntos do trono.

A voz estridente de Polidamas traz Clitemnestra de volta para dentro. No *mégaron*, os anciãos estão sentados em semicírculo ao redor da rainha. Em vez de estar no trono, ela está perto das janelas. A presença deles a sufoca.

— O que há para discutir sobre o trono? — questiona ela.

— Se o rei Agamêmnon não voltar da guerra... — começa Polidamas.

Ela o interrompe:

— Se o rei volta ou não da guerra, não faz diferença. Agora sou rainha e meu filho será o próximo rei.

Polidamas se cala. Se Clitemnestra o odeia quando ele fala, gosta menos ainda quando silencia. Ela praticamente consegue ouvir a mente do homem maquinando, tecendo conspirações contra ela.

— O traidor Egisto pode representar um problema — diz Cadmo. Ele a faz se lembrar de uma maçã machucada, daquelas que ficam largadas no chão até alguém estraçalhá-la com um pisão. Pelo menos tende a favorecer Clitemnestra na maioria dos assuntos.

— Você deveria mandá-lo embora ou prendê-lo — aconselha Polidamas. — Ele pode reivindicar o trono.

— Meu marido costumava dizer que é melhor manter os inimigos por perto. — Mentira. Agamêmnon nunca disse tal coisa. Mas percebera que sempre que o mencionava, os anciãos se atrapalhavam para contradizê-la.

— Então prenda-o — repete Polidamas.

— Você me subestima, como sempre — diz ela.

— Como assim, minha rainha?

— Acredita que deixei Egisto comer à minha mesa e passear pelo meu palácio sem que eu tivesse um plano. Não cogita que eu possa estar tentando entendê-lo melhor para manipulá-lo.

— Homens não manipulam seus inimigos. Eles os forçam à submissão.

Clitemnestra ri amargamente.

— Pensei que você servisse ao meu marido. Quem haveria de mais habilidoso na manipulação senão Agamêmnon? O rei a quem você se devota tão cegamente subiu ao poder graças às próprias manipulações. E quanto a Odisseu, rei de Ítaca? — O nome dói em sua língua, mas ela o pronuncia mesmo assim. — Ele é chamado de herói por causa de sua força ou por causa de suas artimanhas?

Cadmo assente, e alguns outros também.

Polidamas se remexe na cadeira.

— Você está enganada se pensa que é a única preparada para manipular — responde ele. — Egisto tentará fazer o mesmo. Veio em busca de poder, não para se curvar a uma mulher.

— Uma rainha — corrige ela.

— Sim, uma rainha.

— Vou manter Egisto sob controle. E se ele tentar me ferir ou usurpar meu trono, pagará por isso.

Os anciãos parecem relaxar nos assentos. São tão covardes que um único indivíduo é capaz de abalá-los.

— Vocês jamais voltarão a duvidar de mim no que diz respeito a esse assunto — acrescenta Clitemnestra, recostando-se em seu trono. Há um murmúrio de concordância. — Algo mais a discutir?

— Ainda não falamos de Troia, minha rainha — lembra Cadmo.

É verdade. Clitemnestra não perguntou nada porque na verdade seus espiões a têm mantido bem informada, embora nada extraordinário tenha acontecido ultimamente. A cidade ainda não caiu.

— O exército grego foi contaminado por uma peste — continua Cadmo. — Muitos de nossos homens estão morrendo. Dizem que devemos aplacar Apolo.

A rainha quase revira os olhos. Está cansada de ouvir sobre deuses.

— O rei foi acometido? — pergunta.

— Não. Mas a praga é ardilosa, minha rainha — responde Polidamas. — Ataca sem piedade e não discrimina posição social nem honra.

Ela acaricia os anéis nos dedos, aproveitando o silêncio incômodo que se segue.

— É estranho que você se refira à peste nesses termos, Polidamas — comenta ela.

— Por quê?

— Pensei que você tivesse dito que uma mulher no comando pode ser como uma peste entre os soldados. — Ela o encara, diretamente nos olhos, pronunciando cada palavra com nitidez.

Ele não cora nem resmunga. Mantém-se firme.

— Eu disse isso, e creio nisso. — Não há arrogância em seu tom, só uma naturalidade horrorosa.

A franqueza de um homem que acredita que pode dizer tudo o que pensa.

— Estou ciente de que muitos de vocês se acham capazes de governar esta cidade melhor do que eu — discursa ela. — e que, por eu ser mulher, devo colocar suas intenções à frente das minhas. Pensam que meu marido era um governante melhor, mais apto. — Alguns desviam o olhar, desconfortáveis. Outros coram, mas continuam a olhá-la, ousados.

"No entanto, Micenas enriqueceu sob o meu comando, mesmo com a perda de homens e recursos na guerra... Guerra esta que foi um desejo do meu marido. Sendo assim, enquanto eu estiver neste trono, vocês darão seus conselhos e respeitarão minhas escolhas."

E se não o fizermos?, ela praticamente ouve o pensamento deles.

Então lhes cortarei a língua.

❦

No centro de treinamento, Clitemnestra encontra Orestes, um raio de sol em um dia nublado, lindo com uma pele de leão sobre os ombros. Está ensinando os meninos mais novos a atirar.

— Eles estão aprendendo rápido hoje, mãe — diz ele assim que ela se aproxima.

— Você está atirando flechas somente? — pergunta ela.

— Sim, por ora. Mas em breve trabalharemos com lanças e machados.

Os dois se afastam alguns passos da arena. A grama fria estala sob os pés. Clitemnestra ajeita um cacho atrás da orelha do filho, que sorri como se lhe dissesse "não sou mais criança, mãe".

— Você deveria comparecer mais às minhas reuniões com os anciãos — pontua ela.

— Por quê? A senhora lida com eles muito melhor do que eu.

— Você precisa aprender a gerenciá-los também. Um dia, será rei, e ainda há coisas que precisa aprender. Os anciãos são como serpentes. Aproximam-se por trás e atacam pelas costas caso você não esteja a postos para se defender.

— Por que simplesmente não os eliminamos?

— Uma cidade necessita de seus anciãos. Toda rainha ou rei deve ter conselheiros.

— Você é a minha conselheira — observa ele.

— Sou — concorda Clitemnestra, sorrindo —, e agora o aconselho a vir ao *mégaron* e ouvir os anciãos, para que aprenda a detectar as mentiras deles.

Orestes gargalha.

— Irei, e tentarei não assassinar Cadmo quando ele falar das tragédias que nos aguardam. Da última vez, ele estava delirando sobre mendigos possuídos pelas Erínias.

— Hoje foi a peste.

O jovem balança a cabeça como se dissesse "viu?", então corre de volta para o pátio. Clitemnestra observa enquanto os meninos o acompanham, olhando-o com admiração. Quando Orestes era criança, houve momentos em que ela temeu por ele, que não seria capaz de lidar com confrontos, que não saberia como derrotar inimigos. Mas ele acabou por aprender isso e muito mais. Aprendeu a inspirar amor e respeito, algo que a maioria dos príncipes de sua idade ignora. *Homens são frequentemente cegados pelo poder*, dissera a sacerdotisa de Esparta a Clitemnestra em determinada ocasião. Mas não seu filho. Ainda é homem, então jamais entenderá certas coisas, jamais vai precisar entendê-las, mas Clitemnestra lhe ensinou a lição mais importante de todas: que poder, por si só, não compra um reino.

Nas imensas muralhas de pedra da cidadela, o vento é frio como a neve. As nuvens cercam Clitemnestra, engolindo lentamente nacos da paisagem, desde os picos das montanhas até as colinas e riachos lá embaixo. Helena sonhava em poder comandar as nuvens. Deitava-se na grama, fechava os olhos, e pedia que se deslocassem mais depressa, que o vento soprasse mais forte, que o sol brilhasse mais intensamente.

Não vai funcionar, dizia Clitemnestra.

Deite-se aqui também, Helena sempre respondia, puxando a túnica da irmã. *Se nos unirmos, seremos mais fortes.*

Então Clitemnestra aquiescia. Quando o vento não soprava e o sol não queimava, ela pegava a mão de Helena e rematava:

Acho que elas nos ouvem, mas não querem nos dar ouvidos. O vento às vezes é muito mimado.

Helena sorria. Ambas sabiam que era mentira, mas aquilo as aproximava, e aumentava seu grau de felicidade.

— Minha rainha.

Ela se vira. Egisto está a passos de distância, a observá-la. Sempre consegue furar o bloqueio dos guardas; é melhor Clitemnestra alertá-los para ficarem mais atentos.

— Sua filha veio falar comigo — conta ele.

— Qual delas?

— Electra.

Clitemnestra franze a testa, surpresa. Electra raramente conversa com alguém.

— O que ela queria?

— Disse-me que os anciãos não me querem no palácio, e que você está em conflito com eles. — Egisto a avalia, à espera de uma reação. Quando a rainha fica em silêncio, ele acrescenta: — Mas acho que, na verdade, ela queria que eu lhe contasse por que vim para cá.

— Isso é bem típico de Electra. Ela puxa assunto para fazer *com que os outros* falem. Imagino que você seja um interlocutor muito frustrante para ela.

— Como assim?

— Ela não consegue lhe arrancar nada. Você é um enigma.

Egisto franze a testa.

— Todo mundo sabe muito a meu respeito. Aonde quer que eu vá, a maldição da minha família me precede.

— Não creio que isso interesse a Electra. Ela está sempre buscando o que os outros pensam ou sentem, o que temem ou desejam. As informações sobre sua família são uma coisa que ela pode conseguir com facilidade, e por isso não lhe apetecem.

Egisto se aproxima, até que ficam lado a lado, um mar cinzento ao redor. Ele poderia jogá-la por cima das muralhas agora, se quisesse.

— Meu pai costumava vir aqui e ficar observando os homens, as mulheres e as crianças da aldeia — revela ele após algum tempo.

— Por quê? — pergunta Clitemnestra.

— Para decidir quem iria açoitar ou matar. Ele via inimigos em todos os lugares.

— Não sou como seu pai.

A dor lampeja no rosto de Egisto, mas Clitemnestra continua a fitá-lo. Gosta de identificar a tristeza nele porque assim o momento lhe soa íntimo, é algo que ele não mostraria a mais ninguém. As feições dele estão borradas sob a névoa espessa, e ela deseja poder tocá-lo antes que ele se vá.

— Não é, dá para ver isso — diz ele. — Você não é cruel como ele, e ainda assim mantém o reino íntegro. Nunca vi nada parecido.

※

Um dos principais chefes militares morre, então os anciões convocam uma reunião do conselho para substituí-lo. Clitemnestra pede a Orestes e a Electra que permaneçam com ela no *mégaron* enquanto os melhores jovens de seu exército lhe oferecem as espadas. Um a um, aproximam-se do trono, os olhos atentos dos anciãos avaliando-os das sombras, e então se apresentam e descrevem seus feitos.

Venci todas as disputas de luta livre no ano passado, minha rainha.
Meu pai deu a vida no campo de batalha de Troia.
Meu irmão lidou com o motim dos aldeões há dois invernos.

Não é uma escolha fácil. Os *lawagetas*, os líderes militares, devem patrulhar as ruas da cidadela, proteger Micenas contra invasões estrangeiras e aplacar possíveis revoltas nos limites das muralhas da cidade. A maioria dos guerreiros partiu com Agamêmnon nove anos atrás, e desde então Clitemnestra vem construindo um exército forte para substituí-los.

— Seria uma honra servi-la, minha rainha Clitemnestra.

Ela olha para cima. O homem à sua frente é jovem, com rosto emaciado, como o de um cão de caça. Ele olha brevemente para Electra e depois para Clitemnestra.

— Há anos venho vencendo todos os outros homens no centro de treinamento — O rapaz olha para Orestes. — Seu filho está sempre lá. Ele pode falar por mim.

— Kiros é um bom soldado — comenta Orestes cuidadosamente. Clitemnestra não faz qualquer comentário, e Kiros sente-se compelido a falar de novo.

— Já nos conhecemos, minha rainha, embora eu não tenha certeza se a senhora se lembra. Sou filho de Euríbates. Seu marido respeitava meu pai, que morreu lutando ao lado dele do outro lado do mar.

— Lembro-me de você — responde ela, com um sorriso frio. — O menino que tentou estuprar minhas filhas.

Electra desvia o olhar. Os anciãos se põem a cochichar e Clitemnestra os aplaca.

— Você quis me açoitar anos atrás, minha rainha — continua Kiros. — E estava correta. Desrespeitei suas filhas e elas me ensinaram a nunca subestimar uma mulher. Em cada erro há sempre uma lição. — Clitemnestra percebe que ele andou ensaiando seu discursinho, embora seja cuidadoso o suficiente para parecer sincero quando fala.

— Quantos erros são necessários para se fazer um homem decente? — indaga ela.

Silêncio. Clitemnestra encara as chamas dançando na lareira, suas sombras lambendo os pés de Kiros.

— Você teria Kiros ao seu lado na guerra, Orestes? — pergunta ela ao filho. — Consegue confiar em um homem que afrontou suas irmãs?

Mais uma vez, Orestes fala devagar:

— Kiros é um bom parceiro no treinamento. Sempre ajuda um amigo necessitado. — Kiros assente para ele, grato. Clitemnestra recosta-se, sentindo o olhar de Electra.

— Muito bem. Então aceitarei sua espada, Kiros. Você lutará por mim, ao lado do meu filho e de outros generais.

Faz-se silêncio outra vez. Então Kiros se ajoelha, o rosto ardente de orgulho. Quando se levanta, ele e Orestes trocam um breve olhar.

— Eis sua oportunidade de deixar sua rainha orgulhosa — avisa Clitemnestra. — Não a desperdice.

— Obrigado, minha rainha.

Quando o jovem se vai, Clitemnestra ordena aos anciãos que a deixem a sós com os filhos. O salão fica mais leve e mais fresco sem eles. A rainha pede aos criados que tragam vinho, e então se volta para Electra, postada às sombras, introspectiva. A moça passou o dia todo em silêncio, torturando a bainha de seu vestido roxo enquanto os homens tentavam chamar a atenção de sua mãe. Clitemnestra sabe que Electra também está pensando no dia em que Kiros tentou machucá-la, quando Clitemnestra mandou o menino embora e Electra disse: "Pelo menos o pai nos trata a todos da mesma forma". Mas ele não tratava a todos da mesma forma, tratava?

Você se tornou como ele, Clitemnestra praticamente ouve o pensamento de Electra. *Agora pensa no trono e no reino antes de pensar nas pessoas.*

— Tem certeza disso, mãe? — pergunta Orestes. O fogo das tochas brilha em seu belo rosto.

— Dei a Kiros o cargo para mostrar aos anciãos que os desleais merecem uma segunda chance. — *Além disso, o pai dele está morto, então agora a família de Kiros será leal a mim, e não a Agamêmnon.*

— Você não vai se arrepender. Kiros é o melhor guerreiro do grupo que treinou comigo.

— Ótimo. Porque ele não é uma boa pessoa.

Orestes sorri e cobre a mão dela com a sua.

— E por acaso homens bons dão bons generais?

※

Certa vez, três ou quatro anos atrás, Clitemnestra perguntou às filhas que tipo de marido desejavam. Era verão, e elas relaxavam no jardim. As árvores estavam carregadas de frutas, e os pássaros saltavam de galho em galho, comendo cerejas e cantando. Suas penas eram vívidas à luz do sol.

Crisótemis pensou um pouco. Ainda era pequena demais para pensar em maridos, mas gostava de conversar com a mãe no jardim, longe da agitação do palácio, dos silvos dos anciões e do vazio do *gynaeceum*. *Um que fique com a família*, dissera ela depois de um tempinho. *Um que não morra.*

Clitemnestra soltou uma gargalhada. De todas as coisas que ela poderia ter dito... Electra também riu, e os pássaros gorjearam. Crisótemis pegou a mão da irmã e perguntou:

E você, Electra?

Electra respondeu no mesmo instante, como se já tivesse pensado no assunto muitas vezes:

Quero um homem que conquiste o que deseja. Alguém que me entenda, e ao mesmo tempo assuste os outros com sua mente brilhante.

Talvez ela teria se encantado com Odisseu. Aquela ideia deixou Clitemnestra tomada por uma amargura indescritível.

Electra está no pátio, olhando os afrescos dos grifos. Seus cabelos correm soltos ao longo das costas e em uma das mãos usa os anéis que pertenciam a Ifigênia. Clitemnestra se aproxima, e então vê que Leon está lá também, encostado em uma coluna vermelha. Ela recua para um canto, perto de algumas ânforas de azeite enfileiradas contra a parede, e põe-se a ouvir a conversa.

— Ela costumava usar uma quantidade ainda maior — comenta Leon, tocando os anéis. — Três ou quatro em cada dedo. — Ele fecha os olhos e apoia a cabeça na coluna.

— Você sente falta dela? — pergunta Electra.

— Todos sentimos. — O guarda faz uma pausa e respira fundo. — Sua mãe mais que todo mundo.

Electra morde o lábio e baixa o olhar.

— Ela nunca conversa comigo sobre Ifigênia.

— É doloroso demais para ela.

As sombras se esticam no piso, como dedos buscando uns aos outros, à procura de algum tipo de consolo.

— Você a ama agora? — pergunta Electra.

Leon não parece chocado com a pergunta.

— Sempre a servi — diz ele simplesmente.

— Ela vai abandonar você, sabe disso.

Clitemnestra não aguarda a resposta. Sai das sombras e Leon a fita, surpreso. Electra cobre a mão cheia de anéis com a outra, por instinto, como se sua mãe pudesse lhe tirar as joias.

— Deixe-nos a sós — ordena Clitemnestra a Leon. Ele obedece e, assim que sai, uma brisa fria sopra, trazendo gotas de chuva tão ínfimas quanto grãos de areia. Elas se espalham pelo rosto de Electra, cintilantes. A jovem não as seca.

— Você está usando os anéis da sua irmã — pontua Clitemnestra.

— Eu os poli primeiro.

— Combinam com você. Tem os dedos longos, como ela. — Não é fácil dizer aquilo, mas ela sabe que Electra carecia de algo assim. E, de fato, a filha reage arregalando os olhos, então lhe oferece a mão. Clitemnestra a pega, tocando as pedras preciosas: ônix, ametista, lápis-lazúli.

— Egisto me falou da conversa de vocês — conta Clitemnestra.

— Imaginei que ele falaria — replica Electra.

— Descobriu o que queria?

— Não posso afirmar que sim.

— Deveria ter perguntado de outro jeito, mais diretamente.

Electra a surpreende dizendo:

— Concordo.

— Por que ele lhe interessa tanto? — Ela sabe a resposta, mas quer ouvir Electra verbalizá-la. Sempre que a filha tem nas mãos um enigma que não consegue resolver, sua teimosia toma conta.

Mas Electra apenas diz:

— Pessoas avariadas me fascinam.

Um trovão ressoa alto e a chuva começa a inundar o pátio. Electra corre para baixo do pórtico, os cabelos emplastrados no rosto. Clitemnestra não sai do lugar: gosta de ver tudo se dissolver na chuva, os contornos dos objetos e das pessoas se desvanecendo.

— Mãe, você está encharcada — berra Electra, mas Clitemnestra a ignora. É como se as palavras de sua filha tivessem de súbito filtrado um rio turvo, e agora ela contemplasse seus sentimentos espelhados. *Pessoas avariadas me fascinam.*

É por isso que ela está atraída por Egisto? Não há respostas sob a chuva torrencial.

⁂

O amanhecer chega, claro e silencioso, seus dedos vermelho-rosados acariciando os telhados da cidadela. Clitemnestra escapa do palácio, aproveitando a densidade do silêncio. Não há nada que ela adore mais do que estar acordada enquanto a cidade dorme. Isso lhe dá uma sensação de poder, uma ilusão de controle.

Ela sai discretamente pelo portão dos fundos da cidadela, com um xale quente enrolado sobre o *peplos*. A estrada que dá na montanha é íngreme e lamacenta. Cabras e ovelhas balem em algum lugar nas encostas, onde a terra é repleta de videiras. Acima dela, pinheiros e carvalhos se adensam, lançando sombras alongadas no solo.

Ela faz uma pausa para descansar perto de uma pequena piscina rochosa, a água tão cristalina que parece um pedacinho do céu. Embora ainda seja outono, o gelo do inverno já apareceu nas montanhas, cobrindo os picos com seus granulados brancos. Ela se senta na rocha e envolve os pés descalços com as palmas, aquecendo-os um pouco antes de mergulhá-

-los na água gelada da poça. Seus músculos protestam, mas ela permanece imóvel, deleitando-se na dor.

— Não esperava encontrar ninguém aqui.

Sua mão voa para a adaga. Egisto está parado perto de uma árvore, observando-a. Os cabelos estão presos para trás e as cicatrizes do rosto ficam nítidas sob a luz ofuscante. Ela tira os pés da água fria e relaxa, soltando a adaga.

— Estava me seguindo?

Talvez os anciãos estivessem certos e Clitemnestra o estivesse subestimando. Ela esvazia a mente do medo inesperado: um homem como Egisto provavelmente consegue farejar o medo, tal como um lobo faria.

— Sempre venho aqui — explica ele. — Eu costumava vir quando Tiestes ainda governava.

— Para fazer o quê?

— Só para me isolar de todo mundo. O palácio era bem diferente do que é hoje.

— Como assim?

— Era mais cinzento. E mais sangrento.

Clitemnestra não gosta do tom de Egisto. Ele fala como se ela não fosse capaz de compreendê-lo, como se tivesse crescido com ninfas, só brincando de fazer penteados e usando belos vestidos.

— Quantos homens mortos você viu? — pergunta ela.

Ele faz uma pausa, e descontentamento brota em seu rosto.

— Já vi centenas — continua ela. — Em Esparta, os anciãos condenavam os criminosos, e meu pai e meus irmãos os arrastavam para as cavernas de kaiadas. Então os empurravam do penhasco. A maioria morria na hora. Mas outros ainda viviam um ou dois dias, gemendo enquanto os pássaros bicavam o corpo destroçado, sangrando até a morte ou perecendo de sede.

Ela se obriga a lembrar. Vem à mente uma imagem de si quando criança, agachada entre os arbustos e ouvindo os gritos dos homens. Havia outros gritos também, mais fracos, mas estes lhe escapuliam, como sombras.

Egisto senta-se na rocha, ao lado dela. A adaga está entre eles, fácil de alcançar.

— Atreu costumava dizer que bastava um para dar o recado — diz ele. — Então mandava seus homens à mata toda vez que um grupo de mensageiros se aproximava, daí os recebia com flechas até que restasse apenas um. A seguir, mandava o pobre remanescente de volta carregando a cabeça dos outros num saco. Agamêmnon e Menelau participavam dessas caçadas, mas eu não conseguia. — E ele provavelmente fora repetidas vezes punido por sua resistência, embora não confirme.

— E quantos homens você matou? — ela quer saber.

Ele dá de ombros e ela observa o vento agitar seus cabelos.

— Uma vez espanquei um rapaz — começa ele, examinando as próprias mãos. — Quando terminei, seu rosto parecia lama. — A água da poça muda de cor à medida que reflete o céu. — Quantas vezes você foi açoitada? — pergunta ele.

Agora parece quase um jogo, uma competição de quantas cicatrizes cada um tem dentro de si, uma expectativa para ver quem desmorona primeiro.

— Vinte. Ou mais. Não tenho certeza. A sacerdotisa de Esparta me odiava. Ela era ainda pior com minha irmã. Mandava-a para as chibatas sempre que possível, e mesmo assim Timandra sempre dava um jeito de irritá-la ainda mais. E você?

— Tiestes gostava de açoitar seus empregados. Ele o fazia até deixar suas costas lavadas em sangue. Ele via traidores por toda parte. Era saturado de malícia e desconfiança, especialmente após a morte dos filhos.

De seus outros filhos. Ele é bom em tergiversar das respostas que não quer fornecer, reflete Clitemnestra. Suas palavras parecem fumaça entre os dedos dela.

— E Atreu? — Ela já sabe algumas coisas sobre o pai de Agamêmnon, pois o próprio marido lhe contou. Atreu era forte e vingativo. Certa vez, matou um javali usando apenas as mãos. Dormia com uma serviçal diferente todas as noites, então o palácio estava sempre repleto de grávidas.

— Atreu fazia muito pior. — Ele se cala. Afinal de contas, ambos bem sabem o que Atreu fazia. — Ninguém foi páreo para a crueldade do meu tio — acrescenta Egisto. — Exceto sua esposa.

Clitemnestra franze a testa.

— Érope? — Ela sabe pouca coisa sobre a mãe de Agamêmnon, basicamente que seu caso com Tiestes fora o ponto de partida da interminável cadeia de violência e vingança entre os irmãos.

— Dizia-se no palácio que sempre que Érope sussurrava ao ouvido de Atreu, dez homens morreriam.

— Era verdade?

— Nunca confirmei. Procurei manter distância dela; eu nunca falava com ela, a menos que ela falasse comigo primeiro. Uma vez, ela me disse que meninos que nascem com olhos tão frios quanto os meus deveriam ser esfolados vivos.

— Talvez Atreu e Tiestes a amassem exatamente porque era cruel.

— Acredito que sim. Seja qual for o veneno que havia neles, ela também o portava.

Ambos ficam em silêncio por um tempo, suas palavras implícitas são como peixes que não podem ser pescados. As perguntas invadem a mente de Clitemnestra, fazendo cócegas como gotas d'água. *Com quantas mulheres você já esteve? Quantas serviçais? Conhece o prazer ou apenas a dor?*

Quando ela se volta para ele, Egisto a encara, imóvel. Ele tem a quietude dos animais. Clitemnestra adoraria se aproximar e trilhar um dedo pela cicatriz na maçã do rosto dele. O desejo é tão intenso que quase consegue senti-la sob o tato — é como uma folha seca.

— Minha rainha — anuncia ele. E nada mais. O sol da manhã incide sobre sua pele escura, fazendo seus olhos brilharem como neve ao sol.

Clitemnestra está ofegante agora, e não dá para aguentar. Então ela recolhe sua adaga e vai embora.

29

AMANTES

Chega de medo, decide Clitemnestra. *Chega de surpresas*. Agora é a vez de ela seguir Egisto.

Começa a ir atrás dele em segredo, nas primeiras horas da manhã, antes de se encontrar com os anciãos e requerentes no *mégaron*, e também ao final da tarde, quando ele treina no pátio. A rainha é cuidadosa, pois sabe que pode ser flagrada com facilidade. Ele é um cão de guarda, sempre paciente.

Ela o segue pelas ruas estreitas da cidadela, e pelas montanhas e colinas. No centro de treinamento e na casa de banho. Está sempre perto o bastante para ver o que ele está fazendo, porém longe o bastante para evaporar caso ele resolva olhar para trás. E ele frequentemente olha. Sempre anda como se estivesse sendo caçado, dando olhadelas furtivas de tempos em tempos.

Após o treinamento, ele se embrenha nas ruas estreitas da cidadela, perto do portão dos fundos. É a hora mais movimentada do dia, com homens passando barris de grãos e vinho de mão em mão, cães farejando as esquinas, senhoras fofoqueiras se posicionando às portas como sentinelas. Egisto é como uma sombra, sua silhueta nítida nas paredes claras, e Clitemnestra o segue, usando um capuz para não ser notada. Passam pelos cestos de cebolas e maçãs, pelos vendedores que se limpam do sangue dos animais abatidos, pelas mulheres com bijuterias baratas e olhos maquiados.

Depois de percorrer o labirinto de vielas, Egisto sempre visita a taberna onde artistas e comerciantes costumam comer. Senta-se no canto mais escuro perto dos barris de vinho e bebe sozinho. Ninguém lhe dá muita atenção. As mesas estão abarrotadas de mercadores entoando canções obscenas e homens comendo pão e carne, com caldo pingando da barba.

As pequenas lamparinas distribuídas pelo ambiente queimam como brasas de uma fogueira fraca.

Clitemnestra faz vigília do lado de fora, espiando por uma rachadura na parede de madeira, de onde vê o suficiente do salão. As pessoas que passam não lhe dão atenção, são basicamente bêbados e escravizadas. Ela nunca permanece muito tempo ali, fazendo o trajeto de volta pouco antes do jantar.

Em determinada noite, um mercador avista Egisto. O homem está vangloriando-se de uma negociação de um âmbar precioso que encheu seus bolsos de ouro quando de repente seus olhos miram o canto onde Egisto está sentado. Ele o avalia como um falcão mirando a presa.

— Você é o sujeito amaldiçoado? — pergunta ele, tropeçando pelas fileiras de mesas, visivelmente bêbado. — O traidor Egisto? — O mercador está aos berros, portanto os outros homens param e escutam.

Clitemnestra consegue distinguir o suficiente do rosto de Egisto para testemunhar sua raiva. O mercador é um homem gordo, com pelos grossos no peito e nas mãos. Egisto poderia derrubá-lo com um tapa, mas, em vez disso, não se pronuncia.

— É você, não é? — insiste o mercador, fazendo careta, parando na frente de Egisto. Ele está corado e suado. Todos estão quietos agora, retesados, na expectativa.

— Sim — confirma Egisto calmamente. Sua mandíbula está tensa, e os punhos, cerrados. *Agora ele vai partir o homem em dois*, pensa Clitemnestra.

— Você é um homem marcado — declara o comerciante —, vem para a nossa cidade quando o rei não está, fica vivendo como hóspede no palácio depois desses anos todos escondido. Ou você é um covarde ou está querendo trepar com a rainha! — Há uma explosão de risadas. Então ele dá uma cusparada em Egisto.

As risadas cessam, e o homem espera, com um sorriso de víbora. Egisto se coloca de pé devagar, enxugando o braço. Sua expressão é majoritariamente raivosa, mas também carrega pesar e tristeza. Clitemnestra quase consegue enxergar o menino que ele deve ter sido, enxotado, caçoado e rejeitado.

Ainda assim, ele não ataca o mercador. Simplesmente deixa o local, os cochichos seguem em seu encalço, como ratos famintos. Clitemnestra observa quando ele corre pela rua escura até desbotar sob à luz cada vez mais tênue e enfim sumir de vez.

Quando o sol começa a se pôr, despencando do céu como uma bola de feno em chamas, ela corre de volta ao jardim para pensar em sua amada Ifigênia.

Lembra-se de suas bochechas e da curva de seu pescoço. Da voz doce e das perguntas astutas. Da maneira como ela franzia a testa ao tocar lira, dos olhinhos semicerrados quando sentia a ânsia de aprender algo novo. Como sempre, as lembranças pacíficas são manchadas pelos clamores por ajuda. Pelo sangue manchando a pedra do altar. Pela indiferença cruel no rosto de Agamêmnon.

Toda noite, recorre a tais pensamentos para tecer sua rede de vingança.

Clitemnestra vem espionando Egisto há dez dias quando algo inesperado acontece.

Está enfurnada na saleta dos fundos da taverna, com Leon ao seu lado. Mais cedo, ele a flagrara saindo furtivamente pela porta dos fundos do palácio, e insistira em acompanhá-la. Clitemnestra acabou por permitir, afinal de contas sabia que não conseguiria persuadi-lo do contrário.

Egisto bebe no salão principal, sozinho como sempre, alheio à presença deles. Ambos solicitaram ao velho à entrada que reservasse o cômodo só para eles, o que foi acatado sem quaisquer perguntas. Agora os dois estão acomodados na penumbra, espionando Egisto por trás da cortina suja.

Ao lado dele, um grupo de comerciantes bebe e canta, batucando na mesa. Clitemnestra reconhece o mercador baixote que ela deixou inconsciente anos atrás. Olhos arredondados, voz pegajosa feito mel, rosto machado de sol. Bebem como uns brutamontes, berrando por mais carne e vinho. "E não aquele mijo barato de Kos!". Gargalham enquanto o velho prepara a bebida em um misturador. "Dê-nos aquela de Rodes!"

Quando o baixote vai pegar seu cálice, o braço esbarra na jarra vazia. Ela tomba e se estilhaça no chão, o restinho de vinho forma uma poça. Uma garota sai das sombras para limpar. Não deve ter mais do que uns catorze anos, e seus cabelos estão presos em tranças castanhas. Ela recolhe os cacos, trêmula, os olhos grudados no chão. O homenzinho se ajoelha ao lado dela, com um sorriso. Então, antes que ela possa falar qualquer coisa, ele agarra seus cabelos e a coloca de pé.

— Vejam só esta aqui! — berra ele. — Vejam só este rostinho.

A menina faz Clitemnestra pensar em um coelho encurralado por cães de caça. Os outros mercadores a olham fixamente, avaliando, línguas correm pelos lábios. Um deles se aproxima dela e lhe agarra os quadris.

— Ela é toda sua, Érebo — diz ao baixote. — Não tem peitos nem quadris. Se você foder essa aí, ela se parte em dois pedaços.

Os outros gargalham, e Clitemnestra sente Leon balançando a cabeça ao seu lado.

— É melhor irmos embora — diz ele, tocando o braço dela.

— Vamos ficar — ordena a rainha.

Érebo inclina a cabeça, acariciando os cabelos da menina. Então ele rasga a túnica dela, que arqueja. Seu corpo é magro como o de um cachorro faminto, os seios parecem dois figos minúsculos.

— Você está certo — concorda Érebo, enojado. — Não tem peitos. Mesmo assim, vou levá-la.

A menina chora baixinho, suas mãos agarradas ao vestido na tentativa de se cobrir. Leon desvia o olhar. O homem à entrada continua a despejar água e mel em uma tigela grande, embora seus braços estejam trêmulos. Ele não quer problemas. *Covarde*. Clitemnestra pensa no que fazer quando Egisto sai de seu canto. Os comerciantes o encaram, como se tivessem acabado de notar sua presença.

— Talvez *você* a queira, amigo — Érebo sibila, irritado com a interrupção.

Egisto balança a cabeça. Rápido, tão rápido que os espectadores sequer percebem, ele arranca uma adaga do cinto e a crava na mão de Érebo, prendendo-a na mesa. Érebo berra e o sangue jorra em sua túnica.

— Sabe quanto tempo leva para sangrar até a morte? — questiona Egisto, mais parecendo um animal selvagem. — Não muito se continuar perdendo sangue assim. — Os comerciantes recuam, os gemidos de Érebo são um alerta.

— É melhor você ir embora — sugere Egisto à menina. Ela assente, seu rosto é uma máscara de puro medo, e sai correndo. Aproveitando a distração, Érebo puxa a faca, respingando sangue para todos os lados, e faz um corte na mão de Egisto. É superficial, e este o fita como se fosse uma picada de inseto. Então dá um soco em Érebo, nocauteando-o, e recupera a adaga.

Quando Egisto faz menção de ir embora, Clitemnestra toca o braço de Leon.

— Vá e encontre minhas filhas — sussurra. — Peça que se arrumem para o jantar. Irei em breve.

※

Clitemnestra encontra Egisto no arsenal, grunhindo enquanto tenta enrolar um pedaço de túnica na mão. Parece irritado e cansado.

A porta de madeira range quando a rainha a abre, e ele levanta a cabeça. Clitemnestra fica ali, emoldurada pela porta, a luz de uma tocha aquecendo seu rosto.

— Por que protegeu aquela menina? — pergunta ela.

Egisto aperta a mão com força.

— Você anda me seguindo...

— Assim como você me seguiu montanha acima.

Há um silêncio tenso. Os aromas de vinho e sangue emanam dos poros dele.

— Você a conhecia? — pergunta Clitemnestra. Ele deve estar exausto, mas ela não se importa. Quer respostas.

— Quem?

— A menina que você ajudou.

— Não.

— Então por que a protegeu?

O homem bate a mão ferida no joelho. A luz em seu rosto é assustadora.

— Por que está tão preocupada com ela?

Clitemnestra vai até ele e respira fundo.

— Aqueles homens chamaram você de fraco, amaldiçoado, covarde. Você foge de suas palavras cruéis, mas os fere quando tentam capturar uma escravizada.

Egisto se levanta e agarra o braço dela. O contato é um choque para ambos. Então ele estremece como se tivesse levado um tapa, e se afasta. A pele de Clitemnestra retesa, queimando onde ele a tocou.

— Você não deveria ficar tão assustado — pontua ela com calma.

— Você não deveria ser tão negligente.

Ele está certo, não deveria mesmo, mas Clitemnestra não se importa. Avança, e seus lábios roçam os dele. Egisto tem gosto de sal. Um instante se passa, o intervalo de uma respiração. Quando ela olha para cima, ele está imóvel, mal respira.

Diga alguma coisa. Mas Egisto simplesmente a encara. Clitemnestra não gosta daquele olhar, não o compreende. Devagar, ela recua alguns passos.

Bem, então, pensa ela, ao se afastar, *já tomei a iniciativa. Agora está nas mãos dele a decisão de revidar ou de ir embora deste lugar de uma vez por todas*.

✥

Egisto não aparece para o jantar. Depois que as travessas e os cálices são esvaziados, Clitemnestra aguarda a família se retirar enquanto os cachorros lambem suas mãos engorduradas. Leon se demora ali, mas ela o manda descansar. A fumaça no corredor é sufocante. As armas na parede parecem grotescas, como abutres famintos dando rasantes. Ela se levanta, agitada.

As paredes parecem oscilar. As janelas derramam a luz da lua, branca e fria.

Clitemnestra não vê a sombra à espreita diante da porta do seu quarto. Quando o homem agarra o seu braço, ela tenta golpeá-lo, mas ele rapidamente lhe cobre a boca com uma das mãos e segura seus dois braços juntos. Ele se desloca de modo que ambos ficam sob a iluminação das tochas. Os olhos de Egisto estão escuros, dois pedaços de gelo sujo. Devagar, ele retira a mão dos lábios de Clitemnestra para deixá-la falar.

— Veio me matar? — indaga ela, calma. Clitemnestra vê a batalha no rosto dele, evidente na pele. O destemor dela o confunde. O aperto em seus braços se intensifica, mas ele não fala. — Eu poderia mandar assassinar você só por ter ousado vir aqui — continua ela.

— E ainda assim, não fará isso.

— Não. E você, o que vai fazer?

Ele a solta. A força do seu desejo está estampada no rosto, assim como seu medo. Clitemnestra não gosta de esperar, então entra no quarto, desamarra a túnica e a deixa cair no chão. Egisto se aproxima, arquejante, e quando as mãos a tocam novamente, ela estremece ao tato frio.

São como duas lâminas se cortando, cravando até os ossos e então dando prazer uma à outra.

PARTE CINCO

Ela é como uma leoa,
altiva sobre as patas traseiras,
ela acasala com o lobo
quando seu nobre leão desaparece.

Ésquilo, *Agamêmnon*, ll. 1272-5

30

LEALDADE

E você, o que vai fazer?
Clitemnestra fez a pergunta e observou a resposta se formar no rosto de Egisto. Ainda assim, não soube o que viria a seguir. Sua expectativa era por cautela, medo, violência, mas não houve nada disso.

O amor de Egisto por ela veio como uma inundação. Repentino, feroz, avassalador. Ela já deveria ter previsto que seria assim: para alguém que passara a vida inteira sofrendo desamor e rejeição, devia ser quase um milagre ter alguém como ela ao seu lado.

Quando Egisto se deita na cama dela à noite, Clitemnestra consegue senti-lo observá-la. Talvez ache que se desviar o olhar, ela desaparecerá. Ela toca as cicatrizes dele, sente a textura sob os dedos, como se quisesse lembrá-lo: *Estou aqui*. Ele sequer estremece. A dor lhe é uma constante, uma segunda pele da qual não consegue se desfazer.

Egisto gosta de ouvi-la contar sobre as lembranças de Esparta, falar dos irmãos e irmãs. Já Clitemnestra evita, com cuidado, discorrer sobre sua vida em Micenas, pois percebe que é algo que o irrita, como se a família dela aqui fosse algo indesejado. Ou talvez ele simplesmente prefira fingir que ela é só dele e de mais ninguém. Mas, na verdade, Clitemnestra gosta desse sentimento de posse que ele cultiva. A expressão de Egisto quando ela lhe conta algo que o faz sentir-se compreendido é como observar o desabrochar de uma nova flor entre os rochedos.

— Lembra-se de quando você quis saber quantos homens mortos eu tinha visto? — pergunta ele certa noite. As tochas já se apagaram e, na penumbra, o rosto deles parece nuvens.

— Sim.

— Você não perguntou sobre as mulheres.

Clitemnestra está deitada, ouvindo a chuva lá fora. O som geralmente a acalma, ajuda a adormecer, mas não há descanso com Egisto. Só o desejo constante por mais palavras, mais prazer, mais segredos.

— Quantas mulheres mortas você já viu? — ele quer saber.

Ela se levanta e serve-se de uma taça de vinho. Sabe que Egisto quer ouvir falar de Ifigênia, mas esta não é uma lembrança para se compartilhar com ele nem com quem quer que seja.

— Não vi minha mãe morrer — diz ela —, embora tenha ficado sabendo que foi uma cena deplorável.

— Como assim?

— Ela morreu na cama, com um cálice de vinho na mão.

— Parece-me uma morte pacífica.

— Não para ela. Na minha infância, Leda era feroz. — Clitemnestra afaga as pedrarias de seu cálice, gesto que sua mãe fazia antes de tomar um gole. — Em certa ocasião, me disse que eu estava infeliz, mas acho que ela estava falando de si. — É a primeira vez que Clitemnestra fala da morte da mãe. Teme que Egisto pergunte se ela está de fato infeliz, então continua a falar: — Ela acreditava demais em deuses. Dizia que estavam por toda a parte, em cavernas e florestas, nos telhados e em todos os becos da aldeia, então eu sempre os procurava, quando criança, mas jamais consegui encontrá-los. Achei que houvesse algo errado comigo. Pensei: *Se não consigo ouvi-los sussurrar, talvez não gostem de mim.*

— Atreu teria dito algo semelhante. Embora seus deuses não fossem exatamente seres misericordiosos que sussurrassem para as crianças.

Clitemnestra escarnece.

— Deuses nunca são misericordiosos. Mesmo nas histórias que ouvíamos na infância, quanta misericórdia os deuses demonstravam? Cronos devora seus filhos para evitar ser derrubado por eles. Zeus se transforma em águias, cisnes e serpentes para estuprar jovens virgens. Apolo dispara suas flechas para levar a peste aos mortais toda vez que está com raiva.

Egisto se levanta e serve-se de vinho também. A pele de carneiro cai de seu corpo nu, mas ele não vacila.

— Como eram os deuses de sua mãe, então? — ele quer saber.

— Mais simples, menos ciumentos e vingativos. Menos parecidos conosco. Ela os amava e eles também a amavam, ou pelo menos era o que ela dizia.

A pele áspera da lateral do corpo dele roça nela. Clitemnestra se aproxima, seu calor um contraste à frieza dele.

— Minha mãe não conhecia tais deuses — comenta ele. — Ninguém jamais demonstrou piedade para com ela, até sua morte. — A falha na voz dele faz com que ela se arrepie. — Já vi centenas de homens morrerem das piores maneiras possíveis, mas nunca me esquecerei da morte de Pelópia.

— Ela era sua mãe.

— Eu mal a conhecia. Ela me abandonou quando nasci, então não foi mãe para mim.

— Você estava lá quando ela faleceu?

— Estávamos todos lá, no *mégaron*. Tiestes foi encontrado perto de Delfos e tinha sido trazido para cá à força. Atreu o jogou numa cela e depois me enviou para matá-lo.

— Por que você?

— Ele me achava fraco. Estava sempre buscando maneiras de me testar. Fui para a masmorra e vi meu pai pela primeira vez. Vê a crueldade das *Moirai*? Eu o conheci momentos antes de estar fadado a matá-lo. Eu não sabia quem ele era, mas quando desembainhei a espada, Tiestes identificou-se. Foi assim que eu soube que havia a possibilidade de ele ser meu pai. A única coisa que minha mãe me deixou foi a espada de seu estuprador, a quem ela também desconhecia, porque ele escondeu o rosto ao atacá-la. A espada era seu único bem. Enfim, não matei Tiestes. Fui até Agamêmnon e lhe pedi que procurasse minha mãe, e avisei a Atreu que deixaria Tiestes viver apenas por um tempo. Eu precisava saber se ele era meu verdadeiro pai. Eis meu erro.

Clitemnestra fica chocada quando Egisto fala de suas falhas e fraquezas. Os únicos outros homens que ela conheceu capazes de fazê-lo foram Tântalo e Odisseu, e mesmo assim o faziam como um modo de reafirmar seu poder. Discorriam sobre seus erros com o objetivo de conseguir algo, apenas para amaciar e dobrar o mundo à própria vontade. Foi assim que Tântalo a conquistara. Egisto não fala de suas falhas para ganhar uma recompensa. E sua falta de propósito a estarrece.

— Os homens de Atreu encontraram Pelópia e a arrastaram para o palácio. Lembro-me de tê-la considerado jovem demais para ser minha mãe, mas mesmo assim a levei para o *mégaron*. Atreu ordenou que Tiestes fosse levado para lá também. Pelópia não chorou ao ver o pai. Mostrei a espada a ela e disse-lhe que pertencia ao homem que a violara. Ela olhou para ele, para a espada, depois para mim. Seus olhos eram como fogo. Ela então avançou e tomou a espada das minhas mãos.

"Quando ela se apunhalou no estômago, ninguém fez nada. Todos ficamos apenas assistindo enquanto ela gorgolejava e morria no próprio sangue. Quando enfim olhei para cima, Atreu sorria em seu trono. O sol batia em seu rosto, ele estava rindo. Ali então eu o odiei por tudo o que ele tinha feito comigo. Arranquei a espada do corpo de Pelópia e cravei no pescoço de Atreu."

— O que Agamêmnon fez?

— Fugiu com Menelau. Ele poderia ter permanecido e lutado, sempre foi mais forte que eu, mas sabia que nem todos os guardas o apoiariam agora que Atreu estava morto. E assim retomamos o palácio, Tiestes e eu.

— Você concedeu sua lealdade a um homem que estuprou a própria filha. — Não é sua intenção insultá-lo, mas as palavras saem como lâminas.

— Eu não tinha mais ninguém — responde Egisto.

Clitemnestra toca a cabeça dele, que fecha os olhos. Eles permanecem em silêncio por um bom tempo até que a chuva diminui do lado de fora. Ela trilha um dedo pela mandíbula de Egisto. Ele lhe revelara seus segredos, então agora era seu dever carregá-los, como pedras preciosas.

E os meus segredos?

— Também vi mulheres morrerem — revela Clitemnestra. — Algumas na aldeia hilota, em Esparta, de fome. Uma dando à luz. Mas uma eu mesma matei. Ela tirou algo de mim, então fui à forra. Eu a esfaqueei em sua casa e a vi morrer.

Egisto abre os olhos. Ela para de acariciá-lo, esperando. Suas palavras flutuam entre eles. Agora, sim, ele vai sentir raiva ou medo. Ou então vai se tornar frio, seu rosto será gelo; seus olhos, desconfiança. Uma coisa é se apaixonar por uma rainha feroz, outra é amar uma mulher implacável a ponto de matar os próprios inimigos.

Ele vai fugir, como todos fazem, e me odiar.

Mas Egisto não faz nada disso. Apenas roça os lábios na testa dela e diz:

— Ela deve ter sido uma tola por achar que poderia tirar algo de você.

Clitemnestra e Egisto ganham vida à noite, quando o restante do palácio dorme. Os serviçais já devem desconfiar de algo entre eles, porém, mesmo que seja o caso, têm muito medo de falar. Durante o dia, Egisto mantém distância, vagando pela mata e treinando sozinho. O frio já se assenta, embora o inverno não esteja tão impiedoso como de costume. Às vezes, o sol aparece entre as nuvens, brilhante e tímido, a promessa de calor e primavera.

— Uma mulher na cozinha me contou que Egisto visita seu quarto toda noite — revela Aileen para Clitemnestra certo dia. Elas estão nos jardins, Aileen tece flores secas nos cabelos da rainha.

— O que você disse a ela? — pergunta Clitemnestra.

— Eu não soube o que responder.

Clitemnestra se pergunta como seria estar na pele de Aileen. Tão gentil, leal, genuína. Ela é como um daqueles cães resgatados de um beco, a princípio assustados, mas, depois de conquistados, sempre leais ao dono.

— Acha imprudente — indaga Clitemnestra — eu estar dormindo com Egisto?

— Talvez — responde ela. — Ele é um homem avariado.

— E?

— Homens avariados são complicados. — Aileen dá um sorrisinho, como se para se desculpar por sua ousadia de julgamento.

— Acho que é até mais fácil de lidar com eles — replica Clitemnestra.

— Às vezes, sim. Mas Egisto vai começar a amá-la, porque você é forte e linda, e então ele vai querer estar sempre ao seu lado.

Ele já está.

— Está me dizendo que nunca vou me livrar dele porque ele me ama?

Aileen arruma o próprio cabelo. Está amarrado em uma longa trança, mas fios rebeldes caem no rosto. Ela assente com hesitação. Clitemnestra reflete um pouco enquanto Aileen tomba a cabeça para trás a fim de aproveitar o sol na pele alva. De vez em quando, espia Clitemnestra, que nesses momentos não pode deixar de notar como os olhos dela se assemelham aos céus, e os cabelos são fartos como a terra sob seus pés.

No jantar, Clitemnestra convoca Orestes. A longa mesa está vazia; ela ordenou que todos saíssem.

— O que houve, mãe? — pergunta ele ao chegar. — Temos notícias de Troia? — O filho lhe avalia o rosto, secando as mãos em um pedaço de pano.

— Dormi com Egisto — admite ela sem rodeios. Mais cedo ou mais tarde, ele ficaria sabendo, de todo modo. Melhor saber por ela do que por outra pessoa. Clitemnestra observa o impacto enquanto ele larga o pano e enche um cálice até a borda.

— Por que está me contando isso?

— Porque em breve as pessoas vão falar, e você não deve acreditar nelas.

— Por que dormiu com ele?

— Para controlá-lo melhor — mente ela.

Orestes serve vinho para ela também.

— Não importa o que faça, mãe, confio em você. Nunca dou ouvidos a fofocas inúteis.

— Mas desta vez deve ouvi-las. Quero que ouça o que todos dizem no palácio... Empregados, soldados, crianças, idosos. Se ouvir alguém falar em traição, quero que me conte.

Alguém vai traí-la por isso, Clitemnestra sabe. E terá de lidar com as consequências. Pensa no rosto magoado e decepcionado de Leon quando descobrir. *Você é a rainha. Ele não deve opinar sobre quem você coloca em sua cama. Você não deve nada a ele.*

Orestes se recosta na cadeira e sua voz interrompe os pensamentos dela.

— Os anciãos não vão gostar.

— Eles já não gostam de mim, então duvido que esse novo fato vá mudar alguma coisa.

— Terão um motivo para conspirar contra você.

Clitemnestra sorri e segura a mão dele.

— E isso, enfim, me dará um motivo para me livrar deles.

Quando Clitemnestra retorna ao quarto, Egisto está parado perto da janela, amolando a adaga num pedaço de pedra. Ela beija a nuca dele, que enrijece, os músculos tensos.

— Aquela serviçal sua — começa ele —, a ruiva.

— O que tem ela?

— Acho que a reconheço. Ela já estava aqui quando meu pai era rei, não estava?

Clitemnestra observa enquanto ele cutuca a ponta da adaga.

— Estava.

— Eu a salvei — conta ele, rouco.

— E ela é grata pelo que fez.

— Demonstrei fraqueza. Quando outros souberem disso, vão me destruir.

— Aileen é fiel a mim e não falará do passado caso eu assim ordene.

Egisto olha ao redor, a adaga bem apertada na mão. Seu corpo está sempre tenso; o rosto, sempre mudando. Ela pega a lâmina e a coloca de lado.

— Os deuses destroem aqueles que demonstram fraqueza — continua Egisto. — Atreu dizia isso quando eu era jovem. *O amor gera fraqueza.*

— Você não é fraco — diz ela. Suas palavras são como asas de borboleta, abrindo e fechando na penumbra.

Egisto se afasta dela e se senta na cama. Clitemnestra espera que ele volte para ela, que a raiva se vá. Depois de um longo momento, ela se aproxima.

— Está me ouvindo? Você não é fraco — repete ela.

A geada naqueles olhos derrete devagar, como o gelo na primavera. Ele se inclina para a frente. Os lábios praticamente se tocam, e então alguém bate à porta. Ela se sobressalta. Já está anoitecendo. Algo ruim deve ter acontecido para seus homens a perturbarem àquela hora.

Quando abre a porta, vê Leon. Ele olha para ela e depois para Egisto sentado na cama. Ela está consciente dos braços nus e cabelos soltos de seu par.

— Contaram-me, mas não acreditei — diz Leon calmamente.

Ela o encara, ele empalidece, sem fôlego. Há muito Clitemnestra não o via tão agitado.

— Eu a alertei de que ele é perigoso — continua ele, falando como se Egisto não estivesse presente.

— De fato. E agradeço pelo conselho.

— Você o acolheu em seu quarto! — berra ele. — Trouxe desonra para si mesma.

— Você não vai falar assim comigo — protesta ela. — Ou duvidarei de sua lealdade.

Ele aperta os punhos.

— Minha lealdade... Este homem assassinou o tio para poder governar Micenas — cospe ele. — Acredita mesmo que não fará o mesmo com você?

Egisto se levanta, mas Clitemnestra o impede.

— Vá embora — ordena ela a Leon.

— Como pôde confiar nele?

— Já o mandei ir embora. Vejo você no *mégaron* pela manhã.

— Você está equivocada. Só espero que enxergue isso antes que seja tarde demais.

A silhueta alta de Leon desaparece na penumbra do corredor, embora seus passos ecoem por muito tempo.

Ela fecha a porta, controlando seus movimentos tal como se faz com as cordas de uma marionete. Deita-se na cama antes que Egisto possa lhe dirigir a palavra, então finge dormir.

✦

As notícias correm tão depressa quanto rios de nascente. Se antes ninguém ousava tocar no assunto, agora que o conselheiro mais próximo da rainha abriu a boca, todos no palácio se reúnem para comentar o caso. Um traidor e uma rainha. Um homem amaldiçoado e uma mulher "obstinada". O que o rei dirá quando voltar da guerra? Será que Agamêmnon vai queimar Egisto vivo, assim como fez com seu pai? E se ele não voltar? Clitemnestra se casará com Egisto? Será que Egisto vai mandar matá-la e assumir o trono?

O palácio sussurra, e os sussurros chegam aos anciãos, voando como passarinhos. Clitemnestra convoca uma reunião no *mégaron* antes que eles convoquem um debate sem a presença dela.

Ela está sentada em seu quarto, com Aileen polindo a argola dourada em seu cabelo, quando Orestes entra de repente.

— Tenho novidades, mãe — anuncia ele, como ela esperava que fizesse.

Clitemnestra se levanta e Aileen envolve seus ombros com uma pele de javali. Orestes enxuga a testa; seus cachos caem nas têmporas, bagunçados.

— Um criado ouviu Polidamas conversando com outro ancião num beco perto do bairro dos artistas. Andam espalhando a notícia de que você não está apta para governar. Querem obrigá-la a renunciar ao trono.

— Para cedê-lo a quem?

Ele a encara.

— A mim.

Clitemnestra se aproxima e coloca a mão no rosto dele.

— Polidamas e quem mais? — ela quer saber.

— Licomedes. — Clitemnestra não se surpreende. Licomedes costuma ficar calado, mas toda vez que fala, é para fazer oposição. Ele mesmo não costuma fitá-la nos olhos.

— Onde está esse tal criado agora?

— No meu quarto.

— Ótimo. Deixe-o lá.

— Devo vigia-lo por minha conta?

— Aloque alguns de seus homens para fazer a guarda dele. Você vem comigo para o *mégaron*.

Quando entram no salão de teto alto, os anciãos já estão lá, pequenos grupos aos sussurros. Ao vê-la, calam-se e abrem espaço. Polidamas está afastado dos outros, pensativo. Cadmo está mais perto do trono, torcendo as mãos com nervosismo. Clitemnestra pensa em uma formiga esfregando as patas dianteiras.

Ela se acomoda no trono e deixa Orestes sentar-se na cadeira alta ao seu lado. Egisto queria ocupar o lugar ao lado de Clitemnestra, mas ela o proibiu. Ninguém a respeitará se ela deixar um homem sentar-se ali; vão olhá-lo em busca de arbítrio. E é óbvia a maneira como os anciãos vão encarar as decisões de Egisto. Com Orestes, porém, Clitemnestra pode mostrar-lhes que ainda é rainha. Se os anciãos virem que seu filho, forte e charmoso, sempre busca o julgamento e respeita as decisões de sua matriarca, quem serão eles para se recusarem a fazer o mesmo?

Ao lado do trono, Leon permanece imóvel como rocha, a mão na espada. Ficará de vigília e verá o que acontece com aqueles que a traem.

— Chamei vocês aqui para discutir meu caso com Egisto antes que resolvam discutir o assunto entre si, pelas minhas costas — informa ela com calma.

Alguns anciãos olham para baixo, sem jeito, outros a encaram.

— Você nos disse que tinha um plano — começa Cadmo. — Que você mesma cuidaria de Egisto.

— O que achavam que fosse? — pergunta ela. — Que eu o envenenaria no jantar?

— Bem, não isso. Não esperávamos por isso — intervém Licomedes. Ele está curvado, pálido e temeroso, e seus lábios estão rachados, como terra castigada pelo sol.

— Agamêmnon, seu rei, está em Troia — diz ela.

Eles assentem com reverência, como sempre fazem quando o marido é mencionado.

— Imagino que ele esteja lutando como um verdadeiro herói, derrotando os inimigos um a um, dia após dia.

— Obviamente — concorda Licomedes. Clitemnestra gostaria que ele umedecesse aqueles lábios: a visão a irrita.

— E noite após noite — continua ela —, trepando com suas pequenas recompensas de guerra.

Licomedes olha para baixo e alguns outros também. Polidamas, é claro, mantém o queixo empinado, o rosto impenetrável.

— Dentre todas as notícias que discutimos de Troia, nunca falamos sobre isso. Muito embora eu já deva supor que se as histórias têm chegado a mim, certamente chegam a vocês também. Afinal de contas, como acham que a peste começou? Porque seu rei levou uma virgem sacerdotisa para a cama e se recusou a devolvê-la ao pai. E quando, enfim, cedeu, raptou outra, a escravizada do herói Aquiles, fazendo-o abandonar o exército, que assim passou a perder batalha após batalha.

"Agamêmnon dorme com montes de jovens sem se importar com as consequências de suas escolhas sobre seu exército e sua guerra. Ainda assim, vocês não têm nenhuma má vontade para com ele. Sequer mencionam o assunto. — Clitemnestra sorri para eles. — Eu, por outro lado, levo um homem para minha cama, por motivos que vocês desconhecem e com os quais não deveriam se importar, e aí temos de nos reunir aqui para conversar sobre os equívocos da minha escolha.

— Egisto é um inimigo — intervém Cadmo.

— Assim como as escravizadas. Elas não são troianas?

O rosto pálido de Licomedes fica tingido de vermelho. Decerto este é o seu olhar zangado.

— Guerreiros ganham prêmios quando vencem batalhas. É um privilégio. Sua escolha de colocar o traidor Egisto em seu quarto tem consequências.

— Que tipo de consequências?

Ele olha para a direita dela, para Orestes. Com uma voz baixa, porém nítida, diz:

— Por que deveríamos segui-la, uma mulher que dorme com o inimigo, quando seu filho tem idade para nos comandar até que seu marido retorne?

— Confio nas escolhas de minha mãe — intervém Orestes. — E vocês deveriam confiar em sua rainha.

Alguns homens assentem. Ninguém responde. Ela olha para o perfil de Leon, rígido e quieto sob a luz intensa. Depois se volta para a direita, onde Polidamas está parado à sombra, perto dos afrescos dos leões em fuga.

— Polidamas, você está calado — zomba ela. — Concorda com Licomedes?

— Se um homem dorme com uma rainha — diz ele, com sua voz estridente —, ele fatalmente esperará por seu momento de ser rei. É assim que alianças se formam e o poder é adquirido. Pelo matrimônio.

Clitemnestra levanta as sobrancelhas.

— Não preciso de poder, eu já o tenho.

— Egisto reivindicará o trono — alerta ele, saindo das sombras. — Licomedes fala a verdade. Suas escolhas não fazem de você uma governante adequada.

Ela se levanta e desce os degraus do trono, ajeitando a pele de javali em volta dos ombros. À sua esquerda, Licomedes passa a língua nos lábios.

— Eu me pergunto — continua Clitemnestra. — O que um governante adequado faria com traidores?

— Aprisionaria — sugere Licomedes. — Mataria.

Ela sorri.

— Estou feliz por concordarmos neste aspecto.

Licomedes faz menção de falar, e a seguir fecha a boca estupidamente. Mas Polidamas fareja a armadilha.

— Depende do tipo de traição — argumenta ele. — Algumas são para o bem do reino. Outras, não.

Você tem resposta para tudo, não é? Foi ele quem dissera a Clitemnestra que ela era como a peste, mas na verdade é ele quem infecta a todos com suas conspirações.

— Eu adoraria discutir tipos de traição com você, Polidamas — diz ela. O homem levanta a sobrancelha, só um pouco. Ela o encara e acrescenta: — Mas, infelizmente, já tem uma multidão reunida perto do Portal do Leão para assistir à sua execução.

Licomedes emite uma espécie de arquejo. Os outros anciãos se inquietam. O movimento é como o vento entre as folhas, quase inaudível.

— Não compreendo — responde Polidamas com calma.

— Você conspirou contra o trono. Você e Licomedes espalharam boatos de que sua rainha não estava preparada para governar Micenas. Um governante adequado, como você mesmo diz, não deixa a traição impune.

Licomedes cai de joelhos.

— Nós não conspiramos, minha rainha. — Ele engole as duas últimas palavras. Ela desvia o olhar dos lábios rachados.

Polidamas mantém sua posição.

— Sigo as ordens do rei, não as suas.

— Uma pena, pois os guardas seguem as minhas ordens. E mesmo que não o fizessem, não fará qualquer diferença, pois eu mesma me encarregarei de matar você.

Licomedes começa a soluçar. É uma visão deplorável. Cadmo pousa a mão no ombro corcunda, forçando-o a se levantar.

— Você não precisa fazer isso — diz Polidamas. Sua voz arranha o ar, como pregos raspando em rochas. Ela adoraria que Polidamas implorasse por misericórdia, e não Licomedes. Mas isso não faz o estilo dele.

— Meu pai sempre dizia que o governante precisa executar o castigo ele mesmo, do contrário seu povo nunca vai respeitá-lo.

— Seu pai era um homem sábio, tenho certeza disso — comenta ele. — Decerto ele teria ouvido os anciãos em vez de matá-los.

Clitemnestra zomba.

— Você não conhecia Tíndaro. Ele nunca dava ouvidos aos anciãos. Por nove anos, ouvi vocês todos, seus insultos, suas traições. E agora cansei.

※

Clitemnestra os arrasta para o Portal do Leão, sob o sol fraco. As pessoas estão reunidas nas ruas, observando e cochichando, as mãos das mães nos ombros dos filhos, os olhos dos homens em Polidamas e Licomedes, como um rebanho olhando seus membros mais fracos. Ela vê uma velha com uma galinha debaixo do braço, dois meninos abrindo caminho no meio da multidão para conseguir uma vista melhor. Os cães ladram, os homens berram, as mulheres suspiram.

Diante do Portal do Leão, os guardas abrem espaço, empurrando os dois prisioneiros para o meio do caminho. Também há pessoas das aldeias ao sopé da montanha, com cestos e trapos nas mãos, pescoços esticados de curiosidade.

Clitemnestra está diante de Polidamas e Licomedes, com Leon à sua direita e Orestes à sua esquerda. A poeira dos becos suja a túnica de Licomedes, e ele a espana. Clitemnestra pensa em Ifigênia, que não conseguiu espanar a areia do vestido antes de ser assassinada. Ela pigarreia e se vira para o povo ao redor:

— Estes homens são acusados de traição e conspiração. — A multidão está calada e uma centena, grandes como ovos, de olhos a observa. — Espalharam a notícia de que a rainha deles não era a governante legítima desta cidade. Disseram que ela era uma praga sobre Micenas e conspiraram para fazer de meu filho Orestes o rei enquanto meu marido luta em Troia.

Licomedes resmunga, sua testa pálida molhada de suor apesar do frio. O vento corta suas bochechas como gelo. Polidamas olha para Clitemnestra, a bela túnica suntuosa e limpa. Sua esposa e filhas devem estar em algum lugar no meio da multidão. Mesmo assim, ninguém suplica pela vida dele.

— Creio que é possível demonstrar misericórdia para com aqueles que se arrependem, mas estes homens tiveram muitas oportunidades de fazer isso e jamais as aproveitaram. O desrespeito deles não ficará impune.

O rosto de Polidamas é uma rocha. Clitemnestra detecta o silêncio ao seu redor, e a respiração de Orestes ao seu lado, como se fosse a sua própria. Está feliz por Electra e Crisótemis não estarem presentes. A mão toca a adaga cravejada de sua mãe tão logo ela se volta para os anciãos.

— Suas palavras traiçoeiras causaram sua própria morte.

Os joelhos de Licomedes tremem e ele se inclina para a frente, orando aos deuses. *Veja como os deuses nos escutam. Veja como se preocupam conosco.*

Polidamas olha para ele e depois para Clitemnestra, com frieza. Cospe no chão empoeirado, como um pequeno beijo molhado aos pés dela. Com a voz tão alta quanto um trovão, ele diz:

— Você não é minha rainha.

A adaga de Clitemnestra voa e, com um único golpe, ela corta as gargantas macias.

31

DESLIZAMENTO DE TERRA

Toda escolha que fazemos tem consequências, como uma rocha que se desloca montanha abaixo.

Talvez, à medida que vá rolando, ela atropele apenas algumas árvores. Talvez isso faça com que outras rochas também se desloquem, criando um deslizamento de terra.

Neste momento, ao lado de sua cadeira no salão de banquetes de teto alto, Clitemnestra observa a rocha que ela mesma fez se deslocar. Leon passeia pelo cômodo, loucura e descrença nos olhos. Não mexeu um músculo enquanto Polidamas e Licomedes engasgavam e se contorciam na trilha empoeirada, mas ela via o fogo no rosto dele, consumindo-o por dentro.

— Você matou seus conselheiros — declara ele.

— Não eram conselheiros leais. Eram traidores. — O sangue se mantém nas mãos dela, que tenta limpá-lo com um pano.

— Então faria o mesmo comigo, se me opusesse a você?

— Você não se opôs a mim, até o momento.

Leon faz uma careta. Pega uma jarra e, por um momento, Clitemnestra pensa que ele vai quebrá-la num acesso de raiva. Mas o guarda a pousa de novo, controlando-se, as mãos trêmulas.

— Você fez isso por Egisto? Conspirou com um traidor?

— Não conspirei nada com ele.

— Então por que não me contou sua decisão? Eu sou seu guarda e protetor!

— Eu não sabia se ainda podia confiar em você — diz ela simplesmente. — Você não demonstrou respeito algum quando foi ao meu quarto e insultou meu relacionamento com Egisto.

— Seu relacionamento com Egisto — repete ele com amargura.

Clitemnestra gostaria de poder sentar-se e comer alguma coisa. Mas Leon se aproxima, com a careta mais feia que ela já viu. Ele sempre foi incapaz de esconder seus sentimentos, tudo fica escrito na cara dele, facilmente legível.

— Egisto não estava lá quando sua filha foi assassinada. Não estava lá para trazê-la de volta do acampamento para Micenas. Não estava lá quando os soldados em Aulis quiseram espancar você. — Leon está sem fôlego, cuspindo cada palavra. — Eu estava lá. Fui espancado repetidas vezes para evitar que tocassem em você. Eu estava lá na estrada quando você quis tirar sua vida, e novamente no palácio, quando você se recusava a governar. Você me usou por prazer? Não sou nada além de um brinquedo deixado de lado agora que arranjou outro?

Clitemnestra sente como se tivesse mergulhado no oceano, o corpo atado ao peso de montes de rochas.

— Você não protegeu a minha filha! — berra ela.

Leon a encara, seus olhos desafiadores.

— Você também não a protegeu. A morte dela pesa tanto em você quanto em mim.

Como ele ousa? A raiva dela é tão forte que Clitemnestra não consegue se mexer. Ela aperta ainda mais sua adaga.

— Vá em frente — provoca ele. — Vai me matar também? Porque não fui *leal*? Quase dei minha vida por você!

Quase.

— Não foi o suficiente. — As palavras saem antes que Clitemnestra consiga impedi-las. E então vê a dor no rosto dele. Leon se apruma, seus punhos cerrados.

— Então encontrarei outra rainha para servir — anuncia. O guarda fala como se sua garganta estivesse estraçalhada. Soa como passou a soar depois que os homens em Aulis o estrangularam. — Uma para quem serei suficiente.

Ele segue em direção à porta. Clitemnestra pega sua adaga e a atira. Ela atinge a maçaneta de madeira e lascas voam. Leon se encolhe e depois se vira. Nos olhos dele, choque, como se *ela* estivesse cometendo traição contra *ele*.

— Você não tem permissão para desertar sua rainha — declara ela. Os olhares de ambos se cruzam, e o desejo de Clitemnestra é berrar, feri-lo, fazer algo para impedir que ele se vá.

— Conheço você pelo que é — diz Leon. — E não esta tirana que mataria qualquer um que ouse ir embora. — Ele engole em seco e sua voz fica mais encorpada. — Por mais fria e implacável que tenha se tornado, sei que não vai me matar.

Ele então lhe dá as costas e finalmente sai. Clitemnestra deveria segui-lo, correr atrás dele. Mas seus pés estão pesados, enraizados. Ouve as botas dele no piso de pedra até que o som emudece de vez.

꿏

No *mégaron*, ela se senta no trono do marido. O trono *dela*. O salão está vazio, a luz lança feixes no piso. Um leve cheiro vem dos afrescos, das brasas moribundas da lareira. As colunas vermelhas parecem chamas, lambendo o teto pintado. Os cachorros entram, aninham-se aos seus pés, olhando para ela como se perguntassem: *Onde ele está?*

— Ele vai voltar — responde a rainha para os cachorros, para si, para o corredor vazio. *Ele sempre volta.*

E se não voltar?

Certa vez, estavam juntos no arsenal, organizando lanças e flechas. Lá fora, o pátio vibrava com o tinir das espadas de madeira e as risadas dos meninos. Era pacífico, mais do que o *mégaron*, pois ali Clitemnestra não precisava aguentar a desconfiança dos anciãos, e até mais do que o seu quarto, onde ela passava as noites sob a laje do luto. Como se ouvisse seus pensamentos, Leon sorriu para ela e a abraçou. Ela permaneceu imóvel, aninhada nele até a hora de voltar ao palácio, usando mais uma vez a máscara da indiferença.

Ele sabe que não posso amá-lo. Sabe como sou, sempre soube, mas mesmo assim me abandonou. Então que conviva com sua escolha.

Clitemnestra sente-se neutra e calma. Sem luto, sem raiva, só o vazio. As chamas se apagam, a sala fica cinzenta e ainda assim ninguém aparece. Ela se enrosca no trono e cai em um sono desprovido de sonhos.

꿏

Electra encontra Clitemnestra pela manhã, aninhada no trono como se fosse uma criança. Ela ouve os passos rápidos da filha e abre os olhos. Ainda é cedo, e ela olha para sua direita, na expectativa de que Leon esteja lá. Então Electra fala:

— Você mandou Leon embora. — Sua voz está carregada de acusação.

Clitemnestra se senta, as articulações doloridas, e ajeita a pele de javali em volta dos ombros. Provavelmente choveu: o ar cheira a terra molhada e a luz matinal é suave e agradável.

— Leon decidiu ir embora — retruca a mãe.

Electra dá alguns passos à frente, os olhos brilhando de raiva.

— Mas foi você quem o afastou! Preferiu ficar com o traidor Egisto e Leon nos deixou!

Que escolha de palavras interessante, pensa Clitemnestra. Não era Electra quem tinha perguntado se Egisto era bonito, e dito que pessoas avariadas a fascinavam? Quando ela volta a falar, parece à beira de um colapso:

— Leon foi como um pai para mim, para Crisótemis, para Orestes. Cuidou da gente porque amava você. — Ela pausa, recuperando o fôlego. — Você sabia que ele iria embora se você escolhesse Egisto.

— Não, não sabia.

— Por que ficou com ele? — Há um tom tenso em sua voz. Por um instante, soa quase como uma criança choramingando.

Será que Electra de fato desejava Egisto? Clitemnestra achava que o fascínio dela por ele não passasse de capricho, uma curiosidade por sua natureza insondável.

— Por que você ficou com ele e mandou Leon embora? — repete Electra.

— Não era minha intenção afastar Leon.

— Então por que não disse isso a ele?

— Rainhas não devem implorar.

— Então seu orgulho o mandou embora.

Clitemnestra fica de pé.

— Está com raiva de mim porque queria Egisto para si?

Electra semicerra os olhos.

— Eu o queria, sim, mas jamais teria ficado com ele, pois compreendo que algumas coisas devem permanecer à distância, algumas pessoas devem seguir livres. — A dor em seus olhos é vívida. — Mas você sempre teve o que queria, desde que eu era bebê. Você ganhava a atenção de meu pai, o amor de Ifigênia, tudo.

— Acha que eu queria a atenção do seu pai? — Clitemnestra quase grita, o corpo atormentado pela raiva. — O mesmo monstro que assassinou o homem que eu amava e me tomou para si?

Electra não recua.

— E quanto aos meus desejos? Você me tirou isso também. A lealdade do povo, o respeito de Orestes, a adoração de Leon.

Tudo o que tenho, eu merecidamente conquistei.

— Acha que isso é um desafio? Uma briga entre eu e você?

— Sim.

— Você não conhece um desafio de verdade — afirma Clitemnestra, afiando suas palavras como machados. — Você não compreende o que é uma luta genuína. Quando eu era criança em Esparta, minha mãe me batia caso eu perdesse uma corrida. Ela me humilhava. Meu pai me deixava com fome. A sacerdotisa me açoitava. Esses são desafios. São brigas de verdade. As coisas das quais você se queixa nada mais são do que caprichos infantis, mas você nem criança é mais.

— Você não entende? — responde Electra. — Sua infância... isso é mais uma coisa que você ganhou. Você vencia jogos e disputas, sobrevivia a espancamentos e açoites, esteve em caçadas e matou um lince! E o que eu fiz? Nada. — Agora a raiva desaparecia do rosto dela, dando lugar à frieza inquietante de sempre. Clitemnestra respira fundo. Conversar com Electra é mais difícil do que brigar, pois as palavras de sua filha são sempre golpes inesperados.

— Você não vê as coisas que a tornam especial — rebate Clitemnestra. — Você transforma tudo em desafio e recusa-se a ver que é diferente de mim, e que isso na verdade é bom. Sua tia Helena fazia a mesma coisa quando éramos jovens. Certa vez, ela me disse que estava com inveja porque eu tinha a atenção de todo mundo, mas Helena sempre foi uma pessoa muito melhor do que jamais serei.

— Não sou como Helena — responde Electra. Ela está parada, rija, como uma árvore que recusa-se a se curvar. — Nem sou como Ifigênia.

— Não, não é. *Ifigênia nunca foi ciumenta nem rude. Ela era diferente de qualquer outra pessoa neste mundo.*

Electra a encara, como se tentasse perfurar seu crânio, ouvir seus pensamentos. Então pronuncia as palavras que Clitemnestra jamais esperaria ouvir:

— Às vezes, acho que você gostaria que eu tivesse morrido no lugar de Ifigênia.

※

Clitemnestra sai do *mégaron* aos tropeços, em direção ao pátio. Os guardas se afastam para deixá-la passar e, quando ela olha para a cara deles, estão feios, desfigurados. Ela passa por eles, pelos grifos que parecem sangrar. Tudo desmorona ao redor, ficando disforme. As colunas são lâminas; os empregados, animais selvagens. Os potes e cestos que seguram parecem cadáveres.

Às vezes, acho que você gostaria que eu tivesse morrido no lugar de Ifigênia.

Clitemnestra resolve ir ao quarto de Crisótemis. A luz é intensa naquela ala do palácio, e os contornos voltam ao lugar. Ela aperta o peito, sentindo o coração descompassado.

Crisótemis continua na cama, dormindo, os cabelos espalhados no travesseiro. Aileen está sentada perto da janela, polindo joias. Fica de pé quando vê Clitemnestra.

— Você não está bem — percebe ela.

Clitemnestra faz um gesto para que ela sente, e ocupa o lugar ao seu lado. Recobra o fôlego enquanto Aileen continua a limpar as joias, dando-lhe espaço. Segurando cada peça contra a luz para ter certeza de que está brilhando, ela lustra suavemente com um pano sempre que encontra um ponto opaco. A respiração ritmada de Crisótemis atrás delas é tão reconfortante quanto uma canção de ninar.

Às vezes, acho que você gostaria que eu tivesse morrido no lugar de Ifigênia.

— Minha filha me despreza — diz Clitemnestra.

Aileen deixa de lado a tiara e o pano, e a acalenta com seus olhos gentis.

— Certamente ela não usou estas palavras.

— Ela disse coisas piores.

— Sabe como Electra é — diz Aileen, pegando a mão dela. — Ela abriga tristeza no coração e faz com que pareça ódio. Mas ela ama você.

— Não creio que ame.

— Electra cresceu à sombra dos irmãos. Ifigênia era a mais velha, melhor do que ela em tudo, e Orestes era menino. Tiveram toda a atenção. Sempre foi complicado para ela.

Clitemnestra repele a mão de Aileen.

— Sabe o que é difícil? Perder um filho. Dei minha vida a essas crianças. Tornei-as fortes, lutei para que pudessem aprender a governar. — *E espero sua lealdade em troca.*

— Electra perdeu uma irmã. — Aileen pega um par de brincos. — Quando você retornou de Aulis, ela passava todas as noites à porta do seu quarto, ouvindo-a chorar. Quando não conseguia suportar o som, ela tentava se autoflagelar, e Leon a encontrava e ficava com ela até o amanhecer. — Ela abre um sorriso fraco e triste. — Ele podia até não ser o pai dela, mas ela o amava.

Clitemnestra sente uma podridão dentro de si.

— Ele foi embora, e eu não fiz nada para impedi-lo.

— Você não teve escolha. Se o tivesse impedido, ele teria ficado e cultivado ressentimento por você. Se o tivesse seguido, teria se desonrado.

Crisótemis se agita. O sol se derrama em cima dela como uma chuva de luz dourada. Quando ela era bebê, Clitemnestra costumava embalá-la ao sol nos dias em que ela se recusava a dormir, e aí ela adormecia em um segundo — gostava da sensação de calor na pele.

— Às vezes, temo estar me tornando a pessoa que finjo ser — diz ela calmamente. — Não senti nada quando Leon se foi.

Aileen balança a cabeça.

— Assim que chegou a Micenas, você me poupou do açoite. Lembra-se? Pode não se lembrar, mas jamais me esqueci. Então, dias depois, veio à cozinha e perguntou se eu queria passear pelo jardim com você. As suas palavras foram: *Você me lembra a minha irmã*. Quando Agamêmnon quis dormir comigo, você interveio. Quando tive febre, me deu ervas. Você me ensinou a ler para que eu a ajudasse com os inventários. Uma pessoa cruel faria algo assim?

Mais uma vez, Aileen pega a mão de Clitemnestra, que acolhe o gesto prontamente.

— Mesmo quando está fingindo — diz Aileen —, você ainda é melhor do que a maioria das pessoas.

※

Naquela noite, Clitemnestra não dorme, olhando as estrelas que redemoinham para além das janelas.

Mais cedo, Electra fora ao *mégaron* para lhe dar maçãs fatiadas enquanto ela conversava com os generais. Uma oferta de trégua. Aileen provavelmente conversara com ela, ou Crisótemis. Clitemnestra então mandou os homens embora e comeu as maçãs em silêncio com a filha, o fogo da lareira estalando e crepitando como seus pensamentos.

Egisto pousa as mãos nos ombros dela e a puxa suavemente para que fiquem frente a frente na cama imensa. O olhar dele a prende, como se a sugasse para si. Ela não teme a geada mais: ele a acalma, alivia sua dor como gelo numa ferida.

— Você o amou? — pergunta ele. — Seu guarda pessoal.

Clitemnestra balança a cabeça, negando.

— Não posso me dar ao luxo de amar ninguém.

Mas mesmo quando fala, com as mãos mornas dele em seu corpo, Clitemnestra sente algo se partindo dentro de si, as paredes que construiu com tanto cuidado ao seu redor estão rachando. Só uma pequena fratura, nada mais, porém grande o suficiente para deixar a claridade passar.

Como se também sentisse, Egisto adormece. Ela fica observando seus lábios entreabertos, suas pálpebras tremulando. Ele tem um sono sempre agitado, cheio de pesadelos e murmúrios. Toda noite, ele se contorce sob os lençóis, como um peixe na rede, e em todas as vezes ela toma seu rosto nas mãos, e aí ele se acalma. E assim Clitemnestra também consegue dormir, de algum modo incentivada pela presença de Egisto, apesar dos pesadelos e da inquietude. É como se durante o sono estivessem lutando contra as sombras, mas pelo menos podem lutar juntos.

Ela está suando, a capa jogada de lado e túnica coberta de areia e poeira. Egisto caminha ao seu redor, aguardando o momento certo para atacar novamente. Nos olhos dele, jazem o medo e o estado de alerta que o assombram toda vez que ele empunha uma espada. Estão no centro de treinamento, é fim de tarde, o céu está inchado e amarelado como uma bolha.

A lâmina de Egisto rodopia, brilhando na luz fraca. Clitemnestra aparta o golpe com a própria espada, recuando. Estão treinando há horas, e a bochecha de Egisto sangra. Quando Clitemnestra o cortou, a ira tremulou no olhar dele, e por um segundo ela sentiu medo. Mas logo a raiva se dissipou e ele sorriu; o mesmo sorriso que lhe oferta toda vez que ela o desafia. Ela nunca o via sorrir daquele jeito com mais ninguém.

Agora ele dá uma rasteira e acerta a perna dela. Clitemnestra vacila, mas se mantém de pé, e então Egisto maneja a espada, fazendo um pequeno corte no ombro dela. Ela gargalha e suas lâminas se beijam, e depois se separam novamente.

— Minha rainha — chama alguém atrás dela.

Ela chuta a mão de Egisto e ele deixa cair a espada. Ofegante, ela se vira e para. O homem é jovem, tem cabelos pretos e oleosos; é um de seus espiões. Ele está olhando para Egisto, franzindo a testa.

— Você traz novidades — diz ela.

— Sim — responde o espião. — De Esparta e de Troia.

Ela enrijece, limpa a lâmina na túnica e depois aperta o corte no ombro. O sangue escorre por seus dedos. Às suas costas, Egisto pega a espada de volta e ocupa o lugar ao lado dela. Clitemnestra preferiria que ele não fizesse isso.

— O que houve em Esparta? — pergunta ela.

O homem olha em volta, para as armas espalhadas no pátio, e novamente para Egisto. Ela havia ordenado que todos os espiões a procurassem em particular, em vez de encontrá-la no *mégaron*, então ele deve estar se perguntando por que Egisto insiste em permanecer ali.

— Seu irmão Polideuces propõe um casamento entre sua sobrinha Hermione e seu filho Orestes. Diz que Hermione se tornou uma jovem sábia e que terá de se casar em breve.

— Imagino que ele esteja propondo isso porque ninguém quer se casar com a filha da mulher que fugiu para Troia — comenta Clitemnestra.

O espião franze a testa.

— Ele não disse tal coisa.

— Se Orestes se casar com ela, ele se tornará rei depois de Menelau?

— Seu irmão sabia que você iria perguntar isso, e disse que sim. Polideuces não tem interesse no trono.

— Ótimo. Então falarei com meu filho e lhe darei uma resposta. Isto é tudo sobre Esparta?

— Sim.

O espião se aproxima, retorcendo as mãos. Olha para Egisto, na expectativa de que ele vá embora, mas o homem sequer se mexe.

— Encontro você depois no palácio, Egisto. — Clitemnestra dá a deixa.

Ela meio que espera uma queixa, que pareça incomodado, mas sua expressão não revela nada. Ele recolhe a arma e vai embora, as folhas caídas estalam sob seus pés. Clitemnestra sabe que mais tarde vai precisar lidar com ele, mas agora não importa; seu corpo está tenso; o coração, acelerado. Já faz tempo que seus espiões não trazem notícias de Troia.

Quando Egisto desaparece na cidadela, o espião fala em voz baixa.

— A senhora me disse para vir em particular primeiro, caso houvesse novidades de Troia.

— A guerra acabou? — pergunta ela.

— Ainda não. Mas chegará ao fim em breve. Dizem que Odisseu, filho de Laerte, inventou um truque para levar nossos soldados aos portões da cidade. Os gregos estão construindo um gigantesco cavalo de madeira. O que farão com ele, ninguém sabe ainda, mas certamente é parte do plano de Odisseu. Meus informantes dizem que os gregos esperam vencer a guerra em questão de semanas.

Em questão de semanas. Há quanto tempo ela vem esperando por isso? Quantas noites insones? Quantos dias de luto?

— Quem são seus informantes? — pergunta ela.

— As escravas sexuais no acampamento.

— Entendo. E de quanto é a nossa certeza de que o exército grego sairá vencedor?

— Odisseu tem certeza, de acordo com minhas fontes.

Então venceremos. Seu ombro ainda sangra e ela amarra um pedaço da túnica no ferimento. O espião continua falando:

— Alguns generais já estão decidindo quais mulheres troianas vão levar quando a guerra for vencida. Príamo tem muitas filhas, a maioria delas já é maior de idade.

— E Helena?

— Sua irmã ainda está na cidade, muito embora Menelau tenha jurado matá-la tão logo Troia caia.

Ela respira fundo. *Tenho certeza de que meu irmão a perdoará*, dissera Agamêmnon antes de partir. *Sua irmã sabe ser convincente*. Ela se apega às palavras como uma lapa se gruda a uma rocha.

— Quantos generais sobreviveram? — ela quer saber.

— O príncipe Aquiles pereceu, minha rainha. Páris o matou com uma flechada.

Clitemnestra já estava ciente disso. Cadmo contara a ela no *mégaron*. Ela imagina Páris, bonito como um deus, ávido por agradar o pai depois de arruinar seu povo, cavalgando pela planície de Troia em busca do melhor dos gregos. Um menino que foi criado como pastor de ovelhas matando o maior soldado de sua geração.

— E quanto aos outros?

— Entre os mais próximos do rei, Menelau e Diomedes continuam vivos.

— E Calcas? — pergunta ela, mantendo a voz o mais firme possível.

— Também está vivo, embora alguns digam que ele esteja caindo em desgraça com o rei Agamêmnon.

— Ótimo. — Ela se recosta numa árvore, tentando controlar a empolgação de seus pensamentos. — Você trouxe boas notícias — diz a ele. — Pode descansar no palácio esta noite, mas não diga nada a ninguém. Amanhã você retorna ao seu posto avançado. Quando Troia cair, acenda uma fogueira e ordene aos seus homens nas montanhas que façam o mesmo, de modo que a notícia chegue aqui o mais rápido possível.

Por um momento Clitemnestra fica tentada a cortar a garganta dele, pois não confia em ninguém que esteja carregando tamanho segredo. Mas um corpo a ser incinerado seria muito mais suspeito do que um espião dormindo no palácio, então ela permite que ele vá.

※

Orestes está na parte baixa da cidadela, pois deseja forjar uma espada nova. O lado de dentro da ferraria parece uma fornalha. Ao avistar a mãe, Orestes sorri e caminha até ela, afastando-se dos aprendizes com quem conversava. Ela o chama de lado, no canto mais escuro.

— Seu tio Polideuces nos mandou um recado hoje. Ele quer que você se case com sua prima Hermione.

Orestes lhe lança um olhar divertido.

— O que acha da proposta dele?

— Hermione é uma boa menina, forte e sábia. Tolerou a perda da mãe e cresceu sob a asa de Polideuces, o que significa que saberá diferenciar o que é importante do que não é. Meu irmão sempre foi um homem muito prático.

Orestes assente. Mais cedo, Clitemnestra tinha visto uma criada saindo do quarto dele, risonha. Quando a garota notou sua presença, aquietou-se e saiu correndo.

— Se eu me casar com ela, serei rei de Esparta? — pergunta ele.

Ela sorri com a pergunta.

— Sim. Já me certifiquei disso.

— Mas quem governará Micenas?

— Nossa família governará. — Eis o que Clitemnestra sempre desejou para seus filhos: retomar o controle de Micenas e Esparta, estabelecer uma dinastia muito mais poderosa do que a dos Atridas. Com Orestes em Esparta, e Electra e Crisótemis já na idade para se casar, ela vai poder construir uma teia de alianças por todo o território. *Mas, primeiro, Menelau e Agamêmnon devem regressar da guerra.*

Orestes agora a fita.

— Sim, mas quem exatamente? — Quando Clitemnestra não responde, o filho acrescenta: — Egisto não é da nossa família.

A rainha se recosta na parede.

— Não, não é.

— Se ele governar com você, o povo vai julgá-la, condená-la.

Por minha própria culpa, pensa Clitemnestra. Treinou seu filho bem demais, ensinou-lhe muito bem a arte da desconfiança.

— Você passa tempo demais se preocupando com as pessoas — pontua ela. — Já lhe disse muitas vezes que o povo não governa. Nós governamos.

— Talvez você gaste muito pouco tempo pensando nisso, mãe. — Orestes não queria insultá-la, era mera observação.

Clitemnestra zomba.

— Sou uma mulher com uma coroa. Claro que penso nas pessoas. Sou obrigada, ou a coroa estaria na cabeça de outro.

Orestes contempla os ferreiros moldando o bronze, as faíscas voando. Ele tem um perfil deslumbrante, a pele tem o brilho de azeitonas maduras e seus olhos são escuros como madeira queimada. *Igualzinho ao pai*, pensa Clitemnestra com amargura.

— Vou me casar com Hermione — decide Orestes.

Quando ela vai para o quarto, Egisto não está lá. A noite já caiu, então ela segue até os aposentos dos hóspedes, batendo à porta dele antes de entrar. Egisto está perto da janela, comendo queijo e peras, as adagas na mesa ao lado. Ela tem pensado no teor das coisas que deve lhe dizer, se deve ceder a mentiras ou à verdade. Ultimamente, tem sido mais fácil recorrer às mentiras; mas não com Egisto.

Sem se virar para ela, ele diz:

— Concluiu que não sou mais digno de sua confiança?

— Ninguém é — responde ela simplesmente.

— E agora? Vai me jogar na prisão, como sugeriram os anciãos? Ou me matar antes que seu marido volte para casa?

Ele, às vezes, parece uma criança, pensa, *fazendo cena só porque ela lhe disse para voltar ao palácio durante a conversa com o espião.*

— Se eu o quisesse morto, já teria dado cabo de você..

Egisto se vira para ela. Sob a luz das tochas, seus olhos são cinzentos.

— Sabe o que as pessoas nas aldeias dizem sobre você?

— Coisas terríveis, imagino.

— Dizem que está louca de ambição e desconfiança. Que executa pessoas desleais.

— Não há o que argumentar aí. O que dizem de Agamêmnon?

— Que ele é um grande líder.

— Ah, é claro.

Clitemnestra se aproxima dele, pega uma de suas adagas e toca a lâmina com um dedo.

— Se ouviu tais histórias a meu respeito, por que voltou para cá?

— Para matar você. — Egisto não está olhando para ela. Ela nota a tensão nos ombros dele, os nós dos dedos brancos ao redor do cálice de vinho.

Finalmente, a verdade.

— E, ainda assim, cá estou eu — replica Clitemnestra. Fica surpresa ao constatar a frieza na própria voz, a indiferença.

— Sim — concorda ele, tão baixinho que parece uma lufada de vento.

— Você acabou de dizer que queria me matar, mas espera que eu lhe confie informações sigilosas.

O homem pousa o cálice, o rosto cheio de cicatrizes com a expressão relaxada.

— A primeira vez que ouvi falar de você foi quando Agamêmnon a trouxe para cá. Eu estava morando na mata na época. Certa noite, enquanto dormia no celeiro de um pastor, ouvi uma conversa dele, dizendo que o rei de Micenas ia casar-se com uma espartana. Ele disse que você já era casada, que Agamêmnon tinha matado seu marido e seu filho recém-nascido só para poder ficar com você.

É a primeira vez que Egisto toca no assunto na frente dela. Clitemnestra sente o corpo entorpecer.

— Eu não sabia que os pastores gostavam desse tipo de conversa.

Egisto dá de ombros.

— Você foi assunto na boca de todo mundo na época. *A irmã da mulher mais linda da região. Uma princesa espartana casando-se com um rei poderoso.* Imaginei que você fosse ou como um pobre cão espancado, uma garota infeliz condenada a levar uma vida de infelicidade, ou uma mulher que partilhava da crueldade de Agamêmnon.

"Então ouvi dizer que meu primo estava de partida para Troia a fim de travar uma guerra por uma mulher incapaz de permanecer na cama do marido. À época, eu ri, pois Menelau sempre foi irresistível aos olhos das mulheres desde que éramos meninos. Deve ter sido difícil para ele ver sua linda esposa abandoná-lo pelo inimigo.

"Pensei, então, que era a minha oportunidade de retomar a cidade, de fazer com que os leais aos Atridas pagassem de uma vez por todas. Mas então ouvi dizer que *você* estava no comando de Micenas, e que era muito melhor e mais eficiente do que Agamêmnon, e que era amada e temida por muitos. Pensei em vir e comprovar pessoalmente. Se você fosse mesmo amada, eu pediria clemência. Caso contrário, mataria você e faria meu primo pagar por tudo o que me fez.

— Quanto a esta última parte, você se enganou. Agamêmnon se preocupa apenas consigo e mais ninguém. Sou apenas uma ferramenta para ele mostrar aos outros que conseguiu dobrar uma mulher forte.

— Enganei-me sobre muitas coisas — conclui Egisto.

Clitemnestra pousa a adaga.

— Antes de eu executá-lo, Polidamas disse que se um homem dorme com uma rainha, é porque fatalmente espera ser rei.

— Você é uma governante muito melhor do que eu jamais seria.

— O que você quer, então, se não é seu desejo tirar minha vida?

— Quero estar onde você estiver. Para aconselhá-la e protegê-la.

Aileen tinha razão: Clitemnestra jamais vai conseguir se livrar de Egisto. Mas este é o seu desejo? As pupilas dele estão dilatadas; o olhar, frio.

— Lutei pelo respeito do meu povo — afirma ela. — E sua posição aqui ameaça meu trabalho. Podem até vê-lo como traidor, mas você é homem e, aos olhos deles, um homem será sempre mais adequado do que uma mulher para governar.

— Meu desejo pelo trono vinha da ânsia de tomá-lo de outra pessoa. Isso não faz de mim um bom rei.

Clitemnestra segura o rosto dele e sente as cicatrizes. Egisto não relaxa ao toque, mas a olha com um fervor que poderia fazer até o céu se incendiar. Eis um homem pronto para matar por ela, Clitemnestra vê isso.

— Troia cairá em breve — declara ela. — E Agamêmnon voltará.

— Como sabe disso?

— Um espião me contou.

O rosto dele é estéril.

— Então vai me mandar embora.

— Não. — Ela se afasta e pega o cálice para tomar um gole de vinho. Egisto a olha, à espera. Dentro dela, a ira já muito familiar, crua e implacável.

— Eu costumava contar a história de Ártemis e Actéon para minhas filhas quando eram pequenas. Ifigênia adorava, assim como Helena. Creio que era o tipo de história que lhes dava segurança emocional. Eis uma mulher bonita que não está à mercê dos homens, uma mulher que se vinga. A beleza às vezes é uma maldição. Cega os homens, os obriga a fazer coisas terríveis.

"Quando Ifigênia era criança, os mercadores e emissários costumavam chamá-la de 'deusa'. Fitavam-na com luxúria; eu teria arrancado os olhos de todos eles se pudesse. Mas ao meu lado ela estava a salvo. Ninguém se atrevia a tocá-la.

"Quando ela fez quinze anos, um garoto tentou estuprá-la. Ela deu uma pedrada na cabeça dele, e quando o pai do menino exigiu justiça, não a concedi. Ele teve sorte por não ter sido executado.

"Quando Ifigênia foi assassinada..." Ela para, morde o lábio até sentir gosto de sangue. "Quando minha filha foi assassinada, passei dias obcecada com a memória que teriam dela. Uma menina gentil, amável, uma virgem inocente, sacrificada... é assim que os bardos cantam a respeito dela. Mas ela não era nada disso. Ifigênia era feroz, desafiadora. Queria abraçar o mundo. Ela era o sol, e meu marido a tirou de mim. E para quê? Ele não a matou por vingança, ambição ou ganância. Ele a matou *por uma rajada de vento*.

"Tive de ouvir os anciãos descreverem aquele fatídico dia como se o rei deles não tivesse escolha. 'O que ele poderia fazer? Obedecer à vontade dos deuses ou abandonar a frota? Seria doloroso em ambos os casos', disseram eles. 'Uma escolha impossível', disseram. Mas essa não é a verdade. A verdade é que minha filha morreu em vão."

Clitemnestra deixa o cálice de lado e encara os olhos de Egisto. Ele está imóvel, o rosto sombrio de dor. Mentalmente, ela acalenta cada palavra com muita ternura antes de falar.

— Você discorre sobre sua sede de vingança, mas e eu? E a minha vingança? — Os dedos de Egisto apertam a beira da mesa. — Alega que quer ficar comigo e me proteger — insiste Clitemnestra. Daí sente uma onda de emoção, expectativa e exposição. — Pois bem, você permanecerá no palácio quando meu marido retornar. E ficará escondido quando eu for recebê-lo com seus soldados. E então vai me ajudar a assassinar o homem responsável pela morte da minha filha.

32

AMIGOS E INIMIGOS

As árvores florescem, os galhos ficam pesados com cascatas de flores brancas e roxas. O céu fica mais esplendoroso; os dias, mais longos. Mesmo assim, nenhuma notícia de Troia chega à cidadela.

Clitemnestra está inquieta. Não tem dormido à noite, e, quando a manhã chega, seus olhos estão inchados e a cabeça dói. Enquanto recebe a população no *mégaron*, muitas vezes fica olhando pelas janelas, na tentativa de vislumbrar uma fogueira iluminando as montanhas. Mas o horizonte permanece o mesmo, todos os dias, o vale claro e calorento sob um céu limpo.

Orestes também está inquieto. À noite, mais e mais criadas visitam seu quarto, e Clitemnestra se preocupa. Ela não quer que o filho acabe como Menelau, deixando a esposa infeliz devido aos seus atos estúpidos. Além disso, há Egisto, que parece incomodar Orestes com sua presença. Às vezes, durante o jantar, Clitemnestra flagra o filho encarando seu amante com um misto de desafio e presunção. E a cena a faz se lembrar do rosto infantil de Castor antes de cometer alguma travessura.

— Hermione não é jovem demais para se casar? — pergunta Crisótemis certa noite. Estão jantando todos juntos, as tochas espalhando luz, como flores do mais puro ouro. Crisótemis está carrancuda ao brincar com a comida. Clitemnestra entende sua preocupação: afinal de contas, ela tem a mesma idade de Hermione.

— Para um espartano, sim — explica Clitemnestra. — Mas em outras cidades gregas as meninas se casam jovens, como você bem sabe.

— Pelo menos ela vai ter alguém *experiente* ao lado dela — comenta Electra, encarando o irmão. Suas íris estão tão brilhantes quanto prata polida. Orestes ri, sem se incomodar com as provocações.

— Você e os generais compartilham os espólios agora? — insiste ela, a voz cuidadosamente inexpressiva. — Vi Kiros em um beco com uma das novas criadas.

— Eu nunca iria tão baixo a ponto de dormir com uma mulher que esteve na cama de Kiros — responde Orestes, dando um sorriso.

— E, ainda assim, você luta ao lado dele — continua Electra. — Um homem que já tentou estuprar suas irmãs. Acha que ele mudou, que tornou-se um homem melhor?

— Electra — intervém Crisótemis com calma. Sua voz murcha no silêncio, como o último raio de luz do dia.

Electra beberica o vinho, seus lábios ganhando um leve tom de roxo.

— O que acha, lorde Egisto? As pessoas mudam?

Egisto olha para cima, como se estivesse surpreso por ela estar se dirigindo a ele.

— Uma vez na ganância, sempre na ganância — diz ele com serenidade.

Orestes sorri.

— Não é curioso que justamente você diga isso? Decerto, então, concorda comigo quando digo: uma vez traidor, sempre traidor.

Egisto bate a faca na mesa. Os criados voltam para os cantinhos com suas travessas de comida pesadas. Orestes permanece sentado, relaxado, embora seus olhos brilhem como carvão em brasa.

— Se vão brigar, saiam — ordena Clitemnestra. — Podem se provocar, podem se destruir, não dou a mínima. Mas não vou ficar aqui ouvindo isto.

Seus filhos permanecem nas cadeiras, quietos como túmulos. Egisto bebe seu vinho, a raiva sob controle. Clitemnestra tenta se concentrar na comida, a mente fatigada, o corpo esgotado. Antigamente era Leon quem acalmava a tensão, sempre usando de palavras gentis, era ele quem a protegia dos rompantes dos filhos. Agora ele se foi, e em seu lugar está Egisto, que vive em constante luta contra o próprio sofrimento.

Clitemnestra tem a sensação de que elaborou uma teia muito grande, intrincada demais, e por causa disso também acabou enredada nela.

※

Aileen tenta acordar Clitemnestra, sacudindo seu braço. Ela desperta, sobressaltada, ofegante. Sonhava com Helena, capturada pelos gregos e executada nas muralhas de Troia. O pesadelo ainda rasteja em sua pele.

— O que foi? — Seus olhos estão secos; seus membros, cansados, como se ela tivesse passado a noite lutando.

— Orestes e Egisto estão se enfrentando no centro de treinamento.

Ela veste um *peplos* e corre para fora, seguida por Aileen. Clitemnestra está tão acelerada que a empregada tem dificuldade de acompanhá-la.

— Talvez estejam só brincando — arrisca Aileen, hesitante e sem fôlego —, mas ouvi alguns homens gritarem, então achei melhor...

Não estão brincando. Egisto não luta com ninguém além dela. Orestes deve tê-lo desafiado, apanhado-o de surpresa. E embora ela saiba que o filho é forte no combate corpo a corpo, Egisto pode ser perigoso.

As duas descem os degraus de pedra que levam ao pátio. Ouvem os grunhidos e berros, o tinido de lâmina contra lâmina. Há uma pequena multidão ao redor do chão empoeirado, garotos que provavelmente deveriam estar treinando àquela hora. Estão concentrados nas duas silhuetas que coreografam no pátio, meneando as espadas para valer. Clitemnestra abre espaço entre eles e para à beira da arena, o hálito de Aileen em sua nuca.

Orestes luta com sua espada recém-forjada, os cachos balançando na testa suada. Diante dele, Egisto usa duas adagas, um filete de sangue escorre por seu rosto. Ele é um lobo em seus movimentos, a lâmina atinge a espada de Orestes como chibatadas.

— Vejam só quem está aqui — comenta Orestes, zombeteiro, ao ver Clitemnestra de soslaio. — Quer se juntar a nós, mãe?

Egisto a fita também, e com a distração a lâmina de Orestes faz um corte em sua têmpora. Ele não se queixa, mas Clitemnestra vê o fogo nos olhos de seu amante, a fúria. Ele cortaria a garganta de Orestes caso ela não estivesse ali. Egisto então avança, mirando a cabeça de seu oponente. Orestes se esquiva e recua. Quando é atingido de novo, Egisto dá um bote, arrastando Orestes consigo. Suas lâminas continuam a se chocar na areia, e quando Egisto mira a garganta de Orestes, este dá uma risada sufocada. Egisto então recua, suas lâminas apontadas para a frente como um alerta.

Clitemnestra pega uma lança e a atira na arena. Ela afunda no chão, bem entre eles, e os combatentes se voltam para ela. O sorriso de Orestes não desaparece, e a vontade que ela tem agora é de estapeá-lo, para lembrá-lo de que aquilo não é uma simulação. A raiva no rosto de Egisto desaparece e, em seu lugar, surge o medo. Ele está com medo da reação dela.

— Está na hora de os meninos treinarem — anuncia Clitemnestra, e então se retira. O céu está limpo, e ela se lembra do dia em que correu para a arena a fim de salvar Helena das mãos de Cinisca. Uma época mais fácil, quando amigos e inimigos eram bem definidos, quando ela achava que sabia o que estava fazendo.

※

Egisto a acompanha palácio adentro, um cão culpado, desesperado para reconquistar seu amor. Quando ela se vira para o homem, sob as tochas perto do salão de refeições, ele para abruptamente, os músculos tensos.

— Ele me atacou — justifica o amante, a boca comprimida. Seus olhos são selvagens. Clitemnestra jamais o vira tão zangado. — Teria me matado se eu não tivesse contra-atacado.

Quantas vezes Egisto teria tolerado esse tipo de coisa, os jovens zombando dele, forçando-o a revidar? Deve ser exaustivo.

— Meu filho nunca faria tal coisa — retruca ela, entrando no corredor. Ele vem logo atrás. Clitemnestra sente o ar ficando pesado com a fúria de Egisto.

— Ele está com ciúmes do nosso relacionamento — solta o amante. — Está envenenando todos na cidadela contra mim!

— Você está sangrando — avisa a rainha.

Egisto toca o filete que escorre pela têmpora e o enxuga com desleixo.

— Você precisa mandá-lo embora — pede ele. — Ou será meu fim quando Agamêmnon chegar.

— Não vou mandá-lo embora.

— Então está escolhendo a ele em vez de a mim?

— Ele é *meu filho*. Não existe escolha aqui.

O rosto de Egisto esfria de repente, o olhar fica amargo.

— Mas você precisa escolher. O que vai acontecer se Orestes estiver aqui quando seu marido voltar para casa? — *Seu marido*. Egisto deve estar mesmo zangado para estar se referindo a Agamêmnon dessa forma. — O que vai acontecer quando você cravar uma lâmina no coração dele? Um filho deve vingar o pai. É a lei.

Ela sabe que Egisto está sendo coerente. O maior dever de um filho é honrar e vingar o pai, mesmo que o pai seja uma criatura vil. Egisto é a prova viva disso.

Um indigente, nascido para matar os inimigos de seu pai, fadado a trazer a ruína ao seu lar. Estas foram as palavras usadas pelos anciãos anos atrás quando enviaram espiões pelo continente em busca de Egisto. *O pai de*

Egisto era um monstro, dissera Clitemnestra à época, mas os anciãos só fizeram balançar a cabeça, contrariados.

Você é mulher. É incapaz de entender a lealdade de um filho para com o pai.

Estavam enganados, como sempre. Clitemnestra entende a Justiça, o antigo espírito que vive dentro de cada um deles, pronto para explodir ante cada crime. É uma teia, cada fio manchado com o sangue de mães e pais, filhas e filhos. E ela só cresce e cresce, as Erínias sempre tecendo mais arapucas.

Mas estaria Orestes de fato alinhado ao mesmo pai que assassinara sua irmã, como se ela fosse um bicho predestinado ao abate? Seria ele capaz de reunir um exército contra a própria mãe? Tudo o que ele sabia tinha aprendido com Clitemnestra. Fora ela quem lhe mostrara as fraquezas dos outros rapazes na arena, e que lhe dissera que a misericórdia *jamais* favorecia a vitória. Era ela quem estivera lá quando Orestes empunhara sua primeira espada, quando montara seu primeiro cavalo. Clitemnestra queria que ele crescesse para se tornar um homem forte *e* decente, feroz, porém não selvagem. Talvez ela tenha ido longe demais. Talvez devesse tê-lo ensinado a ser leal antes de mais nada. *Homens bons dão bons generais?*, perguntara-lhe Orestes com um sorriso malicioso.

O desconforto a inunda, uma advertência. Ela olha para cima. Egisto a encara, como um lobo vigiando uma ovelha.

— Orestes está prometido a Hermione — anuncia Clitemnestra. — Ele vai para Esparta antes que os Atridas voltem da guerra. Deste modo, começará a construir sua teia de alianças. Infundirá respeito *antes* de o rei de Esparta voltar à casa. — A expressão no rosto de Egisto a aquece, como na primeira manhã de primavera após um longo inverno. — Então, depois de eu resolver as coisas com o pai dele, ele retornará a Micenas. E me mostrará sua lealdade.

※

Clitemnestra manda Orestes à sua jornada nos últimos dias da primavera.

Ao amanhecer, seguem juntos para o Portal do Leão. A cidadela ainda está acordando, algumas mulheres caminham meio sonolentas até o riacho, carregando túnicas sujas. Orestes amarra a adaga ao cinto, seu perfil doce sob a luz alaranjada.

— Seja gentil com a sua prima — pede Clitemnestra. — Trate-a como uma igual, não como inferior.

— Tratarei — confirma ele, dando-lhe um de seus belos sorrisos.

— Não leve outras garotas para a sua cama — acrescenta ela, e aí ele começa a rir. — Foi assim que seu tio perdeu Helena, para início de conversa.

Orestes coloca as mãos nos braços dela.

— Você se preocupa muito. Além do mais, sei o que tio Polideuces fará comigo caso eu falhe com sua querida sobrinha.

Clitemnestra olha para seu rosto deslumbrante, para cada linha tênue e ângulo recortado.

— Tome cuidado. Fique de olho em tudo, localize aqueles dispostos a serem leais a você. Seu tio o ajudará, mas jamais subestime seus conselheiros. Esparta mudou. A maioria das famílias agora é fiel a Menelau. Você será considerado um intruso.

Orestes a encara, muito sério, e em seus olhos Clitemnestra vê Agamêmnon, a mesma atenção de quando ele escutava algo que sabia ser importante.

— Todo mundo tem amigos e inimigos, mas reis e rainhas têm ainda mais — acrescenta ela. — Lembre-se disso quando chegar a hora.

Os cavalos estão prontos, e os homens o chamam. Clitemnestra quer agarrar-se a ele e nunca mais soltá-lo. Mas ela fez uma escolha, e agora não pode recuar.

Orestes beija a testa da mãe.

— Vou me lembrar disso — diz. Ela acha, então, que o filho vai dar meia-volta e enfim deixá-la, mas em vez disso, ele segura o seu rosto. — E tome cuidado com Egisto, mãe. Ele não é seu inimigo, mas também não é seu amigo.

※

Clitemnestra vai direto para as muralhas a fim de ficar observando Orestes cavalgar rumo ao nascer do sol. Egisto já está lá em cima, de olho no príncipe também. Ao vê-lo ali, ela é tomada por uma incerteza repentina, como se o chão desmoronasse sob os pés. Um sol pequenino com um toque de cor surge no horizonte, e as últimas estrelas desbotadas e resilientes, enfim, somem de vista. Egisto se vira para olhá-la, ele sequer pisca.

— Orestes crê que eu não deveria confiar em você — pontua ela. — Os anciãos também achavam a mesma coisa. Leon me deu o mesmo aviso. Devo me preocupar com a sua lealdade?

Lá embaixo, Orestes é um pontinho que se desloca com agilidade pelas planícies. Logo ele passará pelas colinas e desaparecerá.

— Seu fiel cão Leon se foi — responde Egisto. — Orestes se foi. Os anciãos se foram. Você mesma providenciou isso. — O homem sustenta o olhar dela. — Somos só você e eu agora.

É estranho como ele pode ser assustador às vezes. Clitemnestra sabe que ele a ama, mas às vezes Egisto se embrenha em sua toca do medo e da desconfiança, uma toca que ele mesmo cavou para si ao longo de todos aqueles anos de solidão.

Ele se ajoelha e pega a mão de Clitemnestra. A palma da mão dele é fria e seca contra a dela.

— Sempre serei leal a você, *minha rainha*.

33

O LEÃO VOLTA PARA CASA

A água do banho é fresca e agradável em contato com a pele. As luzes estão fracas no ambiente, e lá fora as colinas se estendem como ondas do mar. Clitemnestra fecha os olhos e deixa o corpo afundar ainda mais na banheira. *Será que morrer é assim?*, imagina ela. Será que sua linda Ifigênia estaria flutuando pacificamente em algum lugar, com seus cabelos dourados dançando em volta do corpo? Clitemnestra emerge e a mão encontra a lâmina fria da adaga no piso ao lado da banheira. O metal amolado a acalma, e ela tenta se distrair dos pensamentos dolorosos. Houve uma briga na cidadela hoje mais cedo, e por isso ela terá de conversar com seus generais. Dois homens acabaram mortos. Os anciãos tinham mencionado um tal acordo entre mercadores, alguma recusa em entregar um carregamento de ouro. Ela cogita convocar os mercadores diretamente ao *mégaron* à procura de dar a eles, de uma vez por todas, uma lição sobre obediência.

E então ela vê o fogo. Algo queima ao longe, na montanha em frente à cidadela, as chamas subindo como uma revoada de íbis escarlates. Clitemnestra sai da banheira e corre até a janela alta, a água pingando do corpo. Há outro foco atrás da montanha, brilhando nas colinas para os lados de Atenas e Delfos. E depois mais uma, a luz tão pequenina ao longe que parece o branco de um olho aberto na escuridão.

Troia caiu.

Clitemnestra fica parada perto da janela, congelada, observando a cadeia de avisos luminosos lançando faíscas ardentes na noite desestrelada. O fogo aumenta, mais e mais voraz, e logo os olhos dela refletem vivamente aquele fulgor. A cena a deixa esfomeada. A violência se alimenta de mais violência, é insaciável, sempre desejando mais sangue. Ela fecha os olhos, permitindo que a dor lhe inunde a sua mente.

O sangue de Ifigênia nos joelhos conforme era arrastada à pedra do altar. O rosto arrebentado de Leon, o olho roxo e a garganta machucada. A vermelhidão nas mãos de Clitemnestra, as unhas quebradas e as juntas dos dedos dilaceradas à medida que tentava se ancorar no chão arenoso — qualquer coisa para se aproximar da filha. As lembranças a sufocam, é como sentir o cheiro nauseante de corpos em putrefação. E, no entanto, o sofrimento não acaba aí.

Leda segurando seu bebê morto, o rosto dela contorcido de desespero. Os olhos vazios de Tântalo, vidrados para Clitemnestra. Ela não podia tocá-lo. Pessoas a seguravam, e não importava o quanto espernease e berrasse, não a soltavam. E então Agamêmnon, que a fitava do outro lado do corredor. Estava calado, mas ela sabia o que ele pensava: *Você é minha agora*. Mas ele estava enganado. Ela não pertence a ninguém.

Clitemnestra caminha vagarosamente de volta à banheira e pega a adaga cravejada que herdou de Leda. Na primeira vez que tocou a lâmina, ela se cortou, mas sua pele já está calejada faz tempo. *Em breve, mais sangue será derramado, mas não será meu.*

Ela atira a adaga na porta de madeira da casa de banho, que crava ali sem muito estardalhaço. Tal qual o baque quase inexistente de um pássaro morto indo ao chão.

※

As filhas dormem juntas no quarto de Crisótemis, os peitos subindo e descendo como asinhas de borboleta. Clitemnestra senta-se na beira da cama e acaricia a bochecha da mais nova. Electra abre os olhos, de súbito alerta.

— O que foi, mãe? — pergunta ela. Sua irmã se remexe, ainda dormindo. Clitemnestra afasta uma mecha de cabelo de seu rosto.

— Vencemos a guerra — revela a mãe calmamente. — Seu pai está voltando.

Electra titubeia e seus olhos de corça brilham na escuridão. Clitemnestra sabe que a reação foi porque ela referiu-se a Agamêmnon como "seu pai", coisa que não fazia há muito tempo. Crisótemis também abre os olhos. Talvez estivesse acordada o tempo todo, pois quando senta-se na cama, a primeira coisa que diz é:

— O que vai acontecer?

Clitemnestra não responde. As filhas a olham, as cabecinhas inclinadas para o lado, prendendo a respiração. A mãe percebe que elas esperaram para fazer tal pergunta. Incapaz de ficar quieta, Crisótemis fala de novo, sua vozinha não passa de um sopro:

— Ele vai machucar a gente?

A pergunta parte o coração de Clitemnestra.

— Ele jamais vai botar as mãos em vocês — responde ela.

Electra senta-se também, mandíbula cerrada e corpo tenso.

— Como sabe?

— Porque não vou permitir. Enquanto ele esteve fora, muita coisa mudou.

— Algumas coisas não mudaram — responde Electra. — Você ainda o odeia.

Clitemnestra fica quase tentada a recuar ao encarar os olhos de Electra. É como olhar para águas profundas e escuras.

— Ele tirou meus filhos de mim — responde ela. — Minha filha e meu filho perfeitos. Vocês não *odiariam* alguém assim? — Clitemnestra sabe que "ódio" é a palavra errada. No entanto, em todos esses anos, nunca encontrou termo melhor. Alguns sentimentos não foram feitos para serem nomeados.

Crisótemis parece alarmada. Inclina-se para a frente e pega a mão da mãe.

— A gente entende, mãe. Sempre entendemos.

Electra dobra as pernas e encosta os joelhos no peito.

— Acha que os deuses estão observando a gente? Que eles têm noção de que você o odeia?

— Escutem — diz Clitemnestra —, os deuses não se importam conosco. Eles têm outras preocupações. É por isso que vocês nunca devem viver à sombra da cólera deles. São os homens que vocês devem temer. São os homens que ficarão zangados com vocês caso ascendam, caso sejam muito amadas. Quanto mais fortes vocês forem, mais eles tentarão derrubá-las.

O perfil das filhas está mais nítido agora. Em breve a manhã vai chegar e o calor estival ficará insuportável.

— Nosso pai não nos ama, não é? — pergunta Crisótemis.

Clitemnestra desvia o olhar, as palavras levando-a para um lugar doloroso.

Um calor escaldante.

Uma tenda roxa.

A doce voz de Ifigênia. A filha tinha feito a mesma pergunta antes de morrer.

— Não importa o que ele sente — determina Clitemnestra. — Não importa o que ele pensa. *Eu* amo vocês duas, assim como amei a irmã de vocês, mais do que qualquer coisa no mundo.

O rosto das garotas se ilumina, como um escudo à luz do sol. Clitemnestra pega as mãos de ambas.

Quando a vingança chama e os deuses param de assistir, o que acontece àqueles que feriram as pessoas que amo?

※

Egisto está à espera de Clitemnestra nos aposentos dela, desperto. Ela o encontra à luz do alvorecer e toma a cabeça dele entre as mãos. Quando ele a beija, ela sente o sabor de sua sede de vingança. *O leão volta para casa e encontra o lobo pronto para recebê-lo.*

— A fogueira — diz ele, a voz monótona. — Agamêmnon está voltando.

Ela assente, vai até a janela e admira o céu dourado. Egisto a acompanha e roça os lábios nos ombros dela. Clitemnestra sente-se cada vez mais tensa, sua mente sendo amolada tal como uma lâmina. Ela fecha os olhos e se imagina matando o marido: o pensamento que a alimentou durante anos, a sementinha que se transformou em videira. Ela não teria aguentado se não fosse aquele pensamento persistente ali. É o mesmo tipo de tensão que precede uma luta, e esta é uma luta para a qual ela vem se preparando há muito tempo.

— Agamêmnon está sempre vigilante, e continuará assim mesmo após uma guerra de dez anos — avisa Clitemnestra. — Ele é astuto o suficiente para jamais confiar em quem o cerca.

Outro homem lhe diria para relaxar, para ficar tranquila, mas Egisto, não. Ele sabe que quem relaxa é capturado com facilidade pelas teias da aranha. Seu rosto transborda malícia.

Talvez em outra vida pudesse ter sido inocente, uma vida onde não tivesse sido obrigado a participar de disputas de crueldade e poder. Poderia tal vida existir?

Clitemnestra o encara.

— É por isso que não interpretamos os heróis nesta peça. Precisamos atacar como serpentes. Chegamos rastejando e matamos quando ninguém está olhando.

Ele lhe dá seu sorriso lupino.

— De todo modo, nunca fui um muito heroico mesmo.

※

No dia seguinte, Clitemnestra reúne os anciãos restantes no *mégaron*. Antes de ocupar seus lugares ao redor do trono, eles lhe fazem uma reverência. Assim que se acomodam, os guardas chegam arrastando Egisto.

— Como bem sabem, o rei está retornando — anuncia ela. — Ele decidirá o que fazer com seus prisioneiros.

Um burburinho de concordância, como uma brisa, percorre os homens. Como é fácil ludibriá-los. Como confiam com facilidade quando ela lhes dá exatamente o que desejam.

Na noite anterior, enquanto estava deitada na cama, insone, Clitemnestra disse a Egisto que ele precisava confiar nela. *Eu confio em você*, disse ele, estendendo a mão para tocá-la, colando o corpo ao dela. Sentiu o calor dele, mas não lhe bastou. Ela queria que o homem lhe rasgasse a pele, que a abraçasse com força a ponto de lhe dar a sensação de que a quebraria.

— Joguem-no em uma cela — ordena a rainha, cada palavra tão resplandecente como uma faca.

— Traidora — exclama Egisto à medida que os guardas o arrastam. Ela mantém o rosto inexpressivo, como uma rocha antes de ser esculpida, até que ele desaparece para além da lareira. O silêncio assoma, e os anciãos olham para ela, hesitantes.

— Agamêmnon retornará e encontrará sua esposa leal e fiel. — Então a encaram com olhos arregalados, atentos. De repente, temem que tudo aquilo seja um blefe ou que Clitemnestra tenha enlouquecido. *Não era isso o que vocês queriam? Que eu me contentasse com a função de cão de guarda, lambendo os pés do seu poderoso rei?*

— Deem a notícia ao povo na cidadela. Agamêmnon está navegando de volta e a rainha se prepara para recebê-lo. — Cadmo assente, e alguns outros também. — Contem-lhes também como a cidade foi tomada. Contem que Troia foi saqueada, que seus templos foram destruídos; seus sacerdotes, mortos. Não há maior ofensa aos deuses do que cuspir em seus templos sagrados. Lembrem-nos de que Agamêmnon e seus homens estão retornando para casa como verdadeiros heróis. — Ela para, com medo de que sua malícia transpareça em suas palavras adoçadas.

Cadmo pigarreia.

— A guerra tem suas exigências, minha rainha.

Clitemnestra sorri.

— Claro. Mas lembrem às pessoas quais são essas exigências.

O homem assente com rapidez e sai. Os outros o acompanham, muito provavelmente indispostos a serem deixados para trás.

A luz invade o salão, tocando os afrescos. Clitemnestra passa por eles, acariciando os contornos de cada desenho, de cada folha de grama pintada. Dói-lhe ver que as mentiras agora lhe vêm com facilidade. Antigamente ela era decência, coragem, bondade. Mas isso foi em outra vida.

※

A manhã seguinte parece o dia mais quente do ano. Electra e Crisótemis aguardam pacientemente ao passo que Clitemnestra fica parada perto da janela, olhando a cidadela enquanto Aileen arruma seus cabelos. As pessoas cumprem seus papéis, limpando e desobstruindo as ruas para a chegada do rei. Alguns homens afastam carroças e baús, ao mesmo tempo que outros jogam água nas pedras da calçada.

Depois que a coroa lhe é colocada com cuidado na cabeça, Clitemnestra se vira para as filhas.

— Vocês não vão jantar conosco esta noite — avisa Clitemnestra. — Virão saudar seu pai e depois vão se retirar.

Electra não responde. Fica brincando com seus anéis, pedras preciosas sobre ouro polido. Clitemnestra olha para o braço da filha, limpo e liso, e depois examina as próprias cicatrizes.

— Os guardas ficarão na porta dos quartos de vocês. Aconteça o que acontecer, não saiam.

Crisótemis franze a testa.

— Mãe? — Seus cabelos estão enfeitados com pedrinhas trançadas em cada mecha, e também fitas. Clitemnestra lhe beija a testa, os lábios mal roçando a pele.

— Agora venham. O exército chegou.

As filhas trocam olhares antes de ouvir: os cascos dos cavalos batucando na terra ao longe.

Elas correm para o alto das muralhas a fim de testemunhar o exército se aproximando, quase no Portal do Leão. Aileen continua a ajeitar o vestido de Electra, que fica se desvencilhando. Crisótemis torce as mãozinhas, ficando na ponta dos pés, tentando enxergar melhor.

No sopé das montanhas, uma longa fila de guerreiros marcha. Parecem formigas, espalhadas pela terra árida. Nas mãos dos dois soldados na vanguarda, a bandeira de Micenas. Tem algo diferente nela, e Clitemnestra leva um instante para distinguir as manchas vermelho-escuras no leão. Um conquistador micênico empanturrando-se com o sangue dos reis troianos.

O ar está quente como uma fornalha, mas Clitemnestra permanece imóvel. Ela deixa cada formiga passar até seus olhos enfim localizarem o marido. Não é difícil distingui-lo. Ele cavalga na frente, ao lado de uma grande carroça cheia de espólios de guerra. Clitemnestra esperava sentir dor ou raiva ao vê-lo, mas não sente nada. É isto que a vingança faz: desbota, resfria, faz de você uma deusa dos mares.

Ela fica olhando enquanto ele cavalga, a couraça brilhando sob o sol escaldante, seguido por seus homens, espalhados em meio aos arbustos e rochas e mancando como cães feridos. Mais perto agora, os corpos destruídos entram em foco: membros e olhos faltando, feridas ainda purulentas.

Uma menina está sentada na carroça ao lado de Agamêmnon, em meio ao ouro, tapetes e vasos. Suas mãos estão amarradas, a pele é marrom como casca de carvalho. Há um hematoma antigo em seu rosto, meio coberto pelos cabelos soltos. Uma mulher escravizada na guerra. Clitemnestra preferiria morrer a viver assim. *Até um escravo tem escolha*, dissera Leda certa vez. *Escravidão ou morte*. Isso por acaso é escolha? Clitemnestra não tem certeza.

Ela olha para baixo, e a garota olha para cima. Por um instante, seus olhares se encontram. Então a menina passa pelo portão e some de vista.

34

A JUSTIÇA DA RAINHA

BANQUETE

O salão de banquetes está iluminado e barulhento, criados correm com travessas de comida, guerreiros se embebedam de vinho como se fosse a primeira vez. O rei está à cabeceira da mesa. Clitemnestra ocupa o lugar à esquerda dele, como sempre. Ser obrigada a olhar aquele rosto voraz depois de todos aqueles anos... As lembranças queimam em sua pele como uma lâmina ardente. No entanto, ela sequer titubeia.

Calcas está à sua frente, à direita do rei, o que significa que Clitemnestra não tem escapatória da careta retorcida do vidente. Mas isso é bom: ela quer olhá-lo pelo máximo de tempo possível. Dez anos não fizeram qualquer diferença naquela caratonha: ele continua torto e inchado, como um cadáver que a maré largou na praia. A menina escravizada de Agamêmnon também foi trazida à mesa e ordenada a ocupar o lugar ao lado de Clitemnestra. Ela se senta ereta, como uma rainha, embora suas mãos tremam. Por um momento, Clitemnestra teme que ela vá pegar uma faca e apunhalá-la.

— Não apresentei vocês — diz Agamêmnon. — Este é meu prêmio de guerra e *pallaké*. — Concubina. A palavra, dita em voz alta na frente de todos, tem como objetivo humilhar as duas, e Clitemnestra sabe disso. Mas a garota não olha para baixo, como uma escravizada faria. Ela olha para Clitemnestra, o desafio ardendo em seus olhos, como se a instigasse a demonstrar compaixão. Ela não sabe que Clitemnestra só tem pena dela porque a compreende. *Certa vez, eu estava a esta mesma mesa, exatamente como você. Não escravizada, mas uma prisioneira no castelo do rei.*

— Qual é o seu nome? — pergunta Clitemnestra.

— Cassandra — responde a garota. Faz uma pausa antes de acrescentar: — Filha de Príamo. — *O rei de Troia*. Seu grego é lento e enferrujado, cada palavra rolando como uma pedra irregular.

— Esta aí é uma mulherzinha difícil — comenta Agamêmnon ao fitar Clitemnestra. Ele inclina a cabeça para a garota, com uma expressão bem-humorada. — Você devia ver como ela luta. Acho que vai gostar dela.

— Cassandra tem sorte por nosso rei tê-la escolhido — intervém Calcas. Sua voz quente e nauseante deixa Clitemnestra asfixiada. É como se ela estivesse mergulhando em água fervente e lutando para respirar devido à dor.

— Sorte — repete ela.

— A princesa Políxena foi sacrificada como um novilho no túmulo de Aquiles — informa Agamêmnon, mordendo a carne. Os olhos de Cassandra são escuros como cinzas. Ela cerra os punhos com tanta força sob a mesa que Clitemnestra teme que ela acabe com os dedos quebrados. Políxena devia ser irmã dela. — E muitas outras mulheres foram levadas pelos brutos. — Agamêmnon faz uma pausa, como se ponderasse. — Você não iria querer ser escrava de Diomedes na cama, acredite.

— Mas o pior destino foi o de Andrômaca — pontua Calcas. — Sabe o que aconteceu a ela? — Seus olhos jamais se desviam dos da rainha.

— Não tenho certeza se quero saber — responde ela. Clitemnestra gostaria de poder poupar Cassandra de mais dores. Mas Calcas gosta de dor: se pudesse, ele se banharia nela; contanto que fosse a dor de outrem, obviamente.

— A esposa de Heitor foi caçada pelo filho de Aquiles, Pirro. Ele pegou o bebê de Andrômaca e espatifou sua cabeça nas muralhas de Troia. — Clitemnestra se controla para não morder o lábio. Pensa em um ovo caindo no chão e a gema se espalhando. Pensa em seu bebê, morto nos braços de Leda.

Mas Calcas ainda não terminou:

— Pirro então reivindicou Andrômaca para si. — Ele continua olhando para ela, à espera de algum tipo de reação. O rosto de Clitemnestra não revela nada.

— Um grande guerreiro, mas orgulhoso além da conta — interrompe Agamêmnon, bebendo um gole de vinho. — Cedo ou tarde, os deuses vão puni-lo.

Ela se vira para Cassandra, mas a princesa sequer chora. Talvez seus olhos já tenham se esvaziado. É isso que o marido faz. Ele esvazia as pessoas.

Clitemnestra se levanta, erguendo seu cálice dourado.

— Um brinde, então! — anuncia, e o salão fica em silêncio. Os homens se voltam para ela, rostos em carne viva e enrugados. — Aos deuses que auxiliaram os verdadeiros heróis a fim de que voltassem para casa, e à melhor vitória de nossos tempos, uma guerra que será lembrada por gerações!

Agamêmnon também se levanta.

— Todos diziam que Troia era impenetrável, que os troianos eram imbatíveis. Mas violamos a cidade, rompemos suas muralhas e botamos tudo abaixo. — Os homens comemoram e Clitemnestra volta a sentar-se.

— O sangue de nossos homens rega as terras de Troia, e nós pranteamos por eles. — Mais aplausos, cálices e punhos batendo na mesa. — E agora bebamos em homenagem a todos que perdemos, cujas lembranças jamais desaparecerão.

Ouve-se gritos de concordância e o salão se torna ruidoso de novo à medida que os cálices são esvaziados rapidamente. Quando Agamêmnon reacomoda-se em sua cadeira, Clitemnestra seleciona um pedaço de queijo da travessa.

— Você sempre gostou de mentir para seus homens — comenta Clitemnestra. Está ciente de que Cassandra está prestando atenção a ela, e de Calcas lambendo os lábios, pensando em algo sábio para dizer. Agamêmnon bufa, porém ela continua: — A maioria dos homens que morreu naquele campo será esquecida em breve. Ninguém se lembrará deles. Ninguém vai se importar.

— Se lutaram com valentia — rebate ele —, terão sua reputação.

— Tiveram sua reputação em vida, talvez, mas não na morte. Apenas alguns sobrevivem à passagem do tempo. — Clitemnestra quer irritá-lo. Quer que ele fale sobre os mortos, sobre os homens que pereceram por causa da guerra, e sobre a filha que ele matou.

O pescoço de Calcas se contorce como o corpo de uma serpente.

— O tempo pode nos pregar peças estranhas. Com frequência, os deuses arrancam os cadáveres de seus jazigos e os colocam à luz para que as gerações futuras se lembrem deles. E simultaneamente permitem que outros brilhem durante a vida, mas depois os enterram bem fundo a ponto de fazê-los cair no total esquecimento.

A rainha sorri, tão inocentemente quanto possível.

— E como acha que será seu destino, vidente? Você será esquecido ou será lembrado como o homem que sentou-se com reis durante a maior das guerras? — *E como aquele que ordenou que matassem menininhas por um sopro de vento?*

Calcas arreganha os lábios, mostrando os dentes.

— Não sei o que será do meu nome. Tudo o que sei é que aqueles que deram a vida pelo propósito maior de nossa vitória serão ostentados como tochas ao longo dos séculos vindouros. — Ele faz uma pausa, e ela sente esperança de que Calcas pare por ali. Mas, é claro, ele não para. — Sua filha inclusa. Ifigênia terá mais na morte do que você jamais poderia lhe dar em vida.

Ele se atreve a pronunciar o nome dela. Ousa mencionar sua linda filha. Agamêmnon e Cassandra observam Clitemnestra, e ela então cavouca sua voz mais doce, aquela que usava para ninar seus bebês:

— Fico feliz em saber disso. — Seus olhos pousam nos lábios rachados de Calcas. Na pele fria e tomada de cicatrizes. No rosto ofídico.

Você vai morrer esta noite, pensa ela. *Aproveite seu banquete enquanto pode.*

TEMPLO

Cassandra espia o vidente, pensando em maneiras de matá-lo. Vem acalentando essa ideia desde que aqueles gregos gananciosos sacrificaram sua irmã. Olhinhos como jades preciosas, pele lustrosa como azeite, cabelos como bronze polido... ninguém era tão bondoso e lindo quanto Políxena. Ainda assim, aquele vidente vil ordenou sua morte, alegava que deste modo conseguiriam navegar de volta para casa. Nada de bom e valioso fica a salvo caso caia nas mãos dos gregos: foi uma lição que Cassandra logo aprendeu.

Os soldados ainda bebiam no salão quando ela e Calcas saíram "para orar aos deuses". Ela tem estado ansiosa para ficar a sós com o vidente desde que zarparam de Troia. Agora ambos caminham por um jardim em direção a um templo de cor clara nos arredores, e os passos de Calcas à sua frente não fazem barulho, como se ele estivesse abatido e descorado. Cassandra tenta não tropeçar no caminho. Roubou uma faca do refeitório, e sua mão está tão suada que ela teme que o cabo escorregue e a arma caia.

Chegam ao templo, e Calcas entra. Cassandra para, está zonza. Recorda-se das colunas frias de um templo em sua terra natal, as mãos se agarram a elas com tanta força que os dedos ficaram esfolados, seus gritos ecoam ao longe como o trinado de um pássaro engaiolado e a dor é tão intensa que ela achava que fosse ser partida em dois.

Ájax era o nome do homem que a estuprou. O rei multifacetado disse o nome de seu algoz a ela quando estavam distribuindo as mulheres aos generais gregos.

— Venha, ore comigo, Cassandra — chama Calcas de dentro do templo. A mulher enfim entra e se agacha aos pés do vidente. Ele toca a cabeça dela, como se ela fosse um cão, e aí fecha os olhos.

A mãe lhe ensinou a ser gentil, e seu deus lhe instruía a ser justa. Mas onde estão eles agora? Hécuba perdeu tudo, e Apolo deixou de se comunicar com ela no instante em que Ájax a levou. Ela lutou e gritou por ajuda e ninguém apareceu. É isto que todos fazem diante de uma atrocidade: fingem não ver. Ninguém é corajoso o suficiente para reconhecer a verdade, nem mesmo um deus.

Perdoe-me, mãe. Perdoe-me, Apolo.

Ela nunca machucou ninguém até este momento. Como será a sensação? Ela saca a faca de cozinha, mas então ouve passos atrás de si. Vira-se bem a tempo de ver a rainha micênica.

Toma fôlego, como se estivesse prestes a mergulhar, e se esgueira para perto do vidente.

SACRIFÍCIO

Clitemnestra enruga o nariz, e aí cobre o rosto. Dentro do templo, o ar tem um cheiro úmido e pungente. Ela não costuma ir ali. A quietude do lugar a deixa enjoada; é como uma tumba. Sob a grande estátua de Hera, está Calcas, orando. Ao lado dele, agachada, sentada e olhando para ela, a troiana. Há uma luz estranha em seu olhar, deslumbrante e perigosa.

— Saia — ordena Clitemnestra. A menina levanta-se e segue para a porta, mas Calcas não se mexe. Clitemnestra examina a parte de trás da cabeça dele, é como uma casca de ovo rachada.

— Eu sabia que você viria — diz ele.

— As tripas de alguma ovelha lhe disseram isso?

Ele enfim se volta para a rainha, e seus olhos de miçanga a capturam, como um anzol a um peixe.

— Orei por você nestes dez longos anos.

Ele orou. Clitemnestra quase o estrangula ali mesmo. Na opinião dela, homens como ele, que se fingem de sacros enquanto outros fazem o trabalho sujo, sempre foram os mais detestáveis.

— Que generosidade de sua parte — retruca Clitemnestra.

O vidente abre um sorriso horrendo. É calculado, como tudo o que faz.

— Seu pai e sua mãe se foram. Seu irmão foi morto; sua irmã, sequestrada. No entanto, cá está você, rainha da mais poderosa das cidades gregas, com um exército de homens sob seu comando. Acho admirável.

Clitemnestra se aproxima dele, os pés leves no piso de mármore. Por que as pessoas ficam tão ávidas para lembrá-la do destino de sua família? Provavelmente porque desejam desestabilizá-la.

— Você é uma mulher ambiciosa, casada com um rei implacável. Na minha experiência, pessoas ambiciosas caem logo. Mas você, não. Você tem talento para a sobrevivência.

Ela para perto o bastante para tocá-lo.

— E você também. Embora eu seja do tipo que luta até o fim, enquanto você fica rastejando e sussurrando aos ouvidos dos reis. Não é heroico, mas faz o que é preciso para sobreviver.

Calcas inclina a cabeça para o lado, seus olhos vazios a sugam.

— Todos fazemos o que é possível com os dons que nos são dados pelos deuses. — Ela se lembra de Odisseu dizendo algo semelhante em alguma ocasião, e sente uma dor profunda, como uma farpa que supura fincada na carne.

— Sim. E o que você faz com sua *visão divina*? — A rainha pausa, mas Calcas permanece em silêncio, e totalmente imóvel, como um bicho na floresta quando fareja o perigo. — Determina que uma menina inocente seja abatida como uma cabra. Um engano, diriam, mas, não, porque em Troia foi dada a mesma ordem, desta vez sacrificando uma princesa troiana, Políxena. Foi você quem comandou o sacrifício, não foi? Que corajoso da sua parte. Que ótimo uso do seu *dom*.

— Faço o que os deuses mandam. É insensato desafiar a vontade deles.

Clitemnestra gargalha. O som ecoa por todo o templo.

— Sabe o que foi insensato? Manter-me viva depois que você assassinou minha filha. Já dizia meu irmão: quando faz inimigos, deve eliminá-los antes que eliminem você. Eis o erro que você cometeu.

— Nossos erros pouco importam aos olhos dos deuses. No final, todos nós morremos, assim como seu irmão morreu.

A rainha lambe os lábios.

— Sim, nós morremos.

Clitemnestra está prestes a sacar sua adaga, mas ele age primeiro. Com um gesto rápido demais para um homem da sua idade, ele retira um punhal da manga e aponta para ela. Clitemnestra não recua, mas agarra o pulso dele sem esforço e o torce. Ele deixa cair a arma. Ela, então, começa a passear a própria adaga pelos contornos do rosto dele, desde os olhinhos vazios até os lábios finos. Ele não se dá ao trabalho de resistir.

— Você não vai derramar sangue aqui — declara ele. Não parece assustado, só um pouco surpreso. — Não é tão audaciosa assim.

Que pitoresco ele dizer aquilo logo depois de sacar um punhal escondido em seus trajes.

— Você não sabe quão audaciosa eu sou — provoca ela.

E então enfia a adaga no olho dele, os mesmos olhos que *viram* que sua filha deveria ser sacrificada. Ele cai de joelhos, gritando, e aí ela lhe corta a garganta rapidamente. Antes que alguém o ouça. O vidente desaba, o corpo pequeno e decrépito sob as vestes largas. Nas sombras, parece só um saco vazio.

Clitemnestra permanece de pé, recuperando o fôlego. Tudo dentro de si é frio e cheio de ódio; ela sente como se fossem tentáculos se espalhando por seus ossos.

Então se vira para a porta e lá está a garota troiana. Clitemnestra se aproxima dela com cautela, guardando sua adaga cravejada. Cassandra dá um passo à frente, o queixo empinado, desafiadora. Ela não tem medo.

— Faça — ordena ela quando Clitemnestra se aproxima. — Faça agora.

Ela é de fato uma princesa. Somente a realeza daria ordens assim. Clitemnestra estende a mão e toca o braço dela com suavidade.

— Fique escondida aqui — aconselha. — Ninguém vai machucar você, prometo.

O olhar que a outra lhe dá é de total desconfiança. Clitemnestra compreende. Se ela fosse Cassandra, também não confiaria nela mesma.

MASMORRA

Egisto prometeu a si mesmo que confiará em Clitemnestra; no entanto, uma vida inteira de cautela sobrepuja sua consciência. Isso o entristece.

Se não puder confiar na única mulher com quem se importou em toda a sua existência, então talvez seja muito tarde para ele.

Está sentado na masmorra, as mãos atadas a uma coluna de madeira, um guarda perto da porta. Ouvem a algazarra oriunda do salão de banquetes, os sussurros e o tinir de vasilhames da cozinha.

Aquele confinamento lhe traz lembranças ruins. Em certa ocasião, Atreu o jogara ali, depois que ele perdera mais uma disputa de luta livre. *Assim você aprende o que significa perder*, dissera ele, e então Egisto passou dois dias sozinho no escuro, com ratos rastejando ao seu redor. Em dado momento, Agamêmnon foi vê-lo e, quando Egisto lhe pediu comida, seu primo franziu a testa. *Não aprendeu nada mesmo, não é?*

Outra lembrança vem à tona: Tiestes numa cela, revelando que a espada que ele, Egisto, empunhava lhe pertencia, e que ele era seu filho há muito desaparecido. Egisto expulsa os pensamentos e busca se concentrar. Ele escapou sozinho tantos anos atrás, não foi? Só precisa fazer o mesmo agora. O chão fede a urina e lama, mas ele afunda os dedos ali. Os pulsos amarrados doem enquanto procura uma pedra, um caco, qualquer coisa. As mãos desenterram um osso, um rato morto e algo semelhante a um broche. Testa sua superfície. Afiado o suficiente.

Então corta a corda que o prende e fica à espera. Quando o guarda vem até a porta, ele ataca. Ambos caem e Egisto bate a cabeça do homem na parede. O guarda cai, inconsciente, e Egisto passa por cima dele.

No andar de cima, ele espreita pelos corredores, acelerado, um medo familiar ruminando-o. Clitemnestra é forte e conhece o marido, mas Egisto o conhece mais ainda. Cresceu com ele, lutou com ele, e o odiava desde criança. Sabe que Agamêmnon sempre vence.

Ele para de correr junto à entrada do *gynaeceum*, colando-se à parede para despistar dois guardas. Ali o corredor se divide. É possível ir para a esquerda, em direção à casa de banho, onde ele sabe que Clitemnestra terá ordenado que higienizem o rei. Ou para a direita, em direção ao templo, onde estará escondido o vidente louco. Ele fareja sangue e medo vindo do jardim. Segue o cheiro como um lobo.

JARDIM

Cassandra aprendeu que os gregos são traiçoeiros. Ficou assistindo, sem palavras, enquanto Clitemnestra matava o vidente perto da estátua de

Hera, cegando-o primeiro. A rainha falou de sua falecida irmã, Políxena, e Cassandra chorou sob as sombras das colunas. Pensou que a rainha fosse matá-la também, mas ela a poupou.

Que terra estranha que gera pessoas estranhas. Não têm respeito pelos deuses nem pelos homens. Matam e estupram em lugares sagrados e mentem impiedosamente para seus inimigos. Foi assim que venceram a guerra: mentindo. A mãe sempre dizia: *Vamos prevalecer porque não somos gananciosos nem falsos*. Mas a ganância e a astúcia vencem guerras, como Cassandra bem tentara dizer a ela. A mãe não a ouviu, mas, até aí, ninguém nunca a ouvia de verdade. Sua irmã Políxena era a mais amada, assim como seu irmão Heitor. Ambos eram lindos e encantadores, enquanto Cassandra sempre deixava todos desconfortáveis com seus comentários.

Então, de volta ao acampamento grego, após a queda de Troia, o rei de todos os gregos a escolheu. Ela não conseguia entender. *Esta aqui é valentona*, dissera Agamêmnon, arrastando-a entre os cavaletes, armas douradas e tapeçarias suntuosas. *Pelo menos não ficarei entediado.*

Agora Cassandra prefere morrer a voltar para ele. *Talvez você não precise voltar ou morrer*. Ela poderia fugir agora, correr para a floresta. E depois? Poderia cruzar o mar novamente e procurar outros sobreviventes. Ela segura a faca de cozinha com força. Talvez tenha sido esta a intenção da rainha micênica ao mandá-la se esconder.

Cassandra então sai do templo e vai para o jardim. O vale parece ameaçador dali do alto, escuro como as profundezas do mar. Sua sombra salta à frente, como um espírito apavorado, e o doce perfume das flores flutua ao redor. Faz com que ela se recorde de casa, dos sons de flautas e liras, das irmãs dançando sob os galhos do pátio palaciano, dos garanhões relinchando nos estábulos. Talvez devesse roubar um cavalo, cogita, e então, antes que se dê conta, um homem surge das sombras. Ela tropeça, tentando não cair, ainda segurando a faca.

— Shhhh — sussurra ele. É alto e bonito, tem o rosto cheio de cicatrizes e os olhos iguais a gelo. Ambos se encaram. Ela é boa com pessoas, sempre foi. Consegue sentir os sentimentos deles como se fossem seus, e Políxena sempre dizia que ela deveria ser vidente, não sacerdotisa. Mas videntes não são bons com as pessoas. Eles se preocupam somente com os deuses.

— Quem é você? — pergunta o homem. Sua voz é gentil, mas tem algo de inacessível em seus olhos... Raiva? Dor?

— Cassandra — diz ela. — Escrava e concubina do rei Agamêmnon.

A expressão do homem muda. Algo perigoso se posta entre eles. Cassandra dá um passo para trás e o homem desembainha uma longa espada.

JULGAMENTO

Clitemnestra entra na casa de banho. O ar tem gosto de sal. Um odor forte se infiltra em seu corpo e a faz pensar em Aulis. Ela fecha a porta com cuidado e observa a cena.

Agamêmnon está deitado na banheira, de costas para ela, os braços marcados de cicatrizes esticados nas bordas. Não há armas à vista, nem guardas. Ela se certificou disso. *Então é isso*, pensa. *Sem passos em falso, sem erros.* Não pode pagar o preço caso erre.

— Lá vem minha esposa, finalmente — diz o rei. — A poderosa rainha de Micenas, como a intitulam agora. — Agamêmnon ri, achando tudo muito divertido. — Tenho certeza de que mereceu o título.

Clitemnestra caminha até ele e para ao lado da banheira. A fileira de lamparinas fumegantes penduradas na parede deixa o rosto dele brilhando.

— Antes era você quem era chamado de poderoso — infere ela.

Ele a encara.

— Agora sou o senhor dos homens.

Clitemnestra pega o mesmo pano que Aileen usa para esfregá-la e se ajoelha para limpar o braço do marido. Ele não recua, mas também não relaxa.

— Ouvi histórias no caminho para cá — revela o rei. Ela aguarda, atenta ao silêncio que se estende entre os dois. — Histórias sobre você e meu querido primo Egisto.

É claro que ele mencionaria Egisto. Qualquer outro homem perguntaria pelos filhos, iria querer saber sobre a partida de Orestes, sobre o crescimento de Electra. Mas Agamêmnon não é qualquer outro homem.

— As pessoas gostam de futricar — responde Clitemnestra.

Agamêmnon bufa.

— Ele sempre foi um indigente, desde a infância. Batíamos nele e o humilhávamos, mas ele sempre voltava, suplicando por misericórdia e *amor.* — Ele pronuncia a palavra com repulsa. — Nunca entendeu como o mundo funciona.

— Acho que agora ele entende.

— Ele não veio aqui e implorou por abrigo?

— Ele não estava procurando abrigo. Ele queria me matar para fazer você pagar pelo que fez ao pai dele.

Agamêmnon ri amargamente.

— Atreu era pai de Egisto tanto quanto Tiestes. Ele o acolheu e o criou junto ao restante de nós. E Egisto o matou.

Ela passa o pano sobre os ombros dele, as cicatrizes gravadas na pele.

— É por isso que o joguei em uma cela.

Agamêmnon retesa as costas.

— Mas você trepou com ele primeiro. Não é verdade?

Clitemnestra contorna a banheira e pega os pés dele, limpa cada dedo. Dez anos de sujeira e sangue para esfregar. Dez anos de dor a serem vingados.

— Egisto é um homem fraco — anuncia ela.

— Você sempre gostou de homens fracos.

A rainha mantém seus movimentos lentos e controlados.

— E a princesa troiana? Você a possuiu?

Os olhos de Agamêmnon jamais abandonam Clitemnestra.

— Ela me lembra você. Foi por isso que a escolhi. Quando tomamos a cidade, todas as outras mulheres estavam chorando encolhidas, mas Cassandra, não. Continuou nos olhando feio, e quando um de meus homens lhe deu um tapa, ela cuspiu nele.

— É preciso coragem para fazer isso.

— Ou estupidez. Ela era orgulhosa e não aceitou a mudança de papel.

— Você também não aceitaria.

Ele balança a cabeça. Lá fora, as estrelas surgem, brilhantes e claras como lamparinas. Ouve-se o som distante de homens tropicando rumo à própria cama, bêbados, arrastando a amante consigo.

— Eu teria cortado minha própria garganta muito antes disso — diz ele. — Pessoas como eu não dão bons escravos. — Ele acrescenta: — E você teria feito o mesmo.

Algo se contrai dentro dela.

— Não sou como você.

— Você sempre se orgulhou de pensar assim, mas você também não presta. Você tira coisas das pessoas, assim como eu. Mente ao não confiar a verdade aos outros, assim como eu.

Clitemnestra torce o pano.

— Eu não sou como você — repete. As palavras soam vazias em sua boca. Agamêmnon provavelmente tem a mesma sensação, pois sorri.

— Polidamas e Licomedes estão mortos — pontua ele. — Você os matou?

Clitemnestra sabe onde isso vai dar, mas responde mesmo assim:

— Eles não me respeitaram. Conspiraram contra mim.

Agamêmnon acena, despretensioso.

— As pessoas sempre conspiram pelas costas de um governante. Eles não obedeceram às suas ordens, então você se livrou deles.

— Ainda assim, isso não faz de mim alguém como você.

O marido a ignora.

— E vejo que Leon também se foi. Ele a abandonou depois que você mentiu sobre Egisto? Ele sempre teve uma queda por você.

Ela mantém a voz serena.

— Leon era fiel a mim porque percebeu logo que você é ganancioso e cruel, desumano e perverso.

Ele dá uma gargalhada.

— Vá em frente, continue me odiando. Mas as gerações futuras vão odiá-la na mesma proporção... A mulher que dormiu com o inimigo, a rainha que desrespeitou os anciãos, a esposa que não se submeteu ao marido.

As palavras são lâminas cortando sua pele.

— E o que vão achar do homem que matou a própria filha? — sussurra ela.

Agamêmnon balança a cabeça.

— Certa vez, seu pai me disse que nossa vida nada mais é do que uma batalha entre os detentores do poder, os ávidos pelo poder e aqueles que estão no meio de ambos: as baixas, os sacrifícios, chame como quiser.

Os olhos de Clitemnestra encontram os dele.

— Então, para você, minha filha não passou de uma baixa de guerra.

— Ela também era minha filha, e eu chorei por ela.

— Você a assassinou!

Agamêmnon tomba a cabeça para trás, expondo seu pescoço grosso.

— Calcas brincou com a minha mente. Mas navegamos para Troia, e depois vencemos. — Uma gota de suor escorre pelo rosto dele. — Agora preciso lidar com Egisto. E então todos os nossos inimigos terão sido destruídos.

Clitemnestra sente a garganta em carne viva, mas obriga-se a falar:

— E quanto aos meus inimigos?

Agamêmnon encara o teto quando de repente Clitemnestra cobre o rosto dele com o pano molhado, cegando-o, e antes que ele consiga agarrá-la, ela saca a adaga da manga e enfia no braço dele. Ele emite um gemido sufocado. Ela arranca a lâmina e o sangue respinga em seu rosto. Grunhindo, Agamêmnon joga o pano de lado. Há energia em seus olhos, ódio e prazer juntos. Clitemnestra conhece aquela expressão: é o fervor que o domina toda vez que ele está prestes a ferir alguém. Ainda assim, ela se descuida.

Quando ataca para esfaqueá-lo novamente, ele lhe rouba a lâmina e a detém. Seus olhos são selvagens. Com a outra mão, soca o rosto dela com tanta força que Clitemnestra bate a cabeça na parede. Por um segundo, ela perde o equilíbrio, sua visão se turva. Ela dá alguns passos para trás, tateando em busca de apoio.

Agamêmnon agora está de pé na banheira, gotas de água escorrem pelo corpo nu, as mãos são uma bagunça ensanguentada. Ele sorri feito louco, olhando para o braço ferido com bom humor.

— Achou mesmo que eu não estaria preparado para isso? — provoca ele, a respiração rouca na garganta. — Você sempre foi difícil, Clitemnestra. As coisas que tenho de fazer para que você aprenda o seu lugar...

Ela avança de novo, cada membro tenso de raiva. Porém mal aponta a lâmina para a cavidade da garganta de Agamêmnon e ele a agarra pelos cabelos, jogando-a de lado. Ele é mais forte do que ela se lembrava. Ela cai, deslizando nas pedras, para longe dele. Ele sai da banheira e a água transborda pelo piso. A faca está no chão, bem entre eles, brilhando sob a penumbra. Clitemnestra rasteja para pegá-la.

— Quando é que você vai entender? — questiona ele. Ela estende a mão, mas Agamêmnon pisa nela. Ouve-se o som de ossos se quebrando e Clitemnestra grita. — Você não pode me matar — diz ele, dando um sorrisinho. — Somos um só e somos iguais.

Ela mal consegue respirar por causa da dor. A mão incha de imediato, os dedos retorcidos como raízes de árvore. *Sem passos em falso. Sem erros.*

Agamêmnon se abaixa para pegar a faca e Clitemnestra se joga contra ele, com toda a força. Juntos, eles tombam e ela ganha a posse da arma. Desta vez, a enfia bem no peito dele. O som que Agamêmnon emite é de total surpresa. Ela se deleita de prazer e torce a lâmina mais fundo.

— Egisto pode ser fraco e avariado — diz ela —, mas pelo menos ele sabe amar.

Ele tenta agarrá-la, mas ela segura a mão dele com o joelho, prendendo-o ao chão.

— Você desconhece lealdade ou afeto. — Agamêmnon está de olhos arregalados e, pela primeira vez desde que Clitemnestra o conheceu, parece ter medo. — Você morrerá sozinho, tal como foi em toda sua vida, morto pela própria esposa. Vê a ironia nisso? Você tira coisas das pessoas e às vezes elas tiram coisas de você.

Ela esfaqueia o peito dele de novo, e de novo, até que sua respiração irregular cessa. Mesmo assim, não há paz. Clitemnestra se levanta, o corpo rubro com o sangue do marido, e então o observa de cima. Agamêmnon tem os olhos abertos, porém vazios, os lábios frouxos. Ele não parece um rei, seu corpanzil jaz desajeitadamente no chão. Ele parece um indigente sem nome.

CASA DE BANHO

Electra tira o capuz e pausa para refletir atrás de uma coluna à entrada do palácio. Vem seguindo Egisto desde que ele escapou da masmorra, mas agora que ele se embrenhou no jardim, a jovem não sabe para onde ir.

Não ficou surpresa ao flagrá-lo se esgueirando. Ela desconfiava que ele tentaria fazer alguma coisa tão logo seu pai voltasse da guerra, e mesmo depois que sua mãe o trancafiou numa cela, toda a circunstância ainda lhe pareceu muito suspeita.

Ela saiu do quarto assim que Aileen e Crisótemis adormeceram. Dopou os guardas colocando ervas em seus cálices de vinho e ficou vigiando até desmaiarem nos bancos, babando.

O salão de banquetes está barulhento, e ela se esgueira pela porta a fim de espiar lá dentro. Alguns homens cambaleiam para lá e para cá, o suor escorre de seus braços, os cães comem as sobras aos seus pés. Há duas criadas entre eles, com as túnicas rasgadas e os olhos mirando o vazio.

Electra se refugia nas sombras antes que alguém a veja. Agamêmnon não está ali. Ela caminha silenciosamente em direção à casa de banho, sua mente fervilhando. O pai cometeu um crime horrível, é verdade, mas por mais que queira odiá-lo, não consegue. Talvez por sempre ter sido a favorita dele, a única criança a quem ele realmente prestava atenção. Orestes era demasiadamente generoso; Ifigênia, demasiado competitiva; Crisótemis, demasiado tímida. E, ademais, todos eles já tinham o amor de Clitemnestra. Mas Electra sempre foi muito calada, egoísta e desafiadora.

Não deve ter sido fácil para a mãe amá-la. Mesmo assim, o pai sempre se mostrava disposto a conversar, fazia perguntas quando seus irmãos não estavam por perto. Aquilo a fazia sentir-se especial.

Ela está chegando à casa de banho quando escorrega de repente. As costas batem no chão e, quando ela se levanta, as mãos estão vermelhas. Ela arqueja.

Egisto está morto, é o primeiro pensamento que lhe vem à mente, embora ela saiba que dificilmente ele estaria ali. A passos lentos, ela entra na casa de banho, prendendo a respiração como um escravizado rumo ao altar onde será açoitado.

Há água para todos os lados, e as tochas estão apagadas; as sombras circulam no alto como corvos à espreita. Electra manca até o centro do cômodo, o tornozelo dói. Há um corpo nu adiante, e ela o toca. Está frio e úmido. Ela passa os dedos sobre as feridas em seu peito, o sangue secando e formando crostas.

Permanece ali por um bom tempo, os ombros curvados, como asas. O mundo ao redor está silencioso demais. Por fim, as lágrimas chegam, como chuvas de inverno, inundando seu coração.

— Pai — sussurra ela. — Pai, por favor, acorde.

ESCURIDÃO

Clitemnestra corre de volta ao templo de Hera, ávida para encontrar a garota troiana e levá-la para algum lugar seguro. O palácio está silencioso, cada corredor inundado na escuridão. Ela ordenou aos guardas que descansassem e festejassem esta noite, e agora devem estar dormindo, embriagados ao lado das amantes.

A rainha já está no jardim quando ouve um grito. Vem do templo, e ela corre até lá, os pés descalços ainda molhados. À entrada, Egisto a detém. Está com a espada em riste e há loucura em seus olhos. Clitemnestra tenta passar por ele, que a impede. Suas mãos estão pegajosas de sangue, embora ele não pareça ferido.

— Está feito — anuncia ele.

Clitemnestra sente uma dormência chegando com toda força.

— Onde está Cassandra? — pergunta ela.

Ela então vê um contorno ao sopé das colunas, encolhido como uma criança. Empurra Egisto para o lado e corre até o corpo, o rosto contorcido.

Quando se abaixa, vê que a garganta de Cassandra foi cortada. Sua pele ainda está quente, embora a vida esteja se esvaindo dela.

— Ela estava tentando fugir — diz Egisto —, mas eu a encontrei.

Clitemnestra grita. O rosto de Cassandra, jovem e adorável em seu desespero... como o de sua filha antes de perecer.

— Ela não lhe fez nada! Por que teve de sacrificá-la? — questiona ela aos berros, cuspindo nele. A expressão de Egisto muda. A dor e o medo, o medo de Clitemnestra, estraçalham-no.

— Pensei que a quisesse morta — justifica.

Clitemnestra afunda a cabeça no manto de Cassandra e chora. Chora pela menina troiana, mas principalmente por tudo o que perdeu. Suas lágrimas pertencem a Castor, que foi capturado na rede de um homem cruel; ao seu filho bebê, que nunca ganhou um nome e, portanto, flutuará no mundo depois deste, eternamente e sob anonimato; ao seu querido Tântalo, o rei que a amou e morreu por sua causa; e à sua linda filha Ifigênia, cujo coração ainda sente em seu peito, como um fraco bater de asas.

Mãe, estou em paz agora.

Ela está imóvel, mal respira.

Você me vingou, agora me deixe descansar. Eu a encontrarei na escuridão quando você estiver pronta.

Leda estava certa. Os mortos falam. Clitemnestra levanta a cabeça e estende a mão, e quase espera ver a filha ali. Mas em seus braços só tem ar, e nada mais.

35

CASA EM ORDEM

O corpo do rei é levado ao jardim e todos se reúnem em torno dele: os anciãos, as palacianas, os fiéis guerreiros de Agamêmnon e os soldados de Clitemnestra.

Ela permanece ao lado das filhas enquanto os serviçais empilham a lenha antes de acendê-la com as tochas. A pira cresce e a carne começa a queimar. *Você não pode me matar*, dissera Agamêmnon. Mas ele está morto; seu corpo, o que resta dele, rapidamente se transforma em cinzas.

Crisótemis se ajoelha e chora. Cobre o rosto com as mãos, berrando dolorosamente. As outras mulheres choram com a mesma intensidade, clamando pelos deuses. Electra permanece em silêncio, os olhos fixos nas chamas, como se ela mesma estivesse incinerando o corpo. Foi ela quem o encontrou, quem gritou por socorro e despertou o palácio.

Clitemnestra segura a mão fraturada. Tenta mexer os dedos, e a dor dispara. *Eu matei Agamêmnon, o senhor dos homens. Minha dívida está paga.*

Em algum lugar perto das muralhas, o corpo de Calcas também está queimando, longe de seu rei. Ele falou sobre ser lembrado nos tempos vindouros, mas eis a única coisa que saberão a seu respeito: que era um homem feio e bizarro que ordenava o sacrifício de meninas inocentes.

Calcas murchará, ao passo que o nome de Agamêmnon viverá. Mas Clitemnestra não se importa: sabe que os reis tendem a se tornar heróis para as gerações futuras. Héracles, Perseu, Jasão, Teseu... Entoa-se canções sobre todos eles, e seus atos cruéis são transformados em luz solar.

Quanto às rainhas: ou são odiadas ou esquecidas. Clitemnestra já sabe qual combina melhor com ela. E não se importa em ser odiada para sempre.

No salão de refeições, ela se posta à cabeceira da mesa, enquanto de um lado sentam-se Cadmo e outros anciãos, e do outro, Egisto, Electra e Crisótemis. Alguns dos fiéis guerreiros de Agamêmnon estão à sua frente, escoltados por seus soldados mais leais. A luz que penetra pelas janelas é avermelhada, raiada de fogo. Ela avista Aileen num cantinho, perto da porta, os outros servos aglomerando-se em volta dela.

É Cadmo quem fala primeiro, o rosto sério.

— Minha rainha, pedimos que execute o homem que cometeu esse crime hediondo.

Um murmúrio de assentimento. Ela quase sorri. Conforme previu, todos pensam que Egisto matou Agamêmnon. Também pode ter sido influência de Electra. Quando todos estavam ao redor da pira, Electra sussurrou ao seu ouvido: *Seu amante matou meu pai.* Agora ela está sentada ao lado de Egisto, e o ódio em seus olhos é um chicote ardente.

— Olho por olho — intervém um homem corpulento, um dos comandantes de Agamêmnon em Troia. — A justiça exige isso.

Egisto se ajeita em seu assento. Ele confia em Clitemnestra, mas o medo da turba enfurecida é inevitável.

— A vingança é o nosso estilo de vida — declara Clitemnestra. Os homens assentem, os rostos cinzentos à luz das tochas. — Mas e Aulis? E a princesa Ifigênia, que foi sacrificada como um bicho, seu sangue fresco na pedra do altar até hoje? — Ninguém fala. — Alguém a vingou? O pai dela a assassinou, mas vocês não exigiram que ele fosse banido. Não o caçaram, como estão dispostos a fazer com Egisto.

Todos a encaram, confusos. Ela encontra o olhar de Electra e percebe a compreensão surgindo no rosto de sua filha. É a única que entende tudo.

— A princesa deu sua vida de boa vontade — diz um guerreiro —, pela guerra.

É com essas mentiras que vocês têm se ludibriado todos esses anos?

— Você estava lá — rebate Clitemnestra friamente. — Viu como ela gritou e chorou. Minha filha foi a Aulis para se casar, e nunca mais voltou para casa.

— Pranteamos a princesa, minha rainha — intervém Cadmo serenamente. — Mas agora nosso rei está morto.

— A vida dele era mais importante do que a de Ifigênia? — questiona ela.

Cadmo hesita. A rainha quer que ele dê voz àquilo; — ela desafia qualquer um a fazer isso.

— Ele era nosso líder — responde o grandalhão. — Um rei e senhor dos homens. — Ele dá um passo à frente, o dedo apontado para Egisto. — E este homem o assassinou!

Clitemnestra respira fundo. Pensa no pai quando ele discursava no *mégaron*; em como sua voz era grave, em como seus homens o reverenciavam. Ela jamais receberá esse tipo de devoção, nenhuma mulher conseguirá isso, mas ela terá respeito.

— Engana-se ao acusar lorde Egisto — responde ela com calma. Não olha para as filhas ao falar, pois teme que seu coração não aguente. — A obra é toda minha. Eu matei seu *senhor dos homens* e o fiz para vingar minha filha.

O silêncio é tão ensurdecedor quanto aquele que se estabelece quando um predador circula pela floresta. Então, devagar, Cadmo diz:

— Você triunfa sobre um rei caído.

— Ele não era meu rei — retruca ela.

Os homens de Agamêmnon avançam, sincronizados, desembainhando as espadas. Num segundo, os soldados de Clitemnestra os cercam. Lâminas atingindo lâminas.

— Você é uma assassina traidora! — O grande guerreiro cospe na direção dela.

Clitemnestra encontra o olhar dele.

— Sim, eu o matei, mas não vou ficar aqui e deixar você me chamar de traidora... Você, que viu um rei sacrificar uma menina e nada fez para impedir.

— Compreendemos seu luto, minha rainha — intervém Cadmo —, mas o que fez não pode ser perdoado.

Quem decide o que pode ser perdoado? O coração de Clitemnestra bate tão alto que ela teme que eles ouçam.

— Fui criada para ser uma guerreira e uma rainha — afirma ela. — A maioria de vocês não sabe disso, mas eu era casada quando seu rei me tomou para si. Seu nome era Tântalo, e ele era rei da Meônia, uma das terras mais ricas que nosso mundo já viu. — O nome em sua boca tem gosto de lágrimas. — Eu o amava e ele me amava, juntos tivemos um menino.

O rosto de Egisto está nas sombras, e ela conjectura o que estaria se passando pela cabeça dele.

— Então Agamêmnon veio e o assassinou. Arrancou o bebê dos braços do meu marido e o atirou no chão. Ele fez algo *que não pode ser perdoado*.

"Durante toda a minha vida, fui injustiçada. Fui chicoteada e enviada a Micenas como uma vaca. Meu próprio pai me traiu. Fui estuprada e humilhada, espancada e destruída. Mas ainda estou aqui. Todas as coisas que fiz foram para proteger aqueles que eu amava. Vocês não teriam feito o mesmo?"

Durante muito tempo, ninguém fala. A espera é dolorosa, e Clitemnestra sente como se caísse pelo céu, sem asas para alçar voo. Por fim, algo muda no ar. Cadmo dá um passo à frente e se ajoelha. Seus cabelos brancos ralos parecem plumas.

— Minha rainha — diz ele —, você fez esta cidade prosperar com uma riqueza inimaginável, e nos lidera com força e valor. O que está feito está feito. O que me resta agora é escolher segui-la pelo restante dos meus dias. Você é a verdadeira guardiã da Casa de Micenas.

O conselheiro olha para cima, e ela, para baixo. Quando Clitemnestra assente, ele se levanta de novo.

O guerreiro de Agamêmnon embainha sua espada.

— Para uma mulher, você é corajosa e digna. Mas o que fez não pode ser esquecido.

— Não peço que esqueçam. Peço que façam uma escolha. Seguir uma rainha que provou seu valor, que recompensa a lealdade e a justiça, ou deixar sua cidade aos abutres.

Os homens hesitam. Poderiam convocar Orestes para governar caso ele estivesse presente, mas o filho dela está fora, foi ser rei de outra cidade; Egisto providenciou para que ele não ficasse no caminho.

— Nossa rainha, guardiã de nossa casa — diz o grande líder —, nós serviremos a você.

Os outros seguem seu exemplo e repetem as palavras. Elas ecoam no salão, depois esmorecem lentamente no silêncio.

— Reúnam todos os homens, as mulheres e as crianças — ordena ela. — Deem a notícia à cidadela.

As sombras refletem altas nas paredes quando todos saem, e o sol se esconde atrás das montanhas.

— Mãe — chama Crisótemis. Suas filhas estão juntas, de pé, os rostos banhados pela claridade das tochas. Todos os demais se retiraram: anciãos, guerreiros, Egisto. Clitemnestra sabe que ele estará no encalço dos homens de Agamêmnon, ouvindo cada palavra, verificando cada movimento.

Clitemnestra estende a mão e Crisótemis cai em seus braços. Ela sente o coração da filha de encontro ao seu.

Quando ambas se separam, Crisótemis vira-se para Electra e gesticula para que ela faça o mesmo. Mas o olhar de Electra é contundente. Clitemnestra de algum modo sente que ela lhe escapa rapidamente, como cinzas ao vento.

— Você pode ter o amor e a lealdade deles — Electra diz baixinho —, mas tirou um pai de mim. — A raiva brilha em seu rosto, as feições cheias de rancor. — Você fala de justiça, mas o que fez não é justo. Você não é melhor do que ele. — Electra se vira e vai embora, deixando nada além de vazio.

Crisótemis toca a mão da mãe.

— Dê tempo a ela — pede, a voz fraca, como se tivesse medo de falar mais alto. — Ela vai perdoar você.

Clitemnestra fecha os olhos. Daria qualquer coisa para acreditar nisso, mas conhece Electra. Sua filha não perdoa.

Quando Clitemnestra adentra o jardim, a pira já terminou de queimar, e só restam as cinzas. Electra está sentada em uma árvore caída, a lua espia lá do alto. Ela torturou tanto os dedos que as mãos parecem as de uma idosa.

— Vá embora — ordena ela quando vê a mãe se aproximar. Clitemnestra não acata, aproxima-se, no entanto permanece de pé. Sente a raiva da filha na própria pele, não morna e ardente, como uma chama, e sim gélida, como flocos de neve.

— Não quero falar com você. — A voz de Electra está carregada de luto, embora a tente controlar.

— Não me importa.

Electra escarnece. Seu rosto está pálido, como as anêmonas sob seus pés. Clitemnestra quer tomá-lo nas mãos.

— Você não entende por que fiz o que fiz — diz ela —, mas vai ter de conviver com isso, e eu também.

Electra empina o queixo, desafiadora.

— Por que tenho de pagar as consequências por algo que não fiz?

— Assim é a vida.

— A vida não é tão simples quanto você quer que acreditemos. E há uma diferença entre o que é e o que deveria ser.

Com isso, Clitemnestra concorda. Mas é o ódio na voz de Electra que faz doer mais, como um dente podre.

— Você não vai me perdoar por ter matado um pai que poderia muito bem ter machucado você? Um homem que matou sua irmã? Amei você desde sua chegada a este mundo. Eu a alimentei em meu seio, chorei por você, ri com você, compreendi você quando ninguém mais foi capaz. — Ela se cala porque agora seus olhos estão tomados pelas lágrimas. Recompõe-se. — Mas se você o amava tanto, então me mate. Mas saiba que isso não o trará de volta.

O ar entre as duas parece deteriorado por fumaça. Electra não vacila.

— Acha que Orestes vai perdoá-la? Acha que vocês dois governarão nossa terra juntos, tirando-a dos Atridas? — Ela balança a cabeça e exibe um sorriso cruel. — Ele não a perdoará. Ele vai voltar com uma espada na mão. E vai vingar seu pai.

※

Clitemnestra passa um bom tempo no jardim. Permanece quieta entre as árvores, sob o luar cada vez mais tênue. As folhas de grama parecem rastejar em cima de seus pés. Ela as dobra e as arranca pela raiz, uma a uma. *Nunca vou perdoar você*, dissera Electra. Clitemnestra sabe que, em momentos de dor, algumas palavras são ditas com crueldade não necessariamente intencional. Mas, mesmo assim, as palavras têm o poder de se enraizar no coração. Pode-se enterrá-las, na esperança de que murchem e morram, mas as raízes continuam a encontrar algo a que se arraigar.

Um pássaro dispara pelas sombras, voando para longe das árvores e subindo rumo aos picos das montanhas. Clitemnestra pega uma flor e a coloca junto ao coração; então, retorna ao palácio.

Quando chega ao quarto, Aileen está acendendo as tochas.

— Seus dedos ainda estão quebrados — lembra a serviçal com delicadeza. — Preciso cuidar deles.

Clitemnestra senta-se no banco e põe a mão sobre a da criada. Aileen a pega com cuidado, como se manejasse um bebê recém-nascido.

— Você não está surpresa por eu tê-lo matado — comenta.

Aileen pega um pedaço de linho e o enrola nos dedos de Clitemnestra com o máximo de firmeza possível.

— Ele era um homem cruel — responde ela.

— E, ainda assim, Electra me odeia por isso.

— Você não tem como fazer justiça e obter a aprovação de todos — afirma Aileen, tocando o polegar de sua rainha com gentileza, em busca de encaixá-lo no lugar.

Não quero a aprovação de todos, somente da minha filha.

— Electra sabe quem o pai era — continua Aileen —, mas acho que ela gostaria que você ao menos tivesse demonstrado compaixão por ele.

— *Você* teria demonstrado compaixão por ele?

Aileen dá um nó para manter o linho apertado na mão.

— Nunca estive na sua posição. Eu não seria uma boa rainha.

Sob as tochas, seus cabelos têm um tom de bronze tão vivo que parece estar incendiando. Ficam em silêncio por um tempo, somente a respiração de ambas é audível sob o ar cálido.

— Um emissário procurou você hoje — avisa Aileen, por fim. — Você estava ocupada com os anciãos, então fiquei encarregada de lhe dar a notícia.

— De Esparta?

— Sim, mas não de Orestes. Da sua irmã. — Clitemnestra encara Aileen, congelada. — Ela está viva e bem — continua Aileen. — Menelau a perdoou.

Menelau a perdoou.

Clitemnestra vai até a janela, a mão fechada junto ao peito. O alívio é tão forte que ela fica sem fôlego. Sua irmã, "que queima os homens até a morte com sua beleza". Foi isso que ela ouviu os guerreiros que andaram pelos campos de Troia comentarem sobre Helena: a "portadora da agonia", "o flagelo da Grécia".

O que resta da menina que tinha medo de falar na frente do pai? Que seguia Clitemnestra por toda parte? Que não conseguia mentir nem mesmo quando a irmã pedia? Ela sobreviveu a uma guerra que arrasou uma cidade — uma guerra que *ela* começou —, e agora está em casa, a salvo nos braços de seu irmão. Clitemnestra agarra-se àquela imagem, recusando-se a deixá-la escapar.

E Menelau?

Ela ouve a voz de Helena, como fazia quando eram pequenas. *Não se preocupe com ele, minha irmã. Eu sei me cuidar.*

Clitemnestra quase ri. Ultimamente, reis e heróis têm caído como moscas, e, tal como a avó previra há muito tempo, as rainhas serão lembradas por mais tempo do que todos eles.

※

Amanhece no *mégaron*. A luz é frágil como os primeiros raios de sol n'água das manhãs estivais. Os afrescos repousam, presos em sua eternidade imóvel. Clitemnestra caminha perto do trono. Certa vez, ela se perguntou: o que significa ser rainha? Agora ela sabe. É ousar fazer o que os outros não fazem.

Clitemnestra ousou muito na vida, e pagou o preço pelas consequências, todas as vezes. Foi chamada de "orgulhosa", "selvagem", "obstinada", "louca de tanta ambição", "assassina". Foi chamada de muitas coisas, mas nada disso importa. É a vontade dos deuses, dissera-lhe a sacerdotisa muitos anos atrás. *Você será desprezada por muitos, odiada por outros e punida. Mas, no final, será livre.* Ela não sabe se os deuses tiveram alguma coisa a ver com isso, mas a profecia era verdadeira. Por mais da metade de sua vida, ela usou a vingança como segunda pele. Agora é hora de se despir dela. Quem será ela sem sua cólera, sua dor? Qual será o sabor da liberdade?

A vida humana é baseada na dor. Mas, para que os momentos de felicidade, fugazes como relâmpagos rasgando a escuridão do céu, sejam bem aproveitados, é preciso haver a dor para compensar.

Dentro dela, a imagem de uma garota espartana no terraço à espera de um rei estrangeiro, pensando no futuro. *Quando perguntei de você para sua irmã, ela disse que você sempre sabe o que quer. O que ela quer?*

Clitemnestra lutou sua guerra, e venceu. Agora está livre para governar.

※

Egisto chega. Silencioso como o ar, mas ela aprendeu a senti-lo de diferentes maneiras. Os cômodos sempre esfriam quando ele entra, como se seus pensamentos e sentimentos assomassem no ar, trazendo consigo ondas de escuridão.

— Os generais estão patrulhando as ruas — informa ele. — O povo se regozijou com a notícia.

— Os anciãos lhes revelaram como o rei foi morto? — pergunta ela.

— Não.

Ótimo.

O rosto dele está turvo sob a luz rosada. Os cabelos foram cortados e as cicatrizes no rosto estão desbotadas. O lobo foi domesticado.

Egisto lhe oferece a mão, que ela segura.

— Por um momento, pensei que você fosse me trair — confessa ele.

— Mas não o fez.

— Você não sabe? Eu não traio aqueles que são leais a mim.

A geada nos olhos dele racha e, por trás dela, revela o verdejar dos primeiros botões da primavera.

— Quando eu era jovem — começa ele —, tinha medo de tudo. Dos cães de caça de Atreu, dos jogos de Agamêmnon, de corpos mutilados, dos escravizados furiosos. Para onde quer que eu olhasse, eu temia. Aprendi a superar esses medos. Precisei fazer isso, ou teria perecido. Mas algo permaneceu dentro de mim, uma sensação de desenraizamento, de estar navegando pela vida na tentativa de não me afogar.

Clitemnestra escuta, atenta, embora desconheça tal sensação. Cada passo que deu, desde criança, sempre teve direção. E foi isso que a trouxe até aqui.

O homem a encara.

— Mas agora sei que meu lugar é junto a você.

Ela fecha os olhos e saboreia o contato com a mão dele. Egisto não sabe disso, mas também deu uma oportunidade a ela, coisa que ninguém mais fez. Disse-lhe: "Veja, estou tão destruído quanto você, mas cá estou".

Clitemnestra pensa naquelas flores brancas desabrochando nas rochas das kaiadas. Durante anos, ponderou sobre como elas conseguiam sobreviver lá embaixo, em meio aos cadáveres e à escuridão.

Mas talvez seja assim que as pessoas destruídas continuam a viver. Encontram alguém tão dilacerado quanto elas, aí se encaixam nos espaços vazios de seu coração e, juntos, desenvolvem algo diferente.

Lá fora, a luz é dourada e os ilumina como se fossem deuses.

※

Chegará um momento em que serão entoadas canções sobre Clitemnestra, sobre as pessoas que ela amou e odiou.

Cantarão sobre sua mãe, a rainha seduzida por um deus, sobre seus irmãos, boxeadores e domadores de cavalos,

sobre sua irmã, uma mulher tão vaidosa que foi incapaz de permanecer na cama do marido,

sobre Agamêmnon, o orgulhoso leão de Micenas,

sobre o sábio e multifacetado Odisseu,

sobre o traiçoeiro e amaldiçoado Egisto,

sobre Clitemnestra, rainha cruel e esposa pérfida.

Mas isso não importa. Ela esteve lá. Sabe que as canções nunca são fieis à realidade.

UM GLOSSÁRIO DO GREGO ANTIGO

Aristos Achaion – "o melhor dos gregos"; título que, na *Ilíada*, pertence a Aquiles.

Atridas – patronímico de Agamêmnon e Menelau, literalmente "filhos de Atreu".

Aulos – instrumento de sopro de palheta dupla. De acordo com o mito, o sátiro Mársias encontrou o aulos que Atena jogara fora e desafiou Apolo para uma competição musical. O deus o derrotou, aí o amarrou a uma árvore e o esfolou.

Bárbaros (plural: *barbarói*) – termo usado pelos gregos para definir todos os não gregos. Literalmente "estrangeiros", "bárbaros", "povos incivilizados".

Bóreas – deus de asas roxas, portador do vento.

Erínias – antigas deusas do tormento e da vingança. Representam a lei de que o "sangue derramado exige sangue", e também são os espíritos dos mortos vingativos que podem incitar a regeneração. Filhas de Gaia (Terra), ganharam vida a partir do sangue dos órgãos genitais de Urano quando Cronos os jogou no mar.

Gymnasium – centro de treinamento, arena. A palavra vem de "gymnos" que significa "nu", já que os homens (e mulheres, no caso de Esparta) treinavam nus.

Gynaeceum – aposentos das mulheres no palácio.

Harpazéin – "casar-se", mas também "tomar à força".

Homoioi – literalmente "aqueles que são iguais", refere-se à elite dos cidadãos espartanos.

Húbris – a arrogância e o orgulho dos homens que é sempre punido pelos deuses.

Kaiadas – ravina do monte Taígeto, onde os espartanos atiravam criminosos e bebês com malformação. O conceito vem de Plutarco, embora evidências arqueológicas sugiram que os corpos jogados no penhasco fossem de traidores e prisioneiros, e não de crianças.

Lawagetas – líder militar na Grécia micênica. Na escrita linear B (silabário utilizado pelos povos micênicos), ele é o segundo maior dignitário depois do rei no estado palaciano.

Mégaron – o grande salão dos primeiros palácios micênicos e gregos antigos. Era um salão retangular que guardava o trono do rei, uma lareira que geralmente se abria através de um óculo no telhado, e era caracterizado pelas paredes com afrescos e um pórtico com colunas.

Moirai – o destino inescapável dos mortais. As *Moirai* eram divindades que garantiam que cada ser vivesse seu destino tal como lhe fora atribuído.

Mousikê – música, dança e performance de poesia. A *mousikê* integrava a rotina na Grécia Antiga.

Mirmidões – soldados devotos de Aquiles. A palavra vem do grego *myrmex*, "formiga", pois, de acordo com o mito, os mirmidões já foram formigas da ilha de Egina, e Zeus os transformou em homens.

Oinonopolos (plural: *oinonopoloi*) – pássaro-sábio, vidente, adivinho.

Orthia – epíteto das deusas Ártemis em Esparta e Arcádia.

Pallake – concubina.

Pelida – patronímico de Aquiles, literalmente "filho de Peleu".

Peplos – peça longa de roupa feminina, usada com cinto.

Polytropos – o homem "das voltas e reviravoltas", "engenhoso", "astuto" além da conta. Epíteto de Odisseu.

Quitão – túnica curta que é atada nos ombros, feita de uma única peça de lã ou linho.

Spartiates – membros da classe dominante da antiga Lacônia. Cidadãos de elite de Esparta, geralmente do sexo masculino, embora possamos supor que na época micênica as mulheres também pertencessem ao grupo, uma vez que eram cidadãs livres.

Téras – palavra para descrever um augúrio e uma aberração.

Tholos – tumba onde são depositadas as cinzas funerárias da realeza.

Xênia – a lei da hospitalidade, um dos conceitos cruciais da Grécia Antiga, no qual a proteção e a generosidade para com os hóspedes eram uma obrigação moral.

Xiphos – espada curta com lâmina curva.

AGRADECIMENTOS

Meus agradecimentos vão para:

Victoria Hobbs, minha agente dos sonhos, que me deu uma oportunidade e mudou a minha vida. Ainda me belisco todos os dias por ter tido a sorte de ser representada por você.

Jillian Taylor, simplesmente a melhor editora que um escritor poderia desejar. Você compreendeu perfeitamente o livro e as personagens e me ajudou a fazê-los brilhar. Obrigada por estar ao meu lado a cada passo dessa trajetória.

Todos da Michael Joseph: Ciara Berry, Sriya Varadharajan, Stephanie Biddle, Courtney Barclay, Beatrix McIntyre, Emily van Blanken, Lee Motley, Becci Livingstone.

A sensacional equipe de direitos autorais: Chantal Noel, Jane Kirby, Lucy Beresford-Knox, Rachael Sharples, Beth Wood, Inês Cortesão, Maddie Stephenson, Lucie Deacon, Agnes Watters.

Minha casa editorial nos Estados Unidos, a MJ Johnston, por sua paixão e trabalho exemplar, e todos da Sourcebooks, especialmente a maravilhosa Cristina Arreola.

Meus primeiros apoiadores, que me deram muita força e amor enquanto eu tentava publicar este romance, especialmente Erica Bertinotti, Anna Colivicchi e Annie Garthwaite.

Agradeço também a Hazel Orme, Jessica Lee e aos maravilhosos professores da Universidade de Warwick, onde comecei a escrever a história de Clitemnestra.

E, por fim, meu profundo agradecimento à minha família, de todo o coração:

Ao meu pai, que enche minha vida de livros e felicidade. Não há nada que eu ame mais do que a hora em que conversamos sobre um novo capítulo que mandei para você.

À minha mãe, que lia histórias para mim quando eu era pequena e me ensinou que eu poderia ser o que quisesse. Você é a pessoa mais impetuosa e especial deste planeta. Obrigada por tudo.

Primeira edição (março/2025)
Papel de miolo Ivory 65g
Tipografias Garamond e Castoro Titling
Gráfica LIS